100개의

키워드로 읽는
우리문학사

고전문학

100개의

키워드로 읽는
우리문학사

고전문학

우리문학회 편

보고사
BOGOSA

발간사

　우리문학회는 1974년 10월 9일부터 뜻 있는 소장 국문학 전공자들이 모여 우리문학을 보다 새롭게 연구하는 모임으로 시작하였습니다. 이후 1974년 12월 29일 소장 학자들을 중심으로 발기총회를 갖고 회칙을 제정하여 정식 창립하였습니다. 이가원 선생을 고문으로 모시고 김기현, 최범훈, 강동엽, 김종균, 박을수, 이명재, 임용식, 최홍규, 한무희 회원이 창립 발기인으로 참여하였습니다.

　1976년 1월 4일 학회지 창간을 결의하여 같은 해 4월에는 학회지『우리文學研究』창간호를 발간하였습니다. 이후 우리문학회는 1980~90년대를 거치며 정기적인 학회지 발행(현재 84집) 및 학술대회 개최(현재 136차)를 지속하였고, 2007년에는 한국연구재단 등재지로 승격되어 현재에 이르고 있습니다.

　우리문학회의 연구 대상과 범위는 고전문학과 현대문학을 아우르는 한국문학 전반에 걸쳐있습니다. 최근에는 동아시아 비교연구, 문화콘텐츠 및 디지털 협업 연구 등 문학 연구의 새로운 분야에 도전하며 연구 외연을 확장해나가고 있습니다. 특히 2014년 중국 천진외대를 시작으로 2024년 중국 서안외대까지 국제학술대회를 개최하여 해외 한국문학 연구자들과도 지속적인 교류를 이어가고 있습니다. 이를 통해 우리문학 전반의 새로운 연구라는 학회 창립 당시의 목표를 충실히 계승하며 학계에 기여하고 있다고 자부하고 있습니다.

　2024년은 우리문학회가 창립 50주년을 맞는 뜻깊은 해입니다. 한국

사회에서 50년을 맞는 학회가 흔하지는 않습니다. 고전과 현대를 아우르는 한국문학 전문 학회도 드문 형편입니다. 반세기를 이어온 우리문학회는 그 의미를 새기는 작업으로 새로운 문학사를 편찬하기로 의견을 모았습니다. 2년여의 준비 기간을 거쳐 세상에 내놓는 이 『100개의 키워드로 읽는 우리문학사』는 50년 전 창립 취지를 살려 소장 연구자들이 중심이 되어 기획하고 집필하였습니다. 책의 자세한 내용에 대해서는 집필진의 안내 글을 참고하시길 바랍니다.

이 새로운 문학사의 발간은 당대적 관심사와 학문적 소명이 만나서 빚어낸 결실입니다. 우리문학회의 소명을 널리 알리는 과업에 동참해주신 학회 동학 여러분들에게 심심한 사의를 표합니다. 특히 대표 기획을 맡아서 시작부터 끝까지 책임을 진 서유석 부회장님과 장은영 기획이사님께 감사드립니다. 연구와 교육으로 바쁜 시간을 할애하여 집필을 맡아주신 필자 여러분께도 깊이 감사드립니다. 여러분들이 우리문학의 미래입니다. 그리고 우리문학회 100주년을 바라보는 희망입니다. 아울러 발간 과정에서 제반 실무를 맡아 준 총무팀에도 감사드립니다. 끝으로 학회지 출판의 든든한 지원자이며, 이번 새로운 문학사 출판도 흔쾌히 맡아주신 보고사 김흥국 사장님과 편집담당자에게도 감사의 마음을 전합니다.

이 새로운 문학사 발간의 기쁨을 학회원뿐만 아니라 한국문학을 사랑하는 세상 모든 분과 함께 나누길 기대합니다. 강호제현의 관심과 질정을 바랍니다.

2024년 12월
우리문학회 회장
안영훈 삼가 씀

일러두기

『100개의 키워드로 읽는 우리문학사』의 집필 방향 및
활용과 쓰임에 대한 제안

키워드 중심의 문학사 서술이 새로운 시도는 아니다. 국내와 해외에서 이러한 사례가 없지는 않다. 그러나 키워드를 중심으로 문학사를 살피는 일은 문학사 전반을 포괄하기도 어렵거니와 기존 문학사의 범주와 경계를 넘나드는 일이어서 노정된 한계를 감수할 수밖에 없는 일이다. 무엇보다 사(史)적 흐름을 따르지 않는 것이 과연 문학사일 수 있을까라는 질문은 기획과 집필 그리고 교정의 마지막까지 놓을 수 없는 고민거리였다. 그럼에도 키워드 문학사 집필을 감행한 이유는 시간의 순서에 따른 연대기적 문학사 서술이 필연적으로 생산해온 위계적 구조를 넘어서기 위해서였다. 글쓰기 주체와 장르에 따라 텍스트가 중심과 주변으로 배치됨으로써 한국문학의 정전(正傳)이 결정되는 연대기적 문학사 서술은 텍스트에 위계적 의미를 부여해왔다. 가령 고전문학에서 현대문학에 이르기까지 문학사의 주체는 지식인 남성 문인들이었고, 그들의 작품이 문학사적 정전의 위치에 있었음은 주지의 사실이다. 이에 대한 문제의식은 대항적 문학사, 복수의 문학사 서술이라는 최근의 시도들을 통해서도 확인된다.

이 책을 만드는 데 참여한 집필자들은 기존의 문학사가 안고 있는 한계를 넘어서보자는 바람으로 키워드 문학사 서술을 시도하기로 의견을 모았다. 키워드 문학사가 연대기적 문학사가 지닌 모든 문제를 해소하는 대안은 아니지만 주체와 타자, 중심과 주변이라는 위계적 질서를 벗어나

더 평등하고 개방적인 다중심의 문학사를 제안할 수 있기를 바라는 마음으로 100개의 키워드를 엮게 되었다. 주변적인 것으로 인식되었으나 현재적 시점에서 재평가가 필요한 장르나 문학적 현상들 그리고 언제나 문학사의 주변부에 머물렀던 글쓰기의 주체들을 키워드를 통해 호명하고자 했다. 100개의 키워드로 한국문학 전반을 두루 살피기는 역부족이지만 기존의 문학사가 주목하지 못했던 것들을 키워드로 추려내 지금까지는 소략히 다뤄졌던 한국문학의 부면들을 조명하고자 했다.

물론 키워드 중심의 문학사 서술이 가진 한계도 없지 않다. 각각의 키워드가 포괄하는 범주의 균형이나 서술 스타일의 차이를 어떻게 극복할 것인가라는 문제가 여전히 남아 있다. 그러나 모든 문제를 미리 해결하고서 결과물을 도출하기는 어려운 일이다. 키워드를 범주별로 세분화하여 갈무리하는 것은 앞으로의 과제로 남겨두기로 한다. 그리고 다양한 관심사를 가진 여러 명의 집필자가 참여하다보니 발생한 서술상의 상이함이나 시선의 차이도 있었다. 그러나 이러한 차이가 오히려 키워드 문학사의 장점이 될 수 있으리라 기대하며 최소한의 집필 방향만 공유함으로써 각 키워드가 주목해야 할 특징들을 예각화하도록 했다. 다음과 같은 집필 방향을 공유했음을 밝힌다.

첫째, 키워드에 대한 기본적 개념을 밝히고 그 배경을 설명하기로 한다.
둘째, 키워드를 구체화할 수 있는 작가와 작품에 대한 사례를 제시하기로 한다.
셋째, 집필한 내용과 관련하여 현재적 시각에서 집필자의 평가나 견해를 제시한다.

키워드의 사전적 의미와 함께 문학적 맥락을 설명하되 키워드가 등장하게 된 배경 그리고 대표적인 작가와 작품을 소개하고 문학사적 의의를 서술하여 독자의 이해를 돕고자 했다. 이러한 집필 방향이 도달하고자 한 가장 핵심적인 목표는 독자들이 각자의 관심사를 중심으로 능동적으로 키워드를 재구성해보고 새로운 문학사적 논점을 발견하는 것이다. 예컨대 고전과 현대의 키워드를 아우르며 여성문학을 살피고자 한다면, '열녀', '현모양처', '기녀', '계모', '첩', '신여성'과 같은 여성 글쓰기 주체들을 만나볼 수 있다. 또 현실에 대한 문학의 응전을 중심으로 문학사를 재구성하고자 할 경우 '오륜가', '전란소설', '현실비판가사', '민족문학', '시민문학', '노동문학', '종군문학' 등의 키워드를 통해 현실에 대응하는 문학의 양상들을 살펴볼 수 있다.

키워드 문학사는 한국문학에 대한 객관적 지식을 시간 순서대로 평평하게 정리해서 전달하는 방식을 지양한다. 그보다는 한국문학에 대한 각자의 관심과 문제의식을 중심으로 문학적 흐름을 재구성하는 입체적인 문학사'들'이 탄생하기를 바란다. 연대기적 문학사에 비해 울퉁불퉁하고 거친 문학사로 읽히겠지만 한국문학에 대한 관심과 애정을 가지고 장르와 위계를 횡단하며 새로운 문학사의 가능성을 발견하는 계기가 될 수 있기를 기대한다.

책임집필자 서유석, 장은영

차례

가객

노릭갓치 죠코 죠흔 줄을 벗님네 아둣든가

　春花柳 夏淸風과 秋月明 冬雪景에 弼雲 昭格 蕩春臺와 漢北 絕勝處에 酒肴

爛慢ᄒ듸 죠흔 벗 가즌 稽笛 아름다온 아모가히 第一名唱들이 次例로 벌어

안즈 엇결어 불을 쩍에 中한닙 數大葉은 堯舜禹湯文武 갓고 後庭花 樂時調는

漢唐宋이 되엿ᄂ듸 搔聳이 編樂은 戰國이 되야 이셔 刀槍劍術이 各自騰揚ᄒ

야 管絃聲에 어릐엿다

　功名도 富貴도 나 몰러라 男兒의 이 豪氣를 나는 죠화ᄒ노라

　　　　　　　　　　　　　　　　　　　　　　－『해동가요_주씨본』 548

　벗님네에게 '노래'만큼 좋은 것을 아느냐고 물으며 시작하는 이 사설
시조에는 사계절 좋은 날을 잡아 친구들은 물론 악공과 기녀, 명창들을
불러 모은 놀이판의 모습과 그 놀이판을 호쾌하게 즐기는 화자의 득의양
양함이 잘 드러난다. 부귀공명도 나 몰라라 하는 "男兒의 이 豪氣"가 가감
없이 표출된 작품이다. 바로 18세기를 대표하는 '가객(歌客)' 노가재(老歌
齋) 김수장(金壽長, 1690~?)의 작품이다. 이러한 가객이 본격적으로 등장
하는 18세기는 시조 향유의 일대 전환이 일어나는 시기로 시조사(時調史)
의 변곡점으로 불린다.
　시조는 발생기부터 사대부의 예술이었다. 김흥규에 따르면 시조는 사
대부 동류 집단 사이에서 이루어지는 자족적 예술 소통의 한 형태였다.
그들의 시조 향유는 전문 예술가 의식에서 수행된 것이 아니라 교양적

차원의 예악 활동이었다. 이 시기 사대부들은 간혹 심성 수양이나 풍류 한정의 차원에서 스스로 창자로 나서기도 했지만, 대개는 기녀를 대동하여 음악을 즐기거나 집안에서 기르는 가비(歌婢)나 가동(歌童)을 통해 시조를 향유하였다. 당연하게도 향유의 중심은 사대부에 한정되어 있었다. 이때 시조의 가창을 주로 담당했던 기녀와 가비, 가동 등의 연행자들은 모두 그들에게 신분적·경제적으로 예속되어 있으면서 주로 사대부 내부의 자족적인 창악 취미를 위해 기능적인 봉사를 목적으로 활동하였다. 그러한 제약 아래서 부여된 직무로 노래를 익히고 불렀기 때문에, 이들은 창의적인 예술가라기보다는 숙련된 기능인으로서의 역할을 담당하였다.

17세기 후반~18세기에 이르러 시조의 연행과 향유 양상은 크게 변화하게 된다. 주지하듯 이 시기에는 생산성의 향상과 상품화폐경제의 발달, 상공업의 발전 등으로 경제적 성장이 이루어졌으며, 도시의 규모가 확장되고 유흥 공간이 증가함에 따라 문화·예술에 대한 수요도 크게 늘어나기 시작했다. 때마침 국가에 소속되어 있던 예인들이 독립하면서 고급기예를 가진 예능인들의 솜씨를 시정에서도 관람할 수 있는 환경이 조성되었다.

이러한 상황에서 서울 시정에는 전반적으로 소비적·유흥적 분위기가 조성되었는데, 그것을 주도한 것은 '중간계층'이었다. 물론 유흥의 향유층을 중간계층에 국한시킬 수는 없다. 예컨대 양반층이 조선 후기에도 기악을 위시한 유흥의 소비자로 엄연히 존재했음은 췌언을 요하지 않는다. 그러나 중간계층은 왈자 조직이나 기부(妓夫)의 형태로 각종 연예인과 기녀들을 직접 지배함으로써 유흥적 분위기의 조성과 확산에 주도권을 행사했던 것으로 생각된다. 더욱이 이들은 유흥의 단순한 소비자가 아니라 전문적 예능의 보유자로서, 그리고 적극적인 감상자이자 비평자로 존재하였다. 시조의 경우에도 바로 이 중간계층이 새로운 향유층으로 부상함으로써 사대부 중심으로 전개되어 온 전대와는 또 다른 판도의 변화가 일어났다. 즉 사회적·문화적으로 성장한 중간계층 지식인들이 시조를 자기표현의 문학적 양식으로 삼음으로써 주된 향유층으로 부상하기 시작한 것이다. 그리고 그 중심에 전문 가객이 있었다.

여기서 다시 모두(冒頭)의 시조로 돌아가 보자. 한곳에 모인 여러 사람들 중에 '명창(名唱)'들이 중한닙, 삭대엽, 후정화, 낙시조, 소용이, 편락 등으로 이어지는 가곡 한바탕을 부르며 놀이판을 주도하는데, 이때 이 명창들이 바로 조선 후기 시조사의 중심에 있었던 '가객'이다. 이들 또한 대다수가 중간계층이었다. 한편 서울의 유흥과 여가문화의 발달은 필연 유상처(遊賞處), 즉 주변 풍광의 아름다움이 빼어나 이를 즐겨 노닐만한 공간의 발견으로 이어졌다. 작품에 등장하는 필운대와 탕춘대가 대표적인 곳이다. '臺'라는 명칭에서 알 수 있듯 이곳은 다른 곳보다 지대가 높으며 땅이 평평하여 경치를 감상하기 좋을 뿐만 아니라 다수의 인원이 모일 수 있는 공간이다. 거문고 명인을 비롯하여 시인과 묵객(墨客) 등 시조를 애호했던 다방면의 중간계층 예술인들은 가객(들)을 중심으로 함께 모여 풍류를 즐겼다.

가객은 노래를 전문적 또는 전업적으로 하는 예능인을 말한다. 이들은 사대부들이 취미나 풍류의 일환으로 가악(歌樂)을 즐겼던 것과는 전혀 다른 방식으로 음악을 대했다. 이들은 음악을 하나의 예술로 인식하고 전대의 창법을 답습하는 차원을 넘어 자신만의 창법을 개발하는 데 이르렀다. 단순한 기능인이 아닌 창조적 역량을 발휘하는 예술인으로, 연행의 현장에서 그 노래의 새로운 수용층에 맞춰 변주시키면서 새로운 곡조를 만들었던 것이다. 이들의 활동은 만대엽과 중대엽에 비해 빠른 삭대엽계 가곡으로의 전환, 시조창의 개발은 물론 다양한 변주곡을 만들어내면서 가곡의 분화와 발달을 촉진하였다. 이렇게 분화·발달된 가곡의 곡조를 체계적으로 종합화하여 '가곡 한바탕'을 형성하는 데에까지 나아갔다. 단순한 애호가가 아닌 가악의 전문가로 성장하여 18세기부터 일어나는 급격한 가곡, 즉 시조음악의 변화를 주도했다. 그리고 직업적으로 가곡을 연창하는 가객이 등장함에 따라 자연스레 사대부들은 전대와 달리 수동적인 감상층으로 내려앉게 되었다. 그러나 모든 사대부가 수동적인 역할만을 담당한 것은 아니다. 18세기 중반 이후 사대부들 가운데 심용(沈鏞, 1711~1788), 이정보(李鼎輔, 1693~1766) 등과 같은 후원자, 즉 패트론의 등장은 가곡의 발전을 촉진시키는 원동력이 되었다. 이들은 가곡의 고급 감상자이자 경제적 후원자로 가객들을 보호하고 육성하는 역할을 수행했다.

가객들의 활동 가운데 문학사적으로 가장 큰 성과는 가집(歌集)의 편찬을 꼽을 수 있다. 사대부들이 향유를 주도하던 시기에는 개인적 차원에서 소규모 집단으로 향유가 이루어졌기 때문에 작품을 수집하여 보급하는 것에는 관심을 기울이지 않았다. 조선 전기부터 많은 사대부 작가들이 다량의 뛰어난 작품을 남겼음에도 불구하고, 자신들의 작품을 전승하고 보급하는 데에는 그다지 관심을 보이지 않았던 것이다. 그들에게 '시(詩)'는 어디까지나 한시였고, 시조는 '가(歌)'이자 시의 주변 장르인 '시여(詩餘)'로 존재했다. 하지만 한편으로 시조가 시여이자 구비적 가창물이라는 점은 국문시가(國文詩歌)가 존립할 수 있었던 유력한 바탕이기도 하다.

이런 상황에서 1728년 중인 가객 김천택(金天澤, 1680末~?)의 『청구영언(靑丘永言)』 편찬은 대단히 큰 문학사적 의의를 지닌다. 단편적으로 전승되던 가곡의 노랫말을 집대성함으로써 시조 전승의 확고한 토대를 마련했으며, 이후 김수장(金壽長, 1690~?)의 『해동가요(海東歌謠)』를 비롯한 현재 전하는 수백 종의 가집을 산생하는 밑거름이 되었다. 『청구영언』은 최초의 가집이라는 것이 믿기지 않을 정도로 정제된 체제를 갖추고 있는데, 후대 가집들은 대부분 『청구영언』의 체제를 따르거나 조금씩 변형하는 방식으로 편찬이 이루어졌다.

　김천택은 『청구영언』을 편찬하기 전 10여 년이 넘는 기간 동안 노랫말을 수집했다.

> "우리 동방의 고려 말부터 국조에 이르기까지 명공과 석사 및 여항인, 규수의 작품으로서 노래로 세상에 전하는 것은 모두 채록하여, 그 사이에 비록 뛰어난 작품으로 이름이 나지는 않았더라도 사람들에게 알려진 경우라면 모두 기록하였다. 비록 그 사람은 취하기에 부족하더라도 노래가 볼 만하면 또한 취해서 그것을 기록한 것이다."

　위의 유명씨 발문에 따르면 그는 당시까지 전승되던 가곡 노랫말을 최대한 집성하려 노력했던 것으로 확인된다. 고려 말부터 국조에 이르기까지 명공과 석사 및 여항인, 규수의 작품으로서 노래로 세상에 전하는 것은 모두 채록하였다고 밝히고 있다. 아울러 수집 기준을 분명하게 제시했는데, 인물의 지위나 사회적 평판보다 노랫말의 가치를 우선하였다. 그렇기 때문에 연창의 주요 담당자였던 여항인과 기녀들의 작품도 민간에서 불리던 다소 음일(淫洗)한 노래들도 한 권에 수렴될 수 있었다. 『청구영언』이 없었다면 우리는 문학사의 가장 큰 축 가운데 하나인 시조의 모습을 온전히 보지 못했을지도 모른다. 뿐만 아니라 김천택은 『청구영언』을 편찬함으로써 구연에 의해 전승되던 시조를 수집과 기록의 대상으로, 명실상부한 시와 가의 일체인 '시가(詩歌)'로 존재하게 만들었다는 점에서도 의의를 찾을 수 있다.

　한편 가객들이 자신의 존재를 스스로 표면에 드러내기 시작한 것도 가집을 통해서였다. 김천택은 『청구영언』에서 중인 출신 여항 가객의 작품을 '여항육인(閭巷六人)'이라는 항목으로 묶었다. 장현(張炫) 1수, 주의식(朱義植) 10수, 김삼현(金三賢) 6수, 김성기(金聖基) 8수, 김유기(金裕器)

10수, 김천택 30수 등 총 6인 65수의 작품을 작가들의 짤막한 전기와 함께 실었다. 사대부 작가(47인)의 작품이 총 212수인 점을 감안하면 적지 않을 수량인데, 김천택이 '여항육인' 항목을 통해 당시 가곡 연행의 주체로서 여항 가객들의 존재와 위상을 환기하려 했던 의도가 드러난다.

앞서 살펴보았던 김천택과 김수장은 18세기 전·중반에 걸쳐 활동한 대표적인 가객이다. 이들은 가창자로서 탁월한 재능을 발휘했을 뿐만 아니라, 다량의 시조를 창작한 시인으로서도 왕성하게 활동하였다. 음악적 관심에서 출발하여 문학의 영역에까지 관심을 확장해나간 것이다. 이들처럼 다량의 작품을 남겼으며, 가집까지 편찬한 중인 가객으로 19세기 중후반에 주로 활동한 안민영(安玟英, 1816~?)이 있다. 그는 스승인 박효관(朴孝寬, 1803~?)과 더불어 『가곡원류(歌曲源流)』를 편찬했으며, 자작 시조만을 묶어 편찬한 가집 『금옥총부(金玉叢部)』를 남겼다. 한편 가객이라고 모두가 시조 노랫말을 창작했던 것은 아니다. 이와 관련하여 김수장의 『해동가요』(주씨본) 말미에는 '古今唱歌諸氏'라는 항목에 56명의 가객(가창자)이 수록되어 있어 주목을 요한다. 이는 책의 서두에 있는 '作家諸氏'라는 노랫말의 작자 명단과는 다른 별도의 명단으로, 가창만을 전문으로 하는 집단의 규모가 확장되어 있음을 말해준다.

가객들이 남긴 시조의 전반적인 경향을 파악하는 것은 쉽지 않다. 김천택과 같이 사대부들과의 교유의 폭이 넓으면서 그들의 의식세계를 지향하는 듯한 작가가 있는 한편, 매우 넓은 주제적 스펙트럼을 확보하면서 동시에 가객으로서의 자부심을 감추지 않고 드러내는 김수장과 같은 작가도 있다. 또한 안민영은 흥선대원군(興宣大院君, 1821~1898)이라는 강력한 패트론과 만남으로써 상류층의 수준 높은 감식안과 결합하여 미적 탐닉에 가까울 정도로 예술적 전문성을 강화하는 방향으로 나아갔다는 평가를 받기도 하였다. 이와는 달리, 유가적 이념이 그대로 이념적 기반을 이루고 있다는 점에서 가객시조의 작품세계가 전반적으로 사대부시조와 다르지 않으며, 신분적 차이를 보상하려는 강한 문화적 상승 욕망이 결국 사대부 문화의 모방 쪽을 선택하고 말았다는 한계를 부인할 수 없다는 평가를 받기도 한다.

이처럼 개별 작가들에 대한 논의와 전반적인 흐름을 포착하기 위한 논의가 상호보완적인 차원에서 꾸준히 이루어질 필요가 있다. 아울러 후기 가객들에게서 보인 가창의 전문성을 담지하고 있었던 전기의 가비와 가동의 존재, 작품은 남기지 않았지만 가창에 특화된 창자 집단, 큰 틀에서 보자면 가객임에도 기녀(妓女)의 측면에서만 논의가 진행되는 경향이 있는 가기(歌妓)의 존재 등에 대해서도 관심을 기울일 필요가 있다. 우리 시가의 가창 문화 전반에 대한 그림이 그려지기를 기대한다.

(신성환)

가곡창과 시조창

　고전시가에서 가장 잘 알려진 문학 장르 중 하나가 바로 시조(時調)이다. 오늘날 시조는 흔히 맹사성(孟思誠, 1360~1438)이나 이황(李滉, 1502~1571), 윤선도(尹善道, 1587~1671)와 같은 사대부나 황진이(黃眞伊)와 같은 기생 작가가 창작한 문학이며, 또한 '3장 6구, 45자 내외'의 형식으로 이루어진 우리 고유의 시(詩) 문학 정도로 알려져 있다. 그러나 이는 대중적으로 널리 알려진 설명일 뿐, 실제로 시조는 문학과 음악을 아우르는 예술이며 특히 전통 음악의 영역에서 다양한 창법으로 불리며 향유된 노래이다. 이러한 시조를 부르는 대표적 성악 방식이 바로 가곡창(歌曲唱)과 시조창(時調唱)이다.

　시조의 음악적 특성을 이해하기 위해서는 먼저 시조를 가리키는 다양한 용어에 대해 살펴볼 필요가 있다. 우리가 잘 아는 '시조'라는 용어는 20세기 초 '시조 부흥 운동'이 전개되면서 그 시기에 새롭게 정립된 문학 장르 명칭이다. 하지만 이 명칭은 과거 시조 장르의 전승과 향유의 실상을 그대로 반영한 것이 아니다. 전통 시대에 시조는 다양한 이름으로 불렸다. 현재는 '시조'라는 명칭이 익숙하지만, 과거에는 대엽(大葉), 시여(詩餘), 가곡(歌曲), 신번(新飜), 신성(新聲), 신조(新調), 단가(短歌), 시조(時調), 시절가조(時節歌調), 시절가(時節歌) 등이 쓰였다. 이 중 대엽, 시여, 가곡, 신번, 신성 등이 가곡창이고, 시조, 시절가조, 시절가 등이 시조창을 뜻한다. 가곡창과 시조창은 시조 노랫말을 음악에 얹어 부르는 두 가지 방식에 대한 현재적 명칭으로 사용되고 있다.

이 중 그 유래가 오래된 것은 가곡창이며, 18세기 중후반 경에 가곡창 창법을 조금 평이하게 해서 새롭게 만들어져 나온 창법이 시조창이다. 따라서 시조를 부르는 방식의 본령은 가곡창이고 이를 좀 더 쉽고 편하게 만든 방식이 시조창이라고 이해하면 된다. 가곡창은 음악적으로 5장의 형식으로 부르고 시조창은 3장의 형식으로 부른다. 또한 시조창은 가곡창 과 다르게 종장 맨 마지막 구절을 부르지 않는다는 특징이 있다.

'가곡창'		'시조창'
대여음(大餘音) : 전주(前奏)		
초장 (1장) ‥‥‥	동창이 밝았느냐	‥‥‥ 초장
2장 ‥‥‥	노고지리 우지진다	
3장 ‥‥‥	소치는 아이는 상기 아니 일었느냐	‥‥‥ 중장
중여음(中餘音) : 간주(間奏)		
4장 ‥‥‥	재 너머	‥‥‥ 종장
5장 ‥‥‥	사래 긴 밭을 언제 갈려 (하나니)	
대여음(大餘音) : 후주(後奏)		

시조는 고려 후기에서 조선 전기 사이에 발생한 것으로 추정된다. 고려 후기의 시조 작가로 우탁(禹倬, 1262~1342), 이조년(李兆年, 1269~1343), 이 색(李穡, 1328~1396) 등이 있으며, 이들이 활동했던 14세기 초중반에는 이 미 시조가 존재했음을 알 수 있다. 시조 장르의 발생 초기부터 시조를 가곡창의 방식으로 불렀는지는 확실히 알 수 없다. 당시 시조의 주요 담당 층인 사대부들은 주로 한시(漢詩) 창작의 연장선상에서 여기(餘技)로서 시 조를 창작하거나, 자기 수양의 차원에서 지어 부른 경우가 많았다. 또한 당시에는 성악 장르를 전문적으로 담당한 연행층의 활동이 조선 후기에 비해 상대적으로 미미했기에, 사대부들이 직접 가창하는 데 어려움이 없

는 방식으로 불렀을 것으로 보인다. 좀 더 전문적으로 향유할 때는 가기(歌妓), 가동(歌童) 등을 동원하여 부르게 하되, 줄풍류와 같은 전문 악공을 동원하고 격식을 차린 공연보다는 개별적 차원에서 향유했을 것으로 추정된다. 이처럼 조선 초기에도 가곡창을 부르는 방식은 존재했겠지만, 현행 가곡창과 유사하다고 보기는 힘들다.

현재 가곡창의 모태가 되는 가곡창 형식은 조선 중기 경에 시작된 것으로 보인다. 조선 중기 궁중 악인(樂人) 안상(安瑺)이 편찬한 『금합자보(琴合字譜)』(1572)에는 가곡창 악곡인 만대엽(慢大葉)과 북전(北殿)이 보이고, 악사 양덕수(梁德壽)가 편찬한 『양금신보(梁琴新譜)』(1610)에는 "요즘 쓰이는 대엽조의 만·중·삭은 모두 〈정과정〉 삼기곡에서 나왔다(時用大葉慢中數 皆出於瓜亭三機曲中)."라는 내용이 기록되어 있어 '대엽조', 즉 가곡창 형식의 연원이 궁중악과도 일정 정도 관련이 있음을 짐작하게 한다. 또한 『양금신보』에는 만대엽과 중대엽(中大葉) 악곡이 실려있고, 중대엽은 다시 우조(羽調), 우조계면조(羽調界面調), 평조(平調), 평조계면조(平調界面調) 등 4개의 악조에 나뉘어 있어 이 시기 가곡창 문화의 주요 특징들을 잘 보여준다.

이후 성호(星湖) 이익(李瀷, 1681~1763)의 『성호사설』 중 〈인사문(人事門)〉 '국조악장(國朝樂章)'에도 "우리나라 가사에는 대엽조가 있다. … 그중 만·중·삭의 세 가지 악조가 있는데, 이것을 본래 심방곡(心方曲)이라 한다. 만대엽은 지극히 느리고 사람들이 싫어해서 없어진 지 오래고, 중대엽은 조금 빠르나 역시 좋아하는 사람이 적으며, 지금 통용되고 있는 대엽은 삭조(數調)이다(東俗歌詞有大葉調 … 其中又有慢中數三調 此本號心方曲 慢者極緩人厭廢久 中者差促亦鮮好者 今之所通用即大葉數調也)."라고 적혀 있어서, 이전과는 변화된 17세기 말~18세기 초의 가곡창 문화를 보여주고 있다.

가곡창과 시조창 문화를 잘 보여주는 문헌 자료는 18세기 초반부터 쏟아져 나온 가집(歌集)들이다. 따라서 조선 후기의 가곡창과 시조창 연행 양상을 파악하기 위해서는 주요 가집들의 편찬 체제와 전승 과정을 살펴보는 것이 도움이 된다. 18~19세기에 편찬된 가곡창 가집으로는 『청구영언(靑丘永言)』, 『해동가요(海東歌謠)』, 『가곡원류(歌曲源流)』가 있고, 시조창 가집으로는 『남훈태평가(南薰太平歌)』가 대표적이다.

이 중 18세기 초반을 대표하는 가곡창 가집은 바로 가객 김천택(金天澤)에 의해 편찬된 『청구영언』(국립한글박물관 소장)이다. 이 가집에 실린 악곡명을 보면, 이 시기 가곡창 문화를 짐작하게 한다. 이미 고조(古調)로 자리매김한 초중대엽(初中大葉), 이중대엽(二中大葉), 삼중대엽(三中大葉), 북전(北殿), 이북전(二北殿)에 각각 1수의 작품들이 수록되었고, 삭대엽 중 비교적 고조의 음악인 초삭대엽(初數大葉)에도 1수가 배치되었다. 당대 가장 인기 있는 악곡이었던 이삭대엽(二數大葉)에는 391수의 시조 작품이 시대별, 작가별, 유·무명씨별로 나뉘어 수록되었다. 이외에도 삼삭대엽(三數大葉), 낙시조(樂時調) 항목이 있고, 마지막에는 사설시조 116수가 만횡청류(蔓橫淸類)로 한꺼번에 묶여 수록되었다.

현재 가곡창에 직접적인 영향을 끼친 것은 19세기 말에 편찬된 『가곡원류』이다. 19세기 가객 박효관(朴孝寬)과 그의 제자 안민영(安玟英)에 의한 만들어진 『가곡원류』에는 19세기 가곡창 문화의 특징인 우조, 계면조 2개 악조의 양항 체계가 반영되고, 남창(男唱)과 여창(如唱) 가곡창이 분리되어 가집에 편집되게 된다. 국립국악원에 소장된 『가곡원류』의 편제를 제시해 본다.

〈남창〉　우조(羽調)　초중대엽(初中大葉) 1~3(3수)　장대엽(長大葉) 4(1수)
　　　　　　　　삼중대엽(三中大葉) 5~6(2수)

계면조(界面調) 초중대엽(初中大葉) 7(1수) 이중대엽(二中大葉) 8(1수)
삼중대엽(三中大葉) 9(1수)
후정화(後庭花) 10(1수) 대(臺) 11(1수)
우조(羽調) 초삭대엽(初數大葉) 12~24(13수) 이삭대엽(二數大葉)
25~61(37수) 중거(中擧) 62~80(19수) 평거(平擧) 81~
103(23수) 두거(頭擧)존쟈즌한닙 104~124(21수) 삼삭
대엽(三數大葉) 125~146(22수)
소용이(搔聳伊) 147~160(14수) 율당삭대엽(栗糖數大葉)
161~165(5수)
계면조(界面調) 초삭대엽(初數大葉) 166~169(4수) 이삭대엽(二數
大葉) 170~250(81수) 중거(中擧)즁허리드는쟈즌한
닙 251~304(54수) 평거(平擧)막드는쟈즌한닙 305~
369(65수) 두거(頭擧)존즌즌한닙 370~437 (68수)
삼삭대엽(三數大葉) 438~461(24수)
만횡(蔓橫) 462~486(25수) 농가(弄歌) 487~546
(60수) 계락(界樂) 547~577(31수) 우락(羽樂) 578~
596(19수) 엇락(旕樂) 597~624(28수) 편락(編樂)
625~631(7수) 편삭대엽(編數大葉) 632~653(22수)
엇편(旕編)지르는편즌는한닙654~665 (12수)

〈여창〉 우조(羽調) 중대엽(中大葉) 666(1수)
계면조(界面調) 이중대엽(二中大葉) 667(1수) 후정화(後庭花) 668
(1수) 대(臺) 669(1수)
장진주(將進酒) 670(1수) 대(臺) 671(1수)
우조(羽調) 이삭대엽(二數大葉) 672~685(14수) 중거(中擧) 686~
696(11수) 평거(平擧) 697~703(7수) 두거(頭擧) 704~
718(15수)
율당삭대엽(栗糖數大葉) 719~720(2수)

계면조(界面調) 이삭대엽(二數大葉) 721~736(16수) 중거(中擧)중
허리드는쟈즌한닙 737~757(21수) 평거(平擧)막드
는쟈즌한닙 758~778(21수) 두거(頭擧)존쟈즌한닙
779~791(13수)
농가(弄歌) 792~806(15수) 우락(羽樂) 807~825
(19수) 계락(界樂)826~837(12수) 편삭대엽(編數大
葉) 838~855(18수)
가필주대(歌畢奏臺) 856(1수)

현행 가곡창에서는 중대엽이 불리지 않고, 환계락(還界樂)이 추가되는
등 악곡명에 다소 변화가 있지만 『가곡원류』의 편제를 거의 그대로 계승
했다고 보아도 무방하다. 이러한 『가곡원류』의 편제는 20세기 초 하규일
(河圭一, 1867~1937)에 의해 계승되며 현재까지 전해졌다고 할 수 있다.
　가곡창은 특정한 한 작품만 부르기보다는 여러 악곡의 작품을 연이어
부르는 가곡 한바탕의 형식으로 부른다. 이를 편가(編歌)라고도 하며, 여러
곡의 노래를 악조와 악곡의 흐름에 맞게 배치하여 레퍼토리를 만들어 부르
는 방식이다. 예를 들어, 안민영이 창작한 연시조 〈매화사〉 8편은 우조의
8개 악곡에 각각의 시조 노랫말을 붙여서 만든 가곡 한바탕 작품이다.
우조 '초삭대엽-이삭대엽-중거-평거-두거-삼삭대엽-소용-우롱(반엽)'
악곡에 각기 다른 시조 노랫말을 실어 부를 수 있게 하였다. 또 다른 예로
1933년 조선권번 배반 자리에서 불린 가곡창 레퍼토리를 보면, '남창 우조
초삭대엽-여창우조 이삭대엽-남창 삼삭대엽-여창 우조 두거-남창 우조
소용-여창 반엽-남창 계면 삼삭대엽-여창 계면 두거-남창 언락-여창
우락-남창 편락-남창 편-태평가'로 총 13편의 가곡창이 불렸는데, 남녀
교환창 한바탕으로 이루어졌으며 악조와 악곡의 흐름을 고려하는 동시에
음악적 변화를 추구하며 노래가 진행됐음을 알 수 있다.

시조창의 본격적인 등장은 18세기 중반 정도로 볼 수 있다. 문헌 기록으로는 18세기 중반 신광수(申光洙, 1712~1775)의 『관서악부』에 '시조에 장단을 배열한 것은 서울에서 온 가객 이세춘부터라네.'라는 기록이 있어 대략적이나마 시조창의 출현 시점을 알 수 있게 한다. 앞서 언급했듯이 시조창은 가곡창에 비해 대체로 부르기 쉽다고 평가되는데, 가곡창은 반드시 악기 반주가 따르고 전주[대여음]와 간주[중여음]까지 진행되지만, 시조창은 간단하게 무릎장단만으로 부를 수 있는 창법이다. 이후 시조창은 부르기 쉽고 듣기 편한 창법으로 대중성을 확보하면서 전문 가창자가 아니더라도 어렵지 않게 접할 수 있는 노래로 인식되었고, 점차 저변을 확대해 갔다. 방각본 시조창 가집 『남훈태평가』(1863)는 이러한 시조창 문화를 바탕으로 편찬되었다고 볼 수 있다.

또한 시조창도 '평시조, 지름시조, 사설시조'를 연이어 부르는 '시조삼장(三章)'이라는 편가 방식이 정착되는 등 조선 후기로 갈수록 독자적인 예술성과 인지도를 확보해 나갔다. 또한 고악보(古樂譜)에도 시조창 작품과 편가들이 수록되고 새로운 시조창 악곡도 만들어지는 등 계속해서 시조창의 다양화가 이루어져 갔다.

그러므로 시조창을 단순한 성악 방식으로 인식하거나 가곡창에 비해 음악적 수준이 떨어지는 예술로 보는 것은 문제가 있다. 『남훈태평가』이후 여러 시조창 필사본 가집들이 생성되었고, 19세기 말~20세기 초에 이르러서는 폭넓은 향유층을 확보하며 다양한 향제(鄕制)가 파생된 것을 통해 볼 때, 오히려 대중적 인지도를 얻고 많은 사랑을 받은 것은 시조창이라고 볼 수 있기 때문이다. 물론 시조 음악의 본령으로서 가곡창의 위상은 여전히 확고하지만, 전문 가객과 기생, 악공의 참여로 이루어지는 가곡창이 소위 소수의 상층 음악 애호가를 중심으로 향유되었던 반면, 시조창은 남녀노소를 막론하고 누구나 부를 수 있고 쉽게 접근할 수 있었다는 점에서 나름의 의의와 가치를 지닌다. 오늘날의 '시조'라는 명칭도 '시조창'[시조(時調), 시절가(時節歌)]에서 유래한 것으로, 이러한 폭넓은 대중성이 현재의 장르 명칭에도 어느 정도 영향을 끼친 것이라고 볼 수 있다.

(강경호)

가정소설·첩·계모

    가정(家庭)은 혈연에 기반한 생활 공동체인 가족을 의미하는 동시에 이들이 거주하는 장소인 집을 가리킨다. 가정은 인간이 최초로 마주하게 되는 사회로서, 인간은 집에서 가족과 함께 생활하며 가정 내 규범과 질서를 습득하고 사회 문화와 전통을 배운다. 또한 부모와 자식, 부부, 형제, 자매 간에 갈등을 겪거나 가정 혹은 개인에게 불어닥친 여러 사회, 경제적 문제에 봉착해 이를 해결해 나가며 사회화 과정을 거친다. 전통사회에서 가정은 국가를 구성하는 기본 단위로서 가부장제의 질서와 규범을 체득하고 전승하는 장소로 기능하기도 했다. 특히 조선 후기에는 성리학적 유교 이념 아래 가부장제의 원리가 강화되었고, 이는 집의 공간 구획 및 배치, 가족 간의 관계에도 영향을 미쳤다. 여성과 남성의 공간은 각각 안과 밖 즉 안채와 사랑채로 구분되었고, 부모와 자식, 부부, 형제와 자매 등의 가족 관계 역시 삼강오륜 아래 위계화되었다.

    17세기 후반 무렵 성행하기 시작한 가정소설은 가정에서 벌어지는 다양한 사건을 그리는 가운데 가족 간의 갈등과 그것의 해소 과정을 담고 있다. 가정에서 벌어지는 갈등은 처와 첩의 갈등, 전처의 자식과 계모의 갈등, 부모와 자식 간의 갈등, 형제 간의 갈등, 시부모와 며느리의 갈등 등으로, 이 가운데 가정소설에 특히 많이 등장하는 갈등은 처와 첩 그리고 전처의 자식과 계모 사이에 빚어지는 갈등이다. 많이 등장하는 갈등은 처와 첩 그리고 전처의 자식과 계모 사이에 빚어지는 갈등이다. 학계에서는 그간 처첩 간의 갈등이 주요 소재로 활용되는 소설을 '쟁총형 (가정)소설'로, 전처의 자식과 계모의 갈등이 주요 소재로 활용되는 소설을 '계모형 (가정)소설'로 명명하며, 두 유형을 가정소설의 하위 유형으로 다루었다. '쟁총(爭寵)'은 총애를 다툰다는 의미로, '쟁총형 (가정)소설'에 대해서는 주로 가부장을 사이에 둔 처와 처 혹은 처와 첩 간의 애정 갈등에 초점이 맞추어 논의되어 왔다. 그러나 이 용어가 갈등을 하는 인물 간의 관계를 분명히 제시하지 못하고, 또한 쟁총이 처첩 외에 처와 처, 형제, 전처 자식과 계모, 군신 관계 사이에서도 일어난다는 점이 문제로 지적되었다. 이에 따라 이 유형의 작품을 '처첩갈등형'으로 표현하기도 하고, 여러 관계를 포괄하여 '쟁총형 가정소설'이 아닌 '쟁총형 고소설'로 다루어야 한다는 주장이 제출되기도 했다. 처첩 간의 갈등을 다룬 대표적인 작품으로 〈사씨남정기〉, 〈창선감의록〉 등이 있고, 계모와 전처 자식 간의 갈등을 다룬 대표적 작품으로 〈장화홍련전〉, 〈콩쥐팥쥐전〉, 〈김인향전〉 등이 있다. 〈정을선전〉과 같이 두 갈등이 모두 나타나는 작품도 있다.

17세기 후반 김만중(金萬重, 1637~1692)에 의해 집필된 〈사씨남정기〉는 처첩 간의 갈등이 첨예하게 드러나는 대표적인 작품으로, 한문본과 국문본을 포함해 200여 종의 이본이 전할 정도로 당대에 큰 인기를 끌었다. 이 작품은 소설을 배격하는 당대의 분위기 속에서도 인정물태에 대한 곡진한 묘사를 담아 감동을 주며 남녀 모두를 감계시키는 작품, 혹은 사람들 간, 부부 간의 바른 도리를 일깨워주는 작품 등으로 평가되며 남성 사대부들에게 호평을 받았다. 이 작품에 대한 논평과 감상이 담긴, 이규경(李圭景, 1788~1856)의 『오주연문장전산고(五洲衍文長箋散稿)』에 실린 「소설변증설(小說辨證說)」과 김춘택(金春澤, 1670~1717)의 『북헌거사집(北軒居士集)』 권16 「산고(散藁)」, 이양오(李養吾, 1737~1811)의 〈사씨남정기후서(謝氏南征記後敍)〉 등을 통해 이를 확인해 볼 수 있다. 〈사씨남정기〉는 가장인 유연수를 중심에 둔 처 사정옥(사씨)과 첩 교채란(교씨)의 대립적 관계를 바탕으로 가부장제 하에 벌어지는 처첩 간의 갈등을 보여준다. 사씨가 유연수와 결혼한 지 10년이 되도록 아이를 낳지 못하자 유연수에게 후사(後嗣)를 위해 첩을 들일 것을 권유하고 결국 유연수는 교씨를 첩으로 맞이한다. 이후 사씨는 교씨의 악행으로 온갖 수난을 겪다가 쫓겨나 역경 끝에 시댁으로 복귀하고, 교씨의 악행이 징벌되며 소설은 결말을 맺는다. 이러한 서사 속에서 사씨와 교씨는 선과 악으로 선명히 대비된다. 사씨가 가부장적 이념을 체현한 인물로서, 가문의 번영이라는 대의를 위해 기꺼이 자신을 헌신하는 인물로 형상화되는 반면, 교씨는 가부장적 이념에 불응하는 인물로서, 가부장을 미혹시키고 적처(嫡妻)를 모해하여 집안의 화를 불러일으키는, 자기의 이익과 욕망에 충실한 인물로 설정되는 것이다.

한편, 계모형 가정소설의 대표적 작품으로 거론되고 있는 〈장화홍련전〉은 1656년 전동흘(全東屹, 1610~1705)이라는 인물이 철산에 부임하여 해결한, 장화와 홍련이 계모에 의해 억울하게 죽임을 당한 사건을 바탕으로 형성된 소설이다. 이 작품 또한 한문본과 국문본을 포함해 약 80여 종의 이본이 남겨질 정도로 많은 인기 끌었다. 소설은 이본에 따라 장화, 홍련의 재생 화소의 유무에 차이가 있는데, 최고본으로 알려진 1818년에 필사된 박인수본(한문본)을 포함해 대다수의 이본에는 재생담이 포함되어 있지 않고 가람본과 방각본 계열의 이본에만 재생담이 포함되어 있다. 재생담이 포함되어 있는 이본을 기준으로 살펴보면, 〈장화홍련전〉의 서사는 장화, 홍련 친모의 죽음과 계모 허씨의 영입, 계모의 모해와 장화, 홍련의 죽음, 원귀가 된 장화, 홍련의 신원과 부사의 개입을 통한 해원, 계모의 징벌과 경계, 장화와 홍련의 재생으로 구성된다. 이와 같은 서사의 흐름 속에서 전처의 자식인 장화, 홍련과 계모 허씨의 관계가 선, 악으로 선명히 대비된다. 이때, 장화, 홍련의 선행을 강조하기보다는 계모 허씨의 낙태 모해와 처벌 과정 그리고 장화, 홍련의 무고함과 억울함을 병치시킴으로써 선악을 대비시킨다.

이처럼 가정소설은 여성 인물들을 전면에 내세워 처첩 혹은 전처의 자식과 계모 간의 갈등을 선악의 대비와 함께 제시한다. 아울러 첩과 계모의 악행과 그에 대한 징벌이 부각되는데, 이들의 악행의 원인은 대체로 더 많은 가산을 차지하고자 하는 경제적 욕망, 혹은 자신이 낳은 자식이 가계를 계승하기를 바라는 가계 계승의 욕망, 그리고 시기, 질투, 욕심, 음란함 등의 성격적 결함 등으로 제시된다. 그러나 경제적 욕망과 가계 계승의 욕망은 가부장적 질서 아래 첩과 계모가 처한 현실과 무관하지 않으며, 악행의 원인을 성격적 결함에서 찾는 것 역시 당대 현실을 은폐한 채, 문제의 원인을 첩 혹은 계모 개인에게 전가시키는 경향이 있다. 또한 이처럼 여성 인물들을 전경화하는 과정에서 유연수, 배좌수와 같은 가부장의 존재가 후경화된다는 점 역시 문제적이다. 이들은 가정의 질서를 바로잡고 문제를 해결해야 하는 위치에 서 있는 존재임에도 불구하고, 문제 상황에 적극적으로 대응하지 못한다. 오히려 첩과 계모의 모해를 의심 없이 받아들이고, 이에 동조하며 처와 자식을 궁지로 내모는 역할을 한다.

이러한 가정소설의 설정은 그동안 다양한 방식으로 해석되어 왔으며, 그 해석의 관점은 크게 가부장적 질서에 대한 비판과 강화라는 두 방식으로 설명할 수 있다. 전자의 관점에서는 처와 첩, 전처의 자식과 계모 사이에 벌어지는 일련의 사건이 조선 후기 축첩제를 비롯한 가부장적 질서 속 여성들의 질곡을 드러내고, 가정의 불화에 적극적으로 대처하지 못하는 가장의 권위와 능력에 대해 회의하며 가부장제의 문제를 비판적으로 담아낸다고 주장한다. 반면, 후자의 관점에서는 가부장적 질서를 체현하는 사씨와 같은 처의 행위를 선으로 표창하고 교씨와 같은 첩의 행위를 악으로 징계하거나, 혹은 계모의 악행을 부각시키고 전처 자식의 순진함,

무고함을 강조하여 권선징악(勸善懲惡)을 내세움으로써 가부장적 질서를 강화하고 있다고 파악한다. 두 관점을 포괄하며 가정소설에 제시된 가족 갈등의 근본적 원인과 배경에 초점을 맞추어 가정소설이 가부장적 질서의 근본적 문제를 은폐하는 데 공모하고 있다는 점이 주목되기도 했다. 처와 전실 자식들의 첩과 계모에 대한 소외와 무능력하고 우유부단한 가부장의 태도가 첩 혹은 계모의 악행을 유발시킨 원인으로 작용하고 있고, 무엇보다 가정 내에 벌어진 사건의 발단이 가부장적 가족 질서에 있음에도 불구하고 모든 문제의 책임을 첩과 계모에게 떠넘겨 이들을 희생양으로 만들고 있다는 것이다.

　이러한 분석의 연장선에서 가정소설에서 왜 유독 첩과 계모가 악인으로 형상화되었는지 이들의 사회적 위치와 관련해 질문을 던져볼 필요가 있다. 정지영의 연구에 따르면, 조선시대에는 처와 첩의 위계가 엄격하게 구분되었고, 첩은 남편은 물론 처와 며느리에게도 순종을 해야 하는 존재였다. 재혼하여 후처가 되는 여성들 역시 첩과 같은 불안한 위치에 있었다. 재혼하는 여성들은 대체로 재혼하는 남성과 나이 차이가 10년 정도 났고, 남성보다 낮은 신분이거나 몰락한 가문, 경제적으로 궁핍한 경우가 많았다고 한다. 이처럼 첩과 계모는 가족의 내부에 있지만, 가족으로 인정받지 못한 채 가족의 영역 밖으로 밀려난 이방인이었다. 이러한 첩과 계모의 위치는 〈사씨남정기〉에서 교씨가 무녀 십랑의 힘을 동원해 아들을 낳으려 부단히 애쓰거나 사씨가 아들을 낳은 후 불안해하며 사씨를 위험에 몰아넣고 모해하는 장면, 그리고 〈장화홍련전〉에서 허씨가 스스로를 명문 거족의 딸이나 문중이 몰락했다고 언급하고, 배좌수는 물론 장화와 홍련 역시 허씨를 냉대하는 장면에 반영되어 있다.

　한편, 이들의 악행에서 주목되는 것은 그것이 훼절 모해를 통해 처와 전처의 자식을 위험에 빠뜨리는 것으로 제시된다는 점이다. 조선 후기 성리학적 이념과 종법 질서에 따른 가부장제의 강화 속에서 여성의 성은 '정절'과 '열'이라는 이름으로 통제되었다. 가부장을 중심으로 한 가문 중심 사회에서 무엇보다 중요한 것은 부계 혈통이었다. 때문에 혈통의 순수성을 확보하기 위해서는 어머니의 성, 즉 여성의 성이 관리되어야 했고 이것이 정절과 열이라는 이름으로 포장된 것이다. 따라서 훼절한 여성은 자의로든 타의로든 자결을 강요받았다. 그 실례를 『흠흠신서(欽欽新書)』의 〈상형추의(祥刑追議)〉편이나 『추조결옥록(秋曹決獄錄)』에 실려 있는 정절과 관련해 벌어진 여성들의 자살 혹은 타살 사건을 통해서도 엿볼 수 있다. 이러한 점에서 첩과 계모의 악행이 훼절 모해로 제시되는 것은 의미심장하다. 첩과 계모가 처와 전처의 자식에게 드리운 훼절 혐의와 그로 인한 축출(逐出)과 자결(自決)이라는 귀결은 남성중심적 성 이데올로기가 당대 여성들에게 얼마나 강고하게 작용했는지를 역설적으로 보여주기 때문이다.

조선 후기는 지배체제의 분열로 군신, 붕당 간의 갈등이 심화되고, 가부장적 질서가 강화되어 가던 시기였다. 이러한 배경 속에서 등장한 가정소설은 처와 첩, 전처의 자식과 계모의 갈등을 선과 악의 대비, 처와 전처 자식의 수난과 첩과 계모의 악행을 중심으로 구성한다. 처와 전처의 자식들이 가부장제 이념에 순응하며 윤리적 측면에서 선한 인물로 등장하는데 반해, 첩과 계모를 가부장제 이념에 불응하고, 반윤리적 행위를 하는 악한 인물로 등장시켜 선악의 선명한 대립 구도를 마련하고, 악한 인물의 징계와 비극적 최후를 서사의 결말로 제시함으로써 권선징악(勸善懲惡)의 주제를 강하게 드러낸다. 이러한 설정은 표면적으로 가부장적 질서를 보존, 강화하는데 기여하지만 동시에 그 안에 잠복되어 있는 문제를 들추어 내며 가부장적 질서의 위기에 대한 불안감을 드러낸다.

(김선현)

강호시조와 전가시조

　'시조' 갈래를 작품들끼리 공유하고 있는 소재를 기준으로 분류한다고 할 때 '강호'라는 특정의 공간에서 화자가 누리는 이러저러한 삶의 모습을 노래한 일련의 작품들을 묶어 '강호시조'라고 한다. 축자적인 의미에서 '강호'란 강과 호수, 바다 등 물이 있는 곳으로, 물속에는 물고기가 있고 그 위로는 갈매기가 날아다니며, 그 가운데 낚시를 드리운 어부가 작품의 경관 속에 등장한다. 그러나 이와 같은 1차적 의미보다 좀 더 중요한 것은 이로부터 확장된 의미와 그 공간 구조일 터, 그것은 '관료적 삶의 공간 밖에 있는 세계'라 할 수 있다. 바꿔 말하자면 '정사(政事)가 이루어지는 도성 및 행정 지역 바깥의 세계'에 대한 범칭이 '강호'인 것인데, 양반 사대부가 정치 현실이 아니라 강호 자연 속에 거처하게 된 경위는 다양할 수밖에 없으므로 조선 초기부터 후기에 이르기까지 지속적으로 창작된 강호시조의 작품 세계 역시 단일하지 않다.

　　　강호(江湖)에 봄이 드니 미친 흥(興)이 절로 난다
　　　탁료계변(濁醪溪邊)에 금린어(錦鱗魚)ㅣ 안줘로다
　　　이 몸이 한가(閑暇)히옴도 역군은(亦君恩)이샷다.
　　　　　　　　　　　　　　　　　　　－ 맹사성,〈강호사시가_제1수〉

　　　강호(江湖)에 ᄀᆞ올이 드니 고기마다 슬져 잇다
　　　소정(小艇)에 그믈 시러 흘리ᄯᅴ여 더뎌 두고

이 몸이 소일(消日)히옴도 역군은(亦君恩)이샷다.

- 맹사성, 〈강호사시가_ 제3수〉

위의 작품은 현전하는 강호시조 중 창작 시기가 가장 이른 맹사성(孟思誠, 1360~1438)의 〈강호사시가〉 중 일부이다. 이 작품은 제목에서도 짐작할 수 있듯 강호에서의 생활을 4개의 계절에 나누어 노래하고 있는데, 뚜렷한 계절의 변화에도 불구하고 각각의 계절에 녹아들어 있는 화자의 내면 풍경과 세계 인식은 상당한 정도로 흡사하다.

먼저 〈제1수〉에서 봄을 맞이한 화자의 내면에는 '미친 興'으로 표현될 정도의 강렬한 흥취가 일어난다. 중장은 그 흥취의 원인이 제시되는바, 따사로운 봄볕이 내리쬐는 시냇가에서 쏘가리를 안주 삼아 마시는 한 잔의 탁주가 그것이다. 이러한 자신의 삶을 화자는 "한가(閑暇)히옴"으로 집약하고 있으니, '어부'의 모습으로 등장한 화자와 그 화자를 둘러싼 세계 사이에는 어떠한 모순이나 갈등도 존재하지 않는다. 이 점, 〈제3수〉에서도 마찬가지여서 "고기마다 술져 잇다"라는 가을의 풍광 이면에는 그 풍광을 그렇게 인식하게끔 만든 화자 자신의 넉넉하고 풍요로운 내면 풍광이 자리하고 있다.

그런데 화자로 하여금 제각각의 계절마다 강호 자연이 베풀어 주는 시혜를 너그럽게 받아들이고, 이로부터 자신이 발 딛고 있는 세계를 조화롭게 인식하게 만드는 근원적인 요인이 있으니, 그것은 모든 작품의 마지막에 빠짐없이 등장하는 "역군은(亦君恩)이샷다"이다. 현대어로 풀자면 "이 또한 임금의 은총이시도다" 정도가 될 텐데, 이는 자신이 강호에서 누리고 있는 안온한 삶이 강호 자연 너머의 정치 현실에서 이루어지는 군주의 은혜로운 통치 덕분임을 의미한다. 이러한 설정하에서 강호 자연과 정치 현실이라는 두 개의 이질적인 공간은 물리적으로는 떨어져 있지만 화자의 인식 안에서는 긴밀하게 연결된다. 이와 같은 시적 세계는 작가 자신이 밟아온 삶의 이력과 무관하지 않을 터, 맹사성은 이상적인 유교 국가의 완성이라는 조선 왕조의 비전을 실현하는 일에 적극적으로 참여하였고, 그 과정에서 별다른 굴곡 없이 순탄하게 정치 생활을 보낸 후 76세의 나이로 치사(致仕)하게 된다. 이 작품은 그러한 삶의 끝자락에 지은 것으로 알려져 있으니, 이렇게 볼 때 〈강호사시가〉는 작가가 마음속에 지니고 있던 15세기 조선 왕조의 축도(縮圖)라고 말할 수 있다.

그러나 〈강호사시가〉가 보여준 이상과 현실의 조화로운 모습은 그리 오래가지 않는다. 주지하듯 세조(世祖, 1417~1468)의 왕위 찬탈, 연산군(燕山君, 1476~1506)의 폭정과 이에 따른 왕권의 교체, 훈구와 사림 간의 치열한 정치적 대결과 빈번한 사화(士禍)의 발생 등 15세기 중반부터 시작된 불안한 정치 현실은 자의든 타의든 수많은 유교 지식인들을 조정으로부터 떠나가게 했고, 아이러니하게도 이는 적지 않은 강호시조 작품이 이 시기에 창작될 수 있었던 구체적인 동기로 작용한다. 장육당 이별(李鼈)의 〈육가〉, 농암 이현보(李賢輔, 1467~1555)의 〈어부단가〉, 퇴계 이황(李滉, 1501~1570)의 〈도산십이곡〉, 송암 권호문(權好文, 1532~1587)의 〈한거십팔곡〉 등이 그것으로, 이 작품들에 나타난 화자의 세계 인식은 〈강호사시가〉의 그것과 준별되는데, 여기서는 이현보와 이황의 작품 중 한 수씩을 살펴보도록 하자.

[1] 구버는 천심녹수(千尋綠水) 도라보니 만첩청산(萬疊靑山)
    십장홍진(十丈紅塵)이 언매나 フ렷는고
    강호(江湖)에 월백(月白)ᄒ거든 더옥 무심(無心)ᄒ얘라.
                                 - 이현보, 〈어부단가_제2수〉

[2] 산전(山前)에 유대(有臺)ᄒ고 대하(臺下)애 유수(有水)ㅣ로다
　　ᄠᅦ 만ᄒᆫ 굴며기ᄂᆞᆫ 오명가명 ᄒ거든
　　엇더타 교교백구(皎皎白駒)ᄂᆞᆫ 머리 ᄆᆞᆷ ᄒᆞᄂᆞᆫ고.
　　　　　　　　　　　　　– 이황, 〈도산십이곡_ 언지 제5수〉

　　[1]의 작가인 이현보가 중앙의 정치 현실로 나아갔던 15세기 후반~16세기 전반은 네 차례의 사화(士禍)와 한 차례의 강제적 왕권교체가 증거하듯 '훈구'와 '사림'이라는 두 개의 집단 사이에 피비린내 나는 정치적 쟁투가 벌어지던 시기였다. 사림파 문인의 일원으로서 이 혼돈의 시기를 몸소 경험한 그는, 혼돈의 씨앗이 여전히 남아 있던 때에 병을 핑계로 관직을 그만두고서 고향인 안동으로 내려와 이 작품을 지었다. 이러한 그의 이력 및 당대의 정치적 지형을 고려할 때, 제시된 작품에서 주목되는 바는 '혼탁한 정치 현실' 대 '청정한 강호 자연'과 같이 작품에 등장하는 2개의 시적 공간을 대단히 엄격하게 구분하고 있다는 점이다.

　　어옹(漁翁)으로 분식(粉飾)한 시적 화자는 배를 타고 강으로 나아가다 강 건너편에 존재하는 세속의 세계로 눈을 돌린다. 하지만 이는 세속의 세계를 보기 위함이 아니라 역으로 보지 않기 위함이었으니, 그는 천심이나 되는 푸른 물["千尋綠水"]과 만 겹이나 되는 푸른 산["萬疊靑山"]에 의해 열 길의 붉은 먼지["十丈紅塵"]가 가리키는 세속의 세계, 좀 더 범위를 좁히자면 정치 현실의 장이 얼마나 가려져 있는지를 의도적으로 확인하고 있다. 이렇듯 화자에게 있어 강호 자연은 혼탁한 외부 세계의 침입을 조금도 허용하지 않는 폐쇄적인 공간이며, 그 둘 사이의 차이는 푸른색과 붉은색의 차이만큼 확연하다. 〈강호사시가〉에 재현된 두 개의 시적 공간이 물리적으로는 떨어져 있지만 심리적으로는 연결되어 있었던 것과 정반대로, 〈어부단가〉의 경우 물리적으로든 심리적으로든 격절(隔絶)되어 있다.

이러한 점은 퇴계 이황이 남긴 [2]에서도 확인된다. 이 작품의 공간은 산이 있고 바위가 있으며, 그 밑에 물이 흐르고 있는 전형적인 강호의 모습을 띠고 있다. 이곳에 서로 다른 형상의 동반자 둘이 등장하고 있는데, 아무런 근심 없이 산과 물 사이를 유유히 날아다니는 갈매기 떼가 하나요, 그와는 달리 어딘가 "멀리"에 마음을 두고 있는 망아지["皎皎白駒"]가 나머지 하나이다. 갈매기와 망아지 모두 작가의 내면이 투영되어 있는 대리물에 해당하는바, 여기서 망아지가 마음을 두고 있는 저 멀리의 대상은 곧 국정(國政)이 이루어지는 현실 정치의 공간으로, 이렇게 볼 때 화자는 현재 강호 자연에 머물면서 어디에도 얽매이지 않은 갈매기의 형상을 지향하면서도 한편으로는 망아지의 형상과 같이 자신이 떠나온 세계에 대한 걱정과 염려를 쉽사리 떨쳐내지 못하고 있다. 이황이 경험한 조정의 현실이 이현보의 그것과 다르지 않았음을 감안하면 걱정과 염려의 실체는 바로 부패한 정치 현실을 가리킬 터, 이런 점에서 군주의 은혜로운 통치가 정치 현실로부터 강호 자연에 이르기까지 도처에 편만해 있음을 노래하고 있는 〈강호사시가〉와 이 작품은 '동일한 강호시조임에도' 그 거리가 상당히 멀다.

16세기를 지나 17세기에도 강호시조의 창작은 계속된다. 나위소(羅緯素, 1582~1667)의 〈강호구가〉, 이중경(李重慶, 1599~1678)의 〈오대어부가〉, 장복겸(張福謙, 1617~1703)의 〈고산별곡〉, 김기홍(金起泓, 1635~1701)의 〈관곡팔경〉 등 그 수도 적지 않은데, 아래의 작품은 강호시조가 도달할 수 있는 미적 성취의 정점으로 평가 받는 고산 윤선도(尹善道, 1587~1671)의 〈어부사시사〉 중 일부이다. 이를 범례로 삼아 17세기 강호시조의 일단을 살펴보고자 하는데, 결론부터 말하자면 윤선도의 〈어부사시사〉는 16세기 강호시조의 흐름을 일정 정도 이어받으면서도 그로부터 이탈하려는 움직임이 함께 포착되어 주목을 요한다.

믉ᄀᆞ의 외로온 솔 혼자 어이 싁싁ᄒᆞ고

머흔 구룸 한(恨)티 마라 세상(世上)을 ᄀᆞ리온다

파랑성(波浪聲)을 염(厭)티 마라 진훤(塵喧)을 막ᄂᆞᆫ도다.

      - 윤선도, 〈어부사시사_ 동(冬) 8수〉

어와 져므러 간다 연식(宴息)이 맏당토다

ᄀᆞᄂᆞᆫ 눈 ᄲᅳ린 길 블근 곳 흣더딘 ᄃᆡ 흥치며 거러가셔

설월(雪月)이 서봉(西峯)의 넘도록 송창(松窓)을 비겨 잇쟈.

      - 윤선도, 〈어부사시사_ 동(冬) 10수〉

 먼저, 〈동 8수〉의 초장에서 물가에 외롭게 서 있는 소나무는 서정 자아의 현재적 처지를 대리해서 표현한 시적 상관물에 해당한다. 화자에게 자신의 목소리를 맡긴 작가 윤선도 역시 부조리한 정치 현실에 나아갔다가 쓰라린 패배를 경험하고서 강호 자연으로 돌아와 홀로 은거하는 중이니 말이다. 이러한 그에게 험한 구름["머흔 구룸"]과 물결 치는 소리["波浪聲"]는 일반의 생각과는 달리 긍정적인 존재로 다가오는바, 이는 어지러운 세상의 모습을 가려주고, 시끄러운 세상의 소리["塵喧"]를 막아준다는 점에서 그러하다. 이렇듯 〈동 8수〉에 보이는 세속의 형상은 한결같이 부정적인데, 강호와 세속을 대립적으로 인식하는 16세기 강호시조의 일반적 특징을 윤선도 역시 일정 부분 계승하고 있는 셈이다.

 이에 반해 〈동 10수〉는 16세기 강호시조와 대비하여 17세기 강호시조가 변모된 지점을 설명할 때 자주 인용된다. 겨울의 짧은 낮 시간 동안 낚시를 나갔던 시적 화자는 해가 저물려 하자 집으로 돌아가 쉬려고 한다. 그런데 돌아오는 길에 마주친 그림 같은 풍광에 사그라들던 흥취가 되살아났으니, 희디흰 눈길 위에 붉은 꽃잎이 점점이 흩어져 있고, 저물녘의 햇빛이 그것들을 비추고 있는 지극히 몽환적인 광경으로부터 멈추

기 힘든 드높은 흥취가 일어난 것이다. 그리고 집으로 돌아온 화자는 좀처럼 가시지 않는 흥취 탓에 "설월(雪月)이 서봉(西峯)"을 넘는 긴 시간 동안 소나무 창가에서 창밖을 응시한다.

주지하듯, 시적 자아가 강호 자연의 아름다운 풍경을 통해 절제하기 어려울 정도의 흥취를 만끽하는 모습은 적어도 16세기 강호시조 작품들에서는 찾아보기 어렵다. 해당 작품들에서 강호는 비록 청정한 세계라고는 하지만 강호시조의 작자층 일반이 지니고 있던 도덕적·정치적 이상에 비추어 볼 때 전폭적으로 만족할 수 있는 공간은 아니었다. 따라서 그 안에서 아무런 거리낌 없이 소진되지 않은 흥취를 마음껏 발산하는 데까지 이를 수는 없었다. 이에 반해 윤선도의 〈어부사시사〉는 혼탁한 정치 현실과 청정한 강호 자연이라는 16세기 강호시조의 시적 문법을 통해 현실 정치에 대한 비판적 인식을 여지없이 드러내면서도 강호 자연의 아름다움으로부터 유발된 심미적 감흥까지도 강호시조의 시상(詩想) 안으로 새로이 받아들이고 있다. 그리고 앞서 열거한 17세기 강호시조 작품들의 경우 전자보다는 후자의 지점을 더 많이 공유하고 있으니, 강호시조는 16세기에서 17세기로 넘어오면서 또 한번 변화하게 된 것이다.

한편, 17세기 강호시조사(史)의 특징적 국면으로 '전가시조'라는 새로운 유형의 출현을 꼽을 수 있다. '강호'와 '전가'는 둘 다 '관료적 삶의 공간 밖에 있는 세계'라는 점에서 동일하지만 시적 공간의 구체성과 등장인물의 형상에서 일정한 차이를 보이는데, 전가시조의 경우 강호시조와 달리 '농촌'과 '농부'가 주로 등장한다. 이에 따라 전가시조는 통상적으로 '전원 및 농가 생활을 주요 배경이나 소재로 하여, 그 속에서의 소회·흥취·체험을 주된 관심사로 노래한 일군의 시조'를 지칭하며, 조존성(趙存性, 1554~1628)의 〈호아곡〉, 신계영(辛啟榮, 1577~1669)의 〈전원사시가〉, 김광욱(金光煜, 1580~1656)의 〈율리유곡〉, 이휘일(李徽逸, 1610~1672)의 〈전가팔곡〉, 위백규(魏伯珪, 1727~1798)의 〈농가구장〉 등이 이에 속한다. 하지만 전가시조 역시 작품 창작의 동기나 목적에 있어 단일하지는 않은데, 김광욱과 이휘일의 작품을 통해 이를 살펴보도록 하자.

[1] 최행수(崔行首) 뽁달힘 흐새 조동갑(趙同甲) 곳달힘 흐새
　　닭찜 게찜 오려 점심(點心) 날 시기소
　　매일(每日)에 이렁셩 굴면 므슴 시름 이시랴.
　　　　　　　　　　　　　　　　　　　－ 김광욱, 〈율리유곡〉 중

[2] 둘너내쟈 둘너내쟈 길츤골 둘너내쟈
　　바라기 역괴를 골골마다 둘너내쟈
　　쉬 짓튼 긴 스래는 마조 잡아 둘너내쟈
　　　　　　　　　　　　　　　　－ 위백규, 〈농가구장_ 운초(芸草)〉 중

먼저, [1]은 초장과 중장에서 화자가 체험한 전가 생활의 단면을 제시하고 종장에서는 그로부터 유발된 자족적인 흥취를 화자가 직접 표출하는 구도로 이루어져 있다. [1]에서 확인할 수 있는 전가 생활의 정경은 마을의 이웃들과 어울려 놀이를 준비하는 과정으로, 놀이에 필요한 음식들을 놀이의 참여자들이 분담하는 장면을 통해 분주한 삶의 테두리 안에서도 잠깐의 여유를 즐기며 살아가는 지극히 일상적인 촌민의 모습이 고스란히 재현되어 있다. 주목할 것은 이 작품의 행간에 스며들어 있는 낮지 않은 수준의 흥취인데, "흐새", "시기소"와 같은 구어적 어법의 반복에는 머지않아 실현될 놀이에 대한 설렘이, "뽁달힘", "곳달힘", "닭찜", "게찜", "오려 點心" 등 소박할지언정 특별한 음식들의 나열에는 놀이의 현장에 가득 차 있을 풍성한 흥겨움이 동반되어 있다.

사실, 이 작품의 창작 동기에는 '당쟁'이라는 정치적 현실이 자리하고

있다. 서인의 일원이었던 작가 김광욱은 계축옥사, 인목대비 폐모론 등 광해군(光海君, 1575~1641) 대에 벌어진 폐정(弊政)에 맞서다 삭직(削職)된 후 그의 나이 36세부터 44세에 이르기까지 8년 동안 지금의 경기도 고양시에 위치한 '율리(栗里)'에 은거하게 된다. 이 작품에는 당시 작가가 체험한 농촌 생활의 일단이 반영되어 있는데, 불안한 정치 현실로부터의 패퇴(敗退)라는 유사한 동기에서 출발하고 있으면서도 '전가'라는 은거의 공간을 추상적인 자기 수양의 공간이 아니라 구체적인 생활의 공간으로 그려내고 있다는 점에서 16세기 강호시조와는 일정하게 구별된다. 그럼에도 이 작품에 보이는 화자의 형상이 실질적인 노동을 통해 생계를 이어가는 실존의 인물이 아니라 정치 현실 바깥의 공간에서 화자가 누리고 있는 평화로운 삶의 부면을 드러내기 위해 작가가 선택한 상상적 대리자라는 사실은 여타의 강호시조 작품들과 동일하다.

[2]의 경우, [1]과 마찬가지로 전가시조의 영역 안에서 다루어지곤 하지만, 창작 동기 및 목적에 있어서는 사뭇 다르다. 전남 장흥에서 일생을 보낸 작가 위백규는 궁벽한 향촌의 한미한 사족으로, 낮에는 몸소 농사를 짓고 밤에는 독서를 병행하는 가난한 선비로서의 삶을 살았다. 그는 '사강회'라는 문중(門中)의 자치 조직을 통해 가문의 구성원들에게 학문을 가르치고 농사일을 권면하였는데, 위의 작품이 속해 있는 〈농가구장〉 역시 그러한 행위의 선상에서 지은 것이다. 이런 차원에서 김매기의 현장을 역동적으로 그리고 있는 [2]의 시어들은 심상치 않게 보이는바, '바라기', '역고'와 같은 방언의 활용이라든지 "둘너내쟈 둘너내쟈 길촌골 둘너내쟈"에서 체감할 수 있는 민요적 어투와 호흡, 종장에서 확인되는 공동 노동의 권면 등은 이 작품의 창작 목적이 농가에서 영위하는 자기 삶에 대한 낭만적 재현에 있는 것이 아니라 농사의 현장에서 필요로 하는 실효성의 확보에 놓여 있음을 짐작게 한다. 다시 말해, 이 작품은 노동의 흥취

를 돋우고, 공동체 의식을 공유함으로써 문중의 구성원들이 직면하고 있는 현실적 문제를 타개하는 데에 그 목적이 있는 것이다.

(하윤섭)

경험담

경험은 인간의 인지를 구성하는 기본 요소이다. 이를 다른 말로 표현하면, 경험은 인간성 구성의 핵심 인자(因子)라 할 수 있다. 세계는 인간이 존재하는 바탕이다. 그래서 인간은 일상의 모든 순간을 세계와 접촉하며 살아간다. 인간과 세계가 접촉하는 면(面)에서 순간적으로 나타났다가 사라지는 것이 '(순수)사건'이다. 그래서 인간의 삶은 사건의 연속이라 해도 과언이 아니다. 하지만 모든 사건이 '의미'가 있는 것은 아니다. 인간은 사건 속에서 일상을 보내지만, 모든 사건이 인간의 기억 속에 남아 있지는 않다. 반복되는 일상의 사건, 무의미한 사건 등은 바람처럼 인간의 삶을 스쳐 간다.

사건 중에는 '의미'있는 사건이 있다. '의미'는 '경험이 무엇인가'를 설명함에 있어서 핵심적 부분을 차지한다. 의미는 인간이 단순한 동물에서 문화의 존재로 넘어가는 경계선상에 있다. 다른 말로 한다면, 인간은 의미를 가짐으로써 자연적 차원, 동물적 차원에 머무는 데 그치지 않고 문화의 차원, 정신의 차원을 가지게 된다. 의미는 사물들이 운동할 때 그 표면에서 발생하는 하나의 효과라 할 수 있다. 인간은 사건 중에서 '의미있는 사건'만을 기억에 남겨 둔다. 그렇다면 이 지점에서 경험(經驗)과 체험(體驗)을 분별해서 개념 규정할 필요가 있다. 인간은 세계와 접촉하는 모든 순간에 사건을 체험한다. 이러한 모든 순간에 발생하는 사건, 즉 현재성과 즉시성의 성격을 지니고 있는 사건을 '체험'이라 할 수 있다.

반면 체험 중에서 '의미'가 있다고 생각되는 것, 그래서 사람들의 기억에 자리를 잡아서 언제든지 상기(想起)될 수 있는 상태에 놓여 있는 사건을 '경험'이라 할 수 있다. 이러한 측면에서 노에 게이치는 "체험은 지각적 현재의 오감을 통해서 얻게 되는 것이며, 경험은 현재의 우리 행위에 지침을 부여하고 그것을 규제하는 작용을 한다"고 했다. 그래서 모든 동물적 존재는 체험하지만, 경험은 인간만이 할 수 있는 것이다.

경험은 인간을 자연 상태에서 문화 상태로 전환시키며, 동시에 문화를 전승·발전시키는 중요한 매개이다. 인간은 정체성 구성을 통해서 자아로서 존재감을 느낀다. 자아 정체성은 순간적으로 구성되지 않는다. 인간은 오랜 시간 동안 세계와 교감을 통해서 의미화된 사건을 만들어내고, 기억에 안착된 의미화된 사건들이 계열화되어서 현재로 호출될 때에 비로소 정체성이 구성된다. 더불어 공동체의 문화가 전승·발전하는 과정도 마찬가지이다. 과거의 무수한 경험들이 공동체 일반의 인식에 수용되고, 다양한 매체를 통해서 전승이 이루어지면서 공동체의 전통문화는 구성된다. 발터 벤야민(Walter Benjamin, 1892~1940)이 "경험은 집단생활이나 개인 생활에서 모두 일종의 전통의 문제이다"라고 했듯 경험은 개별 주체의 정체성뿐만 아니라, 공동체의 문화를 구성하고 발전시키는 중요한 매개가 된다.

인간은 이야기하는 동물이다. 경험은 인간이 이야기를 구성하는 데 있어서 중요한 형식이자 소재이다. 그래서 다양한 경험을 지닌 개별 주체나 공동체는 의미 있는 양질의 이야기를 많이 생산할뿐더러 전승도 잘한다. 세상은 많은 이야기들이 존재한다. 그중에서도 인간의 직접 경험이 이야기로 구성되어 전승되는 경우도 있다. 이런 이야기를 '경험담'이라고 한다. 문학 분야는 경험담을 어떻게 규정해야 하는지 오랫동안 고민해 왔다. 문학(文學)은 매체와 미학적 측면에서 문자로 기술(記述)된 예술이며, 내용적 측면에 있어서 허구를 전제한다. 한 개인이 자신의 경험을 바탕으로 문학의 형식을 빌려 작품을 구성했다면, 더불어 작품 속에 언급된 인물, 사건, 배경이 실제적 특성을 지녔더라도 수용자 입장에서 이를 허구로 인식한다면, 그 작품을 문학의 범주에 포함시키는 것은 큰 문제가 되지 않는다. 그러나 문학가나 예술가가 아닌 일반 사람들이 자신의 경험을 대상으로 입을 통해서 이야기를 구성할 경우, 이러한 언어 구성물을 어떻게 이해해야 하는지는 큰 고민이 된다. 물론 과거에는 일반 사람들의 경험담이 큰 문제가 되지 않았다. 왜냐하면 일반 사람들의 경험담 그 자체는 문학 연구자들에게 아무런 관심의 대상이 되지 않았을뿐더러, 그냥 신변잡기적인 잡담과 소음의 일부로 치부되었기 때문이다.

설화는 오랜 시간 기층 사람들이 입으로 전승한 이야기이다. 그래서 설화는 일정한 형식과 틀이 존재한다. 설화 연구자들은 이야기가 지닌 일정한 형식과 틀을 유형(Type)이라 하며, 형식과 틀을 유지하지만 내용상 다양한 변화를 보이는 이야기를 각편(Version)이라 한다. 설화는 기층 사람들이 생활하는 현장에서 발생한다. 연구자가 기층 사람들의 생활 현장에 들어가서 조사해야지만 비로소 설화 텍스트는 구성된다. 많은 연구자들은 과거부터 기층 사람들의 생활 현장에 들어가서 이야기를 조사했고, 이를 정리해서 자료집을 만들어서 설화를 보존했다. 그런데 기층 사람들이 만들어낸 이야기판은 수많은 종류의 이야기들이 발화·교환된다. 그중에서도 사람들은 자신의 실제 경험을 바탕으로 구성한 이야기, 타인의 기이한 경험에 대한 이야기를 발화하고 듣는 것을 즐겨한다. 경험담은 과거부터 이야기판에서 활발히 공유되었다. 하지만 설화 연구자들은 경험담이 문학의 범주에 포함되지 않는다는 이유로 설화 조사 대상에서 항상 제외시켰다.

사람들은 설화를 '옛이야기'라 부른다. 과거에는 농촌의 모정과 사랑방, 도시의 공원과 노인정 등 사람들이 모이는 곳이라면 이야기판이 형성되고, 다양한 이야기가 발화·교환되었다. 하지만 현대는 도시뿐만 아니라 농촌에서도 더 이상 과거와 같은 이야기판을 찾기 어렵다. 또한 나이가 지긋한 어른들도 설화와 같은 '옛이야기'를 '근거도 없는 허무맹랑한 이야기'로 치부하면서 어렸을 때 간간이 들었던 기억은 있지만, 이를 '자기의 이야기'로 수용해서 전승하려는 의지도 보이지 않는다. 이러한 현상은 근현대의 산업화 시기를 거치고, 현대 교육을 수혜하는 과정에서 객관의 과학적 사고와 합리의 이성적 사유를 우선시하는 사회 분위기의 일반적 반영이라 할 수 있다. 그래서 더 이상 설화와 같은 '옛이야기'는 사람들에게 관심의 대상이 되지 않는다.

농촌의 당산나무와 마을회관, 도시의 공원과 노인정 등에서 자연스럽게 만들어진 과거의 이야기판은 이제는 쉽게 찾아볼 수 없다. 그런데 과거와 같은 이야기판이 사라졌다고 해서 '이야기판' 자체가 사라진 것은 아니다. 이야기는 인간의 본능이자 욕구이다. 시대가 변한만큼 이야기판의 모습도 달라지기 시작했다. 현대의 사람들은 다양한 모임을 통해서 커뮤니티를 구성하고, 디지털 시대에 맞춰 다양한 소통 매체를 이용해서 이야기를 나누기 시작했다. 그리고 이렇게 만들어진 현대의 이야기판은 다양한 종류의 이야기가 구성·발화되고 있다. 현대의 이야기판에서 가장 활발히 구성·발화되는 것이 경험담이다. 사람들은 다양한 커뮤니티 공간을 이용해서 자신들의 내밀한 사적 고민에서부터 일상에서 벌어진 재미있는 사건, 기이하고 별난 경험들을 이야기로 구성해서 발화한다. 경험담은 사실이라는 전제로 다른 사람들에게 수용되기에 친밀성과 흥미성, 유희성 측면에서 높은 관심도를 보인다. 더불어 문제적 경험담은 사람들의 이목을 집중시켜서 사회의 공적 담론을 만들어내기도 한다.

설화 연구자가 경험담을 연구 대상으로 고민하기 시작한 것은 1990년대 말부터이다. 연구자들은 과거와 같은 이야기판이 점점 소멸해 가면서

'옛이야기'로 치부되는 설화를 더 이상 현장에서 찾기 어렵다는 것을 체감하기 시작했다. 그런데 설화 연구자들은 사람들이 이야기판에서 설화를 대신해서 자신들이 경험한 사건을 이야기로 구술하는 모습을 자주 접하게 된다. 설화 연구자들은 잡담과 소음으로 치부했던 경험담이 이야기판에서 많은 사람들의 관심과 호응을 받는 현상을 지켜보면서 나름의 대응책 마련에 고민하기 시작했다. 경험담이 기층 사람들로부터 활발히 발화하게 된 계기는 한국 사회의 전반적인 변화와도 관련이 있다. 한국은 일제강점기, 해방, 한국전쟁, 산업근대화, 군사독재라는 격동의 사건을 겪었다. 이러한 사건들은 사회의 큰 변화를 일으켰던 '역사적 사건'이지만, 더불어 기층 사람들의 삶에 많은 영향을 준 '일상의 사건'이기도 했다. 기층 사람들은 역사적 사건을 겪으면서 비슷하지만 다른 경험을 했고, 어떤 사건은 자신의 인생을 전환시키는 계기가 되기도 했다. 하지만 이러한 경험들은 인상에서 쉽게 발화될 수 없는 것이다. 그러나 한국뿐만 아니라 전 세계적으로 냉전 체제가 해체되고, 일상의 민주주의가 진전되면서 역사적 경험과 연동된 사람들의 경험담이 주목받기 시작했다.

다양한 학문 분과는 기층 사람들의 경험담에 주목하기 시작했다. 인류학과 민속학은 '기억과 구술'을 통해서 과거부터 기록에서 배제된 기층 사람들의 삶과 문화를 복원하는 일을 했으며, 사회학은 양적 조사에서 나타나지 않은 사회 현상을 기층 사람들의 '기억과 구술'을 경유해서 질적 연구로 보완했다. 그런데 앞의 학문 분과는 사람들의 경험담을 '구술사'라 부르면서 자료를 수집했다. '구술사' 연구는 기층 사람들의 기억과 경험을 수집해서 이를 텍스트화하고, 기존의 주류 역사와 다른 '대항적' 성격을 띤 담론을 생산하는 것을 목적으로 했다. 구술사는 '밑으로부터', '새로운', '다중적', '미시적' 역사쓰기를 지향한다. 구술사 연구는 변화된 사회적 분위기에 편승해서 대단한 관심을 받게 된다. 그리고 한국 근현대사에서 발생한 사건들을 중심으로 사람들의 경험담을 수집했다. 구술사 연구는 설화 연구에도 큰 영향을 주었다. 설화 연구자들은 사람들의 경험담이 단순히 과거의 사실에 대한 단순한 재현이 아니며, 경험이 구술로 재현되는 과정에서 허구적 특성이 개입하여 문학적 구성을 보이는 것에 주목하였다. 이에 설화 연구자들은 경험담을 문학의 범주에 포함하여 연구의 가능성을 타진하기 시작했다.

사람들의 '기억과 구술자료'는 구비문학과 구술사가 만날 수 있는 공통의 지대이다. 그런데 '기억과 구술 자료'에 대한 두 분과학문의 인식 차는 상당히 크다. 우선 두 분과학문은 '구술'이라는 용어를 공유하지만, 뒤에 결합하는 어휘는 '담(談)'과 '사(史)'로 다르다. 구비문학 분야는 인간의 경험을 바탕으로 발화되는 이야기를 '구술담', '경험담', '생애담'으로 부른다. 반면 구술사는 '구술사', '증언사', '생애사' 등으로 칭한다. 두 분과학문이 동일한 제보자를 대상으로 인터뷰를 하지만, 제보자의 입을 통해서 발화되는 담화에는 다른 명칭을 부여함으로써 구술 자료에 대한 인식 차를 드러내고 있다. 그리고 이러한 차이는 연구 목적과 방향에 있어서도 다른 지향을 보인다. 구술사는 사람들의 기억과 구술 자료를 단순히 보존하기 위해서 현장조사를 실시하지 않는다. 사람들의 기억과 구술 자료는 문자로 전환되면서 '구술 기록 자료'가 되며, 이를 통해서 역사·사회적으로 배제되고 망각을 강요당했던 '사건'을 복원·재현하는 것이 구술사 연구의 목적이 된다. 반면 설화 분야는 경험적 구술을 통해서 주체의 모습을 복원하고, 이를 통해서 삶의 다양한 진리와 윤리를 궁구하고자 한다.

설화 분야의 경험담 연구는 비록 늦게 시작되었지만, 연구자들의 깊은 관심을 받으며 세부 분야로 다양하게 확장됐다. 한국전쟁의 경험담 연구는 역사와 이념의 관점에 묶여서 사건의 실체적 진실을 밝히는 목적에서 벗어나, 기층 사람들이 전쟁이라는 비극적 상황에서 어떤 삶을 살았는지를 살핌으로써 다양한 국면의 의미와 가치를 밝혀내는데 일조했다. 여성의 삶에 대한 경험담 연구는 '구술생애담'이라는 조사방법론을 도입해서 가부장적 체제가 강력히 작동하는 한국 사회에서 여성들의 삶을 미시적으로 살펴보았으며, 여성의 목소리로 여성의 삶을 재현해 냄으로써 여성주의 연구의 또 다른 방향성을 제시하기도 했다. 그 밖에도 제주 4.3사건, 5.18 광주항쟁, 산업근대화 시기 노동자, 다문화 이주민, 무속과 판소리 등 문화예술인, 지역문화사 등 다양한 분야에 경험담 연구가 결착되면서 문학 연구의 새로운 방향성을 제시하기도 했다. 이러한 연구와 별도로 문학 연구자들이 특정 주제의 경험담을 수집해서 자료집을 출간하기도 했다. 대표적으로 여성들의 시집살이 이야기를 수집해서 총 10권의 전집으로 발간한『시집살이 이야기 집성』, 한국전쟁 경험담을 조사해서 집성한『한국전쟁 이야기 집성』이 있다. 더불어 한국의 대표 설화 자료집인『한국구비문학대계』는 2008년부터 2018년까지 개정증보사업이 진행되었다. 이 사업은 과거 조사 대상 지역이 아닌 곳을 선별해서 설화 조사를 진행했다.『한국구비문학대계』의 개정증보사업은 '현대구전설화(Modern Personal Narrative)'라는 새 항목을 설정해서 이전까지 조사 대상에서 제외되었던 경험담을 조사해서 정리했다. '현대구전설화'는 개인이 겪은 시집살이나 혼사장애, 종교적 신비 체험이나 저승 여행, 성공과 실패에 관해 구술하는 자료들인 '개인생애담류'와 일제강점기, 한국전쟁, 제주 4.3사건, 5.18 광주항쟁 등 우리나라 근현대에 발생했던 역사적 사건과 관련한 경험이나 기억들을 구술한 자료들인 '역사체험담류'가 해당된다.

경험담은 경험의 내적 특질에 따라서 분류가 가능하다. 경험담 연구의 선편을 잡은 학자는 신동흔으로 그는 현장에서 수집한 경험담을 대상으로 하위 분류를 시도하였다. 신동흔은 경험담을 다음과 같이 분류했다. 자신이 '직접' 체험한 일을 이야기로 구성하는 것을 '직접 경험담' 내지

'1차 경험담'이라 한다. 반면 남의 경험을 듣고 이를 이야기로 구성하는 것을 '간접 경험담' 혹은 '2차 경험담'이라 한다. 타인의 경험을 전하는 이야기가 경험담인가에 대한 논란의 여지는 있으나, '경험적 사실에의 충실성'이 전제되는 한 이 또한 경험담의 일종으로 규정할 수 있다. '직접 경험담'도 화자가 주인공인 경우와 목격자인 경우에 따라서 이야기의 내적 특질이 달라질 수 있다. 화자가 주인공인 경험담은 경험의 밀도가 높은 반면, 목격자로서의 경험담은 경험의 밀도가 낮아질 수밖에 없다. 반면 목격자로서의 경험담은 내용을 전달하는 데 있어서 조금 객관적인 특징을 지닌다. 경험담은 체험의 시기와 구연의 시점 간의 거리에 따라서도 분류가 가능하다. 체험의 시기와 구연의 시점이 밀착되어 있을 때, 이를 '나날의 경험담'이라 한다. 나날의 경험담은 화자의 상상력보다는 경험 자체에 의해서 내용이 규정되는 특징이 있으며, 생동감 있는 이야기가 될 수 있다. 그러나 나날의 경험담은 내용에 있어서 질서 있게 재구성될 여지는 적다. 반면 체험의 시기와 구연의 시점이 시간적 간격을 두고 있는 경우, '추억의 경험담'이라 할 수 있다. 경험은 오랜 시간을 통과하여 내용과 형식 면에서 여과되어 있으며, 화자 나름의 창조적 과정을 거쳐서 재구성되어 특별한 의미를 내재한 경우가 많다. 이외에도 일상의 삶에서 기이하지 않지만 특별한 경험을 이야기로 구성한 '일상적 경험담'이 있고, 상식을 넘어서는 기이한 경험이 이야기로 구성된 '기이한 경험담'이 있다. '기이한 경험담'은 기이하고 흥미로운 특징을 지니고 있고, 다른 사람들을 통해서 전승될 가능성이 농후하기에 전설의 영역으로 넘어가는 경우가 종종 있다. 대표적인 예로 '귀신을 본 이야기', '여우나 도깨비에 홀린 이야기', '죽었다 살아난 이야기' 등이 있다.

경험담이 '문학인가, 아닌가'에 대한 논쟁은 더 이상 무의미하다. 문학은 인간이 자신의 경험을 바탕으로 이야기를 만들어 의미를 생산하는 것이며, 인간의 삶을 이해하고 세계와 소통하는 것을 본원적 목적으로 한다. 경험담은 이러한 문학의 본령을 일반 사람들이 가장 충실히 실천하는 이야기 담론 중 하나이다. 경험담이 문학의 조건을 미충족하고 있다는 반론도 있으나 대체로 경험담은 문학으로서 가치뿐만 아니라 문화 일반에 있어서 중요한 자산으로 인식되고 있다. 현대의 사람들은 다양한 문화콘텐츠를 통해서 세계에 산재한 특별한 경험을 체득하고자 한다. 이러한 경향에 부응하여, 경험담은 문화콘텐츠를 생산하는데 중요한 기반으로 인식되고 있다. 더불어 경험담은 생산의 측면뿐만 아니라 수용의 측면에서도 중요한 기능을 담당한다. 이야기는 타인과 소통하는 중요한 매개이며, 소통을 통해서 자신의 아픔과 상처를 치유한다. 사람들이 자신의 경험을 이야기로 구성하는 것은 과거의 나와 소통을 전제하는 것이며, 이 과정에서 과거의 기쁨과 슬픔 등 다양한 감정과 마주하게 된다. 경험의 마주함은 이야기를 통해서 화해와 치유를 유도한다. 마찬가지로 사람들은 타인의 경험담을 듣고 자신의 과거를 되돌아보며, 이를 통해서 공감과 소통을 하게 된다. 경험담은 점점 소외화와 파편화된 삶이 팽배한 현대 사회의 문제점을 극복할 수 있는 중요한 문학적 매체가 될 수 있다. 경험담이 올바른 방향으로 생산·순환·활용될 수 있는 방안과 다양한 방면으로 연구될 수 있는 가능성에 대해서 다시금 고민해 보아야 할 것이다.

(한정훈)

고려가요

    고려가요(高麗歌謠)는 고려 시대에 널리 불렸던 노래를 뜻하는 포괄적인 표현이다. 고려 시대에 불린 노래로는 민중 계층에서 주로 부른 민요나 참요, 종교적 성격의 불가, 무가, 고려 후기에 생성된 경기체가, 시조, 가사 등 다양한 장르의 노래들이 존재하지만, 보통 고려가요라고 하면 일반적으로 '속요(俗謠)'와 '경기체가(景幾體歌)', 이 두 부류의 노래를 지칭한다.

    고려가요의 중요한 가치는 현전하는 노래 중에서 가장 오래된 '우리말[한글]' 노래라는 점이다. 잘 알다시피 고려가요 작품들은 고려 시대의 자료로 남아있는 것이 아니라 『악학궤범(樂學軌範)』, 『악장가사(樂章歌詞)』, 『시용향악보(時用鄕樂譜)』 등과 같은 조선 초기 문헌에 실려있다. 이 때문에 현전하는 고려가요들은 고려 시대 당시의 것이 아니라 고려 이후 100여 년 지난 시점에 기록된 작품들이라는 점에서 다소 유의할 필요가 있다. 하지만 고려 시대에 불린 우리말 노래가 한글 창제 이후에도 남아 기록·전승되었다는 점, 한글 창제 이전의 우리말 정서를 간접적으로나마 확인해 볼 수 있다는 점에서 오히려 더 큰 가치와 의미를 부여할 수 있다.

    기존에는 '속요'를 민간에서 불리던 민요가 궁중의 음악으로 수용되면서 현재의 모습을 갖춘 것으로 보았다. 처음에 '俗謠'라는 한자를 사용한 것도 하층 문화권의 민중들이 불렀던 속되고 잡된 노래라는 의미를 부여한 것이다. 그러나 '속'의 의미를 그렇게 낮잡아 볼 이유는 없다. 속요의 모태가 민요라고 한정해 보는 것도 문제이다. 속요 중에는 민요적 성격이 강하게 감지되는 작품들도 있지만,[〈사모곡〉, 〈상저가〉] 대부분은 민간에서 즐겼던 다양한 성격의 노래들이 섞여 있다. 도시의 유행가요, 불가, 무가 등 당대 평민뿐만 아니라 그 이상의 여러 계층에서 향유했을 것으로 추정되는 노래들이 한데 어우러져 있다.

또한 '속'은 궁중악 중 우리의 음악을 뜻한 '속악(俗樂)'[향악(鄕樂)]이라는 명칭과도 관련이 있다. 이때 '속악'의 의미가 잡되고 하찮은 음악이라는 뜻이 아니라 우리의 궁중음악을 상대적으로 낮춰 표현한 겸칭이라는 점을 상기한다면 '속요'의 의미 역시 고려 시대 상하층이 고루 향유한 노래, 속악의 가사로도 사용된 노래 등으로 그 범주를 넓혀서 이해할 필요가 있다.

이러한 측면에서 보면 '속요'를 지칭하는 다른 용어인 '속악가사(俗樂歌詞)'라는 표현 역시 유효하다. 속요의 다른 명칭에는 속가(俗歌), 고속가(古俗歌), 별곡(別曲), 장가(長歌) 등이 있지만, 다른 명칭들보다 속요, 속악가사 정도가 가장 통용되고 있는 용어들이다. 속악가사는 궁중에서 속악으로 쓰인 노래의 가사라는 뜻이다. 현재 우리가 접할 수 있는 대부분의 고려가요는 이 속악가사의 범주 안에 들어간다는 점에서 현존하는 이 노래들의 성격을 잘 반영한 용어라고 할 수 있다.

'경기체가'는 고려 말[13세기경] 신흥사대부들을 중심으로 창작되고 향유된 우리말 시가이다. 속요가 상하층을 두루 아우르며 민간의 노래에서 출발했다는 특징이 있다면, 경기체가는 고려 말 새로운 지배 세력으로 떠오른 신흥사대부들에 의해 창작되었다는 점에서 차이가 있다. 잘 알려진 것처럼, 고려말의 혼란한 사회 속에서 문벌귀족과 불교 세력이 타락하고 이에 대응해 유학이 새로운 정치이념으로 부상하게 되는데, 이 유학을 근본이념으로 삼아 정치에 뛰어든 세력이 바로 신흥사대부이다. 이들에

의해 불리고 향유된 노래가 바로 경기체가이며, 그 대표적 작품이 〈한림
별곡〉이다. 고려 시대에 창작된 경기체가는 한림제유(翰林諸儒)가 지었다
고 하는 〈한림별곡〉, 안축(安軸, 1282~1348)이 지은 〈죽계별곡〉과 〈관동
별곡〉, 이 세 편이 전부이고, 조선 시대에 들어 더 많은 작품들이 창작되
었다.

　이처럼 속요와 경기체가는 그 태생에서부터 큰 차이를 보이는 것으로
파악되지만 모든 면에서 꼭 그렇다고 할 수는 없다. 특히 형식적 측면에서
여러 개의 연장체(聯章體) 시가로 구성되어 있다는 점, 다양한 후렴구가
활용되고 있다는 점, 화자의 감정이나 흥을 돋우는 감탄사가 적절히 사용
된다는 점에서 두 장르의 노래는 모종의 유사성을 내포하고 있다. 따라서
이 노래들은 분명한 차이를 보이면서도 동시에 수용층의 상황에 따라 또는
노래 연행의 환경 변화에 따라 조금은 다르게 변형되어 향유·전승되었다
고 볼 수 있겠다.

　　* 조선 시대 음악서에 실린 고려가요
　　◎ 악학궤범 : 〈정읍사〉, 〈처용가〉, 〈정과정〉, 〈동동〉 (4편)
　　◎ 악장가사 : 〈정석가〉, 〈청산별곡〉, 〈서경별곡〉, 〈사모곡〉, 〈쌍화점〉,
　　　〈이상곡〉, 〈가시리〉, 〈처용가〉, 〈만전춘별사〉, 〈한림별곡〉 (10편)
　　◎ 시용향악보 : 〈서경별곡〉, 〈청산별곡〉, 〈쌍화곡〉, 〈사모곡〉, 〈정석
　　　가〉, 〈귀호곡〉(가시리), 〈상저가〉, 〈유구곡〉 (8편)

　조선조 음악서 노랫말이 전하는 고려가요 작품은 총 15편이다. 이 중
속요는 〈정읍사〉, 〈처용가〉, 〈정과정〉, 〈동동〉, 〈정석가〉, 〈청산별곡〉,
〈서경별곡〉, 〈사모곡〉, 〈쌍화점〉, 〈이상곡〉, 〈가시리〉, 〈만전춘별사〉,
〈유구곡〉, 〈상저가〉 등 14편이고, 경기체가는 〈한림별곡〉 1편이다. 보통
은 이 작품들을 고려가요 대상 작품들로 다루지만, 이외에도 〈나례가〉,

〈대왕반〉, 〈삼성대왕〉 등 무가 계열 작품들의 노랫말이 전하고, 익제(益齋) 이제현(李齊賢, 1288~1367)이나 급암(及庵) 민사평(閔思平, 1296~1359)의 소악부에 한역되어 전하는 노래들, 『삼국사기』 「악지」나 『고려사』 「악지」에 제목만 전하는 작품들도 있다.

민간가요
[도시 유행가요, 민요 등] → 고려 시대 궁중악 → 조선 시대 궁중악
↑ ↑
취사(取捨)·편사(編詞)·합성(合成)   산삭(刪削)·개정(改訂)

  허남춘의 논의를 참고하여, 속요 작품의 형성과 변개 과정에 대해 살펴보자. 우선 민간에서 불리던 노래들이 채시(采詩)와 풍교(風敎)의 전통에 의해 수집되어 궁중의 필요에 맞게 편곡된 다음, 궁중 음악화의 과정을 거쳐 고려 왕실의 궁중악으로 정착되었던 것으로 보인다. 이후 조선 시대로 바뀌면서 고려의 궁중악 노래들이 조선의 궁중악으로 전해졌고, 그 과정에서 일부는 탈락되고 일부의 노래들은 계속해서 궁중악으로 소용되게 된다. 이러한 작품들이 현재 우리가 접할 수 있는 속요인 것이다.
  첫 번째 단계인 '민간가요→고려 시대 궁중악'을 살펴보자. 민간에 유행하는 노래들을 수집하여 백성들의 풍속을 살피고 이를 정치에 활용하는 채시의 관습은 이미 고대 중국에서부터 시행되고 있었다. 고려 시대 민간의 노래를 단순히 민요로만 보는 것은 다소 편협한 시각이다. 앞서 언급했지만 속요에는 민요적 성격의 노래만 있는 것이 아니라, 오히려 더 많은 사랑과 이별 주제의 노래들이 전하고 있다. 이러한 성격의 노래들은 당대 고려 상업 도시의 유락적 정취가 짙게 밴 노래들로 판단되고, 이러한 도시 유행가요들이 상하층을 막론하고 널리 향유되면서 고려 궁중의 음악으로 편입되었을 것이다. 한눈에 봐도 〈서경별곡〉, 〈만전춘별

사〉, 〈쌍화점〉에 반영된 유흥과 향락의 정서는 민요적 정서와는 상당한 거리가 있다. 이러한 측면에서 보면 속요를 '민요적 층위'와 '시정적 층위'를 나눠서 보는 정출헌의 시각은 유효하다.

한편 이러한 민간가요들이 고려의 왕실로 진입하면서 궁중악의 품위에 맞는 노랫말과 음악으로 새롭게 재편(再編)·개작(改作)·윤색(潤色)·합성(合成)되는 과정을 거치게 된다. 이미 잘 알려진 〈가시리〉의 "위 증즐가 태평성대(太平聖代)"나 〈정석가〉의 "선왕성대(先王聖代)예 노니ᅌᅩ와지이다"와 같은 노랫말은 민간가요가 궁중악으로 변하면서 생긴 대표적인 표지 중 하나이다.

두 번째 단계인 '고려 궁중악 → 조선 궁중악'으로의 이행 과정도 주목해서 봐야 한다. 왕조가 고려에서 조선으로 바뀌어도 궁중악을 연행하는 악공이나 기생은 그대로였으며, 그 음악도 유효한 경우가 많았다. 하지만 조선의 새로운 지배층인 사대부들의 시선에서 속요의 노랫말은 '남녀상열지사(男女相悅之詞)'이자 '음사(淫詞)'였다. 다만 이 표현에 대한 현대의 해석은 주의를 요한다. 허남춘은 '음(淫)'을 '과하다, 지나치다'의 의미로 보아야 한다고 하였다. 이를 단순히 '음란하다'라고 해석하여 속요를 '남녀 간의 음란한 노래'로 이해하는 것은 현대적 관점에서 이 단어의 의미를 표면적으로 받아들인 결과이다. 조선 초기 사대부들의 성리학적 세계관과 절제된 미의식에서 볼 때, 속요는 '남녀가 도를 넘어 즐기는 노래'라고 하여 그것을 비판한 것으로 이해해야 한다.

이처럼 속요는 조선 시대에 들어 산삭과 개정, 비판의 대상이 되었지만 그럼에도 불구하고 조선의 궁중악으로 소용되었다. 아마도 그 이유는 비록 전 왕조의 음악이라고 할지라도 유의미한 가사의 경우는 시대를 초월하여 사용될 수 있었기 때문일 것이다. 예를 들어 '남녀상열지사'의 '임'은 언제든지 '왕'을 상징하는 대상으로 전환되어 '충신연군지사(忠臣戀君

之詞)'로 쓰일 수 있었다. 이러한 이유로 인해 조선 조 사대부들의 수많은 비판에도 속요는 끝까지 살아남을 수 있었던 것이다.

지금까지 살펴본 것처럼, 현전하는 속요는 속악의 가사로서의 특징이 두드러지게 나타난다. 그러나 속요 본연의 성격을 궁중악적 성격으로만 단정하는 것 또한 문제가 될 수 있다. 따라서 원래의 민간가요적 성격과 그 내용을 탐구해 보는 시각 역시 중요하다. 민요적 성격이 두드러진 〈사모곡〉과 〈상저가〉는 부모에 대한 효를 드러낸 작품들로, 두 노래 모두 농기구가 소재로 사용된다는 공통점을 지닌다. 〈처용가〉는 전대의 신라 향가 〈처용가〉를 잇되 무가적 속성이 짙게 반영되고 확장된 노랫말로 구성된 특징을 갖고 있다. 청산과 바다로 상징되는 이상향을 찾아 떠나고자 한 현실민들의 고뇌를 담은 노래 〈청산별곡〉은 수준 높은 비유와 내용의 전개로 단순 민요를 넘어 당대 작품 구성의 진수를 보여준다. 〈쌍화점〉은 당대 지배층의 타락상을 드러내면서도 고려 시대의 성 풍속을 여실히 보여주고, 또한 이러한 소재를 통해 시대 풍자와 왕에 대한 충언을 담는 등 다양한 해석의 여지를 주는 작품으로 평가된다.

이렇듯 속요는 다양한 주제를 표출하는 노래인데, 그중 가장 많은 노래에서 채택된 주제는 단연 '남녀 간의 사랑과 이별'이다. 〈가시리〉는 사랑하는 임을 어쩔 수 없이 보내는 화자의 애절한 정서가 잘 드러나는 작품이다. 보통은 이 노래의 화자를 수동적이고 순종적인 여성으로 보는 시각이 우세하지만, 꼭 그렇게만 볼 필요는 없다. 오히려 사랑하는 대상에게 어쩔 수 없이 보내니 반드시 돌아와야 한다고 말하는 적극적 여성 화자로 볼 여지도 충분하다. 〈정석가〉의 내용은 단순하면서도 단호하다. 세상에 일어날 수 없는 불가능한 상황을 내세우면서 그 일이 이루어져야 임과 이별할 수 있다는, 그렇기에 절대 이별할 수 없다는 화자의 사랑을 표출하는 노래이다. 단순해 보이면서 억지스럽게 여겨지는 이러한 가사가 민간의 향유층들에게는 되려 더 절절한 공감을 불러일으키며 유행했을 것이다.

〈서경별곡〉역시 사랑 노래이다. 다른 노래에 비해 더욱 흥미로운 사실은 고려의 주요 도시인 '서경'과 그곳에 널리 불린 '별곡'들을 모아놓았다는 것이다. 이 작품은 '서경 노래', '구슬 노래', '대동강 노래'가 합쳐진 작품으로 평가받는다. 예를 들어 '구슬 노래' 부분은 〈정석가〉의 6연과 그대로 일치한다.[구스리 바회예 디신돌 긴힛돈 그츠리잇가~] 이러한 특징을 참고해 보면, 〈서경별곡〉은 '서경'이라는 지역에서 유행한 당대 사랑 노래들이 합쳐져 완성된 노래임을 알 수 있다. 〈만전춘별사〉는 육체적 사랑을 거침없이 표현한 작품이면서도, 그 장면을 속되지 않고 우아하게 그려낸 작품이다. 이 노래 또한 〈정과정〉과 같은 구절이 포함된 것으로 보아, 도시 유행가요의 성격이 강하게 나타난다. 특히 첫 번째 연은 얼음 위에서 댓잎 자리를 깔고 누워서, 비록 임과 함께 얼어 죽을지라도 헤어질 수 없다고 표현한다. 이는 고려인들이 사랑에 대한 다양한 표현과 상상, 그 열정을 고스란히 담아낸 수작이라 할 만하다.

마지막으로, 고려 시대 경기체가의 대표작인 〈한림별곡〉을 언급하지 않을 수 없다. 〈한림별곡〉총 8개의 장으로 구성된 연장체 시가로, 제1장은 문인과 그들의 글솜씨, 2장은 서적과 독서, 3장은 서체와 글씨, 4장은 술, 5장은 꽃, 6장은 악기와 명인, 7장은 선계, 8장은 그네와 연인 등의 내용을 담고 있다. 얼핏 보면 무의미하게 단어들을 나열한 것처럼 보일 수도 있지만, 이는 고려 말 새롭게 떠오른 신진사대부들, 그들만의 득의와 감흥이 고스란히 담긴 노래라고 할 수 있다. 〈한림별곡〉에 대한 조선 초기의 평가로, 퇴계(退溪) 이황(李滉, 1502~1571)의 글이 유명하다. 이황은 「도산십이곡 발문」에서 "우리의 가곡은 대개 음란한 것이 많아서 족히 말할 것이 없으니, 〈한림별곡〉과 같은 종류는 문인들의 입에서 나왔지만 교만하고 방탕한 데다 외설적이고 장난기가 있다"라고 하였다. 〈도산십이곡〉의 가치를 논하며 그 반대에 놓인 작품으로 〈한림별곡〉을 언급하였으니, 비록 그 평가가 박하긴 하지만 도리어 이러한 언급을 통해 〈한림별곡〉이 조선 시대에 들어서도 꾸준히 향유되며 인기를 누렸음을 알게 해준다. 너무나 유명해서 명나라 사신을 대접하는 자리에서도 불렸다고 하고, 사대부들의 신참례와 같은 주연(酒宴) 자리에서도 자주 불렸다고 전해지는 것을 보면, 〈한림별곡〉은 고려와 조선을 넘나들며 사대부들에게 적극적으로 향유되고 애호된 대표격의 노래라고 할 수 있겠다.

(강경호)

고소설의 유통 방식

고소설 연구에서 '유통'이나 '유통 방식'에 대한 연구는 고소설의 생산 및 소비의 측면, 즉 문화 상품으로 새로 부각된 '한글 고소설'에 초점을 두고, 고소설이 어떻게 만들어졌고, 어떤 매체를 거쳐서 독자의 손에 들어가서 읽히게 되었으며, 그 영향력은 무엇인가를 탐구하는 과정이나 결과를 탐색하는 작업이다.

현대 사회에서 '유통'이나 '유통 방식'은 보통 화폐(돈)가 매개가 되어, 생산자로부터 생산된 상품이 소비자에게 교환되고 분배되는 여러 과정을 의미한다. 우리 역사에서 화폐가 일상생활에서 교환 수단으로 정착되고, 상업 활동의 자유가 허용되기까지 오랜 시간이 흘러야 했다. 따라서 현대 사회의 정형화 된 방식의 그것과는 차이가 있다.

고소설의 '유통'이나 '유통 방식'에서도 이것은 마찬가지이다. 이전까지 고소설은 상품으로 인식되어 거래되지 않았다. 가까운 사람들끼리 모여 함께 읽고, 돌려보며 즐기는 대상이었다. 하지만 18–19세기부터 '한글 고소설'이 유행하고 사회적으로도 새로운 '문화 상품'으로 주목받게 되면서, 이때부터 현대 소설과 기본적으로 같은 '유통'이나 '유통 방식'의 구조가 등장하게 되었다. 즉 작가는 작품을 써서 돈을 벌고, 출판사와 서점은 이를 제작하고 판매하여 이익을 얻으며, 독자는 돈을 지불하고 소설책을 사거나 빌려서 읽는 과정이 새로 생겨난 것이다.

이러한 고소설의 '유통'과 '유통 방식'에 주목하여 여러 연구가 이루어졌다. 예를 들면 많은 대중들을 모아놓고 소설을 읽어주었던 전기수(傳奇叟), 서적의 매매와 중개를 도맡았던 서쾌(書儈, 책거간꾼), 일정한 금액을 받고 사람들에게 책을 대여해주었던 세책점(貰冊店), 세책점에서 사람들에게 돈을 받고 빌려주었던 세책본(貰冊本), 대량 생산이 가능한 목판 인쇄를 통해서 이윤을 추구하려 했던 방각본(坊刻本), 서양의 신(新) 인쇄 기술이 도입에 따라 등장한 구활자본(舊活字本, 일명 딱지본), 신문 및 잡지, 유성기 음반, 영화와 같은 새로운 대중 매체가 등장하자 이에 편승하여 각색되고 변형되었던 고소설 등이 대표적이다. 이 글에서는 이러한 그동안의 축적된 연구 성과에 기대어, 해당 내용을 살펴보고자 한다.

첫 번째로 고소설의 유통 양상에 대한 내용이다. 고소설의 유통은 고소설을 사고팔며 이익을 남길 수 있는 '상품'으로 인식하기 이전과 이후로 구분해서 살펴볼 수 있다. 먼저, 고소설을 '상품'으로 인식하기 이전에는 서로 친하거나 가까운 사람들끼리 모여서, 고소설을 함께 읽고 즐기며 돌려보는 '제한된 방식'의 유통이었다.

글을 읽거나 쓸 줄 모르는 사람들이 대부분을 차지했던 때, 글은 알지만 눈이 좋지 않아 다른 사람이 읽어주는 것이 편한 독자들이 존재했던 상황, 이런 것 등을 고려하여 고소설은 목청이 좋고 말솜씨가 좋은 사람으로 하여금 읽게 하는 구연(口演)이나 낭독(朗讀)의 방식이 대세였다.

그리고 이 시기에는 아무 조건 없이, 아는 사람들 사이에서 소설책을 빌리거나 빌려주고, 손으로 베껴 쓰는 필사의 방법이 대세였으며, 제한적이었지만 스스로 소설책을 베껴 쓰는 수고를 덜기 위해 '돈'이 아닌 일정한 대가를 주고 필사를 맡기는 방식도 있었다. 이처럼 고소설을 '상품'으로 인식하기 이전에는 이러한 방식으로 고소설이 유통되었다.

그러다가 '구연'과 '낭독'을 통하여, 이것을 경제적 이윤과 연결 지을 수 있다는 지점을 자각한 사람들이 하나둘 생기면서, 사람들이 많이 모이는 시장이나 가게를 찾아가 청중을 모아놓고 소설을 전문적이면서도 재미있게 읽어주는 전기수(傳奇叟)나 강독사(講讀師)가 출현하게 되었고, 외출이 쉽지 않았던 여성들을 위하여 이들이 사는 가정집을 직접 방문하여 소설책을 읽어주는 전문가들도 등장했다. 이것은 고소설이 일부 사람들끼리 즐기는 대상이 아니라, 새로운 '문화 상품'이며, 고소설을 '문화 상품'으로 인식하고 이를 바탕으로 더 많은 경제적 이윤을 추구하는 방식을 만들게 하였다.

이처럼 고소설을 '상품'으로 인식하기 시작한 18세기부터, 종이책에다가 작품의 내용을 담아 유통하는 방식이 본격화되었다. 종이책으로 만든 고소설의 형태는 1차적으로 필사본(筆寫本)이었다. 이전까지 손으로 직접 필사한 고소설 필사본이 있었지만, 이 시기에 와서는 달라졌다. 이때는 일정한 금액을 지불하고 책을 빌려보는 구매용 필사본, 독자들의 수요를 고려하여 필사하여 만든 대여용 필사본이 생겼다는 점이다. 이처럼 주력 독서 상품을 필사본으로 만들어 사람들에게 대여해주던 것을 세책본(貰冊本)소설, 대여해주던 가게를 세책점(貰冊店)이라고 한다.

고소설 독자들은 자신이 원하는 책을 모두 이를 통해서 손에 넣을 수 있었다. 세책점의 기원은 가난한 선비들이 생계가 막연해지자 호구지책으로 만든 것이라고 알려져 있다. 세책점에서는 100여 권이 넘는 한글 대장편(大長篇) 소설에서부터 한두 권으로 된 단편소설, 그리고 노래책 등을 사람들에게 빌려주었다. 세책점을 이용하던 독자들은 책을 빌려 볼 때에는 돈을 주고 빌려 보았지만, 일정한 물품을 담보로 삼고 나중에 비용을 지불하기도 했다. 세책점은 당대인들에게 인기를 얻었지만, 전국적인 형태의 운영 체계는 구축하지 못했고 수도(首都)인 서울에만 성행하였다. 이것은 당대 경제 규모, 무엇보다 필사본을 주된 방식으로 운영했던 당대 세책점의 물리적 한계와 유통의 한계 등을 보여준다.

이러한 문제점을 극복하고 소설을 본격적인 상업화의 대상으로 삼아 출현한 것이 방각본소설(坊刻本小說)이다. 방각본소설은 세책점에서 대여해주었던 세책본과 달리, 전국의 불특정 다수의 고소설 독자들을 전제로 만들어진 것이다. 나무 판목에다가 소설의 내용을 새겨서, 대량 생산이 가능하게 한 '방각본소설'은 당대의 관점에서 보자면 새로운 유통 방식이었다. 방각본소설이 등장하면서, 경제적 여건만 허락된다면 누구나 소설을 구매하여 읽을 수 있었기 때문에, 세책점에서 빌려보았던 세책본소설과 달리, 시간이나 공간의 제약 없이 마음껏 소설을 읽을 수 있는 시대를 열어주었다. 하지만 방각본소설은 제작 과정에서 막대한 비용이 드는 문제가 있었다.

이러한 매체의 한계는 19세기 납 활자를 이용한 새로운 근대적 인쇄 기술에 의해서 도입된 구활자본(일명 딱지본)소설의 등장으로 해결되었다. 납 활자를 사용한 조판 인쇄는 공정이 매우 빠르고 비용이 저렴한 소설책을 등장시켰다. 이때 출판 원고는 이전 시대에 있었던 세책본이나 방각본을 원고로 하여 그대로 간행하거나, 원 내용을 제목이나 일부 내용만 변개하여 쉽게 간행했다. 값이 싸고 다양한 내용을 담은 구활자본 소설은 당대인들에게 크게 인기를 얻었다. 그리고 이러한 인기에 힘입어 고소설을 전문적으로 발행하는 다양한 출판사가 설립되었다. 구활자본 소설의 등장은 당대 고소설이 널리 보급되고 지금과 유사한 소설 판매를 위한 유통 체계가 구축되는데 크게 기여하였다.

다음으로 고소설의 유통 매체에 대한 내용이다. 고소설의 유통 체계를 통해서 등장했던 세책본소설, 방각본소설, 구활자본소설을 보다 자세히 살펴볼 필요가 있다. 먼저 세책본소설이다.

세책본소설은 필사본 형태로 세책점에서 대여해주었는데 형태상 특징이 있다. 많은 사람들에게 빌려주고 받기를 반복하기 때문에 파손이 일상화되어 있기에, 이를 방지하기 위해 책을 두껍게 만들었다. 그리고 책의 맨 위에다가는 숫자를 기재하여 해당 부분이 훼손되었을 때는 그 부분만 다시 내용을 적어 쉽게 교체하도록 해놓았다. 그리고 가장 큰 특징은 책의 맨 마지막에 정동·사직동·향목동처럼 세책점이 있던 곳의 동명(洞名)이나 상호명을 적었다.

세책본소설은 사람들이 많이 빌려보아야 이윤을 얻을 수 있었다. 따라서 가능한 책의 권수를 최대한 늘리는 방식을 취했다. 그러다가 보니 권당 내용을 적게 만들고 재미난 곳에서 멈추어 다음 권을 빌려보는 전략을 취했다. 이로 인해 대여자들의 불만이 많았다. 그 불만은 고스란히 세책본소설 곳곳에 낙서로 남게 되었다. 낙서는 대부분 대여료가 비싼 것에 대한 불만, 책의 내용이 재미없다는 평, 성(性)과 연관시켜 책 주인을 욕하는 것이다.

다음으로 방각본소설을 살펴본다. 방각본소설은 목판에다가 소설의 내용을 새겨 대량으로 찍어낸 것으로, 현재 확인된 생산지는 서울·안성·전주·대구이다. 학계에서는 각 생산지를 고려하여 각각을 경판본·안성판본·완판본·달성판본이라고 부른다. 현재까지 확인된 가장 앞선 시기에 만든 방각본소설은 한문본과 한글본의 형태로 구분되는데, 전자는 1725년 나주에서 펴낸 한문본 『구운몽』, 후자는 1780년 경기(京畿)에서 간행된 『임경업전』이다.

방각본소설은 크게 경판과 완판본으로 대별되며, 둘은 각기 다른 특징이 있다. 전자는 한 장에 가능한 많은 내용을 새기면서 분량을 적게 만들어 출간해서 이윤을 추구했다. 반면에 후자는 가독성을 높이는 차원에서 내용을 자세히 서술하여 전자와 차별성을 추구했고, 당대 유행하던 판소리 사설을 본문에 차용하여 전자와 다른 독자성을 획득하여 상품성을 높였다. 방각본소설이 등장하면서 소설은 '문화 상품'이란 것이 분명해졌다.

마지막으로 구활자본(일명 딱지본)소설을 살펴본다. 구활자본소설은 근대적 인쇄 기술의 도입으로 등장한 것으로, 방각본소설과 비교할 때 압도적으로 한 번에 많은 양을 출간되었다. 현재 확인된 것은 100여 곳의 출판사에서, 330종의 고소설이 3,000여 회에 걸쳐 출판되었다고 알려져 있다.

구활자본소설은 책 표지가 울긋불긋한 특징이 있다. 이로 인해 구활자본을 '딱지본'이라고 부른다. 그리고 이전에 볼 수 없던 본문의 띄어쓰기, 어려운 구절이나 구분이 필요한 곳에 한자(漢字)의 병기와 같이 이전 시기에 볼 수 없는 새로운 표기와 편집이 특징이다. 구활자본의 시작은 1906년에 간행된 『서상기(西廂記)』로 알려져 있지만, 대중들에게 비로소 구활자본의 존재를 알리고 폭발적인 인기를 얻게 된 계기는 1912년에 이해조(李海朝, 1869~1927)가 펴낸 『옥중화』가 나오면서부터이다. 현재 확인된 것만 보아도 매년 수만 권 이상이 팔려나간 것으로 알려져 있다.

지금까지 고소설의 유통과 유통 방식에 대한 전체적인 양상을 살펴보았다. 고소설을 실질적으로 지켜왔던 것은 당대 독자들이었다. 하지만 이러한 독자들의 기대 지평에 부응하기 위해서 끊임없이 변모해왔던 것이 '고소설의 유통, 유통 방식, 유통의 매체'였다. 이 분야는 앞으로 다각적인 방면에서 검토하고 출판의 실정에 맞는 이론의 정립이 필요하다.

(유춘동)

관각문학

'관각(館閣)'이란 본래 중국 북송(北宋) 때 존재했던 소문관(昭文館), 사관(史館), 집현원(集賢院) 등의 '관(館)'과 비각(秘閣), 용도각(龍圖閣) 등의 '각(閣)'을 아울러 칭한 데서 유래한 용어이다. 이들 관청에서는 도서 · 서적을 관리하고 역사서를 편수하는 국가 차원의 문한(文翰) 업무를 담당하였다. 명(明) · 청(淸) 시대에는 그러한 직무가 한림원(翰林院) 소관으로 옮겨졌지만, 이들을 가리키는 말로서의 관각이라는 용어는 그대로 유지되었다. 우리나라에서는 국가 서적 관리와 학문 및 제술(製述) 업무를 경연청(經筵廳), 홍문관(弘文館), 예문관(藝文館), 춘추관(春秋館), 독서당(讀書堂), 승문원(承文院), 성균관(成均館), 교서관(校書館), 규장각(奎章閣) 등의 기관에서 담당하였으므로, 이들이 관각의 범주에 포함되었다.

'관각문학'은 기본적으로 이와 같은 중앙 학문 · 문학 · 문화 기관에서 산생된 공용(公用) 문자들을 의미한다. 여기에는 악장(樂章), 청사(靑詞), 영신문(延神文), 전(箋), 제문(祭文)과 같은 운문과 옥책문(玉冊文), 반교문(頒敎文), 교명문(敎命文), 치제문(致祭文), 애책문(哀冊文), 교서(敎書), 주문(奏文), 표(表文), 자문(咨文), 국서(國書), 격문(檄文)과 같은 산문이 모두 포함된다.

다만 논자에 따라서는 관각문학의 범주를 이보다 더 확장해 설정하기도 한다. 반드시 관각 소속 인원이 짓지 않았더라도 중앙 조정의 공무와 긴밀한 관계를 지니는 작품이라면 관각문에 포함시킬 수 있다는 것이다.

이를테면 임금에게 올리는 상소(上疏)·차자(箚子), 우리나라 사신(使臣)이 공무 수행 과정에서 외국 인사들과 주고받은 창수시(唱酬詩), 관각문의 창작 능력을 익히기 위해 지은 과시(科詩), 과문(科文), 월과(月課) 등이다. 이러한 작품군까지 아울러 범위에 넣는다면, '중앙의 공적 업무와 관련하여 창작된 시문의 총체'라는 광의의 개념으로서 관각문학을 정의할 수 있을 것이다.

관각문학은 공적인 목적에 부응하기 위해 창작된 만큼, 중앙 조정의 정치적 입장을 대변하는 내용으로 이루어지는 것이 대부분이다. 그 풍격은 전반적으로 장중하고 우아한 것이 특징인데, 이를 구현하기 위해 각종 수사(修辭), 대우(對偶), 변려문(騈儷文) 등이 적극 활용되며, 역사적인 유래를 담고 있는 전고(典故) 역시 곳곳에 사용된다. 이러한 표현 기법들은 국가가 지니는 문장·문화의 역량과 품격을 보다 효과적으로 드러내는 역할을 수행한다.

한편, 관각문학에 대해서는 그것이 지니는 역사적 성격 및 의의와 관련하여 학계에 일정한 논란이 존재하기도 하였다. 이는 특히 조선 전기의 정치·학문 지형을 설명하는 과정에서 불거졌다. 전술한 바와 같이 관각문학은 중앙 조정의 공무 수행 과정 속에서 창작되는 것이기에, 기본적으로 국가를 현양하고 칭송하는 내용이 주를 이루었으며 그것은 상대적으로 보수적인 색채를 띠기 마련이었다. 그리고 그러한 '보수성'은, 조선 전기 정치·학문 구도를 이해하는 주요한 틀로 작용해 왔던 '훈구(勳舊)-사림(士林)'이라는 이분 구도 하에서 '훈구' 세력과 자연스레 연결되었다. 즉 재지사족 출신의 '사림파'가 '도(道)'를 중심으로 하는 문학을 추구한 데 반해, 중앙 출신의 '훈구파'는 국가 논리 하에 수사적 기교와 장식에 치중하는 '사장(詞章)'의 문학, 즉 관각문학을 추구하였다는 것이다.

이러한 견해는 대립적 관계에 있던 양 집단 간의 문학관 차이를 선명하게 드러내 준다는 측면에서 유효성을 인정받았지만, 도식적 구도 설정에 따라 당대의 문학이 지니는 입체적·역동적 면모가 간과되었을 뿐 아니라 관각문학의 당대적 역할과 의의 역시 지나치게 낮게 설정되어 버렸다는 점에서 문제를 노정하기도 하였다. 이에 근래에는 기존의 시각에서 벗어나, 당대 중앙 조정의 공적 목적하에 창작된 관각문학들의 의미와 위상을 재이해하고자 하는 움직임이 활발해지고 있다.

기실 관각문학은 전근대 국가 운영에 있어 필수적인 역할을 담당하였다. 그것을 크게 대내적, 대외적 차원으로 나누어 논해보면 다음과 같다.

먼저, 엄격한 규식과 화려한 수사로 이루어진 관각문의 창작을 통해 대내적으로 국가의 위상과 문화 수준을 제고할 수 있었다. 임금이 즉위하였을 때 백성에게 두루 반포하는 교서, 임금의 공덕을 칭양하기 위한 목적으로 지어지는 악장, 임금이나 후비(后妃)에 대한 존호를 올리는 옥책문, 국가적으로 높일 만한 인물·장소·사건에 대해 새기는 비문(碑文), 현안과 관련하여 어떠한 사실을 공표·선언하는 격문 등은, 그 자체로 신민(臣民)에게 나라의 위엄과 품격을 들어 보이는 기능을 하였다.

대외적 영역에서도 마찬가지였다. 주지하는 바와 같이 우리나라는 지리적 특성으로 인해 주변국에 대한 사대교린(事大交隣)이 중요한 외교적 과제 중 하나로 설정되어 있었다. 그리고 이를 성공적으로 수행하기 위해서는, 자신들의 의도를 명확히 전달하고 국가의 문화적 역량과 품격을 온전히 담아내는 '문자'의 찬술이 필수적이었다. 이러한 국면에서 주요한 역할을 한 것이 바로 관각문학이었다. '문장으로 나라를 빛낸다'는 뜻의 '문장화국(文章華國)'이라는 말은, 긴밀한 국제 관계 속에서 크게 중시되었던 전근대 관각문학의 위상을 단적으로 보여준다.

우리나라에서 중국에 사신을 보낼 때에는 뛰어난 문장 재능을 지닌 관각의 관원들로 하여금 표문(表文), 주문(奏文) 등을 찬술하도록 하였으며, 그러한 문서를 가지고 중국에 들어가는 사신 역시 시문 역량이 높은 인물을 위주로 선발하였다. 이는 중국 사신이 우리나라에 방문할 때도 마찬가지였다. 특히 조선 전기에는 명나라 한림원 출신의 사신들이 다양한 외교적 사안을 수행하고자 우리나라에 파견되었는데, 조선 측에서는 이들을 격식 있게 맞이하고 그들과 원활한 시문 수창을 행하도록 하기 위해 높은 문명(文名)을 구가하던 관각의 인물들을 원접사(遠接使)·종사관(從事官)으로 임명하였다. 뿐만 아니라 이와 같은 사신 응접 과정에서 산생된 수창 시문의 결과를 『황화집(皇華集)』이라는 한중 공동 시집으로 정리해 간행하기도 하였다. 이처럼 관각문학은 국가의 문화적 수준을 보여주는 표상으로서 기능하였으며, 위정자들은 그러한 역할을 담당하는 수려한 작품의 제작과 운용에 많은 공을 들였다.

그와 같은 목적 수행의 일환으로, 우리나라에서는 대대로 관각문학에 능한 이들을 육성하기 위한 제도를 적극 마련해 운영하였다. 조선 전기 각종 학문·문화 사업을 관장하는 집현전(集賢殿)·홍문관 등의 기관을 설치해 재능 있는 인재를 한데 모아 길러낸 것이 그 대표적인 사례이다. 이들 관청뿐 아니라, 이 시기에는 사가독서(賜暇讀書)라는 제도를 별도로 도입, 과거에 합격한 젊은 문사들을 독서당(讀書堂)에 귀속시켜 학적 역량을 더욱 가다듬을 수 있도록 하였다. 세종(世宗, 1397~1450)·성종(成宗, 1457~1494) 등 15세기 문치(文治)로서 이름난 임금들은 특히 이와 같은 인재 양성에 많은 관심을 기울여, 문학에 뛰어난 인재를 우대하거나 그들을 찾아 선온(宣醞)하는 등의 방식으로 관각의 유망주들을 독려하였다. 다음과 같은 세종과 신숙주(申叔舟, 1417~1475)의 널리 알려진 미담은, 당대 문사 우대의 기조가 어떠하였는지를 보여주는 대표적인 사례이다.

세종께서는 문치(文治)에 크게 관심을 기울이시어 인재를 기르고 진작시킴이 옛날보다 훨씬 뛰어나셨다. 집현전을 설치하고 유사(儒士)를 가득히 모으시고는 돌아가며 숙직하도록 하여 강론에 대비하도록 하셨으니, 인재에 대한 융숭한 대우를 두고 세상에서는 영주(瀛洲)에 오르는 것에 비유하곤 하였다. 문충공(文忠公) 신숙주가 숙직하였을 때의 일이다. 밤 2경이 되자 상께서 환관에게 명하기를, "가서 숙직하는 이가 무엇을 하는지 엿보고 오라." 하시니, 환관이 돌아와서 아뢰기를, "촛불을 밝히고서 글을 읽고 있습니다." 하였다. 이후 이와 같이 엿보도록 한 것이 서너 번이었는데, 글 읽기를 여전히 그치지 않다가 닭이 울고 나서야 비로소 잠들었다고 보고하였다. 상께서 이를 가상히 여기시고는 초구(貂裘)를 벗어 자는 틈을 타 따뜻이 덮어 주게 하였다. 신숙주는 아침에 일어나서야 비로소 이 사실을 알았다. 선비들은 이 말을 듣고 이후 더욱 학문에 힘쓰게 되었다.

－ 김안로(金安老), 『용천담적기(龍泉談寂記)』중

이와 같은 분위기는 조선 후기에도 이어졌다. 이에 힘쓴 대표적인 임금이 바로 정조(正祖, 1752~1800)이다. 그는 규장각(奎章閣)을 새로이 설치해 국가의 학문·문학 업무를 총괄하게 하였을 뿐 아니라, 초계문신제(抄啓文臣制)를 마련해 조선 전기의 사가독서와 마찬가지로 유망한 문신을 별도로 배양하고자 하였다.

이처럼 전근대 광범위하게 이루어진 국가 차원의 문사 육성 정책하에, 우리나라에서는 관각문학으로서 이름을 떨친 인물이 대대로 배출되었다. 고려 때에는 김부식(金富軾, 1075~1151), 이제현(李齊賢, 1287~1367) 등이 시대를 대표하는 문사로서 명성을 떨쳤다. 조선에 들어와서는 15세기에 권근(權近, 1352~1409), 변계량(卞季良, 1369~1430), 서거정(徐居正, 1420~1488) 등이 전아한 시문으로 높은 명성을 구가하였고, 16세기 후반에는 정사룡(鄭士龍, 1491~1570), 노수신(盧守愼, 1515~1590), 황정욱(黃廷彧, 1532~1607) 등이 '관각삼걸(館閣三傑)'이라 일컬어지며 당대의 문풍을 이끌었다.

선조(宣祖, 1552~1608) 연간에는 상(象)·월(月)·계(谿)·택(澤)으로 병칭되는 상촌(象村) 신흠(申欽, 1566~1628), 월사(月沙) 이정구(李廷龜, 1564~1635), 계곡(谿谷) 장유(張維, 1587~1638), 택당(澤堂) 이식(李植, 1584~1647)이 유명하였으며, 영조(英祖, 1694~1776) 시대에는 이천보(李天輔, 1698~1761), 남유용(南有容, 1698~1773), 오원(吳瑗, 1700~1740), 황경원(黃景源, 1709~1787) 등이 대표적인 관각문인으로 손꼽혔다. 관각문학에 대한 국가적 장려는 곧 시대를 대표하는 명문장가의 양성이라는 결과로 이어지기도 한 것이다.

이상 서술한 바와 같이, 관각문학은 중앙 조정의 공적 목적에 부응하기 창작된 문학 작품의 총체로서, 전근대 대내외적으로 존재하였던 국가 현안에 능동적이고도 효과적으로 대응하는 역할을 수행하였다. 보다 훌륭한 작품을 생산해 내기 위해 조정에서는 체계적인 제도 마련을 통해 재능 있는 문사를 양성하였으며, 그러한 노력의 결과 시대마다 관각의 문장으로 이름을 떨친 인사들이 다수 등장할 수 있었다. 이와 같은 지점에서, 관각문학은 학문·문학·문화의 역량을 대내외적으로 증명해 보이고자 하였던 위정자들의 깊은 고심이 담겨 있는 작품군이자, 한국 한문학의 역량과 위상을 신장시키는 데 있어 중요한 기능을 담당한 존재라 할 수 있다.

(정용건)

광대

광대(廣大)는 전통연희(傳統演戲)의 연행과 전승을 담당한 직업적 예능인을 가리키는 말이다. 전통연희는 넓은 의미로 공연예술 전반을 아우르기도 하는바, 그것을 담당한 광대의 범주 또한 매우 복잡다단할 수밖에 없다. 현대인에게 익숙한 개념으로 바꾸어 말하자면 연예인의 옛날식 명칭이라고 이해하는 것이 적절할 듯하다. 그런데 현대에는 예술가나 연예인을 낮춰 부르는 의도로 광대라는 말을 사용하기도 하는데, 그것은 전통 사회에서 예능인의 신분이 최하층에 해당했기 때문에 생긴 이미지가 이어진 결과라 할 수 있다. 그러나 현대 사회의 연예인이 사회적으로 선망을 받는 직업군이 된 것처럼 광대의 현대적 위상도 전통문화의 계승자라는 소중한 가치로 인식되고 있다.

광대에 해당하는 사람들은 아주 오래전부터 존재했지만 광대라는 명칭은 그보다 나중에 발견된다. 『고려사』의 〈전영보전(全英甫傳)〉을 비롯하여 고려 시대와 조선 초기의 기록에 의하면, 광대는 원래 가면(假面)을 쓰고 연희하는 사람이나 가면 자체를 가리키는 용어였던 것으로 보인다. 그것이 나중에는 가면극뿐 아니라 다양한 연희를 행하는 사람들을 일반적으로 지칭하는 용어로 정착된 것이라 할 수 있다. 그래서 어떤 종목을 연행하는가에 따라 그 명칭이 구체화된다. 예컨대 판소리를 연행하는 광대는 '판소리 광대', 줄타기를 연행하는 광대는 '줄광대'라고 부르는 것이다. 그런데 '종목+광대'의 형태로만 명칭이 사용되는 것은 아니다. 재주가 뛰어나지 못해서 시골의 도랑 근처에서나 연행할 수준이라는 의미로 '또랑광대'라는 말을 쓰기도 하고, 남사당패에서는 그 집단 특유의 은어를 사용하여 줄광대 대신 '어름사니'라는 명칭을 쓰기도 한다. 어름사니는 얼음판처럼 위태로운 줄 위에서 노는 사니(광대)라는 뜻의 말이다.

광대란 용어의 부정적 이미지는 주로 신분에서 기인한 것이다. 광대는 대개 천민에 속했기 때문에 신분 상승의 여지가 거의 없었다. 그들의 직업적 예능 활동은 세습으로 이어졌고 통혼 관계도 그 계층 안에서만 이루어졌다. 특히 무당 집단과 밀접한 관계를 맺고 있는데, 그것은 무당 집단의 남성 중에서 많은 광대가 배출되었기 때문이다. 이런 광대를 통상 재인(才人) 혹은 화랑이라고 부른다. 굿이 있으면 무당 집단의 일원으로 참여하지만 그렇지 않을 때에는 그 재주를 바탕으로 다양한 예능 활동을 펴는 것이다. 이들은 지역별로 존재하는 신청(神廳) 혹은 재인청(才人廳)이라 불리는 일종의 조합 같은 조직에 소속되어 공동체를 이루기도 했다. 재인청은 광대들의 친목 도모뿐 아니라 교육과 공연 활동을 관리하는 역할도 했다. 궁중 연회와 같은 큰 행사에 지방의 광대를 동원하는 것도 대개 재인청의 관리에 따라 이루어지는 것이다. 따라서 세습과 공동체 문화 안의 광대들은 오랫동안 예술적 기량을 서로 교류하며 발전시킬 수 있었고, 나아가 다양한 연희 종목을 정립할 수 있었다. 과거에는 천한 신분 집단의 한 부류였겠으나 결과적으로는 우리 전통연희의 근간을 만들고 계승해 온 것이 바로 광대다.

광대는 일찍이 신라 시대의 팔관회, 그 전통을 이은 고려 시대의 팔관회와 연등회 등에 동원되었다. 팔관회와 연등회가 없어진 조선 시대에도 광대는 궁중의 다양한 행사에 참여했는데, 연회에 필요한 대규모의 인원을 항상 궁궐에 머물게 할 수는 없었으므로 각 지방의 재인청을 통해 조직적으로 출입할 수 있게 했다. 궁중 연회나 사신 영접 행사와 같은 큰 이벤트 외에도 과거 급제자를 위한 잔치 등에 광대의 수요는 꾸준했고, 공연을 위해 상경한 광대들은 민간에서도 다양하게 활동했다. 선비들이 과거를 보러 가듯 광대들도 그 시기에 과거를 보러 간다는 얘기가 있을 정도였다. 생산업에 종사하지 않는 광대들은 생계를 위해서라도 대목을 찾아 꾸준히 공연할 기회를 잡아야 하기 때문이다. 그 와중에 높은 인기를 얻은 광대는 왕을 비롯한 권력자의 총애를 입기도 하고 대중적으로 유명세를 누리기도 했다.

신라 시대에 팔관회를 진행할 때에 광대가 동원된 것으로 보이는 기록이 있는바 광대의 시원은 그 이전으로 거슬러 올라갈 수 있다. 게다가 광대가 무당 집단과 밀접한 연관이 있고, 무당이 인류 최초의 직업 중 하나일 것이라는 점을 감안하면, 광대 또한 인간이 놀이와 의식을 연행의 형태로 구현한 시점부터 존재했던 것이라 할 수 있다. 이렇듯 오랫동안 문화의 큰 축을 담당했기 때문에 광대 집단을 체계적으로 분류하는 일은 간단치 않다. 연행한 종목에 따라 구분하면 될 법도 하지만, 여러 세대를 아울러 활동 양상을 살펴보면 오직 하나의 예능만을 세습하며 특정한 지역에 국한하여 살아온 것은 아님을 알 수 있기 때문이다. 광대들 가운데 여러 종목의 예능을 섭렵한 경우가 많은 것도 그들이 외골수의 삶만을 유지하지는 않았다는 근거다. 따라서 특장을 기준으로 방대한 광대의 역사를 분류하기는 어렵고, 다만 출신 계통에 따라 크게 세 가지로 우선 나누어 볼 수 있다.

가장 대표적인 광대 집단은 세습무계(世襲巫系)의 재인(才人)이다. 이들은 본래 무당 집단의 남성들인데 무업 이외의 예능 활동을 펼치기도 했던 것이다. 굿은 원시적인 종합예술의 형태를 갖추고 있기 때문에 무부(巫夫)는 악사로서 굿에 참여함은 물론 무당을 바라지하기 위한 다양한 역할을 맡는다. 세습으로 익힌 그러한 재주와 기량을 바탕으로 재인들은 수준 높은 연희자로 활동할 수 있는 역량을 갖추게 된다. 개인적으로 예술가로서의 삶을 개척한 재인들도 있었겠거니와, 대개는 앞서 언급한 재인청의 관리를 통해 지역 내뿐만 아니라 국가의 중요한 행사에 동원되기도 하였다. 오늘날에도 이름난 명인 명창들의 가계를 살펴보면 조상이 세습무계인 경우가 많다. 장구한 세월을 통해 축적된 예술가의 기질이 핏속에 흐르는 것이라 하겠다.

또 하나의 계열은 재승(才僧)에서 그 계통이 이어졌을 것으로 보이는 집단이다. 불교와 밀접한 연관이 있으며 가장 잘 알려진 것으로 사당패를 들 수 있다. 재승은 사찰에 소속되어 연희를 행하던 이들인데, 조선 초기에 불교가 탄압받기 시작하면서 사찰의 규모가 축소되자 우선적으로 이탈된 그룹이다. 포교와 걸립 등의 목적으로 연희를 행했던 이들은 사찰을 떠나서도 이전과 비슷한 활동을 계속했고, 그 후예가 바로 조선 후기에 무수히 등장한 유랑연희패들이라 할 수 있다. 물론 유랑연희패가 모두 재승 계통인 것은 아니고, 다양한 출신과 경로를 통해 광대가 된 이들이 저마다의 특기를 바탕으로 조직하여 활동한 것이다. 광대는 굶어 죽어도 농사를 짓지는 않는다고 했거니와, 농경 기반이 없던 이들이 연희 이외의 일을 하기는 어려웠을 것이다. 따라서 겉으로 드러나지는 않으나 이들도 직업을 세습한 경우가 많았다.

사당패의 주요 공연 종목은 선소리, 벅구춤, 줄타기 등이었는데 이것들이 이후의 광대들에게 영향을 미쳤고, 단일 종목을 정립하는 기반이 되기도 하였다. 세습무계의 재인들에 의해 가창, 연주, 무용 등 다양한 장르의 예능이 단일 종목으로 발전한 것처럼 재승 계열 광대들의 예능도 여러 공연 종목으로 파생되어 발전했다. 사당패를 비롯한 유랑연희패들은 민간의 농악에도 많은 영향을 준 것으로 보인다. 걸립을 위해 마을 단위의 공연을 많이 열었을 것이므로 민간이 그 수준 높은 예능 요소들을 수용하였으리란 것이다. 실제로 남사당패의 근거지와 가까운 평택의 농악은 다른 지역의 것에 비해 예능농악으로서의 특징이 두드러진다.

국외에서 이주하여 광대가 된 이들도 하나의 계열로 구분할 수 있다. 북방 유목민 계통의 화척(禾尺)이나 반인(泮人), 서역 출신의 놀이꾼 등이 그들이다. 신분제도가 공고했던 과거에 이주민은 이 땅에서 천민으로 살수밖에 없었다. 토지를 얻어 정착하기 어려우므로 유랑생활을 하기가 십상이었으며, 고려 말부터 버드나무 세공이나 도축업 등의 천역에 종사했다. 이들 이주민 가운데 광대로 진출한 경우가 있었으며, 주로 가면극 계열을 연행한 것으로 알려져 있다. 특히 성균관의 노비가 된 반인들은 주변에 반촌을 이루어 도축업을 담당하다가 궁중에 큰 연회가 열리면 산대놀이를 연행하였다. 서울 경기 지역의 가면극인 산대놀이와 북한 지역의 여러 가면극이 정립되는 데에는 이 이주민 출신 광대들의 영향이 컸다고 할 수 있다. 다만 산대놀이와 북한 지역의 가면극을 오직 이들만 연행한 것은 아니었으므로 또 다른 출신의 가면극 광대 집단도 존재했을 것이나, 그 실체를 확인하기는 쉽지 않다.

오늘날의 광대는 대학에 국악과가 생기고 무당이나 전통예능인이 학교의 교육자로 진출하기 시작하면서부터 주로 학교 교육에 의해 육성된다. 또한 1962년에 공포된 문화재보호법 시행 이후 가치가 높은 전통연희는 무형문화유산으로 인정되어 보호받고 있다. 아이들에게도 반말을 듣던 과거의 비천한 광대는 이제 문화예술적 위상을 존중받는 국가적 자원이 되었다.

(이태화)

#구운몽 #몽자류소설 #환몽구조 #이본 #인생무상 #세속적부귀영화 #향유층

〈구운몽〉과 몽자류 소설

　〈구운몽〉은 17세기를 살다 간 김만중(金萬重, 1637~1692)이 늙은 모친을 위해 평안도 선천(宣川) 유배 시절에 창작한 것으로 전해진다. 17세기는 고전소설이 본격적으로 창작되고 향유되던 시기로, 일반 대중에게도 비교적 잘 알려진 〈홍길동전〉, 〈운영전〉, 〈사씨남정기〉를 비롯하여 수많은 작품이 출현한 때이다. 〈구운몽〉은 이른바 본격적인 고전소설의 시대를 대표하는 작품임은 물론, 우리 문학사 전체를 대표하는 고전소설이다.

　그렇다면 어떠한 이유에서 〈구운몽〉을 대표적인 고전소설이라 칭할까? 여러 이유가 있겠지만, 이 작품의 주제가 인간이라는 존재와 인간의 인식과 같은 근원적 문제를 다뤘다는 점, 이 작품이 창작된 이후 오랜 기간 독자들의 사랑을 받았다는 점 등을 가장 먼저 들 수 있을 것이다. 두 가지, 즉 이 작품의 주제와 향유 양상은 〈구운몽〉의 가치를 파악하는 핵심적 요소이다. 이를 바탕으로 작품에 대해 한 발 더 가까이 접근해보자.

　이 작품이 독자들로부터 오랜 기간 사랑을 받았다는 사실을 이해할 때 중요하게 전제해야 하는 것이 있다. 고전소설이 독자들로부터 오랜 기간 사랑을 받았다는 것은 대체로 작품의 이본(異本) 수량을 통해 증명된다. 그렇다면 작품 이본의 수량은 무엇을 의미하는가? 이 작품이 오랜 기간 여러 사람에게 다양한 내용으로 읽혔음을 의미한다.

　고전소설 독자들은 어떤 작품이 재미있다는 말을 전해 듣거나 혹은 본인이 한번 읽어보고 재미를 느끼면, 그 작품을 책의 형태로 소장하고 싶어 했고, 책으로 소장하기 위해 소설을 직접 필사(筆寫)하는 경우가 많았다. 그런데 필사자가 필사할 때 대본이 되는 소설책과 완벽하게 똑같이 베끼는 경우보다는, 그 내용을 변용하는 경우가 더 많다. 즉 어떤 작품이 인기가 많았다면, 그 작품은 여러 사람의 손을 거치며 조금씩 다른 이본으로 여러 차례 재탄생했을 것이라는 말이다.

〈구운몽〉은 고전소설 중에서도 이본이 많기로 유명한 작품이다. 현재까지 전해지는 이본만 하더라도 일일이 수를 헤아리기 어려울 정도이다. 〈구운몽〉의 이본이 더욱 가치가 있는 것은, 이 작품의 이본들은 원작으로 추정되는 내용으로부터 상당한 변형이 이루어져 있다는 점이다. 즉 〈구운몽〉을 읽고 이본을 만들어낸 향유자들은 스스로 작품의 내용을 재구조화하는 작업을 진행하였다. 이는 〈구운몽〉의 향유자들이 단순히 작품을 읽고 수용하는 단계에서 그치지 않았음을 의미한다. 이 작품은 원작의 문제의식도 뛰어나지만, 이렇듯 수용미학적 관점에서도 가치를 논할 수 있다.

이렇듯 다채로운 수용의 양상은 〈구운몽〉의 주제를 원작과 다르게 설정하는 데까지 나아갔다. 일반 대중은 흔히 〈구운몽〉의 주제를 일장춘몽(一場春夢), 인생무상(人生無常)으로 알고 있다. 그러나 이는 수많은 이본 중 일부 이본의 주제라 할 수 있다. 〈구운몽〉 원작에 가까운 것으로 추정하는 이본들의 주제는 '참과 거짓의 이분법적 구분을 넘어서 두 세계 모두를 긍정하는 참된 이치의 깨달음'이다. 그러나 이는 어디까지나 〈구운몽〉 일부 이본들의 주제이며, 다른 이본 중에는 인생무상과는 정반대로 세속적 부귀영화를 주제로 삼기도 한다. 아무리 이본 간의 주제적 지향에 차이가 있다 하더라도, 어떻게 한 작품을 두고 이렇게 다른 차원의 주제가 나올 수 있을까? 이는 이 작품의 특성으로 언급되는 환몽구조(幻夢構造)의 구조적 성격과 관련이 깊다. 이에 환몽구조를 바탕으로 설명을 해보고자 한다.

이 작품은 흔히 입몽(入夢)과 각몽(覺夢)의 단계를 거치는 환몽구조로 되어 있다고 설명한다. 〈구운몽〉은 잘 알려진 것처럼, 불가(佛家)의 세계에 살던 '성진'과 '팔선녀' 즉 여덟 명의 선녀가 인간세계에서 각각 '양소유'와 여덟 명의 여성으로 태어나 부귀영화를 누리다가, 이들이 다시금 불가의 세계로 돌아온다. 그간 이 과정을 입몽과 각몽 혹은 환몽구조로 설명해 왔던 것이다. 입몽과 각몽은 꿈을 전제로 하는데, 사실 〈구운몽〉에서 성진이 양소유가 되고, 양소유가 다시 성진이 되는 과정에는 꿈이 등장하지 않는다. 따라서 입몽과 각몽이라는 용어, 환몽구조라는 표현이 이 작품을 적절히 설명하는 것인지는 깊이 따져봐야 한다. 그러나 이 글에서는 일단 입몽과 각몽이라는, 두루 쓰이는 용어를 사용하여 이 작품의 주제가 이본마다 다양한 이유에 대해 설명해보도록 하겠다.

〈구운몽〉의 전체 분량을 고려하면 각몽 이후에 해당하는 내용은 무척 짧은 편인데, 각몽 이후의 내용에서 이 작품의 주제를 직접적으로 부각한다. 그렇다면 그 짧은 내용에서 어떻게 주제를 드러낼까? 바로 성진의 스승인 '육관대사'의 설법을 통해서이다.

이 작품은 불가에서 수행하던 성진이 동해 용왕을 만나 약간의 술을 마시고 팔선녀를 우연히 만나 대화를 나누면서 내면에 인간 세상에 대한 욕망이 싹트는 것에서 사건이 시작된다. 이 감정으로 인해 성진은 인간세계로 보내지는데, 그는 인간세계에서 양소유로 살아가며 속세의 부귀영화를 한없이 누리며 행복하게 살지만 결국 인간의 삶이 유한하다는 사실을 깨달으며 다시 불가의 세계에 성진의 모습으로 돌아온다. 인간세계를 경험하고 온 성진은 스스로 깨달은 바가 있으며 그것은 인생무상이라고 말하는데, 이에 대해 육관대사는 인간세계를 부정하고 불가의 세계를 긍정하는 성진의 모습을 보니 아직 진정한 깨달음에는 이르지 못했다고 지적한다. 그러면서 인간세계와 불가의 세계 모두를 긍정할 수 있는 경지에 이를 것을 주문한다. 바로 이 마지막 육관대사의 설법이 이 작품의 주제를 확정 짓는 것이라 할 수 있다. 인간의 욕망을 부정하는 것도 아니고, 그렇다고 인간의 욕망을 초월하는 것만을 긍정하는 것도 아닌, 우리가 인식하고 또는 살아가는 세계 모두를 품을 수 있는 경지를 지향한다는 점에서, 이 작품의 주제의식은 깊이가 있는 것이다.

그런데 이 주제가 모든 이본에 구현되지는 않는다. 앞서 언급한 것처럼 이본마다 주제가 다른데, 이렇게 주제가 달라지는 주된 원인은 바로 각몽 이후 결말 부분의 탈락이나 변형에서 찾을 수 있다. 이본 중에는 마지막 육관대사의 설법이 온전치 않거나 아예 빠진 경우가 있다. 그렇다면 이 작품의 주제는 어디서 찾게 될까? 바로 각몽 이후 성진의 깨달음에서 찾게 된다. 그러면 이 작품의 주제는 일장춘몽, 인생무상이 되는 것이다. 같은 논리로 만약 성진의 각몽이 사라지게 되면 이 작품의 주제는 어디서 찾게 될까? 그때 역시 해당 이본의 가장 마지막 부분, 즉 양소유가 성진으로 돌아가지 않고 양소유의 모습으로 인간 세상의 부귀영화를 누리는 데에서 찾아야 할 것이다. 그렇게 되면 이 작품의 주제는 세속적 부귀영화의 추구가 된다.

즉 〈구운몽〉의 환몽구조, 그중에서도 각몽 이후의 사건을 어디까지 받아들이느냐에 따라 해당 이본의 주제는 무척 심오한 차원에서부터 매우 세속적인 차원까지 구현이 가능했던 것이다. 다시 말해 〈구운몽〉 이본의 주제가 지닌 다채로움은 그저 이본 간 주제에 차이가 난다는 것에서 그치지 않고, 이 작품의 깊이를 다양하게 구현하는 데에도 영향을 주었던 셈이다.

지금까지 〈구운몽〉이 한국 고전소설을 대표하는 작품으로 불릴 수 있는 이유를, 주제의 심오함과 더불어 향유의 다채로움에서 찾아보았다. 〈구운몽〉은 심오한 문제의식을 던져줌으로써 독자에게 인간이라는 존재에 대해 깊이 고민하게 하는 한편으로, 통속적 인간의 모습에 주목하여 비교적 가볍게 수용할 수 있는 길을 열어줌으로써 작품 향유층의 범주를 크게 확장하였다.

이러한 〈구운몽〉의 확장성은 이 작품과 더불어 '몽자류 소설'을 대표하는 〈옥루몽〉의 출현에도 적지 않은 영향을 주었다. 1840년경에 남영로(南永魯, 1810~1857)가 창작한 〈옥루몽〉은 〈구운몽〉으로부터 많은 영향을 받은 것이 확인되는 작품이다. 그런데 이때 남영로는 〈구운몽〉을 세속적 부귀영화 추구, 즉 영웅군담소설의 서사적 지향의 차원으로 받아들이고자 했던 것으로 보인다. 〈옥루몽〉에는 〈구운몽〉과 마찬가지로 한 명의 남성 주인공과 여러 명의 여성 주인공이 등장하며, 천상의 존재였던 이들이 각각 인간세계에서 다른 존재로 태어난다. 그런데 〈옥루몽〉의 결말은 〈구운몽〉처럼 양소유의 삶에서 성진의 삶으로 전환되는, 그러니까 다시 천상의 삶으로 돌아가는 이른바 각몽에 해당하는 과정이 없다. 〈옥루몽〉에서는 여성 주인공들만 본래 자신들이 천상의 존재임을 인식하며 인간 세상의 삶이 끝나면 천상으로 되돌아갈 운명임을 감지하기는 하지만, 작품에서는 이들이 천상으로 되돌아가는 장면이 나오지 않는다. 따라서 〈옥루몽〉은 환몽구조라고 말하기는 어려운 측면이 있다.

〈구운몽〉은 성진과 양소유라는, 극명하게 대비되는 삶을 부각하기 위해 양소유의 이야기에 작품의 상당 부분을 할애하였다. 이는 각몽 이후에 등장하는 주제를 강조하기 위한 반전의 포석인 듯도 하다는 점에서, 세속적 부귀영화를 추구하는 내용이면서도 이 작품에서 그 중요성이 반감될 수 없다.

그런데 아이러니하게도 양소유의 이야기가 향유층에게는 더욱 흥미롭게 다가왔던 것 같다. 〈구운몽〉과 더불어 몽자류 소설을 대표하는 〈옥루몽〉에서는 환몽구조의 틀에 긴박되지 않고, 주인공의 세속적 부귀영화 추구에 주목하였다.

〈구운몽〉과 몽자류 소설은 대중의 기호와 긴밀하게 조응하였다. 이를 작품의 가치가 훼손되는 과정으로 보아야 할까? 필자는 오히려 이러한 변화를 〈구운몽〉과 몽자류 소설이 꾸준히 향유층과 소통하며 스스로 갱신을 도모한 유의미한 흔적으로 봐야 한다고 생각한다. 작품이 심오한 문제의식을 견고하게 유지한 채 소수의 사람에게만 읽히는 것이 문학사적으로 가치가 있는 것인지, 아니면 작품의 심오한 문제의식은 퇴색되더라도 서사의 변화를 바탕으로 다수의 사람에게 읽히는 것이 문학사적으로 가치가 있는 것인지, 둘 중 하나로 쉽게 결론 내리기는 어려울 것이다. 그러나 확실한 것은 문학은 결국 창작하는 이와 읽는 이가 쉼 없이 교류해야 한다는 사실이다. 그러한 점에서 〈구운몽〉과 몽자류 소설은 고전소설이 나아가야 할 길을 제시해준 것이 아닐까 생각한다.

(엄태웅)

국문장편소설

    조선 후기 사람들은 수많은 소설을 감상하며 삶의 즐거움을 누렸다. 15세기 김만중(金萬重, 1637~1692)의 『금오신화』, 16세기 신광수(申光洙, 1712~1775)의 『기재기이』 등과 같은 작품들의 출현 이후, 17세기를 기점으로 소설 창작과 향유가 그전에 비해 활발해졌기 때문이다. 17세기에 이르러 김만중의 〈구운몽〉과 〈사씨남정기〉, 조성기(趙聖期, 1638~1689)의 〈창선감의록〉 그리고 〈숙향전〉과 같은 많은 소설들이 사람들에게 활발히 읽혔고, 이는 경제 성장과 상업의 발달을 바탕으로 18세기, 19세기에도 지속되었다.

    이런 흐름 속에 조선 후기 향유된 소설들 중에는 짧게는 수 권에서 길게는 100권이 넘는 상당한 분량을 지닌 작품들이 있다. 이 작품들의 상당수는 한글, 즉 국문으로 표기되어 있어 이러한 일군의 소설들을 국문장편소설이라 칭한다. 예컨대 〈몽옥쌍봉연록〉은 4권, 〈부장양문록〉은 5권, 〈성현공숙렬기〉는 25권, 〈범문정충절언행록〉은 31권, 〈명행정의록〉은 70권, 〈명주보월빙〉은 100권으로 그 분량이 상당하다. 10권부터 100권 사이의 분량을 지닌 작품들이 상대적으로 많으며, 상당수의 작품은 연작 형태로 이루어져 있다. 예를 들어 4권 분량의 〈소현성록〉은 11권 분량의 〈소씨삼대록〉과 연작을 이루고 있어, 이 연작 소설의 총 분량은 15권이라 볼 수 있다. 또한 단일 작품으로 최장편 분량을 지닌 작품으로는 180권 분량의 〈완월회맹연〉이 있다. 정혜경에 따르면 현재까지 발견된 국문장편소설은 65종이며, 이름은 전하지만 발견되지 않은 작품도 38종 정도가 있다고 파악되고 있는데 이를 감안한다면 국문장편소설이 고소설 전체에서 차지하는 비중은 결코 작지 않다고 할 수 있다.

그런데 국문장편소설이 우리들에게 조금은 낯설게 느껴지는 것은 〈홍길동전〉이나 〈춘향전〉, 〈토끼전〉 등에 비해 상대적으로 연구가 늦게 시작되었기 때문이다. 국문장편소설에 대한 본격적인 연구는 1960년대 후반 정병욱에 의해 이루어졌다. 창덕궁의 낙선재(樂善齋)에 소장되어 있던 소설들이 발굴되면서 시작된 것이다. 낙선재에 소장되었던 다종다양한 소설들 가운데 상당수가 국문장편소설이었기 때문이다. 이 발굴을 계기로 작가 문제, 주제, 작품론 등 다양한 측면에서 국문장편소설에 대한 연구가 시작되었고 2000년대를 지나면서 더 활성화되었다. 또 낙선재에 소장되었던 작품이란 점에서 국문장편소설은 낙선재본소설이라고도 불린다.

한편 국문장편소설은 가문소설이라고도 불린다. 이는 국문장편소설이 주로 가문의 이야기를 다루고 있기 때문이다. 예를 들어 〈유씨삼대록〉이란 작품은 유씨 가문의 이야기를 다루고 있고, 〈임화정연〉이란 작품은 임씨, 화씨, 정씨, 연씨라는 네 개 가문의 이야기를 다루고 있다. 〈사씨남정기〉나 〈장화홍련전〉과 같은 가정소설이 한 가정 안에서 벌어지는 처와 첩 사이의 갈등이나 계모와 전처 자식 간의 갈등 등을 주로 다룬다면, 가문소설은 가문의 영달을 이루는 것 안에서 세부적으로 한 가문 내의 여러 세대의 인물 내지는 여러 가문의 인물이 얽혀서 벌어지는 다채로운 갈등을 다룬다는 점에서 차이가 있다.

다만 국문장편소설 가운데에는 낙선재에 소장되어 있지 않았던 작품도 있으며, 가문의 번영을 추구하면서도 가문 내 사건들을 다루는 속에서 다양한 작가의식을 보여주는 작품들이 다수 존재한다. 한편으로는 임치균의 연구에서 밝혀진 것처럼 〈옥환기봉〉과 같이 중국 역사와 연의소설 등의 영향을 많이 받아 사건을 구성한 작품들도 있어 낙선재본소설, 가문소설보다는 국문장편소설이라는 용어가 보다 작품의 실상을 보여주는 명칭이라 할 수 있다. 또한 이 소설들의 상당수가 〈홍길동전〉이나 〈춘향전〉과 같이 "-전"으로 제명(題名)이 끝나는 것이 아니라 〈임씨삼대록〉이나 〈창란호연록〉과 같이 "-록"으로 끝나는 경우가 많은 것도 하나의 특징이다.

이러한 국문장편소설들 가운데에는 다음과 같은 형태적 특징을 띤 작품들이 있다. 우선 연작 형태로 이루어진 작품들이 상당히 많다. 국문장편소설의 많은 작품은 전편과 후편이라는 연작의 형태를 띠고 있다. 예를 들어 〈몽옥쌍봉연록〉-〈곽장양문록〉이나 〈보은기우록〉-〈명행정의록〉과 같이 전후편 연작의 띤 경우들이 그 예이다. 그런데 이 외에도 〈현씨양웅쌍린기〉-〈명주기봉〉-〈명주옥연기합록〉과 같이 3부작의 형태를 띤 경우도 있다.

또한 국문장편소설 안에는 제명이 "00삼대록"이라고 끝나는 삼대록계 소설들이 있다. 이들 작품 역시 연작의 형태를 띠고 있는데 후편의 제명이 "00삼대록"으로 되어 있다. 이들 작품은 전편에서는 가문의 1, 2세대 인물들의 이야기를, 후편에서는 주로 가문의 3세대 인물들의 이야기를 다룬다. 〈소현성록〉-〈소씨삼대록〉, 〈유효공선행록〉-〈유씨삼대록〉, 〈성현공숙렬기〉-〈임씨삼대록〉, 〈현몽쌍룡기〉-〈조씨삼대록〉이 그 예이다.

또 국문장편소설 가운데는 제명에 "00양문록"이라고 끝나는 양문록계 소설들이 있다. 이들은 연작 형태를 띤 작품도 있고 그렇지 않은 경우들도 있는데, 〈곽장양문록〉, 〈부장양문록〉, 〈유이양문록〉, 〈하진양문록〉과 같이 제명에 '양문록'이라는 점을 밝혀 두 가문의 이야기라는 점을 부각하고 있다. 김은일의 연구에 따르면 양문록계 국문장편소설은 남성 가문과 여성 가문으로 대별되는 두 가문의 서사가 혼사를 중심으로 결합한 구조를 보이고 있어, 보다 여성의 삶의 구조에 관심을 보이고 있다는 특징을 보여준다는 것이 파악되었다.

국문장편소설은 대다수가 중국 송나라나 명나라 때를 배경으로 하고 있으며, 〈몽옥쌍봉연록〉 연작과 같이 당나라 때를 배경으로 한 작품들이 있기는 하지만 그 비중은 적은 편이다. 그리고 중국을 배경으로 하고 있지만 작품이 보여주는 문제의식은 작품이 창작되고 향유된 조선 사회를 바탕으로 하고 있다.

국문장편소설은 중심 가문의 여러 세대 인물의 삶의 면면을 그려내는데, 많게는 5대 정도에 걸친 한 가문의 구성원들이 모습을 담아내기도 한다. 또한 한 가문의 영달을 보여주는 전체 흐름 속에서 가문 외적으로는 남성인물들의 과거 급제, 파견이나 출정 등을 통한 공로 세우기, 정치적 이유로 인한 유배, 황실 인물과 중심 가문 구성원의 혼인 등 부침에 따른 가문의 흥망을 담아낸다. 동시에 가문 내에서 다양한 입장을 가진 인물들이 벌이는 여러 갈등을 치열하게 담아낸다. 대표적인 갈등으로는 아버지와 아들 사이에 벌어지는 부자 갈등, 장인과 사위 사이에 벌어지는 옹서 갈등, 형제 사이에 가문의 계승을 두고 다툼을 벌이는 계후 갈등, 성격 차이로 인해 벌어지는 부부 갈등, 한 남편의 여러 부인들 사이에 벌어지는 처처 갈등 등이 있다. 한 명의 남성이 처와 첩을 두어 다툼이 일어나는 것을 다룬 가정소설과 달리, 중국을 배경으로 한 국문장편소설에는 한 명의 남성이 여러 명의 부인을 둔 상황이어서 처첩 갈등보다는 처처 갈등이 주로 나타난다.

이와 맞물려 국문장편소설은 인물 설정을 통해 사건을 다채롭게 풀어가기도 한다. 예컨대 자식이었던 인물들이 부모가 된 후 그 자녀들이 자신들의 젊었을 때 겪었던 것과 유사한 갈등을 겪는 것을 지도하는 것을 통해 성장하는 모습을 보여주기도 하며, 여러 형제 자매들의 성품과 능력 등에 차이를 두어 개성을 부여함으로써 현실에 있을 법한 다양한 인간의 모습을 담아내기도 한다. 이와 함께 비슷한 사건의 반복과 변주를 지속적으로 제시함으로써 서사에 흥미를 배가시키기도 한다.

예컨대 국문장편소설의 대표작이면서 동시에 초기작으로 평가받는 〈소현성록〉 연작은 송나라를 배경으로 소씨 가문 3세대 인물들의 가문 번영에 대한 고민과 부부 생활을 둘러싼 갈등을 그려낸 작품이다. 전편인 〈소현성록〉에서는 양부인의 유복자로 태어나 관직에 진출한 소현성이 부인들 사이의 갈등을 해결하면서 자녀들을 두는 과정을 보여준다. 후편인 〈소씨삼대록〉에서는 소현성 자녀들 중 소운경, 소운성, 소운명, 소수빙, 소수주의 삶을 부각하면서, 소운성이 왕작을 부여받고 소수주가 황후가 되는 등 가문의 번영이 극에 달하는 모습을 담아낸다. 이때 가문의 영달을 이루는 과정을 소현성을 비롯한 남성인물들의 관직 진출과 공적 세우기를 반복하는 것과, 훼절로 인해 가문의 명예를 실추시킨 소교영이나 반역을 도모하려던 소세필을 모친 양부인이나 숙부 소운명이 살해하는 것을 거듭 보여주는 것을 통해 제시한다. 또한 남편의 애정을 둘러싼 부인들 사이의 갈등을 '소현성-화부인-석부인', '소운성-명현공주-형씨', '소운명-임씨-이씨-정씨' 등의 부부들을 중심으로 반복해 보여준다. 이 과정에서 인물들의 성격이나 위상, 사건 내용 등에 변주를 줌으로써 같은 유형의 사건을 반복해 보여주더라도 가문을 안정되게 유지하고 번영하게 만드는 것을 다양한 측면에서 생각해보게 한다.

국문장편소설은 유교 이데올로기와 가부장적 질서를 수호하는 사회적 분위기 안에서 가문의 번영을 추구하는 모습을 보여주나 그 안에서 상층 가문의 구성원들이 겪을 수 있는 다양한 갈등의 면면을 세밀히 그려낸다. 특히 상당한 분량 안에서 한 사건에 대한 여러 인물의 다양한 시각을 보여주고, 내적 갈등을 겪는 인물들의 심리 묘사도 길게는 몇 장에 걸쳐 전개할 정도로 구체적으로 그려내고 있어 이 과정에서 가부장적 질서를 추구하는 것의 문제점들을 노출하기도 한다. 또 가문이 위치하고 있는 공간이나 가문과 가문 사이의 위치 설정, 가문 내 처소의 배치, 인물들의 이동 동선 등과 같은 공간 묘사도 매우 구체화해 제시함으로써 작품의 핍진성을 더하고 있다.

이와 함께 국문장편소설은 상층 인물의 생활 모습 역시도 실감나게 재현해 보여준다. 관혼상제와 같이 일생의 중요한 사건들을 가문의 구성원들이 함께하는 모습뿐 아니라, 아침저녁으로 문안을 올리는 것이나 함께 모여서 차를 마시거나 잔치를 벌이는 모습, 바둑이나 투호와 같은 놀이를 즐기는 모습들도 섬세히 보여주기 때문이다. 또 편지글이나 제문, 상소 등과 같은 삽입문들을 사건과 유기적으로 배치해 보여줌으로써 실감을 더할뿐더러 작품의 교양적인 면모를 부각하기도 한다.

이러한 국문장편소설을 창작한 작가와 시기는 대부분 밝혀져 있지 않다. 다만 현재 남아 있는 작품의 독서 기록이나 필사기 등을 통해 국문장편소설이 언제 향유되었는지를 추정해 볼 수 있는 상황이다. 예를 들어 국문장편소설 중 이른 시기 향유가 이루어진 것으로 밝혀진 것은 〈소현성록〉인데, 박영희에 따르면 17세기 인물인 옥소(玉所) 권섭(權燮, 1671~1759)의 어머니 용인 이씨가 〈소현성록〉을 손수 필사해 자손들에게 물려준 기록이 남아 있어 이 작품이 17세기에는 향유가 이루어지고 있다고 볼 수 있다고 한다. 이 외에도 박지원이 중국에 가는 길에 머문 곳에서 〈유씨삼대록〉을 발견한 기록을 남기고 있어 이 작품의 경우 18세기에 널리 읽히고 있었음을 알 수 있다.

국문장편소설의 작가층에 대해서는 여러 견해가 제시되었다. 정병욱은 낙선재 소설의 독자였던 이의 증언을 통해 가난한 선비들의 창작물로 보며, 이상택은 작품 속의 세계관을 바탕으로 작가층을 상층 사대부로 추정하기도 했다. 또한 국문장편소설은 여성이 작가였을 가능성도 계속 논의되고 있는데, 앞서 소개한 180권 분량의 〈완월회맹연〉의 경우 "완월은 안겸제의 어머니가 지은 바로, 궁궐에 흘러 들여보내 이름과 명예를 높이고자 한 것"이라는 기록을 토대로 임형택, 정병설 등은 이 작품의 작가를 안겸제의 어머니 전주 이씨로 파악하고 있기도 하다.

국문장편소설은 17세기부터 19세기까지 널리 향유되었던 것으로 파악되고 있다. 연작이 있다는 점뿐만 아니라 파생작이 있다는 점에서도 그러하다. 예컨대 임치균에 따르면 〈영이록〉은 〈소현성록〉에서는 큰 비중을 차지하지 않던 소현성의 사위 손기의 이야기를 중심으로 한 작품으로 〈소현성록〉으로부터 파생된 작품으로 볼 수 있다고 한다. 그런데 장시광과 한길연의 논의 등 선행연구에 따르면 이들 작품 중 많은 수가 창덕궁 낙선재에서 발견되었다는 점, 작품의 주된 내용이 상층 가문에서 벌어지는 일들을 다루고 있다는 점 등을 고려한다면 상층 여성들이 주 독자층이었던 것으로 파악되고 있다. 이후 시기가 지나면서 국문장편소설도 조선시대 책 대여점이라 할 수 있는 세책점에서도 유통되었다는 점, 〈창란호연록〉과 같은 작품에 남겨진 낙서들의 상태로 미루어볼 때 향유층이 점점 서민까지 확대되었으리라 추정되고 있다.

국문장편소설은 방대한 분량 속에서 정교하게 짜여진 공간에서 수백 명의 인물들이 다채로운 사건들을 풀어나가면서 여러 세대의 인물이 겪을 수 있는 삶의 다양한 국면들을 독자들에게 마주하게 한다. 그리고 이러한 서사를 전개하는 힘은 이후 우리의 현대소설 속 장편소설들뿐만 아니라 드라마를 비롯한 다양한 콘텐츠 속에서도 이어지고 있다는 점에서 주목을 요한다.

(최수현)

굿과 무속

굿은 일반적으로 무당을 통해 신에게 바치는 무속의례를 뜻한다. 무속의례는 굿, 독경(讀經) 등 다양한 형식이 존재하지만, 그중 굿이 대표적이라 할 수 있다. 이런 굿은 단순한 제의로서만 존재하는 것이 아니라, 노래와 말, 행위, 대사가 복합적으로 담겨 있는 종합예술의 형태로 전승되었기 때문에 중요한 민속문화로서 가치를 인정받고 있다.

물론 굿이 처음부터 가치를 인정받았던 것은 아니다. 여러 외래 종교의 유입 속에서 오랫동안 천시(賤視)의 역사를 견뎌야 했다. 이런 역사는 최근까지 이어져 과학적 합리주의에 반하는 종교 문제의 예를 들 때 굿과 무속이 대표격으로 손꼽히기도 한다. 하지만 굿, 그리고 무당이 본래부터 천시받았던 것은 아니다. 오히려 가장 오랜 역사를 지닌 종교이자 문화라고 할 수 있다. 실제로 외래 종교 유입 이전 무당은 나라굿을 주재하는 제사장이자 정치군장이었다. 이는 신라 2대 임금인 남해왕(南解次次雄, ?~24)이 '차차웅' 혹은 '자충'으로 불렸던 것에서 명확히 알 수 있는 부분이다. 이 '차차웅', '자충'은 바로 무(巫)를 의미한다고 김부식(金富軾, 1075~1151)의 『삼국사기』에서부터 명시되고 있기 때문이다. 하지만 불교, 성리학 등의 유입 과정에서 무속은 점차 개인 중심의 제의로 변화하였으며, 그 과정에서 무당은 사회적으로 천시되는 계급으로 전락하게 된다.

이때 무당은 무속의례를 주재하는 사람을 뜻하는 용어인데, 본래 여성 무당만을 지칭하는 말로 쓰였다. 남성 무당의 경우 무격(巫覡), 박수, 화랭이, 양중 등으로 불렸다. 제주도에서는 심방으로 무당을 지칭했는데, 과거 제주에서는 주로 남성이 굿을 주재해 남자 무당을 지칭하는 용어로 많이 사용되었지만 실제로는 남녀 구분 없이 쓰이는 용어이기도 하다.

이런 무당은 '신내림'의 유무에 따라 강신무와 세습무로 나누는 것이 보통이다. 강신무는 무병이나 신병을 앓고 신내림을 받아 무속인이 된 사례를 말하며, 그래서 '내림굿'이 반드시 필요하다. 성별이나 연령, 사회적 위치나 지식 등과 관계없이 신이 내리면 무당이 되어야 하는 존재이기 때문에 다양한 사람에게서 나타날 수 있는 현상이라 할 수 있다. 다만 보통 남성보다는 여성 무당이 매우 많으며, '신줄'이라고 해서 강신무의 집안에서 많은 무당들이 신내림을 받는 경우가 존재한다.

세습무의 경우 집안 대대로 세습되는 무당이기 때문에 내림굿을 따로 받지는 않는다. 어려서부터 집안에서 굿을 자연스럽게 배워 무당이 되는 경우이기에, 강신무처럼 공수를 통해 예언자적 기능을 하기보다는 사제로서의 역할이 더 크다. 과거에는 '단골판'이라고 하여 지역마다 무업을 독점할 수 있는 일종의 권한을 가지고 있었으나, 사회의 변화에 따라 단골판이 해체되면서 세습무는 점차 설 자리를 잃고 있는 것이 현실이다. 많은 사람들이 흔히 '신빨이 좋은' 무당만을 찾다 보니, 최근에는 강신무가 대세로 자리하고 있으며, 기존 세습무의 집안에서 성장하더라도 신내림을 받아 무업을 하는 무당들이 많아지고 있다.

아직도 전국에서 많은 굿이 행해지고 있는데, 이런 굿은 크게 개인굿과 마을굿으로 나눌 수 있다. 개인굿은 재수굿, 치병굿, 저승천도굿 등이 대표적이고, 마을굿은 마을 사람들의 평안을 도모하는 것으로 지역에 따라 별신굿, 당굿, 도당굿 등의 명칭으로 불린다. 굿은 크게 3단 구조로 이루어진다고 평가한다. 초반부, 중반부, 종반부의 3단 구조로 '굿청 정화-굿 진행-마무리'의 단계로 이루어진다. 이를 유사하게 '청신(請神),

오신(娛神), 송신(送神)'의 구조로 파악하기도 한다. 이러한 구조 속에서 춤과 음악, 재담, 노래, 음식, 무구, 복식, 악기 등이 어우러져 있기 때문에 굿은 하나의 총체적 종합예술로서의 성격이 강하다고 평가할 수 있다.

우리나라 굿이 갖는 중요한 특징 중 하나는 바로 '지역성'이다. 지역에 따라 서로 다른 무속문화를 전승해왔기 때문에 이를 구별하여 '무속권'으로 나누어 살피는 것이 상례였다. 무속권에 대한 연구에서 특히 중요한 것이 바로 북한 지역의 무속문화에 대한 부분이다. 분단 이후 해당 지역에 대한 조사가 이루어질 수 없는 환경이 조성되었고, 북한의 특성상 무속의 전승이 단절되었을 가능성도 있기 때문이다. 그나마 분단 이전의 조사 및 월남한 무당들에 대한 조사 등이 종합되면서 일정 정도 자료를 축적할 수 있었다.

함경도는 우리나라 무속권 중에서도 다소 특별한 지역이다. 많지 않은 조사에도 불구하고 다양한 서사무가가 채록된 지역이며, 다양한 무가를 구연하지만 앉은굿의 형태로 굿을 진행하는 지역이기 때문이다. 특히 함경도의 〈창세가〉와 같은 작품들이 조사되며, 우리나라의 대표적인 창세신화를 확인할 수 있게 되었다고 해도 과언이 아닐 것이다. 함경도지역의 대표적인 굿은 망묵이굿인데, 죽은 사람의 넋을 천도하기 위해 하는 의례이다. 그밖에 성주굿, 성인굿, 혼수굿 등도 함께 조사된 바 있다. 특히 함경도는 지리상으로 가장 먼 제주도 지역의 무속문화와 많은 유사성을 보이면서, 무속의 전승과 단절을 규명하기 위한 '중심부 이론'의 예가 되기도 하였다. 중심부에서 멀면 멀수록 문화적 변화가 느리고 적어 원형에 가까운 문화들이 남기 쉽다는 이론을 말하는데, 최근에는 무속 연구가 국경을 넘어서까지 확대되며 잘 쓰이지 않고 있다.

평안도는 정대복, 이정연 무리의 활동이 조사되며 자료로 집적될 수 있었다. 평안도 굿 중에는 '다리굿'이 가장 잘 알려져 있는데, 다리라는 상징물을 만들어 죽은 이의 넋을 저승으로 천도하는 형태로 굿이 이루어진다. 그리고 황해도 지역은 북한 지역의 굿 중 가장 잘 알려져 있는데, 한국전쟁을 전후로 많은 황해도 무당들이 인천 근방으로 월남하여 계속해서 무업을 이어 나갔기 때문이다. 황해도 지역의 굿은 다양하게 전승되고 있는데, 그중에서도 풍어제라고 할 수 있는 '배연신굿'이 유명하다. 또한 황해도 굿은 특이하게도 다른 지역과 달리 서사무가를 구송하지 않는다. 전국적으로 나타나는 〈바리데기〉나 〈당금애기〉조차 구연하지 않는 것은 매우 특이한 면이라 할 수 있다.

서울 지역의 굿은 가장 엄숙하고 장중하다고 평가받는다. 아무래도 궁궐이 있는 중심부이기 때문으로 생각된다. 서울굿은 그 자체로 독립적인 특징을 보이기보다는 다양한 지역의 굿이 융합된 형태로 전승되었다. 도시화의 진행 속에서도 여전히 몇몇 마을굿이 남아 전승되고 있는 지역이기도 하다. 경기 지역은 하나의 행정구역이지만 한강 이남과 이북의 무속이 상당히 큰 차이를 보인다. 특히 경기 남부 지역을 중심으로 전승되는 도당굿은 대표적인 마을굿이다. 화랭이, 산이 등으로 불린 남성들이 굿을 주재하는 것 역시 특징적이라 할 수 있을 것이다. 수원, 화성, 오산, 안성 등이 도당굿이 활발하게 전승되었던 곳으로 알려져 있다.

충청도 지역은 굿을 '거리'가 아닌 '석'으로 부르는 곳이다. 게다가 앉은굿의 형태로 독경을 외우는 의례가 많은 지역으로 다른 지역과 대별된다. 이런 앉은굿은 양반굿이라고도 하며, 다른 지역과 달리 삿갓에 두루마기를 입고 제의를 진행한다. 덕분에 과거에 충청도에 양반이 많아 이런 굿이 활발하게 전승되었다는 속설도 함께 전해진다. 충청도 지역의 대표적인 굿은 은산별신제인데, 마을굿에 전사자들을 위한 위령제가 혼합된 형태로 특별한 양상을 보인다.

전라도 지역은 우리나라를 대표하는 단골판이 존재했던 곳으로 세습무가 우세한 대표적인 지역이었다. 망자의 넋을 씻겨 극락왕생을 바라는 씻김굿이 가장 대표적인 굿인데, 특히 고를 풀고 넋을 씻기고 베를 갈라 망자를 떠나보내는 과정이 매우 연극적으로 이루어진다는 특징이 있다. 또한 전라도 지역은 전국적으로 전승되는 〈바리데기〉, 〈당금애기〉보다 지역적으로 전승되는 〈칠성풀이〉, 〈장자풀이〉 등의 영향력이 강한 지역 이기도 하다.

이렇게 행정구역을 중심으로 구분되는 무속권만 존재하는 것은 아니 다. 무속문화의 전승은 반드시 행정구역의 범위만을 따르는 것이 아니기 때문이다. 특히 무속은 바닷가 주변에서 활발하게 전승되는 편인데, 아무 래도 예측할 수 없는 바다에서 조업을 할 수밖에 없는 환경이 신에 대한 의지를 깊게 하는 기반을 마련했다고 볼 수 있을 것이다. 이런 이유로 남해안, 동해안 지역을 하나의 무속권으로 구획하기도 한다. 특히 이 지 역들은 세습무가 주관하는 별신굿이 전승되는 지역으로 잘 알려져 있다. 남해안은 부계 세습으로 이루어지는 잽이들이 굿판에서 훨씬 더 중요하 게 여겨진다. 동해안 역시 화랭이로 불리는 세습무들을 중심으로 굿을 전승해왔는데, 특히 이 지역은 예능적 기질이 농후한 것으로 유명하다. 또한 맹인놀이, 원님놀이, 탈굿 등 다양한 '굿놀이'가 전승되는 지역이기 도 하다.

마지막으로 제주도 지역은 심방으로 불리는 무당이 활동했던 지역으 로 삼승할망, 소미, 제비 등이 굿에 참여한다. 지금까지도 무속문화를 활발하게 전승하고 있는 지역으로 알려져 있으며, 이런 이유로 굿이 매우 엄격하고, 그 절차를 쉽게 바꾸지 못한다고 한다. '큰굿'의 경우 길게는 14일 동안 지속되기도 하는 등 굿 문화가 매우 중요하게 여겨져 왔다. 제주도 지역의 큰 특징 중 하나는 우리나라에서 가장 활발하게 서사무가 를 전승하고 있는 곳이라는 점이다. 일반신본풀이 외에도 당신본풀이,

조상신본풀이, 특수본풀이 등 다양한 무가를 전승하고 있으며, 그 안에서 불리는 서사무가의 양 역시 매우 많다.

굿은 종합예술로서 다양한 문화적 요소들을 포함하고 있지만, 그중에서도 특별하게 다룰 수 있는 것은 바로 '무가(巫歌)'이다. 무속을 종교나 문화의 영역에서만 다루지 않고, '문학'이라는 자장 안으로 끌어올 수 있게 한 가장 대표적인 부분이기 때문이다. 특히 무가는 음악과 문학이 혼효된 종합예술의 형태이면서도, 문학의 모든 갈래를 총체적으로 포함하고 있어 더욱 특별하다. 무가를 문학 갈래의 입장으로 나누어 분류하면 크게 교술무가, 서정무가, 희곡무가, 서사무가로 나눌 수 있다. 먼저 교술무가는 청배, 제주(祭主)와 제의 설명, 찬신(讚神), 공수 등이 포함되며, 명확하게 분리되는 것이 아니라 여러 무가 속에 뒤섞여 있는 형태로 구연된다. 서정무가는 서정적 성격을 갖는 무가로 주로 오신을 위해 불린다. 〈노랫가락〉, 〈창부타령〉, 〈대감타령〉 등이 대표적이며, 특히 선율악기를 많이 쓰는 전라도 지역에서 많이 발달되어 있다. 희곡무가는 무가 중 대사와 행위가 중심이 되어 구연되는 것으로 '무당굿놀이', '무극(巫劇)'으로 부르기도 한다. 희극적 성격과 더불어 민속극이자 가면극, 인형극 등의 형태로 전승되고 있다.

마지막으로 살필 수 있는 굿의 갈래는 바로 '서사무가'이다. 서사무가는 학술적인 용어이고, 현장에서는 '풀이', '본풀이' 등의 용어를 많이 쓴다. 이런 용어는 신의 근본과 내력을 푼다는 의미로, 서사무가 자체가 신의 근본에 대해 이야기하는 문학이라는 점을 대변한다. 과거에는 우리 민족이 전승하고 있는 신화가 없거나 매우 소략하다는 평가가 존재하기도 하였는데, 많은 서사무가의 존재 양상을 확인하게 되면서 다양한 신화를 전승한 사실을 알릴 수 있었다. 서사무가는 무신의 일생을 다룬 이야기라는 점에서 '무속신화', 굿에서 노래와 서사가 함께 하는 갈래라는 점에서 '무속서사시' 등으로 지칭되기도 한다. 과거에는 대상을 바라보는 관점이나 시각, 학문적 토대에 따라 해당 용어를 구분지어 사용하기도 하였는데, 현재는 점차 통용되는 추세이다.

우리나라는 전국적으로 다양한 서사무가를 전승하고 있다. 특히 〈바리데기〉와 〈당금애기〉는 한반도 전지역에서 전승되는 무가로 공통적인 양상을 갖는다. 물론 지역에서 해당 무가의 전승에 대한 차별성을 보이긴 하지만, 그 내용은 대동소이한 편이다. 가장 특징적으로 서사무가를 전승하고 있는 지역은 함경도와 제주도라고 할 수 있다. 먼저 함경도는 대표적인 창세신화인 〈창세가〉, 망묵이굿의 대표 무가라고 할 수 있는 〈도랑선배청정각씨〉를 비롯하여 〈황천혼시〉, 〈숙영랑앵영랑신가〉, 〈돈전풀이〉, 〈짐가제굿〉, 〈산천굿〉, 〈안택굿〉, 〈문굿〉 등 다양한 서사무가가 존재하는 곳이다. 일제강점기 당시 손진태가 조사한 내용과 1960년대 임석재·장주근이 조사한 내용을 중심으로 함경도 서사무가가 지금까지 연구될 수 있는 터전이 마련되었다. 여기에 더해 최근에도 함경도 무당들이 월남한 속초 아바이 지역 등에서 함경도 무가가 논의되기도 한 바 있다.

제주도 지역은 〈천지왕본풀이〉, 〈초공본풀이〉, 〈이공본풀이〉, 〈삼공본풀이〉, 〈삼승할망본풀이〉, 〈세경본풀이〉, 〈차사본풀이〉 등이 속하는 일반신본풀이뿐만 아니라 당신본풀이, 조상신본풀이 등이 전승되는 지역으로 아주 많은 서사무가의 전승을 지금까지 확인할 수 있는 곳이다. 또한 제주도 지역은 '특수본풀이'라는 특별한 무가가 존재하는데, 이 특수본풀이는 조사를 통해 사설은 남아 있지만, 그 전승맥락은 확인할 수 없는 작품을 뜻한다. 전승맥락에 대한 이해가 넓지 않음에도 불구하고, 〈허궁애기본풀이〉, 〈세민황제본풀이〉, 〈삼두구미본풀이〉 등은 많은 연구성과를 낳은 작품이기도 하다. 제주도 무가는 일제강점기 일인 학자들의 조사 이후 장주근, 현용준, 진성기 등의 연구자에 의해 조사가 활발하게 이루어진 바 있으며, 최근에도 제주대학교를 중심으로 한 조사가 꾸준하게 이어져 오고 있다.

이밖에 〈신선세천님청배〉, 〈일월놀이푸념〉처럼 '청배', '푸념'의 용어를 쓰는 평안도 지역과 〈성주풀이〉, 〈시루말〉 등이 조사된 경기도 지역, 〈칠성풀이〉, 〈장자풀이〉가 광범위하게 확인되는 전라도 지역, 〈심청굿〉, 〈계면굿〉 등이 남아 있는 동해안 지역 등의 서사무가도 주목할 필요가 있다.

서사무가의 존재는 우리가 전승한 다양한 신화의 실체를 확인할 수 있게 해준 것뿐만 아니라, 우리 문학의 다양한 갈래들과 서로 영향을 주고 받으며 실존했던 하나의 뚜렷한 실체로서 의미를 갖는다. 또한 직접적으로 독서할 수 없었던 사람들이 굿판에서나마 다양한 문학을 향유할 수 있게 하는 중요한 하나의 수단이었기에 문학사적으로 그 가치는 분명하다 할 수 있다. 이런 우리의 문학을 단순히 기층종교의 허무맹랑함이라는 평가로 우리 스스로 그 가치를 폄훼하는 일은 더 이상 없어야 할 것이다.

(정제호)

귀신과 원혼

　귀신이라는 존재는 사후 세계에 대한 관념이 생기면서부터 그 존재를 인식하게 되었을 것이다. 사후에도 사람이 존재한다는 관념은 죽어서 저승으로 가지 않고 이승에 남아 있는 귀신이라는 존재를 상상할 수 있게 하기 때문이다. 따라서 귀신에 대한 이야기는 사후 세계에 대한 관념이 생기면서부터 있었을 가능성이 높으며, 귀신과 관련된 수많은 이야기가 구비전승되었을 것이다. 〈바리데기〉나 〈차사본풀이〉 등의 무속신화 혹은 〈진오귀굿〉 등의 무속의례는 오래전부터 저승의 존재와 그곳에 사는 존재인 귀신을 상상한 흔적이다.

　귀신의 개념은 폭넓게 정의하자면 도깨비나 신령 등도 포함시킬 수 있겠지만, 여기서는 사람이 죽어서 저승에 가지 못하고 이승에 남아 있는 존재 정도로 보고 논의를 진행하고자 한다. 원혼의 경우, 이러한 귀신 가운데 억울하게 죽었다는 점이 도드라지는 존재이다.

　귀신과 관련된 이야기를 찾을 수 있는 가장 빠른 문헌은 『수이전』일 문이다. 〈지귀〉, 〈수삽석남〉, 〈최치원〉 등의 이야기에 귀신 혹은 원혼이 등장한다. 총 12편의 이야기 가운데 3편의 이야기에 귀신이 등장한다고 보면, 그 수가 적다고 할 수 없다.

　이 가운데 〈수삽석남〉은 죽었던 최항이 애첩을 만나고 돌아와 다시 살아난 이야기를 다루고 있다. 죽었던 사람이 귀신이 되어 산 사람과 어울렸고, 다시 살아났다니 현실에서 있을 수 없는 이야기로 볼 수 있다. 그러나 〈수삽석남〉은 지괴의 전통에서 이해할 수 있으며, 이는 그것이 실제로 있었던 일로 믿고 그것을 '기록'하기 위해 서술했음을 의미한다. 즉, 〈수삽석남〉을 향유했던 사람들은 귀신을 실재한다고 믿었고, 죽은 사람이 다시 살아날 수 있는 관념을 갖고 있었다고 볼 수 있다. 최항의 일은 현실에서 흔치 않으므로 이를 기록으로 남겨 신기한 일이 있었다는 사실을 전달하는 것이 〈수삽석남〉이 창작된 목적이라 할 수 있다.

『삼국유사』에서도 귀신이 등장하는 이야기를 여럿 확인할 수 있다. 대표적으로 〈지귀〉와 〈도화녀비형랑〉, 〈밀본최사〉 등의 이야기를 꼽을 수 있다.

〈도화녀비형랑〉은 비형랑의 아버지는 귀신이라는 점, 비형랑이 귀신을 부리는 특별한 능력을 가진 존재로 묘사된다는 점에서 귀신과 관련된 이야기로 볼 수 있다. 이 역시 〈수삽석남〉과 마찬가지로 신이한 행적의 기록, 즉 지괴의 전통에서 이해할 수 있다.

그런데 〈지귀〉에 오면 다소 다른 면모를 볼 수 있다. 지귀라는 인물은 선덕여왕(善德女王, ?~647)으로 인해 불귀신이 되었다. 이때 선덕여왕의 명에 의해 주문으로 불귀신을 물리치는데, 이는 일종의 축귀담과 연결된다. 이는 이후 다양한 이야기에 보이는 축귀담이 최초로 보인다는 점에서 귀신 이야기에서 중요한 이정표라 할 수 있다.

『삼국유사』 소재의 〈밀본최사〉 역시 일종의 축귀담이다. 그런데 〈지귀〉와는 다른 면모를 보인다. 〈지귀〉는 〈처용가〉 등의 이야기와 같이 민간에서 불과 질병 등 인간 사회에 해악을 끼치는 존재를 물리치기 위한 방편으로 주문이 동원되는, 일종의 민간신앙적 성격을 보인다. 하지만 〈밀본최사〉의 경우 밀본법사(密本法師)의 높은 도력, 더 나아가 불교라는 종교의 영험함을 드러내기 위해 귀신이 동원되었다. 그래서 〈지귀〉에서 귀신은 비록 인간 세계의 해악을 끼치는 존재이지만 지귀가 불귀신이 되는 과정에서는 안타까움이 감지되는 것과 달리, 〈밀본최사〉에서의 귀신은 사악하게만 묘사된다.

이러한 축귀담의 전통은 『용재총화』를 비롯한 조선 전기 필기에서도 자주 보이는 귀신 이야기이다. 그런데 조선 전기의 축귀담은 〈밀본최사〉와는 또 다른 면모를 보인다. 〈밀본최사〉가 스님의 신통력, 즉 불교의 영험함을 드러내기 위해 귀신을 동원한다면, 조선 전기부터 보이는 축귀담은 유교와 밀접한 연관을 갖는다. 유교에서 귀신은 만물의 원리를 설명하는 대상으로, 무당이나 무속에서 말하는 귀신을 음사로 규정하고 그것을 타파하고자 하였다. 그래서 안향 등 유자들은 종종 귀신을 물리치는 퇴마사와 같은 존재로 묘사되었다. 즉, 조선 전기 필기 혹은 야담에 보이는 축귀담은 유교가 음사를 타파하는 이야기를 서술하는 과정에서 귀신을 등장시키고 있다. 그렇다면 사악한 귀신을 물리치는 축귀담은 시대의 요청에 따라서 주인공의 형상을 달리하면서 이어진 것으로 이해할 수 있다.

축귀담 이외에도 『용재총화』, 『청파극담』, 『용천담적기』 등 조선 초기 필기는 물론 조선 후기 야담에서도 귀신 이야기는 폭넓게 목격된다. 이러한 이야기는 다음의 세 유형으로 나누어 볼 수 있다.

먼저 논설지향적 귀신담이다. 『어우야담』 이후의 야담에서 볼 수 있는 조상귀신 이야기가 대표적이다. 이 유형의 이야기들은 조상귀신을 통해 제사의 논리를 강화하고자 하려고 한다. 유교는 보본반시의 차원에서 조상의 은혜에 보답하기 위한 제사가 중요한바, 제사를 지내야 하는 논리를 조상귀신 이야기를 통해 드러내고자 한 유형의 이야기이다.

그런데 조상귀신 이야기는 제사의 논리를 드러내기 위한 것만 있는 것은 아니고, 기복적 신앙과 결합하여 조상귀신이 화복을 내리는 존재로 묘사되기도 한다. 즉, 민간신앙 혹은 기복신앙과 결합된 이야기의 형태로도 만들어진다는 점이 특징적이다. 이는 제사를 위해 설정된, 음사를 타파하고 유교의 논리를 강조하기 위해 설정된 조상귀신 이야기가 자신이 극복하고자 했던 민간의 기복신앙적 성격의 이야기로도 만들어진다는 것을 의미하며, 끝내 유교가 민간신앙을 극복하지 못했음을 보여주는 것이기도 하다.

다음은 서사지향적 귀신담이다. 『국당배어』 내의 '득옥 이야기'와 『기문총화』의 '원통하게 죽은 여인의 한을 풀어준 김상공' 이야기를 대표로 꼽을 수 있다. 전자가 납득하기 어려운 인평대군 집안의 참사를 득옥의 억울한 죽음으로 이해하려는 것이고, 후자는 사대부 남성의 실력담으로 볼 수 있다. 이 이야기들은 뒤에 살펴볼 원혼담과도 상당한 연관성을 보인다. 특히 김상공의 이야기는 조선 후기 〈장화홍련전〉 등 계모형소설에 보이는 정절이 훼손되었다는 누명을 쓰고 죽은 여성들의 이야기와 매우 유사하다. 그러나 이야기를 이끌어나가는 주체가 사대부 남성이라는 점에서 차이를 보인다. 야담이라는 장르가 사대부 남성의 장르라는 점에서 아무래도 사대부 남성을 주인공으로 선택한 것으로 보인다.

마지막으로 체험견문담이다. 『용천담적기』 내의 김안로의 귀신 체험담이 대표적이다. 이러한 류의 이야기는 지괴의 전통과 연결되어 있다. 즉, 귀신을 사실로 받아들이고 있다. 그러나 귀신을 목격하거나 체험하는 것 자체만으로도 흥미를 끈다는 점에서 꾸준히 재생산되었다고 볼 수 있다.

한편 전기소설을 비롯한 소설류에서도 귀신을 찾아볼 수 있다. 특히 억울하게 죽어서 저승으로 가지 못하고 이승을 떠돌면서 억울함을 해소하려는 원혼이 등장한다. 여기서부터 원혼이 이야기에 등장하여 서사를 이끌어나가는 존재로 그려진다. 원혼은 억울하게 죽었다는 점과 해원을 추구한다는 점에서 이야기에 흥미를 부여할 수 있는 존재이다. 또한 당대의 사회윤리는 여성에게 수동적이고 순종적인 것을 요구하는데, 원혼이라는 존재는 적극적이고 주도적으로 변모해도 괜찮다는 면죄부를 준다는 점에서도 서사적 흥미를 끌 수 있는 요소일 것이다. 억울함과 해원의 내용은 이야기를 향유하는 사람들의 관심사에 따라 달라질 수 있고, 이를 통해 당대 사회의 단면을 들여다볼 수 있다.

가장 먼저 떠올릴 수 있는 작품은 『수이전』 내의 〈최치원〉이다. 이 작품은 『수이전』 일문에 실려 있지만, 보통 전기소설로 분류되는데, 현존하는 가장 오래된 전기소설에 원혼이 등장한다는 것부터 심상치 않다. 여기에 등장하는 두 여성은 유학자와 혼인을 원했는데 아버지는 재산 욕심 때문에 소금 장수에게 시집을 보내려고 했기에 폭사한다. 즉, 그들의 원한은 유학을 배운 지식인과 혼인하지 못한 것이고, 그것을 해소하고자 등장하여 최치원(崔致遠)과 하룻밤을 보내게 된다. 이들은 현실에서 이루지 못한 욕망, 즉 억울함을 원혼이 되어서야 해소한다. 이러한 서사의 얼개는 욕망의 추구와 좌절이라는 '소설'이라는 장르와의 접점도 감지된다.

조선시대로 접어들면서 전기소설과 한글소설에 원혼이 등장하는 이야기가 두루 발견된다. 공통적으로 원혼은 여성이며, 모두 정절과 관련된다는 점이 특징이다. 이는 여성이 정절과 관련되어 죽었다면 저승으로 가지 못할 만큼 억울한 것이라는 당대의 사고관이 반영된 것으로 볼 수 있다. 그러나 장르마다, 작품마다 다소간의 차이는 존재한다.

먼저 전기소설의 경우, 소설사의 첫머리에 있는 김시습(金時習, 1435~1493)의 『금오신화』에서부터 그 자취를 찾을 수 있다. 〈만복사저포기〉와 〈이생규장전〉에는 정절을 지키려다가 죽은 여성들이 주인공이다. 그런데 이들은 저승으로 가지 않고 이승에 일정 기간 머문다. 두 여성 모두 정절을 지키려다가 죽게 되었는데, 그러다 보니 지아비를 모시고 자식을 기르는 평범한 여성으로 살아가는 여성의 윤리를 누리지 못했다는 것이 문제가 되었다. 죽음으로 정절의 윤리를 지키는 것은 보통의 여성이 지켜야 할 윤리를 지키지 못한다는 문제를 야기하며, 이는 정절 논리의 모순을 드러낸다. 즉, 남녀 주인공의 사라짐은 죽어서 정절을 지키는 것과 살아서 정절을 지키는 것 어느 것도 선택할 수 없는 상황을 보여주며, 이는 계유정난 이후 김시습의 복잡한 내면을 반영하는 것으로도 이해할 수 있다.

신광한(申光漢, 1484~1555)의 『기재기이』 가운데 〈하생기우전〉 역시 유교 윤리 때문에 억울하게 죽은 여성을 등장시킨다. 전체적인 줄거리는 〈만복사저포기〉와 〈이생규장전〉과 많이 닮아 있지만, 원혼이 활용되는 방식은 다르다. 이 작품에서 원혼이 된 여성은 자신의 잘못이 아닌 아버지의 잘못 때문에 대신 죽었기에 억울하며 원혼으로 볼 수 있다. 그런데 이 여성은 아버지의 선행 때문에 소생의 기회를 얻게 된다. 이때 나타난 것이 하생으로, 하생과 하룻밤을 보낸 후 자신의 소생을 위해 힘써 준다면 혼인을 하겠다고 약속한다. 비록 부모님의 허락도 없이, 혼인 전에 맺어진 사이이므로 정절이 훼손된 것이지만, 혼인을 한다면 정절이 훼손되었다는 부끄러움은 어느 정도 면할 수 있을 것이다. 그러나 아버지는 한미한 하생을 사위로 맞아들이려 하지 않으므로 위기가 찾아오며, 이는 유교적 윤리를 지키지 않아 아들들을 잃고 딸마저 잃을 위기에 놓였던 잘못의 반복이기도 하다. 이에 여성은 시를 통해 아버지를 설득하여 하생과 혼인을 함으로써 위기는 타개되고 행복한 삶으로 이어진다. 이를 통해 〈하생기우전〉은 유교 윤리를 지켜야 행복한 삶이 된다는 교훈을 전달하며, 원혼은 유교적 가치관이 작동하는 데 결정적인 역할을 한다는 점에서 작품의 핵심적인 주제를 달하는 요소이다.

여기까지 전기소설에서 원혼은 억울하게 죽어서 좌절된 욕망을 성취하기 위해 이승에 등장하였다. 원혼은 남성 주인공에게 나타나 죽어서 이루지 못한 욕망을 성취하기 위해 적극적으로 행동한다는 데서 특징적이다.

이후로 원혼이 등장하는 작품은 〈운영전〉이다. 그런데 〈운영전〉은 앞선 작품들과 다소 다른 면모를 보인다. 우선 작품은 액자식 구성으로 이미 죽어 원혼이 된 운영과 김진사가 유영에게 자신들의 억울한 사연을 전달하는 것으로 서사가 짜여 있다. 원혼은 억울함을 전하는 데 집중한다는 점에서 앞서 살폈던 원혼들과는 다르다. 운영과 김진사는 사랑하는 사이였지만, 결코 이뤄질 수 없는 관계였다. 그러나 이들은 금지된 사랑을 추구하였고, 결국 안평대군에게 들키게 된다. 이때 안평대군은 그런 운영을 용서하려 했으나 운영은 자결을 통해 순응이 아닌 저항을 선택한다. 이를 통해 인간을 억압하는 유교 윤리의 문제를 지적한다. 운영의 자결과 원혼이 되어 나타나 이를 하소연하는 것은 이러한 주제를 드러내는 주요한 요소로 작동한다.

〈운영전〉의 원혼과 관련하여 몽유록을 함께 살필 필요가 있다. 몽유록은 꿈속에서 과거의 인물을 만난다는 점에서 원혼과 밀접한 연관을 보인다. 〈원생몽유록〉, 윤계선의 〈달천몽유록〉, 〈강도몽유록〉이 그러한 작품들이다. 이 작품들은 억울하게 죽은 인물들이 몽유자의 꿈속에 나타나서 주로 하소연을 한다는 데서 특징이 있다. 각기 계유정난, 임진왜란, 병자호란으로 억울하게 죽어 원혼이 되어 하소연을 한다. 그러나 그 이상의 무엇을 할 수 없는 상황이니 억울한 사연을 토로하고 그 책임이 누구에게 있는가를 따지는 것으로 서사는 마무리된다.

한편 한글소설에서의 원혼은 앞서 살핀 전기소설이나 몽유록의 원혼들과는 다른 양상을 보인다. 주로 가정 내 갈등을 다룬 작품들에 보이는 한글소설의 원혼들은 여성이라는 점에서는 전기소설과 연결되는 듯 보이지만, 전기소설의 원혼들이 전란이나 아버지의 잘못 등 그 잘못을 따지기 어려운 대상 때문에 억울한 죽음을 맞는 것과 달리 한글소설의 원혼들은 계모나 시부모 등 가족이지만 가족이 아닌 존재들에 의해 정절이 훼손되었다는 누명 때문에 죽는다.

그런데 이들은 직접 복수를 하지 않고 자신들의 억울함을 공적인 영역에서 해소하려고 한다. 〈장화홍련전〉과 〈김인향전〉의 원혼은 고을 관장에게 나타나고, 〈숙영낭자전〉에서는 남편에게 나타나지만 사건의 해결은 선군이 집안에서 형틀을 마련하는 등 공개적인 방식으로 처리된다. 〈정을선전〉에서는 황제까지 동원되어서야 사태가 진정된다. 한글소설에서 원혼이 사건을 공개적으로 드러내려는 행동은 복수보다는 자신들의 명예, 즉 정절이 훼손되지 않았음을 공표하는 것이 더 중요했기 때문이다. 그리하여 원혼의 무고함은 관장이, 가부장이, 황제가 공인함으로써 이들은 정절이 훼손되었다는 모욕을 떨칠 수 있었으며, 이는 당대 여성들에게 정절이 얼마나 중요한 가치이며 그들을 옭아맨 멍에였는가를 보여준다. 이는 확연히 욕망을 추구하려는 전기소설의 원혼과는 다른 양상이다.

이 작품들 속에서 원혼은 살아서는 목소리를 낼 수 없는 딸과 며느리, 아내였다. 그런데 억울하게 죽어서 원혼이 된 이후 적극적으로 목소리를 내고 사건의 해결을 위해 폭력도 마다하지 않는다. 이러한 적극적인 행동은 원혼이라는 존재가 되어서야 가능했다. 따라서 원혼은 억압된 여성을 해방시켜 주는 존재의 전환을 가져온 것이라 할 수 있다.

이처럼 한글소설에서의 원혼은 복수보다도 명예의 회복을 더 중시한다는 점에서 정절 이데올로기를 구축하는 데 기여한다. 그러나 원혼들이 공개적으로 자신의 억울함을 드러내는 과정을 통해 정절이 여성을 억압한다는 것을 폭로한다는 점에서 정절 이데올로기의 모순을 드러냄으로써 전복의 가능성 또한 내포한다.

(윤정안)

기녀 시조

 '해어화(解語花)'. '말을 알아듣는 꽃'이라는 이 말은 조선시대 기녀(妓女)
를 지칭하는 또 다른 표현이다. 엄격한 신분제 사회였던 조선시대에 기녀
는 광대, 무당, 백정 등과 더불어 최하층에 있는 천민(賤民)이었다. 그러나
한편으로 신분적 최상층인 사대부와 교류하며, 궁중의 공식 의례나 연회
등 국가적 행사에도 참여하였던 매우 독특한 위상을 지닌 존재였다.

 이러한 특수성은 기녀에 대한 다양한 인상을 낳는 주원인이 되었다.
신분제와 부권(父權) 중심의 가족 제도에서 양면으로 소외된 중세적 매춘
부의 모습으로 비춰지는가 하면, 문장과 예술적 전문성, 교양을 두루 겸
비한 지적인 여성 집단 내지 풍류를 아는 여성의 모습으로 다가오기도
한다. 뿐만 아니라 봉건적 제약에서 벗어나 당대 사회의 모순에 대해 문
제를 제기한 진취적 여성이라는 찬사를 받는가 하면 남성 주도 질서에
철저히 기생(寄生)한 존재라는 비난을 받기도 한다. 신분적 처지와 문화
적 활동 사이의 괴리가 낳은 결과이다.

 문학사의 관점에서 기녀들은 여성 작가 집단으로 꾸준히 주목을 받아
왔다. 기녀는 사대부들의 영역으로 확고하게 유지되었던 한시와 시조의
창작에 가담한 유일한 여성 집단이었다. 기녀는 사대부와의 교유를 위해
예술적 능력을 갖추는 것은 물론 문학적 자질도 키워야만 했다. 이처럼
지식인 남성층과의 교유를 통해 그들이 애호하던 문학인 한시와 시조를
자연스럽게 접하고 창작에 가담하였던 것이다.

특히 시조의 경우 주된 작가 및 향유자로 활동했다는 흔적을 여러 곳에서 찾을 수 있다. 김천택(金天澤, 1680末~?)이 1728년 편찬한 현전 최고(最古)의 가집(歌集) 『청구영언(靑丘永言)』(진본)에는 '규수삼인(閨秀三人)'이라는 항목 아래 '황진(黃眞)·소백주(小栢舟)·매화(梅花)' 등 세 명의 기녀 작가가 등장한다. 여기서 '황진(黃眞)'은 '황진이'를 지칭한다. 수록 작품은 황진이 3수, 소백주와 매화가 각각 1수 등 총 5수이다. 한편 김천택이 이 3인을 '규수'라 명명한 것과 관련하여 기녀작가들의 신분이 아닌, 여성이라는 측면을 강조한 결과로 보는 견해도 있다. 이후에는 '기녀'라는 신분을 그대로 밝히는데, 18세기 중엽 이후 편찬된 또 다른 가집 『해동가요(海東歌謠)』에는 '규수'가 아닌 '명기(名妓)'라는 항목 아래 작품을 수록하였고, 『시가(詩歌)』(박씨본)이나 『가사(歌詞)』(권순회본) 등에서는 '해동명기(海東名妓)'라 칭하기도 하였다. 이를 통해 우리는 이미 당대부터 기녀가 시조의 주요 담당층으로 인정받고 있었음을 확인할 수 있다.

이처럼 조선시대의 여성 작가층 가운데 유일하게 기녀만이 시조의 중심 향유층으로 참여하고 있다는 사실은 기녀 시조의 특수한 위상을 암시한다. 그렇기에 기녀들의 시조는 이른 시기부터 학계의 주목을 받았고 다각적인 측면에서 활발한 논의가 진행되었다. 기녀의 존재 양상을 확인하고자 하는 논의에서부터 출발하여, 개별 작가로서의 면모를 형상화하고 그들이 산생한 작품을 소개하고 분석하는 성과가 꾸준히 제출되었다. 이를 토대로 기녀 시조 전반에 대한 특징을 살피거나 시대적 변화의 추이를 고찰하는 데에까지 이르렀다.

기녀 시조를 연구함에 있어 가장 큰 어려움은 기초 자료가 부정확하다는 점이다. 작가와 작품을 확정하는 일부터 커다란 장벽에 부딪힌다. 심지어 일부 작품을 제외하면 수록 문헌에 따라 작가가 달리 표기되는 경우도 적지 않으며, 동일 작품에 2명 이상의 작가가 표기되는 등 착종이 심하게 나타난다. 이 밖에도 이름만 알려져 있을 뿐 활동 시기나 상황을 추정할 수 없는 경우도 많다. 가장 기본적인 접근법이라 할 수 있는 '역사적' 이해가 쉽지 않은 것이다. 그렇기 때문에 기녀 시조 작가의 규모나 전체 작품의 수도 연구자에 따라 다른 견해를 제시하였다.

대표적으로 최동원은 『교본 역대시조전서』(심재완, 세종문화사, 1972)를 토대로 기녀 시조의 규모를 28명 작가에 작품 56수이며, 신빙성이 떨어지는 12수를 제외하면 25명 44수로 확정하였다. 이후 성기옥은 기존 논의와 추가된 문헌을 참조하여 31명의 작가를 확인할 수 있지만, 한 작품에 2명 이상의 작가가 기명된 것을 고려하여 실제는 작가 27명 작품 56수로 파악하였다. 근년에 김용찬은 고려대학교 민족문화연구원에서 발행된 『고시조 대전』(김흥규 외, 2012)을 토대로 기녀 시조를 '기녀가 창작한 시조'와 '연행 현장에서 기녀들이 즐겨 부르던 레퍼토리'로 나누어 살펴보았다. 전체적인 규모는 작가 36명에 작품 83수에 이르며, 이 중 창작한 시조는 33명에 64수라 하였다. 시조와 관련된 자료의 발굴 및 정리 작업이 꾸준히 진행되면서 기녀 시조의 규모 또한 점차 확장되었다고 할 수 있다.

'기(妓)'란 명사가 문헌에 처음 등장하는 것은 『고려사』 세가(世家) 성종 13년(994) 8월 계사일 조에 "사신을 거란에 보내어 기악(妓樂)을 바치자, 물리쳤다"라는 기록에서이다. 제도적 차원에서 기녀는 관기(官妓)에서 출발하여 조선시대까지 이어지며, 여악의 수행자이자 사회적 공물의 역할을 담당했다. 조선 전기까지만 하더라도 국가의 행사와 의식에 기녀는 일상적으로 동원되었다. 하지만 임진왜란 이후 이런 행사가 대폭 축소되었으며, 왕이 궁궐 밖으로 행행(行幸)하거나 왕실에서 연회를 여는 일, 주변국의 사신을 접대하는 일 또한 현저히 줄어들었다. 게다가 성리학이 점차 사회화되자 기녀를 국가의 행사에 동원하는 일을 부도덕한 일로 보는 시각이 압도적이었기에 국가와 왕실에서 기녀의 수요는 점점 줄어들게 되었다. 이로 인해 기녀들은 자신을 지배했던 외부 권력으로부터 어느 정도 자유로워졌고, 그들로 하여금 시정(市井)으로 진출하게 만들었다. 우리의 머릿속에 강렬한 이미지로 존재하는 '기방(妓房)' 또한 이때 만들어졌다. 그리고 이러한 변화는 국가와 지배계급만을 위한 것이었던 기녀들의 예술적 능력을 도시의 중간층 이하까지도 향유할 수 있게 되는 결과를 낳았다.

궁중과 사대부들의 내·외연에 참여하며 그들과 교유하였던 대표적인 기녀로 소춘풍(笑春風)과 황진이를 꼽을 수 있다. 조선 성종에게 총애를 받았던 함경도 영흥기(永興妓) 소춘풍은 궁중 연회에 참여하여 지은 시조가 널리 알려져 있다. 차천로(車天輅, 1556~1615)의 『오산설림초고(五山說林草稿)』와 『악부(樂府)』에 그 일화가 전한다. 성종이 어느 연회에서 기존의 곡을 쓰지 말고 새로운 노래를 지어 부르라 명하자, 소춘풍은 첫 곡으로 문신(文臣)을 찬양하고 무신(武臣)을 희롱하는 노래 〈唐虞를 어제 본 듯 漢唐宋을 오늘 본 듯~〉을 지어 불렀다. 이에 무신들이 노여워하자 왕이 노여움을 풀어주라 명하였고, 두 번째로 무신을 찬양하는 노래 〈前言은 戲之耳이라 내말씀 허믈 마오~〉를 불렀다. 노래를 듣고 무신들은 흡족해했으나 문신들이 불쾌해 하는 기색을 보이자 문과 무 양쪽을 다 섬기겠다는 〈齊도 大國이오 楚도 亦大國이라~〉를 불러 양쪽 모두를 달랬다. 이에 성종이 소춘풍의 기지를 즐거워해 상을 내렸고 이름이 성내에 널리 알려졌다.

당대 최고의 권력가들을 바로 앞에 두고 그들을 희롱하는 대담함과 기지에서 천민이라는 신분의 굴레 따위는 찾아볼 수 없다. 왕이라는 절대자를 배경에 두고 있었기에 가능한 일이었다 하더라도 자신의 예술적 능력을 마음껏 펼치는 능동적인 면모가 돋보인다. 이를 통해 우리는 이 시기의 이름난 기녀들은 문무백관과 '시(詩)'로 소통할 수 있는 수준의 유교적 교양을 쌓았으며, 이를 원용하여 즉흥적 창작이 가능할 정도로 시작(詩作)능력이 뛰어났음을 알 수 있다.

이러한 능력이 가장 뛰어난 기녀로 인정받는 인물이 바로 황진이다. 명월(明月)이라는 기명(妓名)으로도 잘 알려진 황진이는 송도 출신으로 가야금과 노래에 뛰어났으며, 워낙 크게 이름이 알려져 비범한 재능과 기행(奇行)이 여러 문헌에 산재해 있다. 공적인 기록이나 개인 문집이 부재한 상황에서 17세기부터 허균(許筠, 1569~1618)과 유몽인(柳夢寅, 1559~1623), 이덕형(李德泂, 1566~1645) 등에 의해 문헌에 기록된 이래, '황진'이라는 명명(命名)부터 출생, 교유관계, 기녀가 된 연유, 미모와 예술적 재능, 죽음에 이르기까지 그녀에 관한 진술은 부정확하거나 서로 모순되는 등 중층적 양상을 보인다. 그녀의 시조 또한 일반적으로 〈青山裡 碧溪水ㅣ야~〉, 〈冬至ㅅ달 기나긴 밤을~〉, 〈내 언제 無信하여~〉, 〈山은 녯山이로되~〉, 〈어져 내 일이야~〉, 〈青山은 내 뜻이오~〉 등 6수로 알려져 있으나 불명확한 지점이 있다. 이 중 〈青山은 내 뜻이오~〉는 19세기 이후 가집에서야 처음 등장하며, 이 외의 시조 중에 황진이의 작품으로 표기된 작품도 여럿 존재한다. 황진이'마저' 기녀의 한계를 빗겨나진 못한 것이다.

기실 현전하는 기녀 시조 가운데 소춘풍의 작품과 같은 계열의 작품은 극히 드물어 전무(全無)하다고 해도 과언이 아니다. 기녀 시조의 주된 제재는 황진이의 작품에서 볼 수 있듯 애정이다. 구체적인 면모는 다르지만 소춘풍의 작품도 남성을 대상으로 한다는 점에서는 궤를 같이 한다. 이는 기녀라는 신분의 특수성을 고려할 때 당연한 결과라고도 할 수 있다. 그러나 그 애정의 양상은 시대에 따라 다르게 나타난다.

조선 전기 작품들은 애정의 대상인 임과의 관계를 적극적으로 주도하는 능동적인 면모가 부각된다. 왕실 종친인 벽계수를 유혹하는 황진이의 〈青山裡 碧溪水ㅣ야~〉는 물론이고, 문인들과 주고받은 작품들에서도 확인할 수 있다. 송강 정철(鄭澈, 1536~1594)이 〈玉이 玉이라커늘 燔玉만 너겨 쩌니~〉라는 시조를 지어주자 평안북도 강계의 기녀 진옥(眞玉)이 〈鐵이 鐵이라커늘 섭鐵만 너겨쩌니~〉로 받은 작품이나, 백호 임제(林悌, 1549~ 1587)가 지어준 〈北窓이 묽다커늘 雨裝업씨 길을 난이~〉에 한우(寒雨)가 자신의 이름을 빗대어 〈어이 얼어 잘이 므스 일 얼어 잘이~〉로 답한 시조 에서는 상대방과의 애정을 주도하며 이끄는 능동적인 태도가 엿보인다. 이 시기에 기녀들은 비록 공천(公賤)이었으나 국가의 예악(禮樂) 담당이라 는 막중한 사명을 띤 존재로 활동하였을 뿐만 아니라 왕족을 비롯한 고위 층과 교유하며 상층의 문화를 접하고 직접 가담하였다. 따라서 이 시기의 작품들은 당대 기녀의 당당함을 반영하듯 일종의 자부심과 자존의식을 강하게 표출하고 있으며, 애정관계에서도 사랑의 주체로서 관계 지속을 위해 적극적으로 대처하는 모습을 보여준다. 남성사회에 예속된 신분적 질곡에도 불구하고 정서적으로 예속 당하지 않으려는 감성의 자유로운 지향이 나타났던 것이다.

　그러나 후기에는 이와는 상당히 다른 모습을 보인다. 18세기 대표적인 가기(歌妓) 계섬(桂蟾, 1736~1797 이후)은 '전(傳)'이 존재함으로 인해 기녀로 서는 드물게 구체적인 생애를 알 수 있는 경우이다. 「계섬전」은 심노숭(沈 魯崇, 1762~1837)이 명창으로 이름을 날린 노기(老妓) 계섬의 불우한 인생사 를 듣고 그 자리에서 바로 계섬을 위로하기 위해 지은 작품이다. 황해도 송화 출신 노비였던 계섬은 일찍 부모를 여의고 16세 때부터 노래를 배우 면서 능력을 인정받았다. 치사(致仕)한 후 음악에 심취하였던 태사 이정보 (李鼎輔, 1693~1766)의 지도로 완숙의 경지에 들어 전국에 이름을 떨쳤다. 당시 최고의 가객 이세춘(李世春)과 금객 김철석(金哲石, 1724~1776), 기녀 인 추월(秋月)·매월(每月) 등과 함께 장안의 가단을 주름잡았으나, 41세부 터 8년 동안 홍국영(洪國榮, 1748~1781)의 노비로 예속되는 수모를 겪기도 하였다. 홍국영이 쫓겨나자 계섬은 기적을 면하게 되었고, 경기도 파주에 기거하던 패트론 심용(沈鏞, 1711~1788)에게 의탁하여 그곳에서 만년을 보냈다. 계섬은 〈靑春은 언제 가며 白髮은 언제 온고~〉라는 시조 1수를 남겼는데, 기녀로서는 드물게 늙음을 한탄하는 탄로가류의 작품이다. 내용상 파주에 은거하던 시기에 지은 것으로 보이는데, 평탄치 않았던 삶의 행로를 차분히 돌아본 결과물이라 하겠다.

조선 후기에는 계섬의 시조와 같이 '자기 확인'의 노래가 새로이 등장하는데, 이러한 작품들은 감성의 자유로움이나 당당함보다 오히려 자아를 지키거나 되돌아보려는 자기방어적 내성(內省)의 성격을 띤다. 또한 이 시기에는 애정 노래에 주제적 집중화 현상이 일어나는데, 그중에서도 수동적 사랑의 감정양식이라 할 수 있는 기다림의 노래가 압도적인 양을 차지한다. 이러한 현상과 관련하여 피상적으로 감정의 매너리즘화로 인한 문학적 퇴행의 한 단면을 보여주는 것이라기보다는 감정의 내면화를 통해 스스로의 시적 정체성 확보에 성공한 새로운 시의 길을 발견한 것으로 해석해야 한다는 성기옥의 견해는 기녀 시조를 이해하는 데 있어 적절한 시사점을 던져준다.

앞서도 언급하였듯이, 기녀 시조에 대한 연구는 그 자체에 접근하는 어려움이 도사리고 있다. 그럼에도 황진이처럼 다양한 기록이 전하는 특정 작가에 대해서는 심도 깊은 논의가 제출되기도 하였다. 그러나 몇몇의 기녀가 남성들의 영역이었던 시조와 한시에서 여성적 감성을 실현했다는 찬사를 받는 동안 무수히 많은 수의 익명의 기녀 집단은 기억 저편으로 희미해져버린 것도 부인할 수 없다. 기녀에 대한 혹은 기녀문학에 대한 이러한 한계를 극복하기 위한 노력이 꾸준히 이루어지고 있다. 기녀 제도를 비롯하여 기녀의 정체성에 대한 다양한 모색이 이루어졌으며, 사대부의 주변인이자 '여성'이자 '소수자'이며 '타자'로서의 삶 그 기저를 이해하려는 시도가 계속되고 있다. 앞으로도 '기녀'는 문학의 영역을 넘어 문화와 풍속, 제도, 젠더가 교차하는 보다 종합적인 구도에서 다양한 논의가 이어질 것이다. 이를 통해 그녀들에 대한 새로운 이해의 지평에 도달할 수 있으리라 기대한다.

(신성환)

내방가사

내방가사(內房歌辭)는 주로 19~20세기에 영남 지방의 여성들이 창작 및 향유한 가사(歌辭)를 말한다. 여성이 기록의 주체가 되어 자성적 경험에 근거한 현실 인식과 시대 의식을 한글로 표현한 문학이다. 조선 전기 가사가 사대부의 성리학적 이념에 근거한 도학(道學)적 성찰을 주제로 하였다면, 조선 후기 가사는 임진왜란(壬辰倭亂)과 병자호란(丙子胡亂)을 기점으로 변하는 사회상과 사회 구성원들의 경험적 진실을 노래하였다. 내방가사는 전란가사, 기행가사 등과 더불어 조선 후기 가사의 사(史)적 맥락을 보여주는 대표적인 갈래라고 할 수 있다.

오늘날 우리 문학사는 근대 학문의 성립 과정에서 남성 사대부의 기록 문화를 중심으로 형성된 점을 부정하기 어렵다. 사회적 헤게모니를 장악한 주류 집단을 중심으로 서술된 문학사는 우리 사회의 복잡다단한 면모를 적절히 통섭하기에 한계가 있을 수밖에 없다. 이와 같은 주류적 문학사에 대한 비판적 반성에서 문학사의 실상에 온전히 접근하기 위한 대안으로 복수(複數)의 문학사가 마련될 필요성이 꾸준히 제기되고 있다.

내방가사는 우리 문학사의 다채로운 면모를 방증하는 자료라는 점에서 주목할 만한 텍스트이다. 특히 사대부 중심의 사회 질서가 공고하였던 영남 지방에서 여성이 주도한 가사 문학의 창작 전통은 주류적 문학사에 대한 반성적 접근을 가능하게 한다. 오늘날 내방가사를 두고 중세에서 근대로의 문명사(文明史)적 전환을 상징하는 지표(指標)로 평가하는 시각 또한 이 갈래가 지니는 문화적 의미를 여실히 보여준다.

내방가사는 갈래의 명칭으로 인하여 제한된 공간에서 일부 향유층에 의해 은밀히 소통된 작품군 정도로 오해하기 쉽다. 중세라는 시대 인식 속에서 내방(內坊)과 여성이 지니는 이미지란 남성 중심 사회에서 소외된 공간이나 존재, 즉 일종의 타자화(他者化)된 대상으로 이해되기 때문이다. 그러나 내방은 여성을 사회와 격절하게 만드는 폐쇄적 공간이 아니라, 가문 구성원을 비롯하여 외부 세계와 소통하는 공간이었다. 내방을 전제로 향유된 내방가사 또한 여성이 가족과 사회 구성원을 대상으로 자신의 정체성을 표출할 수 있는 중요한 문화 활동으로 평가받았다. 문중 또는 지역의 행사에서 여성이 창작한 내방가사는 주목할 만한 미(美)적 행위이자 후대에 전승할 만한 텍스트로 인정받았고, 남녀를 포함한 가문 구성원 간의 연대를 통해 적극적인 필사 대상으로 다루어진 정황은 이를 잘 보여준다.

이처럼 여성이 내방가사를 창작 및 향유하는 행위는 중세의 억압적 환경 속에서 이루어진 은밀한 놀이 문화가 아니라 자신의 가치를 정립하고 대외적으로 표방하는 중요한 수단이라는 점에서 접근할 필요가 있다. 여성의 문필(文筆) 활동은 남성 사회의 가치 규범에 근거하여 주로 계몽(啓蒙)적 목적 아래 이루어졌다는 점을 고려하여도, 여성이 주체가 되어 확립한 '자기 서사물'로서 내방가사의 문화적 의미를 가늠하기는 어렵지 않다.

내방가사는 국문학 연구의 초기부터 관심을 받았다. 다카하시 도루(高橋亨, 1877~1967)와 도남(陶南) 조윤제(趙潤濟, 1904~1976)의 연구가 대표적이다. 다카하시 도루는 경성제국대학교 법문학부 교수로 재직할 당시 민족주의 사관에 근거하여 국민문학(National literature)의 일환으로 조선 민요를 수집하였는데, 내방가사 역시 관심의 대상이었다. 다만 그의 연구는 역사적 배경에 대한 개괄적인 소개에 그친 것이었다. 반면, 최근의 성과를 통해 조윤제의 연구가 그보다 앞서 내방가사의 가치와 향유 맥락에 대한 성찰 속에서 깊이 있게 수행되었다는 사실이 밝혀졌다. 특히 조윤제가 영남 지역의 문화적 특징과 결부하여 여성 문학으로서 내방가사의 의의를 강조하였다는 점은 오늘날에도 시사하는 바가 적지 않다.

내방가사는 연구 초기에 작가 및 향유층이 여성이라는 점이 주목되어 부녀가사, 여류가사, 여성가사 등으로 불리기도 하였다. 다만 내방가사의 작가가 남성인 경우도 있고, 작품의 의미 지향을 여성 담론으로 한정할 필요가 없다는 점에서 내방 또는 규방가사(閨房歌詞)가 갈래의 명칭으로 주목을 받았다. 현재는 내방가사가 2022년 11월 유네스코 세계기록유산 아시아·태평양 지역 목록 등재된 것을 전후하여 학술용어로 자리하는 추세이다.

가사의 갈래 명칭 중에는 작품의 주제 또는 의미 지향에 영향을 미치는 콘텍스트(Context)가 해당 갈래의 범주를 구획하는 기준으로 기능할 때, 그 명칭을 밝혀 적는 사례가 있다. 대표적으로 유배(流配), 기행(紀行) 가사 등이 있는데, 내방가사 역시 마찬가지이다. 그런데 내방가사는 연구 관점에 따라서 기행가사·교훈가사·현실비판가사 등과 중복되는 부분이 있다. 계녀가(誡女歌)류나 화전가(花煎歌)류 작품 등이 대표적이다. 다만 이와 같은 양상을 내방가사의 갈래적 정체성이 불명확한 한계로 보아서는 안 된다. 오히려 내방가사가 지니는 주제적 함량을 보여주는 특징이자 창작 및 향유 주체들이 마주한 현실 인식과 시대 의식의 다층성을 보여주는 근거로 이해할 필요가 있다.

내방가사의 갈래적 성격을 규정하기 어려운 이유는 무엇보다 단일 갈래로서 자료의 양적 지표가 압도적이기 때문이다. 오늘날 내방가사는 16세기 허난설헌(許蘭雪軒, 1563~1589)의 작품으로 알려진 〈규원가(閨怨歌)〉

를 기점으로 보는 추세이다. 비록 17~18세기 작품은 많이 확인되지 않는다. 이 시기 여성들의 가사 창작에 대한 사회적 환경의 문제일 수도 있고, 현전하는 내방가사 무명씨 작품들 중 시대를 특정하기 어렵기 때문일 수도 있다. 중요한 점은 19세기 이후부터 내방가사가 괄목할 만한 양적 팽창을 이루었다는 것이다.

내방가사는 한국학중앙연구원에 의해 실시된 〈경상북도 내방가사 조사, 정리 및 DB 구축〉 사업에서 정리된 자료만도 2,000여 건에 달하며, 한국가사문학관에서 온라인 서비스 중인 자료는 미해제본을 포함하여 4,000여 건에 이른다. 두루마리 자료만 6,000여 건에 달한다는 견해가 있을 정도이다. 단일 갈래 중에서 내방가사만큼의 정량적 지표를 보이는 사례는 찾아보기 어렵다.

내방가사의 자료가 집성되기 시작한 것은 비교적 최근에 갈래의 문화적 의미에 대한 사회적 인식이 고조되면서이다. 따라서 내방가사의 연구사(史)와 자료 집성은 시기상 결을 달리할 수밖에 없었다. 게다가 갈래 이론이 근대 학문의 정립 과정에서 대두되었다는 점에서 내방가사에 대한 각론적 접근은 관점에 따라 그 실상과 상충할 수밖에 없기도 하였다. 현재까지도 적지 않은 수의 신자료가 학계에 소개되고 있는 점을 고려한다면, 내방가사의 갈래적 정체성을 규명하기 위해선 무엇보다 개별 작품론에 대한 양적 연구가 시급하다.

내방가사의 범주는 주제적 측면, 소재적 측면, 정서적 측면 등에 걸쳐 연구자의 방법에 따라 쟁점적일 수밖에 없다는 점을 유의할 필요가 있다. 오늘날에는 대체로 계녀가(戒女歌)류, 탄식가(歎息歌)류, 화전가(花煎歌)류 정도로 구분하는 실정이다. 먼저 계녀가류 작품은 내방가사의 사적 맥락 중 가장 이른 시기부터 창작 및 향유되었던 것으로 짐작되고 있다. 18세기 가부장 제도의 확립 과정에서 여성을 향한 교화의 문제가 사회적 담론으로 부상하였고, 『여훈(女訓)』, 『계녀서(戒女書)』 등과 같은 교화서가 편찬되면서 계녀가류 작품 또한 창작되기 시작한 것으로 이해된다.

이러한 점은 계녀가류 작품의 주된 주제 의식이 유교적 세계관에 근거한 유교 담론의 전면적 수용에 있을 것으로 짐작되지만, 실상은 그렇지 않다. 계녀가류의 화자는 유교 담론을 형이상학적 측면에서 수동적으로만 접근하지 않았다. 화자가 처한 경험적 진실에 근거하여 유교적 세계관을 재수용하는 한편, 교화의 대상인 여성을 수동적인 대상에서 벗어나 주체적 자각 속에서 자발적 실천을 수행해야 할 존재로 인식하였다. 특히 계녀가류 작품 중 〈복선화음가(福善禍淫歌)〉 계열은 조선 후기 상업 경제의 발달과 맞물려 경제적 주체이자 가문 구성원으로서 여성이 역할에 대한 문제의식을 표출한 작품이다. 이러한 점은 18세기 이후 사회에 고조되었던 여성 대상의 교훈 담론이 변해 가는 정황을 살필 수 있는 근거이자, 근대 전환기라 할 수 있는 20세기 초까지 내방가사가 활발히 전승될 수 있는 동인 중 하나라고 할 수 있다.

내방가사는 계녀가류 작품들을 중심으로 점차 활발히 창작되어 가는 과정에서 창작 주체인 여성의 자성적 체험을 바탕으로 한 경험적 진실을 소재로 탄식가류, 화전가류 등의 작품이 창작되며 그 갈래의 편폭을 확대하여 나간 것으로 이해되고 있다.

탄식가류는 신변탄식류라고 하여 중세 여성의 일상생활에 근간한 정회를 진솔한 어조로 토로한 작품들을 말한다. 내방가사 중 가장 많은 수를 차지하는 것이 탄식가류이다. 사실 탄식은 중세의 남성 중심 사회에서 여성이 마주한 현실적 고난을 정서적으로 대변한다. 작품의 창작 맥락을 명확히 재구할 수 있는 경우이거나, 의미 지향이 연대 의식을 고취하거나 가문 구성원으로서 자긍심을 표출하기 위한 경우가 아니라면, 탄식은 작품마다 정도의 차이가 있을 뿐 내방가사의 전반을 관류하는 정서적 특질이라 하여도 과언은 아닌 듯하다. 주된 양상은 여자 태생, 교육적 차별, 시집으로 인한 가족·붕우·고향 등과의 이별, 시집살이의 각종 고난, 가난에 대한 고통, 남편과의 이별(사별), 덧없이 흘러버린 세월, 죽음 등에서부터 망국에 대한 탄식에 이르기까지 다양하게 나타난다.

내방가사의 탄식을 두고 갈래의 정서적 표현이 다층적이지 못하다거나, 또는 남성 중심 사회에서 주변에 처할 수밖에 없는 여성 화자로서의 소극적 저항으로 이해해서는 안 된다. 내방가사의 탄식은 부조리한 현실에 기안한 여성의 삶에 대한 자성적 판단에 근거한 현실과 시대에 대한 비판적 의식을 전제하고 있다. 이는 자신의 삶에 대한 주체적 인식의 표출이기도 하다.

탄식가류 내방가사가 중세 사회 여성의 일상에서 오는 억압에 기반한 정서적 분출과 관련한다면, 화전가류 내방가사는 화창한 봄날 화전(花煎)놀이를 통해 일상에서 일탈하며 고조된 흥취를 노래한 일군의 작품들이다. 18세기 중반 〈조화전가〉와 〈반화전가〉를 시작으로 1970년대에 이르기까지 다수의 작품이 꾸준히 창작되었다. 이와 같은 경향은 화전놀이가 일상의 억압에서 유발된 심리적 갈등을 해소하고 삶의 의욕을 고취할 수 있는 주요한 문화적 행위로 인식되었다는 것을 보여준다.

화전가류 중 〈덴동어미화전가〉 같은 일군의 작품은 화전놀이를 배경으로 일상의 일탈과 감정의 순화라는 의미를 넘어 중세 여성의 삶을 생애담의 형식을 통해 다중적 목소리로 핍진하게 드러내고 있다는 점에서 또한 주목할 만하다. 오늘날 화전가류 내방가사는 우리나라의 놀이 문화로서 전통성을 갖춘 화전놀이에 근간한다는 점에서 문화콘텐츠 자원으로도 주목을 받고 있다.

중세의 여성은 기본적으로 가문의 대소사를 주관하며 삶의 현장에서 예속된 존재였다. 그러나 화전놀이와 같은 일상에서의 일탈 경험이 전무한 것도 아니었다. 문중 행사의 방문이나 근친(觀親) 등이 대표적이었다. 이와 더불어 조선 후기 여성의 사회적 활동이 확대되는 과정에서 명승을 유람하거나 제한적으로나마 남성 사대부의 문아(文雅) 활동인 선유(船遊) 놀이를 경험하기도 하였다. 이와 같은 여성들의 유람 체험을 기반으로 창작된 일군의 내방가사를 유람가류로 분류하기도 한다.

유람가류 내방가사는 화전가류와 작품의 구조적 측면에서는 유사하다. 다만 소재적 측면에 있어 화전놀이와는 구별되기 때문에 이를 별도로 다루는 경향이 있다. 여성의 기행 체험을 바탕으로 한다는 점에서 기행가사와 갈래적 정체성을 구분하기 어려운 사례도 있다. 연구 관점에 따라서는 여성 기행가사로 분류하기도 한다. 유람가류 내방가사로는 〈부여노정기〉, 〈금행일기〉, 〈호남기행가〉부터 선유(船遊) 체험을 바탕으로 창작한 〈운수상사곡〉, 〈운수답가〉와 1930년대 창작된 〈해운정유람가〉에 이르기까지 다양한 작품이 전하고 있다.

오늘날 내방가사의 문학사적 의의는 점차 고조되어 가는 추세이다. 특히 내방가사는 1970년까지 창작 및 전승되었다는 점은 가사가 중세와 근대를 횡단하는 문학 작품으로서 그 시가사적 위상을 갖추고 있음을 보여준다. 조선 후기의 남성 중심 사회로부터 시작하여 구한말, 일제강점기, 해방 전후와 한국 전쟁 등에 이르기까지 여성은 가사를 매개로 현실과 시대를 진단하고 자기 서사를 완성하여 나갔다. 이처럼 내방가사는 문학과 인간의 삶이라는 근본적 층위의 메시지를 반성하게 한다는 점에서 또한 그 의의가 있다.

(이승준)

#농사 #농가류 #공동체 #호혜

농가류 시가

한반도에서 농경은 신석기 시대 중기부터 시작되었다. 이후 생산 품목이 다양해지고 농기구가 개량되었으며 농법이 발전하는 등 지속적인 변모의 과정을 거치면서, 농업은 전근대 사회의 주요 산업이자 삶의 근간으로서 그 역할을 담당했다. 농민들의 삶을 안정시키는 것은 어느 시기에나 국가 운영의 기본이자 출발이었지만, 고려 이래 유교(儒教)를 통치 체제로 받아들이면서 지배층에서부터 보다 체계적인 대민정책이 시행될 수 있었다. 본격적인 성리학 국가인 조선조로 접어들면서 이러한 의식은 더욱 강고해졌고, 정책적 차원을 넘어 법제적인 차원에서도 농민과 농사의 안정을 꾀하는 작업을 진행하였다. 『경국대전(經國大典)』의 〈무농(務農)〉조가 대표적인데, 농사에 힘쓸 것을 법규의 차원에서 규정함으로써 국가적 차원에서 강제성을 부여한 것이다.

상황이 이러하다면 어떠한 방식으로든 당대의 사회를 반영하기 마련인 문학의 입장에서 '농사'는 그 자체로 언제든 작품의 주요 소재로 차용될 수 있었다. 윤재민에 따르면 농민의 형상이 그 질과 양에서 우리 문학사의 전면에 본격적으로 등장하는 것은 고려 중기 무신집권하의 신진사인들에 이르러서이다. 김극기(金克己, 1379~1463)의 오언고시와 오언율시로 각각 전하는 〈전가사시(田家四時)〉, 이규보(李奎報, 1168~1241)의 〈대농부음(代農夫吟)〉과 〈신곡행(新穀行)〉 등의 한시가 대표적이다. 권문세족의 토지겸병과 농민에 대한 수탈에 맞서 농민의 안정적 삶을 통해 사회경제적 기반을 확고히 하고자 하였던 신진사대부의 입장에서, 농민과 긴밀한 관계를 형성하는 것은 필수적이었다. 이러한 상황에서 농민의 삶에 대한 관심과 문학을 통한 표출은 당연한 결과였다. 이후 조선조 문인들 또한 농촌과 농민을 소재로 한 작품을 지속적으로 창작하였다.

개국 초기부터 국가적 차원에서 농업을 적극 장려했던 조선의 경우 농사와 관련된 문학 작품이 다양한 양상을 보이며 산출되었다. 이러한 모든 작품들을 범박하게나마 '농가시(農家詩/農歌詩)' 정도로 통칭할 수 있겠다. 이들은 한 자리에서 논의하는 것 자체가 무의미하다고 여겨질 만큼 그 주제적 지향이나 범주가 넓다. 한시의 경우만 하더라고 오랜 전통을 이어온 악부시를 포함하여 전가(田家)나 농요(農謠), 애민(愛民)이나 한거(閑居) 등을 표방한 작품에 이르기까지 수많은 작품들이 존재한다. 국문시가의 경우에도 강호가도에서부터 시작하여 전원이나 농가를 배경으로 하는 많은 작품들이 전한다.

그렇기에 이 자리에서는 논의의 예각화를 위해 농가류 시가의 의미를 '농촌의 생활과 농부의 삶을 바탕으로 한 내용을 담되, 밭 갈기·김매기 등과 같은 농사짓는 행위를 주소재(主素材)로 하는 일군의 국문시가 작품'으로 한정하고자 한다. 이때 농사는 소일거리가 아닌 수확에 대한 기대가 담긴 생업을 위한 실질적인 노동을 의미하며, 작품의 배경인 농촌 또한 도시(속세)와 대비적 차원에서 정서를 환기시키는 공간이 아니라 현실적인 노동이 이루어지는 공간이다. 즉 내용 및 주제적 지향이 농업생산 및 농업노동과 긴밀하게 연동되어 있는 작품을 의미한다. 기왕의 여러 논의에서 이러한 농가류 시가는 시조의 경우 별도의 유형이 설정되지 못한 채 전가시조(田家時調)의 일부로 다루어졌고, 가사의 경우 농부가류라는 하위 갈래로 유형화가 정립되는 방향으로 논의가 진행되어 왔다.

범박한 '농가시'의 의미에서 상기 정의와 같이 농업에 더 가까워진 의미를 갖는 '농가류 시가'는 17세기 중엽에 대두되어 조선 후기까지 지속적으로 창작·향유된다. 농가류 시가의 작자가 어떤 계층이었든 '농촌'이라는 공간적 배경을 지우고서는 온당한 해석이 이루어질 수 없다. 지금도 그렇지만 농촌에서의 삶은 늘 힘들다. 특히 농기계와 수리시설의 발달이 미비했던 중세 사회에서 개인의 힘만으로 농사를 짓는 것은 불가능에 가까웠다. 서로가 서로의 일손을 거드는 두레나 품앗이 같은 공동노동의 풍습은 이러한 현실적인 여건에서 구비된 산물이다.

농사일의 측면에서만이 아니라 촌락에서의 생활 자체가 상호의존적이었다. 정철(鄭澈, 1536~1593)의 시조 "오늘도 다 새거다 호믜 메오 가쟈스라 / 내 논 다 미여든 네 논 졈 미여 주마 / 올 길히 쇙 빠다가 누에 먹켜보쟈스라", "네 집 상수둘흔 어도록 출호손다 / 네 쏠 셔방은 언제나 마치 느순다 / 내게도 업다커니와 돌보고져 ᄒ노라"에서 이러한 면모가 단적으로 드러난다. 예측 불가능한 기후변동에 따른 크고 작은 재해와 이에 따른 기근(飢饉)이 거의 매년 반복되다시피 했고, 국가에 대한 세금이나 부역의 의무, 관혼상제(冠婚喪祭)나 질병 등도 생존을 위협하거나 감당하기 어려운 일이었다. 이러한 문제를 극복하기 위해서는 서로 도우며 의지하지 않을 수 없었고, 이는 비단 농민들 사이에서만이 아니라 촌락을 구성하고 있었던 사족과 농민 상호 간에도 마찬가지였다. 농민들은 양반들에게 의지하지 않을 수 없었고, 양반들 또한 농민들의 안정이 무엇보다도 절실했다. 그런 만큼 개인의 욕구보다는 공동체적인 가치를 중요시했으며, 16세기 중반을 지나면서는 사족들이 중심이 되어 도덕적 의무를 중시하는 자치규약을 만들고 향촌사회 내부 질서의 안정적 유지를 꾀하기도 했다. 지방에까지 직접적인 지배력을 행사하기 어려웠던 중앙 정부의 입장에서도 이러한 움직임은 환영할 일이었고, 적극적으로 권장하였다. 결론적으로 조선 후기 향촌사회는 통시적·공시적으로 차이가 있었음에도,

구성원들 간의 상호 호혜적 관계와 생존윤리에 바탕을 둔 운영의 방식을 추구했다. 즉 개인의 욕구보다 공동체적 삶을 중시하고, 개인의 권리보다 도덕적 의무를 중시하는 자치조직의 특성을 가지고 있었던 것이다. 농가류 시가의 산출은 이러한 당대의 상황에 긴박되어 있다.

대표적인 농가류 시조로 17세기 영남지역의 재지사족 이휘일(李徽逸, 1619~1672)이 남긴 〈전가팔곡(田家八曲)〉과 18세기 전라남도 장흥 지역의 사족 위백규(魏伯珪, 1727~1798)의 〈농가(農歌)〉를 들 수 있다. 각각 8수와 9수의 연시조 형태를 취하는 두 작품은 농촌이라는 공간에서의 '삶의 실질'이라고 할 수 있는 노동으로서의 농사의 모습이 전면에 부각된다. 이는 전가시조의 대표적인 작품으로 거론되는 김광욱(金光煜, 1580~1656)의 〈율리유곡(栗里遺曲)〉에서는 찾아볼 수 없는 양상이다. 16수의 연시조로 구성된 〈율리유곡〉에는 '풋 죽', '저리지', '보리밥', '풋나물' 등의 용어가 자주 사용되면서 농촌의 일상적인 삶을 보여주고는 있지만, 정작 생계를 유지하기 위한 생업으로서 '농사'의 모습은 등장하지 않는다. 강호시조에서처럼 자연을 구도(求道)의 공간이 아닌 생활의 현장이나 자연 그 자체로 객관화시켰다는 의미는 있지만, 실질적 의미의 궁경가색(躬耕稼穡)의 면모가 드러난다고 보기는 어렵다.

이러한 차이는 작가가 처한 상황에서 일차적인 원인을 찾을 수 있다. 중앙 정계에 진출하여 관직생활을 경험했던 김광욱과 달리 이휘일과 위백규는 지방의 세거지에서 공동체의 안정적 유지에 힘을 쏟았으며, 작품의 창작 역시 그러한 과정에서 이루어졌다. 농가류 시가의 주요 작자들 또한 이휘일과 위백규와 같은 향촌의 사족이라 생각된다. 즉 농촌의 현실을 체화한 인물들이 자신의 생각을 문학적으로 재현해냈던 것이다.

여름날 더운 적의 단 따히 부리로다
밧고랑 미쟈 흐니 쏨 흘너 따희 듯네
어ᄉ와 粒粒辛苦 어늬 분이 알ᄋ실고   〈전가팔곡 2_하(夏)〉

둘너내쟈 둘너내쟈 길츤골 둘너내쟈
바라기 역괴를 골골마다 둘너내쟈
쉬 짓튼 긴 ᄉ래ᄂ 마조 잡아 둘너내쟈   〈농가 3_운초(耘草)〉

이휘일은 저곡에 터를 잡아 복거(卜居)를 시작한 이후 다양한 활동을
통해 향촌공동체의 질서를 정립하고자 노력했다. 그는 상하합계 형태의
동계를 조직하고, 최상위 계원으로서 교육을 통해 일반 민들을 교화하는
한편 구휼을 통해 공동체의 안정을 도모했다. 그가 구성한 오촌동계 내부
에서의 위치를 생각해볼 때 감농자(監農者)에 준하는 자리에서 공동체의
구성원을 독려하며 나름의 방식으로 농업 활동에 참여하였다. 〈전가팔곡〉
은 바로 이러한 활동의 산물이다. 작품 전반에 걸쳐 흐르는 자족적이고
긍정적인 면모에는 공동체 구성원 모두가 각자의 역할을 잘 수행했을 때
얻을 수 있는 결과를 보여주고자 했던 의도가 담겨있다.

위백규의 경우를 보자. 그의 5대조 위덕후(魏德厚)가 장흥 지역으로 근
거지를 옮긴 이후 위씨 일문은 공동체의 안정적인 유지를 위해 지속적인
노력을 기울여 왔으며, 그것을 삶의 중요한 가치로 인식하고 있었다. 사
대부로서 학문에 정진하여 벼슬길에 나아가는 것만을 유일한 가치로 여
겼던 것이 아니라 향촌에서의 삶에도 그마마한 가치를 부여했던 것이다.
선조들의 유훈을 지키고 그들이 했던 역할을 본받고자 했던 위백규에게
있어 세거지에 머무는 삶은 하나의 선택이자 삶의 또 다른 목표였다. 〈농
가〉에는 위백규가 생각했던 이상적인 공동체의 모습이 담겨있다.

이처럼 농촌에서 공동체적 삶을 지향하는 면모는 농가류 가사들에서

도 나타난다. 17세기 말~18세기에 출현한 가사들은 작품마다 정도의 차이는 있지만 농사의 당위성에 대해 강조하거나 사(士)로서의 의식을 유지하고자 하는 모습, 수확 후 함께 즐기는 장면 등의 공통적 특징이 나타난다. 확고한 농본(農本)의식을 바탕으로 사민(士民)의 구분 없이 직간접적으로 농사에 참여하는 것에 대한 긍정적인 인식이 드러난다. 이와 동시에 사족이자 향촌사회의 유지로서의 의식을 내세우는, 생업(生業)과 사업(士業) 양자 중 어느 것에도 소홀히 여기지 않는 모습을 볼 수 있다.

> 병그릇 치온 후의 農粮도 別蓄ㅎ소 / 謹身 節用ㅎ여 禦凶도 싱각ㅎ소 / 一年 勞苦後의 ㅎ로 樂이 업슬손가 / 歲時 伏臘의 社鼓로 勞功홀 제 / 烹羊 炰羔ㅎ니 春酒 고둘 업슬손가 / 長年의 醉ㅎ 춤과 中男의 딘딘 노래 / 坎坎 擊鼓聲의 枌楡 그늘 졀노 간다 / 妻子도 喜樂거든 父母ㅣ야 니룰소냐 / 禮節도 일노 알고 人倫도 이예 나너 / 親廚의 甘旨 잇고 子舍의 絃誦ㅎ다 / 琴瑟은 和室ㅎ고 棣萼은 連墻이라   〈권농가〉

> 遠村의 겨리들과 近村의 ᄆᆞ올 사롬 / 시사돈 녯벗님너 다주서 쳥ㅎ오니 / 群賢이 畢至ㅎ고 少長이 咸集이라 / 아희들 믈쟝고에 女妓妾 거문괴라 / 婢夫놈 퉁져 블고 동놈의 초김이라 / 雇工놈 山遊花에 洞內總角 메더지라 / 쵹하손 닙타령에 손즈들 춤을 추너 / 안희는 상을 보고 얼아들 잔 부어라 / 상 녑희 어린 것들 果實을 돗토는고 / 동년아 술걸너라 질동희 탁줄만졍 / 박잔에 ᄀᆞ득 부어 업다말고 니어스라   〈부농가〉

특히 작품의 말미에 등장하는 모두가 함께 즐기는[동락(同樂)] 마을잔치의 장면은 일종의 재분배를 통해 공동체의 결속을 꾀하는 의미를 내포한다는 점에서 주목을 요한다. 즉 마을잔치에 소요되는 비용을 담당하는 지주층에서는 재화의 제공이라는 호혜를 베풂으로써 공동체 구성원들의 결속을 다지고, 어느 정도의 재분배를 실현함으로써 부의 과도한 편중으로 인해 발생할 수 있는 문제를 미연에 방지하고자 한 것이다. 아무리 잘 운영되는 공동체일지라도 부의 재분배는 골고루 이루어지지 않을뿐더러 모두가 평등한 유토피아를 만들어 낼 수는 없다. 하지만 이는 반드시 시행해야 할 하나의 통과의례였으며, 공동체를 유지하기 위한 최소한의 조건이었다. 긴 시간 농사를 짓고 수확한 후에 마을잔치로 이어지는 일련의 과정은 향촌공동체의 안정적 유지를 위한 최소한의 암묵적 규약이었다. 농가류 가사 전반에 걸쳐 보이는 동락의 장면들은 바로 이러한 호혜성의 발현이라는 시각에서 이해할 수 있다.

한편 19세기에 접어들면 향촌사족들에 의한 농가류 시조의 창작은 활력을 잃은 반면 가사는 다양한 내용을 다양한 형식을 통해 담아내면서 활발하게 창작된다. 이전 시기의 작품들처럼 농업을 권장하고 공동체의 안정을 추구하는 가운데, 시기에 따라 필요한 농사법과 세시풍속 등을 각 달마다 상세하게 서술한 월령체 작품, 생활윤리로서 유가 덕목을 강조하며 구체적인 행동 지침을 서술하며 장편화되는 작품이 출현한다. 그리고 농가류의 전형이라 할 수 있는 공동체 의식과 권농의식이 소거되고 개인적 서정이나 감정을 표출하는 작품이 등장하기도 한다.

농가류 시가의 이러한 변화된 양상은 20세기 초 계몽가사나 종교가사혹은 근대시조 등에서도 그 흔적을 확인할 수 있다. '농가'라는 외연은 유지한 채 그 안에 담긴 알맹이를 바꿔가면 생명력을 유지했던 것이다. 이는 '농사'가 주는 친숙함에서 기인한 것이라 생각한다. 누구에게나 익숙한 것이기에 계몽의 도구로도 포교를 위한 목적에서도 소용될 수 있었던 것이다. 농업을 기반으로 했던 사회에서 농사는 일상 그 자체였다. 그렇기에 농가류 시가에는 이러한 당대인들의 일상이 고스란히 녹아있다.

(신성환)

도사와 술수

이따금 공상에 빠질 때가 있다. 인간이 누릴 수 있는 재미있는 유희 중 하나다. 그러나 한없이 뻗는 생각의 질주는 으레 일소(一笑)로 끝나기 마련, 그러니 공상(空想)이다. 그럼에도 공상이 헛된 것만은 아니다. 그 가운데서 단상(斷想)은 꼴을 갖추고 살을 붙이며, 구체화된 상상은 창작의 원천이 된다.

현실 세계의 질서와는 동떨어진 허구와 상상으로 짜올린 이야기, 이는 그 어느 때보다 다채로운 소재와 형태의 서사물이 생산되고 소비되는 오늘날에도 가장 인기 있는 콘텐츠로 꼽힌다. 특히 보통의 인간이 가진 능력을 아득히 뛰어넘는 초인적 인물이 등장하는 작품은 꾸준히 만들어진다. 수퍼 히어로가 서사를 주도하는 영화들은 말할 것 없고, 영웅이 아니더라도 초능력을 가진 존재를 내세워 이목을 잡는 작품도 끊이지 않고 나온다. 이들은 공상에서 출발한 이야기지만 망상(妄想)으로 취급되지 않기 위해 최소한의 설득력을 확보하는 설정을 갖추고 있다. 이때 자주 동원되는 것이 과학기술이다. 천재적인 과학자의 실험과 연구를 프롤로그로 깔거나 고도로 발달된 미래사회를 배경으로 삼는 등은 익숙하다. 괴짜 과학자 대신 막대한 부를 가진 공학자나 정부의 비밀조직 등으로 변주되기도 하고, 때로는 지구 밖의 또 다른 세계를 상정하기도 하지만, 과학기술이라는 명목으로 개연성의 결손을 채우는 점은 다르지 않다. 허황에 가까운 상상을 이야기로 완성시키는 요소가 과학기술이라는 낯선 조합이

퍽 흥미롭다.

우리 고전문학에서 이와 접맥하는 지평을 찾을 수 있을까? 공상과학이 라는 조어로 전통시대를 살피는 것이 어불성설 같지만, 개념이 아니라 기제 와 성격에 주목하여 보면 잡히는 것이 있다. 다름 아닌 도사(道士)이다.

도사는 애초 도덕이 높고 품성이 훌륭한 사람을 뜻하는 말이었다. 그 런데 후한(後漢) 시대 도교(道教)가 등장하면서 그 의미가 옮겨간다. 도교 를 따르는 신도나 도교의 교리와 수행을 실천하는 사람을 가리키는 말로 쓰이게 된 것이다. 이후 도교는 특유의 수련법과 초월적 상상력으로 말미 암아 종교로서뿐만 아니라 문화적 차원에서도 그 입지를 넓혀가며 동아 시아 사상과 문화, 예술의 중요한 원소로 자리매김한다. 이러한 흐름 속 에서 도사라는 용어는 한층 입체적인 의미를 갖게 된다. 꼭 도교의 신자 가 아니더라도 도선적 지취(志趣)를 가진 사람을 범칭하게 되었고, 한편 으로는 도술(道術) 즉 신묘한 술법을 부리는 자를 특칭하는 말로 쓰이기도 했던 것이다. 전통시대 용어 가운데 도가자류(道家者流) 또는 줄여서 도류 (道流)는 전자의 넓은 뜻을 아우르는 것이요, 술사(術士)나 방사(方士) 따위 는 후자를 일컫는 표현이다. 문학의 영역에서 거론되는 도사란 도교 그 자체보다는, 주로 이 확장된 외연과 밀접한 관계를 갖고 있다.

이러한 도사의 형상을 우리 고전문학에서 찾아내는 것은 어려운 일이 아니다. 도술을 부리는 존재는 소설에 자주 등장한다. 둔갑술, 축지법 등을 쓰며 그야말로 동에 번쩍 서에 번쩍하는 홍길동이 대표적이다. 뿐인 가, 구미호의 정기를 삼키고 천서(天書)를 읽어 갖가지 환술(幻術)을 부리 며 세상을 누빈 전우치도 있고, 피화당에 앉아 앞날과 시세를 꿰뚫어 보 고 도술로 용골대의 수만 군사를 손바닥 뒤집듯 물리치는 박씨부인도 떠 올릴 수 있다. 월경대사, 철관도사, 화산도사, 천명도사 등을 만나 무예 와 각종 도술을 배워 적군을 격파하는 조웅도, 곽도사에게 검술과 병법을 배워 대원수로서 나라를 구해내는 홍계월도 빼놓을 수 없다. 널리 알려진 작품을 예시로 들었지만, 기실 조선 후기에 유행했던 이른바 영웅·군담류 소설의 주인공으로 도술을 쓰지 않는 사례를 찾는 것이 더 어렵거니와, 주인공에게 도술을 가르쳐주는 조력자 역할로 도사가 등장하는 것도 상투적이라 할 만큼 흔하다.

　한글소설에 국한되지 않고 시야를 넓혀 보면 더 다양한 얼굴의 도사를 만날 수 있다. 문인들이 견문이나 신변잡기 등을 잡다하게 기록한 필기류(筆記類), 짤막한 이야기들을 모아 엮은 야담집(野談集) 등에 특히 자주 보인다. 여기에 수록된 도사 소재의 이야기는 한글소설과 몇 가지 차이점이 있다. 일단 도술의 종류가 한층 다양하다. 변신술이나 공중이동, 전장에서 적을 제압하는 도술 따위만이 아니라, 천문지리를 읽어 미래의 일을 예지하거나 사람의 됨됨이나 일생을 꿰뚫어 보고, 귀신을 부리고 재앙을 구제하며 신묘한 의술을 펼친다든지, 연단(鍊鍛)의 수련으로 인간의 태(胎)를 벗어나는 등 이른바 술수지학(術數之學)과 신선술(神仙術)이 두루 다루어진다. 또 필기나 야담에서 도술과 관련해 등장하는 인물은 대부분 실존했던 이들이다. 여러 지면에서 거듭 포착되는 서경덕(徐敬德, 1489~1546), 정렴(鄭磏, 1506~1549), 이지함(李之菡, 1517~1578), 박지화(朴枝華, 1514~1592), 남사고(南師古, 1509~1571) 등이 단적인 예이다. 설사 생력이 확인되지 않는 인물이라 해도, 실재를 전제하고 흥미로운 일화로서 서술하는 태도가 두드러진다. 이들은 대개 도사의 협의보다는 도가자류라는 광의의 지칭이 더 어울리는 성격을 갖고 있다. 이에 서술의 초점도 자연 거리가 있다. 한글소설에서 주인공의 영웅적 능력을 드러내는 수단으로 도술 화소가 이야기 곳곳에 배치된다면, 필기·야담류는 도술을 구사하는 장면 자체와 해당 인물의 도류적(道流的) 면모를 보여주는 데 무게중심이 있다. 요컨대 허구를 위한 소재보다는 취재(取材)의 대상으로서 주시하고 있는 것이다.

도류 인물과 그의 신이한 행적에 대한 남다른 관심과 취재의 태도는 또 다른 형태로 갈무리되기도 하였다. 조선 중기 허균(許筠, 1569~1618)은 '전(傳)'의 형식으로 이를 담아내었다. 그의 문집에 수록된 〈장산인전(張山人傳)〉, 〈남궁선생전(南宮先生傳)〉, 〈장생전(蔣生傳)〉 등이 그것으로, 도술을 배워 할 줄 알거나 신선이 되기 위한 수련을 했던 인물을 입전한 것이다. 허균은 자신 주변에서 보고 들은 몇 사람을 기록한 데 그쳤지만, 이후 역대 도류 인물을 모아 한 권의 책으로 엮으려는 시도가 이어졌다. 한무외(韓無畏)가 우리나라 도사들의 계보를 정리하여 지었다는 『해동전도록(海東傳道錄)』은 그 필두가 되는 책이다. 그 뒤 홍만종(洪萬宗)은 단군 이래 역대 도류·이인(異人)의 행적을 수집하여 『해동이적(海東異蹟)』을 편찬했고, 한 세기쯤 지나 황윤석(黃胤錫)은 『해동이적』을 증보하여 배 이상의 인물을 집대성한 바 있다. 이렇게 '인물지'의 형식으로 우리 역사 속 도사와 도류를 수집·기록하는 흐름의 끝에는 『진벌휘고속편(震閥彙攷續編)』이라는 책이 있다. 19세기 후반에 나온 이 책은 총 7권 분량에 방대한 인물을 분류하여 싣고 있는데, 그 중 제3권이 오로지 도류에 할애되어 있다. 앞서 3종의 책뿐만 아니라 문집, 필기, 야담 등 다양한 지면에서 도사나 이인의 행적에 대한 기록을 모아 재편한 것이다. 이러한 저술들은 소설과는 또 다른 층위에서 도사에 대한 관심 내지 애호가 지속적이고도 만연한 것이었음을 보여준다.

도사라는 소재가 이처럼 인기를 구가하였던 이유는 무엇일까? 이는 그 존재의 성격을 되새겨 봄으로써 그 실마리를 찾을 수 있다. 앞서 도사의 의미망이 다단하다 하였지만, 도사에 대한 문학의 관심은 역시 그의 소능(所能)을 향해 있다. 도사는 현실의 질서와 인간의 한계를 초월해 있는 존재로, 자신의 모습을 바꾸거나 가짜를 만들어 부리고, 땅을 접어 달리고 하늘을 날아다니며, 천상이나 저승을 자유롭게 오가고 귀신을 거느리며,

천기를 읽고 지리를 통찰하여 다가올 일을 환히 아는가 하면, 상식을 뛰어넘는 처방으로 병을 고쳐주고, 스스로는 늙지도 않으며 수백 년을 살기도 한다. 그리고 신선이 되어 세상 밖으로 떠나버리기도 하지만, 저러한 능력으로 나라의 위기를 예언하거나 그것을 타개하는 데 나서기도 하고, 때로는 가련한 백성들을 돕고 재앙으로부터 삶의 길을 열어주기도 하는 이가 도사이다. 도사의 이러한 형상은 실로 다양한 욕망과 바람의 콜라주이다. 늙지 않고 죽지 않길 원하는 원초적 욕망, 초인적 능력을 갖고 싶은 맹랑한 상상, 그러한 능력자가 공동체를 수호하고 약자의 편에 서주길 바라는 마음 등이 도사와 도술이라는 거푸집 속에 응고되어 있는 것이다. 기발한 상상으로 이목을 끌고 재미를 돋우는 그 자체의 매력도 매력이지만, 누구나 해볼 법한 공상과 바람을 흥미롭게 형상화하고 있다는 점은 도사 소재가 유다른 소구력을 가질 수 있었던 중요한 이유이다.

이어 이런 질문을 던지지 않을 수 없다. 이러한 상상의 문법은 무엇으로부터 형성된 것이며, 결국 터무니없는 허구인데 이에 대한 최소한의 설득력은 어떻게 확보되는가? 이에 대해서는 두 가지 사안을 함께 살펴볼 필요가 있다.

우선 도교의 상상력과 그에 기반한 서사의 전통이다. 도교의 원류는 노장(老莊)으로 대표되는 도가(道家) 사상과 불사(不死)의 존재를 동경했던 신선 사상이다. 전자가 도교의 교리와 사유를 구축하는 근간이 되었다면, 후자는 도교 특유의 상상력을 펼치고 세계관을 구축하는 데 핵심적인 역할을 하였다. 바다 너머 신선의 산과 불사약을 찾던 것에서, 천상 세계와 그곳에 있는 여러 신선을 상정하고, 지상에서 다양한 모습의 신선과 도사를 탐색하였으며, 나아가 보통 사람도 신선과 도사가 될 수 있는 수련법과 그들의 소능을 구체화해 갔다. 이러한 상상은 필연적으로 이야기로 만들어져 유통되는데, 『열선전(列仙傳)』, 『신선전(神仙傳)』 등의 신선설화집이 그 초기의 대표적인 성과이다. 이후 『수신기(搜神記)』를 필두로 한 지괴(志怪)의 형태로 수많은 이야기가 생산되었으며, 송나라에 이르러 『태평광기(太平廣記)』를 통해 신선이나 도사를 제재로 한 서사물이 한 차례 집성되었다. 우리 문인들 또한 이 도선(道仙) 소재의 서사 전통에 일찍부터 접속해 있었다. 고려 중엽에 나온 〈한림별곡(翰林別曲)〉에 『태평광기』 400여 권을 읽는 모습이 언급된 것은 이를 말해주는 단적인 예이다. 이 면면하게 이어져 온 서사의 전통과 그 배경이 되는 도교적 세계관으로부터 도사와 도술을 상상하고 이야기로 구성하는 문법과 양분을 제공받았음은 두말할 나위 없다.

이와 함께 주시해야 할 것이 술수(術數)에 대한 당대인의 관심과 수요이다. 술수라 하면 언뜻 꾀나 꼼수의 뜻이 먼저 떠오르지만, 전통시대에 이 단어는 고유의 의미를 갖고 있었다. 곧 이른바 술수지학(術數之學)이다. 해, 달, 별을 관찰하여 하늘의 운행을 읽는 천문(天文), 산, 강, 들, 바람의 형세와 기운을 보아 땅의 성격을 파악하는 지리(地理), 병증을 진단하고 약을 처방하는 의약(醫藥), 갑골이나 산가지로 길흉과 운명을 점치는 복서(卜筮) 등은 술수지학을 말할 때마다 늘 거명되는 항목들이다. 이밖에 소리의 높낮이나 성질을 판단하는 것[律呂]이나, 사계절의 운행을 살펴 절기를 계산하고 책력을 만드는 것[曆數], 날짜의 길흉을 따져 좋은 날을 고르는 것[擇日]이며, 사주(四柱)나 관상(觀相) 등의 잡점(雜占) 따위도 술수에 포함된다. 잡다해 보이지만, 각각의 목적과 내용을 잘 들여다보면 이들을 아우르는 정의를 끌어낼 수 있다. 대개 자연 현상을 관찰하고 그 기저의 원리를 탐구하여 필요로 하는 정보와 지식을 취득하는 방법이자 기술인 것이다. 물론 지금의 관점에서 보면 비과학적이고 미신적인 요소가 다분하지만, 당시로서는 오늘날 자연과학의 위상에 버금가는 지식 체계였음을 간과해서는 안 된다. 하여 조정에서는 잡과(雜科)라는 명목으로 전문인을 선발하였고, 중국에서 편찬된 관련 이론서를 꾸준히 수입하여 학습했으며, 민간에서는 술수를 행하는 요점을 적어놓은 다양한 책자가 비결(祕訣)이라는 이름으로 다량 유통되었던 것이다. 이는 술수가 국가의 운영이나 사람들의 생활에 필요한 기술과 지식으로 인정되었으며, 그에 대한 관심과 수요가 다대하였음을 말해준다.

도사 내지 도류의 인물이 구사하는 특별한 능력 중 상당수는 술수지학에 뿌리를 두고 있다. 문학적 상상과 작화가 가미되며 흥미롭게 연출되어 있지만, 결국 술수의 하나인 것이다. 사실 도교의 역사와 실상을 잘 아는 사람에게 이것은 거창하게 말할 사안이 못 된다. 도교가 애초 술가(術家)와 긴밀한 관계를 형성하며 전개되는 것인바 자연스러운 현상으로 읽힐 따름이다. 그러나 문학의 시선으로 본다면 여기에는 특필할 만한 거리가 있다. 즉 이것이 도사 소재의 이야기가 최소한의 설득력을 확보하는 중요한 지점이라는 것이다. 실재하는 술수의 지식 체계와 위상은, 그에 기댄 허구가 마냥 황당하기만 한 망상이 아니라 그럴 법도 한 상상으로 받아들일 수 있는 논리를 제공하였다. 그리고 술수를 향한 대중적 관심, 특히 술수지학에 대한 무지를 전제로 한 흥미 본위의 관심은 그 논리에 호응하며 도사 소재를 탐닉케 하는 동력이 되었다. 이러한 기제 위에서 술수의 여러 종류는 새로운 상상에 요긴한 재료가 되기도 하였고, 한편으로 아무리 엉뚱한 상상이라도 술수지학으로 포장하면 개연성과 설득력을 쉽게 갖출 수 있었다.

기실 고전문학 연구에서 도교나 도사는 일찍이 주목되었던 키워드이다. 그런 만큼 우리 문학사에서 그 사상적 영향을 확인하고 그것을 소재로 한 작품의 현황과 성격을 조명한 연구가 적지 않게 축적되어 있다. 그러나 이 글에서는 그 성과를 정리하여 소개하지 않았다. 외면한 것이 아니라, 고전문학을 읽는 또 다른 시각을 제시해주고 싶었기 때문이다.

그 성패는 이런 질문을 던짐으로써 확인해볼 수 있을 듯하다. 아이언맨과 전우치는 통하는 지점이 있는가? 시대도, 주제도, 매체도, 캐릭터도 판연히 다른 둘이지만, 그 저변에 깔린 창작과 향유의 메커니즘에서 접점을 감지할 수 있다면 소기의 목적은 이룬 셈이다.

(양승목)

몽유록

　'꿈속에서 노닌 이야기'라는 뜻의 '몽유록(夢遊錄)'은 꿈을 주요 서사구조로 취한 소설 유형이다. 16세기에 등장한 몽유록은 전대(前代)의 문학 양식인 전기(傳奇)와 우언(寓言)을 소설적 편폭으로 발전시키면서 20세기 초까지도 꾸준히 창작된 역사적 장르이다. 특히 몽유록은 16세기 후반~17세기 전반에 걸쳐 집중적으로 창작되었는데, 사대부 계층의 정치적 부침(浮沈), 임진왜란과 병자호란을 통한 작자층의 현실 인식의 확대 등이 기폭제가 되어 몽유록은 당대의 정치·사회 현실에 기민하게 대응해 나간 작품군으로 자리잡았다.

　그러나 조선 후기에 이르면 향유층이 확대되면서 대중의 서사적 요구에 부응한 통속적 성향의 작품이 다수 창작되기도 한다. 작자 당대의 정치·사회 현실과 직접적으로 관련된 역사적 사건이나 인물을 소재로 삼아 작가의 비판의식을 우의적으로 드러낸 조선 전기 몽유록과 달리 조선 후기에는 중국의 역사 인물뿐 아니라 옥제(玉帝), 염왕(閻王), 신선(神仙), 도사(道士)와 같은 이계(異界)의 인물, 소설 속 인물들이 등장하여 특정 주제에 대한 관점을 드러내기도 하는 등 내용과 형식 면에서 많은 변화를 보인다.

　몽유록은 '현실-꿈-현실'의 전형적인 액자 구성으로 이루어져 있다. 그러나 이러한 구성은 〈남염부주지(南炎浮洲志)〉, 〈용궁부연록(龍宮赴宴錄)〉과 같은 전기소설(傳奇小說), 〈구운몽(九雲夢)〉, 〈옥루몽(玉樓夢)〉과 같은 장편소설(일명 몽자(夢字) 소설)에도 보인다. 이와 달리 몽유록은 액자 구성을 기본으로 하되 꿈 부분의 서사가 좀 더 세분화되어 있는 것이 특징이다. 몽유록의 서사구조는 '입몽(入夢)-좌정(坐定)-토론(討論)-시연(詩宴)-각몽(覺夢)'으로 정리할 수 있는데, 〈원생몽유록(元生夢遊錄)〉에서 유형화된 구조를 보인 뒤 조선 후기로 갈수록 '좌정'이 확대되거나 '시연'이 탈락되는 등의 변화를 보인다. 중국의 역대 제왕과 신하 등 200여 명이 등장하는 〈금화사몽유록(金華寺夢遊錄)〉의 경우는 좌정 단락이 길게 확대되어 있으며, 〈부벽몽유록(浮碧夢遊錄)〉과 〈황릉몽환기(黃陵夢還記)〉의 경우는 좌정 단락이 소략하고, 시연 단락이 모두 빠져 있다. 19세기에 창작된 〈금산몽유록(錦山夢遊錄)〉은 좌정과 시연 단락이 모두 누락되어 있을 뿐 아니라 우의도사(羽衣道士)와 몽유자의 토론 과정이 금산신군(錦山神君)과 노량수부(露梁水府)가 주고받은 편지글로 채워져 있어 조선 전기의 유형화된 서사 구조에서 벗어나 있음을 알 수 있다.

몽유록에 등장하는 인물은 몽유자(夢遊者)와 몽유자가 꿈에서 만난 인물들로 나뉜다. 몽유자는 뛰어난 재주를 지니고 있으나 현실에서 소외된 인물로 설정된 경우가 일반적이다. 역사와 현실에 지대한 관심을 지니고 있는 몽유자는 특정 역사적 사건이나 특정 이념과 관련된 인물들을 꿈속에서 만나 그들과 깊은 대화를 나눈다. 때로는 비판하고, 때로는 옹호하고, 때로는 공감하면서 모순된 정치·사회 현실을 풍자하기도 하고, 작가 개인의 소망을 드러내기도 한다. 몽유자가 직접 모임에 참여하는 경우를 '참여자형', 몽유자가 인물들의 모임을 지켜볼 뿐 직접 참여하지 않는 경우를 '방관자형'으로 구분하기도 한다.

16~17세기, 20세기 초에 창작된 몽유록에는 참여자형이 일반적인데, 특정 시기의 현실적 모순이 몽유자와 등장인물 간의 대화를 통해 적극적으로 드러난다. 〈원생몽유록〉, 〈달천몽유록(達川夢遊錄)〉, 〈몽배금태조(夢拜

金太祖〉등이 이 유형에 속한다. 18~19세기에 창작된 통속적 성향의 몽유록에는 방관자형이 일반적이다. 특정 이념이나 기준에 따라 시공을 초월한 인물들이 모여 토론하거나 우열 또는 서열을 나누는 모습을 몽유자는 지켜보기만 하는데, 그런 까닭에 참여자형보다 허구적 성격이 강하다. 〈금화사몽유록〉, 〈부벽몽유록〉, 〈사수몽유록(泗水夢遊錄)〉 등이 이 유형에 속한다.

몽유자의 꿈속에 등장하는 인물이나 그들의 진술은 작가의 실제 꿈을 기록한 것이 아니라 특정 사건이나 이념에 대한 작가의 인식을 우의적으로 전달하기 위한 장치이다. 이러한 서술 기법을 '탁몽서사(託夢敍事)'라 한다. '꿈에 기탁하여 일을 풀어낸다'는 의미로 우언적 글쓰기 방식의 하나이다. 조선 전기에는 대개 왕위 찬탈이나 전쟁 등과 같은 국가적 사건을 겪은 역사 인물들을 통해 작가의 현실 인식을 드러냈으며, 조선 후기에는 한국과 중국의 역사 인물, 이계의 인물, 소설 속 인물 등을 통해 특정 이념이나 관점을 드러냈다.

몽유록은 그 내용에 따라 '이념 제시형'과 '현실 비판형'으로 나누기도 한다. '이념 제시형'은 현실에서 불가능한 이념의 실현을 꿈을 통해 구현한 작품으로, 시공을 초월한 수많은 인물들이 등장해 그들만의 이상 국가를 건설한다. 〈대관재기몽(大觀齋記夢)〉, 〈금화사몽유록〉, 〈사수몽유록〉 등이 이 유형에 속한다. '현실 비판형'은 당대 정치 현실의 부조리함을 직접적으로 드러내 비판한 작품으로, 특정한 역사적 사건에 연루된 인물들의 증언을 통해 현실의 모순이 폭로된다. 〈원생몽유록〉, 〈피생명몽록〉(皮生冥夢錄), 〈강도몽유록(江都夢遊錄)〉 등이 이 유형에 속한다.

한편 몽유록의 비평 대상과 그 기능을 중심으로 '지배 담론에 대한 대항', '새로운 담론의 생산', '개인적 관점 표출'로 구분하기도 한다. 첫 번째 유형은 당시 지배 담론과는 다른 시각에서 인물과 사건을 재조명하면서 공론(公論)에 대항하는 목소리를 드러낸 일군의 작품으로 정치 비평적 성격을 지닌다. 〈원생몽유록〉, 〈달천몽유록〉, 〈강도몽유록〉 등이 이 유형을 대표한다. 두 번째 유형은 다양한 통로를 통해 수용한 지식을 기반으로 특정 담론을 지지하거나 새로운 담론을 생산한 일군의 작품으로, 비평 대상과 영역은 역사, 사상, 인물, 문예 등으로 확대되었다. 〈금화사몽유록〉, 〈사수몽유록〉, 〈소상몽유록〉 등이 대표적인 작품이다. 세 번째 유형은 비평 대상이나 내용이 작가의 개인적 관점을 표명하는 데 머물고 있다는 점에서 담론화를 지향하는 작품들과는 차이를 보인다. 명승지나 산수 유람 등 작가의 취향과 관심을 반영하고 있어 문화 비평적 성격을 지닌다. 〈만옹몽유록〉, 〈금산몽유록〉 등이 이 유형에 속한다.

시기별 주요 작품을 소개하면 다음과 같다.

16세기에 창작된 몽유록으로는 심의(沈義, 1475~?)의 〈대관재기몽〉, 신광한(申光漢, 1484~1555)의 〈안빙몽유록(安憑夢遊錄)〉, 임제(林悌, 1549~1587)의 〈원생몽유록〉, 최현(崔晛, 1653~1640)의 〈금생이문록〉(琴生異聞錄, 제명이 다른 이본으로 〈금오몽유록(金烏夢遊錄)〉이 있다.) 등이 있다. 이 중 〈대관재기몽〉은 심의가 1529년에 지은 몽유록으로, 심의의 문집인 『대관재난고(大觀齋亂稿)』에 수록되어 있다. 문장의 고하에 따라 등용과 축출이 결정되는 문장왕국(文章王國)에서 몽유자[심의]가 자신의 문학적 역량을 마음껏 펼치다가 꿈에서 깨어난다는 내용의 작품이다. 문장왕국에서 심의는 천자 최치원(崔致遠, 857~?)의 두터운 총애를 받으며, 천자 앞에서 시론(詩論)을 자유롭게 펼치기도 하고, 천자의 시풍(詩風)에 반기를 든 김시습(金時習, 1435~1493)의 변란(變亂)을 진압하는 등의 사건을 통해 문장에 대한 자긍심을 드러낸다. 당시 훈구 관료 문인들은 도리(道理)를 추구하는 송시풍(宋詩風)을 받아들였으나 시적 기교 및 수식이 화미(華美)함에 경도되는 경향을 보였는데, 작가는 당시풍(唐詩風)의 시관(詩觀)을 통해 당대 정치와 문단에 문제 제기를 하고 있다. 이처럼 세상에 용납되지 못하고 꿈을 통해 자신의 문학적 이상을 드러낸 〈대관재기몽〉은 후대 몽유록 작품에 많은 영향을 준 효시작으로서 의미를 지닌다.

〈원생몽유록〉은 임제가 선조(宣祖, 1552~1608) 전반 무렵 창작한 것으로 추정되는 작품으로, 임제의 문집인 『임백호선생문집(白湖先生文集)』에 수록되어 있다. 강개한 선비인 원자허(元子虛)가 꿈에 복건(幅巾)을 쓴 사람의 인도로 한 임금과 여섯 신하를 만나, 충의와 명분이 사라지고 시세(時勢)와 시군(時君)에 의해 역사가 전개되는 현실에 대해 토론하고, 각자 지난 일들을 시로 읊으며 회한을 토로하다 깨어난다는 내용의 작품이다. 여기에는 신하요, 숙부인 수양대군(首陽大君, 1417~1468)에게 왕위를 찬탈당하고 비참하게 죽은 단종(端宗, 1441~1457)의 비애와 단종을 복위시키고자 노력했으나 실패하고만 사육신(死六臣)의 좌절과 원한 등이 곡진하게 담겨 있으며, 사육신의 절의를 〈육신전〉(六臣傳)으로 엮어낸 남효온(南孝溫, 1454~1492)의 의리 정신 역시 우의적으로 형상화되어 있다. 〈원생몽유록〉이 문제 삼고 있는 세조의 왕위 찬탈과 사육신의 절의는 세조 당대는 물론이고, 임제가 작품을 창작한 선조 때도 공공연히 말할 수 있는 바가 아니었다. 그러나 시세(時勢)가 아닌 대의명분에 따라 절의를 실천하는 사림(士林)의 정치적 기반을 확보하기 위해 임제는 '꿈의 서사'라는 우회의 방식으로 단종과 사육신을 담론화하기에 이른 것이다. 이러한 〈원생몽유록〉은 조선 전기 몽유록의 전형으로 평가받고 있다.

17세기 전반에 창작된 몽유록으로는 윤계선(尹繼善, 1577~1604)의 〈달천몽유록〉, 〈피생명몽록〉(작자 미상), 장경세(張經世, 1547~1615)의 〈몽김장군기(夢金將軍記)〉, 황중윤(黃中允, 1577~?)의 〈달천몽유록(㺚川夢遊錄)〉, 인흥군 영(仁興君 瑛, 1604~1651)의 〈취은몽유록(醉隱夢遊錄)〉, 신착(愼諿)의 〈용문몽유록(龍門夢遊錄)〉(제명이 다른 이본으로 〈황석산몽유록(黃石山夢遊

錄)〉이 있다.) 〈강도몽유록〉(작자 미상) 등이 있고, 중후반에 창작된 것으로 추정되는 작품으로는 〈금화사몽유록〉(작자 미상, 제명이 다른 이본으로 〈금화사기(金華寺記)〉, 〈금산몽유록(金山夢遊錄)〉, 〈금산사창업연록(金山寺創業宴錄)〉, 〈제왕연기(帝王宴記)〉 등이 있으며, 문한명(文漢命, 1839~1894)의 〈금산사기(金山寺記)〉와 최덕리(崔德履, 1760~1825)의 〈금산사대몽록(金山寺大夢錄)〉은 19세기의 개작본이다.)과 〈부벽몽유록〉(작자 미상)이 있다.

〈달천몽유록〉은 윤계선이 1600년(선조 33년)에 지은 작품으로, 임진왜란 때 의병장으로 활약한 조경남(趙慶男, 1570~1641)이 편찬한 야사(野史) 『난중잡록(亂中雜錄)』에 수록되어 있다. 호서 암행(暗行)의 임무를 수행하던 파담자(坡潭子)가 임진왜란 격전지 중 한 곳이었던 충주 달천 지역을 돌아본 뒤, 꿈에 탄금대(彈琴臺) 전투에서 죽은 병사들과 신립(申砬, 1546~1592) 장군을 만나 전쟁의 패배 원인을 성찰하고, 임진, 정유재란 때 나라를 지키다 전사(戰死)한 여러 장수들의 행적을 기리는 시를 바친 후 깨어난다는 내용의 작품이다. 꿈에서 깨어난 파담자는 꿈속에서 만난 스물일곱명의 장수들 모두 "평소 자신이 공경하고 우러러 사모하던 이들"이라며, 그들을 기리는 추모제(追慕祭)를 정성껏 지낸다. 그런 의미에서 이 작품은 나라를 위한 충신들의 의리와 절개, 그리고 그들의 죽음을 추모하고 기억하는 '사적(私的)'인 '공신책훈록(功臣策勳錄)'의 성격을 지닌다. 이러한 윤계선의 작품은 난후 공신 책훈에 대한 공적 담론에 대항하는 '사적 기억'의 서사로 볼 수 있다.

〈강도몽유록〉은 1640년에서 1644년 정도에 창작되었을 것으로 추정된다. 한문본 7종, 국문본 1종이 전한다. 전란이 훑고 지나간 격전지 강도[지금의 강화도]에서 몽유자 청허선사(淸虛禪師)는 주인 없는 시체를 수습하다 강도 함락의 순간 참화를 당한 여인들이 모인 곳에 이른다. 그녀들은 두서없이 앉아 당시 국정 운영을 책임지고 있던 조정 대신이자 강도 수비의 중임을 맡은 관리들의 무능과 무책임을 비판하고, 절의를 지킨 자신들과 척화파의 의리를 찬양한다. 그러나 당시 친청파(親淸派)가 이끄는 조정에서는 척화파가 헛된 명예를 얻기 위해 반청(反淸)을 주장하다 결국 청(淸)의 노여움을 사 전쟁이 일어나게 되었다는 의견이 지배적이었다. 인조(仁祖, 1595~1649) 역시 친청파와 같은 의견이었다. 〈강도몽유록〉은 당시 김류(金瑬, 1571~1648), 윤방(尹昉, 1563~1640) 등을 탄핵하는 상소를 외면하고, 강도 수비의 책임을 방기한 관료들의 죄를 묻는 것에조차 미온적이었던 인조가 끝내 억압하려 했던 진실을 강도에서 순절한 여인들을 통해 고발함으로써 병자호란의 책임이 누구에게 있는지를 명백히 드러내고 있다. 여성의 전쟁 체험을 사실적으로 반영하고 여성의 목소리를 복원해 일종의 해원(解冤)을 시도한 작품이라는 견해도 있으나, 전쟁에 대한 공식적인 입장과는 다른 평가와 기억을 공론화하고 있다는 점에서 이 작품 역시 지배 담론에 대한 대항의 성격을 지닌다고 볼 수 있다.

〈금화사몽유록〉은 한문본 80여 종, 한글본 28종, 활자본 6종이 전한다. 몽유자 성허(成虛)가 천하를 유람하던 중 금릉(金陵)의 금화사(金華寺)-이본에 따라 금산사(金山寺)라는 명칭도 보임-에 들렀다가 꿈에 한(漢)·당(唐)·송(宋)·명(明)의 창업주(創業主)가 배설한 창업연(創業宴)의 전말을 목도하고 깨어난다는 내용의 작품이다. 창업주들이 그 배신(陪臣)들과 함께 먼저 등장하고, 창업연의 흥을 돋우기 위해 한·당·송의 중흥주(中興主)와 그 신하들이 초대된다. 이 연회 소식을 듣고 찾아온 중국의 역대 제왕과 신하들이 또한 한자리에 모여 각자 자신들의 위의(威儀)와 반열(班列)에 알맞은 자리를 배정받아 앉는 것으로 본격적인 연회가 시작된다. 연회 중 명태조(洪武帝, 1328~1398)가 각 황제들의 기상(氣像)과 시비(是非)를 의논하기도 하고, 창업연의 흥취를 돕기 위한 신하들의 시와 노래가 울려 퍼지기도 한다. 연회가 무르익자 역대 군신(群臣)들의 자질과 능력에 따라 조각(組閣)이 구성되고, 창업연을 기리는 송시(頌詩)를 통해 연회의 의미를 되새긴다. 한편 연회를 파할 즈음 원태조(元太祖, 1162~1227)가 돌궐, 말갈 등지의 오랑캐를 이끌고 쳐들어오는데, 이를 진시황(秦始皇, B.C259~B.C210)과 한무제(漢武帝, B.C156~B.C87)가 진압하는 것으로 모임은 마무리된다. 후대 이본에서는 원태조가 이끄는 오랑캐 연합군을 명태조가 완전하게 진압하는 전쟁 장면이 길게 부연되어 있다. 중국의 역사와 인물에 대한 다양한 논평을 확인할 수 있는 〈금화사몽유록〉은 주희(朱熹, 1130~1200)의 정통관(正統觀)에 입각해 황제들의 위차(位次)와 신하들의 반열(班列)을 정하고, 뭇 황제들의 기상과 시비에 대한 의론을 전개해 나간다. 작가가 당대의 다양한 역사관 중 진수(陳壽, 233~297)나 사마광(司馬光, 1019~1086)이 아닌 주희의 사관을 수용하여 중국의 역사와 인물을 재구성하였다는 점에서 이 작품에서 지지하고 공론화하고자 한 역사 담론이 무엇이었는지를 분명히 알 수 있다.

18~19세기에 창작된 몽유록으로는 이위보(李渭輔, 1694~?)의 〈하생몽유록(何生夢遊錄)〉, 조석철(趙錫喆, 1724~1799)의 〈정와기몽(靜窩記夢)〉, 김수민(金壽民, 1734~1811)의 〈내성지(柰城誌)〉, 〈황릉몽환기〉(작자 미상, 제명이 다른 이본으로 한문본 〈선유문답(船遊問答)〉이 있다), 〈사수몽유록〉(작자 미상, 제명이 다른 이본으로 〈문성궁몽유록〉이 있다), 〈몽유성회록〉(夢遊盛會錄)(작자 미상), 김면운(金冕運, 1775~1839)의 〈금산몽유록〉, 윤치방(尹致邦, 1794~1877)의 〈만옹몽유록(謾翁夢遊錄)〉, 〈소상몽유록〉(작자 미상), 기몽헌(寄夢軒)의 〈환몽과기(鰥夢寡記)〉 등이 있다.

〈황릉몽환기〉는 경암과 계암 두 선비가 소상팔경을 유람하다가 꿈에 황릉묘(黃陵墓)에 들어와 이비(二妃)와 태사(太姒), 정씨 등의 품은 소회를 듣고 돌아온다는 내용의 작품이다. 이 작품에는 중국 역사 인물인 아황(娥皇)과 여영(女英), 태사(太姒)뿐만 아니라 장편소설 〈유효공선행록〉의 주인공인 유연의 부인 '정씨'가 등장한다는 점이 특징적이다. 이들은 세상에 알려진 것과 달리 자신들에게도 피맺히는 한이 있었음을 증언한다. 이비는 순(舜)임금을 뒤따라 소상강에 나아가 피눈물을 흘리며 죽은 것은 예에 어긋난다는 세상의 평가에 대한 문제 제기를 하고 있다. 문왕(文王)의 비(妃)요, 무왕(武王)의 어머니인 태사 역시 '진실로 복된 인물'이라며 자신을 평가하는 이비에게 실상과 다름이 있음을 이야기하고, 소설 속 인물인 정씨도 〈유효공선행록〉에 그려진 자신의 행적을 '세상의 평가'로 보고, 자신이 유연에게 버림받은 뒤 비구니가 되어 수월암에서 오 년을 머물며 아들 우성을 낳아 기르고, 다시 유가(劉家)로 돌아가 복록을 누리며 살았다는 것은 사실이 아니라며 문제를 제기한다. 작가는 〈황릉몽환기〉를 통해 인물 혹은 인물의 행적에 대한 새로운 담론을 환기하고자 한 것으로 보인다.

최근 소개된 〈소상몽유록〉 역시 장편소설 〈창란호연록〉의 등장인물에 대한 비평이 주된 내용이다. 등장인물 중 장우, 이운혜, 양난주에 대한 인물 비평을 통해 〈창란호연록〉에 대한 소설 비평 의식을 드러내고 있다. 특히 장우의 차실(次室) 양난주에 대한 논평이 눈길을 끄는데, 〈창란호연록〉에서 이운혜와 양난주는 장우의 부인으로서 동렬(同列)이요, 형제의 의를 맺고 화목하게 여생을 마치는 것으로 그려져 있다. 그러나 〈소상몽유록〉의 몽유 공간에서 정실(正室) 이운혜는 이비(二妃)를 모시고 우측 반열에 올라 있으나 양난주는 죄인으로 문책을 받은 뒤 지옥으로 내려간다. 이는 〈창란호연록〉의 작가가 그린 정실과 차실의 위차 설정에 대한 문제 제기이며, 〈창란호연록〉에서 이루어지지 않은 복선화음(福善禍淫)의 도를 〈소상몽유록〉에서 실현한 것으로 볼 수 있다. 소설 비평적 성격을 지니고 있는 〈황릉몽환기〉와 〈소상몽유록〉은 장편소설이 독자들에게 어떻게 수용, 이해되었는지를 확인할 수 있는 자료로서 가치가 있다.

20세기 초에 창작된 몽유록으로는 김광수(金光洙, 1883~1915)의 〈만하몽유록(晩河夢遊錄)〉, 유원표(劉元杓)의 〈몽견제갈량(夢見諸葛亮)〉, 박은식(朴殷植, 1859~1925)의 〈몽배금태조(夢拜金太祖)〉 등이 있다. 이들 작품은 당시 조선이 망한 원인에 대한 비판과 외세의 침략 앞에서 민족의 위기를 타개할 방안을 제각각 모색하고 있다는 공통점을 지닌다. 〈만하몽유록〉에서는 문명 개화를, 〈몽견제갈량〉에서는 계몽을, 〈몽배금태조〉에서는 교육과 자강(自强)을 강조하고 있다.

16세기부터 20세기 초에 이르는 긴 시간 동안 창작된 몽유록의 양식적 특징을 일률적으로 말하기는 어렵다. 시기별, 유형별로 나누어 이야기할 수 있을 뿐이다. 당대 정치와 문단에서 소외된 작가의 소망을 담은 작품들도 있고, 정치·사회 현실을 날카롭게 비판하고 기득권의 논리에 거세게 저항한 작품들도 있었다. 또 역사와 인물에 대한 기존의 지식이나 이해에 문제를 제기하며 새로운 담론을 형성하고자 한 작품들도 있고, 암울한 시대적 상황 속에서 새로운 길을 모색한 작품들도 있었다. 몽유록의 역사적 기능은 이 지점에서 찾아볼 수 있다. 몽유록은 작가의 비판적 지성을 바탕으로 특정 사건이나 주제에 대한 다른 목소리를 은밀하지만 적극적으로 드러낸 작품군으로 우리 문학사에 남아 있다.

(김정녀)

무당

신에게 의지하여 길흉을 점치고 굿을 하는 것을 직업으로 하는 사람을 이른다. 무당은 신과 인간을 매개하는 존재로 한자로는 '무(巫)'라고 한다. '巫'는 하늘과 땅 사이에서 춤추고 있는 사람을 형상화한 글자이다. 즉 무당은 하늘(신)과 인간의 사이에서 매개자의 역할을 하는 존재이다.

무당은 고대부터 존재하였다. 제정일치 시대에는 단군(檀君)이나 차차웅(次次雄)이 무당을 뜻하였고, 사회 정치적으로 영향력을 발휘했다. 이후 불교가 수용되면서 지배적 자리를 넘겨주고 기층사회로 스며들었다. 7세기 통일신라시대 이후 무속이 국가 정치적 기능을 상실하였으나, 여전히 지역사회에서는 정체성을 확인하고 내부의 통합과 결속을 유지하고 있었다. 유교 이념을 기반으로 한 조선시대에는 무속에 대한 배척이 본격화되었다. 무당들을 처벌하거나 도성 밖으로 쫓아내는 등 무당들에게 직접 제재를 가하는 방법이 동원되었는가 하면, 무세(巫稅)를 징수하여 부담을 줬다. 무당은 점차 천시되었고, 무속은 사회적 기능을 상실하게 되었다. 마을과 촌락의 동제(洞祭)가 무당이 배제된 유교식으로 변모하는 것도 그 결과의 하나이다.

무당은 지역 또는 성별, 무업(巫業)의 종류, 관계 등에 따라 부르는 호칭이 매우 다양하다. 무당은 무업을 하는 사람을 일컫는 일반적인 호칭이다.

지역별 무당 호칭

지역	무당 호칭
함경도	무당, 무녀(여), 복술(卜術, 남), 훈장, 점바치, 대사(大師, 스님), 호세미, 경사(經士), 술객(術客, 남), 박시, 석사(碩士, 남), 스승
황해도	무당, 무녀, 만신(여), 박수(남), 박사, 복술(卜術), 신장(남), 태자무(여), 점장(占匠)
평안도	무당, 무자, 복술(남), 무녀, 무장(巫長, 남), 만신, 박사(博士, 박수), 보살(여), 훈장(남), 단골, 경쟁(맹인), 신선(神仙, 여), 선관, 법사(남), 점쟁이, 성인(聖人, 여)
경기도	무당, 만신, 박수, 기자, 무녀, 무부, 복술, 경쟁이, 미지(여), 화랭이(남), 선무당
서울	무당, 전네, 판수, 장님, 봉사, 무녀, 격(覡, 남), 만신, 박수, 태주
인천	무당, 만신, 박수, 무녀
강원도	무당, 무녀, 복술(남), 점장(占匠), 점쟁이, 경장(經匠), 경객, 독경자, 점복자, 박수
경상도	무(巫), 무당, 무부(남), 숫무당(남), 무녀, 암무당(여), 무격, 화랭이(남), 화랑, 양중(남), 점쟁이, 공징이, 법사(맹인), 단골, 무자, 독경자, 봉사(남), 태사(남), 경문쟁이, 비래쟁이, 막음쟁이
충청도	무당, 법사, 무부, 경객(經客), 경장, 경쟁이, 점장, 점쟁이, 당골(단골), 무녀, 점바치, 독경자, 재인(才人), 광대
전라도	무당, 무자(巫者), 무(여), 단골(여), 단골네(여), 재인(남), 악공인, 점자(占者), 점쟁이, 법사(남), 무녀, 무부, 경장, 문복인(問卜人), 무인(巫人), 경쟁이, 경객, 독경자(맹인), 고인(鼓人), 보살(여)
제주도	심방, 신방(神房), 소나이심방(남), 예펜심방(여), 소미

무당은 지역과 성별을 초월하여 가장 대표적인 호칭이다. 남부지역에서는 무녀를 '당골' 또는 '무당'으로, 남자 무당을 '재인' 등으로 부르는 곳이 많고, 중부지방에서는 무녀를 '무당', 남자 무당을 '화랭이', '양중'으로 부른다. 그러나 북부지역의 호칭이 남부지역에 없는 것도 아니며, 남부지역의 호칭이 중서부 지역에서도 찾아지기도 한다.

어떻게 무당이 되었는지, 즉 무당의 입무 계기 또는 성무 과정으로 무당을 구분하기도 한다. 일제강점기 무당이 된 동기를 보면, 생활을 유지하기 위해 무당이 된 자가 가장 많고, 둘째로 부모로부터 세습한 자,

세 번째가 신을 받은 자이다. 집안 대대로 대물린 무당인 세습무는 어려서부터 가무악을 익히고 혈연적 승계로 계승하여 일정한 지역에서 단골판을 유지한다. 강신무는 강신 체험을 통해 신을 받고 기능을 학습함으로써 무당이 된다. 강신무는 혈연의 요소보다는 영력을 기반으로 사회적 인정을 받고 활동한다.

세습무의 경우 한강 이남 지역인 경기도 남부지역, 전라도 지역, 동남 해안 지역에서 활동하고, 중북부 지역에는 강신무가 활동한다. 무당의 호칭에서 알 수 있듯이 강신무와 세습무의 분포를 확정할 수 없으나, 크게 강신무권과 세습무권 두 권역으로 구분할 수 있다. 그러나 세습무와 강신무는 대립적인 존재가 아니고 상호 보완적 관계에 있다. 한강 이남의 세습무권에서도 신내린 강신무가 활동하고, 세습무와 긴밀한 관계를 맺어왔다. 세습무와 강신무는 직능적 역할에 따라 의례에 차이가 있다. 의뢰자는 단골 관계와 의례의 성격에 따라 무당을 선택하는 것이다.

무당은 사제자·의사·예언자 등의 역할을 한다. 무당은 자연과 우주에 대한 제의를 주관하였다. 고려 조선시대에 이르기까지 명산대천에서 지내던 별기은제(別祈恩祭)를 주관하여 왕실의 기복과 기청(祈晴)·기우(祈雨)를 빌었다. 조선시대에 유교적 이념에도 배치되는 성수청(星宿廳)을 두어 국무당(國巫堂)에게 국가의 기은(祈恩)을 전담케 하였다. 둘째로 의사 역할인 무의(巫醫)로서의 기능이다. 치병과 치유는 무당이 지닌 기능으로 왕실과 민중의 질병 치료를 담당했다. 고려시대 혜민국(惠民局)과 조선시대 활인서(活人署)를 통해 환자를 돌보는 일을 했다. 세 번째는 예언자로서 고대부터 무당이 가진 기본적인 기능으로 길흉화복을 예언하고 신의 뜻을 전하는 영매의 역할이다. 무당은 기후와 농사의 풍흉을 점치고, 재난의 예방 및 퇴치 방법을 제시함으로써 국가 및 사회를 유지하고 번영시키기 위한 종교적인 방도를 제공했다. 이외에도 무당은 굿을 통한 가무의 기능이 독립적으로 분화 발전시켰다.

무당은 굿을 할 수 있느냐 없느냐에 따라 춤추는 무당과 춤추지 않는 무당으로 구분할 수 있다. 일제강점기 아키바 다카시(秋葉隆, 1888~1954)는 노래를 부르고 춤을 추며 굿을 하는 무당이 있고, 앉아서 독경을 하거나 점복을 하는 무당이 있다고 하여 이 둘을 구분했다. 춤추는 무당에는 제주도 심방, 전라도 당골, 동남해안 무녀, 서울·경기·황해도 만신과 박수 등이 속한다. 춤추지 않는 무당은 앉은굿을 하는 법사·판수·경객·경쟁이 등이고, 점을 치는 점쟁이·점바치·복술·태주 등이다.

무당의 위계나 역할, 직능과 활동 범위에 따라서도 구분할 수 있다. 우선 비래쟁이는 마을을 근거로 농업이나 어업에 종사하면서 의례를 집례한다. 이들은 아이들이 탈이 나거나 아프면 민간 의료로 침이나 부항을 놓기도 한다. 또한 액화를 면하고 병이 낫기를 빌어주기도 한다. 보통 비래쟁이나 막음쟁이는 집에 탈이 나거나 동토가 나면 '비손' 또는 '막음질'을 통해 해결한다. 또한 가정신앙과 민속신앙의 일부인 안택과 텃제·액막이·성주매기 등을 지낼 때도 대주를 대신하여 가신인 성주·조왕·지신 등에게 빌어준다.

비래쟁이·막음쟁이·일관쟁이·안택쟁이 등은 지역토박이로 마을사람들의 신앙의례에 항시적으로 일정하게 관계를 맺고 있다. 이들은 명칭에서 볼 수 있듯이 비손과 막음질만 하는 것은 아니다. 집안사람들의 치성으로는 미덥지 않아 전문적 사제의 필요성이 제기될 때는 이들이 직접 나서서 액을 막고 가정의 안녕을 도모한다. 이처럼 비래쟁이는 영등제·텃제·성주제사 등의 가정신앙과 인간이 해결하지 못한 문제에 다른 무당보다 가장 가깝고 깊숙이 개입하여 소규모 의례를 주도한다. 이들은 해결하고자 하는 문제를 직접적으로 신에게 요구하고 발원한다.

점쟁이 또는 점바치는 점(占)에 무게 중심을 두고, 장인(匠人)을 천시하여 부르는 '-쟁이' 또는 '-바치'가 붙어서 전문적으로 점을 치는 사람을 뜻한다. 점쟁이와 점바치는 전국적인 호칭으로 한반도 남부지역에서 널리 사용되었다. 선무당의 '선'은 '설다'라는 뜻으로 미숙한 무당을 의미한다. 무병(巫病)을 앓아 신을 받았으나 굿이 서툴고 미숙한 무당을 '선무당'이라 한다. 이들은 점사를 통하여 일의 경중을 살피고 날을 잡아 간단한 굿을 행한다.

점쟁이와 선무당은 주로 점을 치거나 소규모의 굿을 집례한다. 이들은 굿이 없을 때 집에서 택일이나 신수를 봐주기도 한다. 물론 이들도 비래쟁이나 막음쟁이들이 하는 안택이나 성주 텃제 등을 집례한다. 그러나 비손이나 막음질을 하기보다는 점을 통해 굿을 위주로 한다. 의뢰자는 병이 난 환자로 인해 집에 우환이 많다거나, 자주 사고가 발생하고 손재(損財)가 있을 때 이들에게 묻는다. 그러면 점쟁이와 선무당들은 점사를 통해 굿을 행하게 된다.

점쟁이나 선무당은 비래쟁이나 막음쟁이보다 인근의 여러 마을까지 권역을 확보하고 있다. 비래쟁이나 막음쟁이들이 한 마을과 바로 이웃한 마을의 무속 의례를 담당한다면, 점쟁이나 선무당은 읍면동이나 시군 단위까지 영역권을 넓히고 있다. 또한 비손이나 막음질로도 해결하지 못한 경우에는 보다 크고 체계화된 의례를 행한다.

그러나 점쟁이와 선무당으로도 의뢰자가 충족하지 않을 때가 있다. "선무당이 사람 잡는다."라는 속담은 서투른 무당이 제대로 일을 하지 못하고 오히려 해를 끼친다는 말이다. 이와 비슷한 말로 "선무당이 장구 탓한다.", "선무당이 마당 기울다 한다." 등이 있는데, 무당 자신이 능력 부족한 것은 생각지 않고, 도구나 조건만 나쁘다고 탓하는 것을 비꼬는 말이다. 이에 비해 기량이 완숙한 경지에 다다른 무당을 '큰무당', '대무(大巫)', '대모'라고 한다.

큰무당은 대개 어릴 때부터 학습을 통해 무업을 익히고 가무악과 의례 절차에 능숙하다. 선무당이 소규모 굿을 진행하는 것이 대부분이나, 큰무당은 이들이 감당하지 못하는 집안 또는 촌락 차원의 큰굿을 연행한다. 큰무당의 굿은 선무당이 하는 굿에 비해 절차가 복잡하고 체계화되어 있다. 큰굿의 절차는 선무당의 굿보다 세분되어 있으며 각 굿거리의 연행 시간도 더 많이 소요된다. 큰무당은 순차적으로 굿을 진행하며, 때에 따라 놀이성이 짙은 가요나 재담이 삽입되어 좌중을 휘어잡기도 한다.

이렇듯 무당이 다양한 굿거리와 의례적 체계성이 갖추어진 굿을 연행하기 위해서는 학습이 절대적이다. 큰무당의 풍부한 사설과 뛰어난 춤과 노래는 선무당과 구별되고, 상대적 우위를 점하는 계기가 된다. 무당의 영력 외에 굿 연행 능력은 큰무당과 선무당을 가늠하는 기준이 된다.

무당은 신앙적 측면 외에도 다양한 활동을 했다. 무당은 신청·재인청에 속하였고, 국가와 관아의 크고 작은 공연행사에 동원되어 참여했다. 무부는 굿에서 음악을 담당하다가 관아의 공적 행사에 참여했고, 무당 일을 벗어나 전문 예인으로 활동하기도 했다. 무당 집안에서 가무악을 체계적으로 학습한 까닭에 판소리 명창·산조 명인·줄타기 광대 등의 예인을 배출할 수 있었다. 전통공연예술은 무속 집단 또는 전문 예인 집단과 밀접한 관련이 있다. 판소리, 줄타기, 가야금·대금·피리 등 기악, 농악 등에서 재인(才人)·무인(巫人) 출신이 많았다.

가야금산조의 창시자 김창조(金昌祖, 1865~1919)는 영암의 세습무계 출신이고, 대금산조의 시조 박종기(朴鐘基, 1879~1939)는 진도의 세습무계 출신이다. 진도 박씨 가계는 수많은 예인을 배출했고, 화순 능주 조씨 무계에는 줄타기, 대금, 판소리 명인이 있었다. 즉 무계는 전통예술의 계보이고, 현재도 한국 전통문화와 대중문화에 중추적 역할을 하는 집단이다.

무계에서는 판소리·줄타기·기악·농악 등의 수많은 예인들을 배출하였다. 뿐만 아니라 민속예술의 전승에서 절대적인 역할을 담당하였다. 이러한 사실은 예술사를 장식한 수많은 예술가들과 현재 활동하는 저명한 예인들 대부분이 무계 출신이라는 데에서 알 수 있다. 이렇듯 전통예술의 뿌리가 무계와 바로 연결되어 있는 경우가 적지 않다. 곧 무계가 전통예술의 탯자리이자 그것을 키워낸 젖줄 역할을 하였기 때문이다.

- 이경엽, 「무당의 생활과 유형」,
『무속, 신과 인간을 잇다』, 국사편찬위원회, 2011.

한국 사회에서 무당은 많은 부분 긍정적 역할을 하였으나, 이와 달리 무당에 대한 선입견도 존재한다. '음사(淫祀)' 또는 '미신(迷信)'으로 부정되어야 할 폐습으로 인식하였다. 12세기 중엽부터 굿을 음사로 취급하고, 무당에게는 세금을 물리고 무수히 쫓아내는 등 탄압하였다. 근현대에도 무당은 다른 직업 또는 계층과는 달리 사회적 차별이 여전히 지속되고, 일반사람의 인식도 크게 바뀌지 않았다.

무당과 굿에 대한 부정적인 인식이 있음에도 불구하고 태양계 밖으로 우주선을 보내는 21세기에도 사람들은 무당을 찾는다. 인간의 삶은 과학 이론으로는 설명할 수 없는 불확실성이 존재한다. 신의 대리인을 통해 길흉화복을 점쳐보는 것은 지속적인 삶을 꿈꾸는 모든 생물의 바람일지도 모른다. 무당은 여전히 한국 사회에서 중요한 역할을 하고 있다.

(윤동환)

민담

민담은 일반적으로 설화의 하위 갈래 중 하나를 가리키는 의미로 많이 쓰인다. 대체로 3분법에 의해 설화를 신화, 전설, 민담으로 나누기에 설화 중 흥미를 중심으로 한 일군의 옛날이야기들을 분류하기 위해 민담으로 지칭하는 것이다. 하지만 민담은 더 큰 범위에서 민간에서 구술 및 전승되는 이야기 전체를 가리키는 개념으로 쓰이기도 한다. 실제로 민담이 'Folktale'의 번역어인 것도 이와 관련이 있다. 평범한 사람들이 전승한 다양한 이야기를 바로 민담이라 지칭할 수 있는 것이다.

이런 민담에 대한 갈래적 규정이 확정적으로 인식되게 된 것은 1970년대 조동일에 의해서이다. 설화의 하위갈래가 신화, 전설, 민담으로 구분되며, 민담은 평범한 사람들이 자유롭게 연행한 서사물 전체에서, 하나의 하위 유형으로 자리 잡게 된다. 특히 조동일에 의해 민담이 갖는 낙관적 세계관은 자아와 세계의 대결에서 자아가 일방적으로 승리하는 갈래로 규정되게 된다. 주인공이 문제를 해결하고 난관을 극복하는 과정을 통해 향유층들을 호기심과 흥미를 느낄 수 있는 특징을 갖고 있기 때문이다.

같은 이야기라 하더라도 민담은 다른 갈래와 차이를 보인다. 예를 들어, 신화나 전설은 대체로 향유층들이 들은 그대로를 전승하고자 하는 이야기인 데 비해, 민담은 그야말로 흥미를 위해 전승하며 여러 맥락에 구애받지 않는다. 또한 신화나 전설이 집단의 산물인 것에 비해 민담은 이야기를 말하는 개인의 것이라는 점도 차이가 있다. 즉, 화자가 개인의 차원에서 맥락에 구애받지 않고 자유롭게 흥미로운 이야기를 구연하고, 청자는 이를 감상하는 형태의 이야기가 바로 '민담'이 된다는 것이다. 그래서 민담은 다른 갈래보다 이야기를 살리는 표현이 중시되기도 한다. 같은 내용이라 하더라도 맛깔나게 이야기를 표현함으로써 더 흥미로운 작품이 될 수 있기 때문이다.

민담은 흥미 본위의 특징 때문에 주로 꿈이나 상상의 이야기로 구성되는 경우가 많다. 이렇게 꿈과 상상의 이야기가 펼쳐지며 민담에서는 일상적 욕망을 포용하면서도 일상을 벗어난 꿈과 같은 모험의 세계를 담아낼수 있게 된다. 물론 민담이 가진 낙관적 세계관을 단순히 낙관으로만 볼 것은 아니다. 그 속에는 현실에서의 고난과 역경이 도사리고 있기 때문이다. 현실에서 극복할 수 없는 어려움을 잠시지만 재미있고 환상적인 이야기를 향유하며 잊고자 하는 마음이 민담에 담겨 있다 할 수 있을 것이다.

앞에서 언급한 것처럼, 민담은 갈래를 규정하는 것 자체가 쉽지 않을 정도로 다양한 소재와 주제의 이야기를 총칭한다. 그래서 민담의 유형을 나누는 것은 매우 어려운 일이다. 또한 평범한 사람들의 이야기로 전승되어 왔던 것이기 때문에 형식적 구분 역시 느슨한 편이다. 이런 이유로 다양한 분류법이 활용되었음에도 계속해서 한계가 드러나며 지금까지 온전하게 분류하기 위한 방법을 모색하는 과정은 지속되고 있다.

민담 분류법 중 가장 대표적인 방식은 아르네(A. Aarne)와 톰슨(S. Thompson)의 분류법이다. 일명 'AT 분류'라고도 불리는 이 분류법은 아르네와 톰슨이 출간한 『민담유형집(The Types of the Folk-tale)』에서 민담을 '동물담, 본격담, 소화 및 일화, 형식담, 미분류담'으로 나누며 세상에 알려지기 시작했다. 우리 학계 역시 이 분류법의 영향을 받기도 하였는데, 일례로 장덕순 등이 쓴 『구비문학개설』에서는 '동물담: 동물유래담, 본격동물담, 동물우화', '본격담: 현실담, 공상담', '소화: 과장담, 모방담, 치

우담, 사기담, 경쟁담'으로 확장하여 분류하기도 하였다. 또한 조희웅은
『한국설화의 유형적 연구』를 통해 '동(식)물담, 신이담, 일반담, 소화, 형
식담'의 5분류 체계로 이를 다듬기도 하였다.

유사한 분류법이 반복되는 가운데 조동일은 『한국구비문학대계』를 제
작하는 과정에서 설화의 종류를 '주체가 특이한 설화', '상황이 특이한
설화'로 나누어 각각 4개씩 8개의 항목을 설정한다. '1. 이기고 지기, 2.
알고 모르기, 3. 속이고 속기, 4. 바르고 그르기, 5. 움직이고 멈추기,
6. 오고 가기, 7. 잘되고 못되기, 8. 잇고 자르기'가 바로 그것인데, 이
8가지 대항목의 하위로 소항목을 추가로 설정하여 각 설화의 유형을 분류
하였다. 설화를 분류하는 획기적인 방법이 모색된 것이었지만, 실제적으
로 민담의 유형을 분명하게 드러내기 어렵다는 한계 때문에 이후에 반복적
으로 활용되진 못한다.

이런 문제 때문인지 이후 오히려 민담의 유형을 단순화하여 분류하고
자 한 시도가 나타나기도 하였다. 강등학 등이 쓴 『한국 구비문학의 이
해』에서는 '1. 환상적 민담, 2. 희극적 민담, 3. 사실적 민담'으로 민담의
분류 간소하게 가져가기도 한다. 큰 분류를 통해 오히려 민담의 다양한
문학적 성격을 담아내고자 한 시도였다. 여러 가지 분류법 중 어느 하나
의 우월성을 말하기 어려운 것은 그만큼 민담이 한두 가지의 기준을 바탕
으로 한 분류법으로 담아내기 어려운 갈래이기 때문일 것이다. 게다가
민담은 누구나 전승할 수 있는 성격을 갖기 때문에 같은 유형의 이야기라
하더라도 얼마든지 변이되고 또 확장될 수 있다. 이런 과정에서 하나의
유형의 이야기를 특정 분류법의 기준으로 나눌 때 서로 다른 유형으로
규정되어버리는 문제가 발생하기도 한다. 그만큼 민담이 갖는 외현의 넓
이가 크기 때문이고, 오히려 이러한 특성이 민담을 더욱더 민담답게 한다
고 할 수 있을 것이다.

그럼에도 불구하고 민담에는 자주 발견되는 구조가 있어 함께 살펴볼 수 있다. 이는 '순차적 구조'와 '대립적 구조'를 말하는데, 프로프(V. Propp)와 레비스트로스(C. Levi-Strauss)라는 두 명의 학자로 대별되기도 한다. 먼저 순차적 구조는 민담의 전개는 서사요소 간의 유기적 짜임으로 나타나며, 그 과정은 '결핍-결핍 해소', '금기-금기 위반' 등으로 나타난다는 것이다. 대립적 구조는 서사 전개와 관계없이 삶/죽음, 남성/여성, 선/악, 귀/천 등의 대립적 자질들을 종합적으로 파악하는 것을 말한다. 이와 같은 순차적 구조와 대립적 구조가 종합되며 하나의 민담이 만들어지고 구연된다고 할 수 있다.

민담이 언제부터 시작되었는지는 명확히 알 수 없다. 인간이라면 누구나 이야기하고자 하는 본능을 갖고 있기 때문이다. 이런 이유로 인간을 '호모 나랜스(Homo Narrans)', 즉, '이야기하는 인간'으로 규정하기도 한다. 어찌 보면 이야기를 말하고 듣는 것은 인간이 가진 본능이며, 너무도 일상적인 것이었기 때문에 이를 연구의 대상으로 규정하고 종합하여 채록하려는 시도가 늦을 수밖에 없었다고 할 수 있다. 우리나라의 경우에도 일찍부터 이런 민담에 대한 관심이 존재했을 것 같지만, 현재 확인할 수 있는 가장 이른 시기의 자료는 『삼국사기』나 『삼국유사』에 소재한 자료들이라 할 수 있다. 『수이전』도 민담을 수록하고 있을 것이라 생각되지만, 전하지 않으니 확인하기 어렵다. 더욱이 『삼국사기』나 『삼국유사』에 소재한 자료들은 대체로 전설로서의 성격이 강한 편이다.

조선조에 이르면서 본격적으로 민담이 문헌에 실리기 시작한다고 할 수 있다. 사대부들이 주변에서 들을 수 있는 다양한 소화(笑話)들을 문헌에 남기기 시작했기 때문이다. 성현(成俔, 1439~1504)의 『용재총화(慵齋叢話)』, 서거정(徐居正, 1420~1488)의 『태평한화골계전(太平閑話滑稽傳)』, 강희맹(姜希孟, 1424~1483)의 『촌담해이(村談解頤)』, 송세림(宋世琳, 1479~?)

의 『어면순(禦眠楯)』 등이 여기에 해당한다. 이들은 사대부들이 자신의 주변이나 민간의 이야기 중 일부를 선택하여 수록한 것이기 때문에 더욱 많은 민담들이 당시 전승되었음을 어렵지 않게 추측할 수 있다.

조선 후기에 이르며 이야기 문화는 더욱 확대 발전된다고 할 수 있다. 이는 '이야기꾼'의 활동을 통해 확인할 수 있는 지점이다. 오물음, 김중진(金仲眞), 김옹(金翁), 민옹(閔翁), 윤영 등 여러 이야기꾼에 대한 기록을 『청구야담(靑邱野談)』, 『이향견문록(里鄕見聞錄)』, 『추재집(秋齋集)』 등 다양한 문헌을 통해 확인할 수 있다. 특히 이들이 의미 있는 것은 이야기를 바탕으로 한 문화가 상하층을 넘나들며 다양하게 향유되었다는 것을 확인할 수 있기 때문이다. 하층민이나 양반사대부나 가릴 것 없이 이들이 가진 예능적 기질에 열광하였고, 이는 그만큼 다양한 이야기 문화의 전승이 이루어졌음을 확인할 수 있게 하는 근거가 된다. 더욱이 민속문화라고 할 수 있는 민담의 향유가 식자층에까지 이어지며, '야담(野談)'으로까지 정착될 수 있었다고 볼 수 있다.

일제강점기에 이르며 이렇게 민간에서 전승되는 이야기들을 현대적 조사 및 연구의 방식으로 채록하고자 하는 노력들이 나타난다. 손진태의 『조선민담집』 등이 대표적인데, 일본어로 간행되었다는 한계를 갖지만, 우리 민담에 대한 현대적 연구방식의 적용이라는 점은 의미가 있다. 이렇게 오랫동안 민담을 향유하고 또 이를 기록하고자 한 노력들이 이어진 것에 비해 현대에 이르며 민담을 비롯한 이야기 문화는 크게 쇠퇴하고 있는 편이다. 이야기를 서로 나누는 이른바 '이야기판'을 대신할 다양한 매체가 성장하고 확대되면서 인간은 상호 간의 담화를 바탕으로 한 이야기를 나누는 대신 TV, 모니터, 모바일의 속으로 숨어 버리게 되었다. 물론 이런 과정에서도 임석재, 한국학중앙연구원(구 한국정신문화연구원) 등에 의해 다양한 설화 및 민담 자료들이 총체적으로 정리된 것은 다행스런 일이라 평가할 수 있을 것이다.

사회의 변화에 따른 자연스런 쇠퇴 속에서도 민담의 전승이 완전히 사라진 것은 아니다. 과거에 이야기판에서 조성된 담화를 통해 전해진 민담들이 어느 순간 '전래동화'라는 이름으로 출판되어 아동들의 필수 도서처럼 인식되기도 한다. 또한 현대에 이르러 점차 '책'을 읽는 행위 자체가 줄어드는 상황 속에서 책으로나마 전승되던 민담들이 다시 한번 사라질 위기에 빠졌다고 할 수 있지만, 또 같은 이야기들이 모바일 매체, 유튜브 콘텐츠 등으로 삽입되어 여전히 향유되고 있다. 즉, 어린 시절 화롯가에서 할머니에게 듣던 '햇님달님' 이야기가 어느 순간 동화책으로 읽을 수 있게 되었고, 또 어느 순간 모바일이나 패드(Pad)를 통해 볼 수 있게 된 것이다. 매체가 바뀌며 향유하는 방식은 바뀔 수 있겠지만, 그런 이야기들은 여전히 우리의 삶 속에서 의미 있게 자리하고 있다. 이런 일련의 흐름을 통해 본다면, 앞으로도 계속해서 향유하는 방식은 변화하겠지만, 이야기 자체가 갖고 있는 본질과 그 본질을 향유하고자 하는 인간의 본능은 계속된다 할 수 있을 것이다.

위의 이유로 이야기판의 변화와 현재적 양상을 인터넷 게시판 문화에서 찾고자 하는 시도도 있었다. 과거 PC통신 시절부터 이어진 게시판 문화는 다양한 이야기의 창작과 향유, 변이와 수용의 장이었기 때문이다. 몇몇 이야기들은 특정 게시판을 넘어 인터넷 이용자 대부분이 알 수 있을 정도로 유명세를 갖기도 하는 등 화자와 청자의 관계 속에서 이어진 민담의 구현 구조가 인터넷 게시판이라는 온라인의 새로운 세계 속에서 다시 구축되고 있었던 것이다. 물론 이런 이야기들은 예부터 이어져 온 '옛날이야기'는 아닐 수 있지만, 그 생성과 향유, 전승의 구조 자체에는 유사성이 있음을 부인할 수는 없다. 물론 매체가 갖는 특성상 이런 게시판의 이야기들이 대부분 사장(死藏)되며 모두가 향유할 수 있는 하나의 '민담'으로까지 확대되는 경우가 매우 적기에 여전히 '우리시대의 민담은 무엇인가?'에 대한 답을 완전히 찾지 못했다고도 할 수 있다.

어떤 갈래보다도 외현이 넓은 민담이기 때문에 특정한 작품을 골라 소개하는 것은 쉽지 않다. 그럼에도 한 가지 작품을 뽑는다면 〈나무꾼과 선녀〉를 들 수 있을 것이다. 한국에서 태어나고 자란 사람이라면, 현재의 아이들까지도 모두 알고 있는 작품일 것이기 때문이다. 〈나무꾼과 선녀〉는 앞에서 살핀 순차적 구조와 대립적 구조 모두로 파악할 수 있는 작품이기도 하다. 가난하고 결혼하지 못한 결핍을 가진 '나무꾼'이 선녀를 만나 결혼하고 아이를 낳으면서 이 결핍을 충족해 나가는 순차적 구조로 연결된다고 할 수 있다. 게다가 날개옷의 공개 금지라는 금기 부여와 위반의 구조 역시 함께 나타난다. 또한 나무꾼과 선녀는 남/녀, 천/지, 귀/천 등 다양한 대립적 자질을 갖는 구조로 짜여 있다. 이렇게 순차적 구조와 대립적 구조가 얽히고설키며 이야기가 전개되는 작품이라는 것이다.

또한 〈나무꾼과 선녀〉는 민담의 변이 양상을 확인하기에도 좋은 작품이다. 일반적으로 〈나무꾼과 선녀〉는 금기를 위반함으로써 선녀가 하늘로 아이 둘을 안고 떠나는 결말로 알려져 있다. 하지만 향유층들은 나무꾼의 실패에 대해 함께 슬퍼하면서 이야기의 결말을 변이 및 확장시켜 나무꾼이 다시 하늘로 올라가 선녀를 만나는 유형을 만들어 낸다. 마음씨 착한 나무꾼의 실패를 볼 수 없었던 향유층에 의한 변이 시도라 할 수 있다. 다만 천/지, 귀/천의 대립적 자질로 점철된 나무꾼과 선녀가 완벽한 만남을 이루는 것에 불만을 가진 향유층들은 다시 나무꾼을 지상으로 내려보내게 된다. 어머니가 보고 싶었던 나무꾼이 지상으로 내려왔다가 말에서 내리지 말라는 금기를 위반하여 평생 땅에서 선녀와 아이들을 그리워하며 하늘을 보며 울다 수탉이 되었다는 이야기로 확장되기 때문이다.

이렇게 민담은 민중들이 가지고 있는 다양한 소망과 생각들을 담아내며 지금껏 전승되고 있다. 고정되고 불변하는 것이 아니기에 얼마든지 변화할 수 있었고, 또 그렇게 변화하기 때문에 지금까지도 많은 사람들의 입을 통해, 또 혹은 또 다른 매체를 통해 전승될 수 있었던 것이다. 이런 민담이기에 그 성격과 내용이 변할 순 있겠지만, 앞으로도 우리 곁에 영원히 지속될 문학이라는 것은 너무도 분명하다 하겠다.

(정제호)

민요

민요는 사람들의 생활 속에서 자연 발생적으로 구전되어 온 노래를 의미한다. 지금 우리가 즐기는 민요는 크게 토속민요, 통속민요, 신민요로 나뉜다. 하지만 무엇보다 민요는 전문적으로 노래를 부르는 사람들의 전유물이 아니라는 데 논의의 초점을 둘 필요가 있다. 다시 말해서 무가(무당), 불가(승려), 시조나 가곡, 가사(가객), 판소리(광대)와 같은 갈래들과는 다른 노래를 의미한다. 특히 민요는 창자가 생활 속 뭇 상황과 목적에 따라 부르거나, 스스로 즐기려 부르기에 누군가에게 보이려는 속셈 없이 자족적이다. 이 때문에 민요는 청중에게 평가받지 않는, 비상업적인 예술이면서 민중의 문학이라고 일컫는 것이다.

다만 민요 보존과 전승의 중요성을 인식하고 민요를 학문적 대상으로 삼아 본격적으로 자료를 수집하고 조망하기 시작한 것은 근 100년에 못 미치는데, 따라서 우리가 '민요'로 알고 있는 노래들은 대부분 19세기 후반, 20세기 초엽에 불리던 노래에 한정된다. 민요 연구의 출발점에서 자료를 수집하고 연구한 결과물로는 김소운의 『조선구전민요집』, 임화의 『조선민요선』, 김사엽의 『조신민요집성』, 성경린의 『조선의 민요』, 고정옥의 『조선민요연구』 등을 주목할 수 있다. 분단과 전쟁 이후에도 민요 연구는 지속되었다. 진성기의 『남국의 민요』, 임동권의 『한국민요집』, 김영돈의 『제주민요연구(상)자료집』, 문화재관리국의 『한국민속종합조사보고서 전남편』 등의 연구 작업이 이뤄졌고, 한국학중앙연구원에서도 1979년부터 1985년에 걸쳐 한 번, 2008년부터 2018년에 개정·증보 작업을 거친 '한국구비문학대계' 조사 사업에서 23,872편의 민요를 채록했다. 더불어 1989년부터 1997년까지 MBC가 기획하고 최상일이 실행한 '한국민요대전' 사업으로 2,585편에 이르는 방대한 민요가 채록된 바 있다. 특히 『한국구비문학대계』와 『한국민요대전』은 민요의 가사만 기록한 것이 아니라 실질적인 음원을 확보하고 이를 아카이빙하여, '민요'의 본모습에 누구나 손쉽게 접근할 수 있는 기회를 제공하고 있다.

민요는 앞서 지적한 것처럼 토속, 통속, 신민요로 나뉜다. 토속민요는 향토민요라고도 불리며, 그 지역에서만 불리던 노래를 일컫는다. 이런 지역의 노래가 사당패, 놀이패 등 전문소리꾼들이 다듬어 부르며 공연화한 것을 통속민요라고 하며, 토속·통속 민요의 얼개를 본 따 20세기 들어 새로이 창작한 노래를 신민요라고 한다.

고정옥은 민요의 분류기준을 기능·가창방식·창곡·율격·장르·창자·시대·지역으로 나누고 있다. 그러나 이 가운데서 기능에 따른 분류인 노동요·의식요·유희요로 설명하는 게 흔하다. 기능 분류에 따른 민요의 개념과 유형을 설명하면 다음과 같다.

노동요를 먼저 노동의 형태와 행위에 따라 구분하면, 농사를 지을 때 부르는 '농업노동요', 고기를 잡거나 해물을 채취하는 어업에 관련한 '어업노동요', 나무하거나 나물을 캘 때 부르는 '벌채노동요', 부녀자들이 실을 잣고 옷감을 짜는 길쌈할 때 부르는 '길쌈노동요', 맷돌을 돌리거나 방아를 찧을 때 부르는 '제분노동요' 등으로 나뉘고, 집을 짓거나 공사를 할 때 부르는 '토목노동요', 여성이 집안일을 하며 부르는 '가사노동요', 생업에 필요한 물품을 만들 때 부르는 '수공노동요'나 손님을 불러모을 때 부르는 '상업노동요'와 '잡역노동요' 등으로 나눌 수 있다.

노동요는 노동의 행위, 순서, 방법에 따라 다르며, 이 때문에 각 노동의 형태와 짜임새 역시 알아야 한다. 농업노동요는 크게 남성이 도맡은 논농사와 여성이 도맡은 밭농사에 따라 나뉘는데, 밭농사는 밭을 가는 〈밭 가는 소리〉, 밭을 매는 〈밭매는 소리〉, 밭에 곡식을 거둬 〈보리 베는 소리〉나 〈보리타작 소리〉 등이 전하지만 논농사는 봄에 논을 쟁기로 갈 때는 〈논 가는 소리〉, 땅을 부드럽게 고를 때는 〈논 고르는 소리〉, 소를 몰아 써레질할 때는 〈논 삶는 소리〉, 모판의 모를 한 묶음씩 만들 때는 〈모 찌는 소리〉, 모를 심을 땐 〈모심는 소리〉, 여름철 김을 맬 때는 〈논매는 소리〉, 가을철 벼를 거둘 때는 〈벼 베는 소리〉, 볏단에서 낟알을 훑는 〈벼 떠는 소리〉, 쭉정이와 먼지를 켜서 쌀알만 거둘 때 부르는 〈검불 날리는 소리〉 등으로 아주 세밀하게 나눌 수 있다.

어업노동요는 어업 활동에 불리는 노래로, 배를 띄우기 전 짐을 갈무리하며 부르는 〈그물 싣는 소리〉, 〈닻 감는 소리〉와 바다로 나가며 부를 때는 〈노 젓는 소리〉, 그물을 내리고 고기를 잡아들일 때는 〈그물 내리는 소리〉, 〈그물 당기는 소리〉, 〈고기 푸는 소리〉, 〈고기 터는 소리〉 등이 있고, 고기를 잡아들여 다시 뭍으로 돌아갈 때는 〈귀항하는 소리〉를 부르는 게 일반적이다. 또한, 해녀나 아낙네들이 해물을 채취하러 갈 때 부르는 〈미역 따는 소리〉, 〈굴 캐는 소리〉, 〈노 젓는 소리〉 등도 있다.

벌채노동요는 나무를 할 때 부르는 '벌목노동요'와 나물을 캘 때 부르는 '채취노동요'로 나뉘는데, 벌목노동요는 나무를 베어낼 때 하는 〈나무 베는 소리〉, 나무를 도끼로 찍고 다듬는 〈나무 찍는 소리〉, 나무를 줄로 묶어 끌어내리는 〈나무 내리는 소리〉, 〈나무 끄는 소리〉, 여럿이서 나무를 운반하는 〈목도소리〉가 있다. 채취노동요는 땔나무를 하러 갈 때 하는 〈나무하는 소리〉, 소에게 먹일 꼴을 베어 썰 때 하는 〈풀 써는 소리〉, 아낙네들이 나물을 캘 때 부르는 〈나물 캐는 소리〉 등으로 나뉜다.

길쌈노동요는 여성들이 길쌈할 때 쓰이는 재료를 마련하고 그예 길쌈할 때의 과정으로 나뉘는데, 무명을 짤 때는 〈목화 따는 노래〉, 비단을 짤 때는 누에에게 먹일 〈뽕 따는 노래〉, 삼베를 짤 때는 삼의 실낱을 쪼개는 〈삼 삼는 노래〉, 이네들 재료로 실을 잣는 〈물레노래〉, 베틀에 실을 걸고 베를 짤 때는 〈베 짜는 노래〉 등을 부른다.

제분노동요도 곡식을 빻을 때 부르는 것으로, 맷돌에 갈 때 〈맷돌질하는 소리〉, 절구에다 놓고 공이로 빻을 땐 〈절구 방아 찧는 소리〉, 발로 밟는 디딜방아는 〈디딜방아 찧는 소리〉, 소나 말이 방앗돌을 돌리는 연자방아는 〈연자방아 찧는 소리〉를 부른다.

잡역노동요의 토목노동요는 말 그대로 집을 지을 때 부르는 노래로, 흙을 뜨는 〈흙 뜨기 노래〉, 땅을 단단히 다지는 〈땅 다지는 소리〉, 다리를 놓기 전 합심하려 부르는 〈다리 놓기 노래〉, 집의 기둥 위 마룻대를 얹는 〈상량 얹는 노래〉 등이 있다.

가사노동요는 크게 살림과 양육으로 나뉘는데, 〈바느질하는 소리〉, 〈다듬이질 소리〉, 〈빨래하는 소리〉가 살림요이며, 아기를 재우고 어르는 〈애 어르는 소리〉, 〈아기 재우는 소리〉, 〈배 쓸어주는 소리〉 등을 양육요로 일컫는다.

수공노동요에는 쇠로 된 물건을 만들 때 불을 달구기 위해 풀무질하는 〈풀무질하는 소리〉나, 망건이나 탕건, 양태, 갓 등을 짜는 〈망건 짜는 소리〉, 〈탕건 짜는 소리〉, 〈양태 겯는 소리〉, 집의 이엉을 얹거나 새끼줄을 꼬는 〈집줄 놓는 소리〉 등이 있다.

상업노동요는 손님을 호객하는 〈떡 파는 소리〉, 〈생선 파는 소리〉, 〈고기 세는 소리〉, 〈엿장수 소리〉 등이 있다.

의식요는 노동요에 비하면 그 수가 훨씬 적은 데다, 요즘에는 민간에서 구연하는 걸 찾아볼 수 없다. 의식요는 절기나 명절에 부르는 세시의식요, 장례를 치를 때 부르는 장례의식요, 뭇 속신에서 부르는 신앙의식요로 나뉜다.

먼저, 세시의식요는 정월대보름에 액을 막으려 부르는 〈지신밟기〉, 〈고사소리〉, 어촌 마을에서 풍어를 기원하는 〈배고사 소리〉, 〈용왕제 소리〉 등이 있다. 장례의식요로는 출상 전날 상여꾼이 빈 상여를 메고 마을을 한 바퀴 도는 〈장례놀이소리〉, 상여를 지고 장지로 나르는 〈상여소리〉, 관을 묻고 흙을 덮는 〈가래질소리〉와 봉분을 쌓아 흙을 눌러다지는 〈묘다지는 소리〉가 있다.

신앙의식요는 속신에 기인한 것으로, 쇠·흙·나무 등을 잘못 다뤄 탈이 나거나 동티(動土)가 났을 때 이를 풀어내는 〈동토잡이노래〉, 사나운 운수를 물리는 〈액맥이소리〉, 눈에 들어간 티를 없애는 〈눈티 없애는 노래〉, 살이 들어가 아픈 사람의 살을 내리는 〈살 내리는 소리〉, 학질 같은 병을 떼는 〈학질 떼는 소리〉, 걸신이나 객귀가 들려 체기가 심할 때 체를 내리기 위한 〈객귀 물리는 소리〉 등이 있다.

마지막으로 유희요는 놀이의 박자를 맞춰 놀이를 매끄럽게 이어나가거나, 즐겁게 흥을 돋우려 부르는 노래다. 이를 세시풍속 때 부르는 '세시유희요'와 일상적으로 부르는 '일상유희요'로 나누며, 이 일상유희요를 도구를 써 놀 땐 '도구유희요', 춤을 추거나 몸짓이 주가 되는 때는 '무용유희요', 사설을 유희로 삼을 땐 '언어유희요'로 나눈다.

세시유희요는 명절에 그네를 뛰거나 널을 뛸 때, 윷놀이나 줄다리기, 고싸움 같은 겨루는 놀이를 할 때 부르는데, 〈그네 뛰는 소리〉, 〈널 뛰는 소리〉, 〈윷놀이하는 소리〉, 〈줄다리기하는 소리〉, 〈고싸움 하는 소리〉 등이 있다.

일상유희요 가운데 도구를 써 노는 도구유희요에는 화투, 투전, 장기 등에는 〈장기노래〉, 〈화투노래〉, 〈투전노래〉, 〈싸시랭이노래〉 등이 있고, 무용유희요에는 전라도 일대의 '강강술래' 놀이나 경북 일대의 '월월이청청' 놀이, '놋다리밟기' 놀이, '다리세기' 놀이 등에 불리는 〈강강술래소리〉, 〈월월이청청소리〉, 〈놋다리밟기소리〉, 〈다리세기소리〉 등이 있다. 마지막으로 언어유희요로는 한글을 설명하며 부르는 〈한글풀이노래〉, 숫자를 풀이하는 〈숫자풀이노래〉 등이 있으며, 지명이나 요일, 끝말잇기, 수수께끼 등을 노래로 부리기도 한다.

기능에 따른 분류에서 큰 얼개는 대개 같지만, 유희요를 잘게 쪼개 세시유희요, 가창유희요(판소리·통속민요·신민요), 아동유희요·심심풀이노래·길노래·놀이노래 등으로 나누거나 한탄요로 갈래를 나누기도 하며, 고정옥은 노동요, 의식요, 유희요, 비기능요로 나눠 통속민요나 신민요를 비기능요에 포함하여 설명하기도 한다.

사실 민요의 가장 본질적인 유형은 '토속민요'라 불리는 것이지만, 이 민요는 개인적이기도 하고, 특정한 생산방식에 밀접한 관련이 있거나, 지금은 농촌이나 도시에서 잘 행하지 않는 세시풍속과 연결되어 있어 잘 부르지 않는다. 따라서 우리에게는 역설적으로 이 '토속민요'가 가장 낯설게 느껴질 수밖에 없다. 따라서 그나마 우리에게 익숙한 것은 통속민요일 텐데, 민요 하면 흔히 떠올리는 〈아리랑〉, 〈군밤타령〉, 〈새타령〉 등이 대표적이다.

토속민요를 설명하는 데 노래가 불리는 상황, 목적, 기능에 따라 풀이했듯 통속민요는 한반도의 각 지역의 음악적 특징을 알아야 한다. 통속민요는 특정 지역의 향토민요를 전문소리꾼이자 유랑악단인 놀이패들이 다듬어 공연화한 것으로, 창자가 전문소리꾼이라는 점은 토속민요와 구별된다.

지역별로 흔히 나타나는 고유 음계를 토리라고 하는데, 이 때문에 서울과 경기 일대의 경기민요를 '경토리', 황해도와 평안도 일대의 서도민요를 '수심가토리', 전라도 일대의 남도민요를 '육자배기토리', 동해안 일대의 강원도민요를 '메나리토리'와 동치하여 부르기도 한다. 제주 지역의 민요도 제주민요로 분류하며 고유의 음계가 있지만, 특정한 토리를 붙여 설명하진 않는다.

경기민요는 가창 형태에 따라 선소리(立唱)와 앉은소리(坐唱)로 나뉜다. 〈노랫가락〉이나 〈오봉산타령〉 등이 앉은소리이며 〈양산도〉, 〈방아타령〉 선소리인데, 앉은소리는 경기 긴잡가, 선소리는 경기 산타령과 맞닿는다. 굿거리·타령·세마치장단이 주로 쓰이고 〈구조아리랑〉, 〈늴리리아〉, 〈도라지타령〉, 〈창부타령〉이 유명하다.

서도민요는 황해도와 평안도 일대의 민요를 일컫는데, 창법과 음계는 공통되나 황해도는 조금 밝고 흥겹고, 평안도는 처절한 맛이 조금 더 강하다. 이네들은 도드리장단을 주로 쓰고, 〈배따라기〉처럼 장단이 없거나 불규칙한 것도 있다. 황해도 지방의 〈산염불〉, 〈난봉가〉, 〈몽금포타령〉, 〈배꽃타령〉과 평안도 지방의 〈수심가〉, 〈긴아리〉, 〈영변가〉 등이 있다.

강원도민요는 이름과는 달리 함경도, 강원도, 경북 일대까지 지역을 폭넓게 아우른다. 중중모리·중모리장단으로 박을 잡는 것이 흔하며, 함경도의 〈돈돌날이〉, 〈궁초댕기〉, 강원도의 〈정선아리랑〉, 〈한오백년〉, 경상도의 〈쾌지나칭칭나네〉, 〈옹헤야〉 등이 있다.

남도민요는 판소리 하면 떠올리는 떨고 꺾는 창법과 구슬픈 음계 등이 연상되는데, 이는 전라도 지역의 무계 집단 출신의 전문소리꾼들이 소리를 다듬어 공연화한 것이 판소리인 탓이다. 〈육자배기〉, 〈진도아리랑〉, 〈새타령〉, 〈농부가〉 등이 유명하다.

제주민요의 통속민요는 대개 창민요로, 뭍에서 유입된 노래가 많다. 경서도 민요에 가까운 세마치장단이 많고, 〈오돌또기〉, 〈이야홍타령〉, 〈봉지가〉, 〈산천초목〉, 〈용천검〉, 〈서우젯소리〉가 유명하다.

다만, 민요를 지역에 따라 구획하더라도, 지역의 행정구역 구획처럼 깔끔하게 갈라지지는 않는다. 단편적인 예로, 충청도는 중부지방이니 음악적 특성 역시 같은 중부지방인 경기도와 친연할 것으로 보이지만, 충청남도 보령군 오천면 삽시도리 삽시도의 〈돌막넣는소리〉는 육자배기토리를 따르며, 인천광역시 옹진처럼 생활권이 황해도와 겹치는 곳은 사투리뿐 아니라 민요 역시 황해도와 친연하다.

마지막으로 설명할 것은 신민요다. 신민요는 넓은 의미로는 근대에 새롭게 등장한 민요를 가리키지만, 좁게는 1930년대에 트로트와 함께 전성기를 구가한 민요풍의 대중가요를 가리킨다. 전자의 경우는 〈흘리리〉 같은 노래가 있고, 후자의 경우는 〈처녀총각〉, 〈노들강변〉 등이 있다. 요컨대 신민요는 대중가요의 한 갈래로 설명할 수 있다. 1930년대 유성기 음반 시장의 규모가 점차 커지며, 트로트와 더불어 유행가로 자리를 잡아나갔다. 창자와 작자가 불분명한 민요와는 달리 신민요는 작사자, 작곡자가 분명했고, 민요의 창법이나 음악적 특성을 변주하면서 상업적인 예술인, '가수가 부르는 음악'으로 거듭났다.

신민요는 토속민요와 통속민요의 여러 요소를 따 와 만들어졌는데, 신민요는 대개 경기민요의 경토리를 적극적으로 수용했고, 신민요를 부르는 가수들 역시 경·서도민요에 능통한 기생 가수들이 주로 불렀다. 이러한 유행과 열기는 광복 이후로도 죽 이어져 〈노들강변〉, 〈태평가〉 등의 신민요가 창작되는 데 밑거름이 되었다.

문화는 삶의 행위 총체로, 모두 긴밀하게 얽혀있고, 하나가 무너지면 다른 것도 잇달아 무너지고 사라지기 마련이다. 한번 사라진 문화를 다시 되돌리기란 어렵기에, 100년에 걸쳐 우리는 잊히는 사라지는 우리의 소리를 지키려 애면글면 힘써 왔다. 모든 이들의 노력 덕에 우리의 소리는 지금도 손쉽게 텍스트로, 음성으로 접할 수 있으며, 요즘에는 몇몇 젊은 소리꾼들의 노력으로 민요의 현대화 혹은 시대와 호흡할 수 있는 새로운 양식들이 등장하고 있다.

　더욱이 민요는 한국구비문학의 큰 한 축으로, 더 나아가 한국고전시가 양식 변화의 기저에 놓여 있음도 분명하다. 조동일의 지적처럼 민요의 다양한 형식이 각각의 시대별로 주된 양식화가 되었음을 가정해본다면, 지금 고전시가사의 단절된 형식론의 문제점은 쉽게 극복될 수 있다. 사실상 고전시가라고 부르는 노래들도 실상은 그 시대의 민요였기 때문이다. 한국고전시가의 형태 변화는 민요를 기반으로 두면 쉬운 설명이 가능하다. 민요는 사실상 일상에 바투 붙어 있는 삶 그 자체다. 시대가 흘러도 민요는 쉽게 사라지지 않는다. 다만 그 형식과 내용이 그 시대에 맞는 모습으로 남아 있을 뿐이다.

(송미경)

불교문학

불교가 전래된 이래, 우리 문학사는 의식·세계관·형식·작가 등 문학 전반에서 불교와 긴밀한 관계를 맺어왔다. 넓은 의미에서 보자면 이러한 불교 교리와 사상의 정수를 미학적으로 형상화한 것을 불교문학(佛敎文學)이라 할 수 있다. 즉 단순히 불교사상을 주제로 표현하거나 소재로 차용한 문학작품만을 정의하는 것이 아니라, 종교의식을 비롯한 철학·문예 그리고 역사의 섬세한 결이 문학의 언어로 형상화된 모든 것을 의미한다. 그런 점에서 불교문학의 창작 담당층과 향유층은 대개 불교사를 이끌어 간 주체의 범주에서 크게 벗어나지 않는다. 고승 대덕(高僧大德)을 비롯한 불교계 지성들이 깨달음과 사상적 지향, 교학 탐구의 결과, 종교적 상상력과 표현을 다양한 문학 양식에 담아냄으로써 우리 문학사는 더욱 풍부해질 수 있었다.

불교문학의 특성과 역사적 흐름을 살피기 위해 가장 먼저 주목할 부분은 불교의 동아시아 전파와 그에 따른 불교설화, 영험전, 고승전 등 불교서사의 형성과 전개이다. 초기의 불교문학은 삼국 가운데에서도 신라에서 가장 높은 성취를 보였다. 지리적으로 중국과 인접하여 문화의 유입이 빨랐던 고구려(372년 전래), 백제(384년 전래)에 비해 신라(417~458년 전래)는 불교의 유입이 가장 늦었지만 불교 신앙에 대한 열기는 삼국의 어느 나라보다 강했다. 물론 그 시작부터가 순조로웠던 것은 아니다. 토속 신앙의 저항으로 신라는 불교가 공인되기까지 험난한 통과의례를 거쳐야 했다. 참수 직전의 예언대로 목에서 흰 피가 솟는 이적(異蹟)이 나타났다는 이차돈(異次頓, ?~ 527)의 순교 설화는 신라에서 불교가 공인되는 데 결정적인 역할을 했다. 이는 문학과 불교가 얼마나 긴밀하게 얽혀있는지를 되새기게 한다. 요컨 대, 불교의 수용과정에서부터 설화의 힘이 절대적이었으며 교리 전파의 측면에서도 아주 유용한 방편으로 그 의의를 검증받은 셈이다. 이러한 불교 설화는 당시 구전(口傳)의 형태로도 많이 존재했으며 문헌으로 정리되어 남겨진 대표적인 사례가 바로『수이전(殊異傳)』일문(逸文)이다.

또한 이 시기에는 불교적 감화력을 증언하거나 신이한 체험을 기록한 전기, 사찰연기, 사적기, 영험담, 성불담, 출가담 등도 폭넓게 퍼져 있었다. 불교 지식인층에서는 이러한 불교설화와 영험담 등을 공식적이고 정연한 형식을 갖추어 찬술하기 시작했다. 의적(義寂, 7세기 후반)이 집록한『법화경 집험기(法華經集驗記)』, 김대문(金大問, 7세기 후반~8세기 전반)의 저작으로 알려진『고승전(高僧傳)』과『계림잡전(鷄林雜傳)』(두 책 모두 현전하지 않음) 등이 그 예이다. 불교사의 맥락에서 보면 내적으로는 불교 신앙의 역사가 어느 정도 깊어진 데다 고승을 존숭하는 분위기 속에서 원효(元曉, 617~ 686)·의상(義湘, 625~702)·자장(慈藏, 590~658) 등 고승 대덕의 삶이 불가 내에서 정리되는 전통이 자리 잡기 시작한 것이다. 동아시아적 시각에서 보면 중국에서 5세기를 전후로 하여 고승전과 영험담이 성립된 것과 견주 어 볼 때, 우리 문학사에서도 7세기를 전후로 하여 고승전과 사부대중의 불가 영험담이 성립되어 하나의 서사 유형으로 자리했을 가능성이 크다.

한편 사찰의 빈번한 건립과 중창의 과정이 사적기와 사적비에 기록되 었는데, 당시 상층의 지식인이 찬술한 것임에도 사찰의 영험함을 확보하 기 위해 민간에 떠돌던 설화를 적극 차용한 경우가 많다. 신라 말에는 최치원(崔致遠, 857~?)이 국내외 고승들의 전기·승비·사적비를 포괄하는 『사산비명(四山碑銘)』을 찬술하였으며, 각종 불교 관련 기문(記文)이 지어지는 등 규범적인 형태의 불교 기록문학이 창작되는 사례도 늘어난다.

이 시기의 불교시가로는 찬불가요가 신도나 민중 사이에서 널리 불렸으며 향가, 게송 등도 다수 지어졌다. 특히 신라의 원효·월명사(月明)·충담(忠談) 등이 수행과 학승의 역할을 넘어 문학의 창작자로서 시적 형상화에 빼어난 능력을 지닌 작가로 활약했음을 인식할 필요가 있다. 향가 중에서 〈도천수관음가(禱千手觀音歌)〉, 〈풍요(風謠)〉, 〈산화공덕가(散花功德歌)〉의 경우 재가불자에게서 발원한 노래로 민요적 요소가 강하다면, 〈제망매가(祭亡妹歌)〉는 승려인 월명사가 비유법으로 불교시가의 높은 품격을 보이고 있다. 원효가 〈보살계(菩薩戒)〉, 〈판비량론(判比量論)〉, 〈금강삼매경론(金剛三昧經論)〉 등의 끝부분에 붙여 놓은 게송, 그리고 불교시가로서 그 의미가 다시 주목되고 있는 〈일승법계도(一乘法界圖)〉 역시 문학의 영역에서 꼼꼼하게 살펴봐야 할 부분이다.

고려시대는 무엇보다 영험전과 고승전의 찬술이 불가의 전통으로 확고히 자리 잡게 되는 시기라 할 수 있다. 이와 관련하여 우선 주목할 작품은 혁련정(赫連挺)의 『균여전(均如傳)』이다. 최치원이 찬술한 『의상전(義湘傳)』과 같이 10과(科)로 생을 구분하는 방식을 취하는 등 신라 승전의 전통을 계승하면서도 기존의 유교적 찬술 방식과는 달리 설화를 적극적으로 수용하여 환상적 요소를 통해 감각적인 생애를 그려내고 있다. 이후 13세기에는 각훈(覺訓)이 『해동고승전(海東高僧傳)』 10책을 간행했으며(1215년), 천책(天頙)은 『해동법화전홍록(海東法華傳弘錄)』(이하 『해동전홍록』)을, 14세기에는 요원(了圓)이 『법화영험전(法華靈驗傳)』을 찬술하는 등 거질의 불교 영험서사가 정리되어 나온다. 『해동고승전』은 삼국 이래 대대적인 승전의 정리라는 취지를 앞세우고 있다. 현재 밝혀진 입전 승려만 해도 33명에 이르며 『균여전』과는 달리 유교의 열전식 서술방식을 따라 허구나 환상의 요소를 가능한 한 배제하여 고승들의 생을 재구하고 있다. 『해동고승전』

과 『해동전홍록』은 현재 다수 편이 일실되고 일부분만 남아 그 전모를 알 수 없으며, 일부는 『법화영험전』에 재수록되어 전하고 있다.

『해동고승전』 보다 70년 후에 찬술된 『삼국유사(三國遺事)』는 명실공히 이 시기 불교서사의 정수(精髓)라 할 수 있다. 『해동고승전』은 고승들의 사적을 중심으로 구성했으며, 『법화영험전』은 『해동고승전』과 『해동전홍록』 이야기의 일부를 재수록하는 방식을 취하고 있지만 『삼국유사』는 앞선 두 저작에 구애받지 않았다. 민간에 전승되던 구비·문헌 설화를 적극 수용하는 방식으로 삼국시대의 불교 관련 자료를 폭넓게 수용함으로써 서사의 편폭을 넓혔다. 예컨대, 고승들의 일화·설화·역사·민중의 영험담·신이한 이적과 공간 등을 흥미롭게 교직함으로써 서사성과 미학성을 창출해 내고 있다.

그런데 고려에 들어서 이러한 불교 영험서사로 명명될 수 있는 불교전기(佛敎傳記)가 융성하게 되면서 불교전기소설이 대거 출현하게 되었다는 점을 주목할 필요가 있다. 즉 이 시기에는 〈김현감호(金現感虎)〉·〈조신(調信)〉·〈대장경인유(大藏經因由)〉·〈남백월이성(南白月二聖)〉 등의 작품이 존재하는데 이렇게 불교적 성격을 가진 전기소설류를 어떻게 규정할 것인가에 대한 문제이다. 즉 선행의 연구에서 정리된 전기소설의 특질이 모든 종류의 전기적 담론을 대표하지 못하므로 '불교전기소설'이라는 하위 유형의 설정이 필요하다는 것이다. 이는 우리 문학사에서 나말여초 전기소설을 소설 성립의 단일한 통로로 이해하고 있는 기존의 연구 경향을 제고하고 문학사의 구도를 새롭게 구축할 필요가 있다는 중요한 시사점을 남긴다. 이와 함께 눈여겨볼 작품은 『석가여래십지수행기(釋迦如來十地修行記)』와 〈왕랑반혼전(王郎返魂傳)〉이다. 『석가여래십지수행기』는 1328년에 간행된 불전계 소설집인데 주로 부처의 전생담을 10편의 독립된 형태로 수록하고 있다. 그 중 〈선우태자전(善友太子傳)〉·〈금우태자전(金牛太子傳)〉

등은 소설적인 면모가 강하게 드러나며 이후 조선 전기에 각각 〈적성의
전〉·〈금송아지전〉 등 불전계 국문소설을 형성하는 데 중요한 역할을 한
것으로 보인다. 〈왕랑반혼전〉의 정확한 출현 시기는 여전히 논란이 있지만
1304년에 간행된 『불설아미타경(佛說阿彌陀經)』에 수록되었다는 점에서
고려 때 처음 등장했다는 점은 의심의 여지가 없다. 이 작품은 이후 꾸준히
한글과 한문본으로 산출되어 전하고 있다.

　고려시기의 불교시가로는 향가와 찬불가, 선시(禪詩), 게송, 어록, 불교
가사 등이 있다. 향가는 균여의 〈보현십원가(普賢十願歌)〉 11수가 대표적인
데, 마지막 한 중생을 인도할 때까지 자신의 몸을 다 바치겠다는 다짐을
보현보살의 말로 풀어냄으로써 찬불가의 전형적인 양상을 보여준다. 운묵
(雲黙)의 『석가여래행적송(釋迦如來行蹟頌)』은 서사시의 형식으로 석가의
일대기를 노래하고 있다. 이외에 고려의 불교시가로 문헌에 기록되어 전
하는 것은 드물다. 다만 조선시대에 정리된 『악학궤범(樂學軌範)』과 『악장
가사(樂章歌詞)』에 〈미타찬〉·〈관음찬〉·〈능엄찬〉·〈영산회상〉 등이 수록
되어 전하는데 이는 모두 고려 때 만들어진 찬불가로 이 시기 얼마나 많은
찬불가가 지어져 불리고 있었는지 가늠할 수 있다.

　고려 말에는 중국에서 유입된 『조주록(趙州錄)』, 『임제록(臨濟錄)』, 『벽
암록(碧巖錄)』 등의 영향으로 선시가 활발하게 창작되었다. 혜심(慧諶,
1178~1234)은 『선문염송집(禪門拈頌集)』 30권, 『심요(心要)』 1편, 『무의자
시집(無衣子詩集)』 2권, 『선문강요(禪門綱要)』 등을 남겼다. 충지(冲止,
1226~1293)는 『원감록(圓鑑錄)』에서 선리적 특성과 함께 순수시의 서정성
을 양립시킴으로서 시승으로서의 면모를 보였다. 이 밖에도 경한(景閑,
1299~1374)·보우(普愚, ?~1382)·혜근(惠勤, 1320~1376) 등도 눈여겨볼 만
한 선시 작품을 남겼으며, 고려 후기 이규보(李奎報, 1168~1241)·이인로(李
仁老, 1152~1220)·최자(崔滋, 1188~1260)·이제현(李齊賢, 1287~1367) 등의

필기집에도 이들의 시가 소개되어 있다. 어록 찬술은 고려 말에 활발히 이루어지는데 혜심의 『조계진각국사어록(曹溪眞覺國師語錄)』, 경한의 『백운화상어록(白雲和尙語錄)』, 기화(己和)의 『함허당득통화상어록(涵虛堂得通和尙語錄)』 등이 있다. 또한 혜근은 고려 말에 〈서왕가(西往歌)〉, 〈승원가(僧元歌)〉, 〈낙도가(樂道歌)〉 등 중생의 불교사상을 고취하고 깨달음의 세계로 인도한다는 목적의 불교가사를 지었다. 이는 강창문학(講唱文學)으로 활용되어 불교 신도들에 의해 구비 전승되다가 조선 후기에 이르러 문자로 정착된 것으로 보인다.

조선시대에는 변화된 사회와 문화에 맞추어 불교계에도 새로운 문학 장르가 수용되었고 우리 문학사의 흐름에서 그 어느 때보다도 불교문학의 창작과 향유가 활발하게 이루어진 시기라 할 수 있다. 특히 임진왜란 이후 청허 휴정(淸虛 休靜, 1520~1640)의 활동이 기폭제가 되면서 불가 시문집의 간행에도 활발한 움직임이 드러난다. 먼저 이 시기 새로운 문학 양식으로 등장한 것은 악장(樂章)과 불전계 국문소설이다. 한글이 창제된 이후 새로운 왕조의 정통성을 확보하고 널리 알리기 위해 궁중 음악이 필요하게 되었고 이에 따라 악장이 제작되기 시작했다. 〈월인천강지곡(月印千江之曲)〉(583장)은 국문 장편서사시로서 〈용비어천가(龍飛御天歌)〉와 함께 이 시기에 창작된 대표적인 악장이다. 수양대군이 세종의 명을 받아 기존의 『석가보(釋迦譜)』를 참조해 한문본 『석보상절(釋譜詳節)』을 제작했고, 이를 훈민정음으로 번역한 것이 언해불서 『석보상절』이다. 세종은 수양대군이 제작한 석가일대기의 내용에 따라 우리말 시가 형태로 찬송을 지었는데 이 작품이 바로 〈월인천강지곡〉인 것이다. 세조는 또다시 『석보상절』과 〈월인천강지곡〉을 다듬어 운문과 산문이 결합된 형태의 『월인석보(月印釋譜)』로 재편하였다. 이 외에도 세종은 〈귀삼보(歸三寶)〉, 〈찬법신(贊法身)〉, 〈찬보신(贊報身)〉 등 5언 6구의 한시체 악장 9편을 직접 창작하기도 했다.

이와 더불어 불전계 국문소설은 우리 문학사에서 본격적인 불교소설이 등장하기 이전에 이미 소설적 구성을 갖춘 형태로 『석보상절』과 『석가여래십지수행기』에 수록되어 존재하고 있었다. 『녹모부인전(鹿母夫人傳)』에서 보듯 대체로 불경 소재 설화를 바탕으로 소설화 작업이 이어지는데 때에 따라서는 〈안락국태자전〉과 같이 불경 의존적 태도를 버리고 소설적 독창성을 발휘한 작품도 눈에 띈다. 이렇게 조선 초 석가의 일대기를 제작하면서 유입된 중국 전래의 불경이 불전계 소설로 재창작 되어 국문소설의 출현에 영향을 미치고, 창작·유통되었을 뿐 아니라 한문으로서도 그대로 활발히 유통되고 있었다. 불경의 소설화는 한 시기의 현상으로 그치지 않았다. 조선 후기에 등장하는 〈토끼전〉·〈적성의전〉·〈금송아지전〉·〈흥부전〉·〈별주부전〉·〈두껍전〉 등도 대개 불경이나 사찰연기 설화를 근원으로 삼고 있음을 알 수 있다. 이외에도 〈심청전〉·〈부설전(浮雪傳)〉·〈보덕각시전〉, 그리고 개인 창작이지만 불교적 주제를 성숙하게 형상화한 〈구운몽〉·〈당태종전〉·〈최척전〉·〈옹고집전〉 등도 직간접적으로 불경, 혹은 불교 전승담에 의거하여 탄생된 것이라 볼 수 있다. 대부분의 불교소설은 작자미상으로 작품론을 논의하기 어려운 상황이지만 그렇지 않은 예외의 작품도 있다. 즉 〈왕랑반혼전〉·〈부설전〉·〈가야진용왕당기우록(伽倻津龍王堂奇遇錄)〉 등은 작가론적 논의가 가능한 사례이다. 〈왕랑반혼전〉을 지은 것으로 전해지는 보우(普雨, 1515~1565), 〈부설전〉을 지은 영허(暎虛, 1541~1609), 〈가야진용왕당기우록〉을 지은 경일(敬一, 1636~1695) 등에 관한 관심과 연구가 필요하다.

조선시대의 불교시가는 주로 가사(歌辭)와 선시, 불교한시 등이 활발하게 창작되었다. 선초에는 고려 때 유행하던 경기체가의 양식을 활용하여 경전의 요지를 드러내거나 부처를 예찬하기도 했다. 지은(智訔)의 〈기우목

동가(騎牛牧童歌)〉와 득통 기화(得通己和, 1376~1433)의 〈미타찬(彌陀贊)〉·
〈안양찬(安養贊)〉 등이 그 예이다. 불교가사는 고려 말 나옹 혜근(懶翁惠勤,
1320~1376)의 〈서왕가〉 이후 지속되었으며 선 수행의 지난한 과정과 득도
의 열락을 노래하되 결사에서 염불 공덕을 권장하는 것으로 마무리하는
경향이 발견된다. 침굉 현변(枕肱懸辯, 1616~1684)의 〈태평곡〉·〈귀산곡〉
과 영암(靈岩) 대사의 〈토굴가〉 등이 있다. 조선 후기에는 교학이 심화되면
서 불교가사 역시 다양한 주제를 확보하게 되었으며, 〈회심곡(回心曲)〉·
〈보염(報念)〉 등의 잡가가 민간의 노래로 유행하였다.

이렇게 조선시대에는 불교가사와 잡가를 중심으로 한 국문시가의 전통
도 뚜렷하지만 조선 중·후기로 가면서 승려의 한문학 문집 간행이 두드러
진다. 특기할 점은 『함어당득통화상어록』(1440년 간행)이 간행된 이후 대
부분의 불가 한문학 작품이 유가 문집의 체재로 수렴되어 편찬되었다는
것이다. 이를테면 유가의 문집과 같이 전반부는 시체(詩體)별, 후반부는
문체(文體)별로 편집했다. 간혹 장시 형태의 '가(歌)'를 추가한 특수한 경우
가 있는데 이는 어록의 전통을 계승한 것으로 볼 수 있다. 오도시(悟道詩),
전법게(傳法偈), 임종게(臨終偈) 등 불가의 고유한 전통을 담은 내용의 시가
있는가 하면 자연을 읊은 서경시나 기행시·교유시 같이 유자와의 교유를
통해 산출한 작품도 일정 비중을 차지한다. 불가의 문집은 개인적 정서
표출, 법맥의 확립과 불교계 내 위상 제고, 유교 사회에서의 지적 교유
등 복합적인 의도에서 제작되었다. 문집에 수록된 산문 역시 대체로 유가
문집의 체재를 따르고 있으며, 발원문(發願文)·모연문(募緣文)·상량문(上
樑文)·중수기(重修記) 등은 사찰 내의 공간에서 산출된 기문(記文)이다. 문
집의 서문은 대게 당대의 명망 높은 관료 문인의 글을 받아 수록하였는데
이를 통해 사회적 존재감을 인정받으려는 의지를 엿볼 수 있다. 17세기를
기점으로 불가문집의 간행이 대폭 늘어나는데 그 이전에 간행된 문집으로

는 기화의 『함어당득통화상어록』(15세기), 지엄(智嚴, 1464~1534)의 『벽송당야로송(碧松堂埜老頌)』(16세기), 보우의 『허응당집』(16세기)이 있다. 이후 『청허당집(淸虛堂集)』, 『사명당대사집(泗溟堂大師集)』, 『부휴당대사집(浮休堂大師集)』, 『연담대사임하록(蓮潭大師林下錄)』, 『천경집(天鏡集)』, 『아암유집(兒菴遺集)』, 『가산고(伽山藁)』, 『범해선사유고(梵海禪師遺稿)』, 『경허집(鏡虛集)』, 『다송문고(茶松文稿)』, 『다송시고(茶松詩稿)』 등이 활발하게 간행되었다.

근대전환기에는 이러한 전통 한문학 양식이 실효(失效)되고 있었지만 불교잡지(佛敎雜誌)의 필진으로 참여한 불교계 지성들은 여전히 전통 한문학을 많이 활용하였다. 특히 〈문예〉·〈잡조〉 등의 지면에는 한시, 시조, 신체시, 가사, 전기, 행장, 비문, 서간문, 필기·잡록, 야담, 기행문 등 다양한 형태의 불교문학 작품이 두루 수록되었다. 조선 후기까지는 주로 문집의 형태로 엮여 향유되었던 출판·유통의 방식이 근대 미디어의 속성을 지닌 정기간행물 잡지와 접합하면서 불교문학 역시 근대전환기의 이행적 면모를 보인다.

우리 문학사에서 불교문학은 오랜 전통을 지니며 관련 연구도 거의 백 년의 시간 동안 학문적 깊이와 넓이를 더해왔다. 그럼에도 문학과 불교와의 관계, 특히 문학사에 끼친 불교의 영향이 충분히 드러났다고는 할 수 없다. 더구나 각 시대의 불교계 지성들이 창조한 문학적 성과가 제대로 주목받거나 심도 있게 연구되지 못하고 있다. 이렇게 발굴되지 않은 혹은 이미 번역까지 되었으나 연구되지 않은 불교문학 자료는 여전히 산적해 있다. 이제는 '불교'라는 테두리 안에 가두어 한계 지었던 기존의 연구 방식에서 벗어나 다채로운 시각에서 접근하여 복합적 텍스트로서 깊이 있게 분석할 필요가 있다.

(곽미라)

사행문학

  전통 시대에 한국은 중국에 대한 '사대(事大)'와 일본에 대한 '교린(交隣)'
이라는 외교정책을 견지하여 중국과 일본에 각각 외교 사절을 파견하였
다. 사행(使行)은 사신 행차를 뜻하는 말인데 일반적으로 사신을 포함한
사절단의 행차를 의미한다. 사절단은 정사, 부사, 서장관(또는 종사관)의
삼사(三使)를 비롯해 각 사신의 수행원, 역관, 의원, 사자관(寫字官), 화원
(畵員), 마두(馬頭) 등 다양한 계층의 대규모 인원으로 구성되었다.

  사행은 공식적으로 해외를 경험할 수 있는 유일한 통로였기에 문인들
은 사절단의 일원이 되는 것을 매우 특별한 기회로 여겼다. 사행은 일차적
으로 외교 행사이므로 그 과정에서 생산된 기록은 공문서의 성격을 띠는
공적인 기록물이었다. 공적인 기록물은 중국 사행의 경우 서장관이, 일본
사행의 경우 종사관이 주로 작성을 담당하였으며, 귀국 후 조정에 보고하
기 위해 쓴 문견별단(聞見別單, 또는 문견사건(聞見事件)), 매일의 노정과 활
동을 일기 형식으로 기록한 계본(啓本) 일기, 사행 도중에 보내는 공문서로
장계(狀啓) 등을 들 수 있다. 이와 별개로 사행에 참여한 인물들은 저마다
견문하고 활동한 바와 개인적인 감상 등을 시나 산문으로 형상화하였다.
이러한 사적인 기록물은 개인의 여행기로서 문학적 가치가 높다.

  사행문학은 개인의 사행 체험을 기록한 시문 가운데 주로 '사적인' 기록
을 가리킨다. 외국 여행 체험의 기록이란 측면에서 '기행문학'의 범주에
포함될 수 있으며, 형식에 따라 사행시, 사행일기, 사행록, 사행가사 등으

로 세분할 수 있다. 또한 사행의 대상국에 따라 대중국 사행문학과 대일본 사행문학으로 구별할 수 있다. 즉 사행문학은 중국과 일본으로 사행을 다녀와서 남긴 시문을 아우르는 용어이다. 대체로 학계에서는 대중국 사행기록을 '연행록(燕行錄)', 대일본 사행기록을 '통신사행록(通信使行錄)'이라 구분하여 통칭하고 있다.

사행문학의 작자는 사신, 수행원, 역관, 의원 등으로 다양하다. 특히 사신의 수행원은 자제군관(子弟軍官)이나 반당(伴倘)이란 직책을 띠었으며, 일본 사행의 경우 자제군관에 더하여 문학에 뛰어난 서얼 출신 문사들이 제술관(製述官)과 서기(書記)란 직책으로 참여하였다. 이들이 남긴 기록에는 전근대 동아시아 정치·외교·경제·문화·역사·문학·사상·지리·언어·예술·풍속 등 다방면에 대한 지식이 망라되어 있을 뿐만 아니라 당대 문인들의 대외 인식과 관심사가 적극적으로 투영되어 있다. 특히 대중국 사행은 중국을 넘어 유구, 베트남, 태국, 미얀마, 라오스 등 동(남)아시아 및 유럽과 러시아 등 서양 문물을 접할 수 있는 창구였다. 따라서 사행문학은 중국이나 일본 측 문헌에서 찾아볼 수 없는 중요한 정보들이 상세하게 기록되어 있다는 점에서 사료적 가치 또한 크다. 이제 대상국을 나누어 각 사행문학에 나타나는 특징을 좀 더 자세히 살펴본다.

먼저 대중국 사행기록인 연행록은 사절단이 파견될 당시의 중국 왕조에 따라 다시 명대(明代)의 사행기록과 청대(淸代)의 사행기록으로 나눌 수 있다. 현전하는 연행록의 서명을 살펴보면 명대에는 '조천(朝天)'이란 표현을 많이 썼고 청대에는 '연행(燕行)'이란 표현을 많이 썼다. 조천은 '천자의 나라에 조회하러 가다'란 의미이며 연행은 '연경(북경)에 가다'란 의미로, 존명배청(尊明排淸) 의식이 내포된 표현으로 이해된다. 이로 인해 명대와 청대의 기록을 분별하여 각각 '조천록'과 '연행록' 또는 '대명(對明) 사행문학'과 '대청(對淸) 사행문학'으로 일컬어야 한다는 견해도 있다.

여기서 대명 사행문학=조천록은 명이 세워진 1368년(공민왕 17)부터 조선과 명의 외교가 단절되는 1637년(인조 15)까지의 기록이며, 대청 사행문학=연행록은 1637년 청과 정식 국교를 튼 이후부터 조선에서 마지막 사행이 파견된 1894년(고종 31)까지의 기록이다. 대부분 조선시대의 기록이지만 1392년 조선이 건국되기 이전의 고려시대 기록도 남아있는데, 고려시대 사행문학 중 원나라에 사행을 다녀온 기록으로 1273년 이승휴(李承休, 1224~1300)의 『빈왕록(賓王錄)』이 유일하게 남아있다. 이 작품은 현전하는 가장 이른 시기의 연행록이다. 다만 '연행'은 '조천'에 비해 중립적인 의미를 나타내므로 명대와 청대를 구분하지 않고 연행록이란 용어로 통일하여 사용하는 것이 현재 학계의 보편적인 추세이다. 조선에서 명에 파견한 요동 문안사행이나 청에 파견한 심양 문안사행의 경우에도 목적지가 북경은 아니지만 '연행록'으로 포괄하여 지칭하고 있다.

임기중에 따르면 고려와 조선을 통틀어 중국에 사행을 다녀온 횟수는 1,797회라고 한다. 매년 2차례(명대에는 4차례) 파견하는 정례 사절 외에 비정기적으로 임시 사절도 파견하였다. 기본적으로 대중국 사행은 한양을 출발하여 의주에서 압록강을 건너 요동(遼東), 심양(瀋陽), 산해관(山海關), 통주(通州) 등지를 거쳐 중국의 수도 북경까지 육로로 왕복하는 노정이었으나 1621년부터 1637년까지는 명·청 교체기라는 혼란한 정세 때문에 한시적으로 해로를 이용하여 등주(登州)에 상륙한 뒤 북경으로 갔다. 또 1780년과 1790년에는 두 차례 조선 사절단이 이례적으로 열하(熱河)에 다녀오기도 하였다.

이처럼 무수히 많은 사절단이 왕래하는 동안 500여 종이 넘는 방대한 수량의 연행록이 창작되었다. 크게 단행권으로 엮인 경우와 개인 문집에 수록된 경우의 두 가지 형태로 전한다. 연행록은 『연행록선집』상·하(성균관대 대동문화연구원, 1960~1962), 『연행록전집』100권(동국대 출판부, 2001),

『연행록전집 일본소장편』3권(임기중·夫馬進 편, 2001), 『연행록선집 보유』
상·중·하(성균관대 대동문화연구원, 2008), 『연행록속집』50권(임기중 편, 2008) 등 여러 차례 수집되고 총서의 형태로 영인·간행되어 그 현황과 내용을 상세하게 파악할 수 있다. 이 가운데 『연행록전집』과 『연행록속
집』은 현재 '연행록총간'으로 통합되어 KRpia에서 원문이미지를 제공하
고 있다. 2016년 연행록총간 6차 개정증보판의 소개에 따르면 총 562종의 연행록을 수록했다고 한다. 여기에는 주요 이본(異本) 및 한글본 연행록과 연행가사, 사행기록화 등이 포함되어 있으며, '표해록' 류의 경우처럼 사
행문학의 범주에 속하지 않는 것도 있다.

연행록은 형식상 시, 일기, 잡록, 기문(기사) 등의 단일 체제로 쓴 경우
도 있지만, 시+일기, 일기+잡록, 시+잡록+일기, 일기+기문+잡록, 일기
+시+잡록+기문+필담+서신, 일기+편지+시 등 다양한 체제를 활용하여 구성한 경우도 많다. 후대로 갈수록 시에서 일기(산문)로, 단일체에서 복
합체로 그 형식이 점차 다변화(多邊化)되는 경향을 띤다. 특히 필담이나 서신을 연행록에 삽입한 것은 18세기 후반~19세기 중국 문사와의 교류가 활발해지면서 나타난 특징이다. 한글본 연행록도 여러 종이 나왔는데, 일기 또는 가사로 창작되었으며 대부분 18~19세기에 작성되었다. 한글 연행일기와 연행가사의 출현은 곧 사행문학의 향유층이 확대되었음을 의
미한다.

1832년 동지사 서장관으로 중국에 다녀온 김경선(金景善, 1788~1853)은 그의 연행록 『연원직지(燕轅直指)』 서문에서, 김창업(金昌業, 1658~1721)의
『연행일기(燕行日記)』, 홍대용(洪大容, 1731~1783)의 『연기(燕記)』, 박지원
(朴趾源, 1737~1805)의 『열하일기(熱河日記)』를 가장 뛰어난 연행록으로 꼽
았다. 김경선에 의하면, 김창업의 『연행일기』(1712년 동지사행)는 날짜순으
로 적는 일기 형식을 취한 '편년체(編年體)'에 가깝고, 홍대용의 『연기』

(1765년 동지사행)는 항목별로 본말을 갖추어 기술하는 '기사체(紀事體)'를 따랐으며, 박지원의 『열하일기』(1780년 진하사행)는 두 유형의 연행록이 지닌 장점들을 종합하면서 그 나름의 창안을 가미한 독특한 체제로 '입전체(立傳體)'적 특징을 지닌다고 하였다. 실제로 이 세 종의 연행록은 모두 18세기에 창작되어 필사본으로 널리 유포되었으며 한글본도 별도로 존재한다. 홍대용의 한글본 연행록인 『을병연행록』은 남양홍씨 집안 여성들을 위해 일기 형식으로 재창작한 것이다. 아울러 김창업, 홍대용, 박지원은 모두 사신이 아닌 자제군관으로 사행에 참여했다는 공통점이 있거니와, 후대 연행록의 형식 및 내용에 지대한 영향을 끼친 문인들이다.

특히 홍대용의 『연기』와 박지원의 『열하일기』는 청조 문물의 발달상을 세심하게 관찰하며 그 원동력인 '이용후생(利用厚生)'의 정신을 배울 것을 주장하였다. 이 같은 인식은 18세기 후반 이덕무(李德懋, 1741~1793), 유득공(柳得恭, 1749~1807), 박제가(朴齊家, 1750~1805) 등과 같이 동시기에 연행을 다녀온 북학파 지식인들에게서 동일하게 발견된다. 다음 문장을 통해 박지원의 북학론과 실학사상을 단적으로 엿볼 수 있다.

> 중국의 장관은 깨진 기와 조각에 있고, 또 중국의 장관은 더러운 똥거름에 있다.
>
> – 박지원, 『열하일기』〈일신수필(馹汛隨筆)〉 중

연행록은 1990년대에 들어서면서 '사행문학'으로 연구되기 시작하였다. 박지원의 『열하일기』, 홍대용의 『연기』와 『을병연행록』, 김창업의 『연행일기』 이른바 '3대 연행록'을 위시하여 개별 작가와 그의 연행록에 주목한 연구, 시기별로 대명 사행문학, 17세기 해로 사행문학, 18세기 한문산문 연행록, 19세기 전반과 중반의 한문산문 연행록 등을 중심으로 내용 및 형식상 특징을 통시적으로 고찰한 연구 등 많은 성과가 제출되었다. 이를 통해 연행록의 전통 속에서 출현한 '상호텍스트성'이라는 관습적 특성이 밝혀져 연행록을 새로운 시각에서 분석할 수 있는 단서가 마련되었다. 동시에 연행록의 종합적 검토를 통해 한중 문사 간 교류 양상 및 그 영향 관계를 규명하는 연구들이 활발하게 이루어지고 있다.

다음으로 대일본 사행기록인 통신사행록은 조선시대에 파견된 통신사행에서 창작된 일기와 시, 그리고 양국 문사의 창화시와 필담 서신을 통틀어 일컫는 말이다. 이때 통신사행은 일반적으로 임진왜란 이후 도쿠가와 막부의 외교를 수행했던 1607년(선조 40)부터 1811년(순조 11)까지 총 12차례의 사행을 의미한다. 조선은 건국 후 1443년(세종 25)까지 일본에 회답사(回答使)를 파견했으나 1592년 임진왜란이 발발하자 일본과의 국교를 단절하였다. 1443년 서장관으로 일본에 다녀온 신숙주(申叔舟)가 쓴 『해동제국기(海東諸國記)』는 임진왜란 이전 대일본 사행문학의 대표 저작 중 하나이다.

이후 일본의 요청으로 1607년 국교를 재개하면서부터 조선에서 일본으로 '통신사(通信使)'를 파견하였다. 통신은 '신의를 통하는 사절'이란 의미로 흔히 '조선통신사'라 한다. 초기에는 임진왜란 때 일본에 잡혀간 피로인을 쇄환할 목적으로 파견하다가 제6차 통신사행부터 쇼군의 습직(襲職)을 축하하기 위해 파견했으므로 대중국 사행과 달리 비정기적이었다. 사행의 명칭은 조선에서 통신사를 파견한 해의 간지(干支)를 붙여서 1607년 정미통신사행(제1차) … 1763년 계미통신사행(제11차), 1811년 신미통신사행(제12차) 등으로 부른다.

통신사행 기록은 18세기에 『해행총재(海行摠載)』(총28책)란 총서로 간행되어 그 규모를 알 수 있다. 여기에는 고려와 조선의 사행 시문뿐만 아니라 포로로 잡혀간 기록과 표류하여 일본을 다녀온 기록도 포함되어 있다. 통신사행록은『해행총재』에 수록되지 않은 것까지 합쳐서 40여 종이 현존하며, 여기에 통신사와 일본의 문인, 학자, 승려 등이 한문으로 필담한 내용 및 창화한 시문 등을 모은 '필담창화집'을 더하면 200여 종이 전하는 것으로 파악된다.

통신사는 한양을 출발하여 부산에 도착, 배를 타고 대마도 등지를 거쳐 오사카에 상륙한 뒤 육로로 교토, 나고야 등을 지나 에도(江戶, 지금의 도쿄)까지 왕복하였다. 예외적으로 1811년 마지막 사행은 대마도까지만 파견하였다. 에도에서 통신사는 쇼군을 알현하고 조선 국왕의 국서(國書)를 전달하는 전명의(傳命儀)를 거행한 뒤 쇼군의 답서를 받아 귀환하였다. 일본은 조선통신사를 통해 중국을 중심으로 한 동아시아 문명을 접할 수 있었다.

통신사행 기록은 18세기에『해행총재(海行摠載)』(총 28책)란 총서로 간행되어 그 규모를 알 수 있다. 여기에는 고려와 조선의 사행 시문뿐만 아니라 포로로 잡혀간 기록과 표류하여 일본을 다녀온 기록도 포함되어 있다. 통신사행록은『해행총재』에 수록되지 않은 것까지 합쳐서 40여 종이 현존하며, 여기에 통신사와 일본의 문인, 학자, 승려 등이 한문으로 필담한 내용 및 창화한 시문 등을 모은 '필담창화집'을 더하면 200여 종이 전하는 것으로 파악된다. 다만 1607년, 1617년, 1624년에 파견된 제1~3차 통신사행은 포로 쇄환이 주목적이었으므로 사행록 또한 대체로 보고서 형식으로 되어 있거나 문학적 역량을 발휘한 것이 상대적으로 적다.

통신사행록의 작자는 사신의 비중이 상대적으로 높은 편이며, 17세기부터 사행록의 창작층이 제술관, 서기, 역관, 자제군관 등으로 다양해지기 시작하였다. 1636년 제4차 통신사행부터 문재(文才)가 뛰어난 인물들이 사신으로 임명되어 1636년 병자사행의 부사 김세렴(金世濂, 1593~1646)의 『해사록(海槎錄)』, 1643년 제5차 계미사행의 부사 조경(趙絅, 1586~1669)의 『동사록(東槎錄)』, 1655년 제6차 을미사행의 종사관 남용익(南龍翼, 1628~

1692)의『부상록(扶桑錄)』 등 개인적 감회나 일본인과의 문학 교류 활동을 일기나 시로 상세하게 묘사한 사행록이 다수 등장하였다. 또한 문한(文翰)을 전담하는 독축관(讀祝官, 후에 제술관)이 신설되어 박안기(朴安期, 1608~?), 이명빈(李明彬, 1722~?) 등이 일본 문사와 시를 수창하며 교유하였다.

1682년 제7차 임술사행부터 한일 문사 간 교류가 대폭 증대되어 시문에 뛰어난 문인들을 제술관과 서기로 선발하여 일본인들의 조선 시문 입수 요구에 대응하도록 하였다. 1719년 제9차 기해사행 때 제술관으로 발탁된 신유한(申維翰, 1681~1752)의『해유록(海遊錄)』은 통신사행록 중 가장 문학성이 뛰어난 작품으로 평가된다. 또한 1711년 제8차 신유사행의 정사 조태억(趙泰億, 1675~1728), 부사 임수간(任守幹, 1665~1721), 종사관 이방언(李邦彦, 1675~?) 등이 일본 문사와 활발하게 교류하여 그 과정에서 여러 종의 필담창화집이 일본 현지에서 간행되었다.

특히 1763년 제11차 계미사행은 한국과 일본이 문화적으로 거의 대등한 수준임을 인정하게 되는 계기가 된 사행으로, 가장 많은 수량의 통신사행록이 저술되었다. 정사 조엄(趙曮, 1719~1777)의『해사일기(海槎日記)』, 제술관 남옥(南玉, 1722~1770)의『일관기(日觀記)』·『일관창수(日觀唱酬)』·『일관시초(日觀詩草)』, 정사 서기 성대중(成大中, 1732~1812)의『사상기(槎上記)』와『일본록(日本錄)』, 원중거(元重擧, 1719~1790)의『승사록(乘槎錄)』과『화국지(和國志)』 등 한문 사행록과 함께 한글 사행가사인 김인겸(金仁謙, 1707~1772)의『일동장유가(日東壯遊歌)』가 창작되었다. 성대중과 원중거의 경우 일기와 잡록 형식의 두 가지 버전으로 각각 사행록을 창작하여 문학적으로 가치가 높다.

집을 보면 부엌이나 뒷간 목욕탕에 각각 큰 통을 둔다. 목욕물이나 그릇 닦은 물, 쌀뜨물, 간수, 똥물, 오줌물에 이르기까지 한 국자도 땅에 버리는 것이 없다. 소나 말이 있는 사람은 또 마구간 바깥에 그 오물을 받아 둔다.
　　　　　　　　　　　　　　　 - 원중거, 『화국지』 〈농작(農作)〉 중

　　박지원이 중국에서 발견한 '이용후생'의 정신을 원중거는 일본에서 목
도하였다. 당시 원중거와 성대중은 일본 문사들과 시문을 창화하고 필담
을 나누면서 일본의 학술과 문예 동향을 파악하였다. 이들의 일본 인식은
홍대용, 박제가, 유득공, 이덕무 등 북학파 지식인들에게 큰 영향을 미쳐
일본을 객관적으로 이해하고 인식하는 데 기여하였다. 사행문학은 그 문
학적·장르적 의미뿐만 아니라 내용 면에서 전통시대 한중일 삼국의 역사
와 문화에 대한 풍부한 정보를 담고 있는, 다방면에 걸친 상호 관계 및
세계 인식을 종합적으로 살필 수 있는 자료이다.

　　　　　　　　　　　　　　　　　　　　　　　　　　 (임영길)

속담과 수수께끼

인간에 대한 다양한 정의가 존재한다. 서로 다른 인간에 대한 정의들은 과거부터 현재까지, 그리고 미래에도 인간을 다른 종들과 구분할 수 있는 고유한 특징에 주목한다. 호모 루덴스(Homo Ludens)는 인간의 본질로서 놀이에 주목한 정의이다. 다시 말해, 인간 삶에 있어서 '놀이'는 단순한 잉여적 활동이 아닌, 인간을 규정할 수 있는 핵심 활동인 것이다. 특히 어린 시절 우리가 경험한 놀이는 유희적 기능뿐만 아니라, 문화와 삶에 대한 교육적 기능까지 함께 지닌다. 이러한 맥락에서 다양한 문화와 시간을 가로질러 인간에게 구술단문을 활용한 놀이의 한 형태로 존재하는 것이 있다. 바로 수수께끼와 속담이다. 이 둘은 표현이나 화자와 청자 사이의 의사소통 양상과 같은 다양한 차이점에도 불구하고, 유희와 교육을 포함하는 놀이라는 점에서 공통점을 보인다.

수수께끼라는 용어는 17세기 이후 '슈지겻구기'에서 '수수꺽기'로 이후 '수수께끼'로의 변화 과정을 거쳤다. 이때 수수께끼는 '숨기'와 '잡아내기'로 '숨고 숨은 것을 찾아내는 것'이라는 의미를 지닌다. 다시 말해, 수수께끼는 화자와 청자 사이의 질문과 응답을 매개로 "다른 무엇을 암시할 의도를 가진 말로 어떤 사물을 묘사하고, 상대방으로 하여금 그 대상물을 찾아내도록 요구하는 문학 형식"이라고 정의할 수 있다. 이처럼 수수께끼는 화자와 청자 사이에 제시된 구술단문에 대한 정답을 맞히는 과정을 통해 나타나는 경쟁적 놀이의 모습을 보인다. 우리는 수수께끼를 통해 문제를 맞혀 가는 과정에서 나타나는 놀이적 기능과 더불어 언어를 매개로 하는 지적 능력의 향상을 확인할 수 있다. 여기에서 더 나아가 수수께끼를 풀어가는 과정은 청자가 주어진 상황에 대응해 나갈 자격 혹은 능력이 있는지를 평가해 나갈 수 있는 지표가 되기도 한다. 따라서 동서양의 많은 신화 속에서는 영웅으로서의 자질이나 능력을 인정받기 위해 수수께끼를 활용하는 모습을 어렵지 않게 찾아볼 수 있다. 한국의 신화 중 고구려 동명왕에 관한 신화에서 유리가 동명왕의 아들로 인정받기 위해 왕이 떠날 때 남긴 수수께끼를 푸는 모습이 나타난다. 이처럼 수수께끼는 문제를 풀어가는 과정으로서의 놀이적 측면뿐 아니라, 문제를 풀어가는 과정을 통해 존재의 자질을 보여주는 제의적 측면을 동시에 지니고 있다.

속담은 사람들에 의해 구비전승되는 구술단문으로 비유적인 표현을 통해 삶의 지혜나 교훈, 경계해야 하는 일들을 이해하기 쉽게 소통하는 기능을 한다. 속담이라는 용어는 조선 중기 〈어우야담〉과 〈동문유해〉에서 처음 사용되었다. 하지만 그 이전에 〈삼국유사〉에서 이언(俚諺)이라는 용어를 통해 속담과 유사한 기능을 지닌 어휘가 사용되고 있는 모습을 확인할 수 있다. 김종택은 속담의 특징에 관해 "언어적 구조를 갖추고 기능적으로 의미를 전달하며, 관용성과 대중성을 지니는 것"이라고 설명한다. 그가 지적한 '관용성'과 '대중성'이라는 특징을 통해 속담이 사람들 사이에서 보편적으로 나타나는 사회 문화적인 관념이나 태도를 반영하고 있다는 점을 알 수 있다. 이러한 맥락에서 속담은 사회의 단면이나 일상에 대한 인식을 비유적인 표현을 통해 재치 있게 드러내고 이 과정에서 사회를 풍자한다. 그리고 청자에게 속담을 해석하는 과정에서 재미를 느끼게 하는 유희적 기능을 한다. 또한 속담은 수수께끼와 마찬가지로 구술단문을 해석하는 과정에서 사회 문화적 지식의 학습과 같은 지적 능력을 향상할 수 있다. 뿐만 아니라, 그것을 해석하고 실천하는 과정에서 특정한 지식을 알고 행동하는 공동체의 구성원이 될 수 있는 제의적 측면 역시 지니고 있다.

속담과 수수께끼는 서로 다른 구술단문의 형태라 할지라도, 유희와 교육의 기능을 지니는 놀이적 성격과 그것을 해석하는 과정에서 사회 문화적 공동체의 구성원으로서 자질을 지닐 수 있다는 제의적 기능을 보인다. 속담과 수수께끼의 이러한 기능은 '해석'되어야 의미를 지니는 구술단문이라는 특성에 기인한다. 다시 말해, "개천에서 용 난다."라는 속담이 "시원찮은 환경이나 변변찮은 부모에게서 빼어난 인물이 나는 경우에 대한 비유적 묘사"로 해석되기 위해서는, 속담에 나타나는 언어적 상황이 화자와 청자 사이에 속담을 발화하는 실제 삶의 모습과의 대응 관계를 통해 인식되어야 한다. 그래야 "개천에서 용 난다."라는 속담은 단순히 개천이라는 환경과 어울리지 않는 용이 나타난 신기한 상황에 대한 묘사가 아닌 삶에 교훈을 주는 의미로 해석될 수 있다. 또한 이러한 해석을 위해서는 개천과 용이라는 단어가 우리 문화에서 지니고 있는 다양한 의미에 대한 공유가 전제되어 해석되어야 한다. 마찬가지로 "돈을 내지 않고 택시를 타는 방법은?"이라는 수수께끼에 "내릴 때 돈을 낸다."라는 답이 나오기 위해서는 '택시를 타다.' '돈을 내지 않는다.'와 같은 수수께끼의 언어적 표현을 그대로 해석하는 것이 아니라, '택시를 타다.'를 택시 승차로 해석하면서 '타다'라는 언어의 맥락을 지우는 방식으로 해석할 때 가능해지는 것이다. 이때 주어진 수수께끼가 유희성을 보이고 재치 있는 것으로 해석되기 위해서는 '택시를 탈 때는 요금을 낸다. 무임승차는 비도덕적이다.'라는 사회 문화적 인식이 작용하는 것이다.

이처럼 속담과 수수께끼는 '해석'의 과정에서 사회 문화적 공동체 구성원들의 사고와 문화를 활용한다. 이러한 맥락에서 속담과 수수께끼는 한국의 언어와 문화를 습득하게 하기 위한 효과적인 도구로서 기능을 하였다. 그래서 19세기 말에서 20세기 초 조선을 방문했던 서양 선교사들이 작성했던 KOREAN REPOSITORY(1892~1898)와 KOREA REVIEW (1901~1906)에서는 속담과 수수께끼를 한국어 이해와 습득을 위한 언어 자료로 적극 활용하였다. 이때 KOREAN REPOSITORY(1892~1898)에는 214개의 한국 속담과 수수께끼가 KOREA REVIEW(1901~1906)에는 131개의 한국 속담과 수수께끼가 수록되어 있다. 여기에 수록된 속담에는 '화살은 주워도 말은 못 줍는다.'와 같은 신중한 언어 사용을 강조하는 보편적인 의미의 해석이 가능한 것에서부터 '신선놀음에 도끼 자루 썩는다.'와 같은 동양 문화권에 바탕을 두고 해석해야 하는 것까지 나타난다. 또한 수수께끼의 경우에도 '장은 장이라도 먹지 못하는 장은 무엇인가 – 송장'과 같이 한국어에 대한 이해가 있다면 대상의 특징에 기반하여 해석하는 것에서부터 '당 안에 당이 무엇인가 – 성황당 안에 무당'과 같이 동양 문화권에 대한 이해가 없다면 해석할 수 없는 것까지 나타난다. 서양 선교사들은 속담과 수수께끼를 언어로 표출되는 한 민족의 정신적 문화유산으로 간주하였다. 한 민족, 한 나라 사람들이 공유하고 즐겨 쓰는 언어 표현에는 그 사회의 오랜 일상의 문화가 담겨 있기에 대중 선교에 목표를 둔 개신교 선교사들에게 이 언어 자료는 한국을 알아가는 가장 현실적인 길잡이로 간주했을 것이다.

이러한 유사점에도 불구하고, 속담과 수수께끼는 화자와 청자 사이에 소통되는 상황에서 차이가 존재한다. 따라서 의사소통의 과정에서 해석되는 방식의 차이를 보인다. 속담은 상대적으로 수수께끼보다 놀이적 성격이 약하다. 다시 말해, 화자와 청자의 의사소통 상황에서 수수께끼가 청자가 문제를 풀지 못하도록 속이기 위한 목적이 강하다면, 속담은 구술 단문의 의미를 효과적이고 정확하게 전달하는 것이 중요하다. 따라서 속담은 일상의 대화적 맥락 안에서 의미를 정확하게 이해시키기 위한 표현과 구성을 보인다. 먼저 "천 리 길도 한 걸음부터"라는 속담은 시작의 중요성을 알리기 위해 천 리와 한 걸음을 대조적으로 구성한다. 또한 "낮말은 새가 듣고 밤말은 쥐가 듣는다."와 같은 속담은 언행의 신중함을 강조하기 위해 '낮말=밤말' '쥐=새'와 같은 대비적인 구성을 보인다. 이를 통해 내가 하는 말은 항상 누군가가 들을 수 있다는 점을 인식시킨다. 이외에도 하나를 하면 더 욕심이 생긴다는 점을 의미하는 "말 타면 경마 잡히고 싶다."와 같은 속담은 말 타다와 경마 잡히다를 점층적으로 구성하여 의미를 쉽게 전달하려 한다. 다시 말해, 속담에서는 의사소통의 효율성을 높이기 위한 표현 기법으로 구술단문을 구성하고, 이를 소통하면서 속담이 지닌 사회 문화적 맥락과 더불어 의미를 전달하는 것이다.

이에 반해, 수수께끼는 화자의 입장에서는 청자가 주어진 구술단문에 대해 정확한 해답을 찾기 어렵게 해야 하며 청자는 반대의 입장을 보인다. 즉 수수께끼는 화자와 청자 사이에 해답을 탐색하는 과정에서 놀이적 성격을 보여야 한다. 이를 위해 수수께끼는 구술단문의 언어적 차원을 다양하게 재구성하여 인식하도록 한다. 먼저 "짧을수록 좋은 것은?-군대 생활 기간"이라는 수수께끼를 살펴보자. 위 수수께끼에서 주어진 문제는 '짧다'와 '좋다'라는 의미를 연결시킬 수 있는 대상을 찾는 것이다. 일반적으로 짧은 것은 부정적인 의미를 지닌다. 하지만 이것을 해석하기 위해서는 짧아야 좋은 것에는 무엇이 있을까에 대한 맥락을 파악하는 것이 중요하다. 즉 사회 문화적인 맥락 안에서 기존 인식과 다른 의미를 지닌 대상을 찾아가는 과정으로 사고가 진행되는 것이다. 다음으로 "하늘과 땅 사이에 무엇이 있나?-과"와 같은 수수께끼를 살펴보겠다. 이 수수께끼의 경우 일반적인 해석의 방식으로는 의미론으로 하늘과 땅을 인식하고 그 사이에 존재하는 대상을 탐색하게 된다. 하지만 "과"라는 답을 해석하기 위해서는 하늘과 땅을 실제 존재하는 의미론적 대상이 아닌, 수수께끼문형에 존재하는 글자로 인식하고 해석해야 한다. 즉 일반적인 해석의 규칙을 변형해야 풀 수 있는 수수께끼이다. 끝으로 "서울에서 가장 큰 모자를 쓴 사람은?—머리가 큰 사람"이라는 수수께끼를 살펴보자. 이 경우 일반적인 해석의 방식에서는 서술이라는 공간을 매개로 해답을 탐색하게 된다. 하지만 "머리가 큰 사람"이라는 답을 얻기 위해서는 '서울에서'라는 맥락을 제거해야 한다. 즉 맥락을 조작하는 과정을 통해 수수께끼를 풀 수 있는 것이다. 다시 말해, 수수께끼의 경우 언어 놀이의 맥락에서 일반적인 의사소통의 규칙에서 벗어난 해석이 필요한 것이다. 그리고 이를 통해 속담보다 상대적으로 유희적 성격을 지니게 된다.

이처럼 속담과 수수께끼는 외국인 선교사들의 한국어 교재에 사용될 정도로 사회 문화적 요소를 담고 있는 구술단문이지만, 동시에 어떻게 의미를 해석하는가의 측면에서는 속담과 수수께끼 각각이 지니고 있는 의사소통의 특징에 따라서 분명한 차이를 보인다.

속담과 수수께끼는 내용은 조금씩 변화했을지라도, 해석을 매개로 하는 유희와 교육적 도구로서 과거에서부터 현대까지 이어져 왔다. 따라서 지금도 현대의 사회 문화적 모습을 담은 다양한 속담과 수수께끼가 생산된다. 가령 "서당 개 삼 년이면 라면을 잘 끓인다."와 같은 속담은 기존 "서당 개 삼 년이면 풍월을 읊는다."라는 속담에서 풍월을 라면으로 변형한 것이다. 이는 시대 변화에 따라 비유 대상을 바꾸면서 속담이 재생산되고 있는 양상이다. 또한 "딸 낳으면 비행기 타고, 아들 낳으면 기차 탄다."와 같은 속담은 아들과 딸에 대한 변화된 인식을 반영한 것이다. "말은 제주도로 보내고 사람은 강남으로 보내야 출세한다."와 같은 속담은 강남, 출세와 같은 현시대의 세태를 반영한 속담이라고 할 수 있다. 이처럼 속담은 기존의 비유대상을 변화하거나, 과거와는 다른 현시대의 모습을 반영하면서 끊임없이 재구성되어 나타난다. 이는 수수께끼에서도 마찬가지이다. 가령 "금은 금인데 엄마가 제일 싫어하는 금은?-세금"을 살펴보자. 이 수수께끼는 세금이 과대한 사회적 실태를 반영하여 만들어진 것이다. 즉 수수께끼를 통해 현 시대의 모습을 보여주고 풍자하는 것이다. 이 외에도 "추운 겨울에 가장 많이 찾는 끈은?-따끈따끈"과 같이 과거에는 잘 쓰이지 않았던 현대의 의성어와 의태어를 매개로 형성되는 수수께끼 역시 어렵지 않게 찾아볼 수 있다. 이처럼 속담과 수수께끼는 과거에는 과거의 모습을 현재에는 현재의 모습을 바탕으로 꾸준히 창조될 구술단문인 것이다.

속담과 수수께끼는 구술단문으로서 과거에서부터 현재까지 당시 사회 문화를 반영하면서 소통되어왔다. 비록 이 둘은 화자와 청자 사이의 의사소통 방식에 있어서는 차이를 보이지만, '해석의 과정을 통해 교육과 놀이적 기능'에서는 변하지 않는 모습을 보인다. 따라서 우리는 과거뿐만 아니라, 현재 우리 사회에서 소통되는 속담과 수수께끼를 통해 우리 삶과 사회를 성찰할 수 있는 도구로서 바라볼 필요가 있다.

(윤인선)

시회

시나 소설과 같이 완성된 작품은 작가의 개인 창작물로 여겨지지만, 창작을 하는 과정 중에는 여러 주변적 요소들이 결합되기 마련이다. 문학 활동에 있어서 문인들은 개개인으로 존재하면서도, 다양한 그룹에 참여하며 문학 활동을 한다. 현대에도 그렇지만, 과거에도 그랬다. 그렇기에 문인들을 묶는 다양한 그룹이 존재할 수밖에 없는 것이다. 개인이 관계 맺고 활동하는 문학 집단이 작품을 창작하는 데 있어서 크고 작은 영향을 준다. 시회(詩會)는 "시인이나 시의 애호가들이 시를 짓거나 시에 대하여 토론·감상·연구하기 위하여 모인 모임"이라고 사전에서 정의하고 있다. 조선 후기에는 이와 같은 문인 집단이 매우 성행하였다. 시회가 크게 발달했던 시기는 18세기로, 대부분의 시회는 남성 중심이었고 중인(中人) 계층을 중심으로 한 시회도 성행했으며, 여성 문인들의 모임도 존재했다. 하지만 여성 시회의 경우 자료가 적어 그 흔적을 찾기가 쉽지 않다.

또한 '시회(詩會)'라는 하나의 용어만 사용한 것은 아니었다. '시회(詩會)'·'시사(詩社)'·'아집(雅集)'·'아회(雅會)'·'계회(契會)' 등 다양하게 부른 것을 문집을 통해 확인할 수 있다. 남성 문인들의 집단은 'OO시사(OO詩社)'로 남아있는 경우가 많은데, 이는 조직된 단체로서의 특징, 결사의 의미가 부여되어있는 것이다. 특히 18세기 시사의 활동은 다채롭게 전개되었는데, 어떤 시사는 장기간에 걸쳐 지속적으로 유지되었던 반면, 어떤 시사는 단기간에 걸친 것도 있고, 일회성의 시사도 있었다. 어떤 시사는 시사로 이름 붙이기에도 부족한 것이 있는 반면, 어떤 시사는 많은 동인이 활동하고 적지 않은 결과를 내기도 했다. 시사의 성격 또한 시 창작, 정치적 결사, 사교와 오락 모임 등으로 다양했다. 전해지는 작품에는 서로 시를 주고 받거나 상대방의 시에 답하는 수창(酬唱)·창수(唱酬)·창화(唱和) 관계에서 나온 것들이 많다. 수창시(酬唱詩) 또는 창수시(唱酬詩)·창화시(唱和詩)는 개인의 작품이면서 문학 교류의 모습을 보여준다.

시회의 명칭은 그 모임의 성격을 보여주고, 장소적 상징이 중요하기에 지역명이 쓰이는 경우도 많았다. 송석원시사(松石園詩社)나 옥계시사(玉溪詩社), 백탑시사(白塔詩社), 육교시사(六橋詩社) 등은 모임의 장소를 시사의 명칭으로 삼은 예이다. 감상의 대상이 된 연꽃이나 매화 등을 명칭으로 삼은 연사(蓮社)나 매사(梅社)도 있었다.

남성 시사의 예시로 '죽란시사(竹欄詩社)'를 살펴보자. 죽란시사는 1794년 이후 15명의 남인 청년 관료를 중심으로 결성되었으며, 당파적 색채가 뚜렷하게 보이는 정치적 결사이면서, 창작의 성격 및 사교적 성격도 드러나는 모임이다. 정약용(丁若鏞, 1762~1836)이 〈죽란시사첩서(竹欄詩社帖序)〉에서 결성의 취지를 밝히고 있는데, "이 열다섯 사람은 서로 비슷한 나이에 서로 뵈는 가까운 곳에 살면서 태평한 시대에 급제하여 나란히 벼슬명단에 이름이 올랐다. 그 지향이 서로 비슷한 데로 귀결되니 시사를 결성하여 즐기며 태평시대를 멋지게 꾸미는 것도 좋지 않겠는가?"라고 하였다. 그 뒤에 모임의 목적이 분명하게 밝혀져 있다.

모임이 결성되자 다음과 같이 약속하였다. 살구꽃이 막 피면 한 번 모이고, 복숭아꽃이 막 피면 한 번 모인다. 한여름에 참외가 익으면 한 번 모이고, 막 서늘해지면 西池에서 연꽃 구경하러 한 번 모인다. 국화가 피면 한 번 모이고, 겨울철 큰 눈이 내리면 한 번 모이며, 세밑에 盆梅가 꽃망울을 터트리면

한 번 모인다. 모일 때마다 술과 안주, 붓과 벼루를 장만하여 술을 마시고 시를 읊도록 한다. …… (會旣成, 與之約曰, 杏始華一會, 桃始華一會, 盛夏菰果旣熟一會, 新涼西池賞蓮一會, 菊有華一會, 冬大雪一會, 歲暮盆梅放花一會, 每陳酒殽筆硯, 以供觴詠.)

– 정약용(丁若鏞), 『여유당전서(與猶堂全書)』

위 인용문을 보면 친목을 위한 모임의 성격이 잘 드러나 있다. 여성 시회의 경우에도 비슷한 특징을 살펴볼 수 있다. 18세기에는 가정 내에서의 시회의 모습이 포착되며, 서영수합(徐令壽閤, 1753~1823) 집안과 신부용당(申芙蓉堂, 1732~1791) 집안이 확인된다. 신부용당은 석북 신광수의 누이로, 18세기 석북가의 문학은 삼 형제뿐만 아니라 여동생까지 뛰어난 시인으로 주목할 만하며 결혼 전에는 조카들과 함께 수학하는 모습을 발견할수 있다. 서영수합 집안은 가족 문학공동체로서, 규방 내에서 한시를 창작하고 향유했던 모습을 확인할 수 있다. 영수합은 홍인모(洪仁謨, 1755~1812)와 결혼한 후 3남 2녀를 두었는데, 그중 석주(洪奭周, 1774~1842), 길주(洪吉周, 1786~1841), 현주(洪顯周, 1793~1865)와 유한당(洪幽閑堂, 1791~1842) 모두 뛰어난 문인이었다. 풍산 홍씨 집안의 가정 시회 모습을 확인할수 있다. 18세기 무렵부터 본격적으로 여성 문학 모임의 형태를 확인할수 있으며, 이 시기의 시회는 가정 내에서의 문학 활동이라는 범주 안에서 확인되었다면, 19세기의 문학 집단으로 확인되는 '삼호정 시회(三湖亭 詩會)'와 '팔선회(八仙會)'는 비혈연관계라는 점이 특징적이다.

먼저, '삼호정시회'를 살펴보자. 삼호정시회의 명칭에 드러난 삼호정은 삼호정시회의 구성원인 김금원의 남편 김덕희(金德熙, 1800~?)가 소유한 별장의 이름이다. 김덕희의 소실이 된 후에 한강 용산 근처에 있던 그의 정자에서 '금원(錦園, 1817~1850), 운초(雲楚, 1805전후~1851(~1853)), 경산(瓊山), 경춘(鏡春), 죽서(竹西, 1817~1851)' 다섯 사람이 모여서 시를 읊고 담소를 나누며 모임을 가졌다. 금원이 저술한 기행문인『호동서락기(湖東西洛記)』에 삼호정시회와 관련된 기록이 남아있다. 삼호정시회가 결성될 수 있었던 이유는 소실이라는 신분적 동질감, 자유가 주어진 삶, 남편이 소유한 별장의 공유, 한양을 중심으로 문화를 향유했던 시대적 배경을 들 수 있다.

이따금 읊조리면 문득 좇아서 수창한 사람이 넷인데 하나는 운초이며, 성천 사람으로 연천 김판서의 소실이다. 재주가 뛰어나고 시로 크게 알려져 사람들이 끊임없이 찾아오는데 혹자는 이틀 밤씩 묵기도 한다. 하나는 경산이며, 문화 사람으로 화사 이상서의 소실이다. 견문이 많고 박식하며 시에 뛰어난데 마침 이웃에 살아 서로 어울린다. 하나는 죽서인데, 동향 사람으로 송호 서태수의 소실이다. 재기가 영명하고 지혜로워 하나를 들으면 열을 알며 한유와 소동파의 글을 사모하였으며, 시 또한 기이하고 고아하다. 하나는 내 아우 경춘으로, 주천 홍태수의 소실이다. 총명하고 지혜롭고 정숙할 뿐만 아니라 널리 경사에 통달했는데 시사 또한 여러 사람에 뒤지지 않는다. 서로 어울려 좇아 노는데 비단 같은 글 두루마리가 상위에 가득하고 명언가구가 선반 위에 가득 차 있어 때때로 낭송하는 것이 쇠를 두드리고 옥을 부수는 것처럼 낭랑하다. 사시의 풍월이 절로 한가롭지 못하게 하고, 온 강가의 꽃과 새는 또한 우리의 수심을 풀어주리라.("有時吟哦, 從而唱酬者四人, 一日雲蕉成川人, 淵泉金尙書小室也. 才華超倫, 詩以大鳴, 源源來訪, 或留連信宿. 一日瓊山文化人, 花史李尙書小室也. 多聞博識, 上於吟詠, 適因隣居相尋. 一日竹西同鄕人, 松湖徐太守小室也. 才氣英慧, 聞一知十, 文慕韓蘇, 詩亦奇古, 一卽吾弟鏡春, 泉洪太守小室也. 聰慧端一, 博通經史, 詩詞亦不多讓於諸人, 相與從遊, 而錦軸盈床, 珠唾滿架, 有時朗讀, 琅琅如擲金碎玉, 四時之風月, 不能自閒, 一江之花鳥, 亦應解愁.)" ― 김금원(金錦園),『호동서락기(湖東西洛記)』

다섯 사람이 서로 마음을 잘 알아서 더욱 친하고, 또 경치 좋고 한가한 곳을 차지하니 花鳥雲煙과 風雨雪月이 아름답지 않은 때가 없고 즐겁지 않은 때가 없었다. 혹 함께 거문고 타면서 음악을 들어 맑은 흥취를 끌어내고, 웃고 얘기하는 사이에 천기가 움직이니 발하여 시가 되었다. 맑은 시, 우아한 시, 웅건한 시, 옛스러운 시, 담박하고 질탕한 시, 비분강개한 시가 있어 비록 누가 더 나은지 가릴 수 없었으나 성정을 그대로 쏟아내고 한가하게 노닐며 유유자적한 것은 한결같았다.("五人, 相爲知心益交, 又占勝地閒區, 花鳥雲煙, 風雨雪月, 無時不佳, 無日不樂. 或與彈琴聽樂, 以遣淸興, 而談笑之暇, 天機流動, 則發而爲詩. 有淸者·有雅者·健者·古者·澹宕者·慷慨者, 雖未知其甲乙, 而陶寫性情, 優游自適, 則一也.")

- 김금원(金錦園), 『호동서락기(湖東西洛記)』

삼호정시회의 5명은 모여서 시회를 열고 풍류를 즐겼으며, 이때에 발현된 그들의 문학적 재능은 자연스럽게 형성된 천부적인 것이다. 또 다른 그룹인 '팔선회'는 『팔선루집』이 남아있어 모임에 대해 더욱 명확하게 알 수 있다. 『팔선루집』은 19세기에 필사된 것으로 추정되는 시집으로 8명의 기생, '월하(月荷), 동정춘(洞庭春), 상림춘(上林春), 월중매(月中梅), 옥호춘(玉壺春), 전춘앵(囀春鶯), 월중선(月中仙), 소운(小雲)'이 모임을 갖고 지은 시들을 모아놓은 문집이다. 책의 앞부분에 〈팔선명록(八仙名錄)〉, 〈팔선루계첩서(八仙樓稧帖序)〉, 〈팔선루계첩좌록(八仙樓稧帖座錄)〉 등이 붙어 있어서, 시회를 이루어 활동했음이 명확하게 문집에 남아있다.

모임을 하는 날 각각 율시 한 수씩을 지어 드디어 약속을 하였다. 꽃과 새와 바람과 달이 아름다운 때 누대와 산수가 있는 고을에서 담박한 화장과 가벼운 옷차림을 하고 날을 바꾸어 서로 만나 붉은 술동이를 앞에 두고 약간 취하고 푸른 시축을 끌고 낭랑하게 읊조리다가 만약 아름다운 작품이 있으면 노래와 금에 올려 도성의 남녀로 하여금 원근에 전파하게 하면 유독 오늘의 아름다운 일만이 아니라 역시 다음 세상에도 할 말이 있을 것이다.(會之日, 各題一律, 遂以約之日, "花鳥風月之辰, 樓臺山水之鄉, 以淡粧輕服, 輪日相

會, 臨紅樽而小醉, 携綠軸而朗吟, 如有佳作, 被之歌琴, 使都人士女, 傳播遠
邇, 則非獨今日之勝事, 而亦有辭於來世.")

　　　　　　　　　　　　　　　　- 소운(小雲), 〈팔선루계첩서(八仙樓稧帖序)〉

위 인용문을 통해서, 시 창작 집단의 성격을 알 수 있다. 문학의 중요
성을 인지하고, 인생은 유한하지만 아름다운 작품을 기록하고 전파하여
남겨두면, 다음 세상으로까지 이어질 것이라는 소망이 담겨있는 것으로
이해할 수 있다. 자신들의 모임과 자신들이 창작한 시가 잠시 존재하고
사라지는 것이 아닌, 계속하여 이어지기를 바라는 모습이다. 또 월하의
계첩서문에도 난정회를 언급하고, 소운의 글에서도 난정회가 등장하는
데, 팔선들은 자신들이 추구하는 모임의 형태를 난정회에 빗대고 있다.
시회에서 중요한 요소는 '작시(作詩)'와 '음영(吟詠)'이라 할 수 있다. 시가
창작이 중시되면서 이를 목적으로 하는 난정회가 탄생했다. 난정회는 산
수유람과 감상 그리고 산수에서 즐기는 청담, 음주, 시가창작 등을 통해
정신적 만족을 추구했던 모임으로, 순수하게 그날 자신들이 산수에서 느
낀 기분을 나타내고자 시를 지었다. 팔선회 또한 난정회가 지향했던 문학
창작의 모습에 빗대어, 팔선들이 모여 시로써 교류하고 소통하는 장이
되고자 했다. 이는 『팔선루집』의 서문에 '난정회, 구로회, 기영회'가 언급
되었고, 작품들 안에서도 이들 시회에 대한 언급이 지속적으로 보이는
모습을 통해 확인할 수 있다. 이러한 시회가 팔선들이 닮고자 했던 모임
의 모습이라 생각되는데, 『인서록(人瑞錄)』 권4에 유사한 표현이 보인다.
이를 보고 자신들의 모습을 투영시킨 표현이 아닐까 생각한다.

"한 읍마다 그 읍의 노인들의 나이를 모두 세어서 그 숫자를 게시하고,
한 도(道)마다 그 도의 노인들의 나이를 모두 세어서 그 숫자를 게시한 것은
상서로운 것이 사람에게 나타난 실적을 드러낸 것이니, 이는 기영회(耆英會)

에서 모든 노인의 나이를 모두 헤아린 예와 같은 것이다.”

  '팔선회'는 작시음영(作詩吟詠)에 뜻을 두고, 시를 지음으로써 소통하고 친목을 도모하고자 결사했던 모임이었다. 미산거사의 후원으로 팔선들은 자신들의 모임을 이어나가면서, 시를 창작하고 향유하고, 그것을 문집으로 완성할 수 있었다. 문집에 남아있는 월하가 쓴 시를 통해서, 구성원들끼리의 결속과 애정을 느낄 수 있어서, 예시로 살펴보고자 한다.

地共四千三百里	거리를 모두 합치면 사천삼백리가 되고
年惟一百卅餘春	나이를 모두 합하면 백삼십여세쯤 된다네.
願將天姥無彊壽	장차 늙어도 만수무강 하기를 바라오니
永作康寧不老人	길이 강녕하여 늙지 않기를.

  위 시는 월하가 쓴 시 중 후반부에 해당하는 5-8구이다. 5·6구에서는 팔선들의 거주지의 거리를 모두 합한 거리가 4,300여 리쯤 되고, 나이를 모두 합하면 130여 세쯤 된다는 표현을 하고 있다. 〈팔선명록(八仙名錄)〉 아래에도 마찬가지로 '사천오백일리(四千五百一里), 일백삼십구세(一百三十九歲)'라 적혀있다. 이러한 표현을 통해 구성원들끼리의 결속이나 구성원들에 대한 애정을 나타내고자 하는 마음이 느껴진다. 늙어도 만수무강하여, 아프지 않고 오래오래 이 모임이 지속되기를 바라는 월하의 마음이 표현되어있다. 팔선들이 남겨놓은 서문과 발문, 시 작품을 통해 보면 끈끈한 우정이 느껴진다. 서로 정서적 유대나 친밀도가 매우 높았고, 서로 의지하고 기대며 관계를 이어나갔던 것으로 보인다. 시회는 구성원들의 동인 의식과 지향점 등이 서로 맞았을 때, 결성되고 모임을 지속할 수 있다. 팔선회의 구성원들은 정서적 공감을 바탕으로 한 수평적 교류였다. 자신의 시 창작 경험을 교류하고, 다른 사람을 통해 문학적 영감을 얻기

도 하는, 고독한 독서와 창작에 머물지 않고 창작의 시공간과 정서, 체험, 유희를 공유하였다. 팔선회의 모임을 통해, 각 구성원들은 서로를 인정해 주는 벗을 만나 스스로 시인이라는 자신들의 정체성을 확고히 보여줄 수 있었다. 팔선들은 사회적 관계를 맺고 동료애를 나누며 자신들의 소망과 고통을 이야기하고, 자신의 생각을 말과 글로 표현하고 같은 생각을 가진 사람들의 사회적 관계망을 형성하였다.

'삼호정시회'와 '팔선회'와 같이 문학 활동을 이어나갈 수 있었던 것은 19세기 조선 사회의 모습과 밀접한 관련이 있다. 사회적 관계망이 확산되기 시작한 시기에 여성들 역시 자신의 목소리를 내고자 했던 욕구와 관련이 있다. 조선 후기 위항 시인 장혼(張混, 1759~1828)이 『옥계아집첩(玉溪雅集帖)』의 서문에서 "아름다움은 절로 아름다운 것이 아니라 사람으로 인하여 드러난다[夫美不自美, 因人而彰]"고 하였다. 『호동서락기』에서 김금원도 후세에 남기기 위해 글을 쓴다고 말했고, 『팔선루집』 계첩서문에서도 지금 아름다운 말을 남겨놓으면 다음 세상에도 할 말이 있을 것이라 했듯이, 시회 활동을 통하여 그들이 본 자연과 느낀 감정을 시로 남겨서 향유하였다. 그녀들이 남겨놓은 시를 통하여 자연이 더욱 빛나게 된다. 소실이라는, 기생이라는 그들의 반쪽짜리 삶이 시라는 문학 기제를 통해 나머지 반쪽이 채워지는 삶으로 완성되었다. 공통분모가 존재했던 여성들이 자발적으로 이끌려 하나의 그룹을 형성하였고, 그녀들만의 네트워크를 유지하였다. 함께 모여 시회를 열어 시를 짓고, 서로 시로써 화답하며 자신들이 문학적 재능을 키워갔다. 즉, 여성 시회는 벗을 만나 스스로 시인이라는 자신들의 정체성을 확고히 보여주면서, 시를 통해 사교와 친목을 도모했던, 정서적 공감과 소통의 문화공간이었다.

(임보연)

신화

한국의 신화는 다양하며, 다층적이다. 신화의 편수도 많지만 이 신화들의 체계 또한 복잡하고 다층적이다. 일반적으로 신화는 신(神)에 대한 이야기 내지 신성한 존재나 사태에 관한 이야기라 할 수 있다. 신화의 본질은 '신' 내지 '신성함'이라 할 수 있는데, 한국인들이 생각한 신성함을 갖춘 존재는 세상을 창조한 절대자 신에서부터 국가를 세운 영웅, 마을의 수호신, 풍작이나 풍어를 관장하는 신, 아이를 점지해 주는 신 등, 매우 다양한 스펙트럼을 가진다.

한국의 신화는 어떤 방식으로 전승해 왔는가에 따라 나눌 수 있다. 문헌에 기록된 것과 구술(口述)로 전승된 것으로 나눌 수 있다. 구술로 전승된 경우에도 특별한 제전(祭典)이나 종교적 의식을 통해 구연되는 것도 있고 그러한 전승 맥락이 없는 경우도 있다. 일반적으로 한국 신화는 문헌에 정착한 건국신화(建國神話)와 민간의 무속 문화 속에서 구술 전승되는 무속신화(巫俗神話)가 가장 대표적이다. 건국신화는 국가가 주관하는 공식 제사에서 재연되었으며, 무속신화는 민간에서 연행되는 각종 굿에서 재연되었다. 건국신화가 고대 국가의 첫머리 역사로서 안정적으로 정착하였다면, 무속신화는 현재까지 이어지고 있는 한국의 무속 문화 속에서 명맥을 유지하고 있다.

신화의 내용을 보면, 세상을 열고 세상에 질서를 부여하는 신과 그 행적을 다룬 신화, 신성한 존재가 출현하여 새롭게 나라를 세운 신화,

마을의 수호신이나 조상신의 행적을 다룬 신화, 무속의 신들이 어떻게 신이 되었는지를 다룬 신화 등으로 나눌 수 있다.

역사적으로 볼 때, 한국의 가장 오래된 신화는 건국신화로, 그중에서도 고조선(古朝鮮)의 건국을 이야기한 〈단군(檀君)신화〉이다. 한반도의 북쪽 지역은 한반도보다 먼저 금속 문화를 받아들이고 고대 국가를 세운 것으로 보인다. 〈단군신화〉는 4,000여 년 전 한반도 북쪽에 세워진, 한국 민족이 최초의 국가로 여기는 고조선의 건국을 배경으로 하고 있다. 건국신화는 한반도 주변에서 세워진 한국 민족의 고대 국가 설립 과정과 그 주인공을 다루기 때문에 시간적 배경이 비교적 잘 드러난다.

고조선 이후 설립된 고대 국가로 한반도 북쪽 지역에는 부여(夫餘)가 대표적이다. 부여는 기원전 4세기에 출현한 것으로 보인다. 부여와 관련된 신화로는 〈해모수(解慕漱)신화〉, 〈해부루(解夫婁)신화〉, 〈금와(金蛙)신화〉가 있다. 북부여를 건국한 해모수의 등장과 즉위 내용을 다룬 것이 〈해모수신화〉이며, 해모수를 이어 왕이 된 인물을 다룬 것이 〈해부루신화〉이다. 해부루 다음 대의 신이한 왕을 다룬 것이 〈금와신화〉이다.

기원 전 한 세기를 기점으로 한반도에는 신라(新羅)가 B.C.57년, 고구려(高句麗)가 B.C.37년, 백제(百濟)가 B.C.18년에 각각 건국하여 이른바 삼국 시대를 이루게 된다. 세 나라의 건국과 관련해서 비교적 상세한 신화가 전한다. 삼국이 한반도의 북쪽 지역과 한반도를 완전히 3분하여 통치하기 이전에는 수많은 소규모 국가가 있었고 관련 신화도 있었다. 이 중에서 대표적인 것으로 가야(伽耶)와 탐라(耽羅)를 들 수 있다.

기원전 57년 신라의 초대 왕 혁거세(赫居世, B.C.69~4)가 즉위하는데, 혁거세의 탄생과 즉위를 다룬 신화가 〈혁거세신화〉이다. 신라는 혁거세의 박(朴)씨 왕조 외에 석(昔)씨와 김(金)씨에서도 왕이 배출되었다. 석씨 왕조의 시조를 다룬 〈탈해(脫解)신화〉가 있고, 김씨 왕조의 초대 조상을 다룬 〈알지(閼智)신화〉가 있다.

기원전 37년, 부여에서 탈출한 주몽(朱蒙, B.C.58~B.C.19)이 고구려를 건국하는데, 이 이야기가 〈주몽신화〉로 전한다. 주몽의 아들 비류(沸流, ?~B.C.18)와 온조(溫祚, ?~28)가 남하(南下)하여 백제를 세우는 이야기도 전한다.

1세기 초에 가야 엽합의 대표라 할 수 있는 금관가야(金官伽倻)의 초대 왕 수로(首露, ?~199)가 즉위하는데, 이때의 이야기가 〈수로신화〉로 전한다. 과거에는 제주도를 탐라라고 불렀는데 탐라국은 고(高)씨, 양(良)씨, 부(夫)씨 세 왕조가 분할 통치하였다. 이 세 시조의 출현을 다룬 것이 〈삼성(三姓)신화〉이다.

삼국시대를 거쳐 신라가 삼국을 통일하고, 이후 고려(高麗), 조선(朝鮮)으로 이어진다. 고려가 918년에 세워졌는데 이 시기에는 앞선 고대 국가의 건국신화처럼 시조왕의 건국을 신이(神異)한 이야기로 만들기 어려웠다. 하지만 초대왕의 정통성과 건국의 정당성을 강화하기 위해 신성한 장치를 활용하여 건국에 관한 이야기가 만들어졌다. 고려의 시조인 왕건의 신성한 조상들의 계보를 다룬 〈고려세계(高麗世系)〉가 있는데 이는 고려의 건국신화라고 칭할 수 있다.

다음으로 무속신화에 대해 살펴보자. 한국에는 문자로 기록되어 전하는 신화보다 구술 전승되는 신화가 훨씬 더 많다. 이 경우 무속제의인 굿에서 무당이 구연하는 신화도 있고, 특별한 연행 맥락 없이 혹은 그러한 것들을 상실한 채 이야기로만 전하는 신화도 있다. 건국신화가 공식적인 국가의 역사와 관련된 것이라면 이와 구별되는 구전(口傳) 신화는 민간의 종교와 문화와 관련된 것으로 무속신화로 통칭할 수 있다.

문헌신화인 건국신화 달리 구술신화인 무속신화는 만들어진 시기나 순서를 정확하게 매길 수 없다. 하지만 신화의 내용을 고려하면 어느 정도 시간대나 선후 관계를 추론할 수 있다. 인간사회가 질서 잡힌 공동체를 형성하기 이전 단계에는 자연물이나 자연현상이 인간의 주된 관심사였다. 어떻게 하늘과 땅이 만들어지고 별이 생겨났는지, 그리고 언제 어떻게 인간이 처음 만들어졌는지와 같은 근원적인 의문에 대한 답이 신화로 형성된다. 이른바 창세신화(創世神話)는 세상과 인간의 출처를 다룬 것이다. 거인에 의해 섬이나 산, 강, 호수와 같은 지형이 만들어진다는 내용을 다룬 〈설문대할망〉, 태초에 신이 등장하여 천지 창조와 인간 창조를 다룬 〈창세가〉, 천상세계·인간세계·사후세계의 구획과 그 통치자들의 등장을 다룬 〈천지왕본풀이〉 등이 있다. 또한 홍수로 인해 기존의 인간세계가 멸망하고 이후 새로운 인류의 시조를 다룬 홍수신화도 있다.

인간이 등장하고 인간사회가 꾸려짐에 따라 질서를 수립하고 문화를 창조하는 단계로 넘어가야 한다. 이에 따라 새로운 질서와 문화를 인간 공동체에 전해주고 정착시키는 영웅이 필요하다. 무속신화에는 수많은 영웅 신화들이 있다. 생산신과 사람의 탄생을 주관하는 삼신을 다룬 〈제석본풀이〉, 병을 치유하고 망자를 천도(薦度)하는 역할을 최초로 맡은 인물의 이야기인 〈바리공주〉가 있다. 이 두 신화는 한국의 전 지역에서 전승되는 가장 널리 알려진 신화이다. 삶과 죽음이라는 인간 삶에 있어서 가장 근원적인 문제를 다룬 신화이다.

이밖에 집과 터의 신들을 다룬 〈성주풀이〉, 집안의 각종 공간을 차지한 신들의 내력을 담은 〈문전본풀이〉가 있다. 천상에 올라가 곡식의 씨앗을 얻어 인간에게 전해준 농경신 이야기인 〈세경본풀이〉가 있다. 풍요와 다산을 기원하는 신들에 관한 〈칠성본풀이〉가 있다. 망자를 명부로 인도하는 저승사자의 이야기 〈차사본풀이〉가 있다. 이 외에도 한국에는 인간들의 삶과 직접적으로 연관된 다양한 신들이 존재하며 신화를 남기고 있다. 한국인들은 말 그대로 신들과 함께 살아간다고 할 수 있다.

앞서 살핀 건국신화와 무속신화를 바탕으로 한국 신화의 특징을 도출해 보자. 한국에 전하는 건국신화의 공통되는 내용은, '신성한 존재가 지상에 출현하여 나라를 세우다', 혹은 '신성한 존재가 초대 왕으로 즉위하다' 정도로 요약할 수 있다. 이 신화들에서 나타나는 공통적 특징은 초대왕이 되는 자들이 인간이 아니라 신이거나 신의 후손이라는 점이다. 고대인들에게 있어서 왕은 평범한 인간 존재와는 뚜렷이 구분되는, 월등히 뛰어난 신적 존재로 보아왔다. 특히 초대 왕의 경우는 더욱 그러하다. 한국의 신화에는 신들의 세계만을 다룬 이야기는 찾아보기 어렵다. 한국의 신화에 등장하는 신들은 모두 인간과 인간세계와 연관을 맺을 때에만 호출되는 것이다. 한국의 신에게 요구되는 주요한 자질은 이전에 존재하지 않던 것을 새롭게 창출해야 한다는 점이다. 어떤 존재든 법칙이든, 그것의 기원은 현실의 경험 법칙으로 설명되지 않는다. 인간의 부모는 인간이지만, 태초의 인간에게는 인간 부모가 있을 수 없다. 따라서 이 인간은 다른 존재로부터 오거나 다른 법칙으로 설명되어야 한다. 이때 자연스럽게 신화가 요청된다.

이전에 없던 새로운 국가가 탄생한다는 것은, 천지개벽에 비유될 만한 인간사에 있어서 최고의 사건이다. 과거의 질서와 관념에서 왕은 그 아버지가 왕이어야 한다. 그런데 최초의 왕은 당연히 아버지가 왕일 수 없으며, 따라서 그는 신이어야 한다. 한국의 건국신화에서는 천신(天神)이 직접 인간세계로 강림하여 나라를 세우고 법을 만들며 인간들을 통치한다. 〈단군신화〉의 환웅(桓雄)은 환인(桓因)이라는 천신의 아들이다. 신들의 세계는 아버지와 장자가 다스릴 것이기에 자신은 신이지만 왕이 될 수는 없다. 자신의 나라에 왕이 되고 싶었던 환웅은 인간세계로 와서 신시(神市)를 연다. 부여의 건국신화 〈해모수신화〉도 천신이 직접 강림하여 인간세계를 통치하는 모습이 잘 나타난다. 여기에서는 천상세계를 다스리는 천신 해모수가 지상세계로 내려와 부여를 건국한다. 낮에는 인간세계를 다스리고 밤에는 자신의 천상세계로 돌아간 것으로 나온다. 낮에 지상에 머물고 밤에 천상으로 돌아가는 모습으로 인해 해모수가 태양신을 상징한다고 보았다.

한국 민족에게 있어서 역사적으로 초기 국가에 해당하는 고조선과 부여의 건국신화에서는 이처럼 천신이나 천신의 친자가 직접 인간세계에 내려와 나라를 세우고 왕이 된다.

삼국 중 가장 먼저 개창한 신라의 경우, 〈혁거세신화〉는 하늘에서 신성한 알이 지상으로 내려오고, 이 알에서 태어난 신성한 존재가 왕이 되는 것으로 나온다. 이와 유사한 사례는 가야의 건국신화 〈수로신화〉에서 수로가 알의 형태로 천상에서 지상으로 강림하고, 그 알을 깨고 태어난 신성한 아이가 이후 새로운 왕조의 시조가 된다. 신라의 김씨 왕조의 시조인 알지 역시 이와 유사하다. 〈알지신화〉에서는 알 대신 하늘에서 내려온 황금 궤짝에서 갓난아이를 얻는 것으로 나온다.

그런데 북방의 국가 중 가장 후대의 신화라 할 수 있는 〈주몽신화〉에서는 이와 다른 양상이 나타난다. 주몽의 경우, 강신(江神)인 하백(河伯)의 딸 유화(柳花, ?~B.C.24)가 인간세계에서 알을 낳고, 그 알을 깨고 주몽이 태어난다. 혁거세나 수로는 하늘에서 알이 지상으로 떨어졌지만, 주몽은 지상에서 여인이 직접 알을 낳은 것이다. 지상의 법칙상 여인이 알을 낳는 것은 쉽게 받아들여지지 않기 때문에 주몽은 처음에는 신성한 존재로 인지되지 않고 배척당한다. 고난을 겪고 이를 극복하고 탁월한 능력을 발휘한 뒤에 신성한 존재로 인정받는다. 이와 유사한 인물은 신라의 석씨 왕조의 시조인 탈해이다. 〈탈해신화〉에서 탈해는 인간인 어머니가 알을 낳았고 부모는 상서롭지 못하다고 해서 알을 버린다. 알을 깨고 나온 탈해는 주몽과 마찬가지로 고난을 극복하고 뛰어난 능력을 발휘하여 이후 신라의 왕이 된다.

탐라의 건국신화 〈삼성신화〉에서 시조왕들은 앞에서 언급한 육지의 왕들과는 사뭇 다르다. 육지의 왕들은 주로 천신이거나, 하늘에서 직접 내려온 알에서 태어난 자였다. 주몽과 탈해와 같이 지상에서 알로 태어난 인물들이라 할지라도 이들 또한 알로 상징되는 하늘과 관련을 맺고 있다. 〈주몽신화〉에서 주몽의 부모는 각각 신화적 동물과 관련이 있다. 어머니인 유화는 물새와 관련이 있으며, 아버지인 해모수는 태양을 상징하는 삼족오(三足烏)와 관련이 있다. 〈탈해신화〉에서 탈해(昔脫解, ?~80)가 한반도에 도착할 때 까치가 그를 보호하였고, 그래서 탈해는 자신의 성(姓)을 까치에서 따왔다. 이에 반해 탐라의 시조왕 세 명은 모두 땅에서 솟아난 인물이다. 원 출처를 하늘이 아닌 땅으로 설정하고 있는 것이다. 한반도와 바다로 나뉘어져 있던 탐라는 아무래도 육지의 신화 전통과 구별되는 독자성이 더 강했을 것이다. 또한 육지처럼 외부와의 교류가 어렵기 때문에 천상에서 온 외부의 인물을 설정하기 힘들며, 그 집단의 경험상 탐라의 고유성을 갖추기 위해서는 그 땅에서 지배자가 출현해야 하는 필요성이 더 강했던 것으로 보인다.

한국의 신화에는 앞선 신화들과 같이 신이 인간세계의 왕이 되는 내용이 존재하기도 하지만 신이 아닌 자가 신이 되는 내용이 많다. 그리스·로마 신화에서는 신과 인간을 뚜렷이 구별하며, 아무리 뛰어난 영웅이라고 해도 신이 된다는 것은 원천적으로 불가능하다. 신과 인간이 결합한 반신반인(demigod)이라 하더라도 불멸(不滅)의 존재인 신이 될 수는 없다. 결국 그리스·로마 신화의 영웅들이 신과의 경쟁이나 싸움에서 승리하는 경우가 있더라도 반드시 죽게 되어 있다. 그만큼 인간이 신이 되는 것은 가능하지 않은 일이다.

이에 반해 한국의 신화에서는 신이 인간이 된다. 건국신화의 주인공들은 왕으로서 인간세계에서의 삶이 끝나면 다시 신으로 변신하거나 신성한 세계로 돌아가는 것으로 나온다. 환웅의 아들 단군은 오랫동안 인간세계를 다스리다가 이후 산신(山神)이 된다. 주몽은 시신을 남기지 않은 채 천상세계로 올라가 버린다. 탈해는 죽고 나서 신라를 지키는 산신이 된다. 건국신화의 주인공들은 원래 신이거나 신의 후손이기 때문에 인간의 삶이 끝나면 다시 신으로 화하거나 천상으로 돌아간다는 논리인 것이다.

그런데 무속신화에서는 원래 인간이었던 자들이 신이 된다. 생산신과 삼신의 이야기인 〈제석본풀이〉의 여성 주인공인 당금애기는 인간세계의 좋은 집안의 아름다운 막내딸이었다. 그랬던 그녀가 신성한 존재인 스님을 만나 운명이 바뀐다. 가족들이 없는 틈에 스님의 꼬임에 빠져 하룻밤 동침하게 된 것이다. 스님이 떠난 뒤, 가족의 허락 없이 몰래 남자와 동침한 사실이 밝혀져 당금애기는 죽을 위기에 빠진다. 어머니의 도움으로 위기에서 벗어난 당금애기는 남편 없이 홀로 출산하고 아들 3형제를 양육한다. 아들들이 성장하자 스님을 찾아가게 되는데, 스님은 당금애기와 그의 자식들을 모두 신으로 변신시킨다.

〈바리공주〉의 주인공 바리공주는 인간세계의 공주였다. 태어나자마자 버려졌다가 신의 도움으로 구출되어 성장하고, 이후 아버지를 살리기 위해 지옥을 건너 신선들의 세계로 가서 생명수를 구해 인간세계로 돌아온다. 아버지를 살린 보상으로 바리공주는 망자의 영혼을 위로하고 천도(薦度)하는 신으로 변신한다.

〈이공본풀이〉에서는 천상의 꽃밭을 관리하는 직책을 맡은 인물이 아내와 함께 천상세계로 가는 도중 문제에 봉착한다. 아내가 임신한 몸으로 먼 길을 서둘러 갈 수 없어 제때 천상세계에 도착할 수 없었던 것이다. 결국 아내가 지상에 남게 되면서 그녀와 태어난 아들이 위험에 빠진다. 지상에 남은 아내는 부잣집의 종이 되고 그녀를 탐하던 주인 때문에 결국 죽게 된다. 아들 할락궁이는 주인집에서 탈출하여 아버지를 찾아 천상세계로 간다. 아버지를 만난 할락궁이는 사람을 죽이고 살리는 꽃을 얻어 다시 지상으로 내려와 어머니를 살리고 원수를 죽인다. 어머니와 함께 천상세계로 간 할락궁이는 아버지를 이어 천상 꽃밭을 관리하는 신이 된다.

이외에도 많은 무속의 신들이 인간에서 신으로 변신한다. 토목 공사를 잘해서 천상세계로 불려가 임무를 수행한 후 인간에서 성주신이 되기도 하고(〈성주본가〉), 사악한 계모를 징치하고 칠성신이 되기도 한다(〈칠성풀이〉). 천상세계로 가서 곡식의 씨앗을 얻어 인간에게 나눠주고 농경신이 되기도 하며(〈세경본풀이〉), 천상세계의 시간의 신이 된 부모를 만난 후 인간의 운명을 알려주는 신이 되기도 한다(〈원천강본풀이〉).

이처럼 한국의 무속신화는 주인공이 주어진 과제를 수행하고 다른 세계를 탐험함으로써 새로운 존재로 변신하는 이야기라고 할 수 있다. 이야기의 마지막은 항상 인간에서 신으로의 변신이며, 이제 이 신으로 인해 인간세계는 더욱 살만하고 풍요로운 세계가 된다.

한국 신화의 또 다른 특징으로 꼽을 수 있는 것은 신과 인간이 호혜적 관계를 맺고 있다는 점이다. 일반적으로 신은 인간이 숭배하고 복종해야 할 대상임은 너무나 자명해 보인다. 창세신화인 〈창세가〉에서 인간은 미륵(彌勒)과 석가(釋迦)라는 절대자 신에 의해 만들어진다. 태초의 신과 인간은 창조자 대 피조물의 관계에 있다. 건국신화에서도 신과 인간의 관계는 수직적이다. 신이면서 동시에 정치적 군장이기까지 한 통치자에게 인간은 절대복종해야 함은 당연하다. 무속신화에서도 마찬가지인데, 신에 의해 인간의 운명이 좌우된다. 그런데 좀 더 자세히 들여다보면 많은 한국의 신화들에서 신과 인간의 관계는 다른 지역에 비해 독특한 점을 가진다.

한국의 신화에서는 신과 인간의 관계가 종교적인 관계이건, 정치적 권력 관계이건 무조건적인 군림과 복종, 지배와 피지배의 형태를 벗어난,

다소 수평적이며 인간 중심의 관계 양상을 띠는 경우가 흔하다. 특히 한국 신화에서는 신과 인간의 관계가 가족관계로 나타나는 경우가 상당수이며 이 관계는 한국인의 신관(神觀)과 인간관(人間觀)을 잘 보여준다.

건국신화에서 신과 인간의 가족관계 형성이 잘 나타나는 것으로 〈단군신화〉와 〈수로신화〉가 있다. 〈단군신화〉에서 환웅은 강력한 신왕(神王)의 위상으로 인간세계에 강림해 신시를 열고 인간을 통치한다. 하지만 환웅은 지배자로서뿐 아니라 피지배자들을 원조하는 역할도 수행한다. 곰이 인간으로 변신하고자 했을 때 이를 성취시켜 주며, 인간 웅녀가 잉태하고자 소원하자 스스로 인간으로 변신해 웅녀의 욕망을 충족시킨다. 고조선의 개창자 단군은 이처럼 신과 인간의 결합을 통해 새롭게 탄생한 신성한 인간인 것이다. 〈수로신화〉는 천상세계에서 강림한 수로와 지상세계의 공주인 허황옥(許黃玉, ?~188)의 신성혼(神聖婚)이 중요하게 묘사된다. 허황옥은 아유타국(阿踰陀國)의 공주로 분명 인간이지만, 신의 명에 따라 수로를 찾아와 결혼한다. 흥미로운 점은 비록 신과 결혼하는 인간이지만 허황옥은 신 앞에서 아주 당당하고 주체적으로 행동한다. 허황옥이 진귀한 결혼 예물을 구한 다음 가야에 도착하자 수로가 수행원을 보내 궁으로 모셔 오게 했다. 그러자 허황옥은 수로에게 자신을 직접 마중 나올 것을 요구해서 수로가 이에 응한다. 이처럼 수로와 허황옥의 결혼은 신과 인간의 결혼이지만 부부관계에 있어서 평등성을 드러낸다.

신이 가장(家長)이며 그 배우자가 인간인 가족관계는 무속신화에서는 더 흔하게 볼 수 있다. 〈천지왕본풀이〉에서는 천상세계 최고신인 천지왕이 그의 배필로 아름다운 인간 여성을 선택한다. 그리고 그 사이에서 낳은 두 아들 대별왕과 소별왕이 이승과 저승을 통치한다. 〈제석본풀이〉에서는 남성 주인공인 스님은 인간 존재와 구별되는 신성한 존재임에 반해 당금애기와 그 가족들은 분명 인간이다. 여기서 신은 선하고 아름다운 인간 여성인 당금애기의 실체를 확인하고 그녀를 취한다. 〈바리공주〉의 여성 주인공 바리공주의 결혼도 이와 유사하다. 아버지를 살리기 위해 약수를 구하러 간 바리공주는 탈속의 세계, 신성한 공간에 살고 있으면서 생명수를 소유한 무장승이라는 신과 결혼한다.

인간에 비해 전지전능한 신이 왜 굳이 인간과 결혼하는가? 〈천지왕본풀이〉는 인간과 신의 대립에서부터 이야기가 본격적으로 진행된다. 이 신화는 이승(산 인간들의 세계)과 저승(망자들의 세계)을 맡아 다스리는 대별왕과 소별왕의 탄생과 두 왕 사이에서 벌어진 인간세계 차지 경쟁을 다룬다. 이본에 따라서는 대별왕과 소별왕의 아버지인 천지왕과 인간세계의 지배자인 수명장자의 갈등을 주되게 다룬 것도 있다. 천신인 천지왕이 지상의 인간 수명장자가 악행을 일삼자 이를 벌하려고 지상으로 내려온다. 그런데 수명장자는 천지왕에게 자신을 잡아갈 자는 없다며 큰소리를 친다. 분개한 천지왕은 직접 일만 군사를 거느리고 수명장자를 공격했지만 실패한다. 천지왕은 수명장자 처벌에 실패하고 돌아가는 길에 지상에서 만난 인간 여성에게서 대별왕과 소별왕 두 아들을 얻는다. 결국 성장한 소별왕이 수명장자를 징치하고 인간세계의 질서를 바로잡는다. 이처럼 천상의 절대신의 권위와 명령에 불복하고 정면 대결을 펼치는 인간이 등장하는 신화는 다른 지역에서는 찾아보기 힘들다. 신의 질서나 명령에 반하는 인간은 신화에 자주 등장하지만 절대 권능을 가진 천신이 직접 인간을 징치하려 하는데 실패하는 경우는 더욱 찾기 어렵다.

이 신화에서 분명히 드러나는 점이, 한국의 신은 완전한 존재가 아니라 부족하고 결핍된 존재라는 점이다. 반면 인간은 신보다 분명 열등하고 불완전하지만 존재론적으로 상승할 수 있는 가능성을 가지고 있다. 따라서 신과 인간, 두 존재는 상호 결합을 통해 각각 자신의 결핍을 충족하거나 존재론적 상승을 도모하게 된다. 한국의 신화에서는 신은 인간과 관계를 맺음으로 보다 완전한 존재가 된다. 인간 역시 신과 관계맺음으로써 애초의 존재에서 새로운 존재로 다시 태어날 수 있게 된다. 그리고 이렇게 보완된 두 존재가 함께 산출한 새로운 존재로 가장 이상적인 인간이 태어나고 있다. 한국 신화에서 신과 인간은 호혜(互惠)적 관계를 맺으며, 이러한 관계를 통해 이상적인 인간상을 잘 드러낸다고 할 수 있다.

(오세정)

실기문학

　　문학 연구에서 실기(實記)라는 용어는 두 가지 개념을 가지고 있다. 임진왜란 이후 본격적으로 등장한 역사적 장르로서의 실기, 그리고 문집의 성격을 가지고 있는 문헌의 표제(表題)적 의미로서의 실기가 있다. 임진왜란의 체험이 담겨 있는 『징비록(懲毖錄)』이나 병자호란 중 남한산성의 농성 체험을 기록한 『병자록(丙子錄)』은 실기라는 표제를 가지고 있지 않으나, 우리 문학사의 대표적인 실기 작품이다. 김유신(金庾信, 595~673)이 태어나 백제와 고구려를 신라에 통합한 후 각간에 오르고, 사후 흥무대왕에 추존될 때까지의 행적을 수록한 『각간선생실기(角干先生實記)』는 『삼국사기(三國史記)』〈김유신열전(金庾信列傳)〉을 근간으로 구전되던 전설을 더하여 『삼국지연의』처럼 만든 서사 작품이다. 이 경우 '사실[實]을 기록[記]한 글'이라는 자의적(字意的) 해석에는 부합하지만, 픽션에 가깝다. 임경업(林慶業, 1594~1646)의 생애와 행적을 보여주는 기본 자료인 『임충민공실기(林忠愍公實紀)』에는 임경업이 직접 쓴 글은 검명(劍銘), 편지, 건의문 등 3편뿐이고, 나머지는 연보(年譜), 여러 편의 제문, 그를 주인공으로 한 전(傳)과 행장 등 다른 사람들이 쓴 글들로 채워져 있다. 문집에 실기라는 표제를 붙인 셈이다.

　　실기라는 용어는 『계축일기』, 『인현왕후전』, 『한중록』 등의 궁중문학을 연구하는 과정에서 본격화되었다. 궁중에서 발생한 엄청난 일 혹은 억울한 사연을 덮어두지 않고 국문으로 서술한 일련의 작품을 '궁중실기'

라고 했다. 『서궁일기』라고도 불리는 『계축일기』는 인목대비(仁穆大妃, 1584~1632)가 광해군(光海君, 1575~1641)에 의해 유폐되었다 인조반정으로 풀려나기까지의 일을 다루고 있다. 서술자는 광해군이 인목대비를 박해했던 일련의 조치들을 실제로 보고 들은 것처럼 적었다. 대화가 상당 부분을 차지하고 있어 당시 상황을 실감나게 형상화하고 있어 소설로 구분하기도 한다. 인현왕후(仁顯王后, 1667~1701)의 일대기 형식을 취하고 있는 『인현왕후전』도 처첩 사이의 갈등을 다룬 소설처럼 선악 갈등의 설정을 이루고 있다. 소설적 경사가 심한 두 작품과 달리 『한중록』은 사건의 당사자인 혜경궁 홍씨(獻敬王后, 1735~1815)의 자기 진술이다. 다만 사건 당시는 고사하고 참변을 당한 직후도 아닌 만년에 씌여졌다. 아울러 친정 아버지 홍봉한(洪鳳漢, 1713~1778)의 결백을 입증하는 내용을 손자인 순조(純祖, 1790~1834)에게 읽히기 위한 의도로 작성되었다. 이런 이유로 이들 작품은 현재 실기보다는 궁중수필로 불리고 있다.

　실기문학 연구는 임진왜란과 병자호란, 그리고 그 두 전쟁 사이에 있던 명청교체기의 여러 국제적 사건을 소재로 한 일련의 사실적 기록을 연구하면서 확산되었다. 채 두 달이 걸리지 않고, 의주와 한양을 잇는 축선과 강화도에서 벌어진 두 차례의 호란은 국지전의 성격이 강하여 상대적으로 체험자가 적었다. 반면 7년 동안 한반도 전역에서 전투와 피난, 피로와 탈출이 발생한 임진왜란은 각계각층에서 많은 기록과 증언, 술회를 남기게 되었다. 이제껏 겪지 못했던 시련에서 살아남은 이들은 존중하던 격식을 버리고, 보고[所見] 듣고[所聞] 전해 들은 바[所傳聞]를 다양한 방식으로 기록하게 되었다. 작가가 처한 상황은 각기 달랐지만, 이들은 모두 임진왜란이라는 공통의 사건을 체험했던 터였다. 신분이나 역할, 활동 양상에 따라 각기 다른 시각으로 접근하여 임진왜란을 조망하였다.

　임진왜란 실기문학은 저작자의 체험에 따라 크게 네 가지 유형으로 분류할 수 있다. 우선 종군실기(從軍實記)는 작자가 지휘관[장군, 의병대장], 참모[종사관], 장교나 병사 등으로 참전하여 왜적과의 전투 상황, 진중의 생활상 등을 서술한 작품이다. 이정암(李廷馣, 1541~1600)의 『서정일록(西征日錄)』, 이탁영(李鐸英, 1870~1944)의 『정만록(征蠻錄)』, 유성룡(柳成龍, 1542~1607)의 『징비록(懲毖錄)』, 윤국형(尹國馨, 1543~1611)의 『문소만록(聞韶漫錄)』, 이노(李魯, 1544~1598)의 『용사일기(龍蛇日記)』, 이순신(李舜臣, 1545~1598)의 『난중일기(亂中日記)』, 조정(趙靖, 1555~1636)의 『임진일기(壬辰日記)』, 정경운(鄭景雲, 1556~1610)의 『고대일록(孤臺日錄)』, 조경남(趙慶男, 1570~1641)의 『난중잡록(亂中雜錄)』, 안방준(安邦俊, 1573~1654)의 『은봉야사별록(隱峯野史別錄)』 등이 여기에 속한다.

포로실기(捕虜實記)는 왜적에게 포로가 되었다가 풀려난 작자들이 자신이 피랍되어 귀향할 때까지의 일을 기록한 작품이다. 대개 '① 피난이나 방어 ② 적에게 포로로 잡힘 ③ 포로 생활 ④ 탈출 ⑤ 고난 ⑥ 귀향'의 구조인데, 포로 생활이 가장 많은 분량을 가진다. 고향을 떠나는 것으로 시작하여 고향으로 다시 돌아오는 것으로 끝나므로 다른 실기에 비해 구조적으로 짜임새를 갖추고 있다고 하겠다. 권두문(權斗文, 1543~1617)의 『호구록(虎口錄)』, 노인(魯認, 1566~1623)의 『금계일기(錦溪日記)』, 강항(姜沆, 1567~1618)의 『간양록(看羊錄)』, 정경득(鄭慶得, 1569~1630)의 『만사록(萬死錄)』, 정희득(鄭希得, 1573~1623)의 『월봉해상록(月峯海上錄)』, 정호인(鄭好仁, 1597~1655)의 『정유피란기(丁酉避亂記)』 등이 있다. 권두문의 『호구록』은 25일의 포로 생활을 포함한 40일 동안의 탈출 행적을 정리한 국내 포로 체험 기록이다. 나머지 작품들은 일본에 끌려갔다 귀국하는 장거리, 장시간의 체험이다. 기록자들 모두 호남의 문인으로 일본의 2차 침입이 있던 정유년에 붙들렸고, 비슷한 시기에 고국으로 귀환했다. 오랜 기간 적국에 억류되었던 작자들은 떠나온 고국과 흩어진 가족에 대한 그리움을 절절하게 토로하여 서정성 짙은 산문을 완성했고, 글로 풀어내지 못한 정감은 한시로 풀어내어 글 중간중간에 삽입하였다.

피란실기(避亂實記)는 피난길에 올라 여러 지역을 다니면서 겪은 고난의 체험이 주를 이룬다. 오희문(吳希文, 1539~1613)의『쇄미록』, 유진(柳裿, 1582~1635)의『임진녹』, 정영방(鄭榮邦, 1577~1650)의『임진조변사적』이 있다. 작자들이 피난을 하면서 보고 들은 백성들의 참상이 잘 드러나 있으며, 가족과의 이별과 해후라는 구조가 공통적으로 발견된다. 서술자 본인과 가족들에 국한된 전쟁 체험이 주를 이루지만, 피란민 전체의 모습으로 확대되어 나가기도 한다. 유진과 정영방의 경우 십대의 어린 시절에 겪었던 피난 체험을 후대에 술회한 것으로 일기 형식을 취하지 않고 있다.

호종실기(扈從實記)는 피난 길에 오른 선조(宣祖, 1552~1608) 임금을 수행하면서 겪은 바를 서술한 글이다. 적군을 피하여 여러 지역을 전전한다는 측면에서 피란일기로 묶을 수 있으나 작가의 처지가 특수하므로 따로 분류한다. 피란일기에서는 접할 수 없는 각 전선 및 지역의 전황 보고, 전황에 따른 조정의 의논과 대처, 청병(請兵)에 관한 조정의 입장 등이 서술되어 있다. 서술자 개인의 견해나 소회는 거의 기술되어 있지 않고, 각 지역에서 올라오는 장계와 치보, 패문, 왕의 교서 등 공적 문서가 다수 수록되어 있다. 정탁(鄭琢, 1526~1605)의『용사일기』, 김용(金涌, 1557~1620)의『호종일기』가 대표적이다. 이와 대조적으로 박동량(朴東亮, 1569~1635)의『기재사초』에는 왕 주변에서 일어나는 일들과 여러 사안에 대한 작자의 견해가 자세히 서술되어 있어 전쟁을 수행하는 조정과 개별 관료들의 모습을 가까이에서 볼 수 있다.

임진왜란 실기는 워낙 작품이 많아 네 가지로 분류했지만, 같은 유형에서도 개별 작품마다 층차가 있다. 이순신은 자신이 직접 부대를 조련하고 전투에 참가한 전황을 서술하고 있는 반면, 유성룡이나 조경남은 임진 왜란 전반에 걸친 전황을 자세하게 서술하고 있다. 일기 혹은 일록의 형식이나 외양을 가지고 있어도 기술 시점에 따라 체험이 함의하는 바가 달라진다. 유성룡의 『징비록』은 고위 관료의 개인 전쟁 회고록이면서 동시에 동아시아 국제 전쟁을 총체적 조망하고 있는 전란사의 속성도 가지고 있다.

임진왜란 이후 병자호란이 있기까지 명과 후금[청]의 세력 다툼이 점차 격화되었고, 조선은 두 세력과 쉽지 않은 외교 관계를 유지해야 했다. 이민환(李民寏, 1573~1649)의 『책중일록(柵中日錄)』은 1619년 명군의 후금 공략에 원병으로 파병되면서 겪은 체험을 기록한 글이다. 전반부는 강홍립(姜弘立, 1560~1627)의 종사관으로서 압록강 도강 후 1619년 3월 부차(富車)에서 패전하기까지의 종군실기이고, 후반부는 당시 후금의 수도 허투알라 인근의 포로수용소에서 1620년 7월까지 억류되어 있으면서 겪은 고초를 기록한 포로실기이다. 이민환은 따로 후금의 팔기 제도와 전법, 후금의 요동 정벌 계획과 그것이 조선에 끼칠 영향, 후금인들의 생활과 풍습 등에 주안점을 둔 『건주문견록(建州聞見錄)』을 지음으로써 『책중일록』이 체험담임을 강조했다. 정묘호란으로 형제국이 된 조선과 후금은 정기적으로 사신을 교환했고, 조선에서 파견한 정기 사절을 춘신사/추신사로 명명했다. 조선의 대중국 외교에서 한시적으로 보인 특수한 사례인 선약해(宣若海, 1579~1643)의 『심양사행일기(瀋陽使行日記)』(1630.4.3.~5.23), 위정철(魏廷喆, 1583~1657)의 『심양왕환일기(瀋陽往還日記)』(1631.3.19.~4.30), 이준(李浚, 1579~1645)의 『심행일기(瀋行日記)』(1635.1.20.~4.15), 나덕헌(羅德憲, 1573~1640)의 『북행일기(北行日記)』(1636.2.9.~4.29) 등 심양사행일기를 실기로 보기도 한다. 책봉–조공 관계에서의 사행 노정에서 벗어난 여정이 보이고. 외교 업무 외에도 적국을 정탐하는 시각과 양국의 첨예한 의견 대립이 전시 상태를 방불할 정도로 상세하게 기록하고 있다.

　임금인 인조(仁祖, 1595~1649)가 전장으로 내몰리고, 수도가 점령된 병자호란에서도 적지 않게 실기가 만들어졌다. 나만갑(羅萬甲, 1592~1642)의 『병자록(丙子錄)』, 남급(南礏, 1592~1671)의 『남한일기(南漢日記)』, 석지형(石之珩, 1610~?)의 『남한해위록(南漢解圍錄)』은 남한산성에서 농성하던 관료들이 남긴 일기 형식의 종군실기인데, 호종실기의 성격도 가지고 있다. 남급이나 석지형은 고위 관료가 아님에도 이들이 지은 실기에 조정의 논의가 자세할 뿐만 아니라 주고받은 국서를 인용되어 있다, 이는 식량을 책임지는 관향사로서 주요 논의에 참여했던 나만갑이 쓴 『병자록』을 참조한 것으로 보인다, 나만갑은 『병자록』을 마무리 지으면서 저술 의도를 분명하게 밝혔다. 임진왜란은 실기가 여러 편이 있어도 미흡한데, 그보다 더욱 참혹한 변란을 겪고 자세한 기록을 남기지 않는다면 후세에 어찌 진상을 알릴 수 있겠는가 하고 탄식했다. 다른 사람들도 주요 사건의 당사자와의 개별적인 관계를 떠나 사실을 보완하자는 뜻을 피력했다.

　김상헌(金尙憲, 1570~1652)은 척화의 관점에서 병자호란의 경과를 일기로 간략하게 정리한 『남한기략(南漢紀略)』을 남겼다. 강화를 이끌어 낸 최명길(崔鳴吉, 1586~1647)은 인조에게 바친 글을 『병자봉사(丙子封事)』로 모아냈다. 수운판관으로 봉림대군 일행의 강화 해협 도강을 도왔던 어한명(魚漢明, 1592~1648)은 그 과정과 함께 강도검찰사 김경징(金慶徵, 1589~1637)의 무능과 전횡, 강화도에서 있었던 일을 『강도일기(江都日記)』로 정리했다. 순절한 아내와 자폭한 친구들을 남기고 강화도를 탈출한 윤선거(尹宣擧, 1610~1669)는 그 체험을 〈기강도사(記江都事)〉로 남겼는데, 여기에는 반성과 자기 변호가 함께 담겨 있다. 남한산성에 들어가 왕을 호종해야 했으나 강화도로 피신했고, 강화도에 적이 들어오자 다른 섬으로 피신했던 조익(趙翼, 1579~1655)의 『병정기사(丙丁記事)』에는 그 과정을 상세하게 적으면서, 그것이 부득이했음을 강조했다. 역시 적의 포위가 이루어지 전에 남한산성에 들어가지 못했던 조경(趙絅, 1586~1669)은 인근의 관악산, 수리산, 청계산을 오가며 게릴라전을 벌인 일을 『병정일기(丙丁日記)』로 기록했다.

병자호란에서는 2명의 여성이 한글로 전란 체험을 기록했다. 어느 궁녀의 기록이라는 『산성일기』는 병자호란의 치욕과 남한산성에서의 항쟁 사실이 매우 자세히 기록되어 있다. 표면상으로는 당시 농성 인물의 일기처럼 보이지만, 나만갑의 『병자록』을 축약했다는 견해도 있다. 훗날 좌의정까지 오른 남이웅(南以雄, 1575~1648)의 아내 남평 조씨가 지은 『병자일기』의 전반부는 전형적인 피란실기의 형태를 가진다. 남한산성으로 들어간 남편으로부터 피란을 떠나라는 전갈을 받고 집을 떠나는 12월 15일부터 경기도 화성·진위·평택, 충청도 신창·당진·소허섬·홍주·죽도·대흥·청양, 전라도 여산, 다시 충청도 유성·천안·충주를 전전하다 1638년 5월말 한양으로 귀환한다. 종전 되자마자 남편인 남이웅이 소현세자(昭顯世子, 1612~1645)의 심양행을 호종했기에 남평조씨의 전쟁은 남편이 귀환하기까지 연장되었던 셈이다.

1812년에 일어난 홍경래(洪景來, 1771~1812)의 난은 조선시대에 발생한 가장 혁명적인 사건이었다. 그러나 아래로부터의 도전은 5개월을 넘기지 못하고 관군에게 진압되었다. 이 홍경래의 난을 배경으로 『진중일기(陣中日記)』, 『가산순절록(嘉山殉節錄)』, 『서정일기(西征日記)』 등의 실기가 나왔다. 관군의 입장에서 나온 이들 실기들은 전황을 자세히 기록하고, 진압군으로 출병한 장수들의 공과에 대해 구체적으로 평가하였다. 따라서 홍경래의 거병을 매우 부정적으로 바라보고 있다.

실기문학은 이야기를 이끌어가는 서술자(화자)와 이야기로 구축되는 체험 세계, 그리고 이것들이 시간적인 계기관계에 의해 진행된다는 점에서 일견 자기완결성을 가진 서사로 보이기도 한다. 하지만 실기는 그 자체의 역사성과 소재의 사실성이 있어야 성립된다. 픽션과 달리 소재와 소재, 사건과 사건 사이에 인과성이 결여되어 있고, 시간 질서도 자연 시간의 흐름을 따르고 있다. 플롯이 없어 서사적 재미가 부족하다는 평가를 받기도 한다. 그러나 인간의 역사와 삶의 구체적인 국면은 인간의 상상력을 넘어선다.

(김일환)

악장

악장(樂章)은 궁중의 공식 의례(儀禮)에서 사용하였던 일련의 노래를 뜻한다. 길례(吉禮), 가례(嘉禮), 빈례(賓禮), 군례(軍禮), 흉례(凶禮) 등과 같은 궁중의 공식 행사에 쓰인 노래라는 점에서 악장의 기원은 깊다. 『삼국사기(三國史記)』에는 유리왕(儒理尼師今, ?~57) 5년에 민속환강(民俗歡康)의 의미를 담아 도솔가(兜率歌)를 지으니 가악(歌樂)의 시초였다는 기록이 전한다. 이를 통해 악장은 고대국가 성립기부터 존재하였다는 것을 알 수 있다.

다만 악장이 문학사에서 중요한 텍스트로 포착된 지점은 조선(朝鮮) 시대부터이다. 특히 문학 갈래로서 악장에 대한 이해는 조선 건국과 밀접한 관련이 있다. 오늘날 악장 갈래의 주요 주제 의식을 조선 왕조 창업의 당위와 번영의 송축으로 이해하는 시각은 이를 잘 보여준다.

악장이 조선 사회와 관련하여 갈래의 개념을 정립한 이유는 기본적으로 현전 텍스트의 정량적인 문제 때문이다. 악장이 고대사회로부터 기원하여 오랜 시간 궁중의 다양한 의전행사에서 사용한 음악일지라도, 그 실상을 정확하게 파악할 수 있는 대개의 자료는 조선 시대에 집중되어 있다. 『악장가사(樂章歌詞)』·『악학궤범(樂學軌範)』·『시용향악보(時用鄉樂譜)』·『악학(樂學)편고』·『대악후보(大樂後譜)』 등과 같은 조선 시대의 악서(樂書)들은 악장의 실상을 진단할 수 있는 중요한 텍스트들이다.

아울러 세종(世宗, 1397~1450) 연간인 1446년 9월 한글 창제 이후 창작된 용비어천가(龍飛御天歌)와 그 연장선상에 놓인 월인천강지곡(月印千江之曲)은 악장에 관한 관심을 촉발하는 결정적인 계기가 되었다. 특히 용비어천가는 장형서사시로서 우리 문학사에서 중요한 위상을 지니는 작품이라는 점 역시 갈래로서 악장의 범주를 설정하는 결정적인 동인(動因)이었다.

사실 악장은 근대 학문 체계의 성립과 관련한 문학사 서술의 문제에서 벗어나 당대에서도 중요한 의미를 지니는 갈래였다. 주지하듯 조선은 유교(儒敎)를 통치 근간으로 사회적 정체성을 정초(定礎)한 국가이다. 그 과정에서 유교는 학문을 넘어 사회의 지배 이데올로기(Ideology)이자 현실에 구현해야 할 당위적 가치로 자리하였다. 특히 유교의 전인격적 도덕 준칙은 선초 사대부들의 천명관(天命觀)과 결부하여 개인의 심성 수양 문제를 넘어 사회적 안녕과 직결하는 규범으로 인식하였다. 정도전(鄭道傳, 1342~1398)이 고려 사회의 붕괴를 도덕적 타락의 문제로 진단하고, 태조(太祖, 1335~1408)의 도덕적 자질에 근간하여 조선 개국의 역사적 필연성을 강조하였던 태도가 대표적이다.

유교의 도덕성에 대한 여러 함의(含意)를 형이상학적 차원에서 집약한 단어가 인(仁)이라는 점에서 예(禮)란 곧 인을 실천할 수 있는 현실적 방안이었다. 따라서 조선 사회가 예치(禮治)를 정치·사회적 근간으로 주목하였던 정황은 건국의 당위성 및 사회적 안녕과 관련하여 당대인들에게 중요한 문제일 수밖에 없었다. 그리고 악장이란, 조선의 공식적 의례와 결합하여 왕과 신하를 대상으로 예치의 이념을 내면화할 수 있는 텍스트였다. 이러한 면에서 악장은 기본적으로 정치적이고 이념적인 성격이 강하다고 할 수 있다.

악장은 주제 의식의 측면에서 일정한 창작 및 향유 맥락을 전제하는 것과 달리, 형식적 측면에서는 통일성을 갖추고 있지 않다. 현전하는 악장 갈래의 텍스트들은 형태나 규모 면에서 다양한 양상을 보인다. 오늘날

고전문학에서 형식적 정형성은 해당 텍스트의 갈래적 범주를 설정하는 주요한 조건으로 자리하고 있다. 따라서 악장 텍스트들이 보이는 다양한 면모는 기본적으로 해당 갈래의 성격을 범주화하는 데 쟁점적일 수밖에 없다.

오늘날 악장에 대한 분류는 창작 및 향유 맥락, 음악적 형식, 표기 체계 등에 따라 다양하게 설정되고 있다. 이 중에서 문학 텍스트로서의 성격은 대체로 표기 체계에 관한 관심에 집중되었다. 악장의 표기 체계는 크게 한문 악장, 현토 악장, 국문 악장으로 구분한다. 대부분의 악장은 한문으로 창작이 되었으며, 현토 악장, 특히 국문 악장의 대단히 이례적인 창작 사례에 해당하였다.

그런데 악장에 대한 이해는 기본적으로 악장 갈래의 중심이라 할 수 있는 한문 악장이 아닌, 국문과 현토 악장을 통해 이루어진 경향이 강하다. 그 이유는 무엇보다 갈래 이론에 기반한 문학사 서술이 국문 텍스트를 중심으로 수행되었기 때문이다. 현토 악장이 한시에서 국문시가로의 형태적 이행 과정을 나타낸다거나, 국문 악장 중 고려 속요와 유사한 형식을 보이는 〈신도가(新都歌)〉, 〈감군은(感君恩)〉 등을 시가사의 전개 과정을 이해할 수 있는 근거로 주목하였던 시각 역시 이와 무관하지만은 않다. 물론 오늘날은 문학사 서술에 대한 비판적 반성 속에서 한시와 한문 산문에 대한 심도 있는 연구 성과가 축적되고 있다. 그러나 한문 악장은 속요체(俗謠體) 형식의 작품 정도에만 연구가 집중되었을 뿐이다. 그 중심이라 할 수 있는 시경체(詩經體) 악장에 대한 관심은 여전히 소략하다.

이처럼 텍스트의 다양한 면모와 연구의 편향성에도 불구하고 악장 갈래의 범주 설정이 가능한 이유는 콘텍스트(Context)와 관련한 기능적 특수성이 여타의 갈래와 확연히 구분되기 때문이다. 15세기 예악(禮樂)의 정비 과정에서 집중적으로 창작된 일련의 악장들이 공유하는 주제 의식이 해당 텍스트들의 다층적인 면모를 포괄하여 인접 갈래와 구분되는 특징으로 평가받는 것이다. 이와 같은 면모는 오늘날 악장 갈래에 대한 거시적 구도로 자리하고 있다.

다만 여타의 방법론이 지니는 한계처럼, 악장 갈래에 대한 거시적 구도는 때론 개별 텍스트에 대한 충분한 검토를 수행하기에 앞서 일종의 선험적인 결과로 이어지기도 하였다. 악장에 대한 작품론적 검토가 충분히 수행되었다고 보기는 어려움에도 불구하고, 여전히 시조와 가사 등과 같은 인접 갈래에 비해 문학성이 부족한 것으로 평가받는 사실이 이를 잘 보여준다.

따라서 오늘날 악장 갈래를 바라보는 시각은 거시적 구도를 근간으로 작품론적 측면에서 입체적인 성취를 마련하기 위한 일련의 노력을 통해 마련되고 있다. 용비어천가를 중심으로 악장 갈래가 왕조 창업의 정당성과 송축이라는 일변된 구도에서 벗어나 규계(規戒)적 성격을 지니고 있음이 강조되었던 것이 대표적이다. 특히 조선 초기 악장이 시경의 아송(雅頌) 문학적 성격을 지니고 있음을 검토하는 과정에서 군신공치(君臣共治)의 정치적 이념을 구현하기 위한 목적 아래 악장의 문예미학적 성격이 기능하고 있음이 밝혀졌다. 이를 통해 우리는 악장 갈래의 기반이 정치·사회적 층위에서는 조선 초기의 맥락과 관련하면서 문화적 층위에서는 동북아시아 보편 문명의 자장(磁場)과 연결되는 시각을 마련하게 되었다.

연행 문학으로서 악장의 위상에 대한 여러 관심 또한 악장 갈래의 입체적인 시각을 마련하는 단서가 되고 있다. 사실 악장은 독립적인 문학 텍스트로서 존재하였던 것이 아니다. 반드시라고 해도 좋을 만큼 궁실 의전이라는 특정한 의례 상황 속에서 구연되었다. 따라서 악장 갈래의 전모를 파악하기 위해서는 무엇보다 연행 환경과 관련한 텍스트의 특성들을 이해할 필요가 있다.

이에 대한 문제의식 속에서 악장 갈래에 대한 이해는 적지 않은 성과를 마련하였다. 외연(外宴), 내연(內宴), 야연(野然), 익일연(翌日宴), 양로연(養老宴), 영접연(迎接宴) 등과 같은 궁중 의례들과 그 연행 실상에 맞춰 유연하게 활용되었던 텍스트들의 양상은 갈래로서 악장의 다층적인 면모를 적절히 보여주었다. 남녀상열지사로 평가받은 〈쌍화점(雙花店)〉이 신곡 〈쌍화곡(雙花曲)〉으로 개작된 이후에도 여전히 왕실의 외연(外宴)에서 연행되었던 것이나, 영조 연간에 왕실의 가족 잔치인 내연(內宴)이 고도의 정치적 긴장감 속에서 진행되며 훈육과 권계의 메시지로 활용되었던 정황 등은 악장이 의례의 구연 상황에 따라 다채로운 맥락 속에서 활용되었음을 진단하는 근거들이다. 이는 악장의 창작 및 향유자들이 지니는 역사적 주체로서의 위치와 악장의 문학적 함량을 보여주는 것이기도 하다.

게다가 악장의 창작은 15세기 예악의 정비 과정뿐만 아니라 조선 전반(全般)에 걸쳐서도 지속되었다. 물론 이 시기가 악장의 갈래적 성격을 정의하는 데 중요한 방점을 차지한다는 점은 분명하다. 그러나 악장이 조선 후기에 이르기까지 다양한 궁중의 의전 상황과 조응하여 창작되었다는 점은 악장 갈래의 주제 의식을 왕조 창업의 당위성과 송축의 메시지로만 한정할 수 없음을 의미한다.

특히 여러 악장이 후대의 정치사회적 조건에 따라 개작되었던 정황들은 흥미롭다. 왕실 의전 중 가장 엄격한 환경 속에서 구연된 〈종묘제례악장(宗廟祭禮樂章)〉이 세조(世祖, 1417~1468) 연간에 확정된 이후 다시 선조(宣祖, 1552~1608) 연간에 개작되었던 정황이나, 영조(英祖, 1694~1776)와 고종(高宗, 1852~1919) 연간에 감지되었던 전통 악장들에 대한 일종의 비평적 분위기 등이 대표적이다. 악장은 조선 시대 전체에 걸쳐 지속적으로 추진된 역대 왕들의 선양화(宣揚化) 사업과 맥락을 함께 하였다. 이는 왕권의 전통성 수립과 관련한다는 점에서 중세 사회의 위계질서와 관계된 중요한 문제였고, 악장은 궁중 의전의 성공적인 수행을 위해 중요한 역할을 하였다. 이로 인하여 악장의 텍스트 또한 고정 전승되었을 것이란 기대가 자리하였는데, 그 후대적 변모 양상은 갈래로서의 입체적 성격을 보여주는 사례라고 할 수 있다.

이처럼 시대적 흐름에 따른 악장 창작 및 향유의 면모는 악장사(樂章史)의 구도를 정립할 수 있는 단초를 제공한다. 조선 시대 시가사의 구도가 시조와 가사를 중심으로 정립된 경향이 강하다는 점을 고려할 때, 악장사는 우리 문학사를 더욱 풍요롭게 검토할 수 있는 또 다른 기준이 될 수 있다.

악장사에 대한 관심은 비교적 이른 시기부터 꾸준히 이루어졌다. 그 과정에서 조선 시대 악장의 특징들은 고려 시대 악장에 대한 이해로 확장되고 있다. 정치적 측면에서 조선은 고려를 극복의 대상으로 선언하였고, 이를 여러 사회적 기틀을 재정립하는 동력으로 삼았다. 그러나 인간의 삶이란 특정한 조건에선 분절(分節)을 지향할 수 있을지라도, 결국 연속될 수밖에 없다. 중세와 근대라는 문명사적 흐름에서도 우리 사회가 일정한 문화적 바탕 아래 공동체로서 정체성을 유지할 수 있는 이유가 여기에 있다.

이러한 면모는 고려와 조선 또한 마찬가지였을 것이다. 조선 초기 정치·사회적 측면에서 전대 정권에 대한 극복 선언이 해당 시기를 살아갔던 역사적 주체들에게 여반장(如反掌) 같은 문화적 전환을 가능하게 하였을 리가 없다. 〈가시리〉〈정석가〉, 〈청산별곡〉, 〈쌍화점〉 등의 고려 악장이 일정한 음악적 변주 속에서 조선 시대에도 지속적으로 향유되었던 정황들은 이를 잘 보여준다. 심지어 신라 향가를 계승한 〈처용가〉는 정재(呈才)로서 조선 시대의 주요 레퍼토리로 기능하였다는 점을 보면, 악장은 우리의 전통 사회를 관류하는 텍스트로서 그 문화적 함량을 지니고 있었음을 알 수 있다.

오늘날에는 갈래로서 악장의 다층적인 면모에 대한 심도 있는 검토가 지속적으로 수행되고 있다. 그 과정에서 악장의 창작 및 향유 기반에 대한 흥미로운 양상들이 밝혀지고 있다. 조선 전기에 주로 창작되었을 것으로 예상되었던 악장이 실상 사대부들에 의해 조선 후기에도 활발히 창작되어 그들의 문집(文集)이나 가집(歌集) 등에 전하는 정황 등이 대표적이다.

게다가 조선 후기에 악장은 궁중을 넘어 서울 중심의 문화적 환경에만 한정되지도 않았던 듯하다. 19세기 제천시 백운면에 거주하였던 한미(寒微)한 향촌 사족인 조황(趙榥, 1803~?)의 개인 가집 『삼죽사류(三竹詞流)』에 현종의 악가삼장(樂歌三章)이 수록되거나, 궁녀가 궁중 연향의 화려함을 노래한 가사인 〈화조가(花鳥歌)〉가 경북의 내방가사와 민요로까지 향유되기도 하였다. 이와 같은 면모들은 악장이 조선 전기와 궁중이라는 특수한 조건에서 벗어나 다양한 연행 기반 속에서 인접 갈래와 교섭하며 향유되던 '문화' 텍스트라는 사실을 보여준다는 점에서 주목할 필요가 있다.

(이승준)

애정·전기·전기소설

'전기(傳奇)'는 기이한 일을 전한다는 뜻으로, 중국 당나라 배형(裵鉶, 860~?)의 작품집 『전기(傳奇)』에서 유래된 명칭이다. 중국 문학사에서 전기는 귀신이나 신선, 요괴 등 민간에 전하는 단순한 형태의 초현실적 이야기인 육조(六朝) 시대의 '지괴(志怪)'를 이어받으면서도 작가의 창작 의식과 세련된 표현, 서사의 유기성이 더해진 일군의 작품을 가리킨다. 당나라 때 화려한 꽃을 피운 전기 문학은, 그 당시 활발하게 이루어진 문물 교류를 통해 우리나라에도 전래되었으며, 신라 말 고려 초(이하 나말여초로 지칭)의 전기 작품 창작에 상당한 영향을 미쳤다. 특히 사회·문화적으로 급격한 변동이 발생한 9~10세기의 역사적 전환기 속에서, 전기 문학은 문인 지식인 계층의 문제의식과 소망, 취향을 반영한 장르로 성립되었다.

나말여초의 대표적인 전기 작품으로는 〈조신(調信)〉과 〈김현감호(金現感虎)〉, 〈최치원(崔致遠)〉 등이 있다. 이 중 〈김현감호〉와 〈최치원〉은 당시의 설화와 전기 작품을 모아 편찬한 『수이전(殊異傳)』에 수록되었는데, 현재 이 『수이전』은 유실되어 전하지 않는다. 다만 일부 작품이 후대의 문헌에 인용되어 전하는 경우가 있어, 〈김현감호〉와 〈최치원〉을 비롯한 12편 정도가 확인된 상태이다.

이들 나말여초 전기 작품은 특히 우리 고전소설의 시초를 찾을 수 있다는 주장이 제기되면서 많은 주목을 받았다. 조선 전기 김시습(金時習, 1435~1493)의 『금오신화(金鰲新話)』를 최초의 소설로 보는 학계의 일반적인 시각에 대해 문제를 제기하며, 소설의 기원을 나말여초의 전기 문학에서 찾고자 한 것이다. 여기에는 소설이란 무엇인가 하는 본질적 질문이 내포되어 있다. 이 질문에 대한 답을 모색하는 과정에서, 전기 작품의 장르적 성격을 규명하는 작업이 이어졌다. 그 내용을 간추리면, 사대부 작가의 문제의식과 창작 의도가 뚜렷하고, 사회 현실을 풍부하게 반영하고 있으며, 전아한 문체와 화려한 문학적 기교가 나타난다고 할 수 있다.

내용 면에서는 특히 초현실적이고 환상적인 애정 서사가 두드러지게 나타나는데, 이때 애정 문제는 단순한 남녀의 사랑이 아니라 신분 갈등의 사회적 모순이나 현실에서 소외된 지식인의 불우한 처지를 반영하고 있다는 점에서 심중한 의미를 지닌다. 예컨대 한미한 승려와 태수 딸의 꿈속 사랑과 이별을 그린 〈조신〉, 호랑이 여인과의 이루어질 수 없는 사랑을 그린 〈김현감호〉에서는 남녀의 순수하고 자유로운 사랑을 가로막는 불평등하고 부조리한 현실을 비판하는 성격을 갖는다. 또한 신라 말기 육두품 지식인 최치원(崔致遠, 857~?)이 주인공으로 등장하는 〈최치원〉에서는 부친이 정해준 혼사에 불만을 품고 죽은 팔낭, 구낭 자매와의 만남을 통해, 뛰어난 재능을 지녔으나 이방인일 수밖에 없는 최치원의 소외된 처지와 자신을 알아주는 존재와의 만남을 희구하는 문인 지식인의 욕망을 그리고 있다. 이 〈최치원〉은 나말여초 전기 작품 중에서도 가장 문학적 성취가 돋보이는 작품으로 평가받는다.

한편, 우리나라 최초의 소설을 무엇으로 볼 것인가를 놓고 서로 다른 견해가 제시된 것과 달리, 15세기 김시습(金時習, 1435~1493)의 『금오신화』가 뛰어난 미적 성취를 이룬 전기소설의 대표작이라는 점에 대해서는 일찌감치 공감대가 형성된 상태이다. 『금오신화』는 세조의 왕위 찬탈에 울분을 품고 방외인의 삶을 선택한 작가 김시습이 자신의 뜻을 우의한 것으로 잘 알려진 작품이다. 명나라 구우(瞿佑, 1341~1427)의 전기소설집

『전등신화(剪燈新話)』에서 영감과 영향을 받았으며, 창작 시기는 경주의 금오산(남산)에서 머물던 시기인 1465년~1470년 사이로 추정된다. 시(詩)와 사(詞) 같은 서정 장르와 허구 서사의 유기적 결합, 내면성과 감상성, 소극성, 문예 취향을 지닌 인물의 형상화, 닫힌 시공간과 머뭇거림 등 전기소설의 미적 특질이 잘 드러나 있다.

수록된 총 5편의 작품 중 〈만복사저포기(萬福寺樗蒲記)〉와 〈이생규장전(李生窺墻傳)〉은 산 이와 죽은 이의 사랑과 결연을 뜻하는 인귀교환(人鬼交歡)과 명혼(冥婚) 모티프를 활용하여 남녀의 기이한 사랑을 그리고 있다. 이 두 작품에서 애정 관계는 깊은 정신적 교감과 유대에 기반한 것으로 상호독점적이며, 자신을 알아주는 단 한 사람인 지기(知己), 지음(知音)의 모습으로 그려진다. 특히 절개를 지키다가 목숨을 잃은 여주인공의 인물 형상에는 불의한 현실에 맞서 '절의'를 지키려는 김시습의 의식 세계가 투영되어 있다고 할 수 있다.

나머지 세 작품인 〈취유부벽정기(醉遊浮碧亭記)〉, 〈남염부주지(南炎浮洲志)〉, 〈용궁부연록(龍宮赴宴錄)〉은 각각 부벽정, 지옥, 용궁과 같은 환상적 공간에서 선녀, 염라대왕, 용왕 등 초현실적 존재를 만나는 내용으로 되어 있다. 물론 〈취유부벽정기〉의 부벽정은 평양에 실제로 존재하는 현실 공간이지만, 선녀와의 만남이 이루어지면서 현실과 비현실의 경계가 모호해진다는 점에서 환상적 공간이라고 볼 수 있는 것이다. 이러한 초현실적 존재와의 만남 및 환상적 공간 체험을 통해, 불의와 폭력으로 점철된 역사 현실에 대한 비판의식과 유교적 이상 사회와 군신 관계 실현을 희구하는 작가의 소망을 드러내고 있다.

대체로 『금오신화』의 남주인공은 뛰어난 재주를 지녔음에도 불구하고 현실에서 인정받지 못하고 소외된 인물로, 자신을 알아주는 존재를 만나거나 환상적 공간을 방문함으로써 고독과 울분을 해소한다. 하지만 그 해소는 비현실적, 환상적 체험 속에서 일회적으로 이루어진 것이기에, 현실로 돌아왔을 때 이전보다 더욱 큰 고독과 비애를 느껴 결국 세상을 등지거나 삶을 마치게 된다. 이러한 결말은 변치 않은 현실 세계의 강고함과 횡포에 대한 절망인 동시에, 그럼에도 타협하지 않고 자신의 내면적 가치를 굳게 지키고자 하는 주체적 결단으로 이해할 수 있다.

16세기 신광한(申光漢, 1484~1555)의 『기재기이(企齋記異)』는 『금오신화』와 사뭇 다른 미감과 세계관을 보여주는 전기소설이다. 특히 여기에 수록된 〈하생기우전(何生奇遇傳)〉은 인귀교환과 명혼 모티프를 이어받으면서도 부친의 악업으로 인해 죽었던 여인이 다시 살아나는 설정으로 바꿈으로써 '행복한 결말' 구조와 '권선징악'의 주제 의식을 취하고 있다. 『금오신화』가 보여준 문제의식과 작품성에 미치지 못한다는 평가가 있는가 하면, 후대의 소설사적 변화를 예고하는 성격을 지닌 작품이며 어두운 현실에서도 희망과 믿음을 잃지 않는 낙관적 전망을 그렸다는 긍정적인 평가가 내려지기도 하였다.

본격적인 소설의 시대가 열렸다고 평가되는 17세기에 이르면, 전기소설에서도 질적으로 비약을 이룬 작품들이 등장한다. 그 변화의 방향은 크게 '현실성 강화'와 '서사 편폭의 확대'로 요약할 수 있는데. 특히 임진왜란과 같은 동아시아 전란 체험이 작품의 소재나 배경이 되면서 이전 시기와는 다른 소설사적 변화가 뚜렷하게 감지된다. 이를 전기소설이라는 장르의 질적 변화로 볼 것인지, 아니면 해체의 징후로 볼 것인지가 쟁점이 되기도 하였다. 이 시기에는 애정전기소설이 집중적으로 창작되었는데, 대표적인 작품으로는 작자 미상의 〈운영전(雲英傳)〉, 권필(權韠, 1569~1612)의 〈주생전(周生傳)〉, 조위한(趙緯韓, 1567~1649)의 〈최척전(崔陟傳)〉, 작자 미상의 〈상사동기(相思洞記)〉와 〈위생전(韋生傳)〉 등을 들 수 있다.

이 중 〈운영전〉은 안평대군(安平大君, 1418~1453)의 궁녀인 운영과 김진사의 비극적 사랑을 그린 작품으로, 인간의 자연스러운 감정과 정욕을 억압하는 중세 봉건 사회 질서의 모순에 대한 비판의식을 드러낸다. 인간으로서 자신의 존엄성과 가치를 지키기 위해 권력에 맞서는 운영과 그런 운영에게 공감과 지지를 보내는 동료 궁녀들의 모습을 통해 주체적인 여성의 면모가 부각되어 나타난다. 서사 기법의 측면에서는 임진왜란 직후 폐허가 된 수성궁을 찾은 유영이 꿈속에서 운영과 김진사의 이야기를 듣는 액자식 구성과 몽유 구조를 취함으로써 독특한 미감을 자아내고 있으며, 자신의 목소리를 직접 드러내어 이야기를 이끌어가도록 여주인공에게 '화자(話者)'의 지위를 부여하고 있다.

권필의 〈주생전〉은 명나라 사람 주생과 기녀 배도, 선화 사이의 엇갈린 사랑을 그린 작품이다. 이 작품은 지고지순하고 상호독점적인 애정 관계를 다루었던 기존의 전기소설 전통에서 벗어나, 삼각관계를 본격적으로 다루고 있다는 점에서 문제적이다. 특히 변하지 않는 영원한 사랑이 아니라 언제든지 변할 수 있는 사랑의 현실적 모습을 담고 있어 주목할 만하다. 작품에서는 이러한 삼각관계에 대해 함부로 판단하지 않고, 미묘한 관계 속에서 흔들리는 심리를 섬세하게 포착하는 데에 초점을 맞추고 있다. 아울러 임진왜란으로 인해 조선으로 파병되면서 이별의 파국을 맞게 된 주생 역시 전란에 휘말린 또 다른 피해자로 보는 연민과 공감의 시선이 작품 저변에 깔려 있다.

마지막으로 조위한의 〈최척전〉은 주인공 최척과 옥영이 전란으로 인해 각각 다른 나라로 뿔뿔이 흩어져 지내다가 우여곡절 끝에 모든 가족이 기적적으로 상봉하는 내용을 담고 있다. 작품의 공간 배경이 중국과 일본, 베트남 등 동아시아를 무대로 하고 있으며 약 30년을 시간적 배경을 삼고 있어 서사적 편폭이 확대된 양상이 나타난다. 이 작품의 옥영 역시 자신의 사랑에 적극적이며, 가족과의 재회를 위해 목숨을 거는 험난한 여정을 떠나기로 스스로 결정하고 실행하는 주체적인 인물로 그려진다.

　이처럼 17세기 애정전기소설은 현실성이 강화된 대신 초현실적인 요소가 약화되고, '기이'의 함의는 일상에서 좀처럼 일어나기 어려운 일까지를 포함하는 것으로 변화하게 된다. 이러한 장르적 변동은 더욱 가속화되어, 19세기 〈절화기담(折花奇談)〉, 〈포의교집(布衣交集)〉에 이르면 전기소설의 패러디로 볼 수 있을 만큼 전기소설의 장르적 관습은 희미한 흔적만을 남기게 된다. 예컨대 신분이 서로 다른 기혼 남녀의 사랑을 그린 〈절화기담〉과 〈포의교집〉에서는 상호독점적 관계와 정신적 교감보다는 불륜과 애욕에 기반한 통속적 사랑의 모습이 나타난다. 1809년에 석천주인(石泉主人, 미상)이 지은 〈절화기담〉은 약속과 어긋남의 반복을 통해 두 사람의 만남이 계속해서 지연되고 미뤄지는 과정에 서사의 초점을 맞추고 있다. 1866년 어름에 창작된 〈포의교집〉은 사대부인 남성 주인공이 아니라 하층 신분인 여성 주인공이 '지기(知己)'에 대한 강한 열망을 품고 있으며, 그 열망이 자신의 오해와 착각으로 인해 어그러지는 과정을 담고 있다. 이처럼 두 작품은 전기소설의 장르적 규범에서 상당히 벗어나 있는 모습을 보여주고 있으며, 작품의 배경이 되는 19세기 한양의 시정 세태를 충실히 묘사함으로써 이전 시기와는 달라진 미감을 구현하고 있다.

(김인경)

야담

고려 말 조선 초 필기·잡록은 문인 지식인층이 자기 자신과 주변의 일상을 기록하였다는 점에서, 기존과는 다른 서사 양식을 창출하였다. 이는 견문한 사실을 기록한다는 동아시아 서사학의 전통과, 원나라와 명나라의 교체라는 문명전환기 여말선초 지식인들이 공유했던 동국문명(東國文明)에 대한 자부에 기반을 둔 것이었다. 그에 따라 지금 여기의 우리, 즉 동류집단의 인물과 사건을 기록하려는 움직임이 생겨났고, 이것이 이계(異界)나 꿈을 배경으로 한 전기류와는 상당한 차이를 지닌 새로운 서사 양식의 성립으로 이어질 수 있었다. 또한 필기·잡록의 저자들은 일상의 특정한 장면에 초점을 맞추되, 사실 전달을 위주로 한 객관적 글쓰기 대신 극적인 재구성을 시도하였다.

야담은 이러한 필기·잡록류를 모태로 한다. 규장각 소장 『계서야담(溪西野談)』의 서문에 "야담은 보거나 들은 대로 기록한 것이다[野譚者隨其見聞而記錄也]"라고 한 것은 이를 분명하게 보여준다. 물론 견문의 기록이라는 느슨한 범주의 설정만으로는 야담이라는 장르의 성격과 양식적 원리를 명료하게 정의하기 어렵다. 그러나 다양한 내용과 성격의 이야기를 담고 있는 열린 장르라는 것이 곧 야담의 특성이기도 하다. 여말선초 필기·잡록이 문인 지식인 동류 집단의 일상에 주목했던 것과 달리, 야담은 그 취재의 범위가 동류 집단을 넘어 훨씬 더 확장되기 때문이다.

자연스럽게 내용과 지향도 달라졌다. 문인 지식인층의 조화로운 세계관을 드러내고자 했던 필기와 달리 야담은 조선 후기 변화된 사회상을 배경으로 다양한 인물 군상의 욕망과 성취, 좌절을 통해 시대와 일상을 담아내기 시작했다. 결과적으로 야담은 실존 인물의 일화나 역사적 사건을 전달하는 사실담부터 허구적인 윤색을 거쳐 세태의 일면을 전형적으로 형상화한 작품까지 그 편폭이 매우 넓어지게 되었다. 이는 야담을 지칭하는 용어가 문헌설화, 한문단편, 만록(漫錄), 잡록(雜錄) 등으로 다양하다는 것을 통해서도 확인할 수 있다. 이들 용어는 제각각 야담의 여러 가지 성격 가운데 특정 부면을 강조하여 인식한 결과이기 때문이다.

야담을 표제로 내세운 최초의 작품집은 17세기 초 유몽인(柳夢寅, 1559~1623)의 『어우야담(於于野談)』이다. 『어우야담』은 필기·잡록의 서사 전통을 잇는 동시에 편찬자의 시선을 확장하여 다양한 계층의 인물과 사건을 담았다는 점에서 변화의 단초를 보여준다. 이후 17세기 말에서 18세기 초의 『천예록(天倪錄)』과 『동패낙송(東稗洛誦)』, 19세기에 편찬된 『계서잡록(溪西雜錄)』, 『기리총화(綺里叢話)』, 『청구야담(靑丘野談)』, 『동야휘집(東野彙輯)』 등 풍부한 서사성을 지니고 당대의 일상을 재현한 작품들이 족출하게 된다. 이들 작품의 형성 경로는 다양하다. 실재했던 사건이 이야기판에서 구연되는 과정을 거쳐 기록되기도 하고, 전(傳)이나 기사(記事)와 같은 기록물이 야담집에 다시 수록되기도 하며, 그 과정에서 편찬자의 의도에 따라 내용이 변개되기도 하였다.

이 가운데 노명흠(盧命欽, 1713~1775)의 『동패낙송』은 야담의 전형을 확립한 작품집으로 평가되고 있다. 조금 앞선 시기 편찬된 임방(任埅, 1640~1724)의 『천예록』에 귀신, 신선, 이인 등 기이한 인물과 사건의 비중이 높아 전기적(傳奇的) 색채가 엿보인다면, 당대 인간의 삶을 사실적으로 묘파하는 글쓰기는 『동패낙송』에서 보다 본격화되기 때문이다.

拙翁 盧公은 시로 이름이 났으나 만년에 해박하여서 여러 서적을 널리 보고 그윽하고 오묘한 것을 悟得하여 뱃속에 두둑히 넣어두었는데, 더욱 우리나라의 故實에 대해 논하기를 좋아하여 상하 수백 년간 조야의 멀고 가까운 佚聞, 異事들을 채집하지 않음이 없었다. 매번 사람들에게 읊어 말해주었는데 자세한 것이 들을 만했다. 간간이 엮어 책으로 만들었으니 이름하여 『동패낙송』이다. (중략) 술 떨어져가고 등불 가물거리도록 손뼉을 쳐가며 한껏 이야기꽃을 피우던 것이 끊이지 않고 계속되었더니, 나는 그때 어린아이로 자리 한귀퉁이에서 흠딱 빠져 그 이야기를 들으니 어느덧 달은 기울고 닭은 울고 별은 어지러이 흩어졌다.

– 홍취영(洪就榮), 「동패낙송서」, 『鹿隱集』

『동패낙송』과 관련해서는 노명흠이 숙사(塾師)로 기거했던 홍봉한 가 사람들이 남긴 서발문이 전해진다. 홍취영(洪就榮, 1759~?)의 서문은 『동패낙송』의 취재처가 과거로부터 당대까지의 일사이문에 걸쳐 있었음과 함께 이야기꾼으로서 노명흠의 면모를 보여준다. 그는 사대부 가문의 이야기판에서 보거나 들은 이야기와 전대 문헌을 통해 수집한 이야기를 다듬어 『동패낙송』을 만들었다. 그 내용은 임진왜란, 인조반정 등 역사적 사건의 이면에는 무명의 인물과 그들의 활약이 숨어있었다는 비화, 빈궁한 처지에 놓인 양반, 벼슬을 구하지 못한 무변 등 몰락 양반의 분투, 악한의 행패나 약탈, 사기 행각과 그들에 대한 복수, 남녀 간의 정욕과 결연 등으로 다채롭다.

무엇보다 『동패낙송』은 출세와 치부 같은 현실적이고도 보편적인 욕망이 주요한 주제로 등장한다는 점에서 주목할 만하다. 몰락 양반이나 한미한 무변이 주인공인 경우, 우여곡절 끝에 급제·현달하거나 아예 농사나 장사에 투신하여 부를 성취한다. 악한에게 맞서거나 복수를 도와준 것에 대한 보답이 출세나 현달로 이어지기도 하고, 출세와 치부의 결말에

도달하는 과정에서 여성의 지인지감과 기지가 개입되기도 한다. 남녀 간 정욕과 결연도 감정의 진실된 교유나 애정으로부터 비롯되기보다는 현실적인 문제를 해결하기 위한 수단으로 활용된다.

「광작」이라는 제목으로 잘 알려진 허씨 삼 형제 이야기를 예로 들어보자. 부모구몰 후 생계가 막막해지자, 둘째는 아내와 함께 10년을 기한하고 귀리죽만 먹으며 치부에 힘쓴다. 그 과정에서 직접 짚신을 삼고 담배 농사를 짓는 등의 노력이 구체적이고도 사실적으로 그려진다. 삼 형제가 다시 모여 풍족하게 살 수 있을 정도의 재산을 모으자, 그는 늦게나마 무과에 급제하여 군수를 제수받는다. 이를 통해 경제적으로 완전히 영락한 사족의 처지와, 그럼에도 불구하고 아주 놓아버릴 수는 없었던 출세 지향의 내면을 읽어낼 수 있다.

남녀 간 결연도 그러한 문제와 결합된다. 변방의 수급비와 빈한한 처지에 있던 하급 장교의 결연을 다룬 우하형 이야기는, 수급비의 지인지감과 자신의 운명을 개척하기 위한 실천력을 엿볼 수 있는 작품이다. 그녀는 우하형이 후에 출세할 것을 짐작하였기에 그를 후원한다. 이후 병마절도사가 된 우하형의 후처가 된다. 남성의 입장에서는 결연을 매개로 부귀하게 되었고, 여성 또한 신분상승과 의지처를 얻게 된 것이다.

이처럼『동패낙송』은 상층과 하층의 다양한 인물군상과 그들 각자의 욕망이 교호하는 지점을 포착, 극적으로 서사화한 결과물이다. 자연스럽게 필기에서 보였던 사실 변증의 지향은 줄어들고 서사성이 강화되는 양상을 보여준다. 즉 실제로 있었던 인물과 사건의 기록이라는 것을 강조하려 하기보다, 이야기 속 등장인물과 사건을 통해 당대의 인간 현실과 문제들을 드러내고 있는 것이다. 야담이 견문의 기록을 표방하는 필기의 형식을 따르면서도 역사적 사실성이 아닌 문학적 진실성을 추구하게 되는 시작점이 바로『동패낙송』에 있다.

이후 『동패낙송』의 이야기는 이희평(李羲平, 1772~1839)의 『계서잡록』으로 수용된다. 『계서잡록』은 이희평 자신의 가문과 관련된 이야기를 기록한 권1과 전대의 일화를 두루 모아 수록한 권2~4로 구성되었는데, 특히 권4는 『동패낙송』에서 23편을 수용하였다. 그런데 이희평은 이를 그대로 수용하지 않고, 나름의 변화를 꾀하였다. 반복되는 언급이나 구체적인 묘사 등은 축약, 소거하고 인물의 표현이나 사건의 전개 등은 자세하게 기술하면서 새로운 글쓰기를 시도하였다. 『계서잡록』은 이후 『기문총화』를 거쳐 『계서야담』, 『청구야담』 등 후대 야담집으로 상당수 수용되었다.

한편, 이희평과 비슷한 시기 이현기(李玄綺, 1796~1846)의 『기리총화』 또한 야담사에서 중요한 위치를 점하는 작품이다. 『기리총화』에는 필기류와 야담이 혼재되어 있는데, 야담 중 일부는 단편소설에 가까운 분량으로 확장되어 있을 뿐만 아니라 인물 심리의 생생한 묘사와 치밀한 구성을 통해 서사적 흥미를 더한다. 〈채생기우〉에는 역관으로 부를 축적한 김령의 청상과부 외동딸과 몰락 양반인 채노인의 아들 채생의 결연 과정이 그려진다. 중인이자 신흥 부자인 김령과 몰락했지만 가문의 전통을 고수하려는 양반 채노인은 전형적인 대립 구도를 형성한다. 김령이 채노인을 설득하는 과정과, 점차 김령의 부유함에 매혹되어가는 채노인의 행동이 생생하게 묘사되면서 이야기는 당대의 신분 동향과 그에 얽힌 갈등을 보여준다. 『기리총화』 역시 『청구야담』을 비롯해 『청구이문』, 『청야담수』, 『청구고담』 등 후대 야담집에 많은 영향을 끼쳤다.

이렇게 형성된 야담의 서사 전통을 기반으로 19세기 중후반에는 거질의 작품집이 탄생하였다. 그중 『청구야담』은 300편에 가까운 이야기를 수록하면서, 작품마다 7언의 제목을 붙여 형태적으로도 완전한 면모를 갖추었다. 여기 실린 이야기의 대부분은 전대의 야담집이나 문집 소재 전(傳), 기사(記事)를 수용한 것이다. 또한 수용의 과정에서 사실적 근거나 고증 부분은 삭제하여, 이야기 그 자체에 대한 관심으로 야담의 초점이 모아지는 양상을 보인다.

한편 기존의 야담 독서 경험을 바탕으로 새로운 야담을 만들고자 하는 시도도 나타났다. 이원명(李源明, 1807~1887)의 『동야휘집』은 그 대표적인 예이다. 이원명은 서문에서 『어우야담』과 『기문총화(記聞叢話)』를 보면서 이야기가 뛰어나고 긴 것과 고실(故實)을 증명할 만한 것, 다른 책에서도 널리 아는 데 도움이 될 만한 것, 여항에 전하는 고담 등을 취하여 다듬어 실었다고 하였다. 또한 범례를 통해 오직 야담만을 취하였으며 패사소설은 채록하지 않았음을 밝혔다. 이는 이원명이 '야담'에 대한 나름의 인식 속에서 이야기를 수집, 기록하였음을 시사한다. 실제로 『동야휘집』은 기존 야담집의 이야기를 다수 수용하고 있으며, 『해탁(諧鐸)』 등 중국 필기소설을 전유한 이야기도 확인된다. 나아가 적극적인 윤색과 개작을 시도하고 있는 바, 이원명은 자신의 취향과 의도에 맞게 기존의 이야기를 변개하면서 『동야휘집』을 만들고자 했음을 알 수 있다.

이밖에 배전(裵婰, 1845~?)의 『차산필담(此山筆談)』, 서유영(徐有英, 1801~1874)의 『금계필담(錦溪筆談)』 등도 19세기 중·후반에 걸쳐 편찬된 야담집이다. 이들은 전대 문헌을 수용하면서도 구술 전통에 의거하여 자신과 그 주변의 새로운 이야기를 다수 수집, 수록하였다.

한편 야담은 한글로 번역되어 유통되기도 하였다. 조선후기 이야기 문학에 대한 독자층이 확대되고 그들의 요구가 다양해지면서, 소설은 물론 연행록, 기행가사 등 다양한 장르에서 한글로의 번역이 이루어졌다. 한글본 야담집의 존재는 야담 또한 흥미로운 읽을거리이자 과거에 대한 기록으로서 여성을 비롯한 한글 해독층에게 그 소용이 인정되었음을 짐작케 한다. 현전하는 규장각 소장 『청구야담』, 최민열본·정명기본 『천예록』, 낙선재본 『어우야담』 등의 한글본 야담은 궁궐과 그 주변 상층 사대부가 여성들 사이에서 향유되었던 정황이 뚜렷하며, 번역 또한 사실 변증 등 교술적 요소를 삭제하여 서사성을 강화하는 동시에 여성 취향에 맞게 변화를 주었다.

이렇게 견문의 기록이라는 필기잡록의 전통에서 분화하여 다양한 양태로 존재하던 야담은 근대전환기 다시 한번 자기갱신의 전기를 마련하게 된다. 1907~1914년 편찬된 『양은천미(揚隱闡微)』와 같은 작품은 여전히 필사본의 형태를 고수하였지만 일화의 개작과 결합에 따른 소설화 경향이 강하게 드러난다. 아예 〈운영전〉과 같은 고소설이나 〈박문수전〉과 같이 20세기 초 출판된 활자본 고소설을 축약·전재하기도 하고, 『금고기관(今古奇觀)』 소재 작품이 번안 수록되기도 한다. 이는 이야기 취재의 원천이 다양해졌음을 의미하는 동시에 야담 변화의 방향 중 하나가 소설을 지향하고 있음을 보여준다.

보다 큰 변화는 야담 향유의 방식에서 확인된다. 활자본, 신문, 잡지 등 새로운 매체와 야담이 만나게 되면서, 하나의 '집(集)'으로 향유되던 야담은 이 시기 개별 작품으로 분리된다. 이제 야담은 신문이나 잡지의 한 코너로 활용되거나, 논설을 뒷받침하는 제재로 편입되는 모습을 보인다. 1909년 『경향신문』 '쇼셜'란이 『동패낙송』의 이야기 중 16편을 번역하여 수록한 것이나, 1921년 『매일신보』가 '奇人奇事'와 같은 고정란을 두어 전대 야담에서 발췌한 이야기를 수록한 것이 그 예이다. 또한 1912년~1926년 사이에는 『청구기담』, 『오백년기담』, 『동상기찬』, 『실사총담』, 『기인기사록』, 『조선기담』 등 활자본 야담집이 본격적으로 출간되었다. 이들 야담집에 실린 이야기는 절대 다수가 전대 문헌에서 발췌한 것이고, 새로운 이야기는 극히 적다. 한문에 토를 달거나 현토에 가까운 국한문체를 사용하는 등 표기체제를 일부 바꾸었을 뿐이다. 그러나 이들 매체는 조선의 다양한 인물과 사건을 보여줌으로써 역사의 현재성을 확보하고자 하는 교훈적·계몽적 목적과, 이야기가 지닌 흥미에 주목한 오락적 목적 사이에서 야담을 활용하고 있다는 점에서 시대와 조응하는 야담의 새로운 역할을 보여준다.

이후 1927년 조선야담사의 발족과 야담운동은 민중 교화의 수단으로 야담의 계몽적 성격에 주목하였다. 김진구를 비롯한 조선야담사의 발기인들은 전대 야담과 차별화된 새로운 민중예술로서의 야담을 주창하였으며, 그 방향은 전대 야담이 지닌 이야기성이 아닌 역사적 사실과 동시대성에 초점을 둔 것이었다. 김옥균, 전봉준, 손문, 황흥 등 근대 개혁가와 그들의 활약을 다룬 내용이 야담대회의 주된 레퍼토리로 등장했음을 통해 이를 확인할 수 있다. 조선야담사의 야담대회는 『중외일보』, 『동아일보』, 『조선일보』 등 신문사의 적극적인 후원하에 대성황을 이루었다. 그러나 일제의 견제로 인해 1년이 채 못되어 그 성격이 달라지게 된다. 윤백남, 신불출, 신정언 등 새로운 야담사들의 등장과 함께 야담은 민중 계몽을 위한 운동이 아니라 통속적 오락물로 자리잡게 되었다. 그리고 근대 야담의 이러한 성격은 1930년대 윤백남의 『월간야담』과 김동인의 『야담』이라는 전문 잡지의 창간으로 이어졌다.

한편, 야담은 근대 시기 새로운 콘텐츠의 원천으로 작용하기도 하였다. 홍명희(洪命熹, 1888~1968)의 『임꺽정』은 작가를 경유한 야담의 근대적 운동과 확장의 구체적 사례이며, 라디오 방송의 대본으로 야담이 활용되었던 정황은 당대 대중의 기호에 부합하는 문화상품으로 존재했음을 보여준다. 콘텐츠로서 야담의 면모는 현대의 〈조선야담〉, 〈여우야담〉과 같은 유튜브 채널을 통해서도 찾아볼 수 있다. 디지털 영상 매체와 시청자의 댓글창을 통해 다시 이야기판에 등장하게 되면서, 조선 후기 야담과는 다른 방식으로 야담의 생명력은 현재에도 이어지고 있다.

(이승은)

여성한문학

여성한문학은 우선 여성작가의 한문 작품을 지칭하지만, 넓게는 여성의 행적을 전하거나 특정한 여성 인식을 드러내는 등 필자가 여성이 아니더라도 여성 관련 내용을 한문으로 담고 있는 작품들을 포괄할 수 있는 개념이다. 본항에서는 보다 밀도 있는 서술을 위해 여성이 한문으로 작성한 작품들로 대상을 한정하고, 실질적인 여성작가의 면모가 확인되는 조선 후기로 시기적 범위를 좁혀 논의하고자 한다.

먼저 "왜 여성한문학인가?" 하는 문제를 짚고 넘어가야 할 것이다. 주지하듯이 조선 후기는 표기언어로서 한자와 한글이 병존하는 이중언어체계였다. 한문이 '진서(眞書)'로 높여지고 한글이 '언문(諺文)'으로 멸시되었던 것에서 알 수 있듯이, 이 체계는 철저히 위계적으로 구성된 것이었다. 그리고 한글이 '암클(여자들이나 쓸 글)'로 낮잡아 일컬어졌다는 사실은 이 위계가 남녀의 위계와 연동된다는 것을 선명하게 드러낸다.

> 우리나라 부인은 오직 언문으로 편지나 하고 일찍 독서를 시키지 않았으며 더욱 시는 부인에게 마땅한 것이 아니니 혹 하는 사람이 있어도 안에서 하고 밖에 내놓지 않는다.
> — 洪大容, 「乾淨衕筆談」, 『湛軒書·外集』 2

인용문은 조선 후기 여성 어문 생활의 실제와 그에 대한 인식을 단적으로 보여준다. 당시 여성들은 '한문'이 아닌 '언문'으로 일상생활에 필요한 편지 정도를 썼고, 독서는 일찍이 권장되지 않았다. 여성이 독서를 즐겨하게 되면 의복과 음식, 봉제사, 접빈객 등 '여공(女功)'에 소홀하게 될까 우려했던 것이다. 특히 문예적 글쓰기에 속하는 시는 부인에게 마땅한 것이 아니라고 인식되었고, 그래서 혹시 하는 사람이 있어도 드러내 놓고 하지는 않았다는 것, 이것이 홍대용(洪大容, 1731~1783)이 당시 청나라 문인에게 전하는 조선의 사정이었다.

> 우리나라 풍속은 중국과 달라서 무릇 문자의 공부란 힘을 쓰지 않으면 되지 않으니, 애초에 부녀자에게 권할 만한 것이 아니다. 『소학』과 『내훈』의 등속도 모두 남자가 익힐 일이니, 부녀자로서는 묵묵히 헤아려서 그 말씀만을 알게 하고 일에 따라 훈계할 따름이다. 부녀자가 만약 누에치고 길쌈하는 일을 소홀히 하고 먼저 독서에 힘쓴다면 어찌 옳겠는가?
>
> – 李瀷, 「人事門」, 〈婦女之敎〉, 『星湖僿說』 16

조선 후기 실학자로 유명한 이익(李瀷, 1681~1763)은 우리나라의 풍속이 중국과 달라서 '문자'의 공부가 힘을 들이지 않고는 불가능하기 때문에 처음부터 부녀자에게 권할 만한 것이 아니라고 주장한다. 조선 시대에 '문자'라 함은 일반적으로 '한자'를 지칭하는 것이다. 중국과 풍속이 달라서 '문자'의 공부가 힘들이지 않고는 익히기 어렵다는 언급은 이때의 '문자'가 '한자'임을 보다 분명하게 드러낸다. 부녀자가 힘들여 '한자'까지 익히다 보면 자연스레 여공에 힘쓸 시간이 줄어들게 되기 때문에 애초에 가르칠 것이 아니라고 생각하는 것이다. 같은 논리로 남녀 모두를 대상으로 하고 있지만 여성에게도 가장 많이 권장되었던 수신서인 『소학』이나 여성을 대상으로 한 『내훈』마저도 남자가 익힐 것이라고 주장한다. 부녀자가 직접 독서를 함으로써 여공을 등한시하게 하기보다는 수신서가 전하는 말씀의 내용 정도만 전달해서 알게 하고, 구체적인 일상의 상황에서 깨우침을 주면 그만이라는 것이다.

일반적으로 조선 후기 여성의 글쓰기는 '언문'보다는 '한문'의 사용에서, 그리고 한문을 사용한 '문예적 글쓰기'에서 보다 강한 통제가 작동했다. 이러한 조선 후기의 상황에서 여성이 글을 쓴다는 것은 표기문자의 선택에서부터 그 내용에 이르기까지 다양한 층위의 사회적, 심리적 장애물 넘기를 수반하는 행위였다. 즉 현재 흔적이 남은 여성들의 '문학 활동'은 가부장제라는 하늘 아래서 선택되고 있는 다양한 행위지점들을 보여주는 것으로, 특히 조선 후기 여성한문학은 조선 후기에 '여성'으로서 중세 보편문화의 상징이자 상층 남성들의 전유물인 '한문'을 통한 '문예적 글쓰기'를 '선택'했다는 행위 자체에서부터 예사롭지 않은 의미를 지닌다. 조선 후기 여성의 언문 글쓰기에 대한 사대부 남성들의 승인 또는 침묵을 고려하면, 조선 후기 여성한문학은 몇 겹의 장애물 넘기를 감행한 결과인 것이다.

한문 글쓰기는 주류적인 글쓰기이자 남성의 글쓰기로서 확고한 문학적 관습이 확립되어 있었기에 한문으로 글을 쓰는 것은 남성언어의 관습과 역사에 통달함을 의미했다. 이러한 학습은 오랜 시간이 소요되는 것으로서, 비공식적으로나마 한문 글쓰기에 대한 지식을 습득할 수 있었던 여성들은 대부분 사대부가의 여성이거나 또는 직업적으로 시 창작 능력이 필요했던 기녀들이었다. 상층 여성 내부에서도 서울지역에 거주하는 경화세족에서부터 지방의 향촌사족 및 몰락 양반에 이르기까지 다양한 층차가 있기는 하지만, 조선 후기 여성한문학의 주요 작가군은 사대부 여성 및 기녀라고 할 수 있다.

이제 규범과의 적극적인 타협을 통해 이루어진 여성한문학이 전하는 구체적인 목소리를 들어 볼 차례이다. 생각이나 감정을 불러일으키는 모든 사건과 경험이 문학의 소재가 될 수 있기 때문에 조선 후기 여성한문학의 소재 및 주제영역은 개별 작가가 처한 현실적 상황에 따라 매우 다양하다. 주류의 이데올로기와 정서를 표현할 수도 있고, 주류 내부의 타자로서 겪게 되는 경험들과 정서들을 표현하기도 하며, 한문 문식력을 사용해 새로운 지식의 범주를 만들어내고, 편집과 번역을 통해 지식 수용자에서 지식 매개자 혹은 생산자의 위치로 옮겨가기도 한다. 이렇듯 광범위하게 열려 있는 조선 후기 여성한문학의 영역 내에서 보다 주목을 요하는 부분이 있다면, 여성작가가 여성으로서의 자신의 삶에 대한 인식과 고민을 스스로의 목소리로 표명하고 있는 부분을 꼽아야 할 것이다.

얼마나 아까운가 이 내 마음, 탕탕한 군자의 마음인데. / 안팎에 하나도 숨김이 없어, 명월이 흉금을 비추는 듯. / 맑디맑아 흐르는 물 같고, 깨끗하디 깨끗해 흰 구름 같도다. / 화려한 물건 즐기지 않고, 뜻은 구름과 물의 자취에 있다네. / 속된 무리들과 더불어 어울리지 않으니, 도리어 세인들의 원망거리가 되는구나. / 규중 여자의 몸 됨을 스스로 슬퍼함은, 푸른 하늘도 알지 못하리. / 어찌 하는 바가 없으리오, 다만 각자 뜻을 지킬 뿐이라네.("何惜此吾心, 蕩蕩君子心. 表裏無一隱, 明月照胸襟. 淸淸若流水, 潔潔似白雲. 不樂華麗物, 志在雲水痕. 弗與俗徒合, 還爲世人非. 自傷閨女身, 蒼天不可知. 奈何無所爲, 但能各守志.")

— 金浩然齋, 「自傷」, 『浩然齋遺稿』

(전략) 小弟는 규중의 물건으로, 빈 골짝에 문 닫고 있네. / 몸에 양 날개 없으니, 어찌 신선이 사는 산에 이르겠는가? / 한 조각 마음은 나날이 아득하고, 고향으로 돌아가는 꿈은 홀로 서성이는구나. / 먼 회포 금할 길 없어, 편지를 부쳐 속내를 토로하네. / 문묵은 나의 일이 아닌데도, 심중에 서럼을 견디지 못하겠구나. / 졸작은 뜻을 다 통하지 못하여, 종이에 임하여 공연히 탄식만 나오네. / 조용히 읊으니 도리어 서글프고, 석양은 난간을 비추는구나.("(전략)小弟閨中物, 掩門空谷間. 身無兩羽翼, 那得到仙山. 片心日悠悠, 歸夢獨盤桓. 遠懷不能禁, 寄書吐心肝. 文墨非我事, 不堪心中盤. 拙作未達意,

臨紙空嗟嘆. 微吟還惆悵, 夕陽照欄干.")

－金浩然齋, 「聞仲氏以貢差往可興, 與水仙從兄約游於四郡,
士膺誠仲謙行亦從, 喜而有作.」, 『浩然齋遺稿』

김호연재(金浩然齋, 1681~1722)는 조선 후기를 대표하는 여성작가이다. 그녀는 한시에서 규중에 제한된 당대 여성의 처지를 한탄하고, 자신의 마음을 '탕탕한 군자의 마음'으로 표현한다거나 여성에게 결코 권장되지 않았던 '문묵의 일'에 미련을 버리지 못함을 고백함으로써 조선 시대의 규범적 여성상과는 어긋나는 자의식을 드러낸다.

나는 본래 형산 화씨의 구슬, 우연히 낙동강 가에 떨어졌네. / 진나라 열다섯 성으로도 오히려 얻기 어렵거늘, 하물며 시골의 한 썩은 선비임에랴!("我本荊山和氏璧, 偶然流落洛江頭. 秦城十五猶難得, 何況鄕閭一府儒!")

－楚玉, 「有鄕生挑之, 以詩拒之」, 『海東詩選』

경북 의성의 기생 초옥(楚玉)이 남긴 이 시의 제목은 '어떤 시골 선비가 집적이니, 시로 거절하다'이다. 초옥은 비록 기적에 속한 몸이지만 스스로를 진나라 성 15개에 값하는 천하의 보물인 형산의 화씨벽에 비견한다. 아무리 값비싼 물건을 갖다 붙여도 결국 사고 팔아지는 존재라는 점에서 고급 기생으로서의 그녀의 자부심은 그 한계가 명확한 것이다. 그러나 신분적으로, 동시에 성적으로도 하위에 놓인 입장에서 상대 남성을 향해 표출하고 있는 강한 자존의식을 우리는 보다 눈여겨보아야 할 것이다.

삼가 내 삶에 대해 생각해보니 금수로 태어나지 않고 사람으로 태어난 것이 다행이고, 오랑캐의 땅에서 태어나지 않고 우리 동방의 문명한 나라에서 태어난 것이 다행이다. 그런데 남자로 태어나지 않고 여자로 태어난 것이 불행이요, 부귀한 집에 태어나지 않고 한미한 집에 태어난 것도 불행이다.

하지만 하늘이 이미 나에게 어질고 지혜로운 성품을 주시고, 귀와 눈을 만들어주셨으니 어찌 산수를 좋아하고 즐기며 견문을 넓히지 못하겠는가. 하늘이 이미 나에게 총명한 재주를 주셨으니 어찌 문명한 나라에서 무엇인가를 성취할 수 없겠는가. 여자로 태어났으니 깊은 담장 안에서 문을 닫아걸고 법도를 지키는 것이 옳은가. 한미한 집안에 태어났으니 처지대로 분수에 맞게 살다가 이름도 없이 사라지는 것이 옳은가.

— 金錦園, 『湖東西洛記』

김금원(金錦園, 1817~?)은 의주부윤을 지낸 김덕희(金德熙)의 소실이다. 처녀 시절에 그녀는, 당시 여성으로서 여행을 한다는 것 자체가 금기시되었지만 남장을 하고 여행을 떠나며 여행에 앞서 당찬 포부를 밝힌다. 여자로 태어난 것은 불행이지만 그렇다고 해서 규방 안에서 법도를 지키는 것만이 능사는 아니며, 하늘이 모든 인간에게 공평하게 베풀어 준 어진 성품과 총명한 재주를 가지고 여행을 통해 견문을 넓힐 것을 다짐한다. 여행을 계기로 자아를 돌아보고 새롭게 주체화를 도모하고 있는 것이다.

아아! 나는 비록 부인이지만 부여받은 본성은 남녀의 차이가 없다. 안연이 공부한 것을 공부하지 못한다 해도 성인을 사모하는 뜻은 매우 간절하다. 그런 까닭에 내 생각을 대략 풀어서 여기에 쓰고 내 뜻을 밝힌다.

— 任允摯堂, 「克己復禮爲仁說」, 『允摯堂遺稿』

조선 후기 여성 성리학자로 유명한 임윤지당(任允摯堂, 1721~1793)이 남긴 한문산문들은 대부분 '학문적 글쓰기'로 '문예적 글쓰기'만큼이나 높은 장애물을 넘어야 하는 것이었다. 인용문은 "자기 자신을 이기고 예로 돌아가는 것이 인이다[克己復禮爲仁]."라는 명제를 화두로 삼았던 공자(孔子, B.C551~B.C479)의 수제자 안연(顔淵, B.C514~B.C483)의 수행을 중심에 놓고 예를 통한 심성 수양이 어떤 것인지 묻고 답한 글의 결론 부분이다.

윤지당은 성인과 범인의 타고난 본성에는 차이가 없기 때문에 범인도 자신의 노력에 의해 성인의 경지에 다다를 수 있다고 주장하며 노력을 통해 성인의 경지에 이른 모범 사례로 안연을 들었다. 범인도 노력하여 변화하면 성인에 이를 수 있다는 견해를 줄곧 피력해온 윤지당은 이제 '나는 비록 여자이지만'이라는 말로 자신의 위치를 드러내면서 '본성은 남녀 간에 다름이 없다'고 선언한다. 조선 후기 여성으로서 안연이 공부한 것을 공부한다는 것은 현실적으로 쉽지 않은 일이었지만, 그럼에도 불구하고 성인을 사모하는 뜻이 매우 간절하다고 함으로써 계속 노력하겠다는 의지를 보이고 있는 것이다.

성리학은 수양을 통해 누구나 성인의 경지에 다다를 수 있음을 기조로 하고 있지만 여성은 애초에 그 '누구나'에 포함되는 대상이 아니었다. 윤지당은 남성들이 중심을 이룬 성리학을 탐구하면서 자신이 여성임을 인식했고, 그럼에도 성인의 경지로 나아갈 수 있다는 생각에 이르렀다. 남성이 주류를 이루는 학문 세계에서 그들의 논리에 매몰되지 않고 여성인 '나'를 이끌어낸 것이다. 윤지당은 남성들의 학문 전통과 언어를 사용했지만 결과적으로 남성들의 전통과 언어를 통해 차이를 만들어냈다.

가부장적 사회에서 여성의 자아 정체성은 일차적으로 젠더 정체성의 지배를 받는다. 조선 후기의 여성들은 자신의 경험을 표현하는 수단으로 한글을 완전히 장악하는 단계에 도달해 있었다. 반면 남성의 경험을 표현하는 매체로 발달된 한자를 통해 자신을 표현한다는 것은 여성에게는 낯설거나 원천적인 소외를 내장한 행위일 수 있다. 그렇기에 여성한문학은 그 시도 자체만으로도, 그리고 특히 여성으로서의 자의식과 그에 대한 고민을 토로하는 경우 자아 상실의 시대를 살아가는 우리들의 주목에 더욱 값한다고 할 수 있다. 젠더 정체성이 선천적으로 분명하게 주어지는 것으로 여겨지던 조선 후기에, 젠더 정체성에 의해 자아 정체성이 끊임없이 잠식당하는 상황에서도 자신의 개별적이고 인간적인 특성을 고심하며 '타자'가 아닌 '주체'로 서고자 했던 단서들에 더 많은 눈길이 머물 수 있기를 기대한다.

(성민경)

여항문학

여항문학(閭巷文學)은 조선 후기의 독특한 문학 현상으로서, 경아전(京衙前)과 전문 기술직 중인 계층을 주축으로 한양이라는 도시를 근거지로 하여 발생하고 발전한 것이다. 이처럼 '여항(閭巷)'이라는 말 자체에 '도시성'을 내포하고 있다. '여항'은 중국을 비롯한 동아시아 고전에서 유래한 뒤, 확고한 학적 영역을 차지하고 있지는 않지만, 우리 문학사에 있어서는 일정의 역사적 의미를 지닌다.

여항문학은 17세기부터 형성되어 18세기~19세기에 이르러 가장 왕성한 활동을 보이다가 서서히 쇠퇴하였다. 이들이 성장할 수 있었던 계기는 경제적 기반을 토대로 한 교육 및 문화 제반에 적극적으로 대응하는 자세였다. 양반 사대부 계층의 전유물이었던 조선 후기의 교양 교육은 18세기가 되자 지식 정보의 전달과 향유, 창출의 최전선에 서게 된 여항인들의 유입으로 새로운 흐름을 형성하게 된다. 여항인은 서당과 같은 사교육 기관을 중심으로 교육 체제에 편입되었고 이를 통해 학술 및 각종 예술 분야에서 자신들만의 독창적 재능과 역량을 발휘할 수 있었다. 이는 역관(譯官), 의관(醫官), 율관(律官) 등 전문직에 속했던 여항인의 경제력 향상과 서민 계층의 교육열이 만들어낸 결과였다. 당시 조선의 신분제도가 공고하게 유지되고 있었음은 분명했지만, 여항인들은 동류(同類) 의식을 기반으로 한 시사 모임을 통해 고급 문예 활동의 장을 마련했다. 17세기 말 숙종(肅宗, 1661~1720) 때의 임준원(林俊元)을 필두로 한 낙사시사(洛社

詩社)가 그 시발점이며 18세기 말 정조(正祖, 1752~1800) 때의 여항인 천수경(千壽慶, ?~1818)은 옥계시사(玉溪詩社, 일명 松石園詩社)를 조직하며 여항인 문학활동의 전성기를 이루었다. 박윤묵(朴允默, 1771~1849)·이의수(李宜秀)·김태욱(金泰郁)·노윤적(盧允迪)·조수삼(趙秀三, 1762~1849)·차좌일(車佐一, 1753~1809) 등이 옥계시사의 중요한 시인들이며 이들의 행적은 19세기 후배 여항인들에게도 지대한 영향을 미친다. 이들은 19세기 중반 소규모의 시사로 분화, 전승되어 여항인들의 정신적 구심점의 역할을 수행하며 19세기 말 개항기에 육교시사(六橋詩社)에 이르러서는 개화운동의 핵심적 역할을 하기도 한다.

여항문학 수준 제고와 범주 확장의 또 다른 주요 요인은 여항인의 연행과 통신사 사행 참여에 있다. 특히 17~19세기 연행이 활기를 띠게 된 것이 여항인의 지식 정보 향유와 산출에 가장 큰 영향을 준 사안임은 명백하다. 삼사(三使)의 수행원으로 따라가는 계층의 폭이 두터워졌고, 이는 역관을 비롯하여 각사(各司)의 하급 서리(胥吏) 등에까지 그 체험의 기회가 수반되었다는 것을 뜻한다. 그야말로 여항인이 조선 후기 학예의 다양한 분야에서 '매개자'와 '주체자'로서 지식 정보 유통의 최전선에 설 수 있는 시대가 도래했던 것이다. 아울러, 과거시험에 적극적으로 응시하고 문학을 향유함으로써, 실질적인 문화적 권력을 나눌 수 있는 경우도 종종 있었다.

여항문학의 주요 특징 중 하나는 사대부 문학과 대비되는 그 독자적인 위상에 있다. 여항인들은 사대부 문학을 단순히 모방하는 아류(亞流)에 머물지만은 않고 자신들의 삶과 자의식을 문학적으로 표현, 전달하였다. 대다수의 경아전 출신 여항인들이 여항문학의 중심을 차지했지만 주변부에는 천민층도 포함되어 문학 활동의 자장(磁場)이 넓어지기도 한다. 이를테면 18세기에 천민 출신으로 시(詩)로서 유명해진 정초부와 이단전(李亶

佃, 1755~1790)의 사례는 이를 잘 보여준다. 이들은 세습노비였음에도 불구하고, 시를 통해 자신의 존재를 부각시켰으며 그들의 문집은 동시대 여타 여항인들에 비해 손색이 없을 정도로 평가받는다. 이는 여항문학의 범주가 신분의 제약을 넘어선 다양한 계층의 문인들까지 포용하며 확장되었고 조선 중기 이후 우리 문단의 다양성을 확보했다는 증거이기도 하다.

18세기 여항문학의 활약은 문학사 전반에 큰 변화를 가져왔다는 데 의의가 있다. 이를 정리해 보면 다음과 같다. 첫째, 여항인이 주도하는 문예 모임은 소수자의 문학 및 지식 활동의 중심이 되었다. 이 과정에서 사대부 중심의 문학 구조를 해체하고 다양한 계층의 목소리를 반영하는 계기를 마련한다. 한양이라는 대도시에서 출발하였지만 지방의 도회지에서도 유사한 문학 활동이 감지됨에 따라 여항문학의 성과와 지평이 확산되었다고 볼 수 있다. 특히 지방의 아전이나 평민층에서도 문학적 역량을 가진 인물들이 부상했으므로 향후 이들을 여항문학의 확장된 범주 안에서 논의해야 할 필요성이 제기된다.

둘째, 여항인의 삶과 자의식을 주체적으로 표현할 문학적 공간을 확보했다는 점에 주목해야 한다. 여항문학은 사대부 문학을 지향하는 일종의 아류로 간주되었으나, 시문의 행간을 살펴보면 그들의 존재 방식과 소외된 정서를 포착할 수 있다. 이들의 삶과 정서는 직간접적으로 세상에 알려지는데, 그 시작점은 18세기 이후에 사대부에 의해 다량으로 작성된 여항인의 전기와 묘지명이다. 그 후로 차츰 여항인들은 자신들의 삶을 자서(自序)나 자전(自傳) 등으로 직접 기록하는 문학활동을 이어 갔다. 이는 한 사회의 계층적 약자가 자아의 정체성을 자각하고 진단하는 고유의 문학을 소유했다는 점에서 유의미하다. 여항인 문학은 그 자체로 자신의 실존적 문제를 진지하게 다루며, 시와 산문이라는 경로를 통해 존재감을 표출하고자 노력해온 것이다.

셋째, 교육에 대한 열의, 과거 응시자의 양적 증가는 계층을 넘나드는 지식의 보편화를 이끈다. 당대 집권세력인 벌열 가문이나 상층 사족(士族) 지식인의 고급 문예활동에 여항인들이 적극적으로 참여할 수 있던 정황은 사회 전반으로 확산되었다. 18세기 이후 널리 보급된 서신 교본이라든가 제사와 의례 등에서도 양반의 격식을 갖추려는 노력으로 인한 다양한 문서 양식과 의례서가 보급된 일은 극명한 예이기도 하다. 지식의 보편화, 대중화는 여항인의 문예 활동에 반영되어 문학과 사회에 광범위한 변화를 초래하였다.

문예 분야에서 특히 시 창작은 여항인의 괄목할 만한 문학적 성취가 돋보이는 영역이다. 여항인들은 '시인'이라는 호칭을 적극적으로 추구하였는데, 이는 사대부 문인들과의 변별점이라 할 수 있다. 시는 계층에 국한되지 않고 문화적 지위를 수월하게 획득하는 수단이자 사대부가 독점하던 문화적 권력을 공유하는 기회이기도 했다. 더구나 여항인은 전문 직역(職役)에 종사하며 경제의 흐름과 정치적 동태가 삶에 어떠한 영향을 주는지 파악하는 현실 감각이 탁월했기에 사대부 문학이 간과했던 '현장성'을 문학작품에 생생하게 담아낼 수 있었다. 조선에 표류한 명나라 해상을 청나라 조정에 보낸 사실을 노래한 최승태(崔承太)의 〈표상행〉이나, 요동 시장에서 조선의 국부가 유출되는 현장을 묘사한 고시언(高時彦, 1671~1734)의 〈관동가〉는 대표적 예시라 하겠다.

여항문학에 대한 연구는 일제 강점기에 일오 구자균(具滋均, 1912~1964)에 의해 본격적으로 시작되었다. 이후 1986년과 1991년에 출간된 『이조후기 여항문학총서』 1, 2차분이 계기가 되어 체계적인 연구가 진행되었다. 해당 총서에는 전 10책에 총 86종의 여항문학 작품이 수록되었고, 이후 30여 년 동안 많은 신자료가 발굴되어, 최근에는 '조선후기 여항문학 자료 수집·해제 및 DB 구축'(2019~2022)이라는 프로젝트를 통해 자료를 체계적으로 정리하는 작업이 진행되었다. 그 결과로 『여항문학총서속집』 제1권과 2권이 출간되었는데, 속집은 18세기와 19세기 시문집을 중심으로 다양한 자료를 수록하여 여항문학 연구의 새로운 장을 열고 있다.

여항문학 연구의 새로운 토대가 되는 『여항문학총서속집』 제1권과 2권의 가치는 매우 크다. 18세기 시문집을 중심으로 하며, 그 주요 특징은 다음과 같다. 첫째, 18세기 여항시사의 대표 시인들의 시문집이 대거 발굴 수록된 점이다. 둘째, 여항인들이 주도한 조선 후기의 시가사, 음악사, 회화사, 서예사 관련 자료가 풍부하게 확충되었다. 셋째, 여항문학과 문화를 주도한 인물들의 자료를 체계적으로 수집하여 연구의 지평을 넓혔다. 넷째, 여항 시사나 특정 교유 그룹에 속하지 않은 개별 문인 자료를 발굴함으로써 여항문학의 다면성을 확인하였다. 다섯째, 선본 자료의 확정과 출판문화사 연구에 기여함으로써 문학사 연구의 기반을 확고히 한 점이다. 제3권과 4권에서는 19세기 시문집을 중심으로 한 자료가 수록되어 있는데, 송석원 시사의 핵심 멤버인 노윤적의 시집과 중인 최고의 시인으로 평가되는 조수삼의 미발굴 시집 등이 포함되어 있는 것이 특징이다.

한편, 여항문학과 여항인의 개념에 대한 새로운 시각도 존재한다. 조선 후기 문예의 주요 담당층으로 부상한 서얼과 중인(경아전과 기술직 중인)을 '중간계층'으로 통합하여 조명하자는 논의가 그것이다. 기존 연구는 서얼 문학과 여항문학을 분리하여 조선 후기 사회에서 이들의 사회적 위상과 문학적 지향을 충분히 조명하지 못했다. 그러나 서얼과 중인의 사회적 처지와 문학적 성격은 사대부와 달랐지만, 그들이 만들어낸 문학적 성과는 주목할 만하다. 이러한 관점은 서얼과 중인을 중간계층으로 포괄하고, 그들의 문예적 성취와 활동을 국내외적으로 통합적으로 고찰하려는 시도로 이어진다. 이는 사대부 중심의 문학사관에서 벗어나 조선 후기 사회의 복잡한 문예적 위상을 이해하는 데 새로운 길을 제시한다.

여항문학은 조선 후기 문학의 다원성과 복합성을 보여주는 중요한 문학사적 현상이다. 여항인은 경제력을 토대로 지식인 계층으로 부상하였고, 사대부가 독점해온 학문과 문예를 공유하려는 노력의 일환으로 여항문학을 형성하였다. 이를 통해 그들의 자의식을 문학적으로 드러냈으며, 이 과정에서 문단에 큰 변화를 가져왔다. 또한, 여항문학과 서얼 문학을 중간계층 문학으로 통합하여 조명하는 새로운 시각은 조선 후기 문학사를 보다 입체적으로 이해할 수 있는 계기를 마련한다. 최근 발간된 『여항문학총서속집』을 통해 소개된 신자료는 여항문학의 저변을 더욱 풍부하게 하며, 조선 후기 사회의 문학적 다양성과 변화를 이해하는 데 있어 중요한 연구 대상으로 자리매김하고 있다.

(김영죽)

열녀와 현모양처

조선 시대 여성을 상상했을 때 우리의 머릿속에 떠오르는 대표적인 이미지는 바로 '열녀'와 '현모양처'이다. 사극과 소설 등 각종 대중 예술에서 열녀는 정절 이념의 강렬한 상징으로 선명하게 부각되었고, 현모양처는 인자하게 미소 짓는 신사임당의 형상으로 우리의 지갑 속에 자리하고 있다. 이데올로기의 일방적인 희생양인 듯한 열녀와 이데올로기에 전적으로 복무하는 듯한 현모양처의 공통점은 모두 조선 시대 및 근대전환기에 기록과 해석의 권력을 독차지했던 남성에 의해 타율적으로 만들어진 여성 정체성이라는 것이다. 이러한 여성 정체성은 정치권력과 지식권력을 독점했던 남성들이 당대의 정치적, 사회적 필요에 의해 여성을 대상화한 결과라는 점에서 일단 문제적이다. 그리고 여전히 여성들이 성적인 추문이나 가정 내 역할 수행 정도에 따른 평판의 등락을 남성에 비해 과도하게 겪고 있는 현실은, 유교 가부장제가 이상화했던 이러한 여성의 모습이 결코 단절된 과거가 아니라는 점을 드러내며, 지금 이에 대한 논의의 필요성을 환기한다.

열녀는 '열행'을 실천한 여성이다. 열녀 발생에 대한 치밀한 계보학적 연구를 수행한 강명관에 따르면 열행은 "사회적으로 유일하게 공인된 성적 대상자에게 자신의 '성적 종속성'을 천명하기 위해 자신의 신체를 학대하거나, 신체의 일부 혹은 전부를 희생하는 것(從死)"으로 정의될 수 있다. 열행을 밑받침하는 이념적 근거는 '정절'이다. 정절의 유교적 개념은 기원전 중국 고대 경전의 시대에까지 거슬러 올라가는데, 거기에 나타난 정절은 주로 기혼여성의 성과 관련된 것으로, 부계혈통의 순수성을 지키기 위해 '아내'의 성을 통제하면서 그 도덕성의 개념으로 대두된 것이었다. 한편 남송의 성리학자들이 '예(禮)'를 자신들의 정체성의 핵심으로 삼아 세계와 가족을 재구성하면서, 정절이 여성의 도덕적 의무로서 보다 강력한 의미망을 형성하는 계기가 마련된다. "굶어 죽는 일은 지극히 작고, 절개를 잃는 일은 지극히 큰 것이다(然餓死事極小, 失節事極大)"(『이정전서(二程全書)』, 〈유서(遺書)〉)라는 말로 상징되는 성리학적 정절관이 성리학을 국가 이념으로 삼은 조선에 직접적으로 영향을 미쳤음은 물론이다.

조선은 여성의 성을 의미화하고 조직화하는 작업을 통해 사회통합을 추구하고 이것을 제도와 이념으로 구현했다. 조선왕조가 지속되는 내내 국가는 각종 교화서를 편찬하여 정절 이념을 유포했고 열녀를 발굴하여 정려했다. 그리고 지식인들은 사실에 문학적 상상력을 보태 '열녀전'이라는 서사 관습을 형성했다. 조선 후기에 본격적으로 완성된 기꺼이 남편을 따라 죽는 열녀의 전통은 이런 흐름들이 모여 구축된 것이다.

조선 전기에 정절과 관련된 쟁점은 '수절', 즉 '절개를 지키는 일'이었다. 조선 전기에는 남편 잃은 여성들의 개가가 자연스럽고 당연한 사회적 분위기였다. 남편을 따라 죽기는커녕 세 번 결혼하는 '삼혼'도 드물지 않던 시절이었기에 남편을 위해 절개를 다짐하는 일만으로도 열녀로 인정되었다. 양반 여성이 개가하던 관행은 1485년 반포된 『경국대전』에 이른바 '재가녀자손금고법(再嫁女子孫禁錮法)'이 명시되면서 막을 내린다. "실행한 부녀와 재가한 여자의 소생은 문반과 무반의 직책 모두에 임용하지 않는다"는 법령의 공식적인 제정은 재가녀에 대한 직접 처벌보다 더 강력하게 여성의 정절을 단속하는 수단이 되었다.

한편 조선에 '신체 희생형 열녀'의 원형을 구상하고 전파한 것은 국가가 기획한 『행실도』류 교화서이다. 성리학적 국가 이념을 표방한 조선의 통치 체제는 삼강(三綱)에 기반한 가족 윤리와 그것을 확장한 국가윤리에 크게 의존하고 있었다. 세종 16년(1434) 이래 꾸준히 간행되고 보급된 『행실도』류 교화서는 남녀 공통의 덕목으로 '효'를, 남성의 덕목으로는 '충'을, 여성의 덕목으로는 '열'을 제시하고 있다. 즉 『행실도』류 교화서의 〈열녀〉편은 유교적 종법 가부장제에 기반한 조선이 국가 성립 초기부터 체제 유지에 알맞은 여성 규범을 정립하고 전파하기 위해 구성한 장치라고 할 수 있다.

초간본 『삼강행실열녀도』는 역사 속 다양한 여성들의 행적을 선택적으로 취합하고 다시 배치함으로써 특정한 형상을 집중·강화시킨 것인데, 그것은 '아내'로서의 여성이 유일하게 공인된 성적 대상자인 남편에 대한 정절을 지키거나 그 가문의 유지를 위해 신체의 일부, 혹은 전부를 희생(從死)하는 '열녀'의 형상이다. 『삼강행실열녀도』는 이러한 여성의 존재가 고대의 이상세계인 삼대에서부터 당대인 명과 조선에까지 끊임없이 이어지고 있다는 것을 보여줌으로써, 그것이 불변의 진리를 체현하는 것에 다름 아님을 실증하고자 했던 것이다.

> "『삼강행실』을 언문으로 번역하여 서울과 지방의 사족의 가장·父老 혹은 교수·훈도 등으로 하여금 부녀자·어린이들을 가르쳐 이해하게 하고, 만약 대의에 능통하고 몸가짐과 행실이 뛰어난 자가 있으면 서울은 한성부가, 지방은 관찰사가 왕에게 보고하여 상을 준다(『三綱行實』, 飜以諺文, 令京外士族家長·父老, 或其教授·訓導等, 教誨婦女·小子, 使之曉解, 若能通大義, 有操行卓異者, 京漢城府, 外觀察使, 啓聞行賞)."
>
> −『經國大典』 권3, 「禮典」〈獎勸〉

성종 대에 이르러 『삼강행실도』는 『경국대전』에 위와 같은 관련 조항을 통해 전파를 위한 법적 기반을 마련했고, 일부를 뽑아 보다 간략한 형태의 선정본을 만듦으로써 교훈의 집약과 유통의 편의를 제고했다.

조선 후기로 접어들면 비로소 순절 열녀 전통이 형성되기 시작한다. 『고려사』에서부터 '열녀'라는 말이 등장하기는 하지만 현재 우리의 뇌리에 남아 있는 남편을 따라 죽는 열녀 전통이 본격화되기 시작한 시기는 조선 후기, 즉 18~19세기이다. 대체로 17세기를 조선 전기와 조선 후기를 가르는 분기점으로 보는데 두 차례의 큰 전란이 있었기 때문이다. 1592년의 임진왜란과 1597년의 정유재란, 그리고 1627년의 정묘호란과 1636년의 병자호란은 막대한 물질적 피해와 정신적 충격을 남겼고, 국가와 남성 지식인들은 여성의 정절을 국가적 위기를 해소하기 위한 전략 중 하나로 채택했다.

『동국신속삼강행실도』는 임진왜란의 정신적 상흔을 수습하고 통치 질서를 재확립하기 위해 광해군 대에 편찬된 교화서이다. 충효열의 윤리를 고취시키기 위해 '동국', 즉 조선인 중에서만 사례를 뽑았고 충신 99명, 효자 741명, 열녀 746명을 수록했다. 초간본 『삼강행실도』에 수록된 열녀가 105명, 산정본 『삼강행실도』에 수록된 열녀가 35명이었던 것에 비해 대대적으로 규모가 커진 것이다. 그리고 왜란을 배경으로 한 사례를 441건이나 수록함으로써 전란 중에 마주한 성적 위협에 저항하고 결국 죽음을 택하는 과정의 잔혹성을 집중적으로 부각시켰다. 『동국신속삼강행실도』의 열녀 수록 규모는 전쟁의 후유증을 수습하기 위한 효과적인 수단으로 열녀가 동원되고 있음을 보여주고, 죽음으로 귀결되는 열행의 지배적인 양상은 전쟁이 열행의 궁극적인 수행을 '죽음'으로 인식하게 했다는 점을 시사한다. 아울러 병자호란 이후에 벌어진 '환향녀' 논쟁은 전쟁이 여성의 섹슈얼리티와 정절에 대한 인식을 보다 민감하게 만들었다는 사실을 단적으로 보여준다. 전란이 야기한 이러한 인식의 변화는 끈질

기게 그 영향력을 이어나간다.

두 차례의 전쟁이 불러일으킨 여러 변화들 중, 열녀 전통 형성의 주요한 배경으로 작용하는 것은 신분 질서의 동요에 따른 양반 계층 내부의 분화와 그에 따른 '가문 의식'의 강화이다. 상층 양반 안에서도 명문 벌열은 그들의 특수한 신분적 위치를 더욱 공고히 하려는 목적의식을, 지방의 향촌 사족은 가문을 부흥시켜야 한다는 책임감을 강하게 갖게 됨으로써 조선 후기 사회의 매우 중요한 특징인 '가문 의식'이 강화되는 경향이 나타나게 된 것이다. 아울러 1623년 인조반정 이후 집권 세력이 대대적으로 교체되면서 강력한 도덕적 명분론을 지지하는 이들이 정권을 잡게 되었고, 전쟁 중에 충효열의 절의를 지킨 이들을 포상하는 전후 표창 사업이 진행되면서 유교 이념이 재정립된다. 충효열의 삼강을 수호한 이들을 발굴해 표창하는 '정표 정책'이 활발히 진행됨에 따라 열녀를 배출하는 것은 세금 면제 혜택 등 경제적 이득을 가져다줄 뿐만 아니라 가문의 명예를 일시에 드높일 수 있는 방법이 되었다.

이상에서 언급한 17세기의 사건과 변화들은 '죽음의 이데올로기'라고 할 수 있는 조선 후기 열녀 전통을 성립시켰다. 17세기 후반 이후 여성의 열행은 전란과 같은 비상시가 아님에도 불구하고 '죽음'으로 강력하게 고착화된다. 이를 잘 보여주는 자료가 조선 후기 개인 문집 소재의 열녀전 자료군이다. 이 자료들은 국가에서 편찬한 교화서나 지리지에서 열녀를 기록하는 방식과는 결을 달리한다. 약 200여 편에 달하는 조선 후기 열녀전들은 유서 깊은 한문학 장르인 '전(傳)'의 서술 관습을 따르면서도 개별 작가 나름의 문학적 수사를 발휘하여 이념 생산의 한 축을 담당했는데, 그중 100여 편이 넘는 열녀전이 남편을 따라 자결한 여성들을 지극한 순종으로 찬양하고 있다. 타자의 공세가 보다 강력해진 근대전환기에 이르면 이러한 조선 후기 열녀전 서사 관습은 여성의 정절에 국가 정체성을 표상하는 도덕적 기표로서의 의미를 더욱 공고하게 부착한다. 전통이 된 열녀전의 서사는 '죽음의 이데올로기'를 추동하며 근대전환기에 이르기까지 순절 열녀의 행렬이 이어지게 한 것이다.

그런데 여성의 도덕적 가치로서 최고의 개념인 '정절'은 성적 순결만으로는 일원화되지 않는 다각적인 의미를 내포한다. 정절은 일차적으로는 성적 순결을 의미하지만 삶을 영위하는 구체적 존재로서의 여성과 남성은 성적 순결이라는 가치 이외의 다양한 현실적 문제들을 마주하게 되며, 이에 정절은 이념과 현실을 포괄하는 복합적인 의미체계로 발전하게되었다. 고대 문헌을 통해 살펴보면, 여성의 성을 거점으로 '정(貞)'의 개념이 나왔고 여기에 다시 사회관계에서 요구되는 신의와 충실성이 함축된 '절(節)'이 연용되었다. 즉 정절은 단순히 성적 순결만을 의미하지 않으며 사회적 의무 개념을 포괄하는 복합적인 의미를 갖는 것으로, 여성의 성을 통제하면서 동시에 사회적 책임을 부과하는 개념 장치로 읽을 수 있는 것이다. 정절의 이러한 복합적 의미에 주목했을 때, 우리는 정절 이념에 기반한 유교의 이상적 여성상의 외연이 현모양처에까지 확장된다는 사실을 깨닫게 된다.

전통 여성상의 대명사인 현모양처는 사실 동아시아의 근대국가 형성 과정에서 요청된 젠더 역할이었다. 현모양처[양처현모]는 일본에서 메이지유신 이후에 만들어진 근대어로, 정치적·제도적·법률적 개혁과 내셔널 아이덴티티 구축이 가속화된 상황에서 근대 내셔널리즘에 적합한 여성상을 지칭하는 용어로 탄생했다. 즉 현모양처는 근대 일본에서 내셔널리즘의 대두를 배경으로 유교적인 것을 토대로 하면서 서구산업사회에서 제기된 여성 역할론을 수용하고 내재화한 복합체라고 할 수 있는 것이다. 일본에서는 '양처현모'와 '현모양처'가 한동안 혼용되다가 1901년에 여학교 교육의 목적을 '양처현모주의'라고 규정하면서 '양처현모'로 통일되었다. 일본 여성 교육의 목표로 자리 잡은 양처현모는 공교육과 대중 매체를 통해 가족국가 이데올로기의 전략으로 확산했고, 이를 중국과 한국이 수용했다.

한국에서는 『황성신문』 1906년 5월 8일자에 실린 '양규의숙(養閨義塾) 설립 취지서'에 현모양처가 처음 등장한다.

> 華族及士庶女子을 募集ᄒᆞᆞ야 維新에 學文과 女工에 精藝와 婦德賢哲을 敎育ᄒᆞ야 賢母良妻에 姿質을 養成完備ᄒᆞ야 出類拔萃에 共駕于文明之界ᄒᆞ고 勵精進就에 不立于仁隣之後ᄒᆞ리니 此爲本塾之趣意也라

계몽운동가들이 설립한 양규의숙의 설립 취지서는 신분을 막론하고 여자들을 모집하여 새로운 학문과 여공의 정밀한 기예와 부덕의 현철함을 교육함으로써 '현모양처'의 자질을 양성하여 빠짐없이 갖추도록 하겠다는 설립 의도를 밝힌다. 그리고 이러한 교육의 목표 중 하나로 '문명세계'에 올라서겠다는 것이 제시되고 있는 부분은, 근대전환기 한국의 현모양처 교육이 조국 근대화라는 분명한 목적의식하에 진행되었다는 사실을 드러낸다. 이후 현모양처론은 일제강점기 조선총독부의 정책 기조 속에서 바람직한 여성상으로 규정되어 자리 잡게 되며, 유신정권이 민족 주체성 확립의 논리를 통해 역사적 인물을 국가 영웅으로 부각시키는 과정에서 신사임당(申師任堂, 1504~1551)을 현모양처의 대명사로 정립시키는데 이르기까지 그 지속적인 생명력을 이어나간다.

이렇듯 현모양처가 근대국가의 성립 및 유지를 위해 부상한 여성 정체성임에도 불구하고 마치 전통 여성상의 전형인 것처럼 인식되는 데에 전혀 위화감이 없는 이유는 무엇일까? 그것은 아마도 전근대의 이상적 여성과 근대 이후의 현모양처 모두 '가정' 내에서 여성의 역할을 도출하고

있다는 점 때문인 것으로 보인다. 현모양처는 국민을 양성하는 현모와 신가정의 안주인인 양처를 뜻한다. 차세대 국민을 출산하고 양육하여 사회와 국가에 유용한 인적자원으로 제공하고, 국가를 유지하는 기초 단위인 신가정의 효율적인 운영을 통해 여성으로서 '국민'의 의무를 다하는 것, 이것이 근대전환기 현모양처의 실체이다. 성리학에 기반한 조선의 경우, 남편이 학문 및 자기수양에 힘쓸 수 있도록 가산을 유지하고 운영하는 일을 포함한 모든 가정의 일을 책임지고, 부계 중심의 종족집단 유지를 위해 아들을 낳으며, 종족의 결집을 위한 인간관계, 제사, 경제적 활동에 적극 기여하는 여성이 이상적인 여성이었다고 할 수 있다. 아울러 성리학적 세계관에서는 상징·문화 자본을 바탕으로 개인이나 가문의 위계가 결정되기 때문에, 가문 남성들의 교육을 적극적으로 지원하고 여성 스스로도 윤리적 성취를 통하여 상징·문화 자본의 증대에 참여해야 하는데, 이때 가장 효과적인 방법 중 하나는 절개를 지켜 열녀가 됨으로써 사회에서 인정받는 것이었다.

조선의 이상적 여성에 대한 담론과 근대전환기 현모양처 담론에 차이가 있다면, 맹자(孟子, B.C372~B.C289) 어머니 이래로 동아시아 전통 여성 담론에서 '현모'에 대해서는 비교적 뚜렷한 담론이 형성되었던 반면, '양처'에 관련해서는 어떤 일관된 담론적 실천이 감지되지 않는다는 점이다. 그러나 '현모양처' 같은 기호를 통한 상징화가 없었을 뿐, 조선 시대 여성 생애기록류에는 대상 여성이 얼마나 아내 역할을 잘 수행했는지에 대한 언설이 넘쳐난다. 조선 시대에 여성의 대부분은 가정이라는 공간 밖에서 어떠한 성취도 이룰 수 없었고, 근대전환기 여성들 역시 명목상 사회진출이 가능해졌다고는 하지만 실질적으로는 쉽지 않았을뿐더러, 그것은 가정에서의 온전한 역할 수행이 전제된 것이라는 점에서 기실 여성으로서 사회적 성취를 이루기란 지난한 일이었다. 때문에 여성의 역할을 가정 내에 한정하고 타율적으로 이상적 여성 정체성을 만들어 간 과정에 대해 현대적인 관점에서 비판적 시각을 갖는 것은 당연히 필요한 일이지만, 당대의 여성들이 가정 내에서 했던 다양한 일들을 일방적인 희생이라고 인식하기보다는, 가족관계 안에서 여성 스스로 자아 정체성을 확립하고 재확인하기 위한 참여의 활동으로 인식했다는 사실에 대한 균형 잡힌 시각 또한 요청된다고 하겠다.

담론을 통해 만들어지는 기호는 힘이 세다. 오래된 기호인 열녀와 현모양처는 아직도 우리 곁을 떠돌고 있다. 거칠게나마 그 구성과정을 살펴본 이유는, 과정에 대한 이해를 통해 열녀나 현모양처가 결코 여성의 본질적 정체성이 아니라는 점, 그리고 타율적으로 정체성이 형성되고 부여되는 과정의 폭력성을 자각할 필요가 있다고 생각하기 때문이다. 지금은 어떠한가? '슈퍼우먼', '알파걸' 등 또 다른 기호가 우리 곁을 맴돌며 현대의 여성들에게 새로운 이상적 젠더정체성을 부착하려 하고 있다. 과거뿐만 아니라 미래에 과거가 될 현재 여성들의 역사를 온당하게 만들 수 있도록 우리는 빠져들기 쉬운 기호의 유혹에 항상 깨어있어야 할 것이다.

(성민경)

영웅소설

영웅소설은 영웅의 일대기와 같은 서사의 형태로 전개되며 한국 고전소설 유형 가운데 가장 높은 비중을 차지한다. 영웅의 일대기는 대체로 남들과 다르게 출생하여 여러 형태의 시련과 고난을 겪은 후에 영웅과 같은 존재가 되는 서사를 일컫는다. 주몽 신화는 대표적인 영웅의 일대기로 전개되는 작품으로 알려져 있다. 신화는 출생에서 신이한 면모가 부각되는데, 특히 주몽 신화는 다른 신화와 달리 주인공의 시련과 고난이 부각된 작품이다. 신화와 비교했을 때 영웅소설에서는 주인공의 출생에서 드러나는 신이한 면모는 축소되어 있다. 그러나 주인공은 겪는 시련과 고난은 주몽 신화에서보다 더욱 확장되어 있다.

한국 고전소설에서 영웅소설은 주인공의 신분에 따라 민중적 영웅소설과 귀족적 영웅소설로 양분된다. 영웅소설의 주인공은 대체로 남성이지만 여성이 주인공인 작품도 있기에 여성 영웅소설도 있다. 민중적 영웅소설의 대표적인 작품으로는 〈홍길동전〉, 귀족적 영웅소설은 〈조웅전〉·〈유충렬전〉·〈소대성전〉, 여성 영웅소설은 〈방한림전〉·〈홍계월전〉·〈정수정전〉을 중심으로 특성을 소개하고자 한다. 그 구체적인 면모는 다음과 같다.

민중적 영웅소설의 대표적인 작품은 허균(許筠, 1569~1618)이 쓴 〈홍길동전〉이다. 〈홍길동전〉의 원본이 발견되지 않아 허균의 작품이 아니라고 주장하는 견해도 있다. 그러나 허균의 제자 이식(李植, 1584~1647)이 쓴 『택당집』의 기록과 허균의 생애를 참고했을 때 〈홍길동전〉은 허균이 쓴 작품일 가능성은 아직까지는 유효하다.

〈홍길동전〉을 민중적 영웅소설로 규정하는 이유는 홍길동의 신분이 양반이 아닌 얼자이기 때문이다. 홍길동은 양반의 부친 홍판서와 천민인 모친 시비 춘섬 사이에서 태어났다. 길동은 비록 신분은 얼자였으나 능력이 출중했기에 홍판서의 첩 초란의 시기와 질투를 받게 된다. 초란은 자객을 매수하여 길동을 살해하고자 했으나 오히려 길동이 자객을 살해하고 가출한다.

가출한 길동은 도적의 무리를 이끄는 괴수가 되어 불합리하게 축적한 재물을 탈취하여 굶주리는 백성들에게 나누어 주기도 하며 부정한 짓을 한 관리들을 비판하고 조롱하기도 하면서 조선 팔도를 혼란에 빠뜨린다. 조정에서는 부친을 볼모로 삼아 홍길동을 잡는데 성공하지만 홍길동의 요구대로 임금은 길동에게 병조판서를 제수한다.

그러나 길동은 병조판서를 제수받고는 바로 조선을 떠나 섬으로 가고 그 섬에 있는 괴물을 물리친다. 그리고 괴물에게 납치되었던 백룡의 딸 및 처녀들과 혼인한 후 조선으로 돌아가서 부친의 장례를 치르고 다시 섬으로 돌아온다. 섬으로 돌아온 길동은 오랜 기간 정탐했던 율도국을 정벌한 후에 율도국의 왕이 되어 이상적인 통치를 하는 것으로 작품은 종결된다.

〈홍길동전〉은 많이 알려진 대중적인 작품이지만 정작 서사의 내용을 제대로 알고 있는 경우는 드물다. 특히 길동이 조선을 떠난 후에 섬에서 괴물과 대결한 후 혼인하는 서사는 모르는 경우가 많고 율도국을 정벌한 서사를 율도국을 세운 것으로 잘못 이해하고 있는 경우도 많다.

〈홍길동전〉은 얼자의 신분인 홍길동이 가정, 국가, 사회에서 신분의 한계를 극복하는 서사로 전개되는 작품이다. 가정 내에서 홍길동은 얼자의 신분이기에 아버지를 아버지라 부르지 못하고, 형을 형이라 부르지

못한다. 그러나 홍길동은 이러한 신분의 한계를 극복하고 결국 부친 홍판
서로부터 길동은 호부호형(呼父呼兄)을 허락받는다. 하지만 가정에서 머
물지 않고 가출한 후 도적의 우두머리가 되어 조선 팔도를 뒤흔들면서
부패한 관리들을 조롱하고 비판하는 의적으로서의 면모를 드러낸다. 결
국 홍길동은 붙잡혔지만 병조판서라는 벼슬을 제수받는다. 조선시대 얼
자의 신분으로 병조판서라는 벼슬을 받는 것은 현실적으로는 거의 불가
능한 일이다.

그러나 길동은 병조판서의 벼슬을 제수받고 조선에 머물지 않고 섬으
로 가서 괴물과 대적하여 승리한다. 인간이 아닌 괴물과 대적하여 승리하
는 서사는 길동의 능력을 부각시키는 것으로 〈홍길동전〉에서는 지하국
대적 퇴치 서사의 형태로 제시되어 있다. 그리고 이본에 따라 상이한 측면
도 있지만 괴물에게 납치된 두 명 또는 세 명의 여성과 혼인한 후에 부친의
장례를 치른다. 홍길동은 얼자이면서 서자였기에 적자 대신 부친의 장례
를 치를 수 있는 신분이 아니었다. 그러나 홍길동은 승려의 복장을 한
후 부친의 장례를 치른 후에 율도국을 정벌하여 율도국의 왕이 된다.

조선에서는 얼자의 신분으로 도적이었던 홍길동이 조선을 떠나서는
한 나라의 왕이 되어 이상적인 통치를 한다는 것은 결국 조선이라는 사회
와 신분제도의 모순을 드러낸다. 허균은 〈유재론〉과 〈호민론〉에서 조선
사회의 인재 등용의 문제점과 민중을 억압하는 지배층을 비판했다. 〈홍
길동전〉은 이러한 허균의 인본 사상 및 민본 사상이 반영된 작품으로 조
선 시대 신문제도의 모순을 적나라하게 드러낸 민중적 영웅소설의 대표
적인 작품이다. 그러므로 민중적 영웅소설은 대체로 지배층에 대한 비판
적인 시선이 투영되어 있다.

민중적 영웅소설과 달리 귀족적 영웅소설은 당대 지배체제에 대한 우
호적인 시선이 투영되어 있다. 대표적인 작품은 〈조웅전〉·〈유충렬전〉·

〈소대성전〉등으로 주인공의 신분은 귀족, 즉 양반이다. 그러나 주인공들은 일찍 부모와 헤어져 여러 형태의 시련과 고난을 극복하여 임금과 같은 영웅적인 존재가 되는 서사로 종결된다. 〈홍길동전〉과 같은 민중적 영웅소설 또한 부모와 헤어져 시련과 고난을 겪는 것은 동일하다. 그러나 홍길동이 자력으로 시련과 고난을 극복하는 것과 달리 귀족적 영웅소설의 주인공들은 조력자들의 도움을 받아 시련과 고난을 극복하고 영웅적인 능력을 성취한다는 점에서는 변별된다.

〈조웅전〉과 〈유충렬전〉은 간신의 모해를 받은 부친의 원수를 갚는 서사로 전개된다. 조웅의 부친은 간신의 모해를 받아 죽고 유충렬의 부친은 죽지는 않지만 유배를 가게 되어 부친과 헤어진다. 모친과도 헤어지게 된 주인공들은 여러 조력자들을 만나 영웅적인 능력을 획득하고 보검과 갑주 등과 같은 무기를 얻어 결국 부친의 원수를 갚기에 이른다. 이 과정에서 배필을 만나 혼인도 하고 헤어졌던 부모와 상봉도 한다. 이처럼 귀족적 영웅소설에는 군담이 높은 비중을 차지하며 부친의 원수를 갚은 것이 곧 국가의 원수를 갚은 것이기도 하기에 충과 효의 이념에 충실한 체제 옹호적인 시각이 투영되어 있다.

〈소대성전〉의 경우 〈조웅전〉 및 〈유충렬전〉과는 다소 변별된다. 주인공 소대성은 어린 나이에 부모가 죽어 고아가 된 후 유랑 생활을 하던 중 부친의 친구 이진을 만나 그 집에서 기거한다. 그리고 이진의 딸인 채봉과 서로 좋아하게 되어 이진이 소대성을 사위로 삼으려고 했다. 그러나 이진을 제외한 나머지 식구들은 거지나 다름없었던 소대성을 박대하고 심지어 자객을 불러 살해하려고 하다가 발각되기에 이른다. 이처럼 〈소대성전〉은 사위 박대 서사가 제시되어 있다는 점에서 〈조웅전〉 및 〈유충렬전〉과는 변별된다. 그러나 소대성 역시 조력자를 만나 영웅적인 능력을 획득한 후에 외적과 대결하여 승리한 후 그 능력을 인정받아 노국의 왕이 되고 채봉과도 혼인을 한다는 점에서는 〈조웅전〉 및 〈유충렬전〉의 서사와 공통된다. 그러므로 〈조웅전〉·〈유충렬전〉·〈소대성전〉은 체제 옹호적인 면모를 드러내는 귀족적 영웅소설로 분류할 수 있다.

〈소대성전〉의 경우 소대성이 이진의 집에서 식구들의 박대를 받는 서사는 여타의 영웅소설에서는 변별되는 서사이기도 하지만 〈장풍운전〉·〈장경전〉·〈양풍전〉과 같은 작품에서도 제시되어 있는 가정 내의 갈등 서사이기도 하다. 특히 〈장풍운전〉에서는 장풍운과 혼인한 여성들 사이의 갈등이 제시되어 있기도 하다. 이러한 면모는 조선 후기 소설이 대거 출현하면서 영웅소설 및 가정소설의 형태가 복합되어 드러난 유형 복합 현상으로 간주할 수 있다.

영웅소설의 주인공들은 대체로 남성이지만 주인공이 여성인 여성 영웅소설도 있다. 여성 영웅소설의 주인공들은 여성의 모습을 감추고 남장을 하여 당대 남성들의 영역이었던 과거 시험에 응시하여 벼슬을 한 후에 전쟁에 나가 능력을 발휘한다. 그러나 종국에는 여성임이 탄로 나는데 〈방한림전〉의 경우 작품의 결말에 이르기까지 여성임이 탄로 나지 않고 남성의 모습으로 종결된다는 점에서 여타의 여성 영웅소설과는 변별된다. 〈방한림전〉의 주인공인 방관주는 부모의 의지에 따라 남장을 하고 남성의 모습으로 성장한다. 그러던 방관주가 남장한 여성이라는 사실을 알고 있는 영혜빙과 혼인한다. 영혜빙은 방관주가 여성임을 알고 그러한 방관주의 매력에 이끌려 방관주와의 혼인의 의지를 굳히는 인물이다.

그러나 〈홍계월전〉 및 〈정수정전〉은 혼인하기 직전에 남성이 아닌 여성임이 탄로 난다. 그러므로 홍계월과 정수정은 각각 여보국 및 장연과 혼인하지만 혼인한 후에 남편의 첩인 영춘의 무례한 행동으로 인한 가정 내의 갈등을 겪는다. 남편보다 더 월등한 능력을 지니고 있었던 홍계월과 정수정은 가정 내의 갈등을 극복한 후에는 당당하게 여성의 모습으로 참전하여 외적과의 대결에서 승리한다. 이처럼 홍계월과 정수정 모두 상대 남성보다 더 뛰어난 능력을 지닌 여성으로 제시되어 있다.

여성 영웅소설의 주인공들은 남장을 한 상태에서 과거 공부를 하고 시험에 급제를 한 후에 벼슬을 제수받고 전쟁에 나가 영웅적인 능력을 발휘한다. 그리고 조선 시대 여성은 진출할 수 없었던 남성의 고유한 영역에 도전하여 남성보다 더욱 뛰어난 능력을 발휘한다. 이러한 서사로 전개되는 여성 영웅소설이 출현한 데에는 남성 중심 사회에 대한 비판적인 시선이 투영되어 있다. 조선 시대 여성의 사회 진출이 금지되어 있었지만 남성보다 뛰어난 능력을 지닌 여성들은 분명 존재했다. 여성 영웅소설은 남성 중심 사회였던 조선 시대에 대한 비판과 여성들의 의식과 잠재된 능력을 드러내고 있다.

〈방한림전〉에서 남성으로 살아가던 방관주는 일찍 죽고, 〈홍계월전〉과 〈정수정전〉의 홍계월과 정수정은 여성임이 탄로 나는 한계가 있기도 하다. 그러나 방관주는 끝까지 남성으로서의 삶을 살아가고 홍계월과 정수정은 혼인한 여성임에도 불구하고 전쟁에 나가 남성보다 더 뛰어난 능력을 펼친 여성들로 제시되어 있다. 이러한 여성 영웅소설의 출현은 조선 시대 여성들의 사회 진출에 대한 잠재된 욕망 및 욕구를 반영한 현상이다.

(서혜은)

오륜시가

　‘부자유친’·‘군신유의’·‘부부유별’·‘장유유서’·‘붕우유신’ 등 오륜 혹은 오륜에 준하는 유가적 개념들을 주된 소재로 삼고 있는 일련의 고전시가 작품들을 ‘오륜시가’라고 한다. 오륜시가 작품들의 장르적 명칭에 대해서는 많은 이견들이 제출된 바 있다. ‘훈민시가’, ‘교훈시가’, ‘경세가류시가’ 등이 여기에 해당하는데, 여기서는 다음과 같은 점에서 여타의 경쟁적인 명칭들 대신 ‘오륜시가’라는 명칭을 택하기로 한다.

　먼저, ‘훈민시가’라는 명칭은 이미 그 안에 ‘치자 : 피치자’라는 계급적 구도가 내재되어 있어서 16세기 중반 이후 송순(宋純, 1493~1583)·주세붕(周世鵬, 1495~1554)·정철(鄭澈, 1536~1593) 등과 같이 중앙에서 파견된 관리들에 의해 창작된 작품들의 경우에는 적절하겠지만, 17세기 이후 산출된 작품들의 경우는 그것이 반드시 위와 같은 관계에서만 발생한 것은 아니라는 점에서 〈오륜가〉 계열 시조 작품들을 전체적으로 포괄할 수 있는 적절한 명칭은 아니라고 생각한다. 17세기 이후 생산된 오륜시조 작품들의 작자들은 이전과 달리 거의가 재지사족이므로 16~17세기의 모든 작품들을 ‘훈민시가’라는 명칭으로 단일화할 경우 양자가 갖는 주요한 차이들이 드러나지 않게 될 가능성이 크다.

　한편, ‘교훈시가’라는 명칭은 ‘훈민시가’와 달리 작자의 계급성을 탈각시킴으로써 17세기 이후 지속적으로 창작된 〈오륜가〉 계열 작품들을 모두 포괄할 수 있다는 장점은 있으나, 이러한 명칭에 속하지 않는 다른 작품들의 경우 교훈적 의미를 갖고 있지 않다는 의미로 곡해될 가능성이 있다는 점에서 적절치 않은 것으로 보인다. 예컨대, 강호시조 작품들에도 '교훈'적 의미와 의도가 얼마간 내장되어 있음을 부인하기는 어렵다. '경세가류 시가'라는 명칭 역시 '경세'라는 단어의 의미역이 상당히 넓어서 이러한 명칭에 포섭될 수 있는 작품들이 무한정 확대될 수 있으며, 따라서 이러한 류(類)의 작품들이 공유하고 있는 특유의 응집성이 사상되어 버릴 수 있다는 점에서 적절치 않은 것으로 보인다.

오륜시가에 속하는 작품들은 제목 자체에 '오륜'이라는 단어가 포함되어 있는 경우가 대부분이지만, 송강 정철의 〈훈민가〉와 같이 예외적인 경우도 있으며, 작품을 구성하는 덕목의 종류 역시 창작의 목적 및 조건에 따라 상기한 5가지 중 일부가 다른 것으로 대체되기도 하고 오륜 이외의 항목들이 추가되기도 하는 등 한결같지 않다. 따라서 오륜시가에서의 오륜 개념은 충분조건이라기보다는 필요조건에 가까우며, 작품에 따라 적지 않게 유동적이라고 보는 편이 온당하다.

조선 사회가 유교적 시스템에 기반하여 운영되는 국가였던 만큼 오륜시가 작품들은 초기부터 후기에 이르기까지 지속적으로 창작되어 왔다. 그런데 '오륜' 하면 떠오르는 관성적인 이미지 탓에 작품의 내용이나 형식, 주제 및 효용 등에 있어 비슷비슷할 것으로 생각되곤 하지만 실상은 그렇지 않다. 오륜시가의 형식만 하더라도 경기체가, 시조, 가사 등 다기한 양상을 보이며, 생산 또는 소비의 주체 역시 국가 기관에서부터 중앙 관료, 재지사족, 일반 백성 등에 이르기까지 상당히 다양하다. 따라서 우리가 오륜시가 작품들을 접할 때에는 '오륜'이라는 사상적 개념과 '시가'라는 문학적 양식의 결합에 있어 그 양상이 시기마다 단일하지 않았다는 것, 그리고 그러한 현상의 원인에 '오륜' 개념을 둘러싼 담론 지형의 변동이 자리하고 있음을 유념해야 한다. 15세기 경기체가 '오륜가', 16~17세기 시조 '오륜가', 18세기 이후의 가사 '오륜가' 중 한두 편씩을 실례로 삼아 이를 살펴보도록 하자.

納諫君 盡忠臣 居仁有義	간언을 듣는 임금, 충성을 다하는 신하, 인과 의에 거하도다
尙文德 韜武功 民得其所	문덕을 숭상하고, 전쟁을 종식시켜, 백성이 그 처할 곳을 얻었도다
耕田鑿井 含哺鼓腹 太平聖代	밭 갈아 먹고 우물 파서 마시는, 배불리 먹어 배 두드리는, 태평성대
위 復唐虞 景 긔 엇더ᄒ니잇고	아아, 요순 시절을 회복한 광경 그 어떠합니까?
麒麟必至 鳳凰來矣	기린이 반드시 이르고 봉황이 날아와 춤추는
麒麟必至 鳳凰來矣	기린이 반드시 이르고 봉황이 날아와 춤추는
위 祥瑞ㅅ 景 긔 엇더ᄒ니잇고	아아, 상서로운 모습 그 어떠합니까?

　　　　　　　　　　　　　　　　　　－『악장가사』, 〈오륜가_제3장〉.

　　조선 초 예조에서 창작한 경기체가 〈오륜가〉 중 일부이다. 여기서는 조선왕조가 개창된 뒤 문덕을 숭상하고["尙文德"], 전쟁을 종식시켜["韜武功"] 백성들이 각기 살 만한 자리를 얻게 되었음["民得其所"]을 언급하고, '경전착정(耕田鑿井)'과 '함포고복(含哺鼓腹)'으로 대변되는 고대 중국의 이상 사회, 곧 요순["唐虞"] 시절이 지금 이 자리에 구현되어 있음["復"]을 노래하고 있다. 오륜 개념의 통상적인 순서상 이 장은 임금과 신하 사이에 의(義)가 있어야 함을 의미하는 '군신유의'에 해당하지만, 여기서는 '있어야 한다'라는 당위가 아니라, '이미 있다'라는 현상을 말함으로써 오륜으로 대변되는 인륜적 질서의 조화로움이 15세기 조선 사회에 편만해 있음을 선언하고 있다.

유가적 전통 내에서 태평성대의 도래를 알리는 '기린(麒麟)'과 '봉황(鳳凰)'이 등장하고 있는 점, 그리고 그들의 등장을 현재진행형의 시제["위 祥瑞ㅅ 景 긔 엇더ᄒ니잇고"]로 처리하고 있는 점도 이와 같은 추정을 뒷받침하는바, 이렇게 볼 때 경기체가 〈오륜가〉의 궁극적 지향은 '오륜'이라는 당위적 준칙에 대한 권고 내지 촉구에 있다기보다는 유교적 질서가 이미 완벽하게 구비되어 있는 합리적 세계로서의 조선을 현시함으로써 건국의 정당성을 공표하고 왕권의 숭고함과 왕조의 무궁한 번영을 예찬송축하는 데에 놓여 있다. 그리고 바로 이 지점이 다음에 살펴볼 시조 '오륜가'와 갈라지는 지점이다.

> [1] 사롬 사롬마다 이 말ᄉᆞᆷ 드러ᄉᆞ라
> 이 말ᄉᆞᆷ 아니면 사롬이오 사롬 아니
> 이 말ᄉᆞᆷ 닛디 말오 빈호고야 마로링이다.
>
> — 주세붕, 〈오륜가_ 제1수〉
>
> 동과 항것과롤 뉘라셔 삼기신고
> 벌와 가여미아 이 ᄠᅳ돌 몬져 아니
> ᄒᆞᆫ ᄆᆞᅀᆞ매 두 ᄠᅳᆮ 업시 소기디나 마옵생이다.
>
> — 주세붕, 〈오륜가_ 제3수〉
>
> [2] 어와 뎌 족하야 밥 업시 엇디홀고
> 어와 뎌 아자바 옷 업시 엇디홀고
> 머흔 일 다 닐러ᄉᆞ라 돌보고져 ᄒᆞ노라.
>
> — 정철, 〈훈민가_ 제11수〉
>
> 이고 진 뎌 늘그니 짐 프러 나를 주오

나는 졈엇꺼니 돌히라 무거올가
늘거도 셜웨라커든 지믈조차 지실가.

– 정철, 〈훈민가_ 제16수〉

　먼저 [1]은 신재 주세붕이 황해도 관찰사 시절에 지은 시조 〈오륜가〉의
일부이다. 『명종실록』에 실린 주세붕의 졸기에는 "여러 고을의 원이 되었
고 한 도의 관찰사가 되었는데, …… 인륜을 노래로 부르게 하고, 학교를
세우기도 했다."라고 되어 있어 시조 〈오륜가〉의 창작 목적이 유교 이념
을 통한 백성들의 교화와 계몽에 놓여 있음을 짐작할 수 있다. 이 점,
작품 내부를 통해서도 확인할 수 있는바, "사름 사름마다 이 말숨 드러스
라"라는 강고한 명령 안에는 유교 국가 조선을 구성하는 기본 단위인 향
촌 사회를 먼저 유교화해야 한다는 위정자로서의 의지와 신념이 녹아들
어 있다.
　이런 점에서 〈제3수〉는 주목되는데, 임금과 신하 사이의 의를 강조하
는 군신유의의 자리에 주인["항것"]과 종["됴"] 사이의 구분을 강조하는 주
노지분(主奴之分)을 삽입한 것은 일반 백성들에게 보다 밀착되어 있는 현
실 속의 인간관계를 반영함으로써 이 작품의 실효성을 높이려는 작가의
의도와 직접적으로 맞닿아 있다. 오륜 개념의 하나인 붕우유신 대신 형과
동생 사이의 우애를 표방("兄弟옷 不和ᄒ면 개 도티라 ᄒ리라")하는 제5수가
들어간 것 역시 형제 사이의 잦은 쟁송(爭訟)이 문제시되고 있던 당대의
정황을 감안하면 유사한 선상에서 이해 가능하다.
　송강 정철이 강원도 관찰사 시절 창작한 [2]의 경우, '훈민가(訓民歌)'라
는 작품 제목이 말해주듯 창작의 목적 자체는 [1]과 그리 다르지 않다.
그럼에도 이 작품은 총 16수에 달하는 작품의 규모라든지 작품에 포함된
구체적인 항목 등에 있어 앞서 살펴본 주세붕의 〈오륜가〉와 적지 않은

차이를 지니는데, 그중에서도 이 작품의 독특한 구성 방식은 비슷한 성격의 작품들과 비교해 볼 때 상당히 이질적이다. 제시된 작품들만 놓고 보더라도 이 작품은 "뎌 족하"와 "뎌 아자바", "뎌 늘그니"와 "나" 사이의 대화로 이루어져 있으며, 대화의 성격 역시 옷밥의 유무를 걱정한다든지 무거운 짐을 건네줄 것을 요청하는 등 지극히 일상적이다. 유교적 이념으로 무장한 이가 그렇지 못한 이들에게 오륜 개념의 준수를 당부하는 것이 오륜시조의 일반적 문법임을 고려하면 이 작품은 그러한 문법으로부터 상당히 동떨어져 있는 셈인데, 이는 작품의 수용자인 일반 백성들에게 좀 더 효과적으로 다가가기 위한 치열한 고민의 결과로 보인다.

오륜시조 창작의 움직임은 17세기에도 이어진다. 선원 김상용(金尙容, 1561~1637)의 〈오륜가〉, 수서 박선장(朴善長, 1555~1616)의 〈오륜가〉, 노계 박인로(朴仁老, 1561~1642)의 〈오륜가〉가 그것인데, 16세기 작품들과 구별되는 지점은 창작 당시 작자의 신분과 작가가 상정한 교화 대상에 있어 뚜렷한 차이를 보인다는 점이다. 16세기 작품들이 중앙에서 지방으로 파견된 관료들에 의해 창작되었고, 교화 대상이 부임지 내의 백성들과 같이 상당히 포괄적이었다면, 17세기 작품들의 경우 관직을 보유하지 않은 재지사족들에 의해 창작되었고, 그 대상 역시 자기 가문의 자제들이나 자신이 사는 마을의 거주민들과 같이 상당히 제한적이고 구체적이다. 이는 조선 사회의 유교화 과정이 가속화되면서 오륜 개념 또한 현실적 관직을 보유하지 않은 재지사족들에게까지 확산되었고, 그리하여 오륜 개념을 자신이 속한 공동체의 필요에 따라 적극적으로 활용하게 된 저간의 흐름과 연동되어 있다.

조선 후기에 해당하는 18~19세기에는 일련의 오륜가사 작품들이 대거 출현한다. 황립(黃岦, 1845~1895)의 〈오륜가〉, 『장편가집』 소재 〈오륜가〉, 『초당문답가』 소재 〈오륜가〉 등은 필사본·활자본을 포함하여 십수

종의 이본이 전해지며, 조선 후기 가사집으로 알려진 『고금기가(古今奇歌)』에는 〈춘면곡〉·〈상사별곡〉 등 당시 항간에서 유행하던 여러 가사 작품들과 더불어 〈오륜가〉가 제일 첫머리에 수록되어 있다. 흥미롭게도 이 시기에 연시조의 형태로 창작된 오륜시조 작품들은 찾아보기 어려운데, 이는 오륜적 질서의 확립과 관련하여 시조 형식이 담당했던 사회적 효용이 가사 형식으로 옮아가게 되었음을 의미한다. 주목할 것은 위의 오륜가사 작품들이 불특정 다수를 대상으로 한 대중적 문예물의 형태로 유통되고 있었다는 점인데, 이전 시기의 오륜시조 작품들이 설정했던 수신자의 범위가 관할 지역 내의 백성이라든지 가문의 자제들, 향촌 사회의 구성원 등과 같이 일정한 범위 안으로 수렴되었던 것과는 사뭇 다르다.

> [1] 草野의 農夫들아 上收 업시 어이 살며
> 　　먹고 입고 ᄉ난 거시 졀노 ᄂ며 졀노 되랴
> 　　得姓以後 몃 百年의 우리 님군 德이로다
> 　　洞內 일도 거들거든 君事을 안이 홀가
> 　　私債도 어렵거던 公納遲滯 부디 마소
> 　　朝廷議論 부질업다 世上是非 어이ᄒ리
> 　　禁令을 犯치 마소 敗家亡家 달엿ᄂ니
> 　　世上의 몹쓸 놈이 富貴의 잇셔셔
> 　　權勢을 紛執ᄒ여 百姓을 다ᄉ리니
> 　　무어시 不足ᄒ여 逆心을 먹단말가.
>
> 　　　　　　　　　　　　　　　－『초당문답가』 〈오륜가〉 중

> [2] 이웃집의 놀노 가면 모모 부인 모여 안ᄌ
> 　　잡된 말과 남의 흉건 낫낫치 쩌러너여
> 　　이리뒤젹 져리뒤젹 손벽 치며 고기노리
> 　　우슘소리 버럿스니 그 뒤구셜 업슬손가

말스간의 자됴 드러 이웃 시비 붓쳐너며
집안으로 드러셔논 일가간과 소숄간의
거즛말노 이간 붓쳐 동실 싸홈 즈아너여
동긔간의 의 상우고 친쳑 간의 불목ᄒ니
여러 가지 져 힝실리 가엽고도 괘씸ᄒ다
요물일쇠 요물일쇠 져런 계집 요물일쇠
괴ᄉ논네 괴ᄉ논네 져 집안의 괴ᄉ논네.

– 고대본 〈오륜가〉 중

먼저 [1]은 『초당문답가』에 수록되어 있는 〈오륜가〉 중 일부로, 제시된 부분은 '군신유의'에 속한다. 이 작품에서는 해당 항목을 준수해야 하는 주체로 "초야의 농부들"을 호명한 후, '군신유의'를 달성할 수 있는 구체적인 실천사항으로 공납을 지체하지 말 것, 조정의 일에 대해 논란하지 말 것, 나라에서 금하고 있는 사항들을 범하지 말 것 등 일반 백성의 수준에서 요구되는 내용들을 세세히 열거하고 있다. 불특정 다수를 대상으로 하고 있다는 점, 추상적인 덕목을 달성하기 위한 구체적인 사항들을 제시하고 있다는 점 등에서 "군왕이 백성 거ᄂ리니 부모가 아니신가"(송순, 〈오륜가_2수〉)라든지 "이 몸은 罔極ᄒ 聖恩을 갑고 말려 ᄒ노라"(박인로, 〈오륜가_군신유의 1수〉)와 같이 군왕의 지엄함을 말하고 보은에 대한 다짐을 선언하는 기존의 오륜시조 작품들과 준별된다.

고대본 〈오륜가〉 중 일부인 [2]에는 오륜적 질서를 위반하는 일탈형 인물이 등장한다는 점에서 흥미롭다. 이전 시기의 오륜시조 작품들이 오륜의 당위성을 설파하고 강고한 명령형의 어조를 통해 그것의 준수를 강권하는 방식이었다면, 오륜가사의 경우 윤리적으로 부정적인 등장인물의 행태를 구체적으로 묘사함으로써 선과 악의 경계를 독자 스스로 내면화하게 만드는 전략을 취한다. 상기한 제시문만 보더라도 화자에 의해 재현된 등장인물의 모습은 이웃 간에 싸움을 붙이거나 집안의 분란을 일으키는 등 공동체의 질서를 파괴하는 부도덕한 인물로 제시되어 있다. "요물일쇠 요물일쇠 져런 계집 요물일쇠"라는 작중 화자의 날 선 평가 역시 해당 인물에 대한 독자들의 반응을 일정한 방향으로 견인하고 있는 바, 이와 같은 장치하에서 독자들은 자신도 모르는 사이에 오륜적 덕목의 당위를 긍정하게 되는 것이다.

(하윤섭)

#의인화 #우화 #우의 #우언 #교훈

우화소설

　　우화소설(偶話小說)은 도덕적 교훈을 목적으로 사물이나 동식물과 같은 비인격적인 대상을 의인화하여 인간 세계를 형상화하는 고전소설이다. 주로 동물에 가탁하여 인간 세계를 그린, 조선 후기에 집중적으로 지어진 일군의 작품들로 〈두껍전〉, 〈토끼전〉, 〈서동지전(鼠同知傳)〉, 〈서대주전(鼠大州傳)〉, 〈장끼전〉, 〈녹처사연회(鹿處士宴會)〉, 〈황새결송〉, 〈까치전〉 등이 속한다.

　　우화소설은 의인화(personification)를 통해 비인격적 대상을 겉으로 내세우면서 속으로는 사람들 사이의 문제를 다룬다. 겉으로 드러난 이야기가 이면에 다른 의미를 지니고 있는 경우를 설명하기 위해 '우의(寓意)'라는 용어를 사용한다. 이러한 이야기들을 서양 문화권에서는 '알레고리(allegory)'로 동양 문화권에서는 '우의' 혹은 '우언(寓言)'이라는 개념으로 설명해왔다. 우의는 말썽을 일으키지 않으면서 허위를 풍자하고 진실을 깨우치는 방식으로 긴요한 구실을 해왔다. 우화(寓話)는 크게 보아 우언으로 된 이야기로, 우화소설은 이 같은 우화들이 소설 형태로 발전한 것으로 우언과 밀접한 관련을 맺고 있다. 우언은 우의를 기탁(寄託)하는 간접적·우회적 이야기 방식, 혹은 그러한 방식을 담고 있는 이야기들이다. 우언을 수사적 기법으로 본다면 우화소설은 우언을 사용한 여러 문학작품 중 하나로 포함된다. 반면 우언을 양식으로 본다면 우화소설만이 우언에 포함된다고 보기는 어렵다. 그러나 다른 대상에 빗대어 우의를 전달한다는 점에서 우언과 우화, 우화소설은 유사한 특징을 지닌다.

한국의 서사문학적 전통에서 우언의 양식은 여러 갈래로 그 맥을 이어왔다. 우화소설의 시작은 『삼국사기』 권46, 열전에 전하는 설총(薛聰, 655~?)의 〈화왕계(花王戒)〉에서 찾을 수 있다. 〈화왕계〉는 花王(화왕)인 모란과 아첨하는 미인인 장미(薔薇), 충간(忠諫)하는 할미꽃(白頭翁)에 관한 간접적인 이야기를 통해 神文王(신문왕)의 비위를 거스르지 않으면서도 그의 마음을 깨우치는 데 성공한 작품이다. 고려 시대 후기에 이르면 인물에 가탁한 사물의 전기인 가전(家傳)체 작품이 등장한다. 돈을 의인화한 〈공방전(孔方傳)〉, 술을 의인화한 〈국순전(麴醇傳)〉, 〈국선생전(麴先生傳)〉, 거북을 의인화한 〈청강사자현부전(淸江使者玄夫傳)〉, 대나무를 의인화한 〈죽부인전(竹夫人傳)〉, 지팡이를 의인화한 〈정시자전(丁侍者傳)〉, 종이를 의인화한 〈저생전(楮生傳)〉 등이 있다. 가전은 의인법을 사용한다는 점에서 우화소설과 공통되지만 가전은 사물 자체에, 우화소설은 인간에 보다 주목한다는 점에서 차이가 있다.

조선 시대에 들어서면 전대(前代) 가전 문학의 수준을 뛰어넘어 본격적인 우화소설이 등장한다. 조선 시대의 우화소설은 우선, 심성(心性)을 의인화한 임제(林悌, 1549~1587)의 〈愁城誌(수성지)〉, 김우옹(金宇顒, 1540~1603)의 〈천군전(天君傳)〉, 정태제(鄭泰齊, 1612~1669)의 〈천군연의(天君演義)〉 등이 있으며 식물을 의인화한 것으로는 임제의 〈花史(화사)〉와 이이순의 〈화왕전(花王傳)〉도 있다. 무엇보다 〈장끼전〉, 〈토끼전〉, 〈두껍전〉, 〈서동지전〉 등과 같이 동물을 의인화한 우화소설들이 대표적이다. 심성이나 식물을 의인화한 소설들은 대부분은 한문으로, 동물을 의인화한 소설들은 대체로 한글로 지어졌다. 이는 우화소설의 독자층이 양반 지식인에서부터 일반 서민에 이르기까지 매우 폭넓게 형성되어 있었음을 보여준다. 한문 우화소설은 대부분 그 소재를 역사적 사실이나 고사(故事),

유가(儒家)의 심성(心性論) 등에서 취하였으며, 한글 우화소설의 경우는
『삼국사기』에 수록된 구토설화를 비롯하여 전래의 민간 설화를 소설화한
것들이다. 우화소설이 집중적으로 지어진 시기는 조선 후기로 조선 후기
우화소설에는 신분제의 붕괴와 이에 대체되는 새로운 경제적 질서에 의
해 양반 사족층과 평·천민층 모두에서 상승, 몰락해 가는 분화 현상이
가속화되면서 새로운 계층이 형성되어가던 당대의 사회현실과 민중들의
모습이 사실적으로 담겨 있다.

우화소설은 동물이나 사물의 외형이나 생태적 특성을 바탕으로 그에
맞는 인간의 인성을 결합하여 의인화함으로써 비판의 대상이 되는 특정
집단과 계층의 전형적인 인물형을 보여준다. 우화소설의 등장인물은 개성
이 두드러지는 독특한 존재가 아닌, 보편적이고 일반적인 특정 집단을 대표
하는 인물이다. 특정한 개인에게만 존재하는 문제가 아닌 인간의 본질적인
문제를 다루기 때문이다. 예를 들어 엄동설한에 굶주림을 이기지 못한 장끼
가 까투리의 만류를 듣지 않고 붉은 콩을 먹다가 덫에 걸려 죽자, 홀로
된 까투리에게 각종 새들이 와서 구혼(求婚)하지만, 까투리는 결국 수절(守
節)하거나 다른 장끼나 혹은 오리와 재혼(再婚)한다는 내용의 동물 우화소
설인 〈장끼전〉에서 장끼와 까투리는 조선 후기 대량으로 발생한 유랑민을
빗댄 것이다. 조선 후기 대표적인 우화소설이며, 판소리계 소설인 〈토끼
전〉의 용왕은 주색으로 병든 봉건 군주를, 자라는 절대적인 충을 구현하려
는 봉건 관료를, 토끼는 희생을 강요당하는 죄 없는 민중을 대표한다.

우화소설은 사물이나 동식물의 세계가 아닌 현실 세계를 보여주기에
사물이나 동식물의 세계를 그대로 보여주지 않는다. 우화소설의 세계는
인간에 의해 의도적으로 해석된 것이며 나아가 작품이 새롭게 마련하여
보여주고 있는 인간세계로 동물의 세계를 통해 당대의 사회상을 반영한다.
특히, 우화소설에는 신분제의 동요와 기존 향촌 사회의 와해 현상, 봉건적

이념 및 윤리적 가치의 위기 등 조선 후기의 사회상이 드러난다. 예를 들어 〈장끼전〉에서 까투리가 여러 차례 개가(改嫁)하는 것은 조선 후기 유랑하던 하층 천민의 극한적 삶을 보여준다. 〈토끼전〉의 토끼가 용왕을 위해 희생하라는 요구를 거절하고 자신의 목숨을 지키기 위해 꾀를 내는 모습은 봉건국가의 존립 근거가 무너지던 당대 민중 의식을 반영한 것이다.

우화소설은 현실 속에서 발생하는 인물 간의 시비와 다툼, 송사 사건과 같은 비교적 단순한 사건을 중심으로 이야기가 진행된다. 우화소설 속에서 흔히 등장하는 쟁년(爭年)이나 쟁장(爭長), 쟁송(爭訟)은 갈등의 구조를 다툼으로 확보한 것으로 인물 간의 대립을 단순한 사건으로 보여주는 동시에 독자의 흥미를 유발하는 효과가 있다. 쟁년은 여러 동물들이 모인 장소에서 상좌를 누가 차지하여야 하는가 하는 문제 때문에 초래된 나이를 통한 경쟁이다. 〈노섬상좌기〉에서는 허위로, 〈두껍전〉에서는 꾀로써 자신의 나이를 과시하고, 상좌를 차지하여 존장으로서 대접을 받고자 한다. 쟁장은 〈장끼전〉에서 홀로 된 까투리를 사이에 두고 부엉이, 까마귀, 기러기, 두견새 등이 다툼을 벌이는데 거기서는 나이 자체보다 어른스러움이 우선한다. 쟁송은 〈녹처사연회〉, 〈황새결송〉, 〈까치전〉, 〈서대주전〉, 〈서대주전〉, 〈서동지전〉 등에서 나타나는데 다툼의 당사자가 특정한 두 사람으로 명시되고 다툼의 양상도 무고, 살인, 도적질 등 구체적인 사건으로 나타난다. 〈까치전〉의 쟁송은 암까치의 남편을 비둘기가 떠밀어 죽이게 되는 살인사건으로 시작한다. 〈서대주전〉의 송사는 다람쥐의 양식을 서대주가 절취한 사건을 둘러싸고 일어난다.

우화소설은 인간의 문제를 풍자하고 교훈을 주고자 하는 분명한 목적을 지니며 풍자와 해학을 통해 인간 사회의 부정적 면모에 대한 비판 의식을 드러낸다. 우화소설의 의인화는 의미를 우회적이고 간접적으로 드러내기 위해 사용하는 방식이다. 이렇게 간접적으로 의미를 나타내는 방식은 주로 인간의 본질적 문제나 사회적 모순과 같이 직설적으로 언급하기 어려운 문제들을 다루기 위해 사용된다. 이러한 문제들을 간접적으로 이야기하는 것은 직설적으로 문제를 지적하고 비판하는 것보다 효과적일 수 있다. 우화소설은 인간 대신 사물이나 식물, 동물 등의 비인격적 대상을 의인화하여 대상으로 내세운다. 인간보다 열등한 지위에 있는 존재들이 오히려 인간을 비판하거나 그 가치를 비하하기 때문에 우의적인 풍자가 성립된다. 인간보다 못하다고 생각했던 존재들이 인간의 모습을 취해 부정적이거나 문제가 될 만한 행동을 하기 때문에 독자들은 충격을 받고 자신과 사회를 반성하게 된다. 예를 들어 〈장끼전〉에서 까투리의 충고를 무시하다가 결국 죽음에 이르는 장끼는 가부장적인 권위의식에 사로잡힌 당대 남성과 부조리한 사회 관습을, 〈토끼전〉의 용왕과 용궁의 신하들은 탐욕스럽고 무능한 지배층을 풍자한다.

우화소설은 풍자와 함께 해학을 중요한 요소로 포함한다. 인물의 행동 묘사나 대화 상황에 언어적 재치를 활용하여 웃음을 유발하는 해학성이 드러난다. 해학은 풍자와 마찬가지로 웃음을 유발하지만 문제를 지적하고 고발하고자 하는 의도가 없다는 점에서 풍자와 차이가 있다. 풍자가 주로 과오나 문제를 전제로 이루어지는 데 반해 해학은 그렇지 않은 상황에서도 이루어질 수 있으며 특정한 목적을 지니지 않은 재담 등이 포함된다. 풍자와 해학은 명확하게 경계를 구분하기는 어렵지만 대개 해학의 웃음에는 동정과 공감이, 풍자의 웃음에는 경멸과 분노의 감정이 섞여 있다. 이처럼 우화소설에서 비난의 의도가 배제된 웃음으로서의 해학이 풍자와 함께 사용된다는 것을 통해서도 우화의 풍자가 단순히 비난을 위한 것이 아니라 교훈과 밀접하게 관련되어 있으며 깨달음을 의도한다는 것을 확인할 수 있다.

우화소설은 동물의 세계에 빗대어 인간 사회의 모순과 부조리를 드러내기에 도덕적인 교훈을 준다. 우화소설의 교훈은 시대 상황과 관련된 의미로 해석될 수도 있고, 시대를 초월하여 적용되는 인간의 본질적 문제에 관한 의미로 해석될 수도 있다. 그래서 독자에 따라 인물을 시대 상황과 관련하여, 혹은 시대를 초월한 의미로 해석하고 그에 따라 교훈과 깨달음을 얻을 수 있다. 우화소설 속에는 역사의 특정 시대를 살았던 사람들의 희로애락(喜怒哀樂)과 갈등, 세계에 대한 인식이 담겨 있기에 역사와 인간 문제, 인간의 본성 문제, 계층 간의 갈등 문제, 바람직한 삶의 실현에 대한 문제 등을 반추하게 한다. 예를 들어 〈장끼전〉에서는 아내의 조언을 무시하다 죽음에 이르는 장끼의 죽음을 통해 '다른 사람의 말에 귀 기울이는 자세'를 배울 수 있고, 〈토끼전〉에서는 용왕의 모습을 통해 '지나친 욕심을 부리지 말자'라는 교훈을 얻을 수 있다. 한편, 〈토끼전〉의 인물 중 용왕, 자라, 토끼 중 누구에게 초점을 맞추는지에 따라 교훈의 내용이 달라질 수 있다. 용왕이나 자라에 초점을 맞추게 되면 사회의 질서나 이념적 지향과 관련된 인간의 모습에 대해 생각해 보게 될 가능성이 크고, 토끼에 초점을 맞추게 되면 개인의 생명이나 자유 등 개인적인 가치와 관련된 인간의 모습에 대해 생각해 볼 수 있다.

겉으로 드러난 이야기의 이면에 다른 의미를 담고 있는 이야기들은 인도의 〈본생설화〉, 그리스의 〈이솝우화〉, 장자의 〈우언〉을 비롯하여, 중국 명대의 〈삼우전〉, 프랑스의 〈고양이 이야기〉, 일본의 〈나는 고양이로소이다〉, 영국의 〈동물농장〉 등에 이르기까지 동서고금을 막론하고 오래전부터 존재해 왔는데 우화소설이 대표적이라 할 수 있다. 전래의 우화를 소설 형태로 발전시켜 서민의식의 성장에서 기인한 소박하고 현실적인 생활태도와 가치관을 적나라하게 드러내고, 비인격적 대상에 빙자하여 인간적 결함이나 사회현실의 모순을 서슴없이 비판한 한국의 우화소설은 우리 문학사에서 특기할 만한 성과이다.

(서보영)

이야기꾼

우리에게 '아라비안나이트' 혹은 '천일야화'로 알려진 이야기에는 세헤라자데라는 인물이 등장한다. 그녀는 아내의 배신에 대한 분노로 매일 밤 여성을 죽이는 왕 샤리아르에게서 살아남기 위한 수단으로 '이야기'를 선택한다. 즉 그녀는 왕에게 매일 밤 이야기를 한 가지씩 할 테니 들어보고 재미가 없다면 자기를 죽이라고 제안한다. 그리고 세헤라자데는 천일간 이야기를 이어가며 결국 살아남아 왕비가 된다. 이를 통해 우리는 이야기의 힘에 대해 생각해 볼 수 있다. 조금 과장하여 말하면, 이야기는 사람의 생명을 살릴 수 있을 정도의 힘을 가지고 있는 것이다. 이때 우리는 세헤라자데에 주목해 볼 필요가 있다. 세헤라자데가 죽음의 위협에서 살아남은 이유는 바로 왕에게 재미있는 이야기를 구연했기 때문이다. 만약 그녀가 이야기를 잘 구연하지 못했다면, 다른 여성들과 마찬가지로 죽음을 맞이했을 것이다. 다시 말해 그녀는 유능한 이야기꾼이었기 때문에 죽음의 순간에 살아날 수 있었다.

이러한 이야기꾼으로서 세헤라자데의 모습은 단지 천일야화 속에서만 나타나는 것은 아니다. 우리는 어린 시절부터 누군가에게 이야기를 들으며 감동받은 적이 있을 것이다. 그리고 반대로 누군가에게 흥미로운 이야기를 하며 대화를 이끌어 간 적도 있다. 이처럼 우리는 일상 속에서 알게 모르게 이야기꾼으로서의 삶을 살아왔다. 그래서 '호모 나렌스(Homo narrans)' 즉 이야기하는 사람이 다른 종들과 인간을 구별하는 특징으로 주목받을 수 있는 것이다.

이야기꾼이란 이야기판을 이끌어가는 주체이자 이야기 생산자이다. 이야기를 듣는 청중은 이야기판의 객체이자 이야기 수용자이다. 이야기를 중심으로 생산자인 이야기꾼은 수용자인 청중과 함께 만나는 공간이 이야기가 구연되는 이야기판이다. 다시 말해, 이야기꾼이란 이야기판이라는 공간 안에서 청중과 함께 이야기를 소통하며 '연행 현장'을 이끌어가는 주체인 것이다. 이러한 측면에서 구비문학의 현장을 이끌어가는 이야기꾼은 기술문학에서 서사의 전개를 이끌어가는 화자와는 분명한 차이점을 지닌다. 소설을 비롯한 작가가 쓴 작품 안에서 이야기를 이끌어가는 화자는 작품 안에서 말하고 있는 특정인으로 작가와는 별개의 인물이다. 하지만 이야기꾼은 구체적인 이야기판 안에서 청중과 소통하며 이야기를 구연하고 있는 특정한 사람을 지칭한다. 따라서 이야기꾼은 화자와는 다르게 청중을 고려하며 이야기판을 자유롭게 재구성해 나갈 수 있다. 이야기판을 이끌어가는 이야기꾼은 기술문학의 화자처럼 이야기에 대한 독점적 권리를 지니지 않는다. 그는 이야기 구연의 현장 속에서 끊임없이 청중을 의식한다. 그래서 자신이 구연하는 이야기가 청중에게 긍정적인 반응을 일으키지 못한다면 내용을 과감하게 변형하기도 하고 구연하는 방식을 바꾸기도 한다. 하지만 반대로 청중의 호응이 좋다면 더 흥이 나서 이야기판을 이끌어가기도 한다. 이처럼 이야기꾼은 이야기판을 이끌어가는 주체이지만, 동시에 이야기판에서 청중과 상호작용하며 이야기를 재구성해 나가는 존재이다.

조선 후기 전문적 이야기꾼의 존재 양상에 대한 임형택의 논의 이후 구비문학 연구사에서는 이야기꾼이 지닌 설화의 '전승자'로서 자질이 부각되었다. 이야기꾼은 이야기를 통한 구술 연행을 매개로 지역의 문화, 전통, 삶의 지혜를 '전승'하는 주체로서의 특징을 지닌다. 따라서 전국에 존재하는 다양한 이야기꾼을 만나 채록한 구비문학대계를 살펴보면, 다양한 이야기의 존재 양상 속에서도 공통된 서사 구조와 그 안에서 나타나는 삶의 지혜, 더 나아가 전설을 매개로 지역에 대한 지명 혹은 역사적 특징 등이 나타난다. 이를 통해 우리는 이야기를 매개로 역사와 문화, 더 나아가 삶에 대한 '전승자'로서 이야기꾼의 자질을 확인할 수 있다. 이러한 맥락 안에서 가치 있는 이야기를 효과적으로 전승하기 위한 이야기꾼의 이야기 연행 방식으로서 '공식화된 패턴(formula)'이나 '서사구조' 등에 대한 논의가 전개되었다.

하지만 이야기꾼은 설화의 전승자뿐만 아니라, '창조자'로서의 자질 역시 가지고 있다. 이는 이야기꾼들이 구연한 설화 자료의 변이 양상을 통해 이해할 수 있다. 이야기꾼들은 설화를 구연하는 과정에서 이야기 구연에 대한 경험과 재능, 이야기의 판의 맥락에 따라서 다양한 변이 양상을 보인다. 비록 이야기꾼들의 설화 구연에 '공식화된 패턴(formula)'이나 '서사구조'가 존재한다고 할지라도 그들의 성향과 구연하는 설화의 상관성을 살펴볼 수 있다. 또한 기존의 이야기들이 유능한 이야기꾼을 만나 내용이 풍성해지고 생동감이 부여되는 창조적 변화가 일어나는 모습도 나타난다. 또한 이야기꾼과 청중이 상호작용하는 이야기판 속에서 현장성에 바탕을 둔 즉흥적이고 자의적인 변이 역시 찾아볼 수 있다. 이처럼 이야기꾼은 설화의 전승과 더불어 이야기판을 매개로 하는 창조자로서의 자질을 보인다.

특히 이러한 이야기꾼의 모습은 이야기 구연이 지속적으로 거듭되는 과정에서 더욱 명확하게 나타난다. 신동흔은 매일 자발적으로 이야기판이 형성되는 탑골공원의 이야기꾼의 사례를 통해 유능한 이야기꾼들이 지니는 창조적 자질에 대해 설명한다. 그에 따르면 유능한 이야기꾼들은 설화 각편을 자신의 특유의 구성법과 표현법을 활용하여 '작품'으로 엮어

나가려는 지향성을 보인다. 그리고 이 과정에서 설화를 자신의 이야기로 삼는 데 있어서 소재의 개발, 표현 기교 및 장면묘사, 재담의 활용과 같은 자신만의 주안점을 가지고 있다. 이러한 차이점에도 불구하고 유능한 이야기꾼들에게는 공통적으로 이야기판을 이끌어 나가기 위해 참신하고 생동감 있는 비유적 표현, 틀을 갖춘 공식적 표현구, 경직된 사고를 깨뜨리는 표현, 장면묘사, 서사 구조의 자기화, 생활 주변의 소재를 설화적으로 변용하는 등의 모습을 찾아볼 수 있다.

이처럼 이야기판의 주체로서 이야기꾼은 지역의 문화, 전통, 삶의 지혜를 '전승'할 수 있는 설화를 청중에게 효과적으로 구연하며 다양한 변이와 유능한 연행 주체로서의 자기화 과정을 보여준다. 이를 통해 설화의 고정적 체계와 더불어 청중과 함께 이야기판을 구성해 나가기 위한 자기화 사이, 즉 설화를 비롯한 이야기의 '전승'과 '창조'의 사이의 길항작용을 통해 이야기꾼으로서의 자질을 형성해 나간다.

이야기꾼에 대한 유형 역시 단일하고 고정된 접근보다는 개별 이야기꾼의 자질과 성향에 따라서 다양하게 나타날 수밖에 없다. 따라서 기존 연구에서는 학자들이 자신이 조사한 이야기꾼을 중심으로 '산촌형 이야기꾼'/'방랑 이야기꾼'(황인덕), '옛날 이야기꾼' '동아리 이야기꾼' '광장 이야기꾼' '빈객 이야기꾼'(신동흔), '정보 전달형 이야기꾼'(이화영)을 비롯하여 지역별 이야기꾼 혹은 특이점을 지닌 개별 화자로서 이야기꾼과 같은 다양한 유형을 제시하고 각각의 특징을 설명한다. 그럼에도 불구하고 이야기꾼의 유형에 대해서는 몇몇 특정 요소들을 매개로 생각해 볼 수 있는데, 아래는 황인덕이 이야기꾼을 분석하여 유형화한 것이다.

1. 구연의 능동성	이야기꾼의 생애, 생활, 성격	성장 및 활동 양상	정착형/유동형
		구연욕구	적극형/소극형
		구연활동 범위	가정 마을 중심 /외부사회 중심
		기질	오락 치중형 / 교훈 강조형
2. 이야기 목록	목록의 양, 질, 특성	목록의 형성 과정	유년 고정형/성장 누적형
		목록의 양	탁월/우수/보통
		보유 목록의 성향	다수 광범형 /소수 제한형
		목록 선택의 취향	체험담 중심 /구전담 중심
3. 구연력	구연의 기교와 숙련도	연행 수련의 정도	일상형 /전문 지향성
		구연 태도	작품 중심형 /연행 지향형
		구연의 운용	객관적 전달 /주관적 표현

다만 지금의 제시한 유형화 기준 역시 이야기꾼을 분석하기 위한 가설적인 측면으로 존재하는 것이며, 구체적인 유형은 각각의 이야기꾼이 보이는 이야기의 '전승'과 '창조', 그리고 청중에게 효과적인 소통을 위한 과정 등의 맥락에서 살펴보아야 할 것이다. 그리고 이러한 가설을 바탕으로 우리는 현재 만나게 되는 다양한 이야기꾼을 이해하기 위해 노력해 볼 수 있다.

이야기꾼은 유형이나 특성은 조금씩 변화했을지라도, 이야기판과 청중을 매개로 과거에서부터 현대까지 이어져 왔다. 과거 전통적인 이야기판이 가정이나 마을의 장터, 일터 등을 중심으로 형성되었다면, 현대의 이야기판은 이와는 다른 모습을 보인다. 이에 따라 이야기꾼의 활동 양상도 달라진다. 현대 이야기꾼의 대표적인 모습으로 도서관 등을 매개로 나타나는 '옛날 이야기 들려주기 활동가'를 생각해 볼 수 있다. 이들은 지역 도서관을 매개로 각 소모임별 정기적인 모임을 통해 함께 공부할 설화를 정해 설화채록집에 실린 설화 각편을 공부하고, 설화 구연을 실연한다. 그리고 옛이야기꾼의 설화 구연 활동은 옛이야기 모둠 공부와는 별개로 각 개인이 일상의 삶에서 상시적으로 이루어진다. 따라서 이들은 오늘날 생활현장형 이야기꾼의 성격을 지니며, 설화 구연 종목 선정, 설화 향유 및 구연 방식, 이야기판 운용 방식 등을 재량으로 채택하기 때문에 설화 구술 전통을 잇는 전승 주체로서의 역할을 수행한다. 이들은 이야기 구연을 매개로 설화뿐만 아니라, 아이들이 잘 알지 못하는 지역의 민속 역사 문화를 전승하고, 더 나아가 관련된 활동 등을 함께 진행한다. 이 과정에서 이야기판을 통해 청중에게는 설화를 매개로 하는 교육적인 효과가 나타난다. 뿐만 아니라, 이러한 활동에 참여자들은 이야기꾼으로서의 자기-정체성을 형성할 수 있게 된다.

이러한 활동과 더불어 현재는 다양한 지역에서 나타나는 이야기꾼의 활동이 다시 주목받고 있다. 유럽에서 이야기 페스티벌이 열리는 것을 넘어서, 이제 한국에서도 이야기꾼들이 모여 재능을 뽐내는 이야기 축제가 열린다. 2013년도 김유정 문학촌에서는 제1회 실레마을 이야기 잔치가 열렸다. 이때 성인을 대상으로 하는 "나는 이야기꾼이다."라는 전국 이야기 시합과 초등학생 이하를 대상으로 하는 "어린이들의 이야기 겨루기-나도 이야기하고 싶어요"가 진행되었다. 이 프로그램은 김유정의 고향 실레마을의 정체성을 이야기꾼들의 경연을 통해 구성하려는 목적으로 기획되었다. 다시 말해, 김유정문학촌은 이야기꾼들이 활동하는 이야기판을 형성하고 이를 통해 '이야기 마을로서 정체성'을 형성하려 하였다. 이처럼 현대의 이야기꾼들은 단순히 이야기판에서 청중에게 설화를 소통하는 역할을 넘어선다. 그들은 이야기 연행에 대한 교육과 활동을 통해 자기-정체성을 형성하는 것뿐만 아니라, 지역의 정체성까지 형성하는 기능을 하는 것이다.

　최근에는 조선 후기 전기수를 떠올리게 하는 '낭독의 재발견'과 관련된 활동들이 호응을 얻고 있다. 그리고 이 과정에서 혼자 이야기를 읽고 이해하는 것을 넘어서, 낭독이라는 현대적인 이야기판에서 청중들이 함께 어울리며 이야기가 소통되는 현장을 즐긴다. 그리고 이야기꾼은 이러한 현장을 이끌어가는 역할 역시 수행한다.

　이처럼 이야기꾼은 과거에서부터 현재까지 그리고 미래에도 유형과 형태 그리고 의미와 기능은 조금씩 변화할지라도 이야기판을 이끌며 청중들에게 다양한 이야기를 소통하는 주체로 역할을 할 것이다. 그리고 이러한 흐름 속에서 우리는 누구나 이야기꾼으로 이야기판에서 참여할 자격이 있다.

(윤인선)

자전문학

작가가 자신의 일생을 스스로 서술한 작품을 우리는 자서전이라 일컫는다. 경험과 지식에 한계가 있을 수밖에 없는 인간이 다양한 인생의 모습을 통해 자기를 돌아보고 삶의 비전을 찾는 데에 있어서 자서전은 매우 유용하다. 또한 자서전은 거대한 역사가 말해주지 않는 개인의 미시적 역사를 다루고 자기 존재 및 근원에 대한 물음과 삶에 대한 성찰이 담겨 있어 개인의 삶과 의식세계를 살필 수 있는 대표적 문학 양식으로 손꼽히기도 한다.

일반적으로 자서전은 서양문학이나 현대문학의 전유물로 인식되고 있다. 그 개념정의나 유형에 관한 논의 역시 서양문학의 영역에서 대부분 이루어져 왔다. 20세기의 대표적 자서전 이론가인 필립르죈(Philippe Lejeune, 1938~)은 자서전을 "한 실제 인물이 자기 자신의 존재를 소재로 하여 개인적인 삶, 특히 자신의 인성(人性)의 역사를 중점적으로 이야기한, 산문으로 쓰인 과거 회상형의 이야기"라고 정의하였다. 그러나 현대의 자서전 연구는 이러한 정의를 넘어 자전적 소설, 내면 일기, 자전적 시와 그림, 영상까지 그 영역이 점차 확장되고 있다.

그런데 사실, 자서전은 서양문학만의 것이 아니다. 한문을 기반으로 했던 근대 이전 한·중·일 동아시아 문학계에도 오늘날의 자서전과 유사한 글쓰기가 존재하였으며 그 유형도 산문에만 한정되지 않았다. 가와이 코오조오[川合康三]에 따르면 중국에서는 자서전과 동일한 의미를 지닌 '자전(自傳)'이라는 용어가 8세기에 이미 등장하였으며, 자전이라는 용어가 등장하기 이전이나 이후에도 대체로 자서(自敍), 자서(自序) 혹은 자술(自述) 등의 용어를 사용해 자신의 일생을 기록해왔다.

일찍이 초(楚)나라의 정치가이자 시인이었던 굴원(屈原, B.C339~B.C278)은 〈이소(離騷)〉 첫머리에서 자신의 씨족과 조상, 출생에 대해 말하고 자전적인 이야기를 시로 풀어냈다. 또 전한(前漢)의 사마천(司馬遷, B.C145~B.C86)은 『사기(史記)』의 자서(自序)인 〈태사공자서(太史公自序)〉에서 자신의 가계와 성장 과정, 관리로서의 경력들을 서술하였다. 이후 동진(東晉)시대 도잠(陶潛, 도연명, 365~427)은 〈오류선생전(五柳先生傳)〉이라는 자전적인 탁전(托傳)을 지어 오류선생이라는 은둔인의 삶을 통해 자신의 소탈한 삶의 모습과 인생 가치관을 우의(寓意)하였다. 그리고 당나라 때에는 육우(陸羽, 733~804)가 〈육문학자전(陸文學自傳)〉에서 '자전(自傳)'이라는 용어를 사용하여 자신의 우애곡절한 인생살이를 사실 그대로 술회하였고, 후대의 백거이(白居易, 772~846)는 만년에 자신의 죽음을 상정하고 스스로 묘지명을 지으면서 지나온 삶의 과정을 돌이키기도 했다.

이러한 한문학의 자전적 작품들은 비단 중국뿐 아니라 같은 한자문화권인 한국과 일본에서도 왕성하게 창작되었다. 근대 이전 한국과 중국, 일본의 동아시아의 지식인들은 전기, 묘지명, 서문, 연보, 필기, 잠명, 중·장편의 한시 등 한문학의 다양한 문체를 빌어 자신의 생애와 사유를 기술하였다. 그 대표적 유형들을 산문과 운문으로 구분해 열거해보면 다음과 같다.

① 산문형: 자전(自傳), 자탁전(自托傳), 자서(自序), 자서(自敍), 자지(自誌), 자지명(自誌銘), 자표(自表), 자갈문(自碣文), 자찬연보(自撰年譜), 자경(自警), 자저(自著), 만록(漫錄) 등
② 운문형: 술회(述懷)·자술(自述)·자서(自敍) 등의 중·장편 한시, 자만시(自挽詩) 등

③ 산문·운문 중간형: 자송(自頌), 자찬(自贊), 자잠(自箴), 자명(自銘), 자
제문(自祭文) 등

위와 같은 동아시아 한문학의 자전적 작품들은 한자와 유교 문화를
공유했던 동아시아 지식인의 전통적 글쓰기 방식과 사유에서 탄생한 것
으로 화자의 설정이나 서술방식, 자아의식 면에서 현대 자서전과 다른
양상을 보이고 있다. 일례로 서양문학의 자서전(Autobiography)은 통상
작자와 주인공이 일치하며, 사실에 입각하여 시간의 순서에 따라 서술함
을 원칙으로 한다. 하지만 한문학의 자전 가운데에는 제목을 '자전(自傳)'
이라 하더라도 1인칭 '여(余)'를 사용하지 않고 자신의 이름을 타인처럼
호칭하거나 혹은 옹(翁)·거사(居士)·선생(先生) 같은 3인칭을 사용해 우회
적으로 자신의 일생을 말하고 평가하는 방식을 취한 작품이 주류를 이루
고 있다. 따라서 현대의 자서전 연구 방법이나 개념 이해와는 차별화되고
균형 잡힌 시각에서 접근할 필요가 있다.

자전문학은 이처럼 현대 자서전과 결을 달리하는 한문학 전통의 자서
전적 작품과 유형들을 포괄하는 개념이다. 그렇다면 왜 굳이 자서전이라
하지 않고 자전문학이라 한 것인가?

자전이나 자서전이라는 용어는 오늘날 'Autobiography'로 번역되어
동일한 의미로 통용되고 있다. 하지만 사실, '자서전'이라는 이 용어는
전통시대 동아시아 한문학에서 잘 사용하지 않았다. 근대 이전 한문학에
서 자신의 일생을 스스로 서술한 작품을 가리켜 자서전(自敍傳) 혹은 자서
전(自序傳)이라 명명한 경우는 매우 드물었다. 오히려 한문학의 엄격한
문체 구분에 따라 자서(自敍)나 자서(自序), 자전(自傳)으로 구분하여 사용
한 경우가 많았다. 우리나라 최초의 서양식 자서전이라 할 수 있는 홍명희
(洪命熹, 1888~1968)의 〈자서전〉은 작자가 전통 한학에 조예가 깊었음에도

불구하고, 그 제목을 자서나 자전이라 하지 않고 자서전이라 하였다. 그 작품이 루소(Jean-Jacques Rousseau, 1712~1778)나 니체(Friedrich Wilhelm Nietzsche, 1844~1900) 등 서양인의 자서전을 참조하여 지은 것이기 때문이다. 1937년에『역대자서전문초(歷代自敍傳文鈔)』를 간행하여 중국 고대 자서전 140여 편을 선집한 중국의 곽등봉(郭登峰) 또한 이 책의 서문에서 서양의 근대 자서전이 크게 유행하는 당대의 신풍조를 반영하여 이 책을 엮은 것이라고 하였다. 이처럼 자서전이라는 용어는 한문학의 전통적 용례를 따랐다기보다 서양의 'Autobiography' 유입과 함께 만들어진 신조어에 가깝다고 할 수 있다. 근대 이후 서양문학에서 비롯된 새로운 유형의 자전적 작품이 유입되자 이를 전통적 자서 또는 자전과 구분하는 차원에서 이 용어를 사용했을 가능성이 높다. 따라서 그 기본 개념에 큰 차이가 없다면 우리가 전통적으로 사용해 온 자전이라는 용어를 버리고 굳이 근대 이후 등장한 신조어를 택할 필요가 없는 것이다.

뿐만 아니라 한자문화권의 중국과 일본의 경우, 자서전보다 자전이라는 용어가 보편적으로 사용되고 있다. 우리나라의 경우 20세기 이후로 자서전이라는 용어를 주로 사용해왔지만, 중국과 일본에서는 근현대의 작품에 대해서도 자전이라는 용어를 더 많이 사용하고 있다. 대표적 예로 20세기 초 중국의 문학가인 곽말약(郭沫若, 1892~1978)은 아우구스티누스(Augustinus Hipponensis, 354~430)·루소·괴테(Johann Wolfgang von Goethe, 1749~1832)·톨스토이(Лев Толстой, 1828~1910) 등 서양인이 지은 자서전을 의식하여 지은 자신의 자서전에 대해『말약자전(沫若自傳)』이라 이름하였으며, 비슷한 시대를 살았던 심종문(沈從文, 1902~1988)이나 욱달부(郁達夫, 1896~1945)의 자서전 역시 각각『종문자전(從文自傳)』,『달부자전(達夫自傳)』의 이름으로 출간되었다. 일본의 경우, 총 23권으로 된『일본인의 자전[日本人の自傳]』이라는 책을 통해 근대 이전과 이후 일본인의 자전적 작품을 망라한 바 있다. 그리고 이 자전의 범주에 한문학의 여타 자전적 글쓰기들을 포괄하고 있다. 『한문문체론(漢文文體論)』의 저자 진필상(陳必祥)은 자전을 자기의 일생 사적을 기술한 전기라 정의하면서 왕충(王充, 27~?)이 지은 『논형(論衡)』의 〈자기편(自己篇)〉이나 조비(曹丕, 187~226)의 〈자서(自序)〉와 같은 글들도 자신의 가세(家世)와 일생, 사상 등이 기술되어 있으므로 자전에 해당된다고 하였으며, 가와이 코오조오 역시 『중국의 자전문학』에서 자서(自序), 자서(自敍), 자찬묘지명, 자전적 시 등을 자전의 유형으로 함께 고찰한 바 있다.

이상과 같이 용어의 역사성과 정통성, 장르의 포괄성, 동아시아의 보편적 용례 등을 모두 고려했을 때 자서전보다는 자전을 사용하는 것이 타당해 보인다. 그렇다면 문학은 무엇인가?

서양에서는 작품의 문학성을 판단함에 있어 허구성과 예술성을 중시한다. 이러한 판단 지표에 따라 개인의 역사를 기술한 것이라 위시한 근대의 서양 자서전들은 문학의 영역에서 확실히 자리매김하지 못했다. 최근에 이르러서는 사실성보다는 기억에 의한 재현, 허구적 요소의 개입, 자전적 소설(autofiction)의 편입 등에 주목하면서 점차 문학 장르로 인식되고 있지만, 한편으로는 자서전 영역이 문화 전반으로까지 확대됨에 따라 그 경계 구분이나 개념정립이 여전히 난제로 남아 있다.

반면에, 동아시아 한문학은 허구보다는 실제 경험의 세계를 중시한다. 소설이나 희곡 등 허구적 양식이 일찍부터 발달했던 서양문학과 달리 한문학은 이들 양식이 시문의 중심을 이루지 못하였으며, 대체로 작자의 체험을 바탕으로 사상과 감정을 서술하고, 생활주변의 소재를 있는 그대로 묘사하는 경우가 많았다. 이에 비해 소설은 그 세계가 점차 확대되어 왔음에도 가공물이라는 이유에서 낮은 대우를 받았다. 또한 한문학은 서술 대상에 대한 예술적 형상화를 필수로 여기지 않았으며 주제설정과 작품

구성, 언어의 기교, 편장의 배치 면에서 특색 있는 작품을 높이 평가해왔다. 일찍이 가의(賈誼, B.C200~B.C168)의 〈과진론(過秦論)〉, 제갈량(諸葛亮, 181~234)의 〈출사표(出師表)〉, 한유(韓愈, 768~824)의 〈송맹동야서(送孟東野序)〉 같은 작품이 명문장이라 일컬어진 것처럼 논변(論辨), 책문(策文), 주의류(奏議類) 등의 공용문이나 비지문, 연보, 실기 같은 역사 기록이라 하더라도 언어의 구사, 문장의 기세, 편장과 자구의 배치 등에 따라 문학성을 부여하고 훌륭한 작품으로 평가해 온 것이다.

이와 같은 한문학의 문학 개념을 고려한다면, 다양한 글쓰기 방식과 접목해 자신의 일생 및 삶의 방식을 다채롭게 표현하고 있는 한문학의 자전 작품들을 자전문학이라 부를 수 있을 것이다. 그리고 사실, 자전은 글쓰기의 기본 성격상 역사보다는 문학의 영역에 더 어울린다고 할 수 있다. 자신의 삶을 대상으로 한 글들은 개인의 역사를 다루고 있긴 하지만 객관적 서술보다 주관적 자의식에 입각하여 기록을 재구성하고 자기 존재의 가치와 자아정체성을 강조하려는 성향이 강하기 때문이다.

그런데, 여기에서 한 가지 짚고 넘어가야 할 문제가 있다. 한문학이 기본적으로 작자의 현실과 밀접한 관계를 맺고 있고, 비문학 양식이라도 작법과 구성, 내용 등에 따라 문학성을 부여해왔다고 한다면, 자칫 한문학 작품들은 넓게 보면 모두가 자전문학이라 말할 수도 있는 것이다. 따라서 이러한 오해를 불식시키고 자전문학만의 고유성을 확보하기 위해서는 자전문학의 개념을 정의하고 그 범주를 명확히 구분해야 한다. 이를 위해서는 자전문학이 기본적으로 사람의 일생을 대상화하고 있으므로 사람의 일생을 다룬 전(傳) 양식의 문학성을 최소한의 담보로 삼을 필요가 있다. 선행 저술들을 참조할 때 전 양식의 문학성은 대체로 사실에 충실한 서술, 인물의 성격에 대한 선명한 묘사, 인물을 부각시킬 수 있는 소재들의 배치, 대상 인물에 따른 서술법의 변화 등을 거론할 수 있다.

이러한 요소들을 종합적으로 고려하여 자전문학이라는 용어의 개념을 보다 구체적으로 정의해본다면 다음과 같다.

> "작자가 자신의 존재를 증명하는 차원에서 삶 전체나 특정 시기를 회상하면서 자신의 삶과 사유, 감정을 서술하거나 자아의 변화 양상을 문학적으로 형상화한 작품."

여기에서 자기존재를 증명한다는 말은 불우와 소외에 대한 대응만을 가리키지 않는다. 자신이 이 세상을 어떻게 살았는지 알리기 위한 변론, 성찰, 보은, 경계, 자부 등의 모든 행위가 포함될 수 있다. 이러한 정의에 따른다면, 동아시아 한문학에서 자신을 대상으로 한 글쓰기 가운데 자신의 지나온 삶에 대한 서사를 통해 자신의 존재가치를 확인하고, 정체성을 구명하려는 작자의식을 선보이는 작품들은 모두 자전문학에 수용될 수 있다. 반면에, 과거 회상보다는 현재성이 강한 일기나 기행문은 자전문학으로 보기에 어려움이 있고, 이 외에도 일상의 일회성 체험이나 견문 및 그에 따른 감회 등을 기록한 시문들은 자기 존재 증명이나 자아정체성 탐구 측면과 부합하지 않기 때문에 자전문학으로 볼 수 없다.

사실, 이와 같은 자전문학의 개념은 동아시아 한문학 차원을 넘어 오늘날의 자전적 글쓰기에도 포괄적으로 적용할 수 있다. 현대의 자서전은 과거의 정형적 개념을 탈피하여 그 영역이 소설, 시, 수필, 일기 등으로 확장되었으며 심지어 그림, 전시, 영상 매체까지 자서전의 영역에서 다루고 있는 실정이다. 이처럼 자서전이 텍스트를 넘어 문화로 확장되는 상황에서 자신을 대상으로 한 회고적 글쓰기로서의 영역을 구분하고 텍스트로서의 매력과 의미를 확보하기 위해서라도 자전문학이라는 개념은 분명 필요하다고 할 수 있다.

(박진성)

잡가

　오늘날 잡가(雜歌)는 조선 후기 시정(市井) 문화를 근간으로 직업적·반직업적 소리꾼들에 의해 가창된 유락(遊樂)적 노래이자, 시조(時調)·가사(歌辭) 등과 구별되는 일군의 시가류(詩歌類)로 이해되고 있다. 잡가는 여타의 고전시가 갈래처럼 그 의미가 명확하게 정의된 것 같지만, 실상은 그렇지 않다. 조선 후기 다변하는 가창(歌唱) 문화권과 밀접한 관련이 있는 잡가를 이해하기 위해서는 문학적·음악적 특징에 대한 통섭적 시각이 필요하다. 그러나 잡가에 대한 문학계와 음악계의 시각은 연구 대상과 방법에서부터 차이가 있다. 따라서 오늘날에는 두 학계 간의 융복합적 연구 성과에 대한 문제의식이 대두되고 있다. 다만 이 글은 문학사(文學史) 서술을 목적으로 한다는 점에서 문학계의 성과를 중심으로 잡가 갈래에 대해 살펴보고자 한다.

　먼저 잡가는 여타의 국문시가와 달리 갈래의 범주와 정체성을 구획하는 것이 쉽지 않다. 국문학 연구의 초기에 잡가가 독자적인 갈래로 인정받지 못하고 가사의 하위 갈래 또는 유행가의 일종 등으로 평가받았던 정황이 이를 잘 보여준다. 잡가의 갈래적 성격을 가늠하기가 어려운 이유는 무엇보다 현전하는 문헌에 수록된 작품들이 다채로운 양상을 보이기 때문이다. 18세기 『동가선(東歌選)』에서 시조를 잡가로 수록한 것을 시작으로 19세기 『남훈태평가』를 비롯한 20세기의 잡가집에는 가사, 판소리, 산타령, 통속민요 등이 함께 수록되었다. 심지어 『가곡보감(歌曲寶鑑)』,

『정선조선가곡(精選朝鮮歌曲)』등과 같은 가곡집에도 서도잡가(西道雜歌), 남도잡가(南道雜歌), 경성잡가(京城雜歌) 등의 작품들이 전한다. 이처럼 문학적 자질이 상이한 작품들이 시대마다 잡가로 분류되었던 정황은 해당 갈래에 대한 당대의 이해가 고전시가의 여느 갈래와는 다른 맥락에서 형성되었음을 보여준다.

오늘날 갈래에 대한 통상적인 기대는 일군의 작품들이 공유하는 특징들이 일정한 정형성을 형성하고, 나아가 인접 갈래와의 변별성을 구획하는 과정을 전제로 한다. 이때 갈래의 정형성은 형식적인 측면 또는 창작 및 향유 목적에 있어 일종의 기능적인 측면 등과 관련하여 해당 갈래만의 변별적 자질을 형성하는 동인(動因)이 된다. 그러나 잡가는 갈래의 변별적 자질이 형성되는 동인이 내적 요인에 있지 않다는 점에서 여타 갈래와 차이가 있다.

잡가의 갈래적 성격은 갈래의 명칭인 '잡(雜)'의 의미를 통해 이해할 수 있다. '잡'에 대한 해석은 잡가 연구의 초기부터 쟁점적이었다. 그 과정에서 '잡'의 대표적 어원이라 할 수 있는 '잡스럽다', '천하다', '비속하다' '섞이다' 등이 주목되었는데, 이는 잡가가 가장 유행하였던 시기가 1910~1920년대인 일제강점기라는 것과 작품들의 면모가 다채로운 점, 주요 향유층이 도시 하층민들이라는 점 등과 결합하여 잡가에 대한 기본적인 구도로 자리하였다. 이러한 점은 독자적 갈래로서 잡가의 위상이 검토되었던 1970년대 이후에도 이어졌고, 잡가의 명칭이 자기 폄하적 시각을 반영한다는 점에서 속가(俗歌)로 부를 것이 제언되기도 하였다.

물론 잡가가 집중적으로 향유되었던 시기에도 이미 가사(歌詞), 속가, 속곡(俗曲), 유행창가(流行唱歌) 등 다양하게 불렸다는 점을 보면 속가라는 명칭이 잘못된 것만은 아니다. 다만 갈래의 층위에서 부정적인 이해를 전제할 경우, 자칫 해당 작품들의 문학적 위상에 대한 객관적 접근을 저해할 여지가 있다. 아울러 잡가의 '잡'은 어원적인 의미만이 아니라 중세 사회에 있어 일종의 문화적 의미를 포함하는 개념이라는 점에서 유의해야 한다.

주지하듯 중세의 이분법적 세계관은 사회 전반의 가치 규범으로 기능하였다. 사회에 구현해야 할 이상적인 가치는 바른 것(正)이고, 그 기준에 충족하지 못한 것은 속된 것(俗)으로 구분하였다. 음악에 대한 일반론 또한 예외는 아니었다. 특히 음악은 단순히 듣고 즐기는 기호의 측면을 넘어 심정(心情)을 수양하는 방편으로 이해되었다. 음악을 유교의 사회 질서의 근간이라 할 수 있는 예(禮)의 문제와 관련짓고, 이를 아악(雅樂)과 속악(俗樂)의 범주에서 구분하는 시각은 조선 사대부의 이분법적 세계관에 근간한 미의식을 반영하고 있다.

주의할 점은 아악과 속악의 구분이 해당 텍스트들의 문화적 수준을 가늠하는 절대적 지표가 아니라는 점이다. 각기 다른 층위의 미의식을 지향한다는 점에서 아악은 주류의 문화를 기반으로 하며, 속악은 비주류의 문화를 기반으로 한다. 그리고 중세의 주류와 비주류를 가늠하는 기준은 계급사회에서 헤게모니를 장악한 지배 계급의 의식에 따라 결정된다.

잡가가 출현하였던 18세기에 정격(正格)의 지위를 차지하는 대표적인 갈래는 가곡(歌曲)이었다. 따라서 가곡의 음악적 기준에 충족하지 않으면서 당대 가창문화권의 수면으로 부상한 일군의 작품들은 '아'와 '속'의 기준에 따라 속악의 범주에서 이해되었다. 그리고 당시 일정한 갈래로 특정할 수 없다는 점에서 이를 잡가로 불렀다. 잡가의 '잡'은 해당 범주의 작품이 주류적 갈래로서 정통성을 기반하고 있지 않다는 점을 지시하는 용어이며, 그 자체가 문학 텍스트로서 수준이 부족함을 의미하지 않았다. 18세기에 가곡과 대비하여 새로운 곡조로 주목받은 시조를 잡가로 분류하였던 동인 또한 여기에 있었다.

이처럼 잡가는 중세의 이분법적 인식론을 배경으로 문학사의 표면에 등장하였다. 잡가는 당시 가창문화권의 주류적 갈래에 대한 일종의 대타적(代他的) 개념을 전제하기 때문에 기본적으로 향유 맥락에 따라 유동적이고 또 혼종적(混種的)인 성격을 지닐 수밖에 없었다. 물론 잡가의 주요 텍스트들로 평가받는 일련의 작품들은 음악적인 측면에서 공시(共時)적으로 여타의 노래들과 구별되는 정태적(靜態的)인 면모를 갖추고 있었다. 다만 잡가의 향유 맥락을 고려할 때, 그 갈래의 범주와 성격은 여타 갈래와 구획되는 내적 자질에 기인한다고 보기 어렵다. 따라서 잡가 갈래의 미적 특질을 이해하기 위해서는 텍스트의 특징들에 대한 작품론적 탐색만큼이나 해당 작품군이 향유되었던 역사적 정황에 대한 검토를 토대로 그 동태적(動態的) 면모를 가늠하는 시각이 필요하다.

이와 같은 문제의식에 기반하여 잡가 갈래의 향유에 대한 역사적 탐색은 심도 있게 전개되었다. 그 과정에서 중세 사회의 '아'와 '속'이라는 이분법적 구도를 넘어 조선 후기 사회문화사와 결부하여 가창 문화의 실질을 탐색하려는 노력이 수행되었다. 18세기 여항(閭巷) 문화와 19세기 시정(市井) 문화, 20세기 도시 문화에 대한 변화상에 따라 잡가의 갈래적 성격이 유동되어 가는 면모를 포착하는 시각은 대표적이라 할 만하다.

18세기 중반 이후 상업의 발달에 따라 농민층의 분화 현상이 촉발되며 하층 유랑연예인을 중심으로 출현하기 시작한 잡가는 19세기 중엽을 전후하여 시정 문화의 발달 과정에서 유흥문화와 결부하며 활발히 연행되었다. 18세기 여항 문화의 중심에 놓인 가곡은 19세기를 지나며 곡조의 분화 과정을 통해 그 주류적 정통성을 더욱 공고히 하였다. 그 과정에서 문화 예술로서 가곡의 질적 수준은 향상되어 갔지만 동시에 다른 갈래에 대한 일종의 배타적 경계 또한 더욱 분명해졌다. 따라서 잡가 또한 가곡과의 상대적 위치 속에서 도시 상업화에 따른 유락 문화의 일면을 차지하며 시가 문화의 전면에 부상한 것이다.

흥미로운 점은 잡가가 주류적 정통성을 기준으로 가곡과 대타적 지점을 형성하였다 할지라도 같은 공간에서 함께 연행되었다는 것이다. 유만공(柳晩恭, 1793~1869)의『세시풍요(歲時風謠)』나 19세기 서울의 유흥문화 실상을 보여주는 가사〈한양가(漢陽歌)〉는 가곡과 시조, 잡가 등이 한 공간에서 연행되었던 정황이 담겨 있다. 이러한 면모는 잡가와 가곡이 인식론적 층위에서 전통성을 근간으로 주류와 비주류에 대한 경계가 가늠되었을지라도, 가창 문화의 실상에서는 동일한 환경에서 소통되었음을 의미한다. 하층의 유랑연예인을 중심으로 여항 문화에 근거하여 출현한 잡가는 점차 사대부를 포함한 여러 향유층을 포섭하게 되었고, 그 과정에서 인접 고전시가 갈래와 활발히 교섭하며 레퍼토리를 풍부하게 만들어 나갔다.

잡가는 민간의 소리이지만 전통 민요보다 선율과 창법이 세련되었다. 게다가 주류적 정통성에서 벗어나 있었던 점은 잡가가 다양한 악곡의 작품들을 포섭할 수 있었던 동인이기도 하였다. 갈래의 구속력이 매우 느슨하다는 점에서 유흥 공간에 따른 향유층의 기호에 맞춰 시조, 한시 등의 구절을 차용하거나 민요, 십이가사, 판소리 등을 전용하며 박잡(駁雜)한 흡수력을 지닌 체 형태적 다양성을 갖출 수 있었다. 그 결과 잡가는 19세기 도시와 상업이 발달하는 과정에서 풍류방과 도시 유흥 공간 등에서 활발히 연행되며 가창문화권의 중심에 놓였다.

이후 잡가는 20세기 출판물의 발달 과정에서 십수 종의 잡가집이 출판되며 전성기를 맞이하였다. 특히 극장, 유성기 음반, 라디오 등과 같은 근대 매체들의 형성 과정에서 잡가는 당대인들의 기호에 부응하며 상업적 가창물로 자리하였다. 다만 이와 같은 면모가 대타적 위치에서 갈래의 정체성을 규정하였던 잡가의 상황이 변하는 계기가 되었던 것은 아니었다. 잡가는 근대 문화의 형성 과정에서 정착한 외래의 가곡과 계몽 문학적 성격을 지니고 있었던 애국계몽기 시조 및 개화기 가사 등과 또 다른 대척점을 형성하고 있었다. 따라서 20세기에 들어 향유층이 확대되고 레퍼토리가 다양해졌을지라도, 잡가의 갈래적 정체성은 여전히 유동적이고 혼종적이었다. 오늘날 국문학계와 음악계에서 잡가의 범주를 구획하는 기준이 매우 다른 이유는 바로 이 때문이다.

잡가는 20세기 잡가집의 수록 곡목을 대상으로 문학적 범주에 맞춰 그 특징적인 면모들을 거칠게 분류할 경우 크게 후렴이 있고 지방색이 강한 토리를 지닌 민요 계열 잡가와 12가사의 영향 아래 판소리 사설을 차용하여 형성한 12잡가, 〈유산가〉와 같은 가사 계열의 잡가, 사설시조에서 영향을 받은 휘모리잡가, 그리고 오랜 전통이 있는 선소리 산타령 계열의 잡가 정도로 구분이 가능하다. 선소리는 앉아서 부르는 좌창(坐唱)에 상대되는 개념으로 서서 가창하는 것에, 산타령은 노랫말에 여러 산의 이름이 나온 것에 기인한 명칭이다. 지역의 민요와 친연성이 높은 작품으로서 주로 사당패에 의해 창작, 전승되었다가 선소리꾼으로 특화되었다. 장구를 멘 지휘자가 앞소리를 메기면 작은 북을 든 나머지 사람들이 뒷소리를 받는 형식으로 구성된다. 지역에 따라 경기 산타령, 서도 산타령, 전라도 〈화초사거리(花杵打令)〉 등으로 구분하기도 한다.

잡가의 다양한 레퍼토리들은 직업적·반직업적 소리꾼들에 의해 가창 상황에 맞춰 유연하게 구연되었을 것으로 여겨진다. 다만 잡가의 주요 담당층들 또한 거칠게나마 분류가 가능한데, 선소리 산타령은 주로 사당패(선소리패)에 의해 가창, 12잡가는 사계(四契)축과 삼패(三牌)기생, 휘모리잡가는 주로 공장(工匠)이가 중심 연행층이었다고 한다. 물론 이러한 면모는 현전하는 기록에 맞춰 그 경향성의 측면을 살핀 것일 뿐이며, 담당층에 따라 변별적인 레퍼토리가 고정되었던 상황은 결코 아니었다.

한편 일제에 의해 관기 제도가 폐지된 후 가곡, 정재(呈才) 등만 할 수 있었던 일패(一牌) 기생들이 권번(券番)을 중심으로 잡가 가창에 참여하는 환경이 마련되었다. 이는 하층 문화의 산물로 잡가가 지녔던 이전 시대의 이미지를 해소하며 대중적 위상을 공고히 할 수 있는 주요 동인이 되었다. 아울러 유성기 음반과 라디오 매체 등을 통한 잡가의 향유는 지역색의 제한에서 벗어나 광범위한 전승을 가능하게 하였다.

그러나, 대중매체가 점차 발달하고 근대 문물이 정착하는 과정에서 잡가를 비롯한 전통음악은 시류에 맞는 새로운 레퍼토리를 생산하는 데 어려움을 겪을 수밖에 없었다. 분명 잡가는 판소리와 더불어 통속성의 측면에서 중세 계급사회의 미의식을 포섭할 만한 문화적 함량을 지니고 있었지만, 잡가 갈래가 전통 사회의 영향에서 완전히 자유로울 수는 없었다.

결국 잡가는 매스 미디어의 보급, 도시화 및 산업화의 진전과 함께 대중문화가 정착하는 과정에서 여타의 근대 대중가요로 대치될 수밖에 없는 운명을 마주하게 되었다. 1930년대 잡가집이 거의 출간되지 않다가 1946년 『조선고전가사집(朝鮮古典歌詞集)』을 계기로 일단락되었던 것이나, 유성기 음반의 황금시대라 할 수 있는 1930년대에 녹음 메커니즘의 변화에 기존 잡가 레퍼토리의 중심이었던 긴잡가가 적응하지 못했던 정황 등은 이를 잘 보여준다.

다만 잡가가 지니는 갈래적 개방성을 지배하는 핵심 동력은 통속성에 대한 지향에 있으며, 이는 근대 시기 도시인들의 욕망에 대한 긍정과 동태적 심상을 반영하고 있다는 점에 주의할 필요가 있다. 20세기 초 극장의 형성과 잡가 공연의 무대화 현상이나, 근대 자본의 상징이라 할 수 있는 유성기 음반 녹음과 관련하여 초창기 음반사가 잡가를 선호하였던 정황 등은 당시 대중의 문화적 기호를 반영하기 때문이다. 따라서 잡가는 중세와 근대를 횡단하며 우리의 대중문화와 대중음악이 형성하는 자생적 저변이라는 점에서 또한 그 의의가 있다.

(이승준)

저승사자

저승사자는 이승 너머 죽음의 세계인 저승에 속해 있거나, 그 저승에서 왔다고 믿어지는 사자(使者) 즉 심부름꾼이다. 그가 수행하는 심부름이란 시왕(十王)의 명에 따라 망자의 넋을 저승으로 인도하는 일로, 무속에서는 이것을 신직(神職)으로 보아 '사자(使者)'보다 정식 관직명에 가까운 '차사(差使)'라는 말을 붙이기도 한다. 다만 문학 작품에서는 대체로 '저승사자'와 '저승차사' 두 용어 간에 엄격한 차이를 두지 않고 혼용하는 경우가 많다.

저승이라는 이계에 대한 상상은 불교의 시왕신앙에 근거하는데, 여기서 시왕은 고대 인도에서 죽은 사람들의 주재자였던 야마(Yamaraja)를 음역한 염라왕(閻羅王) 개념이 중국 도교의 태산부군신앙과 결합한 후 불교의 지옥사상에 힘입어 열 명의 왕으로 확대된 것이다. 시왕신앙이 통일신라 시기 무렵 국내에 유입되면서 무속에 반영되고, 그 과정에서 저승사자도 한국의 '죽음 인도신'으로 자리 잡게 되었다고 볼 수 있다. 특히 49재나 예수재(豫修齋)의 경전으로 널리 유포된 〈불설예수시왕생칠경(佛說預修十王生七經)〉에 따르면, 저승사자는 검은 말을 타고, 검은 깃발을 들고, 검은 옷을 입은 형상이며, 망자를 저승으로 데려가기 전에 그의 생애를 살펴서 공덕을 많이 지었을 경우 시왕의 엄한 추달을 피하게 함과 더불어 삼도지옥을 면하게 해주기도 한다. 다만 서사무가를 비롯한 문학 작품 속 모습과 이른바 〈시왕경(十王經)〉 속 모습은 크고 작은 차이가 있다.

그렇다면 한국 문학에는 저승사자가 어떤 모습으로 형상화되어 있을까. 그 유형을 다음의 셋으로 나누어 살펴보기로 한다.

첫째, 망자를 저승으로 인도하는 직무를 충실하게 수행하는 저승사자이다. 망자를 낯선 죽음의 세계로 데려가 저승의 심판을 받도록 하는 저승사자의 직무는, 현실 세계에서 군로사령이 수행하는 죄인 호송의 임무와도 유사하다.

서사무가 〈차사본풀이〉에 등장하는 '강림'은 주어진 직분을 온전히 따르는 저승사자 형상을 대표하는 인물이다. 〈차사본풀이〉라는 작품 자체가 '강림'이라는 인물이 어떻게 저승사자가 되었는가 하는 신격 좌정담에 해당하므로, 망자를 저승으로 인도하는 저승사자의 직능 수행도 자연스럽게 그려진다. '강림'은 본래 김치 원님의 명을 쫓는 인물이었다. 악인인 과양생의 처가 김치 원님에게 자신의 아들들이 죽은 사건에 대해 소(訴)를 올리자, 김치 원님이 강림으로 하여금 염라대왕을 잡아오게 한다. 놀랍게도 강림은 저승에 가서 염라대왕을 데려오는 일을 해낸다. 그가 염라대왕을 이승으로 데려오는 데에는 여러 조력자의 도움이 있었지만, 그보다 주목할 점은 인간인 강림이 저승에 다녀왔다는 사실이다. 이 과정에서 강림은 저승사자로서의 신직 수행과도 관련되는 정체성, 즉 이승과 저승을 오갈 수 있는 능력을 얻게 된다. 그렇게 과양생의 처가 저지른 악행을 모두 밝혀낸 염라대왕은 강림을 데려가 저승사자로 삼게 된다. 이후 강림은 염라대왕의 명을 받아 인간 죽음의 질서를 관장하는 적패지를 인간 세상에 전달하기도 하고, 타고난 수명을 훨씬 넘겨 무려 삼천 년 동안이나 이승에 살고 있던 동방삭을 잡아오는 등 저승사자로서의 임무를 지속한다.

회심곡(回心曲)의 이본인 〈선심가(善心歌)〉에는 저승사자가 망자를 잡으러 와서 그를 끌고 저승으로 이동하는 장면이 묘사된다. 철봉과 창검, 쇠사슬로 무장한 저승차사는 단번에 망자를 묶어 저승으로 황황히 끌고 간다. 집을 떠나기 전에 노자를 챙겨가자고 부탁도 해 보고, 저승으로

가는 길에 잠시 쉬면서 점심도 먹고 신발도 고쳐 신고 가자고 애원해 보지만, 저승사자는 아랑곳하지 않고 쇠뭉치로 그의 등을 때리며 저승길을 재촉할 뿐이다. 망자를 저승으로 인도하는 직무를 충실하게 수행하는 저승사자 가운데는 이처럼 무시무시한 신적 존재로 형상화되는 유형도 있다. 전남 고흥군 풍양면에서 채록된 민요 〈저승노래〉 속 저승사자("뒷문 밖에 삼사재는 나를 잡으러 오는 사재로구나. 쇠사슬을 목에 걸고 쇠방매이로 둘체 메고 엉그렁정그렁 들어온다")의 면모도 이와 유사하다.

둘째, 뇌물의 유혹에 동요하여 그것을 받고, 망자를 대신 다른 존재를 저승으로 데려가거나 망자의 수명을 연장해 주는 저승사자이다. 일명 연명설화형(延命說話型) 서사무가에 해당하는 제주도의 〈맹감본풀이〉, 함경도의 〈황천혼시(혼쉬굿)〉, 전라도 일대의 〈장자풀이〉, 그리고 연명형 민담에 해당하는 〈저승사자 대접하여 손자 구한 조부〉와 〈저승차사 대접하여 명 이은 동방삭〉, 소설 〈왕랑반혼전〉, 민요 〈애운애기〉 등에서 바로 이러한 저승사자 형상을 찾아볼 수 있다. 액막이의 기능을 지니는 〈맹감본풀이〉는 4만 년을 산 사만이와 그를 잡아간 세 맹감(冥官=저승차사)의 본풀이이며, 아이들이 아플 때 구송하는 〈황천혼시(혼쉬굿)〉는 주인공 삼형제에 대한 무의(巫儀)이다. 씻김굿에서 연행되는 〈장자풀이〉는 저승사자를 청배하여 망자의 극락 천도를 빌고, 재가집의 액을 풀어주길 기원하는 서사무가이다. 두 편의 설화에 이르기까지 그 대체적인 줄거리는 유사하다. 이승에서 명(命)이 다한 주인공을 저승으로 데려가기 위해 저승사자가 세상으로 나온다. 이때 주인공은 여러 경로를 통해 자신에게 죽음이 닥쳐왔다는 사실과 그 죽음을 피할 방도를 미리 알게 된다. 주인공 혹은 그와 관계된 인물들은 음식과 돈, 신 등을 뇌물로 장만해 두는데, 유혹을 이기지 못하고 그것을 덜컥 받아버린 저승사자들은 응당 잡아가야 할 사람을 잡아가지 못하고 다른 방도를 찾게 된다. 어떤 서사에서는 망자의 죽음을 대신

할 인물이나 말 등을 대신 잡아가는 '대명(代命)'의 방식을, 어떤 서사에서
는 저승의 장적(帳籍)을 고쳐 시왕에게 명부의 수명이 잘못되었다고 거짓
보고해 망자의 수명을 연장하는 '연명(延命)'의 방법을 쓴다.

그래가 인제 앉아가 은신해 은신해 들으이 그참 그 인자 삼천갑자 동방삭
이라카는 그 사람을 설흔 살 먹었는데 잡으러 오는 길이라. 오는 길인데 그꺼
정 오이 저승처사가 그꺼정 부하를 델고 잡으러 오이 그 오이까 배가 그 고프
고 신도 떨어지고 노자도 업고 이래 된다. 저어 얘기를 맨드이 그렇지. 그
오이 마침 노자돈 있지, 신 있지, 뭐 밥도 해 났지 뭐 다 해 났다 말이라.
"하이구 여 이래 음식이 있고 돈도 있고 신발도 있는데 먹고 갑시다."
"허허 비싸서 못 먹는다."
응 저승처사 큰 님이 하는 말이,
"그 머으만 그 대가를 해야 하고 머노으만 멕지 어찌 칼라꼬 머을라 카노?"
"하이고 그래도 대가 우에 되든지 이거 먹고 갑시다, 이거 배가 고프이
우에 되겠읍니까?"
카이깨.
"그 정 그러만 머어 봐라."
캐미 서이가 달라들어 머었다. 먹고 나이 짐이 무겁다 이기라. 갑자 동방
삭이가 설흔 살 머가 삼십 살 머가 우에 석 삼자 밑에 열 십자라. 설흔살 먹어
가지고 밑에 해 세자가 드가는데. 삼십 세에 죽을 낀데 죽을 낀데 남의 음식을
먹어났으이 이거 거저 갈 수가 업다 말이라.
"이라지 말고 마 우리찌리만 알고 열 십자 우에다 하나 빼치만 일천 천자
가 안 되나. 응 일천 천자가 디이깨 그래 빼치뿐만 그 삼천이 안 되나.
고만 고만치 해노코 우리끼리만 가만 고 사람 삼천 년이나 산다."
고래가주구 삼천 갑자 동방삭이 된다 카는 기 고기 뭐 얘기가 됐지 뭐.
　　　　　　　　　　　－ 곽형규 구연, 〈저승차사 대접하여 명 이은 동방삭〉
　　　　　　　　　　　(조사일시: 1984.08.17. 조사장소: 경상북도 선산군 장천면
　　　　　　　　　　　　　　　　　출처: 『한국구비문학대계』 7-16)

저승사자들의 지치고 허기진 형상은 백년해골이나 지혜로운 며느리, 할아버지, 참봉 등 이인(異人)이 알려주는 '죽음 피하는 방도'의 복선이 된다. 위 이야기에 등장하는 차사들 역시 배는 고프고, 신은 떨어지고, 노자도 없는 딱한 상황이다. 흥미로운 것은, 저승사자의 이러한 형상이나 서사가 판소리계 소설 〈춘향전〉, 우화소설 〈서동지전〉 등에 등장하는 군로사령의 그것과 매우 흡사하다는 사실이다. 지치고 굶주린 상태에서 뇌물에 쉽게 동요되는 저승사자나 군로사령의 모습은, 문학 작품 속 인물이 그 시대나 사회에 어울려 살았음직하게 꾸며진 존재들이라는 점을 다시금 상기하게 한다. 실제로 조선 시대 군로사령이 포권(捕權)을 악용해 뇌물을 챙기고 향응을 대접받았던 정황은, 관(官)으로부터 나오는 월급이 일정치 않아 경제적으로 불안정했던 처지와 아주 무관하다고 보기 어렵다. 다만 저승사자의 신적 권능이나 성격으로 보면, 이는 심각한 결함이다. 주어진 임무를 온전히 수행하지 못하고 부정을 저지르는 행위는 신성성의 쇠락을 의미하기 때문이다.

셋째, 무능하고 희화화된 존재로 형상화되는 저승사자이다. 이 저승사자는 그 임무를 충실히 수행하지 못하고 좌절하는 모습을 보이기도 하며 거미나 파리와 같은 미물로 형상화되기도 한다. 망자를 데려가야 할 저승사자가 이를 저지하려는 마을신이나 가신, 당사자인 망자 등과의 대결에서 패해 물러나거나 무려 죽임을 당하기도 한다. 함경도 〈셍굿〉에 저승사자로 등장하는 거미사자와 부엉사자는 강박덱이를 당해내지 못하는, 심히 무력하고 무능한 존재로 그려진다. 망자의 혼을 저승으로 인도하는 안동 지역의 오구굿 중 〈시무굿〉에서 불리는 교술무가에도 저승사자가 등장한다. 〈시무굿〉의 '시무'는 저승사자로, 그는 망자를 보호하려는 골맥이신, 서낭신, 그리고 여러 가신들에 의해 제 임무를 수행하지 못한다. 망자를 저승으로 보내는 임무를 완수하는 것은, 대체자로 선정된 정씨성(姓)의 사자 즉 정 차사이다. 죽음에 대한 두려움과 이로부터 벗어나고자 하는 간절함이, 이처럼 무능하고 희화화된 저승사자의 유형을 만들어 내는 바탕이 되었다고 할 수 있다.

한편, 산 자의 공간인 이승과 죽은 자의 공간인 저승을 오가며 망자를 인도하는 저승사자의 형상은 오늘날 현대 콘텐츠에서도 만나볼 수 있다. KBS에서 1977년 처음 방영되기 시작해 특집 프로그램, 동명의 영화 및 웹툰으로도 기획된 〈전설의 고향〉이 대표적이다. 그 외 사극류 공포물에 종종 등장하며 '검은 도포에 검은 갓, 창백한 얼굴과 무서운 표정'으로 정형화되었던 저승사자 캐릭터는 드라마 〈49일〉(2011), 웹툰 〈신과 함께〉(2009~2012), 드라마 〈쓸쓸하고 찬란하神―도깨비〉(2016~2017) 등에 이르러 현대적 감각에 부합하는 개성 있고 독창적인 캐릭터로 거듭나고 있다.

(송미경)

전란소설

조선 시대에는 일본 및 중국과의 전쟁이 잦았다. 임진왜란, 정유재란, 정묘호란, 병자호란과 같은 큰 전쟁을 치르면서 이러한 전란을 배경으로 하는 소설들이 등장했다. 전란소설의 대표적인 작품으로는 〈임진록〉·〈임경업전〉·〈박씨전〉을 들 수 있다. 제목에서도 드러나듯이 〈임진록〉은 임진왜란을 배경으로, 〈임경업전〉과 〈박씨전〉은 병자호란을 배경으로 전개되며 세 작품 모두 실존 인물들이 등장한다는 측면에서 다른 고전소설 작품과는 변별된다. 세 작품 모두 실존 인물이 등장하여 실제 사건을 중심으로 서사가 전개되기는 하지만 소설이기에 허구적인 면모도 제시되어 있다. 〈임진록〉·〈임경업전〉·〈박씨전〉에 제시된 역사적인 사실에는 변함이 없지만 이 가운데 허구성이 가장 부각되는 작품은 〈박씨전〉이다. 〈임경업전〉의 경우 허구적인 서사도 존재하지만 대체로 임경업(林慶業, 1594~1646)의 실제 일대기와 유사하게 전개되는 측면이 더 많은 비중을 차지한다. 그리고 〈임진록〉에서는 수많은 실존 인물이 등장하지만 이본에 따라 실존 인물에 대한 서사는 상이하며 허구적인 측면도 높은 비중을 차지한다. 이처럼 전란소설에 제시된 허구적인 면모는 조선 시대 소설 향유층의 일본 및 중국과의 전쟁에 대한 담론이기에 역사적 사실과 더불어 주의 깊게 살펴볼 필요가 있다.

〈임진록〉은 다양한 이본의 형태로 현전하며 이본에 따른 내용의 차이가 크다. 그러나 〈임진록〉은 일본의 침략에 맞서 조선의 장수 및 전국적인

의병들의 활약으로 임진왜란에서 승리하는 서사로 전개되는 것은 공통된
다. 그러므로 등장하는 인물이 상당히 많은데, 이본에 따른 차이는 있지만
대체로 이순신(李舜臣, 1545~1598)·김덕령(金德齡, 1568~1596)·김응서(金
應瑞, 1564~1624)·강홍립(姜弘立, 1560~1627)·곽재우(郭再祐, 1552~1617)·
사명당(四溟堂, 1544~1610)·이여송(李如松, 1549~1598) 등과 같은 실존 인물
의 서사가 전개되는 것은 공통된다. 이처럼 〈임진록〉은 여타의 고전소설
과 달리 임진왜란에서 활약한 다양한 인물들의 서사로 구성되어 있다.
그러나 〈임진록〉에서는 이본에 따라 등장하는 인물이 다르기도 하며 동일
인물에 대한 서사가 다르게 전개되기도 한다.

　그런데 이순신에 대한 서사는 〈임진록〉의 많은 이본에서 확인된다.
이는 임진왜란 중 전사한 이순신의 눈부신 활약이 후대인들에게 조망 받았
기 때문이다. 이본에 따라 제시된 이순신의 서사는 상이하지만 경판본에
서 이순신의 서사가 구체적으로 제시되어 있다. 경판본에서 이순신의 서
사는 실제 역사와 비교적 유사하게 전개된다. 그는 강직한 성품과 출중한
능력으로 왜적의 침략을 여러 차례 격파한다. 그러나 원균(元均, 1540~
1597), 남이신(南以信, 1562~1608), 이운 등과 같은 인물들에 의해 모해를
받고 어려움에도 처했지만 결국 그들의 거짓말은 탄로 났고 이순신은 뛰어
난 전술 능력을 발휘하여 왜적들과의 여러 차례의 싸움에서 승리 후 전사
한다. 경판본에서는 이순신의 전사 이후에 이순신의 어린 시절부터 만포
첨사가 되기까지의 과정을 제시했다. 이처럼 경판본 〈임진록〉에서는 이순
신과 관련된 서사가 상당히 높은 비중을 차지하고 있다. 그러나 국립중앙
도서관본에서 이순신의 서사는 거북선을 만들어 왜적과 대결하여 승리하
고 돌아가던 중 왜적에게 살해되는 것으로 간략하게 제시되어 있다.

　경판본에서는 이순신의 서사와 함께 사명대사 유정의 서사도 구체적
으로 제시되어 있다. 국립중앙도서관본에서도 사명당의 서사가 구체적

으로 제시되어 있지만 경판본에 제시된 서사가 더욱 많은 편이다. 그러나 사명당의 서사는 경판본과 국립중앙도서관본 모두 말미에 제시되어 있으며 사명당이 왜왕의 항복을 받고 조공을 바치게 한다는 점은 공통된다. 경판본에서 사명당은 왜장 청정과 대결하여 승리한 후 의병장이 된다. 그리고 스승 서산대사(西山大師, 1520~1604)와 함께 전쟁을 예견하여 일본으로 건너가서 끊임없이 왜왕에게 살해당할 위기를 겪지만 신이한 능력으로 죽음의 위기를 모두 극복하고 항서를 받아내고 일본을 조선의 조공국으로 전락시킨다. 하지만 경판본에서 사명당은 동래 부사 송강의 지속적인 모해와 견제를 받는 것으로 제시되어 있다. 또한 일본에 머물던 피로인 천명을 데리고 조선으로 돌아오고자 했지만 피로인들의 대부분은 일본에 머물기를 원했다. 경판본에 제시된 이와 같은 내용은 이순신의 서사와 함께 조선 내부의 갈등을 제시하는 측면으로 볼 수 있다. 경판본에서 사명당은 임금이 내린 금은과 채단을 모두 사양하고 사라진다.

〈임진록〉의 이본에 제시된 사명당의 서사는 궁극적으로 왜왕과 대결하여 승리하고 조선을 침략한 일본이 조선의 조공국으로 전락하는 내용으로 전개된다. 더구나 작품의 말미에 제시되어 일본에 대항하여 승리하는 조선의 모습이 제시되어 있다. 특히 온갖 수단을 동원하여 사명당을 살해하고자 하는 왜왕을 신이한 능력으로 굴복시키는 사명당의 모습은 조선인의 우수한 민족성을 드러내는 면모로도 보인다. 그러므로 〈임진록〉에 제시된 사명당의 서사는 당대 소설 향유층의 호응과 지지를 받았을 가능성은 크다. 동일하지는 않지만 〈임진록〉에 제시된 사명당의 서사는 다양한 서사와 결부되어 독립된 서사인 〈서산대사와 사명당〉·〈임진병난 사명당실기〉·〈도승 사명당〉·〈사명당전〉 등과 같은 활자본 소설로 1920년대부터 1970년대 후반까지 간행되었다. 일제 강점기에 〈임진록〉은 금서로 지정되었지만 임진왜란 당시 의병장으로 뛰어난 능력을 발휘한 사명당의 서사는 꾸준히 독자층을 확보했었다는 사실을 알 수 있다.

이 외에도 〈임진록〉에는 김응서와 강홍립의 서사가 이본에 따라 상이하게 제시되어 있기도 하다. 김응서가 배신한 강홍립을 살해하고 자신도 자결하는 서사는 동일하지만 경판본에서는 김응서도 일본에서 혼인하고 일정 기간을 보낸다. 그러나 국립중앙도서관본에서 김응서는 일본에 가지 않으며 적군에게 회유당한 강홍립을 살해하는 서사로 전개된다. 또한 임진왜란 당시 청병장으로 조선에 온 이여송과 관련된 서사도 이본에 따라 상이하게 제시되어 있다. 이여송이 조선을 위해 기여하는 서사도 제시되어 있지만 조선에 머물면서 과도한 요구를 하여 조선인들을 괴롭히는 서사도 제시되어 있다. 이여송과 관련된 서사는 여러 형태의 설화로도 현전한다. 뿐만 아니라 관우가 여러 차례 등장하여 임진왜란과 관련된 예견을 하는 삽화도 이본에 따라 부분적으로 제시되어 있다.

이처럼 〈임진록〉은 특정 주인공을 중심으로 전개되는 여타의 고전소설과 달리 실존 인물이 대거 등장하여 여러 형태의 삽화가 결합된 것과 같은 형식으로 전개되며 작품에 등장하는 실존 인물에 대한 설화 역시 다양하게 현전하는 임진왜란과 관련된 대표적인 작품이다. 특히 이순신 및 사명당과 관련된 서사가 많은 비중을 차지하는 것은 임진왜란 당시 그들의 활약상에 대한 후대인들의 지지로 인해 긍정적인 담론이 형성되었기 때문이다.

다음으로, 〈임경업전〉과 〈박씨전〉은 모두 병자호란을 배경으로 전개되는 작품이다. 〈임경업전〉의 경우 임경업의 실제 일대기와 유사하게 전개되는 반면, 〈박씨전〉은 허구적인 인물 박씨가 주인공으로 등장하며 허구적인 서사로 전개되지만 실존 인물 임경업과 이시백이 등장한다. 그리고 〈박씨전〉은 이본에 따라 〈임경업전〉의 서사가 결말에 다양한 형태로 제시되어 있기도 하다. 그러므로 〈임경업전〉이 먼저 출간되고 난 이후에

〈박씨전〉이 출간되어 다양한 형태의 〈임경업전〉의 서사가 〈박씨전〉의 이본에 차용된 것으로 볼 수 있다. 이처럼 〈임경업전〉과 〈박씨전〉은 연관성이 많은 작품이다.

〈임경업전〉은 실제 임경업의 일대기와 비교적 유사하게 전개된다. 임경업은 병자호란 당시 조선을 위해 많은 활약을 했지만 심기원 역모 사건으로 억울하게 죽었다. 이순신이 충무공의 시호를 받은 바와 같이 임경업 또한 사후 충민공이라는 시호를 받았다. 그러나 임경업의 억울한 죽음에 대한 민중들의 담론은 임경업의 죽음 이후 그에 대한 여러 설화와 소설 〈임경업전〉이 간행되는 배경이 된 것으로 보인다. 〈임장군전〉이라는 제목으로도 현전하는 소설에서 임경업은 호국의 침략에 대항하는 용맹한 장수로 등장한다. 그러나 실제 병자호란이 패배했듯이 소설에서 임금은 호왕에게 항서를 쓰고 세자와 대군은 볼모로 호국으로 끌려간다. 이때도 임경업은 세자와 대군과 동행했으며 세자와 대군을 다시 조선으로 돌려보내는 역할을 한다.

비록 병자호란은 패배한 전쟁이지만 〈임경업전〉에서 임경업은 뛰어난 능력을 지닌 조선의 장수로 제시된다. 호국이 가달의 침략을 받아 조선에 구원을 요청했을 때도 임경업은 자신의 능력을 발휘했고 도움을 준 조선을 배신하고 호국이 조선에 침략했을 때에도 호국의 장수들은 임경업을 두려워했다. 비록 전쟁에서는 패배했지만 임경업은 볼모로 잡혀간 세자와 대군을 조선으로 돌려보냈다. 이러한 임경업의 충절에 감동한 호왕은 임경업을 부마로 삼으려고까지 한다. 하지만 조선에 대한 충절에 변함이 없었던 임경업은 호왕의 제안을 거절하고 조선으로 돌아온다.

그러나 임경업은 그의 능력을 견제하고 질투했던 김자점(金自點, 1588~1651)의 모해로 살해당하고 만다. 심기원(沈器遠, 1587~1644) 역모 사건으로 인해 죽음을 맞이했던 임경업의 실제 사건과는 다르지만 임경업이 억울하게 죽음을 맞이했다는 점은 소설에서도 동일하다. 〈임경업전〉에서 임경업은 임금의 꿈에 나타나 자신의 억울한 죽음을 호소하며 임금은 김자점의 모해로 임경업이 죽었다는 사실을 깨닫고 김자점을 처형한다. 비록 김자점이 처형되기는 했지만 실제 임경업의 일대기처럼 소설에서도 임경업은 비극적으로 삶을 마감하는 것으로 제시되어 있다.

임경업의 억울한 죽음에 대한 담론은 조선 후기 활발하게 전개되었다. 따라서 〈임경업전〉은 여러 이본이 현전하며 전으로도 여러 차례 간행되었고 임경업과 관련된 소설과는 전혀 다른 내용의 설화도 다양한 형태로 향유되었다. 뿐만 아니라 임경업은 무속의 신으로 좌정되기도 했다. 임경업이 무속의 신으로까지 좌정될 수 있었던 것은 그의 억울한 죽음에 대한 민중들의 담론이 형성되었기에 가능했다. 이처럼 병자호란 당시 위기에 처한 조선을 위해 헌신한 임경업의 억울한 죽음은 임경업과 관련된 다양한 서사가 형성되어 활발하게 향유될 수 있었던 원인으로 작용했다. 그러므로 〈임경업전〉은 상당히 많은 이본이 현전하고 있으며 실제 역사적 배경 및 실존 인물이 등장하기에 〈임진록〉과 함께 19세기 말 외국인들도 많은 관심을 가졌던 작품이기도 하다.

〈박씨전〉 역시 〈임경업전〉과 마찬가지로 병자호란을 배경으로 전개되는 작품이다. 그러므로 실존 인물 임경업과 김자점이 등장하기는 하지만 그 비중은 적은 편이다. 그리고 김자점이 임경업의 출전을 방해하여 병자호란에서 패배하는 서사로 전개된다. 이처럼 〈박씨전〉은 병자호란을 배경으로 전개되는 작품이지만 주인공은 신이한 능력을 지닌 이시백의 아내인 박씨이다.

작품의 서두에 박씨는 추한 외모로 인해 남편 이시백뿐만 아니라 모든 시댁 식구들의 외면을 받는다. 그러나 변신 후 아름다운 외모를 갖추게 되자 남편 이시백의 박씨에 대한 태도는 달라진다. 박씨가 추한 외모에서 아름다운 외모로 변신하는 서사는 〈박씨전〉의 독자들이 많은 관심을 보이는 측면이기도 하다. 그러나 그녀의 외모와는 상관없이 시종일관 박씨는 신이한 능력의 소유자로 제시되어 있다. 박씨의 외모가 추했을 때도 신이한 능력을 발휘하여 말을 되팔아 시댁의 경제를 부유하게 하고 이시백에게 연적을 주어 남편을 과거에 급제하게 하기도 했다. 또한 아름다운 외모로 변모한 후에는 불에 타지 않는 용녀가 만든 치마와 저고리를 착용한 것을 입증해 내기도 하고 술잔을 반으로 가르기도 하는 등의 도술을 부리기도 했다.

하지만 박씨의 신이한 능력은 방자호란을 예견하고 대비한 데서 가장 두드러진다. 박씨는 추한 외모를 하고 있을 때부터 나무를 활용하여 피화당을 만들었고 아름다운 외모로 변신한 후에 피화당의 나무들은 병자호란이 발발했을 당시 적군들을 방어하는 용도로 활용되기도 했다. 또한 박씨가 기홍대와 용골대 형제의 침략을 예견했기에 맞서 당당하게 대립할 수 있었다.

그러나 무엇보다 박씨의 신이한 능력은 남편 이시백을 통해 임경업을 임금에게 천거한 행위에서 가장 잘 부각된다. 임금 역시 박씨의 능력을 여러 차례 인식하고 있었기에 처음에는 박씨의 조언을 받아들여 임경업을 의주로 보내 전쟁을 방비하고자 했다. 여러 신하들 역시 임경업을 의주로 보내는 것에 대해 찬성하는 입장이었으나 김자점의 거듭되는 반대로 임금은 임경업을 의주로 보내지 않는다. 결국 박씨가 예견한 바와 같이 병자호란은 발발했고 조선은 패배했으며 왕대비와 세자와 대군을 비롯하여 조선의 많은 여성들은 호국으로 강제 이송되는 처지에 처한다. 임금이 박씨의 조언을 받아들여 임경업을 의주로 보내 전쟁을 방비했더라면 조선인들이 호국인들로부터 처참한 굴욕을 겪지 않았을 것이다. 그러므로 〈박씨전〉에는 조선이 병자호란에서 패배할 수밖에 없었던 원인과 참상이 제시되어 있다.

〈박씨전〉은 박씨의 신이하고 출중한 능력이 제시되어 있어 여성 영웅 소설로도 평가받는 작품이다. 그러나 전반부에서 박씨는 추한 외모로 가정 내에서 외면당했으며 박씨의 임경업 천거는 남편 이시백을 통해 이루어졌지만 김자점의 모해와 임금의 어리석은 판단으로 무산되었다. 이와 같은 지배층의 무능은 병자호란의 발발과 참패로 이어졌으며 그로 인해 수많은 조선인들은 호국으로 끌려가는 굴욕을 겪어야만 했다. 이처럼 〈박씨전〉은 박씨라는 허구적인 여성 인물을 통해 조선의 임금 및 김자점과 같은 판단력을 상실한 무능한 지배층을 병자호란이 발발하고 참패한 궁극적인 원인으로 제시한 작품이다.

(서혜은)

전(傳)·사람의 일생

　　전(傳)은 사람의 일생을 다룬 글이다. 사마천(司馬遷, B.C145~B.C96)의 〈사기열전(史記列傳)〉이 효시로 알려져 있어, 그 태생은 역사를 기록하는 방식에서 비롯된 것임을 짐작할 수 있다. 그러나 공식적인 역사의 기록은 아니며 특정 인물의 생애와 행적을 중심으로 하기에, 얼마간의 주관적 의도와 선택적 윤색을 필연으로 하는 문학적 글쓰기의 운명을 가진 산문 양식이다.

　　우리 문학사에는 '~전'으로 끝나는 작품이 많아 범주에 대한 오해가 있으나, '~전'으로 끝난다고 해서 모든 작품이 전 양식에 해당하는 것은 아니다. 이를테면 혜초(慧超, 704~787)의 〈왕오천축국전(往五天竺國傳)〉은 명칭만 그러할 뿐, 일지의 형식으로 작성된 기행문의 성격을 지닌다. 조선 후기의 여러 소설들, 예를 들어 〈춘향전〉이나 〈홍길동전〉 등과 같은 작품 역시 소설의 갈래에 해당할 뿐 전 양식으로 구획할 수 없다.

　　그렇다면 전은 어떤 작품들을 가리키는 것일까. 전은 앞서 언급한 바와 같이 개인의 일생을 중심으로 기술한 산문이다. 이때 개인의 일생은 곧 개인의 역사와 등치되는 말이다. 전은 이 개인의 역사를 풀어쓰기 위해, '도입부–전개부–종결부'라는 3단 구성의 개요를 비교적 엄격하게 따른다. 도입부에서는 이 인물에 대해 글을 쓰게 된 동기나 자신과의 관계 등을 작성하기도 하지만, 인정기술(人定記述)의 사항을 주요하게 다룬다. 인정기술은 입전인물의 가계와 신분, 성명과 거주지 등을 다루는데, 이를 통해 실존 인물의 사실정보를 전달하는 데 힘쓴다. 전개부에서는 이러한 인물의 특이점을 보여줄 수 있는 여러 일화들을 나열하는데, 주로 근거가 있는 행적 자료를 객관적 필치로 작성하곤 한다. 종결부는 인물에 대한 서술자의 논평이 주를 이룬다. 이에 따라 서술자의 주관적 인식이 주요하게 드러나며, 일종의 의논문(議論文)으로서의 성격을 드러낸다고 할 수 있다.

이러한 서술 방식을 따르면서, 서술자는 자신의 목적에 따라 다양한 인물들을 전의 대상으로 내세울 수 있었다. 이를 입전(立傳)이라 일컫는다. 서술자는 이 과정에서 전의 대상이 되는 입전 인물만을 독자적이고 일방적으로 부각시킬 뿐, 주변인물은 보조적 수단으로 처리할 따름이다. 전은 기본적으로 한 명의 입전 대상에 대한 서술이기 때문이다. 따라서 행적부의 일화는 이런 입전 인물의 상을 부각시키는 데 긴요한 것들만 뽑아 나열하며, 그것을 통해 주제를 구현하게 된다.

서술자가 특정한 인물을 선택하는 기준은 각기 다르지만, 기본적으로 후대의 감계가 될 만한 인물이라면 누구든 전의 그물코에 포획될 수 있었다. 특히 서술자는 '포폄(褒貶)'과 '연민의식'에 따라, 다양한 입전대상을 선정하여 그들의 인품과 덕성을 후세에 전하고자 했다. 입전의 인물들은 대부분 실존인물이었기에, 그에 대한 자료를 수집하고 거사직서(據事直書)의 원칙을 지켜 세상에 소개하는 것이 전의 목적이었다. 요컨대, 알려지지 않은 특정 개인에 대한 개별적 기억을, 집단의 기억으로 전달·확산하고자 했던 서술자의 바람이 투영된 글쓰기라 할 수 있겠다.

전의 종류에는 사전(史傳)·가전(家傳)·탁전(托傳)·가전(假傳)의 네 가지가 있다고 한다. 서사증(徐師曾)이 『문체명변(文體明辨)』에서 전을 분별한 이래 대체로 이를 따르고 있다. 사전(史傳)은 〈사기열전〉과 같이 사서 속의 열전을 가리킨다. 주로 역사 속 실존 인물들을 대상으로 기전체로 작성되며 사서의 구성요소로서 보완적 의미를 지니지만, 그와 동시에 개별 문학자료로 인정된다. 가전(家傳)은 글자 그대로 한 가문의 내력을 서술한 것으로 이색의 〈정씨가전(鄭氏家傳)〉과 같은 작품을 의미하기도 하지만, 개인 문집 속에 실려 있는 실존인물의 사전(私傳) 혹은 문인전(文人傳)을 통칭하는 말로 쓰인다. 전의 여러 자료 중 가장 많은 작품이 여기에 해당한다. 이 밖에 작자 자신을 바로 등장시키지 않고 어떤 가상적 인물에다 의탁한 전을 탁전(托傳)이라 하며, 사물을 의인화해서 사람인 듯 말하고 생애를 서술하는 전을 가전(假傳)이라 한다. 후자는 주로 고려 후기부터 나타나 정착한 것으로, 임춘(林椿, 1149~1182)이 작성한 술을 다룬 〈국순전〉과 돈을 다룬 〈공방전〉 등이 대표적 작품이며, 그 외에도 대나무(〈죽부인전〉), 종이(〈저생전〉), 거북(〈청강사자현부전〉), 얼음(〈빙도자전〉) 등 다양한 사물이 입전의 대상이 되었다.

이러한 전은 다음과 같은 특징을 지닌다. 우선 역사성이다. 전은 기본적으로 역사적 인물을 대상으로 한 산문의 양식이기에, 텍스트 내부에 역사적 신뢰를 바탕으로 하고 있다. 때문에 전의 미적 정서는 인물의 성격에 따라 비장하거나 숭고한 정취를 환기하며, 서술자 또한 사관의 태도에 준하는 자세를 보여주게 된다. 즉 전은 문학적 성격을 표방하는 이면에 역사로서의 성격을 동시에 내재하고 있다는 것이며, 이러한 역사성은 일실될 사료의 발굴이라는 측면에서 인물을 입전하게끔 하고, 관련된 내용을 공론화하여 기억을 확산시키게 한다는 의미가 있다. 박희병에 의하면 즉, 사마천의 〈사기열전〉이나 김부식의 〈삼국사기〉 열전처럼 문학성이 풍부한 열전은 단지 역사에 그치지 아니하고 동시에 훌륭한 문학일 수 있으며, 또한 문인들의 사전(私傳)은 일차적으로 '문학'이지만 그와 동시에 '역사'로서의 성격도 다분히 갖고 있음을 부정할 수 없다. 그러므로 일반적 의미에서 전을 '역사산문'이라 함은 타당하다.

한편 전은 역사성 외에 문학성 또한 지니고 있다. 전이 만약 역사에 지나지 않는다면 동일 인물에 대한 서로 다른 전은 충돌하는 역사 기록이 된다. 전은 역사를 기반으로 하되, 다양한 입장에 따라 기술될 수 있으므로 서술자의 문식에 따라 같은 인물이라도 다르게 그려질 수 있는 가능성을 가지고 있다. 예를 들어 조선 후기 숙종(肅宗, 1661~1720) 때 선산에서 일어난 실제 옥사사건을 기반으로 한 〈향랑전〉은 조구상(趙龜祥), 이광정(李光庭, 1674~1756), 이안중(李安中), 이옥(李鈺) 등 여러 문인들에 의해 각기 다른 버전으로 작성되었다. 이때 각 서술자는 사실 기록의 차원을 답습하는 데 머무르지 않고 다양한 근거자료와 상이한 창의성을 발휘하여, 허구적 서사 형태의 문학작품으로의 변모를 보이게 되었다. 이는 전이 문학성을 내재하고 있는 문학작품이기에 가능한 일이었다.

우리나라의 문헌에서 확인되는 최초의 전은 김대문(金大問)의 〈고승전〉이다. 김부식(金富軾, 1075~1151)의 『삼국사기』에 그 기록이 전하나 일실되어 전하지 않는다. 당시 이미 중국 쪽에서는 양나라 때 승려 혜교(慧皎, 497~554)가 지은 〈고승전〉 이래로 여러 고승전이 만들어진 바 있었기에 이런 영향을 받았던 듯하다. 이후 통일신라와 고려 시기에도 여러 고승전이 산출되었다. 그중 현존하는 가장 이른 시기의 것은 최치원(崔致遠, 857~?)의 〈현수전(賢首傳)〉이다. 이 작품은 법장(法藏, 643~712)이라는 화엄종의 승려를 입전하여 작성한 것으로, 전통적인 전의 구성을 준용하되 10과(科)라는 독특한 구성을 통해 생을 세분화하여 배열하였다는 특징이 있다. 그 이후, 고려 시기의 〈균여전〉이나 『삼국유사』와 『수이전』이 공유하고 있던 〈원광법사전〉 등 고승전의 사례가 지속되었으며, 한편으로 『삼국사기』 열전의 〈김유신전〉, 〈온달전〉, 〈도미전〉, 〈설씨전〉과 같은 열전이 작성되기도 했다.

통일신라에서 고려조까지 발견되는 이런 전들은 고전적 전의 유형과 문법을 비교적 충실히 이행하고 있다. 고승이라는 특정 계층이 자주 산견되기는 하나, 이런 것은 시대의 경향이었을 따름이며, 전이 지닌 사회적 공감의 공유와 확산이라는 본래의 목적이 소멸하지는 않았다. 이른바 이념 가치의 실천적 화신인 열녀, 효자, 충신 등의 도덕적이고 윤리적인 선행 또한 여전히 포집되어, 집단의 이념적 가치로 윤색·표방하는 작업이 지속적으로 수행되었던 셈이다. 『삼국사기』 열전 소재 작품들은 그런 측면에서 의미가 있다.

전은 고려말 14세기를 전후하여 새로운 담당층인 신흥사대부층에 의해 일정 부분 변개를 겪게 된다. 이색(李穡, 1328~1396), 이곡(李穀, 1298~1351), 정도전(鄭道傳, 1342~1398)과 같은 인물들이 대표적인데, 이 중 이색은 7편이나 되는 전을 남겨 〈동문선〉에 전하고 있다. 앞서 언급한 가전(家傳) 이외에 6편은 모두 사전(私傳)에 해당하는데, 〈송씨전〉, 〈오동전〉, 〈박씨전〉, 〈최씨전〉, 〈백씨전〉이 그것이다. 주요 내용들은 세상에 알려지지 않은 뛰어난 인물의 일사전(逸士傳)으로서의 성격을 가진다.

> 백씨는 한 끼에 두 사람 분의 밥을 먹고도 그다지 배가 부르지 않았다. 또한 힘이 세서 스스로 힘 있고 날래다 자부하는 자라도 감히 당해내지 못했다. 글을 지으면 무지개처럼 길게 뻗어 올라 그 기운을 스스로 걷잡을 수 없었다. 글씨도 참으로 속되지 않았다.
>
> ─ 〈백씨전〉

〈백씨전〉의 일부분을 보자. 이색은 백씨와 같이 뛰어난 인물들을 애석하게 여기고 입전의 대상으로 삼아, 이들의 솜씨를 칭양하면서 자기반성과 문학인으로서의 태도를 가다듬고자 했다. 이제 입전의 대상은 승려가 아니라 이름 없는 선비나 충의지사(忠義之士)와 같은 신유학의 표본으로 변화하기에 이른 것이다. 신흥사대부들은 이를 통해 유교 이념을 체화·

선전하는 한편 합리주의적인 경험적 세계관을 전의 텍스트에 강하게 표방하기에 이르렀다. 이런 경향은 신흥사대부가 조선을 건국하고 그 이후로도 사뭇 지속되어, 전이 신유학의 이념에 견인된 모양새를 유지하도록 했다. 그러나 고려말의 전의 변화 역시 일방향적이지만은 않았다. 이규보(李奎報, 1168~1241)와 최해(崔瀣, 1287~1340)는 〈백운거사전〉과 〈예산은자전〉을 지어 탁전(托傳)의 가능성을 타진했고, 사물을 의인화하여 입전한 가전(假傳)의 등장과 유행 또한, 전의 풍부한 저변을 마련하는 성과를 거두었다.

조선 초기에는 어수선한 정국 속 여러 차례의 사화와 환국과 같은 정치적 부침에 따라 양자의 입장을 대변하기 위해 전이 적극 활용되기도 했다. 대표적으로 남효온(南孝溫, 1454~1492)의 〈육신전(六臣傳)〉을 사례로 들 수 있다. 이 작품은 계유정난이라는 단일 사건을 주요 입전의 대상으로 삼고 있으나, 이 사건과 관련된 사육신의 개별 인물전을 모아 하나의 전으로 구성하고 있다. 특히 논찬부를 통해 사육신의 절개를 높이 평가하면서 희생된 인물을 변호하기 위해 전을 쓰는 새로운 풍조의 면모를 보였다. 이 시기 김시습(金時習, 1435~1493)의 〈이생규장전〉, 채수(蔡壽, 1449~1515)의 〈설공찬전〉과 같이 '전'을 권두에 내건 작품들이 나오지만, 이 작품들은 인물의 행적보다는 사건에 초점을 맞춘, 전이라기보다는 이를 위장한 소설에 가까웠다.

조선 후기가 되면 전의 문학성이 더 강조되는 방향으로 다기한 변화가 감지된다. 입전 대상의 소재처가 다양해지는가 하면, 다른 장르와 관계를 맺고 허구적 상상력을 깊이 개입하여 흥미성을 추구하기도 하고, 그에 따라 인물 캐릭터와 개성이 강화되는 등 형식과 문체에 있어 주목할 만한 변화가 일어났다.

입전 인물의 경우 기존의 승려나 충신, 일사 등 지배층의 이념을 매개하던 경우에서 하층의 인물들을 포착하는 변화가 일어났다. 물론 송시열(宋時烈, 1607~1689)의 〈삼학사전〉을 비롯한 충신·열사의 전과 같이 열(烈)·절(節)·효(孝)를 주제로 한 작품도 여전했으나, 이 시기에 들어 입전인물의 신분층이 거지(〈광문자전〉)나 상인(〈송소합전〉)과 같은 하층의 인물들로 아래를 향해 열리게 되었던 것은 분명하다. 위항인들이 자신들의행적을 정리하고 집대성한 중인전기 작품들이 산출하게 된 것도 그 사례다. 중인을 위시한 위항인들의 사회적 처지가 변화함에 따라 이들의 예술활동이 활발해졌고, 스스로 문화의 주체를 자처하면서 자신들의 행적을찾아 정리하는 작업이 일어난 것이다. 조희룡(趙熙龍, 1789~1866)은 1844년 『호산외사(壺山外史)』에 직접 사귀며 알았던 중인 42인의 전을 정리하였고, 1862년 유재건(劉在建, 1793~1880)은 〈이향견문록〉에서 선행 작업을 확대해 280인의 전을 집성하고 분류하면서 입전 대상뿐 아니라 창작주체에 있어서도 새로운 기맥이 트였음을 몸소 입증하였다.

특히 주목할 만한 것은 신선전의 등장이다. 17세기 이후 전은 소설과긴밀한 연관을 맺는데, 이에 따라 허구적 상상력의 개입이 현저해지게된다. 전의 상상력이란 기본적으로 자료의 제약을 넘지 않았다. 그러나이 시기 들어 전의 상상력은 허구의 지향을 강하게 띠고 전기적(傳奇的)속성을 보이기도 하면서, 유가 이념의 자장을 벗어나는 새로운 길을 모색했다. 이 점이 강력하게 표출된 것이 신선전이었다. 신선은 꼭 선계의인물이 아니라도 도가적 방술을 익힌 이인의 범주까지 포괄할 수 있었다.그러한 측면에서 입전 대상은 더 다양해질 수 있었다. 이 중 허균(許筠, 1569~1618)은 〈장생전(蔣生傳)〉, 〈장산인전(張山人傳)〉, 〈남궁선생전(南宮先生傳)〉 등 세 편의 신선전을 남겨 대표적 신선전 작가로 손꼽힌다. 이때동일인물의 사례라도 서술자의 개성과 문식이 발현되는 지점에 따라 전의 문학성이 더 강하게 발현된 경우도 생겨났다. 아래의 사례를 보자.

술을 만나면 문득 가득 부어 마시고는 노래를 불렀다.

－허균 〈장생전〉

술이 얼근해지면 목을 빼어 느릿느릿 노래를 불렀는데, 그 소리가 하늘에
까지 닿았다. 그러다가 문득 난간에 기대어 슬피 울다 정신을 잃기도 했다.
그러면 곁의 사람들도 모두 슬퍼져 눈물이 비오듯 쏟아졌다.

－김려(金鑢, 1675~1728) 〈장생전〉

〈장생전〉을 작성한 두 작가의 다른 서술이다. 김려가 허균의 자료를
살핀 것은 분명하다. 그러나 김려는 같은 입전 대상의 동일 대목에서 본
인의 문식을 십분 활용하여, 특정 장면의 비감을 더 입체적으로 드러냈
다. 등장인물이 실제로 울다가 정신을 잃었는지, 곁의 사람들이 슬퍼졌는
지 알 까닭은 없다. 이것은 사실이 아니라 작가의 문식력에 따른 허구적
구성의 결과였다. 전은 기본적으로 사실에 입각한 경험적 진실을 추구하
였는데, 사실 유무와 상관없이 그럴듯한 문학적 진실의 지향이 강렬해진
사례가 나타나게 된 것이다. 그 영향은 구전설화의 개입이나 작자 인식의
표출 등으로 추정되는데, 한편으로는 17, 18세기를 거치며 유행한 패사소
품이나 소설의 발전 등이 이러한 전의 흥미성을 추동케 했을 것이라는
지적도 있다.

그런 가운데 인물의 전형적 서술을 벗어나, 새로운 형태의 인물을 포
착하여 주조하거나 그 인물의 개성을 중시하는 전도 생겨났다. 이덕무(李
德懋, 1741~1793)의 〈은애전〉이 그런 경우다. 이 작품 또한 18세기 정조
시기에 실제 옥사를 배경으로 한 것인데, 여타의 열녀전처럼 판에 박힌
여성 인물을 그려내지 않았다. 은애는 자신을 모함한 노파를 잔혹하게
살인하는데, 관가에 문초를 받을 당시에도 자신의 입장을 당당하게 밝히
며 억울함을 호소했다. 은애와 같은 인물은 획일성과 규범성에 따라 움직

이는 중세의 이념형 인간이 아니라, 살아 숨 쉬는 현실의 개인적 면모가 전에 반영된 사례라 하겠다.

이 외에도 대화의 기법을 고도로 활용한다든지, 행적부에 삽입될 플롯의 구성을 다양하게 모색한다든지 하는 방법을 통해, 전은 점차 소설로 경사되는 현상을 보인다. 이항복(李恒福, 1556~1618)이 쓴 〈유연전〉과 같은 작품을 보자. 이 작품은 대구 사대부가의 재산분할과 관련된 옥사의 시말을 내용으로 한다. 그런데 입전 인물인 유연뿐 아니라, 그를 둘러싼 주변 인물들 간의 복잡한 관계를 구체적으로 그린다. 입전 인물만을 조명하는 방식을 탈피한 것이다. 이에 따라 유연과 주변 인물들 간의 관계에서 야기되는 갈등이 전개되어 사건을 축으로 인물이 설명되는 소설적 수법이 노정되었다. 또한 세부장면의 구체적 재현에 있어 서사적으로 대단히 확장되고 부연되는 경향도 보인다. 이런 현상은 조선 후기에 이를수록 심화되었고, 이옥과 김려, 박지원(朴趾源, 1737~1805)과 같은 대표적 작가들이 전의 소설화 작업을 다각도로 수행해 내었다. 이는 양란 이후 조선 후기 현실의 변화 및 설화의 한문화에 따른 야담 등 새로운 장르의 성장, 또한 소설의 흥행과 발전, 작가의 현실인식 변화 등 다양한 요소가 맞물린 결과였다.

20세기로 접어들어도 한문학 작품인 전의 성행은 그치지 않았다. 사람의 일생은 근대에도 지속되었기 때문이다. 특히 서세동점에 따른 외세의 침략에 대항하기 위해 개화의지와 민족의식을 고취시키고자 작성된 〈을지문덕〉, 〈강감찬〉 같은 장군의 전이 유행하기도 했다. 서양의 영웅이나 부인들의 전 또한 비슷한 시기 계몽이라는 맥락하에서 작성되었다. 〈애국부인전〉·〈라란부인전〉·〈서사건국지〉 등이 그것이다. 다만 이런 작품은 개화기 이전의 전과는 서술 방식에 있어서 차이를 보이는데, 이는 전의 전통적인 기술을 준용하기보다는 서구의 작품을 번역하는데 초점을 맞추었기 때문이다.

　전은 이처럼 아주 오래전부터 근대에 이르기까지 시대에 따라 자신의 모습을 갱신하면서 생명력을 잃지 않았던 한문 산문 양식이다. 그것이 가능했던 것은 어느 시대든 특정 인물의 주목할 만한 일생은 항상 존재하였고, 역사는 이를 다 기록하지 못했기 때문이었다. 전은 그 가운데 자신의 존재감을 분명히 하면서 배율을 조합하여 시대와 인물을 드러내곤 했다. 그런 까닭에 한문학의 수많은 전은, 역사 속 여러 인물들과 그 시대를 조망하는 프리즘으로서 그 의의가 다분하다.

(권기성)

전설

전설(傳說)이라는 용어에는 두 가지 용례가 있다. 하나는 고담(古談)과 함께 '옛이야기'를 지칭하는 것이다. 현지조사를 갔을 때, 설화를 채록하기 위해서는 '전설'이나 '고담'을 들려달라고 요청해야 한다. 단순히 옛날 이야기를 해달라고 하면, 설화가 아니라 구연자가 과거에 겪었던 경험담을 들려줄 가능성이 크다. 이야기의 현장에서 전설과 고담은 설화(說話)를 통칭하는 용어로 사용된다.

이에 반해 전설을 학술적으로 접근하면 신화(神話), 민담(民譚)과 함께 설화를 구성하는 하나의 요소로 다루어진다. 입에서 입으로 구승(口承)되는 옛이야기를 설화라고 했을 때, 전설은 설화의 하위 갈래가 되는 것이다. 그래서 흔히 전설의 개념을 규정할 때 신화와 민담과의 '차이점'에 주목하게 된다. 대표적인 것이 바로 조동일의 문학 갈래론 및 설화 3분법에 근거한 전설에 대한 규정이다.

조동일은 우선 문학을 '자아(自我)와 세계(世界)의 대립'으로 설명할 수 있다고 하며, 서정(抒情), 서사(敍事), 희곡(戲曲), 교술(敎述)로 크게 분류하는 가운데 서사를 '자아와 세계의 대결'을 다루는 문학 갈래로 정의했다. 그리고 전설은 신화, 민담, 소설과 달리 세계의 우위에서 자아와 세계의 대결이 전개되는 설화의 하위 갈래로서, 자아의 주체성을 관철시키지 못하게 만드는 세계의 횡포는 '세계의 경이(驚異)'로 나타난다고 보았다. 즉, 자아는 세계의 경이 때문에 좌절을 경험하며, 이를 갈래적으로 보면

'전설적 경이'라고 설명할 수 있다. 전설적 경이는 자아와 세계의 분열을 전제하며, 자아로서는 세계를 어떻게 할 수 없다는, 세계를 지배할 수도 없고 합리적으로 인식할 수도 없는 경험의 집약적 표현의 결과라고 할 수 있다.

문학 갈래를 자아와 세계의 관계를 통해 파악한 조동일의 관점은 '갈래론'을 정립할 수 있는 기반을 닦았지만, 자아와 세계를 어떻게 규정하느냐에 따라 전설이 신화나 민담, 소설 등 다른 서사적 갈래와 명확히 구분되지 않는 경우도 발생한다는 한계를 가지고 있다. 그래서 구비문학 개설류에서는 조금 더 명료하게 전설의 성격과 그 갈래적 위치를 지정하고 있다. 예컨대, 『구비문학개설』에서는 전설을 신화와 민담과 비교하며 다음과 같이 설명한다.

『구비문학개설』에서 제시한 신화, 전설, 민담의 차이

	전승자의 태도	시간과 장소	증거물	주인공 및 그 행위	전승의 범위
신화	진실되고 신성함	태초에 일어나며 특별한 신성장소를 배경으로 둠	천지(天地)나 국가처럼 포괄적임	신 또는 신적 능력을 발휘하는 인물	민족적인 범위
전설	진실되고 실제로 있었다고 주장	구체적으로 제한된 시간과 장소를 가짐	제한적이고 구체적인 개별적 증거물을 가짐	신화나 민담에 비해 왜소한 모습을 가지고 실패하는 인물	지역적인 범위
민담	신성하거나 진실되지 않고 흥미를 추구	보통 뚜렷한 장소와 시간이 없음	증거물이 특별히 필요가 없음	일상적인 인간으로 운명을 개척하는 인물	지역이나 민족으로 한정되지 않음

위의 표에 따르면, 전설은 전승자가 신성하다고 생각하지 않지만, 진실되다고 믿고 실제로 있었다고 주장하는 이야기이다. 전설의 세계는 일상적 경험을 떠나 따로 존재하지 않으며, 그 시공간 또한 구체적인 모습을

가지지만, 한편에서는 전설의 진실성은 끊임없이 의심된다. 그래서 전설은 증거물(證據物)을 통해 그 진실성을 최대한 확보한다. 전설의 증거물은 자연물인 경우도 있고 인공물인 경우도 있고 인물인 경우도 있다. 증거물의 성격 때문에 전설은 지역적인 전승 범위를 가지며, 지역적인 유대감을 갖게 해주지만, 예기치 못한 사건의 결과로 주로 나타나면서 전설의 주인공이 보여주는 행위가 실패로 귀결되는 경우가 많다. 실패한 결과로 특정한 증거물이 나타나게 되었다고 서술하면서 미적 범주의 측면에서 보면 전설은 비장(悲壯)에 기초한 인간관을 보여준다고 할 수 있다.

더 나아가 『구비문학개설』에서는 전설을 세 가지 기준에 따라 분류한다. 먼저 전승 장소에 따라 전설은 지역적 전설과 이주적 전설로 구분된다. 전자는 어떤 일정한 지역에서 발생했다고 믿어지는 사실을 설명해주며, 주로 한 지방에 부착되어 지리적 특징, 명칭의 유래, 습관의 기원 등을 이야기한다. 그러나 후자는 특정 지역에 고착되어 있기보다 전국적으로 유사한 줄거리를 가진 전설이 있음을 설명한다. 이른바, 광포 전설이라고 부르는 것으로 〈장자못〉 전설이나 〈오누이 힘내기〉 전설이 대표적인 사례이다. 광포 전설은 한반도의 영역을 넘어 세계적인 분포를 보여주기도 한다.

발생목적에 따라 전설을 구분하면 설명적 전설, 역사적 전설, 신앙적 전설로 나눌 수 있다. 설명적 전설은 전설의 향유자가 자신들을 둘러싸고 있는 자연, 사물 등이 어떻게 이루어지고 생겨나게 되었는가를 설명하기 위한 것이다. 지리상의 특징, 자연 현상, 특수한 습관, 어느 지역의 동·식물의 특수한 형상, 산이나 바위의 생김새 등을 이야기로 풀어내는 것이다. 역사적 전설의 경우, 대부분의 전설이 여기에 속하며 어떤 역사적 사실로부터 성립하고 성장한 전설을 지칭한다. 특정한 역사적 사건이 발생했을 때, 이를 기초적 사실로 삼고 전설 향유자의 기억과 지식이 결합하여 새롭게 생성해낸 이야기로 지방적·국가적 영웅 또는 반영웅이 등장하여 역사적 사건을 새로운 시각에서 조망한다. 신앙적 전설은 민간신앙을 기초로 삼는 것으로, 금기(禁忌)와 관련된 이야기가 대표적이라고 할 수 있다.

마지막으로 설화대상에 따라 전설을 분류하는 방식은 다양하다. 자연물, 인공물, 인간으로 분류하거나 인물, 동물, 식물, 사물로 분류하기도 한다. 각 항목에 속하는 하위 영역은 수없이 확장될 수 있다. 예를 들어, 인공물에는 유적, 가옥, 정문(旌門), 비석, 사원, 석탑, 석상, 성지(城址), 역원(驛院), 교량, 총묘(塚墓) 등이 속할 수 있고, 동물에는 가축, 조류, 야생동물, 상상적 동물, 어류 등이 속할 수 있다. 설화대상에 따른 구분은 귀납적 성격을 가진 분류법으로 일정한 기준을 상정하기 어려운 성격을 가지고 있다.

한편, 『한국 구비문학의 이해』에서는 『구비문학개설』의 분류법을 수용하면서도 신화, 전설, 민담을 완전히 배타적인 영역으로 간주하지 않는 태도를 보여주었다. 다만, 설명을 위한 틀로서 역시 설화 3분법을 수용했는데, 『구비문학개설』과 마찬가지로 주인공의 성격과 행위, 시간과 공간, 전승자의 태도, 전승범위, 증거물이라는 기준을 토대로 신화, 전설, 민담을 설명했다. 이때 전설은 다소 특별한 상황에 처한 인간에게 실제로 일어난 예기치 않은 사건을 전하는 이야기로서 구체적으로 제한된 시간과 장소를 배경으로 삼으며 실재하는 증거를 제시한다는 특징을 가진다고 설명했다.

『한국 구비문학의 이해』에서 전설의 증거물은 상당히 강조된다. 전설은 '증거물을 근거로 진실성을 드러내고자 하는 이야기'라고 다시 한 번 정의되기 때문이다. 증거물을 통해 이야기의 내용이 사실이라는 것을 강조한다는 점에서 전설은 역사와 관련성을 맺는다. 전설은 역사구술적 기능을 가지고 있는 것이다. 또한 증거물을 인지하는 범위에 따라 전설은 좁게는 한 마을, 넓게는 군·시·도에 이르는 전승범위를 가지게 된다. 지역 공동체의 유산으로서 전설의 전승은 집단적으로 이루어지기 마련이다. 물론, 전설 향유층은 증거물을 둘러싸고 각기 진실임을 주장하는 논쟁적 양상을 가진다는 특징이 있다. 이는 전설이 기본적으로 여러 사람이 한자리에 모여서 말을 주고받으며 서로 내용을 보태고 다투는 형식으로 향유되기 때문이라고 할 수 있다. 그래서 전설은 그 내용을 청자에게 받아들여지도록 설득하기 위해 설명적 서사와 논증적 서사로 구성되어 있다는 특징을 가지게 된다.

전설의 분류에 대해서는 『한국 구비문학의 이해』 또한 『구비문학개설』과 같이 전승 장소, 발생 목적, 설화 대상으로 구분할 수 있음을 보여주면서, 추가적으로 특정지역을 중심으로 전승되는 유래담을 다루는 '지명·지형·마을형성 유래 전설', 전국적인 분포를 보이는 '광포전설', 특이한 행적을 보여주는 인물들을 다루는 '이인·고승 전설', 전통적으로 중시되어온 윤리적 가치를 실천하는 '효자·열녀 전설', 한국문화의 기저를 이룬다고 하는 원한과 해원을 다룬 '원혼전설' 등 다섯 가지 범주로 전설을 분류했다.

지명·지형·마을형성 유래 전설은 지역적 성격을 강하게 보여주며, 마을 주변의 지명이나 지형, 마을형성과 관련된 이야기를 통해 지역민들이 그들의 일상적 생활공간을 나름의 역사, 사회, 우주적 시각으로 해석해낸 성과들이다. 이 전설은 마을 사람들에게 모두 열려있는 공동의 역사이자 지식체계로 기능한다. 마을의 역사와 지식체계를 공유하기 때문에 마을의 정체성을 강화하고 지역민 사이의 유대관계를 공고히 하는 역할을 수행한다고도 할 수 있다.

광포전설은 전국적으로 분포하고 있는 이야기로서 〈장자못〉 전설, 〈아기장수〉 전설, 〈오누이힘내기〉 전설, 〈달래고개〉 전설 등을 대표적인 예로 들 수 있다. 그리고 이인·고승 전설은 일반인을 뛰어넘는 능력을 지닌 인물을 대상으로 하는 이야기로, 특히 이인은 드러나지 않은 사물의 이면이나 길흉화복 등 인간의 미래와 우주의 운행원리를 꿰뚫어 보고 감지하는 능력을 지닌 존재이다. 박상의(朴尙毅, 1538~1621), 도선(道詵, 827~898), 성지(性智, ?~1623) 등 명풍수와 유이태(劉爾泰, 1652~1715), 진국태(秦國泰, 1680~1745), 허준(許浚, 1539~1615), 이경하 등의 명의, 그리고 강감찬(姜邯贊, 948~1031), 이지함(李之菡, 1517~1578), 황희(黃喜, 1363~1452), 허미수(許穆, 1595~1682), 정북창(鄭北窓, 1506~1549), 이서구(李書九, 1754~1825) 등 인간의 운명과 우주의 운행 전반까지를 파악할 수 있는 도술적 이인에 이르기까지 다양한 인물형이 포함된다. 고승 전설은 불교 수용 이후 나타난 고승에 관한 다양한 이야기를 불교적 진리로 풀어낸 이야기이다. 밀본(密本), 혜통(惠通), 명랑(明朗), 의상(義湘, 625~702), 원효(元曉, 617~686), 혜공(惠空), 혜숙(惠宿), 진정사(진정사), 신효거사(信孝居士), 광덕(廣德), 엄장(嚴莊) 등이 고승으로 등장한다.

한편, 효자·열녀 전설은 효자와 열녀에 대한 이야기이다. 효자와 열녀는 효(孝)와 열(烈)이라는 도덕적 이념을 강조하는 인물이지만, 효자·열녀 전설의 이면에서는 이런 도덕 이념이 맹목적으로 추종되어서는 안 되며 결국 인간다운 삶이 중요하다는 점이 강조되기도 한다. 원혼전설 또한 효자·열녀 전설 못지않게 전국적으로 많이 전승되는 이야기인데, '정절형'과 '욕구형', '좌정형'으로 구분된다. '정절형'은 〈아랑〉 전설이 대표적이라고 할 수 있다. 정절을 지키려다 죽임을 당한 여자의 원혼이 마을 원님에게 나타나 범인을 징벌케 함으로써 억울함을 풀게 된다는 구성을 가진다. '욕구형'은 구애를 거부당한 여인의 원혼이 상대인물을 굴복시키고 자기존재를 확인받는다는 내용으로 월천(月天) 조목(趙穆, 1524~1606), 남명(南冥), 조식(曺植, 1501~1572), 신립(申砬, 1546~1592) 등의 역사인물이 남성 주인공으로 등장하는 경우가 많다. 마지막으로 '좌정형'은 억울하게 죽은 여성이 현몽(現夢) 등의 방식으로 마을 사람들의 제향을 받고 당신(堂神)으로 좌정하는 내용을 담고 있다. 제의를 통해 원혼의 신원(伸冤)과 마을 공동체의 풍요를 함께 이루고자 하는 욕망을 확인할 수 있다.

전설에 등장하는 인물은 보통 초자연적 세계를 마주하게 된다. 초자연적 질서의 개입과 인간적 속성 간의 갈등양상은 전설의 서사를 이루는 기본적인 틀이며, 보통 인간은 불완전한 존재이기 때문에 전설의 주인공은 자신의 한계나 주변인물의 실수 또는 의도적 방해에 의해 실패를 경험하게 된다. 실패의 이유가 어디에 있든 간에 전설의 인물이 경험하는 좌절은 비극성을 자아내면서 본능과 규범과의 갈등, 소유와 분배의 갈등, 욕망과 윤리의 갈등, 지배층과 피지배층의 갈등을 핍진하게 그려낸다. 전설은 다양한 상황 아래에서 여러 인물형을 통해 인간사회의 여러 문제를 직시하게 만들고, 인간과 세계에 대한 근원적인 물음을 멈추지 않는다.

이처럼 『구비문학개설』과 『한국 구비문학의 이해』로 대표되는 구비문학개설류에서는 전설을 신화와 민담과 비교하며 그 특징을 주인공의 성격과 행위, 시간과 공간, 전승자의 태도, 전승범위, 증거물이라는 기준을 통해 도출한다. 그리고 나름의 기준을 가지고 전설을 다시 분류하는데, 여기에서 알 수 있는 사실은 어떤 목적과 전설 각편을 대상으로 범주화를 시도하느냐에 따라 분류 체계가 유동적일 수 있다는 점이다. 전설의 분류는 명사형이기보다 동사형이고, 확정적이기보다 과도기적인 성격을 가지고 있다고 할 수 있다.

전설의 특징 중에서 가장 주목해야 할 부분은 바로 '증거물'에 대한 것이다. 전설이 여타 서사 갈래와 다른 점은 바로 증거물에 있으며, 이 증거물을 매개로 주인공의 성격과 행위, 시간과 공간, 전승자의 태도, 전승 범위가 달라지게 된다. 특히, 전설을 진실되다고 믿는 전승자의 태도와 제한된 전승 범위는 전설이 역사와 문화를 공유하면서 살아온, 구체적 공간을 점유한 사람들의 이야기임을 직접적으로 지시한다. 전설은 증거물에 대한 이야기이며, 어떤 사건을 증거물에 담아 전하는 이야기이기 때문에, 증거물은 전설의 화제(話題)이기도 하고, 메시지의 응축물이기도 하고, 기억의 단서이기도 하다.

그런데 증거물은 전설이라는 문학 텍스트에만 존재하는 것이 아니라 우리의 실제 삶에서 직접 확인할 수 있는 것이다. 전설은 허구적이지만 증거물이 있기 때문에 역사와 밀접한 관계를 맺는다. 특히, 역사적 인물이 등장하는 전설에서는 그런 성격이 더욱 농후하게 발견된다. "전설은 역사적인 성향을 지닌 서사문학"이라는 조동일의 주장은 이런 맥락에서 이해해야 한다.

일찍이 최남선(崔南善) 또한 "「언제 누가」 이러고 저러고 하였다는 半歷史 半 空想的의 傳說(Legend)"이라고 언급한 바 있다. 그리고 "신화에 의심을 가지거나 흥미가 떨어져서 신령님 대신 위대한 인간, 곧 인격적 영웅을 이야기의 주인공으로 만든 傳說(Legend)"이라고도 설명했다. 전설은 신화의 시대에서 역사의 시대로의 이행 과정에서 산출된 결과물이며, 허구적이지만 역사적 성격도 가지고 있음을 강조한 것이다. 기독교 문화권에서는 전설의 어원을 'legere(읽다)'에서 찾기도 하는데, 원래 예배 중에 낭독되는 성인(聖人)이나 순교자의 이야기가 이것이 점차 사실(史實)이라고 믿어지는 이야기가 됨에 따라 특정한 때와 장소, 주인공의 사건을 설명하는 이야기가 된 것으로 이해한다. 전설이 신성성에서 역사성으로의 질적 전환을 도모한 결과물로 인식되는 것이다.

그렇다면 전설과 역사의 관계는 어떻게 이해해야 할까? 루보미르 돌레첼에 의하면 사실성에 초점을 두고 실재했던 과거의 모델을 구축하는 역사적인 세계는 사실성 여부의 판정을 받지 않는 전설과 같은 허구적 텍스트와 기본적으로 다른 성격을 지닌다. 그럼에도 불구하고 두 텍스트 모두 서사의 빈 공백을 채운다는 공통점을 가지고 있다. 역사적 텍스트는 증거의 부족이나 역사적 사건들에 대한 역사가들의 선별작업에 의해 공백이 나타난다. 전자의 경우는 새로운 증거가 나타나지 않는 이상 공백을 메우지 못하게 되며, 후자의 경우는 역사를 기술하는 관점에 따라 특정 사건들이 취사선택 되면서 인위적인 공백이 만들어지게 된다. 이에 반해 허구적 텍스트는 불완전성을 전제조건으로 가지며, 전설 구연자는 그 공백을 해당시기의 규범이나 이데올로기적 목적과 같은 미학적 요소로 활용한다.

역사든 전설이든 공백을 채우는 방식은 이야기를 만드는 것이다. 역사가도 특정한 의미를 부여하기 위해 역사적 사건들을 일정한 플롯 구조에 연결시킨다. 역사를 기술하는 것과 허구적인 서사를 직조하는 방식은 현실에 대한 언어적 이미지를 제공한다는 점에서 동일하다고 볼 수 있다. 실제로 역사 기술의 원칙과 전형이 만들어지기 전까지 전설은 큰 범주에서 역사로서 기능하기도 했다.

오늘날 전설은 공식적인 역사와 거리를 가지지만, 오히려 그런 거리를 통해 균열과 긴장을 불러일으키며 통일성과 일관성을 지향하는 역사의 폐쇄성과 경직성에 대응한다. 전설 향유층은 그들이 바라보는 특정 역사에 대한 시각과 그들의 욕망을 전설에 투영하여 공식적인 역사 기록에서 괄호 안에 감추어져 있던 자신들의 목소리를 전설에 담아내고, 그 전설을 향유하고 전승하는 기억공동체를 유지시킴으로써 현실문제의 대안을 허구적인 형태로라도 내놓는다. 즉, 그들은 역사의 이면(裏面)에서 작동하는 또 다른 전설적 역사를 구축하며 오늘날까지 전설의 전승력을 유지해왔던 것이다.

(신호림)

탈춤·인형극·무당굿놀이

탈을 쓴 연희자들이 춤과 재담 등으로 극적인 장면을 연출하는 전통 연극을 탈춤이라 한다. 흔히 가면극, 탈놀이, 탈놀음 등으로 불리기도 하는 탈춤의 역사는 오래되었다. 신석기시대 유적인 부산 동삼동에서 나온 조개탈과 강원도 양구에서 출토된 흙으로 빚은 탈이 그 사례이다. 삼국시대 고구려 안악 3호분의 벽화 중 후실의 가면희도에는 코가 긴 서역인 형상의 탈을 착용한 사람이 춤을 추고 있으며, 『신서고악도(信西古樂圖)』에는 〈신라박(新羅狛)〉이라는 동물 가면을 착용한 가면희가 그려져 있기도 하다.

현재에도 탈춤은 이어지고 있으며 지역에 따라 그 명칭이 다양하게 전해진다. 서울, 경기도에서는 〈양주별산대놀이〉, 〈송파산대놀이〉 등 '산대놀이'로 불린다. 황해도에서는 〈봉산탈춤〉, 〈강령탈춤〉, 〈은율탈춤〉 등 '탈춤'으로 불린다. 경상남도에서는 〈동래야류〉, 〈고성오광대〉, 〈통영오광대〉, 〈가산오광대〉 등 '야류', '오광대'로 불린다. 그 외 경상북도 안동의 〈하회별신굿탈놀이〉, 강원도 강릉의 〈강릉관노놀이〉, 함경남도 북청의 〈북청사자놀이〉가 있다.

위와 같이 탈춤은 다양한 명칭으로 지역에 따라 차이가 나게 전승된다. 이에 학자들은 탈춤의 차이에 주목하고 차이에 따라 계통을 나누었다. 그것이 우리가 잘 알고 있는 ① 마을굿놀이 계통 탈춤, ② 본산대놀이 계통 탈춤, ③ 기타 계통 탈춤이다. 마을굿놀이 계통 탈춤은 〈하회별신굿탈놀이〉, 〈강릉관노놀이〉 등이 있으며 서낭제 탈놀이라고 불리기도 한다. 이 계통의 탈춤은 마을이나 고을에서 벌어지는 공동체굿과 긴밀한 연관이 있다. 〈하회별신굿탈놀이〉는 하회마을에서 행하는 하회별신굿과 관련이 있으며, 〈강릉관노놀이〉이는 마을을 넘어 고을 차원의 강릉단오제와 관련이 있다. 이들 탈놀이는 마을굿인 동제(洞祭)나 고을굿인 읍치제(邑治祭)에서 유래하고 발전한 토착적·자생적 탈춤으로 그 지역의 주민들이 전승한 것이다.

본산대놀이 계통 탈춤은 〈봉산탈춤〉, 〈강령탈춤〉, 〈은율탈춤〉, 〈양주별산대놀이〉, 〈송파산대놀이〉, 〈동래야류〉, 〈고성오광대〉, 〈통영오광대〉, 〈가산오광대〉 등이 있으며 산대도감 계통극으로 불리기도 한다. 이 계통의 탈춤은 애오개, 사직골, 노량진, 구파발 등 서울 근교를 거점으로 활동하던 본산대패에 의해 연행된 탈춤이다. 본산대패는 국가 행사에 참여하던 전문적인 연희자로 구성된 집단으로 이들은 집단을 이루어 본산대패를 구성하고 서울뿐만 아니라 전국을 순회하며 공연을 한 것이다.

기타 계통 탈춤은 〈북청사자놀이〉가 있다. 〈북청사자놀이〉는 정월대보름 즈음에 함경남도 북청 지역 곳곳에서 벌어지던 세시풍속 가운데 하나이다. 사자놀이패는 정월 4일부터 14일까지 마을의 집집마다 방문하면서 나례의 '매귀', 즉 지신(地神)밟기와 유사한 의식을 거행한다. 사자가 방울을 울리면서 집집마다 방문해 집안의 잡귀를 쫓는 모습에서 〈북청사자놀이〉는 민속놀이적 성격을 크게 지니고 있음을 알 수 있다.

탈춤 연구에서 논쟁이 심했던 부분은 탈춤의 기원과 역사적 전개에 관한 연구이다. 대체로 ① 산대희 기원설, ② 산악(散樂)·백희(百戲) 기원설, ③ 기악(伎樂) 기원설, ④ 제의(祭儀) 기원설 등이 있는데, 전경욱의 논의(전경욱, 2004; 전경욱, 2020)를 참고하여 다음과 같이 정리할 수 있다.

먼저 산대희 기원설은 안확, 김재철, 이두현 등에 의해 제시되었다.

산대희 기원설을 처음 제시한 학자는 일제시대의 국문학자 안확이다. 그는 처용무, 나례, 산대희를 같은 것으로 보았다. 즉, 나의(儺儀)가 신라시대에 처용무가 되고 고려시대에 내려와 산대희가 되었는데, 이 산대희가 바로 조선시대 산대도감극의 전신이라는 견해이다. 김재철 역시 탈춤이 고대의 제의에서 출발하여 신라의 연희와 고려의 산대잡극을 거쳐 조선의 산대도감극으로 발전해 왔다는 견해를 보였다. 이후 이두현은 안확, 김재철의 견해를 발전시켜 탈춤의 기원을 서낭제 탈놀이와 산대도감 계통극으로 나누었다. 그에 따르면 〈하회별신굿탈놀이〉, 〈강릉관노가면극〉 등 서낭제에서 놀았던 서낭제 탈놀이는 서낭제에서 기원해 발전한 토착적 가면극이고, 서울 근교의 산대놀이, 해서탈춤, 야류, 오광대는 산대도감 계통극으로 보았다.

산대희 기원설이 한국적인 시각에서 탈춤의 역사를 고찰했다면, 전경욱이 주장한 산악·백희 기원설은 동아시아적 시각에서 한국 탈춤의 역사를 살폈다고 볼 수 있다. 전경욱은 탈춤의 기원은 〈하회별신굿탈놀이〉, 〈강릉관노가면극〉과 같이 마을굿놀이에서 유래한 '마을굿 계통 탈춤'과 전문적 연희자들이 전승하던 산악 또는 백희의 연희들이 발전한 '본산대놀이 계통 탈춤'으로 보았다. '본산대놀이 계통 탈춤'에서 논의한 산악, 백희라고 불리는 연희는 삼국시대에 중국으로부터 유입되었으며, 고려·조선 시대에는 산악, 백희가 가무백희, 잡희, 산대잡극, 산대희라 불리며 연행되고, 18세기 전반기에 산악, 백희 계통의 연희와 기존의 탈춤들을 바탕으로 '본산대놀이'가 성립된 것으로 보았다.

탈춤의 기악 기원설은 1950년대 이혜구가 처음 제기한 바 있다. 이 주장은 『일본서기(日本書紀)』 스이코천황[推古天皇] 20년 조에 백제인 미마지가 중국 남조 오나라에서 기악을 배워 일본에 전했다는 기록을 바탕으로 한다. 미마지가 일본에 기악을 전한 후, 일본에서는 기악을 기카쿠라고 불렀는데, 이혜구는 기카쿠를 양주별산대놀이, 봉산탈춤과 비교하여 그 근거를 마련했다.

탈춤의 제의 기원설을 주장한 대표적 학자는 조동일이다. 풍농굿 기원설이라고도 불리는 조동일의 제의 기원설은 탈춤이 농악대 주도의 풍농굿에서 출발한 것으로 본 것이다. 비록 마을굿에서 농악대의 가면을 쓰고 노는 무리가 잡색으로 따라다니며 종종 허튼 수작을 하기도 하지만, 마을굿 행사가 끝난 다음에 기회를 얻어서 연희를 한바탕 따로 벌인 것이 탈춤이라는 것이다. 즉, 탈춤이 마을굿에서 자생적으로 생성, 발전했다는 보았다.

탈춤에 관한 기억은 문헌으로만 전해지지 않는다. 오히려 우리는 과거 탈춤이 행해진 모습을 글보다 그림으로 자세히 알 수 있다. 그 대표적인 것이 최근에 소개된 아극돈(阿克敦, 1685~1756)의 『봉사도』이다.

『봉사도』 제7폭 중국 중앙민족도서관 소장

『봉사도』제7폭은 서울의 모화관 마당에서 사신을 위해 공연한 탈춤, 접시돌리기, 땅재주, 줄타기를 묘사하고 있다. 마당 오른쪽에 보이는 기암괴석의 형상은 산대이다. 밑에 바퀴가 달린 것으로 보아 움직일 수 있는 산대, 즉 예산대(曳山臺)이다. 이러한 산대 앞에서 공연하던 연희를 '산대희'라고 칭했다. 특히 세 명의 땅재주꾼 옆에서 각각 두 명씩 모두 네 사람이 초록과 남색의 탈을 쓰고 탈춤을 춘다. 이 그림을 통해 서울 근교의 탈춤들이 산대놀이라고 불리는 이유를 어느 정도 알 수 있게 한다.

한편 『봉사도』제7폭에는 그림뿐만 아니라 제화시(題畵詩)가 전해진다.

상궁에서 풍악을 울려 맞이하고	上宮張樂迎
온갖 놀이에 괴뢰희를 바치네.	百戲呈傀儡
산은 땅 위에서 움직이고	鼇山陸地行
채색 밧줄은 허공에 얽어 세웠네.	綵索架空起

제화시에 표현되는 오산(鼇山), 채색 밧줄(綵索)은 무대 설비이다. 오산은 마당 오른쪽에 있는 산대이고, 채색 밧줄은 줄타기 설비인데, 그림의 내용과 같이 풍악을 울리며 산대희를 하는 광경을 묘사하는 것이다. 그런데 제화시에는 산대희를 하면서 특별한 행위를 하는 것이 표현되어 있다. "온갖 놀이에 괴뢰희를 바치네"라는 대목을 보면 괴뢰희, 곧 인형극이 벌어졌음을 알 수 있다. 4층 구조로 된 산대 위에 인물들이 자리하고 있는데, 자세히 보면 그 인물들은 인형임을 알 수 있다. 4층에는 붉은 저고리를 입은 여인이 자리하고, 1층에는 분홍저고리와 다홍치마를 입고 춤을 추는 여인과 연보랏빛이 감도는 회색 도포를 입고 낚시는 하는 남자가 자리한다. 특히 이 인형들은 가만히 서 있기만 한 것은 아닌 듯하다. 그 근거는 낚시꾼이 서 있는 바위 아래쪽과 춤추는 여인 아래 바퀴 안쪽에 있는 네 사람이다. 이 네 사람은 인형들에게 움직임을 주는 조종사였을

것으로 추정된다. 역동적인 인형극으로 보기는 어렵지만, 산대희와 함께 인형극도 행해졌음을 알 수 있다.

〈봉사도〉에서 발견되는 인형극은 우리의 대표적인 전통연희 중의 하나이다. 인형극을 정의하면, 인형을 주된 표현 도구로 삼아 극적인 장면을 연출하는 공연예술이다. 인형연희, 인형연행, 인형놀이 등으로도 불리는 인형극은 꼭두각시놀이, 만석중놀이, 발탈 등이 대표적이다.

인형극의 기원에 대해 '외래기원설'과 '자생설', 그리고 '양자의 절충설' 등이 있는데, 허용호의 논의(전경욱 외, 2014)를 참고하여 다음과 같이 정리할 수 있다. 먼저 연구 초창기에는 꼭두각시놀음 계통 인형극의 외래기원설이 주장되었다. 한국의 인형극이 인도에서 서역과 중국을 거쳐 전래되었고, 그것이 다시 일본으로 전해졌다는 것이다. 이 외래기원설의 근거로 '중국, 한국, 일본의 인형극이 무대구조와 연출방식, 인형조종법 등에서 유사하다', '인형극의 주역들이 모두 해학, 풍자, 희극적 성격의 인물이라는 공통점이 있다', '인형의 형태가 유사하여, 원시 종교나 불교와 깊은 관련이 있다', '유랑예인집단에 의해 공연되었다' 등이 제시되었다.

이와 달리 인형극의 자생설이 주장되기도 하였다. 우리의 인형극이 삼국시대 또는 그 이전의 목우(木偶) 인형에서 시작하여 고구려의 악곡괴뢰(樂曲傀儡), 고려의 인형놀이와 만석중놀이, 조선시대의 꼭두각시놀음에 이르기까지 단계적으로 발전하였다는 주장이다.

최근에는 우리의 자생적 기반에 외래적 요소의 영향이 결합하여 수 세기 동안 독자적인 변화와 발전을 통해 모습을 갖추었다는 절충설이 제안되었다. 고대의 각시놀음이나 나무인형, 6세기 이후의 가야와 신라의 무덤에서 발견된 토우와 토용, 상여의 장신구인 목우 등의 존재에서 드러나듯 우리나라에는 이미 꼭두각시놀이의 자생적 기반이 있었고, 거기에 외래적 요소의 영향이 결합하여 수 세기에 걸친 변화와 발전을 통해 현재의 모습을 갖추었다고 보는 것이다.

한편 탈춤이나 인형극과 달리 특별한 인물이 연행을 하는 전통연희도 존재한다. 무녀가 무부가 굿에서 연극을 하는 무당굿놀이가 그것이다. 무극(巫劇)으로도 불리는 무당굿놀이는 서울의 〈뒷전놀이〉, 경기도의 〈소놀이굿〉, 〈구능굿〉, 평안도의 〈방아놀이〉, 전라도의 〈중천맥이〉, 〈삼설양굿〉, 동해안지역의 〈거리굿〉, 〈막동이놀이〉, 제주도의 〈입춘굿놀이〉, 〈전상놀이〉, 〈영감놀이〉, 〈세경놀이〉, 〈산신놀이〉 등 전국적으로 전승된다.

무엇보다 무당굿놀이가 풍부하게 전승되는 지역은 황해도라 볼 수 있다. 황해도굿은 현재에도 서울, 경기, 인천을 기반으로 활발히 연행되는 굿이다. 남북의 단절로 전승이 끊어질 위기에 빠졌지만, 김금화, 김매물, 박선옥, 우옥주 등과 같이 뛰어난 만신들로 인해 현재에도 활발히 전승되고 있다. 황해도굿은 다른 지역의 굿과 달리 무속신화의 전승이 활발하지 않는다. 그 대신 황해도굿은 무당굿놀이가 활발히 전승된다. 대표적인 굿놀이로 〈도산말명방아찜굿〉, 〈사냥굿〉, 〈사또놀이〉, 〈영산할맘할아뱜굿〉, 〈마당굿〉, 〈벌대감굿〉, 〈소놀이굿〉 등이 있다.

이렇게 전역에서 연행되는 무당굿놀이는 그 내용과 극화된 양상이 다양하다. 그렇기에 무당굿놀이 연구에 대해 주요한 기여를 한 황루시는 무당굿놀이를 초복의례(招福儀禮)와 축귀의례(逐鬼儀禮)로 구분하였다. 먼저 초복의례의 무당굿놀이는 주술적 모의를 통해 현실에서도 같은 결과가 있기를 바라는 것이다. 남녀의 결합, 해산, 방아찧기, 모의농경 등의 모티프가 극화된 것으로 〈세경놀이〉, 〈도산말명 방아찜굿〉, 〈사냥굿〉, 〈영산할맘할아뱜굿〉 등이 대표적이다. 다음으로 축귀의례의 무당굿놀이는 대개 인간에게 해를 끼칠 수 있는 잡귀들을 보내는 내용을 갖는다. 한을 품고 억울하게 죽은 수비, 영산들을 풀어먹이는 〈뒷전〉과 천연두를 주는 신인 손님신을 배송하는 놀이인 〈막동이놀이〉가 대표적이다.

그럼 이러한 무당굿놀이는 어떠한 의미가 있을까? 무당이 전승한다고 해서 무당굿놀이를 터부시해야 할까? 필자가 보기에 이 무당굿놀이는 일반 서민들이 오랫동안 즐겼던 전통연희라고 생각한다. 과거 전문적 공연 집단인 광대나 기생을 부를 수 있는 것은 상류층이었다. 대다수 서민들은 무당굿놀이를 통해 연희를 접했던 것이다. 다시 말해, 우리 조상은 굿판에 가서 떡을 먹고 굿놀이를 보며 울고 또 웃었던 것이다. 이 과정에서 그들은 신을 만나 자신들의 소망을 기원하기도 했다. 그 전통이 여전히 무당굿놀이라는 이름으로 현재에도 전해지고 있는 것이다.

(윤준섭)

트릭스터·건달형 인물·민담형 인간

트릭스터(Trickster)는 속임수를 기반으로 기존의 질서를 무시하거나 넘나들면서 교란하지만, 쉽게 문제적 인물로 폄하하기 어렵고, 동시에 의인이나 영웅으로도 설명하기 어려운 경계성(Liminality)을 지닌 인물이다. 문제는 트릭스터가 보여주는 '속임수' 혹은 사기의 의미와 방향이다. 속임수의 방향이 강자를 향하거나, 이를 통해 당대 사회의 모순을 공박할 수도 있지만, 반대로 속임수가 약자를 향해 있거나, 단순한 놀림이나 웃음의 의미를 담고 있을 수도 있다. 따라서 트릭스터는 경계적 인물이며, 트릭스터가 등장하는 트릭스터담 역시 향유층의 해석에 따라 경계적인 이야기가 될 수 있다.

신화에 등장하는 트릭스터들은 신과 인간, 자연과 문화, 창조와 파괴, 슬기로움과 어리석음과 같은 양의성을 가지고 있으면서 그 '속임수'를 통해 신과 인간, 자연과 문화의 중재자 혹은 매개자의 모습을 보여주는 경우가 많다. 그리스-로마 신화의 헤르메스, 북유럽 신화에 등장하는 로키가 대표적인 신화 속 트릭스터이며, 문화영웅으로 일컬어지는 프로메테우스도 속임수로 인간에게 불을 훔쳐다 주니, 트릭스터적인 성격을 가지고 있음은 분명하다. 북아메리카 원주민이나 아프리카 설화 속 트릭스터는 동물의 형상을 가지고 있다. 북미 원주민 설화 속 코요테, 까마귀, 토끼의 트릭스터적 성격은 레비-스트로스를 비롯하여 많은 연구자들이 이미 지적한 바 있고, 이와 비슷하게 아프리카 설화의 거북이나 거미도 유사한 모습을 보여준다.

한국 신화에 등장하는 트릭스터와 트릭스터담의 모습은 대략 다음과 같다. 우리문학사에서 처음 등장하는 트릭스터는 아마도 〈삼국유사〉의 '석탈해'를 꼽아볼 수 있을지 모르지만, '속임수'에 초점을 둔다면, 〈창세가〉, 〈셍굿〉 그리고 〈천지왕본풀이〉에 등장하는 '인세차지경쟁'을 소위 최초의 속임수로 볼 수 있다. 그렇다면, 석가와 소별왕 같은 존재들, 그리고 이들을 주인공으로 하는 이야기들을 신화적 트릭스터와 트릭스터담의 첫 모습으로 생각해 볼 여지도 충분하다. 하지만 한국 신화의 트릭스터에게는 문화영웅과 같은 성격은 찾아보기 힘들다. 오히려 속임수에 넘어가는 듀프와 같은 존재인 미륵과 대별왕이 문화영웅적 성격을 보여줄 뿐이다. 속이는 자가 인간 세상을 차지하고, 속는 자가 문화영웅적 성격을 갖는다는 점은 석탈해 신화와도 차이점이 있다. 탈해를 문화영웅으로 보기는 쉽지 않지만, 도래인으로 철기문명을 상징하면서, 동시에 속이는자, 즉 트릭스터의 모습도 가지고 있기 때문이다. 따라서 석탈해는 본격적인 트릭스터의 모습을 보여준다고 설명할 수 있다. 특히 탈해가 속임수로 호공의 집터를 빼앗은 후, 신라의 왕위에까지 오르는 모습은 이규보의 〈동명왕편〉에서 동명왕이 비류왕 송양과 도읍지를 다투다 그를 속이고 왕위에 오르는 과정과 유사한 것도 분명한 사실이다.

한국 설화에도 동물이 트릭스터로 등장하는 이야기들이 있지만, 이는 북아메리카나 아프리카의 것과는 다르다. 북미와 아프리카의 동물 트릭스터들은 신과 인간의 매개적 존재, 인간에게 문화적 기원을 전달하는 존재처럼 그려지지만, 한국 설화의 동물 트릭스터들은 이러한 신화적 존재는 아니다. 신/인간 혹은 자연/문화의 매개적 존재가 아니기에, 한국의 동물 트릭스터 이야기에 등장하는 속임수는 속임수 그 자체로 이야기의 흥미적 요소일 뿐이다. 하지만 '견묘쟁주'의 경우, 전세계적인 분포를 보이는 이야기의 일종으로 이야기 내에 특정한 사실의 기원을 설명하는 신화적 요소가 남아있음을 주목할 필요가 있다. 원초적인 신화가 동물담으로 바뀐다 하더라도, 속임수와 트릭스터는 그대로 남아있기 때문이다.

한국 설화에 등장하는 동물 트릭스터 중 가장 주목을 받은 것은 토끼와 호랑이다. 먼저 국내 트릭스터 연구의 선편을 잡은 조희웅은 동물 트릭스터의 전형으로 토끼를 꼽은 바 있다. 트릭스터 성격을 지닌 토기 설화의 삽화를 총 14가지로 제시하면서 이 삽화들이 독립적으로 이야기되기도 하지만, 몇 가지 화소들이 결합하여 더 큰 이야기를 형성하기도 한다고 설명한다. 가끔은 토끼 자리에 대신 여우가 자리잡기도 하지만, 이는 여우가 교활한 동물이라는 무의식적인 속신에 의거한 것이라 말한다. 특히 〈메추라기의 꾀〉라는 트릭스터담에서는 여우가 듀프(속는 자)의 역할을 담당하고 있으며, 이 이야기는 외래설화의 영향으로 만들어진 가능성이 높음을 지적하고 있기도 하다. 토끼와 함께 호랑이가 동물 트릭스터의 전형으로 꼽히기도 한다. 하지만 트릭스터라는 존재는 분명 '속이는 자'임을 생각해 볼 때, 호랑이보다는 토끼를 동물 트릭스터의 한 전형으로 보는 것이 옳다.

이제 살펴볼 부분은 트릭, 즉 '속임수'의 구조 혹은 속임수가 일어나는 상황이다. 트릭스터가 등장하는 이야기의 구성 속에는 비상식이 상식처럼 받아들여지는 경우가 대부분이다. 이런 상황에서 이런 거짓말로 사람을 속이고 속아 넘어가는 것이 쉽게 이해되지 않을 수 있다. 하지만 트릭스터 이야기가 설화 향유층에게 사랑받는 가장 큰 이유가 웃음임을 생각해 보면, 속임수가 일어나는 상황 자체를 즐기는 것이라 볼 수 있다. 트릭스터가 속임수를 사용하는 상황은 대략 11가지 정도로 정리해볼 수 있다.

재물획득(돈, 음식, 술, 기타) / 숙박 / 보복, 징치(부자, 양반, 관리, 바람
난 자들, 친구, 악인) / 내기 / 경쟁 / 임기응변에 의한 위기 탈출 / 타인의
요청 / 여색 / 과거급제 / 현상응모 / 해학(즐거운 웃음)

물론 위의 11가지 외에도 트릭이 일어나는 더 많은 상황들을 생각해볼
수 있지만, 속임수가 일어나는 상황만큼 살펴야 할 것은 트릭의 구조이
다. 모든 속임수에는 속이는 자와 속는 자가 있기 마련이다. 따라서 트릭
이 일어나면 그 속임에 대한 해석은 속이는 자와 속는 자 입장에서 상반
될 수 있다. 이와 마찬가지로 속임수는 원 대상이나 사건을 다른 것처럼
느껴지게 하는 조작행위 그 자체다. 따라서 트릭이 일어나면 하나의 대상
에 대한 해석은 여러 가지가 될 수밖에 없다. 속임은 여기서 일어나는
셈이다. 따라서 트릭의 구조를 '원 대상-트릭-변화한 대상'이라는 한 축
과 '트릭스터-트릭-듀프'라는 한 축으로 나누어 생각해 볼 수 있다. 속임
수는 '속이는 자'와 '속는 자'를 중개하기 때문이다. 이에 트릭의 기술은
'위조', '억지', '왜곡'으로 나누어 생각해 볼 수 있다.
　'위조'는 트릭스터가 트릭 적용 이전과 이후의 대상에 대해 접근이 가
능하여, 듀프, 즉 속는 자는 속임수가 일어난 이후 상황만을 알고 있을
때, 성공하는 경우다. '억지'는 말장난이나 논리 조작을 통한 궤변으로
주로 일어난다. 속는 자, 즉 듀프가 속기 전이나 이후 상황을 알든 모르든
상관 없다. 억지에 속아넘어가기 때문이다. 마지막으로 '왜곡'은 트릭의
방향이 트릭스터 자신을 향한다는 특징이 있다. 제 꾀에 제가 넘어가는
경우로, 속는 자와 속이는 자가 일치한다. 결국 트릭의 구조는 트릭스터
가 트릭을 통해 일반적인 상식이라고 불리는 것들을 깨버리고, 자유로운
사고와 상상력의 새로운 세상을 보여주는 것이 될 수 있다. 그리고 이러
한 트릭을 보여주는 자가 트릭스터다.

하지만 궁극적인 문제는 이 트릭의 방향성, 정확히는 트릭을 해석하는 경계의 지점이다. 남을 속이는 행위는 어디까지 용인할 수 있는 것일까? 그리고 속이고 속는 이야기를 재미있어 하는 향유층의 의미는 무엇일까? 트릭스터는 정말 속이기만 하는 자인가? 맨 앞에서 트릭스터의 간략한 개념을 정리할 때, '경계성(Liminality)'을 주요한 특징으로 꼽았다. 하지만 트릭스터의 중요한 특징인 '경계성'은 신화와 동물 트릭스터담과 조선후기의 인물전설들에서 드러나는 의미는 서로 다르다고 본다. 신화나 우화에 가까운 트릭스터 이야기에 등장하는 트릭스터들의 경계성은 서로다른 세계 혹은 세계를 나누는 그 다양한 '경계'들을 넘나들면서 발생하기 때문이다.

먼저 속임수가 일어나는 공간, 혹은 트릭스터가 존재하는 장소의 경계성부터 살펴본다. 신화와 동물 트릭스터담에 등장하는 속임수, 그리고 트릭스터는 동일한 공간이나 세계에만 머물지 않는다. 그들은 신과 인간의 세계를 오가며, 그 경계 어디에선가 속임수를 보여준다. 그리고 속임수의 결과는 신들의 세계가 아닌 인간 세계에서 펼쳐진다. 〈천지왕본풀이〉이나 〈창세가〉 같은 경우 속임수는 신들의 세계에서 벌어지지만, 그 속임수의 결과가 미치는 곳은 인간 세상이다. 탈해는 도래인이지만, 그의 속임수는 도래인의 신라 정착의 결과를 가져온다. 트릭의 결과는 공간의 변화다. 경계를 넘나드는 셈이다. 우리 옛 이야기 중에서 가장 유명한 트릭스터담이라면 역시 〈수궁가〉 혹은 판소리계 소설 〈토끼전〉을 꼽을 수 있다. 토끼는 육지세계와 수궁세계를 오가며 속임수를 펼친다. 여기서 수궁이라는 곳은 환상공간이자 동시에 이계임은 더 설명할 필요가 없다. 하지만 조선후기에 등장하는 트릭스터담 속 트릭스터가 속임수를 보여주는 공간은 매우 현실적이다. 실존가능성이 높거나 실존인물을 바탕으로 만들어진 인물전설이기에 그들이 보여주는 공간이 현실적인 것은 너무나 당연한 이야기일지 모르겠지만, 신화나 동물 트릭스터담의 공간과도 공통점도 찾을 수 있다. 왜냐하면 모든 트릭스터들이 속임수를 보여주는 공간은 경계이기 때문이다. 조선후기의 트릭스터들은 대부분 여기에도 저기에도 속하지 않고 그 경계를 나타내는 '길'에서 속임수를 보여준다. 하지만 몇몇은 그렇지 않은 경우도 있어 주목을 요한다.

트릭스터가 보여주는 속임수의 결과는 트릭스터 자신을 위한 것이다. 속임수를 통해 무엇인가를 얻어낸다. 하지만 신화와 동물 트릭스터담 일부에서의 속임수는 자기 자신을 위해서만 쓰이지 않는다. 앞서 살핀 〈창세가〉류의 무속신화에서 나타나는 속임수는 '인간 세상'을 차지하기 위한 경쟁 도구일 뿐이다. 이미 지적한 바와 같이 오히려 듀프, 즉 속임을 당하는 자가 '문화영웅'과 같은 모습을 보여준다. 미륵은 인간에게 불과 물, 그리고 옷 짓는 법을 일러주기 때문이다. 하지만 동물 트릭스터담의 일부에서부터, 그리고 조선후기에 등장하는 트릭스터들의 속임수는 주로 자기자신을 위한 속임수가 대부분이다. 즉 트릭스터는 자기 자신만을 위해 사는 인물이다. 하지만 김선달, 방학중, 정수동과 같은 조선후기에 새롭게 등장한 트릭스터들이 보여주는 속임수들 중 일부는 그 속임수의 방향이 사회적 모순을 공박하는 것처럼 보이는 경우도 있다. 속임수가 당대 사회의 모순을 드러내는 강자들을 향하기 때문이다. 하지만 분명한 것은 신화의 트릭스터의 원형적 모습과 조선후기 인물전설에 등장하는 트릭스터의 속임수는 트릭을 쓴다는 점에서는 같을 수 있을지 모르지만, 그 의미와 방향성은 사뭇 다르다는 점을 기억해야 한다.

트릭스터라는 인물형의 존재는 사실상 트릭스터담이라는 유형을 결정한다. '속임수' 화소가 있다고 해서 트릭스터담으로 쉽게 규정하기는 어렵다는 의미다. 다시 말해서 트릭스터담이라는 것은 사실 설화의 내용이 아닌 주인공에 의해 규정되는 개념에 더 가깝다. 이야기 안에 '속임수'가 있다고 해서 트릭스터담으로 규정하기 보다는, '속이는 자'와 '속는 자'의 성격이 트릭스터와 듀프에 가까운 경우를 트릭스터담으로 보는 것이 옳다.

따라서 신화 속 트릭이나 트릭스터의 형상이나 조선후기 인물전설에 등장하는 몇몇 트릭이나 트릭스터의 형상은 '속는 자'와 '속이는 자'의 등장 그리고 그 속임수의 이중성 혹은 양의성이나 경계성이 비슷하기에 같은 트릭스터담 안에서 설명할 수 있는 부분이 있다. 하지만 트릭스터의 성격에는 분명한 차이가 있다는 점을 기억할 필요가 있다.

봉이 김선달, 방학중, 정수동, 정평구, 정만서와 같은 인물들은 분명 트릭스터의 모습을 가지고 있고, 그들이 등장하는 이야기들을 트릭스터담으로 불러도 문제는 없다. 하지만, 이들이 보여주는 속임수의 성격은 앞서 비교한 원형적 트릭스터와 분명한 차이가 있는 것도 사실이다. 이 차이점을 주목해서 김선달, 방학중, 정수동, 정평구, 정만서와 같은 인물형을 건달형 인물로 그리고 그들을 주인공으로 삼은 인물전설들을 '건달형 인물이야기'로 유형화한 김헌선의 연구는 자세히 살필 필요가 있다.

이 연구에서 제시된 '건달형 인물'은 총 27명이며, 지역별로는 의주, 평양부터 시작해서 밀양, 제주까지, 21군데에 이른다. 주목해야할 부분은 '건달형 인물'들이 모두 자신만의 지역이라는 '근거지'를 가지고 있다는 점이다. 신화나 동물형 트릭스터담에 등장하는 트릭스터들이 떠돌이거나 현실과 이계의 경계를 넘나들며, 경계적인 공간성을 보여주는 것과는 분명한 차이가 있다. 물론 27명으로 제시된 '건달형 인물'들이 모두 자기 고장에서만 활동하거나, 그 전승이 특정지역에만 국한되어 있는 것은 아니다. 건달형 인물이야기의 전승과 지역의 문제는 4가지로 나누어 생각해 볼 수 있다. 붙박이로 자기 고장에 머무는 유형 / 떠돌이지만 자기 고장에서만 전승되는 유형 / 붙박이면서 다른 고장에서 전승이 많은 유형 / 떠돌이로 다른 지역에 널리 알려진 유형 이렇게 4가지다.

트릭스터의 속임수가 서로 다른 공간을 넘나들며, 동시에 트릭스터가 '길'을 떠나야 이야기가 전개될 수밖에 없다는 주요한 특징을 생각해 본다면, '건달형 인물'이 보여주는 '자기 고장'이라는 나름의 '지역성'은 우리가 알고 있는 트릭스터와는 조금은 다른 모습이 분명하다. 이는 건달형 인물 이야기가 '속이는 자'와 '속는 자'가, 그리고 속임수가 함께 등장하는 트릭스터담의 유형 안에 속하면서도 트릭스터의 성격이 크게 변했다는 근거가 된다. 지역을 기반으로 하는 이들 '건달형 인물'들은 자신들의 속임수에 스스로 속아 넘어가는 경우가 별로 없다. 그리고 이들의 속임수는 지위고하를 막론한다는 점에서 원형적인 트릭스터와 유사한 지점이 분명히 있지만, 그 속임수가 약자를 향하기도 하고, 향촌 사회의 윤리와 도덕의 경계를 넘나들고 있다는 점에서 이들은 말 그대로 지역 내 '건달'의 모습을 드러내는 측면이 더 강해 보이기도 한다. 물론 이들의 속임수가 약자만을 향하는 것은 아니다. 향촌사회의 모순의 집합체인 신분 혹은 계급의 문제, 그리고 권력자들이 보이는 문제적 행태를 속임수를 통해 통쾌하게 놀려주는 모습을 더 많이 확인할 수 있기 때문이다. 결국 이들의 강자를 향한 속임수는 당대 사회의 모순을 공박하는 모습을 가지고 있기에 이들을 민중적 영웅이나 근대적 인물의 표상으로 파악하는 경우도 있지만, 이들의 속임수의 방향이 무엇이든 궁극적으로는 건달형 인물 자신들의 이익과 이해관계를 향하고 있다는 점을 생각한다면, 이들을 긍정적으로 파악하고자 하는 시선에는 분명한 무리가 있다. 오히려 어느 시기에나 존재하는 사회적, 윤리적 속박에서 자유로운 삶에 대한 열망 혹은 기대가 만들어낸 인물형으로 파악하는 것이 더 정확할 것이다. 따라서 '건달형 인물'은 트릭스터라는 자장 하에서 이해하는 것이 옳다.

최근 민담에 등장하는 다양한 유형의 트릭스터를 묶어 '민담형 인간'이라는 넓은 범위의 인물형으로 살핀 신동흔의 연구 성과는 트릭스터라는 인물을 새롭게 바라보는 주요한 관점을 제시하고 있다. 트릭스터를 살피는 핵심적인 키워드 중 하나는 경계성(Liminality)이다. 어디에도 속하지 않고, 경계에 서 있으면서 모든 속박에서 자유로울 수 있는 트릭스터의 특성을 설명하기에 알맞기 때문이다. 트릭스터가 가지고 있는 양의성 혹은 이중성은 어떤 관점에서 트릭스터를 바라보느냐에 따라 그 해석의 방향성은 여러 가지로 뻗어나갈 수 있다. 하지만 이런 다양한 해석의 방향성을 오롯이 트릭스터라는 인물 그 자체에만 집중하면 새로운 인물형을 확인할 수도 있다.

남을 속이기 위해서는 일단 '속이는 자'가 자신의 '속임수'에 무한한 믿음과 자신감을 가져야 함은 너무도 당연한 사실이다. 그리고 그 속임수에 대한 자신감은 어떻게 보면, 아무런 근거없는 자기 확신과 자신의 욕망에 대한 긍정에서 출발하는 것일 수 있다. 따라서 트릭스터가 보여주는 트릭은 언제나 트릭스터 본인의 욕망과 확신에 의한 것이고, 그 속임수의 결과물은 오롯이 자신의 것이다. 결국 트릭스터는 남을 속이고, 세상을 속이는 것이 아니라, 자기 확신 속에서 자신의 삶을 살아나가는 존재로도 파악이 가능한 셈이다.

이런 전제를 인정하게 되면, 트릭스터를 민중적 영웅, 근대적 인물로 파악하지 않아도 된다. 트릭스터가 보여주는 삶의 양태는 있는 그대로 자신의 욕망이 이끄는대로 하고 있을 뿐이기에 트릭스터는 영웅도 아니고 경계적 인물도 아닐 수 있다. 그냥 트릭스터 그 자체일 수 있는 셈이다. 경계에 놓여 있기 때문에 자유로운 것이 아니라, 자신의 삶의 방향성이 언제나 옳다고 믿기 때문에 트릭스터는 자신이 움직이는 곳이 세상의 중심이고, 자신이 행하는 바는 자신에게 이익이 되기 때문에 삶의 진리가 되는 셈이다. 자신의 삶의 주인공이 되는 인물, 그것이 트릭스터의 본모습이다. 그리고 이러한 인물 유형, 자신의 삶을 사는 무한한 긍정적

인물을 항상 찾아볼 수 있는 갈래가 민담이다. 세상의 이치를 설명하고 세계와 인간의 조화를 이야기하는 신화와 다르고, 세상의 갈등과 모순에 저항하다가 비극적인 결말을 맺는 전설과도 다른 민담은 언제나 근거 없는 희망을 이야기하고 긍정적인 삶의 양태만을 찬양하는 것처럼 보인다. 그래서 민담을 쉬운 이야기, 전래 동화 혹은 허무맹랑한 이야기처럼 이야기하지만, 지난한 삶을 살아가는 평범한 우리들은 민담이 이야기하는 그러한 희망 없이는 사실 하루도 살아갈 수 없다. 민담이라는 갈래가 우리에게 말하고자 하는 바는 희망을 가지고 자신만의 삶을 살아가라는 것이라면, 그 어떤 인물 유형보다 자신의 삶의 중심에 스스로를 놓고 있는 트릭스터야 말로 민담형 인간이라 설명할 수 있다.

　하지만 그렇다고 해서 민담형 인간의 경계성이 사라지는 것은 아니다. 트릭스터가 보여주는 경계성은 사실 기존의 가치관, 사회 윤리, 구조 따위의 밖에 서 있음을 설명하는 특성이기 때문이다. 세상 바깥의 틀 바깥에 혹은 경계에 서 있는 존재가 분명 트릭스터지만, 그리고 자신이 살아가는 세계의 중심에 자신이 놓여 있음을 정확히 알고 있는 존재지만, 그렇다고 해서 틀 밖의 삶이, 경계선에 놓여 있는 삶이, 기존의 사회와 질서의 존재를 무시할 수는 없다. 트릭스터의 자유로움은 세상의 속박과 구조적 모순이 존재해야 그 의미가 명확해지기 때문이다.

(서유석)

판소리와 판소리계 소설

    조선후기 소설사(小說史)에서 주목되는 현상은 종합예술장르로서의 성격을 지닌 판소리가 소설화되었다는 점이다. 판소리는 조선 후기에 산출된 종합예술 중 하나로서 고수(鼓手)의 북 반주에 소리를 얹어 창자(唱者)가 노래(창)와 말(아니리)로 연행하는 형태를 가지고 있다. 구비문학이 '말로 된 문학', 다시 말해 구술언어를 통해 전승·향유되는 문학이라고 할 때 판소리는 말뿐 아니라 상당한 기교와 내공을 요하는 성음(聲音), 연극적 몸짓을 통해 연기하는 발림 등을 동반하는 복합적 형태의 구비문학이라고 할 수 있다. 그래서 판소리 창자를 소리꾼이라고도 하지만 광대(廣大)라고 지칭하기도 한다. 김대행에 따르면 보통 판소리의 '판'은 ① 다수의 행위자가 ② 동일한 목적을 위하여 ③ 필요한 과정을 수행하여 ④ 어우러지는 자리 또는 행위를 뜻하는데 긴 노래의 사설과 악조(樂調)를 배합하여 하나의 완결된 형태로 만든다는 의미 역시 함축하고 있으며, 동시에 일정한 줄거리를 가진 이야기를 정해진 음악적 양식에 따라 부른다는 의미도 가지고 있다. 판소리의 청중들도 '얼씨구, 잘한다, 좋다'와 같은 추임새로 판소리의 '판'에 끼어들기 때문에 판소리는 예술 생산자와 소비자가 함께 만들어가는 문학이라고도 할 수 있다.

    판소리가 소설화된 것을 '판소리계 소설'이라고 부른다. 고전소설의 향유방식을 보면, 필사본(筆寫本)·방각본(坊刻本)·활자본(活字本)의 서책 형태뿐 아니라, 구송(口誦)의 형태로도 청중들에게 읽혔다. 문자를 해득(解

得)하지 못하는 이들에게 구송은 효과적인 작품 수용의 방식이었으며, 동시에 문자를 해득하는 이들에게도 세련된 기량으로 읽어주는 소설을 듣는 것은 또 다른 즐거움이었을 것이다. 그런데 구송의 단계를 넘어 악(樂)·가(歌)·무(舞)의 종합예술적 성격을 지닌 판소리가 소설로도 향유되면서 고전소설의 편폭은 더욱 넓어질 수 있었다. 구술 언어를 중심으로 전승되는 판소리가 문자 언어로 고착화되기도 하고, 또 반대로 문자 언어적 향유 방식이 구술 언어에도 영향을 주면서 판소리계 소설은 역동적인 전승방식을 보여주었다. 그러면서 자연스럽게 판소리계 소설의 향유층은 대폭 확장되었고, 작품 속에서는 여타 고전소설 장르에 비해 더욱 다양한 시대상을 담아낼 수 있었다. 고전소설 향유층들은 자신의 취향에 맞게 판소리와 판소리계 소설을 연행, 구송, 낭독 등을 통해 향유할 수 있었고, 사회적 위치나 계급과 관계없이 모두 즐길 수 있었다. 따라서 판소리계 소설은 하나의 작품 안에 각각 다른 위치에 서 있는 개인들의 목소리를 한꺼번에 담아낼 수 있었다.

그러다 보니, 판소리계 소설은 여타 고전소설과는 다른 서사적 구조를 지니게 되었다. '더늠'과 같은 판소리의 소리대목이 그대로 소설 안에 삽입되기도 했고, '아니리+창'이라는 판소리의 어법이 판소리계 소설의 문체로 편입되기도 했다. 서사적 인과성에 얽매이기보다는 장면 장면마다 충실한 묘사에 집중하면서 때로는 서사적 당착(撞着)에 부딪치기도 한다. 이를 전체의 서사구조와는 독립된 부분이 존재한다는 점에서 '부분의 독자성', 장면을 최대한 확장시킨다는 점에서 '장면 극대화의 논리', 상황마다 다르게 표출될 수 있는 인물들의 심정을 그려낸다는 점에서 '상황적 의미·정서의 추구' 등으로 부른다. 덧붙이면, 부분의 독자성이란 서사의 '부분'이 모여서 하나의 '전체'를 이루는 것이 아니라, 오히려 부분이 전체에서 독립되어 독자적으로 존재한다는 의미를 가진다. 또한 장면극대화의 원리는 이야기의 장면 장면을 최대한으로 확장·묘사하는 판소리만의 서사전략이라고 할 수 있다. 따라서 판소리계 소설의 '서사성'은 일반적인 고전소설과는 차별되는 그 나름의 구조적 특성을 지니고 있음을 알 수 있다.

따라서 판소리계 소설은 구조적으로 폐쇄성보다는 개방성을 추구한다. 적극적인 향유자는 자신의 해석에 따라 작품에 특정 내용을 삽입시키거나 삭제·변개할 수 있었다. 그래서 가장 많은 수의 이본(異本)을 산출시킨 장르가 판소리계 소설이기도 하다. 전체적인 서사의 틀은 같지만, 서사를 구성하는 화소나 장면은 작품마다 다르게 나타남으로써 다채로운 미감을 선사한다. 조선 후기 소설사에서 판소리계 소설에 주목하는 이유는 이와 같은 하나의 작품 안에 내재된 다층적인 의식에서 찾아볼 수 있다.

그렇다면 판소리는 언제 등장했을까? 판소리에 대한 최초의 기록은 〈춘향가〉와 〈배비장타령〉이라고 할 수 있다. 만화(晚華) 유진한(柳振漢, 1711~1791)은 1753년에 호남 지방의 산천 문물을 두루 살펴보고 돌아와 1754년에 7언으로 구성된 〈가사춘향가이백구(歌詞春香歌二百句)〉를 짓는다. 흔히 〈만화본 춘향가(晚華集 春香歌)〉로 불리는 이 한시 작품은 오늘날 알고 있는 〈춘향가〉의 서사적 틀을 대부분 담고 있으며, 그 가운데에 "濟州 將留裵將齒"라는 기록이 있으므로 〈춘향가〉와 〈배비장타령〉의 서사가 늦어도 18세기 전반에는 성립되어 있었음을 알 수 있다.

직업적 연희(演戲)로서 성공하기 위해 판소리 창자(唱者)들은 높은 수준의 내용과 음악성을 갖추기에 힘써야 했고, 그 결과 18세기 중엽에 판소리는 상당히 높은 수준의 서사시로 발전했던 것으로 보인다. 전래되어 오던 설화를 근간으로 하여 윤색과 개작 과정을 거쳐 성립된 작품들은 창자들의 사승(師承) 및 교류에 따라 전승되면서 부분적인 개작과 더늠을 형성했고, 다채로운 내용과 음악성을 점차 축적해나가게 된다.

19세기 전반의 자료인 송만재(宋晩載, 1783~1851)의 〈관우희(觀優戲)〉(1843)에는 판소리가 연행되는 장면이 소개되어 있다. 판소리가 가곡·음률·별곡·줄타기·땅재주·呈才놀음·俳戲·廣大笑謔之戲·무가·傀儡戲 등 여러 형태의 판놀음 중 한 꼭지로 연행된다는 사실을 알려 준다. 유득공(柳得恭, 1748~1807)의 『경도잡지(京都雜誌)』에도 "진사(進士)에 급제하여 증서를 받으면 유가(遊街)를 하는데, 細樂手·廣大·才人을 대동한다"는 기록이 있다. 큰 잔치가 있을 때 다양한 놀이판이 벌어질 수밖에 없었고, 그 안에서 하나의 레퍼토리로 판소리가 연행되었음을 알려주는 부분이다.

송만재의 〈관우희〉에서는 그 당시 판소리가 12바탕으로 구성되었다고 묘사된다. 즉, 〈춘향가〉, 〈심청가〉, 〈흥보가〉, 〈수궁가〉, 〈적벽가〉, 〈변강쇠타령〉, 〈배비장타령〉, 〈강릉매화타령〉, 〈옹고집타령〉, 〈장끼타령〉, 〈왈짜타령〉, 〈가짜신선타령〉이 그것이다. 〈춘향가〉, 〈심청가〉, 〈흥보가〉, 〈수궁가〉, 〈적벽가〉는 현재까지 판소리로 향유되고 있기 때문에 전승 5歌라고 부르고, 그 외의 작품들은 소리로 불리지 않는다는 의미로 실창 7歌라고 부르기도 한다. 이들 중 〈가짜신선타령〉은 현재 대략적인 내용만 알 수 있을 뿐이다. 정노식의 『조선창극사』(1940)에서도 〈관우희〉와 같이 판소리 12바탕 목록을 정리해놓았는데, 〈가짜신선타령〉을 〈숙영낭자전〉으로 대체했다. 〈변강쇠타령〉은 동리(桐里) 신재효(申在孝, 1812~1884)가 정리한 사설밖에는 남아있지 않고, 〈가짜신선타령〉의 실체는 현재까지 발견되지 않았다. 그 외의 작품들은 분명히 18세기 후반~19세기 초반에는 모두 판소리계 소설로 정착되어 독자들에게 읽혔다고 할 수 있다.

판소리는 주로 지역적 경계와 시대적 흐름에 따라 '제(制)'를 형성하며 전승되었다. 경기·충청 지역의 중고제(中高制), 전라도 지역에서 섬진강을 중심으로 동서 지역으로 구분되었던 동편제(東便制)와 서편제(西便制)가 대표적이다. 이런 전승 과정과 함께 판소리는 필사본, 방각본, 활자본으로 정착되어 독특한 형태의 독서물인 판소리계 소설로 자리 잡게 되었다. 예를 들어 〈심청전〉의 경우, 판소리적 성격을 전혀 찾아볼 수 없는 문장체 소설이 경판본(京板本)으로 출판된 것에 반해 판소리 사설을 거의 그대로 옮겨놓은 듯한 이본이 완판본(完板本)으로 출판되기도 했다. 완전히 다른 지향을 가진 작품이 〈심청전〉의 이본으로 등장한 것이다.

필사자(筆寫者)의 취향이나 목적에 따라 형성될 수 있는 필사본 또한 판소리계 소설의 서사를 자유롭게 직조하는 면모를 보이기도 한다. 예를 들어, 본래 〈토끼전〉에서 별주부(鱉主簿)는 용왕(龍王)이 병을 얻자 선관(仙官)의 지시에 따라 육지로 토끼의 간(肝)을 찾으러 나오고, 감언이설(甘言利說)로 토끼를 꾀어내어 용궁으로 데려간다. 그러나 고려대학교 소장본을 보면, 별주부와 토끼가 서로 속고 속이는 대결 화소는 모두 없어지고 별주부가 육지에 가서 바로 토끼를 죽이고 간을 얻어 용궁으로 돌아가는 것으로 서사를 끝내버리기도 한다. 고려대학교 소장본의 필사자는 토끼의 활약에 공감을 얻지 못했는지 관련 사건을 모두 제거하고, 용왕의 병을 고치기 위한 별주부의 육지행에만 집중한 것이다. 작품을 어떻게 바라보는가에 대한 해석이 바로 서사의 변개로 이어짐을 알 수 있다.

물론, 첨삭·부연 등의 과정을 거쳐 변개된 판소리와 판소리계 소설의 서사는 시대적으로 일정 정도 방향성을 가진다. 본래 민중들의 삶 속에서 탄생한 판소리는 19세기 중반에 접어들면서 연행 환경의 변화를 겪게 된다. 그것은 향유층에 양반·중인 또는 부호(富豪)들이 적극적으로 개입되면서 발생하게 되었는데, 판소리를 통해 받은 물질적 보상을 바탕으로 삶을 이어나가기 시작했던 전문 창자들이 점차 청중들을 의식하면서 기존 판소리의 서사를 청중들의 취향에 맞게 변개했을 가능성이 크기 때문이다.

따라서 초기에는 민중들의 삶에 밀접한 현실, 즉 그들 삶의 질곡과 세계에 대한 비판을 그려내던 판소리 및 판소리계 소설은 점차 중세적 가치관과 미의식을 충족하는 이야기나 화소를 끌어오기 시작한다. 대표적으로 춘향과 심청이 퇴기(退妓)의 딸이나 가난한 천민의 딸이 아니라 양반의 딸로 변모해나가는 과정을 예로 들 수 있다. 춘향과 심청이 성취했던 열(烈)이나 효(孝)와 같은 윤리적 가치를 조선 후기를 지배했던 중세적 가치와 연결시키고자 했던 의도인 셈이다. 그래서 춘향은 한양으로 올라가는 이몽룡의 마지막 모습을 확인하기 위해 오리정으로 나가는 대신 자신의 방에서 이몽룡과 이별하게 되고, 인당수에 뛰어들기 전에 인간적 고뇌에 휩싸여 고민하던 심청이는 "그리하면 어찌 효녀의 죽음이 되겠느냐"라는 서술자의 개입과 함께 효녀의 화신이 되어 주저 없이 몸을 던지게 된다. 그들이 후기본에 이르러 양반의 딸로서 몸가짐을 바로하고 중세적 가치를 체화한 인물들로 등장한 배경에는 판소리 및 판소리계 소설을 향유했던 집단의 변화가 있는 것이다.

이렇게 자기변모의 과정을 거치면서 연행으로서의 판소리와 독서물로서의 판소리계 소설이라는 이원적 형태의 전승이 지속되었다. 물론, 이원적 전승 과정에서 상호교섭도 이루어지면서 다양한 문체를 작품 안에 견인할 수 있었다. 이 흐름은 20세기까지 이어졌고, 이해조(李海朝, 1869~1927)에 의해 산정(刪正) 작업을 거쳐 『매일신보(每日申報)』에 수록되면서 판소리계 소설은 엄청난 인기를 끌게 되었다. 이해조는 〈옥중화(獄中花)〉(1912년 1월 1일부터 3월 16일까지 연재), 〈강상련(江上蓮)〉(1912년 3월 17일부터 4월 26일까지 연재), 〈연의 각(燕의 却)〉(1912년 4월 29일부터 6월 7일까지 연재), 〈토의 간(兎의 肝)〉(1912년 6월 9일부터 7월 11일까지 연재)을 연재했는데, 이 시기는 『매일신보』가 독자층을 확보하기 위해 소설 연재를 시작한 시기와 맞물린다.

『매일신보』는 1904년 7월 18일 영국인 어니스트 베셀(Ernest Thomas

Bethell)이 창간하고 양기탁(梁起鐸, 1871~1938)이 제작을 총괄했던 『대한매일신보(大韓每日申報)』를 한일합방 이후 조선총독부가 관할하면서 그 이름을 『매일신보』로 개칭한 조선총독부 기관지이다. 다른 경쟁 신문이 없었음에도 불구하고 『매일신보』의 판매부수는 3천부를 밑돌게 되었고, 1912년부터 쇄신안을 내어 인기 있는 소설을 1면에 수록하기 시작했다. 그 첫 번째 작품이 〈옥중화〉이었고, 이어지는 시리즈 작품들도 모두 판소리계 소설이었다. 그만큼 판소리계 소설이 당대인들의 관심을 끌만큼 이미 대중성을 확보했음을 알 수 있다.

『매일신보』에서 판소리계 소설이 공식적으로 인기를 끌자, 이는 그대로 구활자본(舊活字本)으로의 출판으로 이어졌다. 신구서림(新舊書林), 회동서관(匯東書館), 박문서관(博文書館), 덕흥서림(德興書林) 등의 구활자본 출판사가 지속적으로 판소리계 소설의 이본들을 내놓았다. 유성기 음반의 등장과 함께 판소리가 더늠이나 소리대목 중심으로 녹음되고, 창극화(唱劇化) 되면서 사설이 부분적으로 쪼개지고 완창(完唱)으로 불리지 않게 되는 등의 변화를 겪었다면, 판소리계 소설은 구활자본이라는 새로운 매체를 토대로 온전한 형태의 서사를 간직하며, 오늘날까지 대표적인 고전(古典)으로 자리 잡을 수 있는 기반을 마련했다.

한편, 판소리계 소설은 민중예술이었던 판소리가 문자 언어로 정착된 산물이었기 때문에, 그 안에 민중들의 삶과 희노애락(喜怒哀樂)을 담아낼 수 있었다. 판소리계 소설의 주인공들은 대부분이 하층인물이다. 춘향은 기생이고, 심청도 처음에는 유리걸식(遊離乞食)하는 평민 이하 신분을 가진 심봉사의 딸이었다. 토끼는 서민의 전형이며, 별주부는 관직을 가지고 있지만 그 안에서도 멸시당하는 인물이다. 장끼와 까투리 그리고 변강쇠와 옹녀는 조선 후기 유랑민을 대변한다. 〈적벽가〉는 영웅의 이야기처럼 보이지만, 〈삼국지연의(三國志演義)〉가 판소리화 되면서 민중들의 목소리를 담아냈다는 데 주목해야 한다. 〈적벽가〉를 조금 더 살펴보자.

〈적벽가〉는 중국의 〈삼국지연의〉를 판소리화한 작품이다. 진수(陳壽, 233~297)의 〈삼국지(三國志)〉와 다르게 나관중(羅貫中, 1330~1400)과 모종 강(毛宗崗, 1632~1709)의 〈삼국지연의〉는 조조(曹操, 155~220)의 위(魏)나 라가 아닌 유비(劉備, 161~223)의 촉(蜀)나라를 중심으로 서술한 연의소설 이며, 우리나라에서도 17세기경부터 이미 언문(諺文)으로 번역되어 향유 되었다. 〈적벽가〉는 그런 〈삼국지연의〉의 대중성에 힘입어, 역시 유비의 촉나라를 중심으로 [촉-위] : [유비-조조] : [善-惡] : [영웅-간웅]의 구 도를 이어나갔다.

그러나 〈적벽가〉의 더 큰 특징은 〈삼국지연의〉에서는 거의 그 존재가 드러나지 않던 개별 군사들의 목소리를 '원조타령'과 '군사설움타령'이라 는 더늠을 통해 부각시킴으로써 이야기의 또 다른 측면을 조망한다는 점 이다. 즉, 일상적 삶의 행복을 빼앗긴 빈한한 평민층의 고난을 나타내는 대목으로, 부모생각·자식생각·아내생각·죽음걱정 등을 하는 군사들의 면면을 보여주는 것이다. 영웅의 서사라고도 부를 수 있는 〈삼국지연의〉 에서는 배경화되어 있던 인물들이 〈적벽가〉에서는 전경화되어 있음을 알 수 있다. 즉, 〈적벽가〉는 자기 목소리를 지니지 못했던 타자들에게 자신 의 이야기를 말할 수 있는 기회를 제공했으며, 그 타자들은 다름 아닌 평민 또는 그 아래의 계층이었다. 사회적으로 삶의 결핍을 가진 이들이 자신이 처한 현실을 이야기하고, 그 현실에서 벗어나기 위해 부단히 노력 하는 노정이 판소리계 소설에 녹아있다.

서사의 진행이 '결핍'에서 '충족'의 방향으로 나아간다는 일반적인 서 사학적 견해에서 본다면, 판소리계 소설은 여타 서사물들과 다를 바 없 다. 춘향은 양반 자제와 결혼하고, 심청은 황후가 되며, 가난한 흥부는 부자가 되고, 토끼는 용궁에서 무사히 살아 돌아온다는 결말. 이런 흐름은 일반적인 독자나 청자들이 이야기를 들으면서 충분히 짐작할 수 있는 전개인 셈이다.

그러나 그 이야기 안에는 결핍의 정서와 이를 극복하고자 하는 감정이 서로 공존하면서 향유층들의 욕망을 대변해준다. 고전소설사에서 평민층을 대변하는 장르는 판소리계 소설을 제외하고는 찾아보기 힘들다. 가담항설(街談巷說)을 문자로 엮은 야담(野談)에서 그 가능성을 엿볼 수 있지만 한문을 해득할 수 있는 향유층들이 즐긴 것에 불과하며, 기록자인 양반계층의 시각으로 재편되었기 때문에 단순히 평민적이라고 부르기 힘들다.

조선 후기 평민들이 맞닥뜨린 현실은 녹록지 않았다. 17세기까지 발발한 두 차례의 큰 전쟁을 통해 균열이 난 조선사회는 평민들의 삶을 돌볼 수 있을 정도로 여유롭지 않았다. 그들은 재산이 부족해서 몸을 팔 수밖에 없었고 농토에서 유리되어 떠돌아다니는 신세였다. 중앙정부는 둘째 치고 향촌사회 안에서도 평민들에 대한 수탈은 지속되었으며, 전쟁에 동원되었던 자들은 일상의 삶으로 돌아가기 힘들었다. 요호부민(饒戶富民)이라 불리는 소수의 경제적 집단이 나타나기도 했지만, 평민들에게 여전히 사회적 계급은 넘어설 수 없는 벽이었다.

판소리계 소설은 당대 평민들의 삶을 적실하게 그려냈다. 그리고 현실에서는 성취할 수 없는 결말을 당당하게 이루어낸다. 그래서 판소리계 소설은 낭만적 풍취가 가득하다고 비판하며, 판소리계 소설의 위상을 평가절하하려는 움직임도 있었다. 하지만 그런 낭만성은 현실을 바라보는 또 다른 시선을 제공한다. 낭만성은 '현실에 맞서 현실 너머를 지향하고자 하는 태도 혹은 그와 같은 태도에서 비롯되는 어떠한 성향'이기 때문이다. 심청은 용궁에서 용왕을 만나 살아 돌아오고 가난했던 흥부는 제비가 물어다 준 박씨를 심고 부자가 된다. 현실의 결핍을 해소하기 위한 이러한 환상적 장치들은, 다른 측면에서 봤을 때 더욱 핍진하게 현실을 그려낸다. 왜냐하면 환상적 장치의 도움 없이는 현실에서 벗어날 수 없다는 점을 반증함으로써, 여러 가지 현실의 질곡을 명료하게 문학적으로 형상화하기 때문이다.

이렇듯 판소리계 소설은 조선 후기 민중이라 부를 수 있는 계층의 현실을 대변하는 문학 작품으로서의 위상을 가졌다. 그러면서 자연스럽게 그들을 둘러싸고 있는 세계의 부당함을 표출할 수 있었다. 양난 이후 균열된 세계를 봉합하기 위해 유교적 질서를 강조했던 조선사회에서 판소리계 소설에서 나타나는 저항적 목소리는 불온한 것으로 취급받았을지도 모른다. 탐관오리에 맞서는 춘향, 용왕에게 맞서는 토끼, 부(富)의 분배를 강조한 흥부, 거침없이 성적 욕망을 드러낸 변강쇠와 옹녀 등의 형상은 중세사회 안에서 해체의 징후를 보여준다.

판소리계 소설에서 주동인물만이 그런 면모를 보여주지 않는다. 방자, 월매, 뺑덕어미, 정욱 등 현실적인 욕망에 충실하면서 중세적 질서에 항거의 목소리를 직접적으로 내뱉는 인물들도 보조인물로 등장한다. 양반인 이몽룡의 허세를 지적하고 비판하는 방자, 염치나 예의를 따지지 않고 자신의 욕망을 좇는 월매와 뺑덕어미, 조조를 비아냥거리는 정욱은 오히려 주동인물보다 중세적 가치의 부당함을 더 거침없이 드러내기도 한다. 〈춘향전〉에서 잠깐 등장하는 농부들은 변학도의 부정(不正)을 드러내며 탐관오리에 대한 직접적인 비판을 가하기도 한다. 이들이 보여주는 생동감은 경직된 중세질서와 대비되면서 판소리계 소설만의 필치를 강화시켜준다.

물론, 앞에서 살펴보았다시피 양반층을 포함한 평민 외의 계층들이 적극적인 향유자로 개입하면서 판소리계 소설의 서사는 변모해나갔다. 전승 5가는 현실의 질곡이나 세계의 균열보다는 열, 효, 충(忠), 우애, 통치자의 덕성을 강조하는 방향으로 서사가 전환되었다. 문학적 가치를 중세적 가치와 밀접하게 관련시킴으로써 19세기 말에서 20세기 초까지 작품의 결을 단선적(單線的)이기보다 복선적(伏線的)인 것으로 바꾸었다. 그러나 유교적 이데올로기에 경도되어가는 것처럼 보이는 판소리계 소설의 이본들 안에서도 여전히 민중들의 목소리는 살아있었다. 민중의 삶을 대변하며 태생한 판소리계 소설의 서사에 가필을 해도 민중의 목소리는 지워지지 않았던 것이다.

(신호림)

풍자·세태소설

조선 후기에 풍자소설(諷刺小說) 혹은 세태소설(世態小說)이라는 새로운 양식의 소설이 등장했다. 사회에 대한 풍자와 인정세태(人情世態)의 묘사는 어느 시대의 문학 작품에서든 볼 수 있고, 소설이 아닌 다른 문학 장르에서도 가능하지만, 한국 고전소설의 하위 양식으로서의 풍자·세태소설은 '여색(女色)에 초연하다고 자처하는 주인공이 주변 인물들의 공모에 의해 오히려 호색적 성격을 폭로당하는 것을 주지로 하는 일군의 작품들'을 일컫는다. 이에 속하는 작품들은 주인공이 여성의 유혹을 이기지 못하고 훼절하는 것이 그 주된 내용이므로 훼절소설(毀節小說) 혹은 남성훼절소설이라고도 하는데, 그 어떤 용어도 완전히 만족스럽지는 못한 게 사실이다. 풍자·세태소설로는 한문소설인 〈정향전(丁香傳)〉·〈지봉전(芝峯傳)〉·〈종옥전(鍾玉傳)〉·〈오유란전(烏有蘭傳)〉과 국문소설인 〈배비장전(裵裨將傳)〉·〈이춘풍전(李春風傳)〉·〈삼선기(三仙記)〉 정도를 꼽을 수 있는데, 우선 이 작품들의 경개를 살펴보기로 하자.

〈정향전〉은 20여 종의 한문본과 10여 종의 한글본이 전하는데, 원작은 한문본이고 한글본은 한문본의 번역이다. 양녕대군(讓寧大君, 1394~1462)이 세종(世宗, 1397~1450)에게 서너 달 평양을 유람하겠다고 청하자, 세종은 평양이 색향(色鄕)이라는 이유로 걱정하였다. 이에 양녕대군은 주색(酒色)을 삼가겠다고 다짐하였고, 세종은 약속을 지키면 숭례문(崇禮門)으로 몸소 마중 나가는 한편 잔치를 베풀어 주겠다고 하였다. 그리하여 양녕대군은 연로(沿路)의 고을 및 평안도에 여색을 엄금한다는 내용의 공문을 보내고 평양으로 떠났다. 한편 세종은 관서(關西) 열읍(列邑)에 비밀리에 명하여 양녕대군에게 기녀를 보내 위로하라고 하였는데, 교명(敎命)을 받은 평안감사가 기녀들을 소집하자 16세의 정향(丁香)이 자원하였다. 정향은 고양이에게 닭다리를 물려 양녕대군의 처소로 들어가게 하고 자기도 뒤따라 들어가서 양녕대군에게 붙잡히고는, 자신은 18세의 과부(寡婦)로서 남편에게 상식(上食)한 것을 고양이가 훔쳐가므로 쫓아오게 되었다고 거짓말하였다. 양녕대군은 그녀를 용서해 주었으나 마음에 잊히지 않아 결국 밤중에 그 집을 찾아가 동침하였고, 이후로 매일 밤 정향과 만났다. 양녕대군이 떠날 때가 되자 정향은 자신의 치마를 꺼내어 양녕대군에게 시를 받았고 평안감사는 그 치마를 세종에게 보냈다. 양녕대군이 서울로 돌아오자 세종은 잔치를 베풀었는데 기녀들 가운데 정향이 있었던바, 양녕대군은 세종에게 사죄하였고 세종은 양녕대군을 위로하였다. 양녕대군과 정향은 백년해로하였다.

〈지봉전〉은 임형택 교수 소장 한문본이 유일하다. 효종(孝宗, 1619~1659) 때 김복상(金福相)이 궁녀와 정을 나누다가 발각되었다. 효종은 그를 아껴 용서하고 싶었지만 지봉(芝峯) 이수광(李睟光, 1563~1628)(작품에는 '이수광(李粹光)'으로 되어 있음) 등이 죽여야 한다고 아뢰므로 할 수 없이 김복상과 궁녀를 각각 제주도와 강계(江界)로 귀양 보냈다. 지봉은 조정 신하 가운데 유일하게 첩이 없는 사람이었으므로 효종은 특별히 걸상을 마련하여 대우하였다. 하루는 효종이 지봉에게 평양으로 가서 의심스러운 사건을 처리하라 하면서 부채를 하사한 뒤, 평안감사에게 비밀리에 명하여 지봉을 훼절시키고 부채를 받아내라고 하였다. 평안감사가 기녀들을 불러 부채를 가져오는 자에게 상을 내리겠다고 하자, 퇴기(退妓) 백옥(白玉)이 남편 선우순(鮮于淳)의 허락을 받고 지봉을 찾아갔다. 백옥은 지봉과 시를 수창한 뒤 저포(樗蒲) 놀이도 하고 바둑도 두다가 마침내 동침하였다. 지봉이 평양을 떠나기 전날, 백옥이 부채를 선물로 달라고 하자, 지봉은 성상의 하사품이므로 줄 수 없다고 하였다. 이튿날 지봉이 출발할 때 백옥은 길에서 기다리고 있다가 기어이 부채를 받아냈고, 평안감사는 백옥을 서울로 보냈다. 지봉이 입궐하여 복명하자 효종은 걸상을 내놓았는데, 지봉은 땅에 엎드려 평양에서 있었던 일을 자백하였다. 이에 효종은 지봉에게 술을 하사하고 백옥을 만나게 해 준 뒤 김복상의 죄를 용서하라고 효유했다. 그리고 지봉과 백옥에게 상을 내리고 김복상과 궁녀를 해배(解配)하였다.

〈종옥전〉은 2종의 한문본이 전한다. 옹정(雍正) 연간 양주(楊州)의 김성진(金聲振)은 조카 종옥(鍾玉)을 매우 사랑하였는데 원주(原州) 부사로 부임할 때 함께 데려갔다. 어느 날 종옥의 부친으로부터 종옥의 혼처를 정했다는 편지가 왔으나 종옥은 장성하여 학문이 성취된 후에 혼인하겠다며 거부하였다. 이에 김성진은 기녀 옥향란(玉香蘭)에게 종옥을 유혹하라고 명하였다. 향란은 종옥을 찾아가 첩이 되겠다고 말하였는데, 종옥은 처음에는 요지부동었으나 향란이 며칠을 계속 찾아오자 마침내 마음을 바꾸어 향란과 동침하였다. 향란에게 이 사실을 들은 김성진은 가짜 편지를 꾸며 종옥 부친의 병환이 심해진 것처럼 속이고는 종옥에게 서울로 가는 도중에 차도가 있다는 소식을 들으면 곧바로 돌아오라고 말하였다. 종옥은 향란과 작별하고 길을 떠났는데 중도에 서울에서 오는 종을 만나 부친의 병이 쾌차했다는 소식을 들었다. 그는 원주로 돌아오다가 며칠 전 죽었다는 향란의 무덤을 보았고 슬픈 마음에 제문을 지었다. 그날 밤 귀신 향란이 찾아왔고 이후로 종옥은 향란과 매일 동침하였는데, 어느 날 그는 향란으로부터 자신이 이미 귀신이 되었다는 말을 들었다. 종옥이 향란과 함께 마음대로 행동하여도 사람들은 알아보지 못하였던바, 이는 향란이 종옥을 속인 것이었고 김성진이 고을 사람들에게 모른 척하라고 명한 것이었다. 결국 종옥은 자신이 귀신인 줄로 알고 잔치 자리에서 무람없이 음식을 먹다가 김성진에게 꾸지람을 들음으로써 망신을 당하였다. 김성진은 종옥에게 향란을 버리지 말라고 타일렀고, 종옥은 상경하여 혼인한 뒤 향란을 첩으로 맞아들였다.

〈오유란전〉은 3종의 한문본이 전한다. 김생(金生)과 이생(李生)은 세교(世交)를 맺은 두 재상가에서 한날한시에 태어났다. 둘은 함께 공부하고 과거를 보았는데, 이생은 낙방하고 김생은 급제하였다. 이후 김생이 평안감사에 제수되자 이생은 김생을 따라가 조용한 곳에서 공부하였는데, 김생이 생일 잔치 때 기녀를 부르자 이생은 불쾌하여 그 자리를 떠났다. 이에 김생이 기녀 오유란(烏有蘭)을 불러 이생을 유혹하도록 명하니, 오유란은 이생의 숙소 근처에서 빨래를 하면서 며칠 동안 이생의 마음을 흔들었다. 이생은 마침내 오유란을 찾아갔고, 오유란은 자신을 과부라고 속인 뒤 이생과 동침하였다. 어느 날 이생의 부친이 위독하다는 연락이 오자 이생은 급히 상경하다가 도중에 본가에서 오는 종을 만나 부친이 쾌차하였으므로 다시 돌아가라는 내용의 편지를 받았던바, 이는 모두 김생이 꾸민 계략이었다. 이생이 돌아오는 길에 새 무덤이 있으므로 지나가던 초동(樵童)에게 물으니, 그 과부가 이가(李哥)에게 핍박을 당해 곡기를 끊고 죽었다는 것이었다. 이생은 제문을 지어 조문하고 슬퍼하다가 병이 나게 되었는데, 어느 날 밤 오유란이 귀신으로 찾아왔고, 이후로 둘은 매일 밤 정을 나누었다. 하루는 주변 사람들이 이생이 죽은 것처럼 행동을 하고 오유란 또한 이생이 죽었다고 속이자, 이생은 자신이 죽은 줄로만 알고 오유란과 함께 돌아다니면서 음식을 빼앗아 먹었다. 그러던 어느 날 이생은 무더위에 발가벗고 다니다가 선화당(宣化堂) 대청 위에 이르렀을 때 김생이 알아보는 바람에 크게 망신을 당하였다. 그는 부끄러운 마음에 서울로 돌아와 열심히 공부해 과거에 급제하였다. 평안도에 흉년이 들자 이생은 암행어사로 평양에 갔는데, 애초에는 김생과 오유란을 처벌하여 설욕하고자 하였으나 결국 이들과 화해하였다.

〈배비장전〉은 신구서림에서 1916년에 간행한 활자본과 김삼불 교주본 두 종이 전한다. 선초(鮮初)에 김경(金卿)이 제주목사로 부임할 때 배선달(裵先達)을 비장(裨將)으로 데려갔다. 제주에 당도한 배비장은 기녀 애랑(愛娘)이 전임 정비장(鄭裨將)을 홀랑 벗겨 먹는 것을 보고는 애랑에게 홀리지 않겠다고 다짐하면서 방자와 내기를 하였다. 배비장이 기녀를 엄금하라고 수노(首奴)에게 명하자, 이 말을 들은 목사는 기녀 애랑에게 배비장을 훼절시키라고 명하였다. 이튿날 목사가 한라산 유람을 떠나 기녀들과 놀았는데, 함께 간 배비장이 우연히 수풀 속을 보니 한 미인이 목욕을 하는 것이었다. 배비장은 그 모습을 보고 넋이 나가 배가 아프다고 꾀병을 부려 홀로 남았고, 방자를 그 여인, 곧 애랑에게 보내어 다담상을 받아 왔다. 침소로 돌아온 배비장은 방자를 통해 애랑과 편지를 주고받은 뒤 한밤중에 애랑의 집을 찾아가 정을 나누었다. 그때 방자가 애랑의 남편인 척하고 집으로 들어오자, 애랑은 배비장을 자루 속에 들어가 숨게 하였다. 방자가 자루 속에 든 것이 무엇이냐고 물으니 애랑은 거문고라고 대답하였고, 방자가 자루를 치자 배비장은 거문고 소리를 흉내내었다. 방자가 술을 사온다며 밖으로 나가자 애랑은 배비장을 궤(櫃) 속으로 들어가 숨게 하였다. 이윽고 방자가 돌아와 꿈 이야기를 하면서 거문고와 궤에 귀신 붙었으니 궤를 강물에 버리겠다고 말하였다. 방자가 동헌 마당에서 궤에 물을 붓고 하인들이 뱃소리를 내자, 배비장은 배에 실려 죽게 되는 줄로만 알았다가, 결국 궤에서 나와 목사와 기녀들 앞에서 망신을 당하였다.

〈이춘풍전〉은 30여 종의 이본이 전하는데, 한문본은 1종뿐이고 나머지는 국문본이다. 숙종 때 이춘풍(李春風)은 방탕한 씀씀이로 청루(靑樓)에서 가산을 탕진하고는 아내에게 주색잡기(酒色雜技)를 하지 않겠다는 수기(手記)를 써 주었다. 아내의 치산(治産) 덕에 4~5년 만에 가세가 풍족해지자 이춘풍은 마음이 교만해져 호조(戶曹)에서 2천 냥을 빌려 평양으로 장사하러 갔지만, 기녀 추월(秋月)에게 홀려 1년 만에 가져간 돈을 다 잃고 기방에서 사환하는 신세로 전락하였다. 이춘풍의 아내는 이 소식을 듣고는 이웃 김승지(金承旨)의 모친에게 잘 보여 환심을 샀다가 김승지가 평안감사로 부임하게 되자 남장(男裝)을 하고 비장(裨將)으로 따라가 이춘풍과 추월을 잡아들여 꾸짖고 추월에게 돈을 받아냈다. 이춘풍이 돈을 받고 귀가하여 아내에게 교만하게 굴자, 아내는 다시 비장의 옷을 입고 이춘풍을 꾸짖은 뒤 본모습으로 돌아와 화해하였다.

〈삼선기〉는 이문당에서 1918년에 간행한 활자본만 전한다. 주인공 이춘풍은 오릉중자(於陵仲子)처럼 고상한 인물로, 혼인한 지 10여 년이 되도록 부부의 정을 몰랐는데, 하루는 홍제원(弘濟院)에서 평소 무시하던 한량들에게 붙잡혀 욕을 당하고 억지로 술을 마셔 정신을 잃었다. 그때 평안도 출신 기녀로 서울에 올라와 명성을 떨치고 있던 홍도화(紅桃花)와 유지련(柳枝蓮)이 그곳을 지나다가 한량들과 함께 이춘풍을 훼절시키기로 모의하였다. 며칠 뒤 둘은 홍명학(洪明鶴)과 유봉학(柳奉鶴)이라는 서생으로 남장하여 찾아와 이춘풍의 제자가 되었고, 이춘풍의 환심을 산 뒤 함께 평양으로 유람을 떠났다. 어느 날 이춘풍이 대성산(大聖山)에 올라가 보니 석대(石臺)와 정자(亭子) 및 바둑판이 있었는데, 홍명학·유봉학은 그곳에 신선이 내려온다고 거짓말하였다. 며칠 후 홍명학과 유봉학이 외출하자, 이춘풍은 책을 읽다가 퉁소 소리를 따라 대성산 석실로 올라가 도홍선(桃紅仙)이라는 선녀와 정을 나누었다. 도홍선은 홍도화가 선녀로 분장한 것이었던바, 그녀는 이춘풍에게 전세에 자신 및 유홍선(柳紅仙: 유지련)과 함께 적강(謫降)한 인연이 있다고 거짓말하였다. 며칠 후 이춘풍은 밤중에 거문고 소리를 따라가 도홍선과 유홍선을 만났는데, 그 자리에서 두 선녀, 곧 홍도화와 유지련은 이춘풍에게 그간 선녀로 속인 사실을 자백하고 사죄하였다. 이후 이춘풍이 모가비가 되어 홍도화·유지련과 함께 관서제일루(關西第一樓)라는 교방(敎坊)을 차리니 평양 기루(妓樓)의 풍속이 바로잡혔다. 그런데 이를 못마땅하게 여긴 수통인(首通引) 노영철(盧永喆)과 기녀 옥경선(玉京仙)이 이춘풍을 살인죄로 모함하자, 이춘풍은 장기(長岐)로 귀양 가고 교방은 폐지되었다. 이후 평안감사가 새로 부임하자 이춘풍의 억울함이 드러났다. 감사는 이춘풍과 홍도화·유지련 등을 효유하였고, 이춘풍도 노영철·옥경선과 화해하였다.

풍자·세태소설은 18~19세기에 등장한 것으로 추정된다. 유일하게 작자가 알려져 있는 〈종옥전〉은 목태림(睦台林, 1782~1840)이 1803년에 창작한 소설이다. 〈배비장전〉의 경우, 현전하는 이본은 모두 20세기 이후의 것이지만, 판소리 〈배비장타령〉은 유진한(柳振漢, 1711~1791)이 1754년에 지은 만화본(晩華本) 〈춘향가〉에 그 내용이 보인다. 〈정향전〉·〈지봉전〉·〈오유란전〉·〈삼선기〉에는 1687년에 창작된 〈구운몽(九雲夢)〉의 영향이 확인되는데, 〈정향전〉·〈지봉전〉은 18세기 중엽 이후, 〈오유란전〉은 19세기 초, 〈삼선기〉는 19세기 말에 창작된 것으로 추정된다. 〈이춘풍전〉은 현전하는 이본들의 존재 양상으로 보아 19세기 말에 나온 것으로 보이는데 판소리 〈무숙이타령〉의 소설본인 〈게우사〉의 개작이라는 김준형의 견해가 있다.

풍자·세태소설과 유사한 이야기는 조선 전기부터 향유된 남성훼절설화에 보인다. 『명엽지해(蓂葉志諧)』의 〈기롱장백(妓籠藏伯)〉, 『기문총화(記聞叢話)』의 〈채수(蔡壽)〉, 『기문(奇聞)』의 〈혹기위귀(惑妓爲鬼)〉, 『계압만록(鷄鴨漫錄)』의 〈순안어사(巡按御史)〉 등의 문헌설화 및 몇 편의 구비설화에서 풍자·세태소설과 유사한 내용을 확인할 수 있다.

풍자·세태소설의 형성에 가장 큰 영향을 미친 작품은 〈구운몽〉이다. 〈정향전〉은 그 문면에 이미 〈구운몽〉의 등장인물인 양소유와 가춘운이 언급되어 있다. 〈지봉전〉에서 이수광은 효종에게 받은 부채를 백옥에게 주는데, 이는 〈구운몽〉에서 진채봉이 양소유로부터 부채를 받은 것과 유사하며, 이수광이 병풍 뒤에 앉아 있었던 백옥을 알아보지 못하는 장면은 양소유가 어전에서 눈을 들지 못해 진채봉을 알아보지 못하는 대목과 관련이 있다. 〈종옥전〉·〈오유란전〉·〈삼선기〉에서 여주인공들이 귀신 혹은 선녀로 분장하여 남주인공을 속이는 것은 〈구운몽〉의 가춘운(賈春雲)이 위선위귀(爲仙爲鬼)하는 대목의 영향이다. 〈삼선기〉에서 이춘풍은 퉁소와 거문고를 매개로 두 선녀를 만나는데, 이는 〈구운몽〉에서 양소유가 거문고·퉁소를 통해 정경패·이소화와 인연을 맺는 것과 동일하다.

풍자·세태소설은 '내기와 공모'의 구조로 이루어져 있다. 풍자·세태소설의 주인공은 여색에 초연함을 장담하고 주변 인물들은 이를 무너뜨리기 위해 공모하는데, 이는 '주인공 – 공모자1 – 공모자2'의 형식으로 나타난다. 이 형식은 양반층이 향유했던 〈정향전〉·〈지봉전〉·〈종옥전〉·〈오유란전〉에서 충실히 구현되는 데 반해 평민이 주향유층인 〈배비장전〉·〈이춘풍전〉·〈삼선기〉에서는 변형·파괴되고 있다. 풍자·세태소설의 웃음은 경직성의 교정 및 사회성의 획득과 관련된 것인데, 〈정향전〉·〈지봉전〉의 웃음이 풍자에 미치지 못한다면 〈종옥전〉·〈오유란전〉의 웃음은 풍자에 가깝다. 또 〈배비장전〉·〈이춘풍전〉의 그것은 민중의 웃음이라는 점에서 풍자이자 그 이상이라 할 수 있으며, 〈삼선기〉의 경우는 풍자가 끝까지 지속되지 못하고 있다.

'내기와 공모'의 구조는 남성훼절설화뿐만 아니라 〈구운몽〉에도 보이는 것이라는 사실에 주목할 필요가 있다. 〈구운몽〉의 주인공 양소유는 주변 인물들의 공모로 인해 속임을 당하지만, 한바탕의 속임수는 주인공과 공모자들의 화락한 웃음판으로 마무리되며 최종 승리자는 오히려 속 아넘어간 양소유였다. 이런 관점에서 보면, 풍자·세태소설 중 내기와 공모의 구조가 충실히 구현되고 있는 작품들은 다르게 이해될 수 있는 여지가 있다. 풍자·세태소설의 주인공들은 자신들이 속고 있다는 사실을 전혀 모르는 상태에서, 왕명을 거역하고 수절과부를 범하는가 하면, 심지어 귀신이나 선녀와 만나 사랑을 나누기도 한다. 전자는 중세적 질서에서 용납될 수 없는 일이고, 후자는 비극적 결말이 전제되어 있는 만남이기에, 그 어느 것도 해피엔딩이기 어렵다. 그런데 풍자·세태소설의 주인공들은 이런 금기시된 욕망을 속임수라는 가상현실 속에서 한껏 충족한 뒤 그 대가로 약간의 망신만 당할 뿐이며, 결국 주인공과 공모자들이 화해함으로써 화락한 분위기로 이야기가 마무리된다. 더욱이 주인공들은 이 체험을 통해 자신들의 경직된 사고를 교정하여 사회성을 획득하기까지 한다. 풍자·세태소설의 주인공이 단순히 풍자의 대상일 수만은 없는 이유가 여기에 있다.

(엄태식)

필기

필기(筆記)는 견문(見聞)을 잡기한 기록류의 범칭이다. 형식이 자유롭고 제재와 내용이 대단히 포괄적인데, 대체로 찬자의 일상적 경험과 관심을 담고 있다. 표면적으로는 '심심풀이(破閑)', '비루한 이야기(稗說)', '잡다한 기록(雜記)', '자질구레한 기록(瑣錄)' 등 한가로움과 겸손의 글쓰기를 내세웠으며 규범화된 격식에서 벗어나 있다. 때문에 오랜 시간 권위를 갖고 있던 시문(詩文)에 비해 다분히 가볍고 잡스러운 것으로 간주되었다. '집(集)'으로 엮인 이 단편의 기록들이 독립된 각 편으로서 의미를 갖지 못하고 학술·문예미가 결여된 신변잡기의 하나로 여겨진 것이다.

그러나 필기는 한문학의 다른 장르들 못지않게 지속적으로 찬술되어 왔으며 그 외연을 상정하기 어려울 정도로 광범위한 편이다. 동아시아 문학사의 관점에서 보더라도 필기는 대개 육조(六朝)시대 사인(士人), 즉 정치 문인의 등장과 함께 성립된 것으로 다른 한문학 장르에 비해 비교적 늦게 출현한 양식이지만 양적·질적으로 비약적인 발전을 해왔다. 예컨대 유의경(劉義慶, 403~444)의 『세설신어(世說新語)』의 경우, 문인 세계에서 전고(典故)로써 끊임없이 활용되었으며, 대부분이 실존했던 인물과 사건에 대한 기록인 만큼 사료(史料)로도 가치 있는 자료로 수용되어 왔다.

또한 필기는 폭넓고 자유로운 양식적 특성으로 인해 장르적 규범에 얽매이지 않고 자신의 생각을 비교적 자유로운 필치로 서술해 나갈 수 있었다. 재도(載道)를 의식하거나 엄격함을 견지하려고 노력할 필요가 없었기에 사실과 허구를 넘나들며 훨씬 유연한 입장을 취하게 된 것이다. 이를 통해 찬자 개인의 관심과 개성, 내면의식을 다채롭게 담아내는가 하면, 개인의 문제를 넘어 동료와의 공동체 의식, 넓게는 시대의 문제까지도 반영할 수 있었다. 이렇게 필기는 한자문화권의 사대부 문인들에게 글쓰기의 보편적 양식으로 자리 잡게 되었다.

이러한 필기의 찬자는 주로 고려 후기에는 신흥사대부층, 조선 전기에는 사대부 문인층에 속했으며, 조선 중·후기에는 관직을 맡은 일부 중인 (中人)층까지 확대되었다. 그러나 이들은 결코 다른 주체들이 아니다. 모두 성리학을 자신의 이념적 기반으로 삼고 있었으며 당대 문학의 주된 담당층이었다. 이들은 '단절'이 아닌 '연속'의 선상에서 필기를 찬술해온 것이다. 다만 조선 전기의 사대부 문인들은 앞 시기에 비해 상대적으로 사회적 지위가 높아지고 생활이 안정되면서 여유가 생겼다. 또한 국정 전반에 깊이 관여하고 각종 국가 문헌의 편찬을 주관하는 등 역사와 문화 전반에 걸친 해박한 지식을 갖게 되었다. 이렇게 축적된 다양한 방면의 지식과 인식을 그들은 필기를 통해 고스란히 드러내고 있다. 따라서 필기를 연구하는 것은 당대 지식인들의 생활상을 확인하는 동시에 그들의 사유를 읽어낼 수 있는 방편이 되기도 한다. 비록 체제가 산만하고 잡다하지만 그 실상은 찬자의 내면세계, 당대의 기호(嗜好)와 관심의 향방, 생동하고 변화하는 시대상을 살필 수 있는 귀중한 자료인 것이다.

문헌에서 확인되는 우리나라 최초의 필기집은 이인로(李仁老, 1152~1220)의 『파한집(破閑集)』이다. 필기의 범위를 넘어 한국 시화(詩話)의 첫 번째 작품이기도 하다. 다만 전해지지 않는 저술까지 포함한다면 사정은 달라진다. 『파한집』보다 앞선 고려 전기에 정서(鄭敍)의 『잡서(雜書)』(『습기잡서(習氣雜書)』)가 시화를 포함한 필기 저술이었다는 기록이 있으나 현전하지 않아 그 실체를 확인할 수 없다. 여기에서 시화란 시에 대한 담론을 일컫는 것인데 한자문화권에서 문학비평의 한 형태로 발전한 것이다. 단순히 시 작품만을 모아 놓은 것도, 시에 대한 비평만을 기록한 것도 아닌 복합적 성격의 문학 양식이다. 자신과 그 주변의 관심사 내지 견문을 자유롭게 잡기(雜記)하는 글쓰기 방식을 취했으며 다만 그 중심에 시(詩)가 자리 잡고 있을 뿐이다. 그런 점에서 시화는 넓은 의미에서 이 시기 필기의 전형적인 한 성격이라고 할 수 있다. 즉 이인로는 '시(詩)'와 '이야기(話)'가 어우러진 '시화'의 형식으로 자신과 그 주변의 다양한 이야기를 담을 수 있는 '필기'라는 새로운 글쓰기 양식을 시험한 셈이다.

뒤이어 고려 중기에는 최자(崔滋, 1188~1260)의 『보한집(補閑集)』이 나왔다. 『파한집』의 등장은 새로운 문학 양식에 대한 관심과 함께 우리 시문학에 대한 정리의 필요성을 불러일으켰으며 『보한집』이 편찬되는 중요한 계기로 작용하였다. '한가함(閑)'을 표면에 내세워 잡다한 이야기를 모아 놓은 작품집의 형태였는데, 주로 찬자와 관련된 인물들의 시평이 내용의 대부분을 차지하고 있다. 그런데 『보한집』은 『파한집』을 '이어서 보충(續補)'하고 있지만, 작품의 실상을 확인해보면 이 두 작품집이 줄곧 같은 양상으로 일관한 것은 아니다. 이는 곧 같은 필기류 안에서도 글쓰기 방식에 일종의 변화가 가해졌다는 뜻이기도 하다. 최자는 『보한집』에서 반드시 문장의 규범에만 얽매이지 않았다. 이는 『보한집』이 정리되는 과정에서 당대 문단의 경향이 반영되어 시문 선집과 서술 태도가 취해진 결과이기도 하다. 게다가 그는 시문의 미적 가치보다 내용적 측면을 중시했다. 또한 『보한집』은 작가와 작품의 엄정한 비평에 집중하였다. 이 때문에 시의 일화에 초점을 맞춘 『파한집』과 비교할 때 『보한집』은 읽을거리로서 흥미는 약해졌다. 하권 말미에 몇 편의 음담(淫談)과 괴기담(怪奇談) 같은 흥밋거리를 소개한 것도 그런 이유에서인 듯하다.

그런데『파한집』과『보한집』이 성립된 배경에는 무신집권기라는 정치적 특수성이 개입되어 있었다. 문인 지식인들은 무신집권이라는 파행적인 상황에 대응하여 종전의 학문적 태도와 글쓰기를 변화시키는 방식으로 자신들 고유의 정체성을 표출하기 시작했다. 예컨대『파한집』에는 무신집권 치하에서 기를 펴지 못한 채 시문에 마음을 쏟고 자적(自適)하는 문인의 불우한 처지와 침울한 정서가 깔려 있다.

고려 후기에는 이제현(李齊賢, 1287~1367)의『역옹패설(櫟翁稗說)』(1342년)이 편찬되었는데 고려의 정치와 역사 및 사대부 일화를 다룬 전집(前集) 2권과 당송(唐宋)과 고려의 시문을 다룬 후집(後集) 2권으로 구성되어 있다. 주로 무신집권기 이후 시기의 인물과 사건을 다루고 있다. 특히 전집의 기사는『고려사』에 다수 채택될 만큼 사료적 가치가 크다. 고려의 필기로서 이렇게 구성된 책은『역옹패설』이 유일하다. 즉『역옹패설』은 작품의 소재가 다양해지고, 구성이 변화되었으며, 역사적 인물뿐만 아니라 평범한 인물에 이르는 다양한 계층을 다루는 등 대상 인물의 범위와 폭도 확장되어 다채로운 양상을 두루 갖추게 되었다. 그리고『역옹패설』의 이러한 면모는 후대 필기에 큰 영향을 끼쳤다. 사대부 필기의 전형적 구성과 내용을 갖추고 있어서 이후 필기의 전범(典範)이 된 것이다. 전집 권1의 고려 왕실과 국정에 관한 내용은 고려의 역사를 이해하는 기본 틀을 제공하였고, 권2의 일화와 소화는 인물의 형상을 흥미롭게 형상화하는 고려 필기의 특징을 보여주었으며, 후집은 시평에 중점을 두었다.

이처럼 고려시대의 필기는 아직 일반화된 양식으로 두루 향유되지 못한 상황이었다. 대개 몇몇 특출한 문인지식인에 의해 정리되어 본격적인 문예 양식으로 자리를 잡아가는 초기 단계였다. 이 시기는 필기라는 양식이 새롭게 등장하여 조선 전기 필기가 성행하는 계기를 마련했다는 점에서 중요한 의미를 지닌다.

조선 전기에는 필기집이 사대부 문인 사이에서 널리 유행하였는데 필기가 우리 문학사에서 본격적으로 성행한 시기라고 할 수 있다. 『역옹패설』이 편찬된 이후 성종조 이전까지는 이렇다 할 필기집이 나오지 않았다. 그러다가 『필원잡기(筆苑雜記)』·『태평한화골계전(太平閑話滑稽傳)』·『촌담해이(村談解頤)』·『청파극담(靑坡劇談)』·『용재총화(慵齋叢話)』·『추강냉화(秋江冷話)』·『매계총화(梅溪叢話)』·『소문쇄록(謏聞瑣錄)』 등이 오랜 공백을 깨고 일시에 산출된 것이다. 특히 이 시기에는 사대부 문인지식층이 본격적으로 자기 정체성을 확립하면서 필기는 사계층의 전유물로써 그들의 확장된 관심과 지향을 더욱 강하게 반영했다. 자신들의 지적·생활적 관심과 사대부 의식을 그들에겐 너무나도 익숙한 한문학 글쓰기─필기를 통해 적극적으로 기록하고 향유한 것이다. 이후 필기는 조선 전기를 기점으로 점차 역동적이고 다양하게 변주되어 간다.

이 시기 필기의 성격을 규정하는 당대 문인들의 보편적인 인식은 '국사의 보충 자료(補史)'라는 것이다. 예컨대 서거정(徐居正, 1420~1488)과 성현(成俔, 1439~1504)은 집현전의 마지막 세대 혹은 그 후배 격으로, 조선 전기 문학의 흐름을 이끌어 갔던 가장 표층부의 인물들이다. 서거정은 필기류 저술로서 『필원잡기』·『태평한화골계전』·『동인시화(東人詩話)』를 남겼으며, 성현은 조선 전기 필기 중에서도 매우 광범위하고 독특한 면모를 보이는 『용재총화』를 찬술했다. 특기할 점은 서거정은 이미 전대 이제현이 『역옹패설』에서 제시했던 내용을 활용하여 앞서 언급한 3종의 필기집을 각각 '일화(逸話)', '소화(笑話)', '시화(詩話)'의 성격으로 구분하여 간행했다는 것이다. 고려 후기에서 조선 전기까지 산출된 대부분의 필기집은 각각이 지향하는 중심 지표가 다를 뿐 주로 일화에 시화와 소화가 섞여 있는 종합적인 면모를 보인다는 점에서 이러한 서거정의 구분은 괄목할 만하다. 이 중에서도 『필원잡기』는 웃음기를 쏙 뺀 '보사(補史)'의 성격이 특히 강하며 사대부 의식이 가장 집약된 경우라고 할 수 있다.

조선 전기의 사대부 문인들은 종전의 시화 위주의 서술을 비판하며 '시사(時事)'의 중요성을 더욱 강조하였다. 이에 따라 시사를 중시하는 풍조와 맞물려 필기의 성격에도 모종의 변화가 일었다. 필기에서 다루고 있는 소재와 내용이 확장되었으며 좀 더 비근한 현실에 착목하여 다양한 인물과 사회상을 담아내기 시작한 것이다. 이는 기본적으로 조선 전기의 사대부 문인들이 안정된 관료 생활을 통해 역사와 문화 전반에 걸친 다양한 경험과 해박한 지식을 축적할 수 있었던 데에서 기인한다. 즉 당시의 사계층은 앞 시기에 비해 상대적으로 사회적 지위가 높아져 국정 전반에 깊이 관여하였으며, 성종의 호학(好學)과 박학(博學)의 성향으로 홍문관 활동, 사가 독서, 각종 국가 편찬사업 등 공적(公的) 활동에 활발히 참여하게 되었다. 이러한 일련의 경험과 견문은 대개 일화나 간혹 소화의 형태로도 필기에 기록되었으며 시화의 비중은 자연스레 감소하게 되었다. 그렇다고 해서 조선 전기의 필기집에 소화가 전혀 수록되지 않은 것은 아니다. 오히려 시화의 점유율이 높았던 초기의 형태에 견주어 볼 때, 이전 시기의 필기집에 비해 소화의 비중이 상당히 늘었으며 독립된 소화집이 산출되기 시작한 시점이기도 하다.

그런데 조선 전기와 중기 사이에는 사회·경제·정치적 격변이 있었고 이러한 문학 외적 상황은 당대의 문학작품에도 직·간접적인 영향을 미치기에 충분했다. 특히 네 차례의 사화(士禍)는 단지 사대부들의 정권 다툼일 뿐 아니라 당시의 사회·경제적 변화와 충격을 바탕으로 한, 집단 간의 갈등 표출이라고 볼 수 있다. 이렇게 16세기에 집중된 사계층의 사화 경험이 필기집에 기록되기 시작했고 필기의 성격이 변화되는 징후를 보이기도 한다.

그동안 필기는 대체로 찬자 자신의 생활 주변의 견문을 기록했던 바,

그들의 관심은 사적(私的)인 영역에 보다 집중되어 있었다. 하지만 사화라는 정치적 충격을 겪으면서 역사적 사건과 현실에 대한 관심이 보다 중요한 요소로 떠오르게 되었다. 이에 따라 사화와 관련된 인물과 사건, 직접적인 경험과 견문을 사실적으로 기록한 필기집이 나오게 되었다. 예컨대, 김정국(金正國, 1485~1541)의 『사재척언(思齋摭言)』, 임보신(任輔臣, ?~1558)의 『병진정사록(丙辰丁巳錄)』, 어숙권(魚叔權)의 『패관잡기(稗官雜記)』 등에는 이미 사화에 대한 이야기가 다수 수록되었으며, 안로(安璐)의 『기묘록보유(己卯錄補遺)』와 작자미상의 『기묘록속집(己卯錄續集)』, 『기묘록별집(己卯錄別集)』, 이사온(李士溫)의 『을사전문록(乙巳傳聞錄)』 등 사화와 관련된 일화를 주된 내용으로 한 필기가 찬술되었다. 이렇게 이 시기 필기는 개인의 사적인 관심이 역사와 현실에 대한 관심으로 옮겨가며 '사실성'이 더욱 부각되는 주목할 만한 변화를 보여주고 있다. 사화의 체험은 사대부 문인의 관심과 의식을 변화시켰으며 그것이 문학의 영역에 포섭되어 드러나지 않을 수 없었던 것이다.

조선 중기 필기의 또 다른 특징은 사회적 처지나 정치적 입장이 다른 찬자의 필기가 다양하게 등장하였다는 것이다. 이전 시기의 필기는 대부분 찬자가 말년에 치사(致仕)한 뒤 자신의 경험을 회고하며 그동안의 기억과 기록을 통해 재구해 낸 결과물이다. 그런데 이 시기에는 오히려 현실에 불만이 있는 계층이 필기를 찬술하는 경향을 보인다. 특히 중인층 지식인이 필기의 서술 주체가 되었는데 그간의 필기가 사대부 문학의 한 축을 이루며 존재해 왔다는 점에서 특기할 만하다. 이에 해당하는 필기집으로는 조신(曺伸, 1454~1529)의 『소문쇄록』, 어숙권의 『패관잡기』, 권응인(權應仁)의 『송계만록(松溪漫錄)』 등이 있다. 이들은 기본적으로는 사대부 필기와 동질성을 지니지만 현실을 인식하는 찬자의 시각과 태도에서 전 시기 필기와 구별되는 특징적 면모를 보인다. 이는 단순한 작자층의 확대일 뿐 아니라 조선 전·중기 필기의 성격을 새롭게 규정하고 문학사적 의미를 재고할 만한 유용한 관점을 제공한다. 또한 조선 후기 필기의 확장과 변화, 새로운 문학 양식의 형성을 추동한다는 점에서도 또 다른 해석의 출발점으로서 의미가 있다.

필기는 조선 후기에 이르러 인식의 변화와 분화가 본격적으로 나타난다. 특히 필기류 저술 중에서 서사성이 강한 기록은 필기에서 별도로 분리되어 조선 후기의 한문단편과 야담이라는 새로운 장르를 성립시켰다. 조선 후기 필기의 특징 중 하나는 지식·정보의 보고라고 할 만큼 많은 양의 내용을 담고 있다는 점이다. 이 시기에는 명·청 서적의 대량 수입과 청대 고증학의 영향으로 다양한 독서와 견문의 결과를 '차기(箚記)'의 방식으로 정리했다. 이렇게 뚜렷한 편찬의식에 따라 지식·정보를 분류하고 새롭게 배치한 결과물이 조선 후기에 등장한 '유서(類書)'류 필기이다. 『지봉유설(芝峰類說)』·『성호사설(星湖僿說)』·『고사신서(攷事新書)』·『임원경제지(林園經濟志)』·『지수염필(智水拈筆)』·『송남잡지(松南雜識)』·『임하필기(林下筆記)』 등이 그 대표적인 예이다.

또한 이 시기에는 개인이 인물의 정보를 기술한 것과 관찬의 형식을 빌려 인물 정보를 축적한 인물지(人物志)의 형태가 필기집으로 등장한다. 박세채(朴世采, 1631~1695)의 『동유사우록(東儒師友錄)』과 『국조인물고(國朝人物考)』, 『국조인물지(國朝人物志)』 등을 그 예로 들 수 있다. 이들 인물지는 편찬자와 대상 인물 모두 사대부 계층에 국한되거나 아니면 특정 사대부 인물군을 주목하고 있다. 이 외에도 인물 정보를 담고 있는 다양한 기록들도 등장한다. 『좌계부담(左溪裒談)』·『동국문헌록(東國文獻錄)』 등을 들 수 있다. 『동국승니록(東國僧尼錄)』의 경우, 신라부터 조선조의 승려를 기록한 특이한 사례다. 이 밖에도 『병세재언록(幷世才彦錄)』·『추재기이(秋齋紀異)』·『호산외사(壺山外史)』·『이향견문록(里鄕見聞錄)』·『진벌휘고

속편(震閣彙攷續編)』 등이 있는데, 대개 서얼과 서리 출신의 여항인이 저술한 인물지라는 점에서 특기할 만하다. 요컨대 저자의 시선은 하층민과 중간계층은 물론 상위 계층까지 두루 아우르고 있다.

이렇게 조선 전·중기 필기의 경우 대개 시화, 소화, 일화가 종합적으로 존재한다는 특징이 강하다. 그런데 조선 후기에는 박학의 추구에 따른 다양한 독서, 한학과 고증학의 성행, 장서가의 출현, 중국 서적의 수입과 유통 등의 영향으로 필기류 저술이 그야말로 폭발적으로 늘어나는 동시에 상당한 변모의 양상을 보인다. 당시의 사대부 문인들은 유교 사상을 담고 있는 '제가(諸家)의 기록'에 관심을 가졌고, 경전의 내용 외에도 세상의 이치와 사물의 변화에 대한 다양성을 인정하고 여러 방면에 지적 관심을 쏟아내고 있었다. 작게는 자구(字句)에 대한 관심에서부터 크게는 사물의 이치나 그 역사적 연혁에 관심을 표명하였다. 또한 일상생활의 다양한 체험, 하위 계층에 대한 관심과 사행(使行)을 통한 견문의 확장은 사대부 문인지식층이 주변 세계의 변화를 이해하는데 기여했으며, 그들이 남긴 필기의 내용을 더욱 풍부하게 만들기도 했다. 이러한 전통이 조선 후기에 이르러서는 다양한 지식과 새로운 정보를 분류하고 배치하는 '차기체 필기'로서 유서류(類書類)나 총서류(叢書類) 필기집의 찬술로 이어지게 된 것이다.

(곽미라)

한문산문

산문(散文)은 운문(韻文)의 상대어이다. 운문은 운율 즉 언어의 음악성을 살리기 위해 일정한 형식을 지켜 지은 글로, 대개 시를 가리킨다. 산문의 '散'자는 형식에 구애되지 않는다는 뜻이다. 하여 한시에서 요구되는 압운(押韻)이나 대우(對偶) 등을 지키지 않은 구절을 가리켜 산구(散句), 그러한 문체를 산체(散體), 이렇게 지어진 글을 아울러 산문이라 일컫는다. 그렇다면 한문산문은 한문으로 지어진 글 가운데 운문이 아닌 것이라 규정하면 될까. 아주 틀리진 않지만 정확한 정의라고 하긴 어렵다. 한문학의 영토가 운문과 산문으로 양분되지 않는 까닭이다.

한문 기반의 문학 작품을 총칭하는 말로 으레 '시문(詩文)'이라는 표현을 쓴다. 시와 문을 나란히 이른 것인데, 이때 시는 운문이라 바꾸어 생각해도 무방하지만, 문이 곧 산문인 것은 아니다. 산문 외에 변문(騈文)이란 것이 또 있기 때문이다. 이 변문의 존재를 알아야 한문산문의 개념과 역사적 위상을 보다 분명하게 이해할 수 있다. 변문을 한마디로 하면, 음악성과 수사적 미감을 최대로 살린 줄글이다. 각 구를 가급적 4자나 6자로 맞추고 각 글자의 발음(평측과 운)을 따져 짠 대구(對句)를 반복하는 특유의 형식은 읽기보다는 읊기를 염두에 둔 것이요, 전고(典故)를 즐겨 쓰고 수사적 기교를 화려하게 펴는 것은 문장의 아름다움을 추구한 것이다. 이처럼 운문적 요소를 다분히 갖고 있음에도 변문을 시의 영역에 두지 않는 것은 창작의 목적과 용도, 또 글의 형태에서 시와 엄연히 구분되는 정체성을 갖고 있기 때문이다.

한문학에서 산문은 큰 틀에서 보면 운문의 여집합이지만, 구체적으로 따지자면 변문에 상대되는 개념이다. 변문이 언어의 음악성, 수사의 화려함 등으로 문예미를 극대화하는 데 골몰했다면, 산문은 전달하고자 하는 바를 충실하게 담아내는 데 중점을 둔 글쓰기이다. 때문에 자수(字數)나 성률(聲律)에 구애되기보다, 성분의 결실이 없는 정확한 문장을 구사하고 겉으로 드러나는 기교보다 그 안에 담긴 내용을 중요시하였다. 사실을 기록하거나 주장을 논리적으로 펼치는 실용적 목적에 아주 적합한 양식인 것이다. 거슬러 올라가면 제자백가들이 자신의 사상을 담아낸 저술들이 산문의 원류로 지목되며, 역사서를 비롯하여 국정(國政)의 현장에서 생산되는 여러 문건들이 주로 산문으로 작성되었다. 그 가운데 전통적으로 전범(典範)이 되었던 텍스트가 『맹자(孟子)』나 『춘추(春秋)』, 『사기(史記)』 같은 책이다. 변문이 대두되는 것은 한(漢)나라를 거치면서지만, 산문은 훨씬 오래전부터 있었던 셈이다. 그래서 이를 고문(古文)이라 칭하기도 한다.

시의 맞은편에서 문의 두 축을 이루는 산문과 변문은 그 성쇠의 곡선이 대조를 이룬다. 변문은 한나라 때 등장하여 위진 시기에 문학 양식으로서 틀을 완비한 이래, 남북조 시대를 거쳐 당나라 때까지 문단을 풍미하였다. 물론 그동안 산문의 창작이 이루어지지 않은 것은 아니다. 사상 관계 저술이나 역사서, 실용 문건 등에서 여전히 활용되고 있었다. 하지만 문의 영역에서 문예물로서의 주도권은 변문에 있었으며, 행정이나 외교 등에 사용되는 공문서도 변문으로 작성하는 것이 보편적이었다. 이러한 구도는 당나라 중기에 이르러 한유(韓愈, 768~824)가 주창한 고문운동(古文運動)에 의해 전환점을 맞는다.

한유는 불교와 도교에 경도된 세태를 유학의 도(道)를 회복함으로써 바로잡아야 한다는 신념을 갖고 있었다. 이는 글 또한 말을 꾸미기보다 바른 도를 담아야 한다는 이른바 '문이재도(文以載道)'의 문학관으로 이어졌으며, 이러한 맥락에서 『맹자』로 대표되는 고문을 글쓰기의 전범으로서 강조하였다. 그의 이러한 주장은 변문의 유미주의적 경향에 염증을 느끼던 문인들의 호응을 얻었다. 유종원(柳宗元, 773~819)이 대표적이다. 이후 송나라가 들어선 뒤 고문을 구사하는 걸출한 작가가 연이어 나오는데, 소순(蘇洵, 1009~1066)·소식(蘇軾, 1037~1101)·소철(蘇轍, 1039~1112) 삼부자와 왕안석(王安石, 1021~1086), 구양수(歐陽修, 1007~1072), 증공(曾鞏, 1019~1083) 등이 손꼽힌다. 이들은 기록과 실용의 영역에 있던 고문, 곧 산문을 미학의 영역으로 가져왔으며, 산문을 문예물로서 창작하고 향유하게 하는 데 결정적인 기여를 했다. 이에 한유를 필두로 한 이 여덟을 당송팔대가라 일컬으며, 이들의 산문을 가리켜 당송고문(唐宋古文)이라 구분하여 부른다. 이로부터 문의 역사에서 고문을 바탕으로 한 산문이 오랫동안 패권을 쥐게 되었으며, 시대가 바뀌어 감에도 당송고문은 산문 창작의 모범으로서 굳건한 지위를 가졌다.

중국 산문사의 큰 흐름을 훑어본 것은 우리 문학사에서 한문산문이 전개되는 양상 또한 이와 호흡을 같이 하기 때문이다. 우리나라 한문학의 비조로 일컬어지는 최치원(崔致遠. 857~?)은 주지하듯 10대 초반에 당나라로 유학을 떠나 빈공과에 급제하고 그곳에서 벼슬 생활도 하였다. 만당기(晚唐期)의 학술과 문예를 몸소 경험하고 체화했던 인물인 셈이다. 『계원필경』은 그가 당나라에서 고변(高駢)의 종사관으로 있던 동안 지었던 글들을 모아 엮은 책인데, 관리로서 작성한 공적 문건 및 다른 관료들과 주고받은 서신이나 통지문 등으로 가득하다. 주목할 점은 그가 지은 글의 대부분이 변문이라는 사실이다. 그에게 문장가로서의 명성을 가져다 주었던 「격황소서」 또한 변문으로서 높은 수준의 성취를 이루었기에 회자

되었던 것이다.

고려가 들어섰을 때 중국은 송나라의 치세였다. 한유와 유종원을 이어 뛰어난 고문 작가들이 출현하며 변문은 위축되고 산문이 완연히 우위를 점했던 시기이다. 고려의 문인들 역시 당송고문을 높이 평가하고 자신들의 문학적 지향으로 삼았다. 그 필두에 김부식(金富軾, 1075~1151)이 있다. 그는 고문을 추구했던 대표적인 고려 전기 작가로, 그의 저작을 통해 이러한 면모를 확인할 수 있다. 『동문선』에 수록된 그의 산문들도 좋은 재료지만, 그의 고문 지향과 성취를 단적으로 보여주는 것은 역시 『삼국사기』이다. 소위 진한고문(秦漢古文)을 상징하는 저술이자 고문가(古文家)들이 글쓰기의 모범으로 가장 중시했던 사마천(司馬遷)의 『사기』를 본으로 삼아 편찬한 책이기 때문이다. 이어 임춘(林椿, 1149?~1182?), 이인로(李仁老, 1152~1220), 이규보(李奎報, 1168~1241) 등 고려 중기를 대표하는 작가들도 고문을 적극적으로 창작하였다. 김부식이 고문가로서 이룬 성취가 『삼국사기』에 집약되어 있다면, 이들은 논(論)·설(說)·기(記)·서(序)·발(跋) 등 다양한 문체를 두루 구사하며 산문의 지평을 한층 넓혔다. 이 시기 산문은 사회적 필요에 의해 지은 글보다 개인적 차원의 창작에서 약진이 두드러진다. 자신의 경험을 토대로 통찰과 사유를 갈무리한 설(說), 사물을 의인화하여 전기를 쓰며 재치와 의미를 담아낸 가전(假傳) 등이 눈에 띄는 이유이다. 이러한 전개 양상은 사상서나 역사서가 토대였던 진한고문을 계승한 당송고문이 작가 개인의 사유, 정서, 경험, 주장 등을 산문으로 펼치는 데로 나아갔던 흐름과 조응한다. 고려 말기에는 이제현(李齊賢, 1287~1367), 최해(崔瀣, 1287~1340), 이곡(李穀, 1298~1351), 이색(李穡, 1328~1396) 등 원나라를 다녀온 문인들이 문단을 주도하는데, 이들 또한 고문의 아취를 수준 높게 구현한 작가로 꼽는다. 특히 이제현은 김부식과 함께 고려시대 고문작가의 거두로 일컬어진다.

그렇다면 고문운동으로 상징되는 전환점을 지나며 변문은 문학사에서 퇴장했던 것일까? 그렇지 않다. 비록 고문이 주류의 지위를 점하였지만, 변문은 변문대로 용도와 문체에 따라 문인들의 선택을 받았다. 고려의 문인들이 고문을 중시했지만 사륙변려로 지은 작품도 적지 않게 발견되는 이유이다. 그럼 그 이후의 역사, 즉 송나라와 고려 다음 시대의 산문은 어떠했을까? 고문이 우세한 구도가 변함없이 이어져 근대에 이르는 것일까? 큰 틀에서 고문을 숭상하는 분위기를 완전히 전복시키는 대대적인 변혁은 일어나지 않지만, 반동과 실험이 꾸준히 시도되는 가운데 전통적인 고문과는 또 다른 양태의 산문이 출현하였다.

이쯤에서 산문이 곧 고문이 아님을 먼저 짚고 가자. 고문이 산문의 가장 유력한 형식임은 틀림없지만, 고문과 이질적인 형태의 산문도 있다. 대표적인 것이 시문(時文)과 이문(吏文)이다. 시문의 '時'자는 현재라는 뜻으로, 옛날의 고아한 문장[古文]에 대비하여 당시에 유행하는 글이라는 의미를 담고 있다. 대개 과거시험 전용의 문체, 즉 팔고문(八股文)을 가리켜 시문이라 하였다. 이문은 관리들이 행정 업무 현장에서 사용하는 문체를 말한다. 이들은 철저히 실용적 목적에 초점이 맞추어진 글쓰기이다. 이에 문예의 차원에서 상세히 거론할 대상은 아니지만, 당대인의 생활과 밀접했던 산문의 한 영역으로서 기억해둘 만하다.

다시 돌아와 문예물로서의 산문에 대해 이야기를 이어가자. 고문이 산문 창작의 기본 문법 역할을 하였지만, 시대적 국면이나 작가 개인의 문학적 지향, 특정한 주제가 요구되는 사회적 상황 등 다양한 요인으로 말미암아 자연스럽게 별종의 문체나 유파가 출몰하였다. 이 가운데 당송 고문의 본령과 분명한 결의 차이가 있는, 그러면서도 산문사에서 중요한 국면을 형성했던 두 대상을 톺아보고자 한다. 명나라 후반기에 대두된 의고문(擬古文)과 소품문(小品文)이 그것이다.

의고문이라는 것은 옛것을 본떠 따르고자[模擬] 하는 의고주의 내지 복고주의의 경향을 바탕으로 유행했던 문체이다. 명나라 초기의 산문은 당송고문을 답습하는 데 매달렸고, 중엽으로 가면서 대각체(臺閣體)라 하여 군왕의 덕을 칭송하는 유려한 산문이 유행했으나, 이 또한 형식주의에 빠져 독창적인 성취라 할 것을 찾기는 어려웠다. 이에 반기를 든 작가들이 이른바 전칠자(前七子)·후칠자(後七子)로, 이들을 아울러 흔히 의고파라 일컫는다. 이들은 '문은 반드시 진한을, 시는 반드시 성당을 좇아야 한다 [文必秦漢, 詩必盛唐]'라는 슬로건을 내세우며, 더 이상 창작적 활력을 제공하지 못하는 당송고문이 아니라 진한고문을 본받아 새로운 물결을 만들고자 하였다. 이러한 움직임은 당대 문단에 큰 파장을 일으켰으며, 문학사의 역동을 다시 불러일으켰다. 그러나 의작(擬作)을 표방한 창작의 실체가 기실 모방과 표절에서 벗어나지 못하는 데다, 평이순탄한 문리(文理)의 당송고문과 달리 읽기 까다로운 문장을 의도적으로 쓰는 것에 열중하다 보니, 이를 비판하고 나서는 그룹들이 나타났다.

이 중 가장 영향력이 컸던 것이 원굉도(袁宏道, 1568~1610)를 중심으로 한 공안파(公安派)이다. 공안파의 주장을 간단히 말하자면, 남의 글을 베낄 것이 아니라 저마다 갖고 있는 성령(性靈)을 펼쳐내는 것이 문학 창작의 요체라는 것이다. 이에 형식에 매달리기보다 작가의 개성과 진심을 자유롭게 진솔하게 표현하는 것을 강조하였다. 이러한 문학론의 창작적 실천이 소품문을 통해 이루어졌다. 소품문은 대개 짧은 분량에 주제나 형식의 제약 없이 작가의 개성과 주관을 담아낸 산문을 일컫는다. 일상과 세계 또는 자신의 내면을 섬세하게 관찰하고 표현하는 경향이 강하며, 거창한 주제의식이나 고정된 서술문법이 감지되지 않는 것이 특징이다. 이는 추숭해야 할 전범을 설정하고 그 격식을 내면화하는 식의 오래된 풍조를 타파하며 문예의 창작과 비평에 새로운 방향을 제시해주었다.

이 두 문체는 청나라로 왕조가 교체된 이후에도 영향력을 행사하였다. 물론 그렇다고 고문의 창작과 향유가 단절된 것은 아니었다. 산문의 문학적 지평과 스펙트럼이 더욱 넓어졌다고 함이 옳다. 이러한 양상은 조선시대 산문의 흐름을 이해하는 단서를 제공한다.

고려 말 이제현으로 상징되는 고문의 위상이 조선으로 이어진 것은 자연스러운 일이었다. 외교문서나 행정문서에 여전히 변문이 활용되고 있었지만, 개인의 창작물로서 산문을 지음에 있어서는 역시 고문의 문장과 풍격을 추구하였다. 조선 전기에서 따로 짚어둘 만한 점은 주소체(註疏體)와 어록체(語錄體)의 문장을 쓰는 비중이 차츰 늘어났다는 것이다. 주소체와 어록체는 경전의 의미를 풀이하거나 논구하는 주석서에서 사용되는 문투를 뜻한다. 뜻을 풀고 해석하는 것이 목적이다 보니, 명징한 장점은 있으되 글의 맛을 따질 것은 없는 문체이다. 이는 성리학에 대한 학습과 연구가 본격화되는 시대적 상황과 맞물린 현상으로, 특히 도학(道學)적 지향이 강한 사림(士林)에게서 두드러졌다. 산문의 문예미를 귀하게 여기는 문인들에게 이러한 풍조는 폄하의 대상이 되기도 하였다.

16세기 후반으로 가면서 조선의 문단에서 기류의 변화가 감지된다. 명나라 의고파의 문집이 조선에 들어와 그 문학론과 작품에 대한 관심이 높아지면서 나타난 현상이다. 그 선두에는 윤근수(尹根壽, 1537~1616)가 있었다. 그는 전칠자의 한 사람인 이몽양(李夢陽, 1475~1529)의 시집을 조선에서 간행하였는데, 이는 조선 문인들이 명나라 산문을 탐독하고 진한고문의 가치를 새삼 인식하는 계기가 되었다. 이 시기 『사기』를 비롯해 『좌전(左傳)』, 『전국책(戰國策)』『장자(莊子)』 등 진한고문을 대표하는 텍스트에 대한 문단의 관심이 급증한 것이 이를 증언해준다. 이는 비단 윤근수와 그에게 영향을 받은 문하 집단에 국한된 현상이 아니었으며, 당시 문인들의 상당수가 의고파의 주장과 작품을 열독하였다. 단 이러한 분위기가 그대로 그에 대한 추종과 경도로 이어진 것은 아니었다. 적극적으로 수용하여 창작의 양분으로 삼은 문인들이 있는가 하면, 즐겨 읽었으되 당송고문에 대한 존중을 고수한 이들도 있었다. 전자를 대표하는 인물로 신흠(申欽, 1566~1628), 유몽인(柳夢寅, 1559~1623) 등을, 후자를 대표하는 인물로 이식(李植, 1584~1647), 허균(許筠, 1569~1618) 등을 꼽을 수 있다. 이처럼 의고파에 대한 반응은 일률적이지 않았지만 하나만큼은 분명했다. 당송고문 일색이었던 산문의 장에 일대 파란을 일으켰다는 점이다. 이는 산문의 문예적 위상을 재인식하고 이론과 비평의 심화를 견인하는 계기가 되었던 바, 이로부터 산문사의 활성이 되살아나기 시작하였다.

한편 조선에 수입된 명나라 서적은 의고파의 문집만이 아니었다. 조선 문인들이 책을 통해 중국 문단의 최신 경향에 접속하고자 하는 움직임은 실로 지속적이고 열렬했다. 그 과정에서 다양한 문론(文論)과 문풍(文風)을 경험하게 되는 것은 자연스러운 일이었다. 그 가운데 조선 후기 산문의 흐름에서 톺아볼 만한 사안은 소품문이다. 앞서 지적했듯 소품문은 의고파의 모순과 한계를 비판하며 개성과 독창을 강조하는 창작론을 주창했던 공안파에서 특히 주목했던 산문 양식이다. 전통적인 산문과는 또 다른 지취(志趣)를 가진 소품문은 명나라 말기에 대두되어 청나라가 들어선 뒤에도 꾸준히 유행하였다. 명청소품이라는 용어를 자주 쓰는 이유이다. 조선에서는 의고파에 이어 공안파의 주장과 작품을 접하면서 자연스럽게 소품문이 유입되었다. 그리고 이내 가장 각광받는 산문 양식의 하나로 자리매김하였다. 폭넓게 유행하며 많은 문인들이 다양한 형태의 소품문을 창작하고 향유했던 것인데, 그중에서도 이용휴(李用休, 1708~1782), 박지원(朴趾源, 1737~1805), 이옥(李鈺, 1760~1815), 심노숭(沈魯崇, 1762~1837) 등은 남다른 성취를 이룬 고봉(高峰)으로 꼽힌다. 소품문의 만연한 유행은 문예물로서 산문의 새로운 가능성을 확인하고, 조선 후기 산문

세계가 한층 다채롭게 전개되는 데 중요한 역할을 하였다.

　다시 당송고문을 떠올릴 필요가 있다. 다양한 산문 양식이 각축을 벌였던 조선 후기라 하여 당송고문이 폐기되었던 것은 아니다. 명나라 산문을 적극적으로 탐독하며 새로운 경향을 최전선에서 접촉하던 허균도 결국은 산문의 이상을 당송고문에서 찾았고, 이후로도 당송고문은 산문의 기본으로서 학습되고 창작되었다. 다만 이전과 같이 주도적 지위가 아니었을 뿐이다. 그러나 소품문에 대한 애호가 유행을 넘어 풍미(風靡)에 가까워질 즈음, 당송고문은 다시 호명되었다. 정조(正祖)가 단행한 문체반정(文體反正)의 구호가 다름 아닌 당송고문의 회복이었던 것이다. 물론 국가 권력이 문예의 장에 개입하여 창작의 방향성을 제한한 것은 결코 긍정적인 평가를 받을 수 없는 일이다. 그러나 관점을 조금 바꾸어 보면, 이는 당대 정치·사회·문화의 기류와 민감하게 호흡하는 산문 특유의 운동성을 확인케 하는 장면이기도 하다. 실로 산문은 시대의 변화와 국면에 기민하게 반응하는 문학 양식이자, 문학사의 요처에서 가장 문제적인 작품을 제출해온 문학 양식이다. 우리 문학사에서 산문을 주시해야 할 이유와 당위는 바로 이 지점에서 찾아야 할 것이다.

(양승목)

한문소설

　동아시아 한자문화권에서 소설이란, 글자 그대로 자질구레하고 잡다하며 하찮은 이야기로 여겨졌는가 하면, 모순과 갈등이 장르의 본질적 속성인 까닭에 불온하고 위험한 것으로 여겨지기도 하였다.

　한문소설은 한문으로 창작·향유된 소설로서, 동아시아의 공동문어(共同文語)인 한문이란 표기체계로 인해 우리 문학사에서 특별한 위상을 가졌다. 우리나라 한문소설은 형성 초기부터 중국 문학의 영향을 크게 받았으며, 한글 창제 이후에는 한글소설과도 부단히 영향을 주고받으며 창작·향유되었다. 우리나라 한문소설의 역사적 전개 양상을 간략하게 서술하면 다음과 같다.

　먼저, 나려시대(羅麗時代)의 한문소설이다. 나말여초에 창작·향유된 전기(傳奇)의 장르 규정에 대해서는 연구자 사이에 입장 차가 있으나 여기서는 일단 소설의 범주에 넣고서 서술하기로 한다. 이 시기에 등장한 전기의 대표작으로는 〈최치원(崔致遠)〉과 〈조신(調信)〉 그리고 〈김현감호(金現感虎)〉가 거론된다.

　현전하는 〈최치원〉은 조선 초 성임(成任)이 편찬한 『태평통재(太平通載)』에 수록되어 있는데, 성임은 이 작품의 출처를 『신라수이전(新羅殊異傳)』이라고 기록하였다. 〈조신〉과 〈김현감호〉는 『삼국유사(三國遺事)』에 실려 전한다. 이 작품들은 모두 남녀 간의 애정을 소재로 한다는 공통점이 있는데, 이를 매개로 하여 개인적·사회적 갈등이나 모순을 드러내고 있다는 점에서 중요한 의미가 있다.

나려시대의 경우, 현재 전하는 문헌이 매우 적기 때문에 서사문학사의 흐름을 구체적으로 파악하기란 쉽지 않다. 최치원(崔致遠, 857~?) 또는 박인량(朴寅亮, ?~1096)이 편찬하고, 김척명(金陟明)이 개작한 것으로 기록이 전하는 『수이전(殊異傳)』은 현재 남아 있는 작품으로 보아 일종의 지괴(志怪)·전기집(傳奇集)에 해당하는데, 이 시기 서사문학의 존재 양상을 보여주는 중요한 자료이다. 『수이전』과 더불어 이 시기 문인들의 서사문학에 대한 관심과 애호를 보여주는 것은 북송(北宋) 대에 편찬된 『태평광기(太平廣記)』이다. 『태평광기』는 당시 중국에서 전하는 지괴, 필기, 전기를 집대성한 것인데, 간행 후 얼마 되지 않아 고려에 유입되어 향유된 것으로 보인다. 윤포(尹誧, 1063~1154)가 1146년에 〈태평광기촬요시(太平廣記撮要詩) 일백 수(一百首)〉를 지어 임금에게 바쳤다는 윤포묘지명(尹誧墓誌銘)의 기록과 〈한림별곡(翰林別曲)〉 가사 중 『태평광기』를 언급한 부분을 통해 이를 확인할 수 있다.

조선 전기인 15세기에 한문소설은 본격적으로 문학사에 그 모습을 드러내기 시작하는데, 그 서막을 연 작품이 김시습(金時習, 1435~1493)의 『금오신화(金鰲新話)』이다. 『금오신화』에는 〈만복사저포기(萬福寺樗蒲記)〉, 〈이생규장전(李生窺墻傳)〉, 〈취유부벽정기(醉遊浮碧亭記)〉, 〈남염부주지(南炎浮洲志)〉, 〈용궁부연록(龍宮赴宴錄)〉 등 5편의 작품이 수록되어 있는데, 작자의 치열한 문제의식과 뛰어난 문학적 능력을 바탕으로 현실에 대한 비판과 지식인의 내면을 우의적으로 드러냈다.

16세기에 나온 작품으로는 〈설공찬전(薛公瓚傳)〉 〈대관재기몽(大觀齋記夢)〉, 『기재기이(企齋記異)』, 〈최고운전(崔孤雲傳)〉, 〈원생몽유록(元生夢遊

錄)〉, 〈수성지(愁城誌)〉 등이 있다.

채수(蔡壽, 1449~1515)가 지은 〈설공찬전〉은 불교에서 내세우는 저승과 윤회화복(輪迴禍福)에 관한 내용을 담고 있다는 이유로 금서(禁書)가 되었고, 채수는 백성들을 미혹시켰다는 죄목으로 탄핵을 받아 파직되었다. 중종실록(中宗實錄)의 기록에 따르면 당시 이 작품은 한글로 번역되어 민간에서 널리 읽혔다고 하는데, 이는 한문소설이 한글로 번역됨으로써 소설 독자층이 확대되는 양상을 보여준다는 점에서 주목된다.

심의(沈義, 1475~?)의 〈대관재기몽〉은 작자가 꿈속에서 우리나라 역대 문인들이 문장의 고하에 따라 벼슬을 맡고 있다는 문장왕국에 가서 그 재능을 인정받아 영화를 누린다는 내용이다.

신광한(申光漢, 1484~1555)의 『기재기이』에는 〈안빙몽유록(安憑夢遊錄)〉, 〈서재야회록(書齋夜會錄)〉, 〈최생우진기(崔生遇眞記)〉, 〈하생기우전(何生奇遇傳)〉이 수록되어 있다. 이 작품들은 기묘사화(己卯士禍) 등 당시 어지러운 정치 현실 앞에서 고민하고 주저하는 지식인의 현실적 처지를 우의적으로 드러냈다.

작자 미상의 〈최고운전〉은 최치원에 관한 민간의 설화를 소재로 한 작품이다. 이 작품은 주몽신화 등에서 보이는 영웅서사의 구조를 바탕으로 하면서 다양한 설화적 요소가 포함되어 있다는 특징이 있다. 또한 신라를 무시하는 중국에 대한 부정적인 인식을 강하게 드러낸다는 점에서 주목된다.

임제(林悌, 1549~1587)가 지은 〈원생몽유록〉은 세조의 왕위 찬탈을 직접 거론하여 강하게 비판하였고, 〈수성지〉는 당시 주류 이념인 성리학이 내세우는 수양론과 인간관에 문제를 제기하고 풍자하였다.

조선 후기에 발발한 임진왜란과 병자호란은 조선 사회에 커다란 충격을 주었고, 그 영향은 오랫동안 지속되었다. 이는 한문소설에서도 마찬가지여서 이 시기 한문소설은 전란이 드러낸 사회적 모순과 이로 인한 갈등을 심각하게 그려냈다. 윤계선(尹繼善, 1577~1604)의 〈달천몽유록(㺚川夢遊錄)〉, 황중윤(黃中允, 1577~1648)의 〈달천몽유록(㺚川夢遊錄)〉, 신착(愼䫆, 1581~1641 이후)의 〈용문몽유록(龍門夢遊錄)〉, 작자 미상의 〈강도몽유록(江都夢遊錄)〉, 〈피생명몽록(皮生冥夢錄)〉 등이 대표적인 작품이다.

조위한(趙緯韓, 1567~1649)의 〈최척전(崔陟傳)〉과 권필(權韠, 1569~1612)의 〈주생전(周生傳)〉 그리고 작자 미상의 〈운영전(雲英傳)〉은 이전 시기 전기소설(傳奇小說)의 성과를 이으면서 동시에 뚜렷한 변화와 발전의 양상을 보인다는 점에서 중요한 의미가 있다. 이 작품들은 이전 시기 전기소설에 비해 작품의 분량이 증가하였고, 등장인물이 다양해졌으며, 비현실적 요소는 줄어들고 현실성이 강화되었다. 특히 〈운영전〉은 뛰어난 묘사와 구성, 문제의식 등 탁월한 성취를 이루었다.

유몽인(柳夢寅, 1559~1623)의 『어우야담(於于野談)』에서 시작된 야담(野談)은 18, 19세기 이르러 크게 유행하여 3대 야담집으로 불리는 『청구야담(靑邱野談)』, 『계서야담(溪西野談)』, 『동야휘집(東野彙集)』을 비롯한 다수의 야담집이 출현하였다. 야담집에는 짧은 일화(逸話)나 야사(野史) 등 사실적인 기록뿐만 아니라 당시 유행하던 흥미로운 이야기들이 수록되어 있다. 이 중에는 단편소설로 불릴 만한 작품들도 다수 존재하는데, 이를 가리켜 야담계소설 또는 한문단편이라고 한다. 야담계소설은 민간에서 구연(口演)으로 유행하던 이야기가 한문으로 기록된 것인바, 기본적으로는 민간적 사유를 바탕으로 하지만 동시에 기록자인 남성 지식인의 시각이 투영되어 있다는 특징이 있다.

조선 후기에는 전(傳)의 형식을 취한 한문단편소설이 등장하였는데, 이를 전계소설(傳係小說)이라고 한다. 전계소설의 대표작으로는 이항복(李恒福, 1556~1618)의 〈유연전(柳淵傳)〉, 허균(許筠, 1569~1618)의 〈남궁선생전〈南宮先生傳〉〉과 〈장생전(蔣生傳)〉, 박지원(朴趾源, 1737~1805)의 〈양반전(兩班傳)〉과 〈허생전(許生傳)〉, 이옥(李鈺, 1760~1815)의 〈심생전(沈生傳)〉 등이 있다. 전계소설의 출현은 이 시기에 소설이 크게 유행한 것을 배경으로 하는데, 이는 서사문학의 여러 장르종들이 서로 영향을 주고받는 양상을 보여준다는 점에서 의미가 있다.

한편, 당시 세태를 풍자한 풍자소설의 출현도 주목할 만하다. 이 시기 풍자소설로는 〈지봉전(芝峯傳)〉, 〈오유란전(烏有蘭傳)〉, 〈종옥전(鍾玉傳)〉, 〈서대주전(鼠大州傳)〉, 〈서옥기(鼠獄記)〉, 〈호질(虎叱)〉 등이 있다. 〈지봉전〉, 〈오유란전〉, 〈종옥전〉은 여색(女色)과 성(性)에 무심하거나 무심한 척하는 경직되거나 위선적인 남성 주인공을 풍자한다. 〈서대주전〉과 〈서옥기〉는 일종의 동물우화소설로서 재판을 소재로 하여 당시 관리들의 부정부패와 세태를 풍자하고 있으며, 박지원의 〈호질〉은 호랑이를 등장시켜 유학자(儒學者)의 위선과 허위의식을 통렬히 비판하였다.

19세기 한문소설사에서 주목해야 할 현상 중 하나는 사대부(士大夫)가 자신이 작자임을 밝힌 장편소설이 등장했다는 점이다. 이들은 자신이 작자임을 밝혔을 뿐만 아니라 소설 창작의 동기와 이유를 구체적으로 설명하고, 소설 장르에 대한 긍정적인 인식을 강조하는 등 소설을 대하는 태도에 있어 이전 시기와는 확연히 다른 모습을 보인다. 이이순(李頤淳, 1754~1832)이 지은 것으로 추정되는 〈일락정기(一樂亭記)〉, 김소행(金紹行, 1765~1859)의 〈삼한습유(三韓拾遺)〉, 심능숙(沈能淑, 1782~1840)의 〈옥수기(玉樹記)〉, 서유영(徐有英, 1801~1874)의 〈육미당기(六美堂記)〉, 남영로(南永魯, 1810~1857)의 〈옥루몽(玉樓夢)〉, 박태석(朴泰錫, 1835~?)의 〈한당유사(漢唐遺事)〉, 정태운(鄭泰運, 1849~1909)의 〈난학몽(鸞鶴夢)〉 등이 이 시기에 나온 한문장편소설인데, 이전 시기 한문소설뿐만 아니라 당시 유행하던 한글소설, 중국소설의 다양한 요소와 구조를 창작에 두루 활용하였다. 이중 〈옥루몽〉과 〈난학몽〉은 한글로 번역되었는데, 특히 〈옥루몽〉은 큰 인기를 얻어서 20세기에는 활자본으로도 간행되었으며, 등장인물 중 강남홍, 벽성선에 관한 부분만을 모아 개작한 〈강남홍전(江南紅傳)〉, 〈벽성선(碧城僊)〉이 간행되기도 하였다.

(엄기영)

한문학과 공간

한문학은 한국문학 중에서 전근대에 한문으로 작성된 문학을 말한다. 한문학은 크게 한시·한문산문·한문소설 등으로 나눌 수 있는데, 오늘날 시와 소설 위주의 문학(literary)보다는 범위가 넓다. 특히 한문산문은 문예적인 글뿐만 아니라 상소문·편지글 등처럼 실용적인 목적으로 작성된 글도 포함된다. 한문산문의 여러 장르가 사대부 문인들의 생활 관습이나 문화적 토대 위에서 창작되었기 때문이다. 일례로 성인식인 관례(冠禮)를 치를 때는 자설(字說), 지인을 전송할 때는 송서(送序), 지인과 소식을 주고받거나 학문을 토론할 때는 서독(書牘), 임금에게 글을 올릴 때는 상소(上疏), 환갑을 기념하여 축하할 때는 수서(壽序), 망자의 행적을 기록할 때는 행장(行狀)·비지(碑誌) 등을 지었다.

한문학에서의 '공간' 역시 사대부 문인의 일상생활이나 사회활동과 무관하지 않다. 박지원(朴趾源, 1737~1805)은 『양반전』에서 "책을 읽으면 선비요, 정사를 펼치면 대부요, 덕이 있으면 군자다.[讀書曰士, 從政爲大夫, 有德爲君子]"라고 하였다. 사대부 문인들의 주요 활동은 독서·정사·학문 등이었으며, 그들의 생활과 활동 공간 역시 글을 읽는 서재, 학문을 토론하는 학교, 정사를 펼치는 조정이나 지방 관아 등이었다. 때로는 지인들과 경치 좋은 누정(樓亭)이나 산수(山水)를 찾아 경치를 감상하고 풍류를 즐기기도 하였다. 요컨대 한문학 작품에 표상된 '공간'은 대개 문인들의 실제 경험이 이루어지는 곳이자 문학 작품이 생성되는 곳이었다.

이런 까닭에 한문학의 장르 중에는 누정제영(樓亭題詠)·누정기(樓亭記)·산수유기(山水遊記) 등처럼 장르의 이름에 특정한 '공간'이 명시된 경우도 있다. 사대부 문인들은 서재나 누정에서 학문을 토론하고 풍류를 즐기며 누정제영과 누정기를 지었다. 또 이름난 산이나 명승지로 여행을 떠나 산수유기를 짓기도 하였다. 이에 서재·누정·산수 등의 공간을 대상으로 작성된 한시와 한문산문을 중심으로 한문학에 나타난 공간 인식의 양상을 개괄해 보고자 한다.

서재는 사대부 문인들이 자기반성과 자아정체성의 확립 공간으로 기능하였다. 사대부 문인들은 자신이 생활하는 서재에 이름을 붙였다. 정약용(丁若鏞, 1762~1836)의 여유당(與猶堂), 홍대용(洪大容, 1731~1783)의 담헌(湛軒), 김종직(金宗直, 1431~1492)의 점필재(佔畢齋) 등처럼 말이다. 이처럼 당·헌·재 등의 서재에 붙인 이름을 '재호(齋號)'라 한다. 사대부 문인들은 이름 외에도 여러 가지 호칭이 있었다. 관례를 치른 뒤에는 자(字)를 받았고 더러는 호(號)를 따로 짓기도 하였다. 이름과 자는 남들이 지어준 것인데 반해, 호는 자신이 직접 짓는 경우가 많았다. 이를 '자호(自號)'라고 하는데 자호에는 남들과 다른 나만의 정체성과 인생관을 담았다. 자호는 대개 거주하는 집이나 서재의 이름, 사는 곳의 지명, 산이나 강의 이름, 좋아하는 물건의 이름 등에서 가져와 붙였다. 거주하는 집이나 서재의 이름이 바로 재호이다.

재호가 성행하기 시작한 것은 중국 송나라의 성리학자들부터이다. 우리나라는 성리학이 수용된 고려 말부터 재호를 많이 짓기 시작하여 조선시대 내내 이어졌다. 조선 후기에는 한 사람이 재호를 여러 개 짓는 것이 유행하기도 하였다. 재호를 짓는 데에 그치지 않고 기문(記文)을 지어 재호를 짓게 된 배경이나 재호에 담긴 의미 등을 서술하였다. 여기에는 세 가지 경우가 있었는데, 첫째 자신이 직접 재호를 짓고 기문을 작성하는 경우, 둘째 재호는 자신이 짓되 기문은 지인에게 부탁하는 경우, 셋째 재호와 기문을 전부 지인에게 일임하는 경우이다. 특히 첫 번째의 경우에는 자아정체성에 대한 고민과 삶에의 열정이 더욱 강하게 드러났다.

사대부 문인들에게 서재는 독서 공간이자 오롯이 자신과 마주하는 공간이었다. 재호를 짓는 것은 생활공간과 자기 자신이 일체가 되는 행위였다. 나아가 재호에 관한 기문을 짓는 것은 자신의 정체성을 확인하는 일종의 사회화 과정이기도 하였다. 재호를 짓고 기문을 지으며 자신의 삶을 되돌아보고 앞으로의 삶을 설계하였다. 또 남들이 잘 보이게 재호를 내다 걸고 기문을 통해 재호의 의미를 밝힘으로써, 사회 내에 자신의 정체성을 자리매김하고자 하였다.

일례로 정약용의 '여유당(與猶堂)'을 살펴보겠다. 정약용은 '다산(茶山)'이란 호가 많이 알려져 있는데, 이 호는 강진 유배 시절에 살았던 초당(草堂)에 붙인 이름이다. 그런데 정약용은 60세 때 지은 〈자찬묘지명(自撰墓誌銘)〉에서 자신의 재호를 '다산'이 아닌 '여유당'이라 하였다. 여유당은 정약용이 1800년(정조 24) 39세 때 병조 참의를 사직하고 고향인 마현(馬峴)으로 돌아와 자신의 서재에 붙인 이름이다. 이때 〈여유당기(與猶堂記)〉를 지어서 재호를 짓게 된 이유와 재호에 담긴 의미를 다음과 같이 밝혔다.

내 병은 내가 잘 안다. 나는 용감하지만 지략이 없고 선을 좋아하지만 가릴 줄을 모른다. 맘 내키는 대로 즉시 행하되 의심하거나 두려워 할 줄 모른다. 그만둘 수도 있는 일이지만 마음으로 느끼기에 좋으면 그만두지 못한다. 하고 싶지 않은 일이지만 마음에 꺼림칙하면 그만두지 못한다. 그래서 어려서부터 세속 밖에 멋대로 돌아다니면서도 의심이 없었고, 이미 장성하여서는 과거시험 공부에 빠져 돌아설 줄 몰랐다. 나이 서른이 되어서는 지난 일의 과오를 깊이 뉘우치면서도 두려워하지 않았다. 이 때문에 선을 끝없이 좋아하였으나 비방은 홀로 많이 받았다. 아, 이것이 또한 운명이란 말인가! 이것은 나의 본성 때문이니 내가 또 어찌 감히 운명을 말하겠는가. 노자(老子)는 "망설이기를[與] 겨울에 시내를 건너듯이 하고, 겁내기를[猶] 사방이웃을 두려워하듯이 한다."라고 하였다. 아, 이 두 마디 말은 내 병을 고치는 약이 아니겠는가!

– 정약용, 〈여유당기〉, 『여유당전서』 시문집 권13

정약용은 어린 시절, 과거시험 공부할 때, 서른 이후 관직 생활할 때를 반추하였다. 젊은 시절 정약용은 정조의 총애를 받으며 정계의 핵심 인물로 떠오르고 있었다. 그러나 정치적 반대파들은 정약용을 천주교와 연루시켜 끊임없이 공격하였으며, 이즈음 정약용은 신변의 위협을 느껴 관직을 사직하고 고향으로 돌아왔다. 정약용이 재호를 '여유(與猶)'라고 한 데에는 극도로 불안한 정치적 입지가 반영된 것이다. '여유'라는 말은 『노자』에서 가져온 것인데, '살얼음 낀 겨울 시내를 건너듯이', '사방에서 노려보는 사람들 사이를 걸어가듯이' 조심하고 신중해야 한다는 뜻이다. 정약용은 '여유'라는 재호를 지어서 말과 행동을 지나칠 정도로 단호하게 하고 전혀 타협할 줄 몰랐던 자신의 무모함을 반성하였던 것이다. 아울러 정치적으로 위기에 몰린 불안한 상황에서 처신을 신중하게 해야겠다고 스스로를 경계하였던 것이다.

누정(樓亭)은 경치를 감상하고 풍류를 즐기는 공간으로, 누각(樓閣)과 정자(亭子)를 아울러 이르는 말이다. 누각은 높다랗게 지은 다락 형태의 건축물로 문이나 벽이 없이 개방된 형태이다. 정자는 누각에 비해 규모가 작은데, 사람이 거주할 수 있도록 방을 만든 경우도 있다. 누정에 관한 기록은 삼국 시대부터 보이는데 16세기 이후로 누정의 숫자가 급격히 증가하였다. 잦은 사화(士禍)와 당쟁을 겪으며 벼슬을 그만두고 자연에 은거하여 산수를 감상하고 풍류를 즐기려는 사대부 문인들이 늘어났기 때문이다. 누정은 산수 경물을 감상하며 휴식을 취하는 공간, 시를 짓고 술을 즐기는 풍류의 공간, 학문을 연구하고 토론하는 공간 등으로 다양하게 활용되었다.

누정제영은 누정을 제재로 한 시인데, 대개 앞서 창작한 시의 운을 따라 차운(次韻)의 형식으로 지었다. 누정에서의 시회(詩會)를 기념하여 시첩(詩帖)을 만들기도 하고, 시를 나무판에 써서 누정에 걸어두기도 하였다. 그러면 후대 사람들이 이 시판(詩板)을 보고 이어서 차운시를 지었다. 강원도 삼척의 죽서루처럼 유명한 누정은 현재 1천 편도 넘는 누정제영이 전한다. 다음은 조선 후기의 문인 이헌경(李獻慶, 1719~1791)이 죽서루에 올라 읊은 시이다.

타향에서 잠깐 만나니 서로 반가운 눈빛이라	殊方傾蓋眼還靑
대숲 헤치며 함께 와서 비취 빛 절벽 굽어보네	披竹同來俯翠屛
높은 누각에 각각 세 자루 촛불을 놓으니	各點高樓三柄燭
넓은 바다에 한 조각 부평초 떠 있는 것 같네	翻成滄海一團萍
잔치 자리에 음악과 산수가 어우러지고	當筵絲竹兼山水
밤새도록 술잔과 술독엔 달과 별이 비치네	徹夜杯樽有月星
이 속에 빼어난 절경 있음을 알겠으니	要識箇中奇絶景
배를 타고 채색 구름 드리운 물가로 내려가세	乘舟須下彩雲汀

— 이헌경, 〈음력 8월 달밤에 삼척부 영장, 평릉 역승 등과 함께 죽서루에 모여 풍류를 즐기며[仲秋月夜, 三陟營將與平陵丞同會竹樓, 呼妓張樂, 盡歡而罷.]〉, 『간옹집』 권7

죽서루는 '관동제일루(關東第一樓)'라는 현판이 걸려 있을 정도로 경치가 아름다운 누각 중 하나였다. 특히 깎아지른 절벽 아래의 오십천에 배를 띄우고 죽서루 경치를 감상하는 것이 일품이었습니다. 위 시는 이헌경이 삼척 부사로 재직할 때 지은 것인데, 가을걷이가 끝나고 군영의 장수와 역원의 관리들을 죽서루로 불러 일종의 회식을 열었다. 시원한 가을

달밤에 죽서루의 멋진 경치를 감상하며 휘하의 관리들과 함께 풍류를 즐겼던 것이다.

누정기는 누정의 조성 과정을 기록하고 누정 주변의 풍경을 묘사하며 누정의 명칭을 설명하는 글이다. 누정기를 통해 누정의 위치, 누정 건립의 배경, 창건 및 중수의 과정, 누정의 이름에 담긴 의미 등을 알 수 있다. 특히 누정은 대부분 경치가 좋은 곳에 위치해 있기 때문에, 누정기에는 자연 경관을 감상하는 태도를 서술하는 경우가 많다. 다음은 고려 말의 문인 안축(安軸, 1282~1348)이 지은 〈경포신정기(鏡浦新亭記)〉의 일부이다.

이 세상의 만물은 형상이 있으면 모두 이치가 깃들어 있다. 크게는 산과 강으로부터 작게는 주먹만 한 돌이나 한 치의 나무도 모두 그러하다. 유람하는 사람은 경물을 보고 흥을 기탁하여서 이를 통해 즐거움으로 삼으니, 이것이 누정을 짓게 된 이유이다. 대개 형상의 기이함은 밖으로 드러나 있어 눈으로 완상하나, 이치의 오묘함은 은미하게 감추어져 있어서 마음으로 얻는다. 눈으로 기이한 형상을 완상하는 것은 어리석은 이나 지혜로운 이나 모두 한쪽 면만을 보는 것이다. 마음으로 오묘한 이치를 터득하는 것은 군자만이 그렇게 하니 전부를 온전히 즐기는 것이다.

　　　　　　　　　－ 안축, 〈경포신정기(鏡浦新亭記)〉, 『근재집』 권1

안축은 자연 경물을 인식하는 두 가지 방식을 대비적으로 제시하였다. 하나는 외형으로 드러나 있는 경물의 기이한 형상을 시각을 통해 완상하는 것이며, 다른 하나는 경물에 내재되어 있는 오묘한 이치를 마음으로 터득하는 것이다. 안축은 눈에 보이는 사물의 외형뿐만 아니라 그 안에 내재되어 있는 이치를 감수하는 것이 중요하다고 보았다. 이는 성리학적 자연 인식의 전형적 태도인데, 이후 조선시대에 지어진 누정기에 보이는 자연 인식의 주류가 되었다.

산수는 학문을 도야하거나 승경을 탐색하는 공간이다. 고려 말의 문인 이곡(李穀, 1298~1351)이 지은 〈동유기(東遊記)〉 이래로 산수를 유람하고 지은 산수유기가 많이 창작되었다. 특히 금강산과 관동팔경 지역은 사대부 문인들의 필수 유람 코스였다. 이외에 김종직·유몽인(柳夢寅, 1559~1623) 등은 지리산 유기를 남겼다. 18세기 후반에는 신광하(申光河, 1729~1796)의 〈유백두산기(遊白頭山記)〉처럼 백두산 유기도 창작되었다. 조선 후기에는 산수유기의 명작을 모은 『와유록(臥遊錄)』이란 책이 편찬될 정도로 산수 유람과 산수유기의 창작이 유행하였다.

이황(李滉, 1501~1570)은 선배 주세붕(周世鵬, 1495~1554)이 지은 청량산 유기를 읽고, "하늘이 갈무리한 승경과 땅이 감추어 둔 기승(奇勝)이 바로 선생의 글을 통해 비로소 드러났다."라고 소감을 밝혔다.(이황, 〈주세붕의 〈청량산록〉 발문[周景遊淸凉山錄跋]〉, 『퇴계집』 권43) 자연물로 존재하였던 산수가 사대부 문인의 산수 유람과 산수유기를 통해 새롭게 발굴되고 역사·문화적 공간으로 재인식된 것이다. 산수 유람을 대하는 태도는 크게 두 가지 양상을 띠는데, 다음의 ①과 ②에 단적으로 보인다.

　① 우뚝하여 고요한 것은 내 그것이 산임을 알아서 그 고요함을 체득하면 중후하여 흔들리지 않는 어짊을 채울 수 있다. 잔잔하게 일렁이는 것은 내 그것이 물임을 알아서 그 움직임을 살피면 두루 흘러 막힘이 없는 지혜를 체득할 수 있다. 더욱이 낮은 곳에서 높은 곳을 오르고 물결을 거슬러 올라가 근원을 찾는 것은 공부하는 사람이 해야 할 일이다.
　　　　　　　　　　　　　　　－ 홍인우, 〈관동일록〉, 『치재유고』 권3

　② 내설악은 오세암으로부터 산줄기를 넘어 보문암에 이르기 6·7리 전에 산등성이를 넘는 동안 동쪽을 내려다보면, 오직 온갖 칼날을 묶어서 세운 것처럼 우뚝우뚝 곧장 위로 솟아 있어 날아갈 듯한 모습만 보인다. 문득 이곳을

대하게 되면 사람이 매우 경악을 금치 못하다가 끝내는 매우 좋아하게 된다. 아침에 이렇게 훌륭한 경치를 볼 수 있으면 저녁에 달게 죽을 수도 있겠다.
— 김창흡, 〈동유소기(東遊小記)〉, 『삼연집』 권24

①은 조선전기의 문인 홍인우(洪仁祐, 1515~1554)가 지은 〈관동일록(關東日錄)〉의 일부이다. 홍인우는 산수 유람을 통해 인(仁)과 지(智)를 체득하고, 낮은 데서 높은 봉우리를 오르듯 학문의 단계를 밟아 옛 성현의 뒤를 잇고자 하였다. 『논어』의 '요산요수(樂山樂水)'와 『중용』의 '등고자비(登高自卑)'가 떠오르는데, 산수 유람을 학문을 도야하는 방법의 하나로 본 것이다.

②는 조선후기의 문인 김창흡(金昌翕, 1653~1722)이 설악산을 유람하고 지은 〈동유소기(東遊小記)〉의 일부이다. 김창흡은 숙종 연간에 격화된 당쟁에 환멸을 느끼고 강원도 설악산에서 은거 생활을 하였다. 혼란한 속세를 떠나 내설악의 봉우리와 산줄기를 보면서 이런 경치를 아침에 볼 수 있다면 저녁에 죽어도 좋겠다고 하였다. 공자가 말한 "아침에 도를 들으면 저녁에 죽어도 좋다.[朝聞道, 夕死可矣.]"를 패러디한 것인데, 학문 도야와는 상관없이 명승을 찾는 기쁨 자체를 만끽한 것이다.

한편 산수유기의 서술 방식은 크게 두 가지이다. 하나는 날짜별로 여정, 견문, 경물 묘사, 감회 등을 서술하는 일록체(日錄體) 방식이다. 다른 하나는 여정·견문·감회 등을 별도의 항목으로 나누어 서술하는 절목체(節目體) 방식이다. 이 방식은 객관적인 사실 서술과 작가의 개성적 소회를 분리하여 서술하는 장점이 있다. 조선시대 지어진 대부분의 산수유기는 일록체 방식을 띠는데, 절목체 방식은 조선 후기에 소품체(小品體) 산문이 유행하면서 본격적으로 나타났다.

한편 심성수양의 공간화 및 나만의 가상공간으로 상상의 공간을 설정하기도 하였다. 사대부 문인들은 유교적 현실주의를 사상적 기반으로 하였다. 한문소설처럼 허구의 세계를 설정한 경우도 있지만, 한문학은 기본적으로 현실에 실재하는 공간을 문학 창작의 대상으로 삼았다. 그런데 조선 중기 이후에 심성수양을 건축물의 형태로 공간화하거나 상상 속에 구축한 가상공간을 다룬 한시와 한문산문 작품이 출현하였다.

첫째, 심성수양을 건축물로 공간화하고 의인화한 작품이다. 남효온(南孝溫, 1454~1492)의 〈옥부(屋賦)〉, 조식(曺植, 1501~1572)의 〈신명사명(神明舍銘)〉, 정홍명(鄭弘溟, 1582~1650)의 〈신명사기(神明舍記)〉 등이다. 「옥부」에서는 인간의 '몸'을 '집'으로, '마음'을 집의 '주인'으로, 마음을 동요시키는 '외물'을 집을 찾아오는 '나그네'로 의인화하여 심성수양 문제를 다루었다. 또한 조식은 〈신명사도〉에서 마음을 성곽·건물·관문 등 하나의 실재하는 공간처럼 그렸으며, 〈신명사명〉을 지어 대일진군(大一眞君)이 명당(明堂)에 앉아 정사를 펼치는 방식으로 '존양(存養)-성찰(省察)-심기(審幾)-극치(克治)-지어지선(止於至善)'의 성리학적 심성수양을 설파하였다. 마음을 하나의 건축물에 비유한 것은 송나라 성리학자 주희에게서 비롯된 것인데, 심성수양을 공간화·의인화한 일련의 작품들은 우리 한문학사만의 독특한 현상임에 분명하다. 이는 16세기 조선에서 성리학적 심성론에 대한 이해가 심화된 것과 무관하지 않다.

둘째, 18세기 이후 상상 속에 구축한 가상공간을 다룬 한시와 한문산문이 창작되었다. 유경종(柳慶種, 1714~1784)의 〈의원지(意園誌)〉를 비롯하여 장혼(張混, 1759~1828)의 〈평생지(平生志)〉, 임득명(林得明, 1767~?)의 〈의원행(意園行)〉, 홍길주(洪吉周, 1786~1841)의 〈원거념(爰居念)〉 등이다. 특히 홍길주의 〈원거념〉에는 은둔하는 선비가 거처하는 원림(園林)이 구축되어 있다. 이곳에는 안채의 정침(正寢)인 유가각(柔嘉閣), 바깥채의 영당(影堂)인 각건당(角巾堂), 마당 모퉁이 작은 연못가에 있는 정자인 청부정(淸芙亭), 안채의 서쪽에 있는 서재인 정존재(靜存齋), 책을 소장하는 표롱각(縹礱閣) 등의 건물이 있다. 홍길주는 이들 건물의 배치와 용도, 이름에 담긴 의미 등을 〈원거념〉에 자세히 기록해 두었다. 그런데 이 건물들은 모두 실제로 존재하는 것이 아니라 홍길주가 상상 속에서 만들어낸 것들이다. 조선 후기에는 반복되는 정쟁에 염증을 느끼고 출세에 전혀 관심이 없는 문인들이 출현하였다. 이들은 독서를 하고 고상한 취미를 즐기며 자기만의 행복을 추구하였다. 현실에서는 실현하기 어렵지만 상상 속에 나만의 가상공간을 구축함으로써 정신적인 행복을 추구하고자 한 것이다.

(안세현)

한문학과 하위주체

한문학은 한문 표기와 이를 사용할 수 있는 특수한 계층들이라는 인자를 필수적으로 요한다. 따라서 한문학은 한자가 처음 도입된 중세 초기부터, 한문학의 시효 만료가 공언되는 근대에 이르는 시간까지 어디까지나 상층계급의 산물이었을 따름이다. 시대의 변화에 따라 상층계급의 명칭을 무엇이라 부르든 말이다. 그렇다면 한문학과 하위주체라는 말은 실상 연결 불가능한 두 짝을 나열한 것에 지나지 않을까.

판단에 앞서 하위주체란 개념에 대하여 짚어보도록 하자. 하위주체는 '서발턴(Subaltern)' 이론이 수용된 2000년대 초반 이후, 이 개념의 지칭어로서 한국문학연구에 줄곧 사용되어 왔다. 여기서 '서발턴'이란, 원래 군대 내에서 '대위 아래의 하급 사관이나 낮은 서열에 있는 자'를 가리키는 단어로, 안토니오 그람시(Antonio Gramsci, 1891~1937)에 의해 종속 집단을 포괄하는 용어로 사용되었다. 이 개념에 대한 명확한 규정은 여전히 논쟁적이지만, 주체적인 대표성을 가지지 못하고 헤게모니 집단의 전략에 의해 종속되는 성격을 지닌 것을 서발턴 개념의 기초 조건으로 설정할 수 있다. 따라서 서발턴은 스스로를 대표 혹은 재현할 수 없고, 자신의 목소리로 말할 수 없다.

요컨대 한국문학연구에서 사용한 하위주체란 스스로 재현하지 못하는 존재들, 곧 상위적 존재들에 의해 지배와 억압을 받으며, 특정한 사회적 정체성으로 쉽사리 포착될 수 없는 존재들을 가리킨다고 할 수 있다. 이렇게 볼 때, 이 개념은 문학 연구에 있어 상당히 다양한 문제를 다룰 수 있는 척도가 되는데, 이를테면 작가의 문제에서부터 텍스트 내부의 캐릭터, 나아가 작품의 주제의식이나 텍스트에 반영된 시대 문화에 이르기까지, 퍽 다대한 문제들이 이 거름망에 걸러지게 되는 것이다. 하위주체란 어느 시대와 장소를 막론하고 존재해 왔던 절대다수에 해당하기 때문이다.

그러나 스스로를 재현하지 못하는 이 다수를 포착하기란 그리 쉬운 일이 아니다. 특히 상층계급의 언어로 작성된 한문학에 있어서는, 재현될 뿐인 이들의 편린마저 그 존재성과 의도를 의심해야 할 처지에 있었다. 따라서 한문학 연구의 초기에는, 이런 하위주체의 문제가 가시화되는 특수한 계급을 매개하여 이를 포착하곤 했다. 이를테면 '기녀'와 같은 천민을 그 예로 꼽을 수 있겠다. 이들은 신분제 사회에서 가장 낮은 계층의 천민으로 기역(妓役)을 지고 살아야 했으며, 때문에 신분적·사회적·경제적·성적 차원의 다양한 고난과 불행을 겪으며 살 수밖에 없었다. 그러나 이와 동시에, 사대부 문인이라는 상위적 존재들을 가까이했던 기녀들은, 한문을 익히고 시작(詩作)을 하며 자신들의 처지를 한문학이라는 도구를 통해 풀어내곤 했다. 이런 이중적 특수성이 곧 '기녀'라는 하위적 존재의 '주체성'을 보기에 적합했던 것이다. 황진이나, 매창 등 조선시대 한문학을 논하는 데 있어 기녀가 빠지지 않는 이유다.

'노비'라는 존재 또한 드물지만 이와 같은 측면에서 종종 발견되곤 했다. 애초 신분이라는 문제도 그렇거니와, 사회 최하층 계급에 해당하는 노비가 한문을 익히고 문명(文名)을 떨치는 일은 흔하지 않았다. 그러나 조선 후기 어무적(魚無迹)과 백대붕(白大鵬, ?~1592), 홍세태(洪世泰, 1653~ 1725)와 정초부(鄭樵夫, 1714~1789), 이단전(李亶佃, 1755~1790)과 같은 인물들은 그러한 일을 해냄으로써 당대의 문단에 경종을 울리고 한문학 연구의 한 페이지에 자신의 이름을 남겨두었다. 예를 들어 『초부유고』라는 시집을 남긴 정초부는 영조 시대의 아이콘이 될 만큼 그 명성이 대단했다고 알려져 있다.

　미천한 신분으로 두각을 나타낸 이런 이들은 더 있겠으나, 그 실상을 모두 알 수는 없다. 천민들이 사용했던 도구는 상위적 존재들의 것으로서, 그들만의 매체가 아니었던 탓이다. 그러나 이런 한계에도 불구, 이들의 존재는 그 자체로 대단히 의미심장하다. 이른바 하위적 존재이지만 주체성을 드러낸 일군의 범주로서, 이때의 주체성이란 작품의 결에 따라 '불만'과 '토로'를 넘어 '저항'으로 읽어낼 여지까지 있었기 때문이다. 즉 한문학의 영역에서 상층계급이 아닌 다른 계층들이 자신의 목소리를 '한문'을 통해서 전달했다는 측면에서, 한문학에도 하위주체가 존재할 수 있다는 가능성을 제시한 사례라 하겠다.

　그러나 이런 경우는 제한된 것일 따름이다. 또한 기녀나 노비라는 집단에 구획되지 않는 하위주체의 문제도 여전히 남아있다. 기실 하위주체의 문제란 계층적인 것에만 국한되지 않는다. '하위'가 '상위'의 상대적 개념이라면, 그리하여 정치적이고 역사적인 존재로서 스스로의 목소리가 없는 자라면, 그 범주는 오히려 계층을 벗어나 다양하게 확장될 수 있다. 상위의 대칭짝으로서 하위의 발견은, 상위가 전제된 어휘의 가짓수만큼이나 여러 가능성을 열어두기 때문이다.

　이런 까닭에 최근 한문학에서는 계층이라는 단순한 잣대를 넘어 여러 가지 상상력을 동원하여 이들의 흔적을 찾아보고 있다. 특히 작가를 넘어 텍스트 자체에 주목하며 한문학 속 하위적 존재들을 탐색하려는 시도가 지속되고 있다. 이런 관점은 대상화되고 타자화된 하위주체가, 창작주체 (상층계급)에 의해 조작되거나 변형된 점을 전제로 한다. 이는 텍스트의 서사 전략이 창작주체의 시선에 따라 굴절되었음을 의미하는 것으로, 애당초 대상화된 하위주체의 온전한 복원, 나아가 온전한 독법은 불가능하다는 것이다. 때문에 이런 관점의 연구는 오히려 하위주체가 텍스트 내부에서 어떻게 도구화되는가 하는 점에 착목하고자 한다. 그리하여 지배담론이 구축하고 조작한 하위주체의 편린과 흔적을 통해, 오히려 당대 사회와 문학적 진실에 대한 뒤틀림을 확인하자는 목표를 지닌다. 말하자면 굴절된 시선을 회의하는 전제로부터 텍스트의 표면적 진실을 전복하려는 반역의 읽기인 셈이다.

> 송시열이 어린아이 때 기질이 강해 이웃 사람들이 두려워했다. 당시 한 무당이 매우 영험이 있어서 많은 사람들이 몰려와 점을 쳐달라고 했다. 이때 송공이 그 무당집에 가니 갑자기 무당이 기운이 꺾이고 말을 하지 못했다. 무당이 말하기를 "송도령이 오면 신이 내리지 않아 점을 칠 수가 없는데 송도령이 가고 나면 다시 힘이 생기고 왕성하게 점을 칠 수가 있다."고 했다. 사기(邪氣)가 정기(正氣)를 두려워함이 이러하고 또 송공의 정기가 이렇게 당당함을 알 수 있다.　　　　　　　　　　　　　　　　　　　　　　　　　－『학산한언』

18세기 자료인 『학산한언』에 그려진 한 장면을 보자. 위의 이야기는 송시열(宋時烈, 1607~1689)이 유년 시절 얼마나 기질이 강하고 당당했는가를 보여주는 일화다. 그런데 이 점을 부각시키기 위해, 굳이 무당을 등장시켰다. 무당을 등장시킨 목적은 비교적 명료하다. 본문에도 나와 있듯, 송도령을 보면 무당이 자신의 기능을 상실한다는 점을 들어, 송공의 정기를 강조하기 위해서이다. 송시열은 누구나 알고 있는 조선의 유학자다. 그런 그는 어릴 때부터 그 기질이 남달랐기에 사기(邪氣)를 태연히 꺾을 수 있었다.

그러나 이 텍스트를 하위주체라는 시선으로 옮겨 읽으면 다음과 같은 점이 문제시된다. 여기서 말하는 무당의 목소리는 자신의 것인가 아니면 작자의 것인가? 혹은 무속이 사대부 유자에게 필패한다는 이 같은 구도는 송시열이 겪은 실제 사건인가, 아니면 당대의 사회가 지향하는 담론을 체화한 것인가? 그런 면에서 따져본다면 이 이야기는 유교 이데올로기를 강조하기 위해 민간의 무속신앙을 부정하는 이야기로 읽을 수 있다. 그리하여 송시열과 같은 인물을 등장시켰던 것이다. 유교 이데올로기를 내면화한 이야기로서 이런 류의 이야기들은, '송시열'이라는 문제적 개인이 아닌 당대 사회의 패러다임에 대한 프로파간다로 기능하고 있다는 뜻이 된다. 같은 이야기라도 독법에 대한 초점이 달라진다. 그러는 가운데 무당의 목소리는 타자화되어 재현된, 뒤틀림의 통로로 기능하게 되었다.

이처럼 텍스트의 중심이 아닌 텍스트 내부에 존재하는 주변부의 목소리와 존재를 유심히 살피고, 계층이 아닌 사회문화적인 요인으로서의 하위적 존재들을 문제시 삼으면, 한문학 텍스트에 가려져 있던 다른 지점들이 접맥하여 생동한다. 직업적 측면도 이런 작업을 수행하기에 요긴한 기준이 된다. 위의 무당처럼 당대 주류 지식이 아닌 잡학을 배우고 이를 통해 세상과 대면한 술사나 점쟁이, 글은 배웠으나 현달할 수 없었던 가정교사인 숙사나 훈장, 계층이 불분명하지만 집안의 수행비서 역할을 했던 겸인, 당대의 중인이었던 역관과 의관 등, 공경대부를 꿈꾸었던 사대부들과 다르게 당대 사회의 미시적 국면들을 아래의 영역에서 펼쳐 보이는 여러 직업들이야말로, 하위적 존재의 실상을 엿보기에 좋은 가늠좌이다. 이 외에도 나이라는 측면에서 소외된 노인의 문제, 그중에서도 노인여성(노파)의 문제라든지, 인간은 아니지만 귀신이나 요괴와 같이 말할 수 없는 타자의 물괴적(物怪的) 재현과 같은 지점도 텍스트 내부의 외부를 탐색하는 아이디어가 된다.

재현되지 않는 이들을 하나의 범주로 묶어 의미망을 포착하는 작업 외에도, 텍스트 내부에서 그간 소외되어 왔던 부수인물들을 관찰하는 것도 하나의 방법이다. 잘 알려진 애정전기소설 〈운영전〉은 운영과 김진사에만 초점을 맞추게 되지만, 이들을 연결하는 '무녀'의 입체적 성격과 끝까지 빌런으로 살다 간 '특'이라는 반노(叛奴) 등 여러 부수인물들에 주목하여 다시 읽어보자. 하위주체로서 이들의 움직임에 따라 김진사와 운영의 만남과 이별이 작동되고, 나아가 작품의 구성과 주제가 갖추어 간 인상도 받게 된다.

텍스트 내부 외에도 텍스트 외부에서 주변을 찾는 것 또한, 한문학을 하위주체라는 시각에서 살필 수 있는 방법이다. 그간 소외되어 왔던 일군의 장르나 연구사적으로 소홀히 했던 방법론과 경향 등을 따지는 것이 그것이다. 이를테면 잡학류의 저서들을 토대로 하위적 지식의 생태계를 살핀다든지, 로컬리티의 관점에서 서울이 아닌 여타의 지역에 나타난 정체성을 살핀다든지, 문학이 상정하는 새로운 공간을 주목한다든지 따위의 방법이다.

마지막의 경우를 예로 들어보자. 이를테면 고전문학뿐 아니라 동아시아 권역의 문화전파와 지식의 흐름은 육지 중심적으로 고정되어 있었던 것이 사실이다. 그러나 이런 육지 중심적 시각에서 벗어나 '해양'이라는 새로운 공간을 주목할 때, 해류에 따라 월남과 류큐가 새로운 권역으로 확대되고, 주목하지 못했던 여러 자료들의 의미도 분명해지게 된다. 이는 육지 중심이라는 당연하고도 확실한 지적 토대를 뒤틀면서 발견하게 된 새로운 관점이다. 한문학에서 해양은 그간 〈표해록〉류의 실기문학만이 그 자리를 차지했으나, 해양이라는 구심점을 중심으로 자료를 견인하게 되면, 섬과 바다에 대한 심상지리 혹은 그곳에 나타난 환상적 존재인 거인과 이무기에 대한 묘사 등 다채로운 양상이 포착되고 재해석된다.

그런가 하면 하위주체들이 모여드는 조선 후기의 특정 공간의 문제를 포착하여 거론할 수도 있다. 다음의 지문을 살펴보자.

장동의 약주릅 노인은 홀아비로 늙어 자식도 집도 없이 약국을 돌아다니
며 숙식하였다. 4월 어느날 영조가 육상궁에 거둥을 하는데 마침 소나기가
퍼부어 개천물이 넘쳐흘렀다. 구경 나온 사람들이 약국 앞으로 비를 피해
몰려 들어 마루 쪽 처마 밑에 사람들이 **빽빽**하게 서 있었다. 약주릅 노인이
방 안에 있다가 문득 말머리를 꺼내는 것이었다. "오늘 비가 내 소싯적 세재
를 넘을 때 비 같구려." 옆에 앉은 사람이 말을 받았다. "아니, 비도 고금이
있나요?" "그때 내가 좀 우스운 일이 있어서 아직까지 잊히질 않네 그려."
"그 이야기나 좀 들어봅시다." 약주릅 노인이 이야기를 시작했다.

— 〈소나기〉, 『청구야담』

　　위의 작품은 장동에 살던 약주릅 노인이 오갈 데 없이 떠돌아다니다가
약국 앞에서 이야기꽃을 피우는 장면을 포착한다. 영조의 육상궁 행차를
구경하기 위해 약국의 처마 밑에 몰려든 구경꾼들은 약주릅 노인의 이야
기에 귀를 기울인다. 노인은 소나기를 매개로 자신의 젊은 시절 에피소드
를 꺼내고, 옆에 앉은 구경꾼들은 화자의 말을 듣거나 상대하는 청자가
된다. 별안간 '약국'이 하나의 이야기판이 되었던 것이다. 이런 설정은,
당대 여러 이야기판의 가능성을 포착하고 채록하여, 일상적이고 보편적
인 인물들의 발화를 한문학 텍스트 내로 수렴한 결과다. 때문에 이야기
속 약국이라는 장소와, 이곳에서 머물던 '약주릅'이라는 하위계층의 독특
한 경험이 그려지게 되었다. 이는 당대 시정문화의 일면이라 할 수 있는
데, 하위적 인물과 발화들이 약국이라는 비중심의 공간을 거쳐 이야기의
형성과 재편에 관여되었던 셈이다. 이제 약국이라는 공간이 나오는 다른
텍스트에서, 시대의 하위적 면모가 어떻게 드러나는지 연결하여 사고할
틈이 생긴다.

　　한문학과 여성의 문제 또한 하위주체의 영역에서 다루어질 수 있다.
앞서 언급한 기녀의 경우가 아니더라도, 조선시대 여성은 사회의 타자로

여러 억압 기제 하에 노출된 채 재현된다. 그런 가운데 여성의 문제는 복잡다단하게 펼쳐지기도 한다. 이를테면 배제화되고 억압된 타자로서 재현되는 경우도 있지만, 여성 인물 자체가 유교 이데올로기를 수렴하고 내면화한 가운데 상층계급의 목소리를 전달하기도 하며, 혹은 그런 경우라도 자신의 주체성을 드러내 보이기도 한다.

조선 전기 성소화(性笑話)는 그런 여성의 사정을 잘 보여주는 한문학 텍스트이다. 소화는 대개 상층계급이 파한(破閑)을 위해 한문으로 작성한 것으로, 그 성격 또한 대부분 상층계급의 시선과 검열의 흔적이 반영된 것이다. 특히 성소화는 소화에 성적인 측면을 가미한 것인데, 이때 성적 대상이 되는 것은 대개 양반층이 아닌 하위주체들이다. 특히 하위주체이면서도 여성인 이들이 주된 대상이 되었는데, 창착주체의 성적 호기심이나 딜레당트 속에 그대로 노출되어 폭력적인 타자화 작업에 동원되었다.

> 어떤 선비가 기생과 친압하기를 즐겨하자 아내가 그에게 말했다. "사내들이 부인을 박대하고 창기들에게 탐닉하는 이유가 무엇인가요?" 선비가 말했다. "아내는 서로 공경하고 분별해야 하는 의리가 있기 때문에 존경할 수는 있으나 친압할 수는 없소. 그러나 창기는 정욕을 따르고 음란하고 친밀하게 놀면서 못하는 짓이 없소. 공경하면 소원해지고 친밀하면 가까워지는 것은 이치의 당연한 것이오." 부인이 발끈하며 말했다. "내가 존경받고자 했던가요?" 그리고는 남편을 두들겨 패기를 그치지 않았다.
>
> — 〈妻不欲尊〉, 『禦眠楯』

위의 이야기는 결론적으로 선비 아내가 사납다는 미감을 전달하지만, 여성의 입장에서 살펴보면 다른 상황이 펼쳐진다. 선비는 아내와 창기를 비교하며 자신의 외도를 정당화하는데, 그 가운데 이중의 타자화 과정을 진행하였다. 우선 선비 아내라는 상층계급과 창기라는 하층계급의 여성을 구별지어 '창기'에 해당하는 여성을 성적대상화로 용인한 혐의가 있다. 또한 이를 바탕으로 아내로서 지켜야 할 법도를 운운하며 여성을 가부장제의 질서하에 두고자 했다. 요컨대 부정적으로 인식되는 '성욕'을 하층 여성에게 투사하며 그들을 성별과 계층에서 기인하는 이중의 타자화 상태에 놓이게 하는 한편, 상층 여성에게도 그와 같은 굴레를 덧씌우는 것이다. 이때 이 이야기의 미감은 '사나운 아내 이야기'가 아니라, '남성의 왜곡된 성인식'으로 재발견된다. 향유층이었던 사대부가 읽고 쓰고자 했던 표면적 진실에서, 당대 성인식의 왜곡을 들춰보게 된 셈이다.

대부분의 여성은 이처럼 남성에 의해 타자화되어 재현되었으나, 자신 스스로가 한문의 세계에 뛰어들어 문학적 성과를 남긴 경우도 적지 않다. 임윤지당(任允摯堂, 1721~1793)이라는 인물은 여성으로 태어났음에도 불구하고, 학문을 좋아하고 문장을 저술하여 남성 못지않은 업적을 남겼다. 18세기 이후 족출하는 〈삼호정시회〉나 〈팔선회〉 근대의 〈신해음사〉, 이곳에서 활약한 여러 여성문인들도 여성의 주체적 문학 활동을 보여주는 방증이다. 특히 이러한 하위주체의 자발적 성토는 조선 후기에 자주 산견되는데, 여성뿐 아니라 여항문학이나 중인전기 등 문학 담당계층의 하위화가 동시다발적으로 일어났던 시기이므로 주목할 만하다.

이처럼 한문학에서 하위주체란 다양한 형태로 존재할 수 있다. 한문학 연구의 초기에는 하위주체를 추노담, 군도담처럼 민중의 저항적 정신과 연동하여 읽어내려는 시도가 많았다. 그러나 근자에 있어서는 대항적 주체성으로 접근하기보다는, 외려 종속과 반발의 다양한 요인들이 뒤섞여 있는 '혼종적인 뒤틀림'으로 바라보는 방식이 자주 차용되고 있다. 이들은 쉽게 포착되지 않지만, 그렇기에 반역의 사고를 추동하여 상층의 서사를 끊임없이 단절시키며, 텍스트 이면의 대안을 지속적으로 암시한다.

따라서 한문학은 상층계급에 의해 작성되었지만 하위주체의 목소리를 소거하고 이를 재현하기만 하는 지배적 담론의 텍스트로 단정지을 수 없다. 하위주체는 한문학에 주로 재현되었지만, 이들은 다기한 방식으로 자신의 존재성을 증명하며 그 잔흔을 남기고 있다. 남성 사대부가 '제대로 된 문자와 문학'을 독점하고 있던 시대에, 이들은 문학 기술의 이면에 가려져 있던 존재들이자, 문학 연구에 있어서도 소재 내지는 배경으로 파편화되어 접근될 뿐이었다. 혹은 대중의 기호에 영합하면서도 유교적 가치의 재현이라는 외피를 둘러쓸 때만 존재할 수 있었다. 때문에 주체의 서사전략에 의해 수동적으로 재현된 이들은, 굴절되어 투명하게 독해될 수 없는, 조정되고 재배열된 비역사적 존재였다고 할 수 있다.

말할 수 없는 하위주체의 목소리는 어떻게 찾을 수 있으며 그 원리와 방법은 무엇인가. 아직은 해체 이후의 상황이 묘연하지만, 그러므로 오히려 과정을 충실히 검토할 필요가 있다. 무엇보다 상층계급에 의해 조작된 복잡다단한 외층을 걷어내야 대상의 실체에 다가갈 수 있을 텐데, 이를 위해서는 굴절된 대상과의 활발한 대화를 멈추지 않아야 한다. 단순히 재현된 현상을 읽어내는 차원을 넘어 역사적 존재를 발굴한다는 고고학적 상상력을 동원할 필요가 있다. 한문학이 배제하고 있는 타자의 문제를 중심에 놓은 채 텍스트 읽기의 외연을 확대하는 한편, 문학이 가리고 있는 진실의 여러 역동을 세심히 관찰할 수고가 요청된다. 진실은 여전히 저 너머에 있기 때문이다.

(권기성)

향가

향가(鄕歌)는 일반적으로 삼국시대 초기부터 통일신라 말기 및 고려 초기까지 창작되고 향유된 우리말 노래를 뜻한다. 천여 년 동안 전승된 노래지만 현재까지 전하는 작품은 아쉽게도 몇 편 되지 않는다. 신라 때 창작된 작품이 14편, 고려 초 〈보현십원가〉 연작이 11편, 〈도이장가〉 1편 등 총 26편 정도여서 이 작품들만으로는 향가의 실체를 명확히 파악하기가 쉽지 않다. 하지만 『삼국유사(三國遺事)』를 비롯한 몇 문헌들에 향가 관련 기록들이 남아있어 그 대강의 전승 상황과 향유 양상을 짐작해 볼 수 있다.

먼저 향가라는 명칭에 대해 생각해보자. '향(鄕)'은 '지방'이나 '시골', '고향'을 뜻하는 것이 아니라 당시 중국에 대하여 상대적으로 쓰인 '우리나라'를 지칭하는 포괄적인 용어이다. 과거 학계에서는 이 표현이 우리를 스스로 낮추고 깎아내린 의미가 있다고 보기도 했지만 그렇게 부정적으로 볼 필요는 없다. 고려와 조선 시대에 우리의 음악을 '향악(鄕樂)', '속악(俗樂)'이라고 표현한 것 역시 '우리 고유의 것'에 대한 겸양의 표시이지 자기 폄하를 했다고 보는 것은 적절하지 않다. 따라서 '향가'는 대략 1~12세기경 동안 우리 땅에서 한자가 아닌 우리말[구어(口語)]로 불렸던 노래로 폭넓게 이해하면 된다. 주지하듯 당시에는 우리말을 표기할 수 있는 문자가 없었기에 향가는 차자(借字) 표기 수단이었던 향찰(鄕札)을 활용하여 기록하였다. 이렇듯 향가는 향찰을 해독해야 현대적 이해와 풀이가 가능한데,

대표적으로 양주동, 김완진 두 연구자의 해석이 잘 알려져 있다.

향가는 단일한 노래 장르가 아니다. 상식적으로 생각해도 천년이 넘는 시간 동안 똑같은 형태의 노래가 유지됐을 리 만무하다. 보통 향가의 형식과 길이에 따라 4구체, 8구체, 10구체로 나뉘는데, 형태에 따라 담고 있는 내용이나 주제가 같은 것도 아니어서 오랜 기간 여러 형식에 다양한 내용이 담겨 불렸을 것으로 생각된다. 10구체를 지칭하는 용어로 '사뇌가(詞腦歌)'라는 표현이 있다. 신라 3대 유리왕(儒理尼師今, 노례왕(弩禮尼師今), 24-57] 대에 '차사(嗟辭) 사뇌격(詞腦格)'의 노래 〈도솔가〉(유리왕 대)가 있었다고 하고, 이 노래는 신라 가악(歌樂)의 시초라고 평가받고 있다. 이를 통해 볼 때 이미 신라 초기부터 감탄사[차사]가 포함된 '사뇌가'의 '격'을 갖춘 노래들이 존재했음을 알 수 있다. 이 외에도 역시 노래 가사는 전하지 않지만 〈해론가〉, 〈실혜가〉 등 연장체(聯章體)의 장가(長歌) 형태의 작품들도 향유되었던 것으로 파악된다.

『삼국유사』에 실린 향가 14편을 구체적으로 살펴보면, 짧은 4줄짜리 노래[4구체]가 〈서동요〉, 〈풍요〉, 〈헌화가〉, 〈도솔가〉(월명사) 등 4편이고 8줄짜리 노래[8구체]가 〈모죽지랑가〉, 〈처용가〉 등 2편, 10줄짜리 노래[10구체]가 〈혜성가〉, 〈원왕생가〉, 〈원가〉, 〈제망매가〉, 〈찬기파랑가〉, 〈안민가〉, 〈우적가〉 등 7편이 전한다. 이 중에서 8구체 향가는 그 유형의 존재가 다소 모호하다. 박재민은 〈모죽지랑가〉에 대해 『삼국유사』 원전에서 실린 기록 형태에서 앞의 2구가 표기되지 않고 빈칸으로 남겨진 것으로 보아 본래는 2구가 더 있는 10구체 향가였을 가능성이 있다고 하였다. 또한 〈처용가〉는 후반부의 '차사'가 존재하지 않는 점으로 볼 때 마지막 2구가 생략된 형태일 수 있거나, 아니면 4줄짜리 노래가 반복된 연장체 형식의 향가일 수 있다. 이러한 이유로 인해 최근에는 8구체 형식의 향가에 의문이 더해지고 있다.

향가를 구분해 볼 때는 일차적으로 4구체로 대표되는 짧은 노래와 8·10구체의 긴 노래로 보는 것이 효율적이다. 기존에는 짧은 노래들을 민요계 향가, 긴 노래들을 사뇌가계 향가로 간단하게 나누어 설명했으나, 이는 작품의 주제와 성격에 따라 좀 더 세밀하게 나누어 살펴볼 여지가 있다. 짧은 노래들 중에는 〈풍요〉와 같은 노래들이 민요적 성격이 강하게 느껴지지만 배경설화를 참고해 보면 종교적 특징도 두드러지게 나타난다. 〈헌화가〉와 〈도솔가〉는 단순 민요로 보기 힘든 작품이다. 오히려 주술성이 강하게 느껴지는 노래들이다. 〈서동요〉는 민요 계통의 동요 또는 참요(讖謠)로 볼 수 있지만 오로지 민요로만 다루기에는 부족한 부분이 없지 않다. 긴 노래들도 사뇌가계 향가로 묶기보다는 좀 더 나누어 살펴보는 것이 이해하기 편하다. 전반적으로 주술성, 종교성이 강하게 느껴지는 작품들이 많으며, 김학성은 화랑(도)의 자장에서 창작 향유된 풍월[화랑]계 향가와 불교의 종교성이 강하게 반영된 화청[불교]계 향가로 구분해 볼 필요도 있다고 하였다. 이렇듯 향가는 그 주제와 내용에 따라 세분해서 감상할 수 있다.

짧은 노래 – 민요계 향가	: 서동요 *풍요
주술계 향가	: 헌화가 *도솔가
풍월[화랑]계 향가	: *도솔가
화청[불교]계 향가	: *풍요
긴 노래 – 주술계 향가	: *혜성가 처용가 *제망매가
풍월[화랑]계 향가	: *혜성가 모죽지랑가 *제망매가 찬기파랑가 안민가
화청[불교]계 향가	: 원왕생가 도천수대비가 *제망매가 우적가

* 표기는 중복 작품

위 제시한 향가의 하위 갈래 구분은 작품별로 주요 특성을 고려해서 나눠본 것이다. 노래의 주요 특성은 중복되고 넘나들 수 있으며, 여기서 제시한 것 외에도 또 다른 특성들이 나타날 수 있다. 관점에 따라 다르게 볼 여지도 충분하기에, 작품에 담긴 복합적 의미를 찾아 해석해보는 열린 시각도 필요하다.

향가를 이해하는 키워드 중 하나는 '주술성'이다. 이를 설명해 주는 대표적 문구가 바로 『삼국유사』의 「월명사 〈도솔가〉」조에 수록된 "능감동천지귀신(能感動天地鬼神)"이다. 신라 사람들이 향가를 숭상한 지 오래되었는데, 향가는 『시경(詩經)』의 송(頌)과 같은 것이며 종종 천지귀신을 감동시킨 것이 한두 번이 아니었다는 것이다. 이러한 향가의 주술성은 '마력, 감통력' 등으로 설명되기도 한다. 이를 노래에 담긴 소원을 이루어지게 하는 힘으로 보기도 하고, 성기옥은 이를 단순한 주술을 넘어 시의 본질로서 '시적 울림'이나 '시적 감동'의 힘으로 설명하기도 한다.

한편 이때의 주술성은 원시 시대의 비논리적 사유에 바탕을 둔 주문(呪文)과 같은 것이 아니다. 향가에서 보이는 주술성은 원시인들이 집단적 제의에서 행하는 집단 주술의 형태와는 변별된다. 향가의 주술성은 현실 문제를 해결하고자 하는 인간의 간절한 해결 방식 중 하나로 볼 수 있다. 향가 자체가 어떤 신비로운 힘을 가지고 있다고 믿어졌으며, 당대인들은 이러한 노래를 부르며 인간 현실의 문제를 해결하고자 했다고 할 수 있다. 비록 위 구분에서 주요 특성으로 적용하지는 않았지만, 〈서동요〉와 〈풍요〉에서도 주술성은 감지되며, 〈안민가〉, 〈도천수대비가〉, 〈우적가〉 등에도 이러한 주술성이 관통하고 있다.

〈헌화가〉는 표면적으로 볼 때 한 노인이 수로부인(水路夫人)에게 꽃을 꺾어 바치는 사랑과 구애의 노래로 읽힌다. 하지만 수로부인이나 노인은 평범한 존재가 아니다. 수로부인은 절세의 미모를 갖춘 인물로 묘사되지만 배경설화에 비친 그녀의 행적은 단순한 여인이 아니라 나라의 큰 무당의 역할을 하는 존재이다. 노인 역시 천 길 낭떠러지인 암벽을 올라 꽃을 꺾어 바칠 정도의 초월적 능력을 갖추고 있다. 그 지역을 대표하는 무속적, 초월적 행위를 할 수 있는 무당과 같은 존재로 보아야 한다. 종교 수도자들 사이에서 더 높은 지위에 있는 존재에게 자신의 존경과 경외를 표시하는 행위는 낯선 광경이 아니다. 가뭄과 같은 천재지변을 해결하기 위해 파견된 나라의 큰 무당에게 지역에 속한 무당이 무속의 상징적 의미를 갖는 꽃을 바치는 행위를 하는 것은 그 자체로 주술적이고 신성하다. 이러한 맥락 속에서 보면 〈헌화가〉는 신성한 주술의 힘을 불러일으키는 노래, 그러한 힘을 발휘할 수 있는 존재에 대한 찬양의 노래로 이해될 필요가 있다.

〈제망매가〉는 여러 향가 중 해석의 이견이 거의 없는 작품이다. 월명사가 죽은 누이동생을 위해 재(齋)를 올리면서 지은 노래로, 누이의 죽음으로 인한 인간적 고통을 이겨내고 이를 정신적, 종교적으로 승화시키고자 한 작자 월명사의 의지가 잘 드러난 작품으로 평가받는다. 또한 수준 높은 비유의 사용과 작품 전반에 흐르는 시적 이미지의 형상화로 인해 서정성이 높은 작품으로 평가된다. 그러나 이 노래를 한편의 서정시로만 본다면 그 본질을 제대로 이해했다고 할 수 없다. 배경설화를 참고해 보면, 월명사는 이 노래를 짓고 제사를 지냈는데, 그 후 갑자기 회오리바람이 일어나 종이돈이 서쪽으로 날아가 사라지는 신이한 현상이 나타났다고 한다. 이는 서정성을 넘어 한 인간의 간절한 '시적 울림'이 천지를 움직이게 한 향가의 힘[마력]을 잘 보여준다. 〈제망매가〉는 주술과 제의의 노래를 통해 현실적 문제인 인간적 고뇌와 아픔을 해결하고자 한 작품으로 볼 수 있다.

다음 키워드는 '종교성'으로, 향가는 풍월도[風月道, 풍류도 또는 화랑도]

및 불교와 밀접한 관련이 있다. 『삼국유사』에 전하는 향가 14편은 7세기에 5편, 8세기에 8편, 9세기에 1편이다. 이 작품들이 신라 시대 향가를 대표할 수는 없지만, 현전하는 노래들이 이 시기에 집중된 것을 허투루 보고 넘길 일은 아니다. 대부분 노래들이 삼국통일 직전이거나 그 이후에 창작된 작품으로 주제·내용 면에서 풍월도, 즉 화랑과 밀접하게 관련되거나 불교적 색채가 짙게 반영된 작품들이 주를 이루고 있다.

특히 우리 고유의 종교[무교]인 풍월도와 향가의 관련성에 대해서는 좀 더 주목할 필요가 있다. 풍월도에 대해서는 『삼국사기』와 『삼국유사』에 잘 나와 있는데, 『삼국사기』에 전하는 최치원의 「난랑비서(鸞郎碑序)」의 기록을 옮기면, '우리나라에 현묘한 도(道)가 있으니 이를 풍류(風流)라 하고 이는 삼교[三敎, 유불선]를 포함하고 중생을 교화한다'고 되어 있다. 또한 『삼국유사』에는 진흥왕(眞興王, 534~576)이 나라를 흥하게 하려면 반드시 풍월도를 먼저 일으켜야 한다며, 양가(良家) 남자의 덕행 있는 자를 뽑아 화랑(花郎)이라고 하였고 설원랑(薛原郎)을 국선(國仙)으로 삼았고 이것이 화랑 국선의 시초였다는 내용도 남겨져 있다. 이처럼 우리 고유의 종교인 풍월도[풍류도]를 숭상한 주요 집단이 곧 화랑이며, 화랑은 향가를 창작하고 향유한 주도적인 담당층이었다.

화랑과 직접적인 관련을 보이는 작품으로는 진평왕(眞平王, ?~632) 대 〈혜성가〉, 효소왕(孝昭王, 687~702) 대 〈모죽지랑가〉, 경덕왕 대의 〈도솔가〉, 〈찬기파랑가〉 등을 들 수 있다. 작자층인 월명사(月明師)와 충담사(忠談師)가 화랑과 불교승의 성격을 동시에 갖는 낭승(郎僧)이라는 점을 고려하면, 〈제망매가〉와 〈안민가〉 역시 화랑의 자장에서 볼 수도 있다. 불교와 직접적인 관련을 보이는 작품으로는 선덕여왕(善德女王, ?~647) 대의 〈풍요〉, 문무왕(文武王, ?~681) 대의 〈원왕생가〉, 경덕왕(景德王, ?~765) 대의 〈도천수대비가〉, 원성왕(元聖王, ?~798) 대의 〈우적가〉 등을 들 수 있다.

후대로 갈수록 향가에는 불교적 특성이 짙게 배어 나타나며 이러한 성격은 고려 초 〈보현십원가〉 11수에 반영되어 창작되게 된다.

향가를 풀어보는 마지막 키워드는 이 노래들을 지은 작가들의 이름인 '작자성'이다. '작자성'은 본래 '작가와 텍스트'의 유기적 관계를 의미하는 용어인데, 여기서는 텍스트인 향가 작품과 작가의 독특한 관계를 의미하는 용어 정도로 보면 된다. 향가의 작가들은 그 이름 자체에서 이미 작품[텍스트]의 내용을 반영하고 있다. 향가 작가들의 이름을 보면 '융천사(融天師), 월명사(月明師), 충담사(忠談師), 신충(信忠), 희명(希明), 광덕(廣德), 영재(永才), 처용(處容)' 등이다. 하늘에 혜성이 나타나 사람들을 불안하게 하자 혜성의 변괴를 노래로 없애고 하늘의 일을 조화롭게 융합한 사람이 바로 '융천'사이다. 또한 피리를 불어 달의 운행을 멈추게 한 사람이 '월명'사이며, 왕에게 충언의 말을 노래로 올린 사람이 '충담'사이다. '처용'이라는 이름은 그 글자의 뜻이 얼굴을 특정 장소에 붙이거나 둔다는 의미로, 이름 자체가 벽사진경을 위한 부적의 의미를 지닌다. 이외에도 다른 작가의 이름들도 작품의 내용이나 배경과 어느 정도 일치하고 있다.

향가는 수백 년 동안 노래가 구비전승되면서 많은 부분이 변화했을 것이다. 그렇기에 현전하는 향가 작가의 이름은 실제 작가의 이름이 아닐 가능성이 크다. 그러나 오랜 시간이 지나서 작가의 이름이 잊혔다기보다는, 작가들의 삶의 행적과 노래 자체가 당대인들에게는 위대하고 중요한 이야기였기에 노래에 작가가 자연스럽게 동화된 채로 지금까지 전해졌다고 볼 수 있다. 노래가 곧 작가이며, 작가의 삶이 곧 노래로 전승된 것이다. 이런 까닭에 14편의 신라 향가들은 긴 시간이 지났음에도 불구하고 노래와 이야기의 힘을 잃지 않고 지금까지 전해진다고 볼 수 있다.

향가의 폭넓은 이해를 위해서는 향가의 범위를 확장하여 『삼국사기』나 『고려사』 〈악지(樂志)〉 등에 수록된 고구려, 백제의 노래들도 포함해 볼 필요가 있다. 현전 14편의 향가 작품들은 대부분 주술적, 종교적 색채가 짙은 작품들이 주를 이루는데 이러한 노래들만이 당대의 정서를 대표하는 노래는 아닐 것이다. 삼국통일 이후에는 이 고구려, 백제 노래들도 결국 신라의 노래로 포함되어 불렸을 것이기에, 그 노래의 내용과 주제는 현전하는 향가의 범위를 보완해 줄 수 있다. 이 노래들까지 넓은 의미의 향가로 포함하면 그 내용은 현재까지 파악된 것보다 훨씬 다채롭다. 이러한 관점에서 향가를 바라보면, 비록 자료적 한계는 있지만, 어느 시대에나 있을 법한 사랑과 이별, 희로애락의 노래들이 삼국과 통일신라에도 풍부하게 전하고 있었음을 알 수 있다.

(강경호)

현실비판가사

　조선 후기 가사의 사적 흐름을 거시적으로 조망한다고 할 때 특기할 만한 지점 가운데 하나는 작자층의 범위가 대폭 확대된다는 데에 있다. 주로 양반 남성들에 의해 작품이 창작되던 조선 전기와 달리 후기에는 일부 여성들이 가사 갈래를 통해 자신들이 체험 및 소회를 기록하기도 하고, 양반이 아닌 평민층이 지었을 것으로 추정되는 가사 작품들 역시 대거 출현한다. 후자에 속하는 작품들의 경우, 그 내용적 편폭이 워낙 넓어서 통상적으로 3개의 계열로 다시 나누곤 하는바, 이 중 조선 후기 사회의 모순과 학정, 그로 인한 백성들의 참상과 고통을 낱낱이 고발하는 일련의 작품들을 묶어 '현실비판가사'로 칭한다. 그러나 현실비판가사의 작가들이 모두 '평민'이라고 말하기는 어렵다. 해당 작품들의 작가가 밝혀진 경우가 없어서 단언하긴 어렵지만, 어떤 작품들의 경우 학식을 겸비한 지방의 향촌사족들이 지었을 것으로 추정되기도 하는데, 따라서 현실비판가사를 '평민' 또는 '서민'이라는 신분상의 개념과 연계하여 이해한다고 할 때 그것은 작가층뿐만 아니라 이 작품들을 주로 접했을 독자층의 문제까지도 염두에 두어야 한다.

　현실비판가사의 대표적인 작품으로는 〈갑민가〉, 〈임계탄〉, 〈합강정가〉, 〈향산별곡〉, 〈거창가〉 등을 들 수 있으니, 이러한 작품들에는 삼정(三政)의 문란이 가혹한 수탈을 부추기고, 가혹한 수탈이 민중들의 도망(逃亡) 혹은 봉기(蜂起)로 이어지는 일련의 과정들이 핍진하게 포착되어 있다.

어져어져 저긔 가는 저 스룸으
네 힝식(行色) 보아니 군수도망(軍士逃亡) 네로고나 (…중략 1…)
어와 싱원(生員)인디 초관(哨官)인지
그디 말숨 그만두고 이니 말숨 드러보소
이니 쏘한 갑민(甲民)이라 (…중략…)
시름 업슨 졔쥭인(諸族人)은 조최 업시 도망(逃亡)하고
여러 스룸 모든 신역(身役) 니 흔 몸의 모도 무니
흔 몸 신역(身役) 숨양오젼(三兩五戔) 돈피(獤皮) 이장(二張) 의법(依法)
이라
십이인명(十二人名) 업눈 구실 합(合)쳐 보면 스십뉵양(四十六兩)
연부연(年復年)의 맛틋 무니 석슝(石崇)인들 당(當)홀소냐
약간 농스 젼폐(全廢)ᄒ고 치슴(採蔘)ᄒ려 닙순(入山)ᄒ여
허항영(虛項嶺) 보틱순(寶泰山)을 돌고 돌아 츠즈보니
인슴(人蔘) 싹슨 젼혀 업고 오ᄀ(五加) 닙히 날 소긴다 (…중략 2…)
그디 쏘흔 명연(明年) 잇써 쳐즈(妻子) 동싱(同生) 거ᄂ리고
이 령노(嶺路)로 잡아들 지 굿써 니 말 씨치리라
　　　　　　　　　　　　　　 – 작자 미상, 〈갑민가〉 중.

[현대역] 어저 어저 저기 가는 저 사람아 / 네 모습 보아하니 군역 피해
　　　도망가는구나 (…중략 1…) 어와 생원인지 초관인지 / 그대 말씀
　　　그만두고 이내 말씀 들어보소 / 나 또한 갑산의 백성이라 (…중략
　　　2…) 시름 없는 여러 친척 흔적 없이 도망가고 / 여러 사람 모든
　　　신역 내 한 몸에 모두 지니 / 한 몸 신역 세냥오전, 담비 가죽
　　　두 장이라 / 도망간 열두 사람의 세금까지 합치면 사십육냥 / 해
　　　마다 맡아 무니 석숭인들 당할쏘냐 / 약간 농사 그만두고 인삼
　　　캐러 산에 들어가 / 허항령 보태산을 돌고 돌아 찾아보니 / 인삼
　　　싹은 전혀 없고 오가피 잎이 날 속인다 (…중략…) 그대 또한 내년

이때 처자 동생 거느리고 / 이 고개로 접어들 때 그때 내 말 깨달으리라.

〈갑민가〉는 청성 성대중(成大中, 1732~1812)이 함경도 북청 지역의 부사로 재직할 때 갑산의 한 백성이 지은 작품으로, 필사본 가집인『해동가곡』과 성대중이 지은『청성잡기』에 수록되어 전한다. 이 작품은 갑산민과 생원 사이에 주고받은 대화의 형식으로 이루어져 있는데, 제시된 부분에서도 확인할 수 있듯 무거운 세금을 견디지 못해 남몰래 도망가는 갑산민을 보고 한 생원이 그에게 살던 곳에 정착하여 살 것을 권하자 갑산민이 자신이 도망갈 수밖에 없는 처참한 사연을 토로하게 된다.

그가 털어놓은 사건의 원인은 조선 후기 사회의 부조리한 수취 시스템에 있었다. 누군가 도망을 가게 되면 그 사람이 부담해야 했던 세금은 도망간 사람의 인척들에게 고스란히 전가되었으니, 이른바 족징(族徵)이 그것이다. 위 작품의 갑산민만 하더라도 12명의 세금을 혼자서 감당해야 했으니("십이인명(十二人名) 업는 구실 합(合)처 보면 수십뉵양(四十六兩)"), 그는 이를 마련하기 위해 입산하였다가 죽을 위기에 처하고 열 개의 발가락을 잃어버린 채 빈손으로 돌아온다. 하릴없이 집안의 모든 가산을 팔아 46냥을 마련하지만, 현금이 아니라 현물["돈피"]로만 받으라는 사또의 분부에 따라 현물을 구매하기 위해 다시 길을 나선다. 그 사이에 관가에서는 그의 병든 아내를 옥에 가두었는데, 결국 그 아내는 남편을 기다리다가 목을 매어 자결하고 만다. "그디 쏘혼 명연(明年) 잇써 처ᄌ(妻子) 동싱(同生) 거ᄂ리고 / 이 령노(嶺路)로 잡아들 지"라는 마지막 구절은 갑산민이 당면한 당대의 현실이 개인의 노력으로는 도저히 해결될 수 없는 심각한 구조적 모순에 처해 있음을 가리키는바, 이와 같이 〈갑민가〉는 한 가족의 처절한 삶을 통해 조선 후기 사회가 봉착한 총체적 폐단을 훌륭하게 재현해 내고 있다.

> 오리(五里) 밧 기회정막(期會亭幕)의 낭자(狼藉)할사 주육(酒肉)이야
> 열읍관리(列邑官吏) 격기로다 준민고택(浚民膏澤) 아니신가
> 차담상(茶啖床)의 수팔련(壽八蓮)은 향곡우맹(鄕曲愚氓) 초견(初見)이라
> 기이(奇異)하고 번화(繁華)할사 일상(一床) 백금(百金) 드단 말가
> 민원(民怨)은 철천(徹天)이요 풍악(風樂)은 동지(動地)하네
> 종일(終日)도 부족(不足)하야 병촉거화(秉燭擧火)하단 말가
> 산읍(山邑) 민역(民役) 송병거(松柄炬)의 수륙(水陸) 조요(照耀)하난구나
> (…중략…)
> 각읍각리(各邑各吏) 독촉(督促)하니 편박(鞭朴)죠차 낭자(狼藉)하다
> 허다(許多)한 관인(官人) 축이 대소호(大小戶)를 분정(分定)하야
> 사방부근(四方附近) 십리(十里) 안에 계견(鷄犬)이 멸종(滅種)하네
> 부자(富者)는 가(可)커니와 가련(可憐)할사 빈자(貧者)로다 (…중략…)
> 일촌계견(一村鷄犬) 탕진(蕩盡)하고 호수렴(戶收斂)하단 말가
> 대호(大戶)에난 양이(兩) 넘고 소호(小戶)에도 육칠전(六七錢)이라
> 이 노름 다시 하면 이 백성(百姓) 못 살겐네
> 낙토(樂土)에 싱긴 사람 태평성대(太平聖代) 죠타 하여
> 안업낙토(安業樂土)하옵더니 할일업시 유리(流離)하네
> 한 사람의 호사(豪奢)로셔 몃 사람의 난리(亂離) 되고
> 가장전지(家庄田地) 다 팔고서 어듸로 가잔 말고
>
> – 작자 미상, 〈합강정가〉 중.

[현대역] 오 리 밖 기회정에 술과 고기 낭자하네 / 여러 고을 관리가 대접
　　　　한 것이라, 백성의 피와 땀 아닌가 / 다과상의 연꽃 모양 다식을
　　　　시골 백성 처음 본다 / 기이하고 화려하구나, 한 상에 백금이 들
　　　　었구나 / 종일 놀고도 부족하여 불 밝히고 논단 말인가 / 산간
　　　　백성 관솔불 들어 물과 땅이 환하구나 (…중략…) 각읍.관리 독촉
　　　　하니 채찍과 몽둥이가 낭자한다 / 허다한 관인들이 대호 소호에

분담시켜 / 사방 부근 십리 안에 닭과 개가 멸종하네 / 부자야 괜찮겠지만 가련할사 가난한 이들 (…중략…) 이 놀이 다시 하면 이 백성 못 살겠네 / 낙토에서 태어난 사람 태평성대 좋다 하여 / 낙토에서 편안히 지내다가 이제는 정처 없이 떠도는구나 / 한 사람의 호사가 몇 사람의 난리 되고 / 집과 논밭 다 팔고서 어디 로 가잔 말인고.

현재까지 전해지는 이 작품의 이본은 총 8종으로, 내용 자체의 무거움을 고려할 때 적지 않은 수이다. 특이하게도 이 작품에는 창작의 내력이 비교적 소상하게 제시되어 있으니, "전라감사 정민시가 임자년(1792) 9월에 순창을 순시하여 합강정에서 뱃놀이를 할 때 수령 수십 명을 불러 역할을 정했는데, 기생을 담당하는 수령도 있고, 어물을 맡은 수령도 있으며, 나머지 자질구레한 역할을 맡은 수령 등 그 이름이 무수하여 다 기록하지 못한다. 그때 전라도 사람이 이 노래를 지어 기록하니 노래 지은 사람의 성명은 누군지 알지 못한다."가 그것이다.

이 작품은 크게 봐서 감사가 벌인 호사스런 뱃놀이 장면과 이에 따른 백성들의 막심한 고통이라는 두 개의 축으로 이루어져 있는데, 전체 작품의 앞부분에서는 전자를, 뒷부분에는 후자를 부각함으로써 백성들의 고달픈 삶의 주된 원인이 관리들의 탐학과 횡포에 놓여 있음을 고발한다. 술과 고기가 낭자해 있는 흥겨운 잔치 자리, 상상의 꽃인 수팔련이 새겨진 고급스런 차담상, 한 상을 차리는 데 백금이 들어간 풍성한 잔칫상 등 화자가 묘사한 뱃놀이의 광경은 이날의 잔치가 얼마나 화려하고 사치스러웠는지를 여실히 보여준다.

그렇다면 이 흥청망청한 유락의 자리는 어떻게 마련된 것인가? 이 작품의 다른 곳에서는 이를 백성들의 '고택(膏澤)', 곧 '피와 땀'으로 표현하고 있는바, "각읍각리(各邑各吏) 독촉(督促)하니 편박(鞭扑)죠차 낭자(狼藉)

하다"에서도 짐작할 수 있듯 이날 하루를 위해 관리들은 그렇지 않아도 궁핍한 백성들의 살림살이를 또 짜냈던 것이다. 이와 같이 〈합강정가〉에서는 지배층의 무자비한 수탈과 착취를 문제 삼고 있으니, 이와 관련하여 이 작품의 한 이본에 보이는 "어떤 사람이 이 노래를 베껴 숭례문에 걸어 두었고, 도성의 사람들이 이 노래를 전파하여 궁중에까지 들어가게 되었다. 이에 정민시가 유배를 가게 되었다."라는 기록은 그것이 사실과 다르다는 점에서 꽤나 흥미롭다. 현실에서 실현되지 못한 정의를 이 작품의 독자들은 상상의 영역에서 실현하게 된 셈이니, 이렇게 볼 때 우리가 현실비판가사를 통해 읽어낼 수 있는 것은 '중세 해체기'라는 문제적 시기의 단면들뿐만 아니라 해당 시기를 가까스로 살아냈던 수많은 사람들의 도덕적 감각과 절실한 소망 등도 포함되어 있다.

> 어화 세상 사신님네 우리 거창(居昌) 폐단(弊端) 들어보쇼
> 지기가 너러온 휴(後)의 온갖 폐단(弊端) 지어넌니
> 구중철니(九重千里) 멀고 머러 이런 민정(民情) 모로시고
> 증청각(澄淸閣) 놉푼 집의 관풍찰쇽(觀風察俗) 우리 순상(巡相)
> 읍보(邑報)만 쥰신(遵信)ᄒ니 문불서양(問佛西洋) 아닐넌가
> 이노포(吏奴逋) 만여석(萬餘石)을 빅성(百姓)이 무슴 죈고
> 너돈식(四錢式) 분급(分給)ᄒ고 전석(全石)으로 물너넌니
> 수천석(數千石) 포흠아전(逋欠衙前) 미 ᄒᆞᆫ 기 안이 치고
> 두승곡(斗升穀) 물이잔코 빅성(百姓)만 물여넌니
> 디전통편(大典通編) 됴목즁(條目中)의 이런 법이 잇단 말가 (…중략 1…)
> 디차담(大茶啖) 소차담(小茶啖)의 나라 회감 잇건만은
> 디쇼차담(大小茶啖) 드린 후의 별찬(別饌)으로 니아(內衙) 진지
> 이러ᄒᆞᆫ 예리방(禮義方)의 남녀유별(男女有別) 지별(自別)커든
> 사돈팔촌(査頓八寸) 부당(不當)ᄒᆞᆫ데 니아(內衙) 진지 무슴 일고
> 오빅리(五百里) 봉화현(奉化縣)의 각화사(覺化寺) 어디민요

산갓침칙(沈菜) 구ㅎ다가 잔치상의 별찬(別饌)ㅎ니
나물 반찬 흔가지를 오빅 리에 구탄 말가 (…중략 ②…)
우리 셩상(聖上) 보신 후(後)의 별분 쳐분(別般處分) 나려소셔
더듸도다 더듸도다 암힝어사(暗行御史) 더듸도다
비러ᄂᆞ니 비러ᄂᆞ니 금부도사(禁府都事) 바러ᄂᆞ니
푸더쌈의 잡바다가 노방가의 버려쇼셔

– 작자 미상, 〈거창가〉 중

[현대역] 어와 세상 사람들아 우리 거창 폐단 들어보소 / 이재가가 내려온
후 온갖 폐단 지어내니 / 구중천리 멀고 멀어 이런 민정을 모르시
고 / 징청각 높은 집에서 풍속을 살피는 우리 관찰사 / 읍에서
올리는 보고만 믿으니 부처를 서양에 묻는 격이 아니겠는가? /
관리들이 착복한 만여석을 백성들이 (갚아야 한) 무슨 죄인고 /
넉 돈 씩 나누어 내고 곡식으로 물어내니 / 수천석 해먹은 아전들
은 매 한 대 아니 치고 / 조금의 곡식도 물리지 않고 백성들만
물어내니 / 대전통편 조목 중에 이런 법이 있단 말인가 (…중략
①…) 대차담과 소차담 정해진 기준이 있건마는 / 대소차담 드린
후에 별찬으로 내아진지 / 이러한 예의의 나라에 남녀유별이 자
명하거든 / 사돈팔촌도 부당한데 내아 진지 무슨 일인고 / 오백
리 봉화현의 각화사는 어디쯤인가 / 산갓김치 구해다가 잔칫상
의 별찬으로 내어놓으니 / 나물 반찬 한 가지를 오백리에 구하단
말인가 (…중략 ②…) 우리 성산 보신 후에 별반처분 내리소서 /
더디도다 더디도다 암행어사 더디도다 / 바라나니 바라나니 금
부도사 바라나니 / 푸대로 싸서 잡아다가 길거리에 버리소서

    "역사와 문학이 함께 녹아든 리얼리즘 문학의 최고봉"으로 평가되기도
하는 〈거창가〉의 일부이다. 이 작품은 19세기 중반 경남 거창의 수령 이
재가(李在稼)와 그 아전들이 자행하던 탐학과 폭정을 신랄하게 고발한 장
편의 가사 작품으로, 비판의 대상인 이재가는 실제로 헌종 3년(1837)부터

7년(1841)에 이르기까지 4년 동안 거창의 수령을 지낸 바 있으며, 따라서 이 작품의 창작 시기 역시 그 어름일 것으로 추정된다. 현전하는 〈거창가〉에는 조선 왕조의 정통성을 강조하고 문물을 찬양하는 가사 〈한양가〉류(類)의 내용이 작품의 전반부에 위치하고, 거창읍의 실정을 낱낱이 드러내는 내용이 후반부에 위치하는데, 전혀 다른 내용이 하나의 작품에 공존하는 현상을 두고 연구자에 따라서는 자신들의 주된 성토 대상이 권력의 정점에 있는 임금이나 체제 자체가 아니라 지방의 수령이나 아전이라는 사실을 강조하기 위한 전략의 일환으로 보기도 한다.

제시된 부분에는 작가가 목도한 거창읍의 폐정이 사실적으로 드러나 있다. 〈중략 ①〉에서 문제 삼고 있는 것은 조선 후기 지방의 관청에 만연해 있던 이른바 '포흠'으로, 포흠의 다양한 유형 중 아전이나 서리와 같은 중간 관리층이 부세 수취의 실무자라는 위치를 이용하여 환곡을 빼돌린 후 이를 사적으로 유용하는 "이노포((吏奴逋))"가 빈번하게 발생하였다. 거창읍 역시 마찬가지였던 것으로 보이는데, 문제는 아전들이 유용한 "만여석((萬餘石))"의 책임을 온전히 백성들이 떠맡았다는 것이다. 그렇다면 범죄를 저지른 이들은 그에 합당한 처벌을 받았는가? "수천석(數千石) 포흠아전(逋欠衙前) 민 흔 기 안이 치고"에서 확인할 수 있듯 그들은 무능하거나 부정한 수령의 비호 아래 자신들이 저지른 간악한 죄에 대해 일말의 책임도 지지 않았으니, 수령과 이향(吏鄕) 세력의 견고한 결탁은 백성들의 삶을 궁지로 몰아넣었다.

앞서 〈중략 ①〉이 중간 관리층의 비리를 보여준다면, 〈중략 ②〉에서는 그들을 감시하고 견제해야 할 수령의 문제가 제시되어 있다. 여기서는 자신의 인사 고과를 결정하는 관찰사를 수령이 자신의 관아에서 접대하는 과정이 나타나 있는데, '대차담'과 '소차담'은 상급 관리를 맞이할 때 수령이 지켜야 할 접대의 기준이지만, 승진에 눈이 먼 수령에게 그런 기준

따위는 중요하지 않다. 이어서 그는 관찰사를 안채로 들여 "별찬"으로 대접했는데, "닉아(內衙) 진지"의 정확한 뜻을 파악하기는 어렵지만 맥락상 자신의 식구 가운데 여성 한 명을 그 자리에 동반시켰던 모양이다. '산갓침치'를 구하기 위해 오백 리를 다녀왔다는 언급도 흥미롭지만, "남녀유별(男女有別)"이 상징하는 지배 계층의 이념적 전유물이 여기서는 되레 위정자들을 비판하는 용도로 쓰이고 있다는 점 역시 흥미롭다. 작품의 말미에 연이어 호명되는 "우리 성상(聖上)", "암힝어사(暗行御史)", "금부도사(禁府都事)" 등은 심각한 사태의 해결을 위해 거창의 백성들이 기대는 유일한 해결책이지만, 이러한 기대가 수포로 돌아갔을 때 이제 남은 일은 백성들 스스로 들고일어나는 일뿐이다.

이와 관련하여 〈정읍군민란시여항청요〉라는 또 다른 작품의 존재는 시사하는 바가 크다. 〈거창가〉가 창작된 뒤 50여 년 후에 정읍군에서는 동학농민혁명의 시발점에 해당하는 '고부농민봉기'가 발생했는데, 〈정읍군민란시여항청요〉는 봉기에 참여한 이들이 자신들의 정당성을 공표하고 더 많은 이들의 참여를 독려하기 위해 부른 노래이다. 그런데 이 노래는 〈거창가〉의 복사본이라 말할 수 있을 정도로 거의 동일한바, 불행하게도 〈거창가〉에 보이는 조선 후기 사회의 비극적 현실은 비단 거창만의 문제는 아니었던 것이다.

끝으로, 현실비판가사에 대한 기존 논의들은 대체로 '반(反)봉건성'과 '근대지향성'을 논의의 주축으로 삼았다. 그리하여 작품의 내용들 가운데 상당 부분을 차지하는 반근대적 요소들은 불가피한 시대적 한계로 치부되기도 하고, 때로는 외면되기도 하였으며, 더러는 근대를 지향하는 것으로 왜곡되기도 하였다. 이러한 논의들 속에서 '봉건성/반봉건성'은 '반근대성/근대성'과 사실상 등치되고 있는 개념쌍으로 기능하는데, 지배층에 대한 피지배층의 유례 없는 비판 행위 그 자체에만 주목하여 현실비판가사의 역사적 의미를 저와 같이 규정했던 것이다.

그러나 이와 같은 선험적 규정 이전에 당대의 현실을 비판하는 데에 활용된 주된 이념이나 내용이 무엇이었는가에 대해서도 주목할 필요가 있다. 현실비판가사 작품들에는 앞서 살펴본 바와 같이 삼강오륜과 같은 유교의 기초적인 덕목이라든지 지배층이 마땅히 소지해야 할 애민(愛民) 의식, 공적 시스템의 합리성 복원 등 선명한 유교적 언어들로 가득 차 있다. 조선 후기의 백성들은 다양한 경로를 통하여 인정(仁政), 인륜, 선악 등과 같은 유가의 도덕적 개념들을 전유하고 있었으며, 이것이 19세기라 는 특수한 시공간을 통해 발현하게 되었을 때 지배층의 학정과 전횡을 고발하는 강력한 무기가 될 수 있었다. 교화의 대상이었던 백성이 교화의 주체가 된 셈이니, 아이러니하게도 그들을 유교화하고자 했던 국가는 유교화된 그들에 의해 다시 유교화될 것을 요청받게 된 것이다.

(하윤섭)

활자본 고소설

필사본, 방각본으로 향유되던 고소설은 근대 전환기에 출현한 신식 연활자(鉛活字)를 이용해서 기존과는 다른 형태로 등장한다. 이렇게 출판된 '고소설'들을 '활자본 고소설', '활판본 고소설', '구활자본 고소설' 등으로 지칭한다. 이 시기에 출판된 고소설은 본격적으로 이익을 창출해야 하는 목적의 주요 대상이 된다. 또한 활자본 고소설보다 먼저 출판 시장에 등장한 '신소설'과의 비교 대상으로 자리할 수밖에 없는 존재이기도 하다.

옛소설의 유행이 신소설의 유행을 이끌었다는 안자산의 평은 1910년대 고소설이 독서 시장에서 차지하는 위치를 짐작하게 한다. 새로운 유형으로 생산되는 고소설은 수많은 단행본으로 출간되었으며, 〈연의각〉, 〈토의간〉, 〈강상련〉과 같은 작품으로 개작되기도 했다. 또한 이 당시 여러 고소설 작품들이 신문, 잡지와 같은 새로운 매체에 실림으로써 새로운 방식으로 대중들에게 다가서기도 했다. 이러한 환경 안에서 '활자본 고소설'을 이해하기 위해서는 기존 고소설로부터의 수수 관계 정도의 파악도 중요하지만, 무엇보다 변화하는 시대 안에서 점하는 문학적 위치를 정확하게 인식하는 것이 필요하다.

근대 전환기라고 해서 기존 독서층의 취향이 갑자기 새로운 흐름에 경도되는 것은 아니다. '신소설'이 출판 시장에 출현하고 새로운 이야기를 담고 있다고 해도 조선시대부터 이어진 고소설 중심의 독서 관습이 쉽사리 사그라드는 것은 아니었다. 판소리계 소설을 위주로 한 '활자본 고소설'은 1940년대까지 출판사의 중요한 수입원이었다. 그러나 상업적 인 이익을 추구하는 당시 활자본 출판사들에 대한 시선은 곱지 못했는데, 그것은 변화하는 시대에 걸맞은 새로운 가치를 담아내는 소설을 세상에 등장시키지 못하고 있다는 데에 있다. 아래의 인용문은 활자본 고소설이 독서 시장을 점유한 비중을 언급한 것이다.

> 조선출판계에 어울리지 않을만치 박이는것은 구소설중의 춘향전조웅전류 충렬전심청전 사씨남정긔삼국지 수호지옥루몽구운몽 가튼 것으로 그중에는 한판에 칠팔만부가 인쇄되는것도잇다고한다 그러나 시대의추이는어쎌수업 서 재작년에는 삼백일건이나 발행된것이 작년에는 삼십일건밧게되지안햇고 그대신걸음이 느리나마 신소설이 발전하야 재작년에는 팔십오건이든것이 작 년에는 사건이늘어팔십구건에 달하얏다고한다(「최근19년간 朝鮮出版物趨移 사회현상과문화정도반영 總督府圖書科統計」, 『동아일보』, 1928년 7월 17일.)

1910년부터 본격적으로 시작한 출판계를 분석한 『동아일보』의 기사는 종합적으로 고소설과 신소설의 인쇄 비중을 비교한다. 19년간의 통계라 고 하기엔 조금 성긴 느낌이 있기는 하지만, "조선출판의 추이"는 결국 고소설을 중심으로 분석되었다고 할 수 있다. 이와 같은 통계 결과는 1935년에도 유사하게 나타난다.

> 이 서점의 조사통계에 나타난 바를 보면, 辭典類가 그 중 만히 팔니는데, 「鮮和辭典」이 4, 5천部를 돌파하여 古代小說이나 新小說 등을 제하고는 판매 성적으로 首位를 점령하고 잇다. 그러나 역시 古代小說類가 가장 만이 나가는 데, (이것이 대부분은 지방 주문인 것을 보면 조선의 農婦女나 일반 가정에서 는 아즉도 이런 류의 책들을 만히들 읽는 모양이다. 그러나 그 冊價로 보아 출판비용을 제하면 서적 중에서는 이 古代小說類가 그중 利가 薄하다고 한다)

「忠烈傳」,「春香傳」「沈清傳」 등이 그 중에서 3만 내지 4만部를 돌파하고 잇스며 그 다음에 잘 팔니기로는 「秋月色」이나 「松竹」이나 「美人의 道」, 「陵羅島」나 「春夢」과 갓흔 소위, 「新小說」類가 다음가게 부수가 만히 나가는데 이런 것들은 대개 2만部를 넘기고 잇다. (「書籍市場調査記, 漢圖·以文·博文·永昌等書市에 나타난」, 『삼천리』, 제7권 제9호, 1935년 10월 1일)

고소설 중에서 한 판에 7~8만 부가 인쇄되는 것들이 있다는 사실은, 결국 출판사가 상업적 이익을 추구하기 위해서는 고소설을 포기할 수 없다는 적확한 근거가 된다. 그러나 여기에서도 "조선 출판계에 어울리지 않을 만큼"이라는 서두에서부터 비판의 뉘앙스가 담겨 있다. 출판 시장을 주름잡고 있는 고소설이지만, 부정적인 시선으로 바라보는 것이다. 반면, 신소설의 시장 변화에는 "걸음이 느리지만 발전"하고 있다는 상반된 평가를 내린다. 1928년에 보이는 당대 고소설을 향한 비판의 시선은 활자본 소설이 출판되는 초창기부터 이어진 것이기도 하다.

> 본 긔쟈가 수십여년 광을을('광음을'의 오식) 쇼셜에 죵ᄉ할시 구쇼셜의 부패ᄒ언 언론이 지금 이십셰긔 시더에 맞지 안염을 ᄭ닷고 한 번 변ᄒ기를 위유ᄒ야 신쇼셜톄례롤 발명ᄒ야 임의 이삼십죵의 쇼셜을 져슐ᄒ언 바 익독ᄒ시ᄂᆞᆫ 강호졔군의 격졀탄샹ᄒ심을 엇엇ᄉᆞ오나 쇽인에 됴흔 노러도 오러 부르면 듣기 실타ᄂᆞᆫ 것과 ᄀᆞ치 신쇼셜도 여러희롤 날마다 디ᄒ면 지리ᄒ 싱각이 ᄌᆞ연 싱기리니 이ᄂᆞᆫ 독쟈졔군만 그럴실 쑨 안이라 져슐자도 날로 붓을 잡음이 지리ᄒ 싱각을 금치 못ᄒ니 이ᄂᆞᆫ 다름이 안이라 ●●이 오램의 변홀 긔회가 니듬이로다 그럼으로 긔쟈가 연구ᄒ고 쏘 연구ᄒ야 쇼셜톄계롤 쏘한번 변ᄒ되 신구롤 합작ᄒ야 구쇼셜의 허탄밍랑ᄒᆞᆷ은 ᄇᆞ리고 졍대ᄒ 문법만 취ᄒ며 신쇼셜의 쳔근각삭ᄒᆞᆷ은 ᄇᆞ리고 졍밀ᄒ 의취만 취ᄒ야 쇼샹뎡('소양정'의 오식) 이라는 쇼셜을 져슐ᄒ노니 이 쇼셜의 진료ᄂᆞᆫ 긔쟈가 졍신을 오러 허비ᄒ야 비로소 엇은 바더라 (이해조, 『매일신보』, 「소양정 소설예고」, 1911.9.29.)

이해조(李海朝, 1869~1927)는 활자본 고소설과 신소설 논의에서 빠질 수 없는 인물이다. 『화성돈전』과 『철세계』를 번역하고, 『자유종』으로 애국의식을 고취하고자 했던 이해조가 1912년부터 판소리계 소설을 연재하기 시작한다. 1900년대 초반부터 활발하게 출판되던 신소설은 출판법이 본격적으로 시행된 이후부터 활자본 고소설에 시장을 내어주게 된다. 신소설은 기존의 고소설과 차별된 양식이었으며 시대적인 의미를 담으려 노력했지만, 작가층이 두텁지 못했기에 새로운 소설을 생산하기에 버거웠을 것이다. 그러나 고소설은 기존의 독서층을 그대로 흡수해서 텍스트를 담는 매체만 바뀐 상황이었기 때문에 여전히 독서층은 탄탄했다. 위의 언급은 신소설이 활발하게 생산되던 시기 고소설을 바라보는 일반적인 시각일 수 있다. 여기에서도 "시대와 맞지 않는 고소설"이라고 이해조는 고소설을 비판한다. 그러면서 새로 발생한 신소설도 또한 시대가 흐르면서 정체될 것이라고 정확하게 진단하고 있다. 여기에서 이해조는 고소설은 허탄맹랑하다고 비판한다. 이러한 시각은 당대 지식인 등 언론 매체가 바라보는 고소설에 대한 일반적인 시각이다.

물론 활자본 고소설도 변화를 꾀했다. 세월이 지나고 문화가 많이 변하는 과정에서 활자본 고소설의 내용도 조금씩 변모를 하였는데, 개작을 가장 많이 한 작품류는 바로 애정소설과 역사소설이다. 전대 고소설에서는 역사 논의에 적극적이지 않았기에 1910년대 이후부터 새로 역사 논의가 등장하였고, 애정소설은 전대와는 차별화된 새로운 애정 방식을 소설에 담아 그 변모를 꾀하였다는 평가를 받는다. 그러면서 동시에 고소설의 범주를 벗어나지 않으면서 새로운 내용이 삽입되어 있는 '신작 고소설'이 등장하게 된다. 〈연의각〉, 〈토의간〉, 〈봉황대〉 등 고소설 개작이 시도된 시기에 〈고려강시중전〉, 〈화용도실기〉 등 실기류, 〈채봉감별곡〉, 〈부용상사곡〉, 〈청년회심곡〉 등 애정류, 〈남강월〉, 〈정씨복선록〉 등 영웅소설류 고소설 작품이 새롭게 창작되었다.

　신작 고소설 전반에 관한 평가를 살펴보면 시대적인 관점을 중심에 두고, 긍·부정의 평가가 비슷하게 드러난다. "고소설이 격변하는 전환기적 현실에 정면으로 대면하여 자생적인 개혁을 이루어나간 것으로 이 시기 고소설사의 새로운 흐름을 주도한 것"이라고 본 심재숙, "'개화라는 극단적인 지식 리모델링의 시대에 '봉건적 서사'인 고소설이 구작, 개작, 신작 등 다양한 방식으로 근대화 욕망이 분출하는 현실에 대응하며 소설적 가치를 실현하였"다는 이정원의 경우가 긍정적인 관점을 보인 대표적 논의이다. 반면 "시대착오적 봉건성과 반역사적 친일의식"을 담고 있다고 한 장효현, "치열한 문학적 투쟁을 벗어나 과거에 존재했던 다양한 문학 양식들을 단순히 원용하여 재편집하면서 적당히 현실의 표면에 연결시키는 안일한 퇴행주의적 타협의식의 문학적 소산"이라는 김교봉의 의견이 부정적인 관점을 대변할 수 있을 것이다. 이러한 상반된 평가가 동일한 대상에게 내려지는 이유는 이 작품군이 지닐 수밖에 없는 시대성을 반영한 결과다.

　활자본 고소설은 당대 출판계의 상업적 이익을 위한 중요한 위치를 점하였다. 그렇기에 이러한 상업적인 위치와 더불어, 변화하는 시대적 가치 또는 변화하는 시대가 원하는 가능성으로서의 가치를 담고 있지 못하다는 지적은 타당하다. 활자본 고소설은 전대부터 이어진 고소설의 자장에서 벗어날 수 없는 숙명을 지니고 있다. 이러한 환경에서 새로운 시대적 가치를 문면에 담는 것은 어려운 과제였을 것이다. 그럼에도 새로운 내용의 신작 고소설을 문학사에 등장시키려는 노력이 존재했다. 또한 김성철의 논의를 통해 고소설이 검열에 영향을 받았다는 직접적인 근거, 그리고 그 검열에도 일제를 향한 비판적 내용을 담으려 노력했다는 내용 등이 존재했음이 드러났다. 이러한 근거는 비록 미미하지만 활자본 고소설을 생산하는 주체들 중에서도 수동적으로 전대의 유산을 전재(轉載)하는 방식을 보여주면서도 동시에 새로운 시대 변화에 참여하려는 시도 또한 존재했음을 알 수 있다. 이렇듯 활자본 고소설은 전대(前代)로부터 이어진 고소설의 전통 아래에서 새로운 흐름을 맞이한 생산자와 소비자가 어떠한 방식으로 1900년대 초중반의 변곡적 시기를 향유했는지 보여준다고 하겠다.

(김성철)

효·효행·유교 윤리

　유교에서는 인의예지신(仁義禮智信)의 오상(五常)을 인간의 덕목이라고
보았다. 공자(孔子, B.C551~B.C479)가 말한 인(仁)을 맹자(孟子, B.C372~
B.C289)의 시각으로 인의예지(仁義禮智)로 분류, 여기에 동중서(董仲舒,
B.C176~B.C104)가 신(信)을 더하여 인의예지신(仁義禮智信)의 오상(五常)이
완성된 것이다. 인간에 대한 사랑으로서의 인(仁)은 의예지신(義禮智信)을
통해 구체화 된다. 인(仁)이 부모에게 미치면 효(孝)가 되고 형제에게 미치
면 우(友)가 되며 남의 부모에게 미치면 제(悌)가 되고 나라에 미치면 충(忠)
이 되는 것이다. 즉, 유교에서는 부모, 형제, 마을 공동체, 국가에 있어
관계의 틀을 규정해 두고 있다고 할 수 있다.

　『대학(大學)』에서는 수신제가치국평천하(修身齊家治國平天下)를 지향점
으로 언급한다. 평천하(平天下)를 위해 몸을 닦는 일과 나라를 다스리는
것 사이에 제가(齊家)를 배치해 두었다는 것은 개인으로서의 성장과 사회
구성원으로서의 성장의 중심에 가정을 두고 있다는 의미로 풀이될 수 있
다. 이는 사회가 필요로 하는 인재로 성장하는 데 있어 그만큼 가정이
결정적인 역할을 함을 뜻한다.

　오상(五常)은 부자(父子), 부부(夫婦), 장유(長幼), 붕우(朋友), 군신(君臣)
사이에 지켜야 할 실천 덕목인 오륜(五倫)으로 구체화 된다. 인간이 태어
나 가장 먼저 만나게 되는 사람이 부모이고 그들을 통해 우리가 사회적
존재로 거듭나게 된다면 오륜(五倫)의 기본에 부자 관계의 도리를 두어도

될 것이다. 효(孝)를 중심으로 편성되는 부자 사이의 도리는 부모의 자애(慈愛)와 자식의 효행(孝行)으로 이루어진다. 부모에 대한 섬김이라고 할 수 있는 효(孝)의 실현은 문안 인사, 잠자리 마련, 봉양, 상례 등의 세세한 절차 교육을 통해 가르쳐져 왔다. 효(孝)를 가운데 둔 이와 같은 훈육이 사회가 기대하는 바람직한 공동체 일원으로 거듭나는 기반이 되는 한편 도(道)를 곧바로 하는 근본이 되기도 한다고 생각한 것이라고 할 수 있다.

효(孝)는 어버이에 대한 섬김이며 섬김은 극진한 마음으로 윗사람을 대하는 것을 뜻한다. 그러하기에 효(孝)는 나의 부모에 한정되지 않고 마을 공동체 나아가 군주까지 이르는 마음의 근간이 되어 주기도 한다. 『효경(孝經)』에서는 효(孝)를 '부모에게서 물려받은 몸과 머리카락과 살을 훼손하지 않는 것에서 시작하여 몸을 세워 도를 행하다가 후세에 이름을 남겨 부모의 이름까지 드높이는 것으로 끝맺는 것(身體髮膚受之父母不敢毁傷孝之始也立身行道揚名於後世以顯父母孝之終也)'으로 규정한다. 말하자면 효(孝)는 부모에게서 타고난 신체를 온전히 보전하는 것을 기반으로 하여 이름을 드높이는 것으로 완성된다고 할 수 있다. 그러하기에 효(孝)의 이행은 일상 다반사와 관련되어 나타나 왔다. 실제로 유교가 지향하는 바람직한 효(孝)는 유교 경전 속 구체적인 기술은 물론, 이야기를 통해서도 전해져 내려오고 있다.

부모를 섬기는 것을 의미하는 효(孝)는 일인 가정이 보편화되고 가족이 해체되는 오늘날에도 여전히 강조되고 있다. 낳아주고 길러준 부모에 대한 감사와 섬김 그 너머에 효에서 비롯되는 인간에 대한 본래적 믿음과 존중이 깃들어 있기 때문이다. 이러한 측면에서 인간이 '인간임'을 보증해 줄 수 있는 주요한 가치인 효(孝)가 이야기 속에서 어떻게 형상화되며 그 변화 양상은 어떠하였는지를 살펴보는 것은 오늘날 우리가 인간으로서 어떻게 살아가야 하는지를 진지하게 모색해 볼 수 있는 길이 될 수 있다. 이러한 관점을 견지하여 옛이야기 속에서 효(孝)가 어떻게 나타나며 그 속에서 어떤 의미를 도출해 낼 수 있을지를 살펴보도록 한다.

먼저 〈단군신화〉와 〈동명왕신화〉, 〈유리왕신화〉를 통해 신화 속 효를 읽어본다. 신화에서는 자신의 터전을 공고히 하는 입신(立身)의 효를 찾을 수 있다. 〈단군신화〉에서 '천하를 다스리고자 하는 뜻을 품고 있던' 환웅(桓雄,)은 아버지의 품을 벗어나 태백산에 자리 잡는다. 환웅은 아버지의 환인(桓因)의 품을 벗어나 그 자신의 세계를 구축하는 것으로 효를 다한다. 이후 환웅천왕을 자칭하며 세상을 다스리며 웅녀와의 사이에 아들 단군(檀君)을 두는데, 아들 단군 또한 평양성에 도읍을 정하고 1,500년간 나라를 다스린다. 환웅과 단군 이야기에서는 아버지를 벗어나 나라를 꾸리는 것으로 '몸을 세워 도를 행하며 후대에 이름을 남기는' 효(孝)를 다함을 읽어낼 수 있다. 이러한 양상은 어머니 유화(柳花夫人)를 거두어 준 금와왕(金蛙王)을 벗어나 새로운 나라를 건립하는 〈동명왕신화〉에서도 살펴볼 수 있다. 이는 동명왕(東明王, B.C58~B.C19)이 부여에 있을 때 낳은 아들 유리왕(瑠璃王, B.C38~18)이 동명왕을 찾아가 신이한 능력을 보인 후 태자로 책봉되어 나라를 다스리는 〈유리왕신화〉에서도 발견할 수 있다.

신화 속 인물들은 부모의 자장과는 다른 그들만의 새로운 세상을 만든다는 공통점을 보인다. 즉, 치정(治定)을 통해 세계를 구축하여 이름을 남기는 것으로 효(孝)를 다하는 것으로 해석할 수 있다. 그들 각각 선언, 도피, 친자 확인으로 새 세상 구축의 기반을 마련한다. 새 세상 건립이라는 결과는 같으나 그러한 결실에 이르기까지의 효(孝)의 이행 방식에는 차이를 보인다고 할 수 있다. 거기에 더하여 버려지거나 쫓겨나는 상황 속에서도 신화 속 인물들은 아버지나 어머니의 명을 거역하거나 반항하는 모습을 보이지 않는 것도 찾아볼 수 있는데, 부당하다고 느껴질 법한 상황임에도 부모의 말에 복종하는 순종적이고 맹목적인 효행(孝行) 양상을 보여준다고 할 수 있다.

서사무가에서는 주로 버려진 자식의 효행이 그려진다. 대표적으로 〈바리데기〉를 들 수 있다. 〈바리데기〉는 자신을 버린 부모가 병에 걸려 죽게 되었다는 소식을 들은 바리데기가 부모를 찾아가 자신이 친자임을 밝히는 과정이 나타난다. 이후 죽음을 무릅쓰고 구약(救藥)한 후 죽은 부모를 회생시키는 서사가 이어진다. 〈바리데기〉에서는 부모의 내침에도 불구하고 생부생모(生父生母)를 찾아와 그들을 구하는 식의 효행(孝行)이 그려진다. 생부(生父)나 생모(生母)를 찾아가는 것은 승려로 인해 잉태하게 된 당금애기가 아들들과 함께 그들의 생부인 승려를 찾아가 친자 확인 시험을 통과하는 〈당금애기〉나 매화부인과 칠성님 사이에서 난 일곱 형제가 그들을 버리고 새 부인을 맞은 아버지인 칠성님을 찾아가는 〈칠성풀이〉에서도 나타난다. 〈당금애기〉와 〈칠성풀이〉에서는 생부를 찾아간 후 그들에게 닥치는 시험을 불평 없이 받아들이며 자식의 지위를 부여받는다. '부모의 곁에 머무는 것'이라는 관념적인 효는 구약을 위해 길을 떠나거나 아버지를 찾아 나서거나 계모의 모략을 견디는 등으로 시련을 견디는 각각의 효행(孝行)이 되어 나타난다. 부모를 가까이에서 섬기는 것을 효(孝)라고 한다면 서사무가에는 부모에게서 내침 당한 자식들이 여러 시험 끝에 부모에게 받아들여져 그들 곁에 머무는 것으로 나타나는 절대적이고 맹목적인 효가 두드러진다고 할 수 있다.

한편 설화에서는 부모를 위하는 행위의 극진함에 주목한다. 〈효녀지은(孝女知恩)〉에는 호구지책(糊口之策)이 해결되지 않자 종으로 팔려 가 어머니에 대한 봉양을 다 하려는 딸이 등장한다. 가난으로 인해 헤어지게 된 두 모녀가 슬피 울고 이를 알게 된 국왕이 보상을 내린다는 이 이야기 속 딸은 몸을 파는 것으로 섬김의 효(孝)를 다하려는 효행(孝行)을 보여준다. 손순이 노모 밥을 빼앗아 먹는 아이를 묻으려 한 곳에서 신기한 종을 발견한 후 아이를 묻지 않고 데리고 와 종을 치자 종에서 아름다운 소리가 났다는 〈손순매아(孫順埋兒)〉는 자식을 죽여서라도 부모의 끼니를 챙기고자 하는 극단적인 효(孝)를 보여준다. 『효경(孝經)』에서 이르듯 부모에게서 받은 몸을 온전히 하는 것이 효(孝)의 시작이라고 본다면 두 이야기 속 몸을 훼손시킨다는 지점에 주목하지 않을 수 없다. 부모를 위하는 마음이 희생이라는 효행(孝行)을 통해 두드러져 보이게 함으로써 부모에게서 물려받은 몸을 소중히 하지 않는 데서 오는 상효(傷孝)가 소거되어 보이는 효(孝)의 역설이 나타나기 때문이다. 신화에서의 효(孝)가 이름을 드높이고 자신의 터전을 공고히 하는 것으로 나타나고, 서사무가에서의 효(孝)가 부모의 곁을 지키는 것으로 나타난다면 설화에서의 효(孝)는 어떤 희생을 통해서라도 부모의 몸을 온전히 해 주는 것으로 나타난다고 할 수 있다. 이를 통해 설화에서는 부모를 위해 마음을 다하는 효행(孝行) 중 특히 두드러지는 희생 효행(孝行)을 강조함으로써 맹목적이고 관념적인 효(孝)의 상을 만들어내고 있음을 읽어낼 수 있다.

이와 같은 극단적 효(孝)는 세종이 간행한 『삼강행실도』에서 특히 더 두드러지게 나타난다. 세종 1428년, 진주(晉州)에서 김화(金禾)가 부친을 살해하는 일이 있었다. 세종은 자식이 아비를 죽이는 세태를 교정하고자 효행(孝行)의 미덕을 알려줄 서적을 간행하고자 하였고 긴 준비 끝에 『삼강행실도(三綱行實圖)』를 배포하였다. 이후 『삼강행실도(三綱行實圖)』는 『속삼강행실도(續三綱行實圖)』, 『오륜행실도(五倫行實圖)』, 『동국신속삼강행실도(東國新續三綱行實圖)』 등의 간행으로 이어졌다. 어지러운 풍속을 바로잡고 백성을 교화하고자 하는 뚜렷한 목적 때문인지 『삼강행실도(三綱行實圖)』에는 부모의 병을 낫게 하려 손가락을 자르거나 허벅지를 베어내는 등의 희생 효행(孝行)이 수록되어 있다. 이와 같은 극단적 효행을 정약용은 '어버이를 앞세워 명예를 훔치는 행위'로 비판하기도 하였는데, 신체를 훼손해서까지 완성해야 하는 희생 효(孝)를 강조하였다는 것은 희생정신의 대단함을 치하하는 것도 될 수 있으나 동시에 당대 사람들이 순수한 섬김 효행(孝行)을 제대로 이행하고 있지 않았음을 보여주는 것으로도 해석할 수 있다. 효행(孝行)의 실례를 수록한 『삼강행실도(三綱行實圖)』를 배포하여 효(孝)를 교조화하고 있는 것이라 할 것이다.

이렇게 교조화된 효(孝)는 고전 장편 소설에서는 가족 내 구성원들의 갈등 상황 속에서 나타난다. 17세기와 18세기에 활발하게 유통된 고전 장편 소설은 그 배경을 가문에 두고 이야기를 펼쳐나간다. 각 가정 내 인물 간 갈등과 해결을 주요 내용으로 하는 고전 장편 소설에서는 충효열(忠孝烈)이 상당히 강조되는 양상이 두드러진다. 이 과정에서 형제 갈등, 처첩 갈등, 부자 갈등, 모자 갈등이 자주 소환된다. 가족 질서 편성에 효(孝)가 주요한 역할을 한 바, 서사 갈등의 중심에는 효(孝)가 자주 배치된다.

〈소현성록(蘇賢聖錄)〉,〈창선감의록(倡善感義錄)〉,〈유효공선행록(劉孝公善行錄)〉 등의 삼대록(三代錄)에서 갈등 속 효행(孝行) 이행 양상은 특히 더 두드러진다. 이와 같은 가문 소설에서는 관념적 효를 두드러지게 하려는 경향을 보여준다. 그에 따라 효행(孝行)에 반하는 행동을 효행(孝行)의 반대편에 두어 어떤 시련에도 효(孝)를 이행하는 자를 승자로 효(孝)의 반대에 선 자를 패자로 배치한다. 장자가 아버지의 편애에도 불구하고 효를 다하며 끝내 입신양명하여 자신을 괴롭힌 동생까지 거둔다는 결미를 보여주며 인간의 도리를 다하는 이상적인 성인상을 그려내는 〈유효공선행록(劉孝公善行錄)〉에서 그러한 모습을 읽어내 볼 수 있다. 도리에 맞는 바람직한 행동을 통해 효행(孝行)을 이행하는 자가 승리하는 이와 같은 배치는 효(孝)를 이행하지 않는 것이 틀린 것이자 나쁜 것이라는 구도를 직조한다. 같은 관점에서 〈소현성록(蘇賢聖錄)〉과 〈창선감의록(倡善感義錄)〉의 현성이나 화진 같은 인물이 보여주는 효행(孝行)은 절대복종에 가깝다고 할 수 있는데 그로 인해 서사 내 효행(孝行) 각각은 반드시 따라야 하는 교조적인 효(孝)로 비치게 된다. 고전 장편 소설에서는 부모의 말을 맹목적으로 따르는 등장인물들의 효행(孝行)을 자세하고 구체적으로 그리는 것으로 효(孝)를 교조화하는 모습을 보여준다고 할 수 있다.

이와 같은 맹목적 효(孝)는 부모에 대한 섬김을 다하는 개별적 행동으로서의 효행(孝行) 각각의 의미를 상대적으로 퇴색되어 보이게 한다. 반드시 지켜야 할 미덕으로 교조화된 효(孝)는 효녀 심청이 죽음이라는 극단적 효행(孝行)을 이행하고 그에 따라 보상받는 〈심청전〉에서 가장 두드러진다. 〈심청전〉에서 심청은 아버지의 눈을 뜨게 하려 바다에 몸을 던진 후 환생하여 왕후가 되는 보상을 받는다. 앞을 보지 못하는 아버지를 위해 죽음까지 불사하는 심청의 효심(孝心)은 아버지를 위한다는 효성(孝誠)을 두드러져 보이게 한다. 그러나 서사를 천천히 살펴보면 심청이 부모로부터 부여받은 몸을 훼손하는 불효를 저지는 데 대한 응징은 소거되어 있음을 알 수 있다. 이는 효(孝)의 정전과도 같은 〈심청전〉이 죽음이라는 극적 효행(孝行)이 신체를 온전히 해야 한다는 효(孝)를 지키지 못하게 하는 이효행상효(以孝行傷孝)의 역설을 가져오게 한다.

신체 일부를 훼손하여 부모에 대한 효(孝)를 다하던 서사가 〈심청전〉에 이르러 목숨을 버리게 하기에 이르렀다는 것은 부모를 위한다는 마음에서 비롯된 맹목적 섬김에 대한 반문을 던지는 것으로 해석될 수도 있다. 심청의 죽음과 아버지의 개안이라는 전형적 구조를 가진 260종이 넘는 〈심청전〉 이본이 근대 이후 죽지 않는 심청이나 보상받지 않는 심청의 등장으로 이어지는 현상은 이러한 가정에 설득력을 더해준다. 어떤 희생을 치러서라도 지켜나가는 것이 미덕이라고 받아들여 온 효(孝)에 대한 시각이 변하고 있는 것이라고 할 수 있을 것이다.

시대의 가치에 따라 효(孝)의 상(像)은 조금씩 변해왔다. 효(孝)는 인간이 '인간임'을 보증해 줄 수 있는 주요 가치 중 하나다. 그러하기에 효(孝)가 옛이야기 속에서 어떻게 형상화되며 그 변화 양상이 어떠하였는지를 살펴보는 것은 오늘날의 효(孝)의 이행을 모색해 볼 수 있는 한 방편이 될 수 있다. 그러한 측면에서 고전 서사에서 효(孝)가 어떻게 나타나며 효행(孝行) 각각이 어떻게 효(孝)를 교조화 시키는지를 해독해 보는 것은 충(忠)의 실현 기반으로서의 효(孝)가 아닌 인간에 대한 존중으로서의 효행(孝行) 각각을 되살려내는 길일지도 모른다.

(강지영)

참고문헌

가객

강명관, 「조선후기 서울의 중간계층과 유흥의 발달」, 『민족문학사연구』 2, 민족문학사연 구소, 1992.

권순회, 「김천택 편 『청구영언』의 문헌 특성과 편찬 맥락」, 『한국시가연구』 43, 한국시가 학회, 2017.

권순회, 「조선 후기 가집의 여항인 항목에 대한 재검토」, 『한국한문학연구』 85, 한국한문 학회, 2022.

김천택 편, 권순회·이상원·신경숙 주해, 『청구영언』(주해편), 국립한글박물관, 2017.

김흥규, 「조선후기 예술의 환경과 소통 구조」, 정창수 외, 『제도와 사상』 성균관대학교 사회과학연구소, 1994.

성기옥·손종흠, 『고전시가론』, 한국방송통신대학교출판문화원, 2013.

신경숙, 「정가가객 연구의 자료와 연구사 검토」, 『한국학 연구』 8, 고려대학교 한국학연구 소, 1996.

이형대, 「안민영의 시조와 낭만적 상상력」, 『우리어문연구』 18, 우리어문학회, 2002.

조태흠, 「19세기 시조 연행 양상과 시조 문학」, 『한국문학논총』 27, 한국문학회, 2000.

가곡창과 시조창

『고시조 문헌 해제』(신경숙 외), 고려대학교 민족문화연구원, 2012.

강경호, 『조선 후기 가곡원류 계열 가집의 전개』, 보고사, 2021.

권순회, 「'시조삼장'의 새로운 이해」, 『시조학논총』 20, 한국시조학회, 2004.

김영운, 『가곡 연창형식의 역사적 전개 양상』, 민속원, 2005.

김학성, 「18세기 초 전환기 시조 양식의 전변과 장르 실현 양상: 진본 『청구영언』의 가집체 계를 통하여」, 『한국시가연구』 23, 한국시가학회, 2007.

김흥규, 『한국문학의 이해』, 민음사, 1986

신경숙, 「시조」, 『한국문학개론』, 새문사, 2015.

성기옥·손종흠, 「시조」, 『고전시가론』, 한국방송통신대학교 출판부, 2006.

이상원, 『조선시대 시가사의 구도와 시각』, 보고사, 2004.

가정소설·첩·계모

강상순, 「사씨남정기의 적대와 희생의 논리」, 『고소설연구』 12, 한국고소설학회, 2001.

김선경, 「조선후기 여성의 성, 감시와 처벌」, 『역사연구』 8, 역사학연구소, 2000.

김재용, 『계모형 고소설의 시학』, 경남대학교 출판부, 1997.

백미애, 「쟁총형 고소설의 연구」, 원광대학교 박사학위논문, 2000.

유승희, 「19세기 여성관련 범죄에 나타난 갈등양상과 사회적 특성: 추조결옥록(秋曹決獄
錄)을 중심으로」, 『대동문화연구』 73, 성균관대학교 대동문화연구원, 2011.

윤정안, 「장화홍련전 연구」, 서울시립대 석사학위논문, 2009.

이기대, 「장화홍련전 연구」, 고려대학교 석사학위논문, 1998.

이승복, 『고전소설과 가문의식』, 월인, 2000.

이정원, 「〈장화홍련전〉의 환상성」, 『고소설연구』 20, 한국고소설학회, 2005.

이재선, 「집의 시간성과 공간성: 가족사 소설과 집의 공간시학」, 김열규, 『가와 가문』,
서강대학교 인문과학연구소, 1989.

정지영, 「장화홍련전: 조선후기 재혼 가족 구성원의 위치」, 『역사비평』 61, 역사비평사,
2002.

정지영, 「조선후기의 첩과 가족 질서」, 『사회와역사』 65, 한국사회사학회, 2004.

조현설, 「남성지배와 「장화홍련전」의 여성형상」, 『민족문학사연구』 15, 민족문학사학회·
민족문학사연구소, 1999.

조현우, 「사씨남정기의 악녀 형상과 그 소설사적 의미」, 『한국고전여성문학연구』 13, 한국
고전여성문학회, 2006.

강호시조와 전가시조

권순회, 「전가시조의 미적 특질과 사적 전개 양상」, 고려대 박사학위논문, 2000.

김흥규, 『욕망과 형식의 시학』, 태학사, 1998.

김흥규, 「강호시가와 서구 목가시의 유형론적 비교」, 『민족문화연구』 43, 고려대 민족문화
연구원, 2005.

민족문학사연구소 편, 『한국 고전문학 작품론 3』, 휴머니스트, 2018.

신영명·우응순 외, 『조선중기 시가와 자연』, 태학사, 2002.

이형대, 『한국 고전시가와 인물 형상의 동아시아적 변전』, 소명출판, 2002.

경험담

김인경·김혜정, 「현대구전설화(MPN) 자료의 전승 양상과 분류 방안 연구」, 『민속연구』
34, 안동대학교 민속학연구소, 2017.

노에 게이치, 『이야기의 철학』, 김영주 옮김, 한국출판마케팅연구소, 2009.

신동흔, 「경험담의 문학적 성격에 대한 고찰」, 『구비문학연구』 4, 한국구비문학회, 1997.

신동흔 외, 『시집살이 이야기 집성 1-10』, 박이정, 2013.

신동흔 외, 『한국전쟁 이야기 집성 1-10』, 박이정, 2017.

심혜련, 「파국과 야만의 시대의 경험과 사유」, 『시대와 철학』 24(4), 한국철학사상연구회, 2014.

이정우, 『사건의 철학』, 그린비, 2011.

최원오, 「여성생애담의 이야기화 과정, 그 가능성과 한계」, 『구비문학연구』 32, 한국구비문학회, 2011.

고려가요

김수경, 「고려가요의 다양한 모습」, 『새 민족문학사강좌(상)』, 창작과비평사, 2009.

김학성, 「속요란 무엇인가」, 『한국 고시가의 거시적 탐구』, 집문당, 1997.

김흥규, 『한국문학의 이해』, 민음사, 1986.

박노준, 『고려가요의 연구』, 새문사, 1990.

성기옥·손종흠, 「속요」·「경기체가」, 『고전시가론』, 한국방송통신대학교 출판부, 2006.

정출헌, 「고려가요의 층위와 그 전승양상: 여말선초 시가사의 구도에 유의하여」, 『민족문학사연구』 13, 민족문학사연구소, 1998.

허남춘, 「고려가요와 예악사상」, 『고전시가와 가악의 전통』, 월인, 1999.

허남춘, 「속악가사」, 『한국문학개론』, 새문사, 2015.

고소설의 유통 방식

이윤석, 『조선시대 상업출판』, 민속원, 2016.

이윤석·정명기·대곡삼번, 『세책고소설연구』, 혜안, 2003.

한국고소설학회 편, 『한국 고소설 강의』, 돌베개, 2009.

유춘동, 『한국고소설의 현장과 문화지형』, 소명출판, 2017.

관각문학

김성언, 『한국(韓國) 관각시(館閣詩) 연구(研究)』, 동아대학교 출판부, 1994.

신복호, 「18세기 관각문학(館閣文學) 연구: 이의현(李宜顯), 이덕수(李德壽), 서명응(徐命膺)을 중심으로」, 고려대학교 국어국문학과 박사학위논문, 2004.

심규식, 「광해군 시대 관각문학 연구」, 고려대학교 국어국문학과 박사학위논문, 2023.

정용건, 「중종대(中宗代) 관료(官僚) 문인(文人)의 학적 지향과 문학의식」, 고려대학교 국어국문학과 박사학위논문, 2020.

광대

강등학 외, 『한국구비문학의 이해』(신수판), 월인, 2016.

김동욱, 『춘향전 연구』, 연세대 출판부, 1965.

김현주, 『판소리문화사』, 민속원, 2022.

손태도, 『광대의 가창 문화』, 집문당, 2015.

이두현, 『한국 연극사』(개정판), 학연사, 1985.

전경욱, 『한국 전통연희사』, 학고재, 2020.

〈구운몽〉과 몽자류 소설

엄태웅, 『대중들과 만난 구운몽』, 소명출판, 2018.

엄태웅, 「구운몽의 주제와 그 구현 양상」, 『Journal of korean Culture』 51, 고려대 한국
언어문화학술확산연구소, 2020.

장효현, 「구운몽의 주제와 그 수용사」, 『한국고전소설사연구』, 고려대학교출판부, 2002.

정길수, 『구운몽 다시 읽기』, 돌베개, 2000

국문장편소설

김은일, 「양문록계 소설의 서사구조 연구」, 충북대학교 박사학위논문, 2016.

박영희, 「〈소현성록〉 연작 연구」, 이화여자대학교 박사학위논문, 1993.

송성욱, 『조선시대 대하소설의 서사문법과 창작의식』, 태학사, 2003.

이상택, 『한국 고전소설의 이론』 1, 2, 새문사, 2003.

이수봉, 『한국 가문소설 연구 논총』, 경인문화사, 1992.

이지하, 「18세기 대하소설의 멜로드라마적 성격과 소설사적 의미」, 『국제어문』 66, 국제어
문학회, 2015.

이지하, 「국문장편소설」, 『한국고소설강의』, 돌베개, 2019.

임형택, 「17세기 규방소설의 성립과 〈창선감의록〉」, 『동방학지』 57, 연세대학교 국학연구
원, 1988.

임치균, 『조선조 대장편소설 연구』, 태학사, 1996.

임치균, 「〈영이록〉 연구」, 『고전문학연구』 8, 한국고전문학회, 1993.

임치균, 「18세기 고전 소설의 역사 수용 일양상」, 『한국고전연구』 18, 한국고전연구학회,
2002.

장시광, 「조선 후기 대하소설과 사대부가 여성 독자」, 『동양고전연구』 29, 동양고전학회,

2007.

정선희, 『한국고전소설의 생활문화와 감성』, 보고사, 2020.

정병설, 『〈완월회맹연〉 연구』, 태학사, 1998.

정병욱, 「「낙선재문고 목록 및 해제」를 내면서」, 『국어국문학』 44-45, 국어국문학회, 1969.

정병욱, 「조선조 말기소설의 유형적 특징」, 『한국 고전의 재인식』, 홍성사, 1979.

정혜경, 「서지 데이터로 본 국문장편소설」, 『고소설연구』 50, 한국고소설학회, 2020.

조혜란, 「〈소현성록〉의 보여주기 서술과 그 의미」, 『한국고전연구』 17, 한국고전연구학회, 2008.

최길용, 『조선조 연작소설연구』, 아세아문화사, 1992.

최수현, 「국문장편소설 공간 구성 고찰」, 『고소설연구』 33, 한국고소설학회, 2012.

한길연, 『조선후기 대하소설의 다층적 세계』, 소명, 2009.

굿과 무가

김부식, 『삼국사기』 상, 이병도 옮김, 을유문화사, 1986.

귀신과 원혼

권기성, 윤정안, 「야담 속 조상귀신의 형상과 의미」, 『우리문학연구』 83, 우리문학회, 2024.

윤정안, 「고전소설의 여성 冤鬼 연구」, 서울시립대학교 박사학위 논문, 2017.

윤주필, 「귀신이야기의 설화적 전통과 범주」, 『도설어문』 13, 단국대학교 인문대학 국어국문학과 1997.

이주영, 「조선후기 筆記·野談 소재 鬼神談 연구」, 동국대학교 박사학위 논문, 2020.

정출헌, 『고전소설사의 구도와 시각』, 소명출판, 2003.

정환국, 「원귀와 금오신화: 조선 초 원혼서사의 형성」, 『동양한문학연구』 35, 동양한문학회, 2012.

정환국, 「불교 영험서사와 志怪」, 『민족문학사연구』 53, 민족문학사연구소, 2013.

기녀 시조

강명관, 「조선후기 기녀제도의 변화와 경기(京妓)」, 『한국고전여성문학연구』 18, 한국고전여성문학회, 2009.

김용찬, 「기녀시조의 작자 변증과 작품의 향유 양상」, 『민족문학사연구』 53, 민족문학사연구소, 2013.

김흥규 외, 『고시조 대전』, 고려대학교 민족문화연구원, 2012.

박애경, 「기녀 시에 나타난 내면 의식과 개인의 발견」, 『인간연구』 9, 카톨릭대 인간학연구소, 2005.

성기옥, 「고전 여성 시가의 작가와 작품」, 이혜순 외, 『한국고전여성작가연구』, 태학사, 1999.

성기옥, 「기녀시조의 감성 특성과 시조사」, 『한국고전여성문학연구』 창간호, 한국고전여성문학회, 2000.

심재완, 『교본 역대시조전서』, 세종문화사, 1972.

조연숙, 「기녀시조의 전개 양상과 성격」, 『아시아여성연구』 49(2), 숙명여자대학교 아시아여성연구원, 2010.

최동원, 「고시조의 여류작가고」, 『고시조론고』, 삼영사, 1990.(『한국문학논총』 4, 한국문학회, 1980에서 재수록)

내방가사

국립한글박물관 국학진흥원 공동연구서, 『여성, 한글로 소통하다: 내방가사 속 여성들의 이야기』, 국립한글박물관, 2020.

고순희, 「내방가사의 기록문학적 가치와 연구방향」, 『한국시가연구』 60, 한국시가학회, 2024.

백순철, 『규방가사의 전통성과 근대성』, 고려대민족문화연구원, 2017.

백순철, 「조선후기 가사 연구의 현황과 전망」, 『한국시가연구』 61, 한국시가학회, 2024.

이정옥, 「내방가사의 기록유산적 가치」, 『국학연구』 40, 한국국학진흥원, 2019.

정기선, 「자료적 특성으로 본 계녀가류 규방가사의 주제구현 방식」, 서울대학교 국어국문학과 박사학위논문, 2022.

최은군, 「내방가사의 세계적 중요성과 가치」, 『국학연구』 40, 한국국학진흥원, 2019.

농가류 시가

권순회, 「전가시조의 미적 특질과 사적 전개 양상」, 고려대학교 박사학위논문, 2000.

길진숙, 「조선후기 농부가류 가사 연구」, 이화여자대학교 석사학위논문, 1990.

김덕진, 『대기근, 조선을 뒤덮다』, 푸른역사, 2014.

김창원, 「조선후기 사족창작 농부가류 가사의 작가의식 연구」, 고려대학교 석사학위논문, 1993.

김흥규, 「16~17세기 강호시조의 변모와 전가시조의 형성」, 『욕망과 형식의 시학』, 태학사, 1999.

신성환, 「조선후기 농가류(農歌類) 시가의 전개 양상과 의미 지향」, 고려대학교 박사학위
　　　논문, 2016.
윤재민, 「고려 후기 사대부의 등장과 현실주의적 한시 경향」, 민족문학사연구소 엮음, 『민
　　　족문학사 강좌』 상, 창작과 비평사, 1995.
이상원, 「17세기 시조 연구」, 고려대학교 박사학위논문, 1998.
정진영, 「사족과 농민: 대립과 갈등, 그리고 상호 의존적 호혜관계」, 『조선시대사학보』
　　　73, 조선시대사학회, 2015.
조해숙, 「농부가에 나타난 후기가사의 창작의식과 장르적 성격 변화」, 서울대학교 석사학
　　　위논문, 1991.

도사와 술수

김동욱, 「도술모티프를 통해 본 조선후기 고전소설의 지형도」, 『한국학논집』 75, 계명대학
　　　교 한국학연구원, 2019.
박희병, 「이인설화와 신선전(1)」, 『한국학보』 14, 일지사, 1988.
박희병, 「이인설화와 신선전(2)」, 『한국학보』 15, 일지사, 1989.
양승목, 「조선조 술사의 존재 양상과 그 함의」, 『동양한문학연구』 58, 동양한문학회, 2021.
이종은, 『한국의 도교문학』, 태학사, 1999.
정재서, 『도교와 문학 그리고 상상력』, 푸른숲, 2000.

몽유록

김정녀, 「몽유록의 공간들과 기억: '역사적 공간'을 배경으로 선택한 작품을 중심으로」,
　　　『우리어문연구』 41, 우리어문학회, 2011.
김정녀, 「몽유록의 비평적 기능과 그 저변의 확대」, 『한민족문화연구』 60, 한민족문화학
　　　회, 2017.
김정녀, 「몽유록의 현실 대응 양상과 그 의미: 16C 후반~17C 전반 몽유록을 중심으로」,
　　　고려대 석사학위논문, 1997.
김정녀, 「병자호란의 책임 논쟁과 기억의 서사: 인조의 기억과 '대항 기억'으로서의 〈강도
　　　몽유록〉」, 『한국학연구』 35, 고려대 한국학연구소, 2010.
김정녀, 「신 자료 〈소상몽유록〉의 양식적 전통과 인물 비평」, 『고전과해석』 19, 고전문학
　　　한문학연구학회, 2015.
김정녀, 「한문본 '金山寺創業宴錄' 계열의 이본적 특성과 위상」, 『고전과해석』 34, 고전문
　　　학한문학연구학회, 2021.
김정녀, 『몽유록: 꿈속 이야기로 되살아난 기억들』, 현암사, 2015; 「몽유록의 비평적 기능

과 그 저변의 확대」, 『한민족문화연구』 60, 한민족문화학회, 2017.

김정녀, 『조선후기 몽유록의 구도와 전개』, 보고사, 2005.

서대석, 「몽유록의 장르적 성격과 문학사적 의의」, 『한국학논집』 3, 계명대 한국학연구소, 1975.

신재홍, 「몽유록의 유형적 고찰」, 『한국 몽유소설 연구』, 계명문화사, 1994.

장효현, 「근대전환기 고전소설 수용의 역사성」, 홍일식 외, 『근대전환기의 언어와 문학』, 고려대 민족문화연구소, 1991.

정출헌, 「탄금대 전투에 대한 기억과 두 편의 〈달천몽유록〉」, 『고소설연구』 29, 한국고소설학회, 2010.

정학성, 「몽유록의 역사의식과 유형적 특질」, 『관악어문연구』 2, 서울대 국어국문학과, 1977.

조혜란, 「〈강도몽유록〉 연구」, 『고소설연구』 11, 한국고소설학회, 2001.

무당

아키바 다카시, 『춤추는 무당과 춤추지 않는 무당』, 심우성·박해순 옮김, 한울, 2000.

윤동환, 『동해안 무속의 지속과 창조적 계승』, 민속원, 2010.

이경엽, 「무당의 생활과 유형」, 『무속, 신과 인간을 잇다』, 국사편찬위원회, 2011.

이능화, 서영대 역주, 『조선무속고』, 창비, 2008.

村山智順, 『朝鮮の巫覡』, 朝鮮總督府, 1932[무라야마 지준, 『조선의 무격』, 최길성·박호원 옮김, 민속원, 2014].

민담

강등학 외, 『한국 구비문학의 이해』, 월인, 2002.

손진태, 『조선민담집』, 향토연구사, 1930.

장덕순 외, 『구비문학개설』, 일조각, 1971.

조희웅, 『한국설화의 유형적 연구』, 한국연구원, 1983.

S. Thompson, *The Types of the Folk-tales*, Helsinki : Suomalaines Tiedeaktemia Academia Scientiarum Fennica, 1961.

민요

강등학 외, 『한국구비문학의 이해』, 월인, 2002.

김혜정, 「민요의 개념과 범주에 대한 음악학적 논의」, 『한국민요학』 7, 한국민요학회, 1999.

뿌리깊은나무, 『팔도소리전집해설』, 한국브리태니커, 1984.

장덕순 외, 『구비문학개설, 일조각』, 2006.

조영배, 『제주도 민속음악: 통속민요편』, 신아출판사, 1991.

불교문학

곽미라, 「근대전환기 불교잡지에 수록된 한문학의 양상」, 『한국문학연구』 74, 동국대 한국
　　　문학연구소, 2024.

김기종, 『한국 불교시가의 구도와 전개』, 보고사, 2014.

김승호, 『한국불교서사의 세계』, 소명출판, 2023.

김종진, 『불교가사의 계보학, 그 문화사적 탐색』, 소명출판, 2010.

이대형, 「조선시대 승려문집의 문체와 내용별 특징」, 『동악어문학』 69, 동악어문학회,
　　　2016.

이진오, 『한국불교문학의 연구』, 민족사, 1997.

이형기 외, 『불교문학이란 무엇인가』, 동화출판공사, 1991.

정환국, 「나려시대 불교 영험서사의 유형과 서사적 특질」, 『대동문화연구』 93, 성균관대
　　　대동문화연구원, 2016.

사행문학

김명호, 『열하일기 연구』, 창작과비평사, 1990(초판); 돌베개, 2022(수정증보판).

김영진, 「燕行錄의 체계적 정리 및 연구 방법에 대한 試論」, 『대동한문학』 34, 대동한문학
　　　회, 2011.

김지현, 「조선시대 대명 사행문학 연구」, 한국학중앙연구원 박사학위논문, 2014.

김한규, 『동아시아의 창화외교』, 소나무, 2019.

김현미, 『18세기 연행록의 전개와 특성』, 혜안, 2007.

王微笑, 「啓本 燕行日記 硏究」, 성균관대학교 박사학위논문, 2023.

이혜순, 『조선통신사의 문학』, 이화여자대학교 출판부, 1996.

임기중, 『연행록연구층위』, 학고방, 2014.

임영길, 「19세기 전반 연행록의 특성과 조·청 문화 교류의 양상」, 성균관대학교 박사학위
　　　논문, 2018.

속담과 수수께끼

강등학, 「속담의 유형과 기능」, 『구비문학연구』 6, 한국구비문학회, 1998.

강신항, 『우리나라 속담의 특징과 내용: 무형의 증인』, 정화출판사, 1979.

곽은희, 「현대 속담의 갈등 구조와 해학성」, 『한국언어문학』 87, 한국언어문학회, 2013.

김경섭, 「구조와 소통의 관점에서 본 구술단문의 특성 연구」, 『한국민속학』 43, 한국민속학회, 2006.

김경섭, 『수수께끼와 속신의 구술담화 연구』, 박이정, 2009.

김선풍, 「한국 속담의 역사적 연구」, 『구비문학연구』 5, 한국구비문학회, 1997.

김종택, 「속담의 의미 기능에 관한 연구」, 『국어국문학』, 1967.

유경민, 「개신교 선교사가 정리한 한국어 속담과 수수께끼 연구」, 『민족연구』 59, 한국민족연구원, 2014.

최래옥, 「수수께끼의 구조와 의미」, 『구비문학』 4, 한국정신문화연구원, 1980.

한국민족문화대백과사전, https://encykorea.aks.ac.kr/Article/E0031487

홍윤표, 『살아있는 우리말의 역사』, 태학사, 2009.

시회

강필임, 『시회의 탄생』, 한길사, 2016.

안대회, 「18세기 詩社의 현황과 전개양상」, 『古典文學硏究』 44, 한국고전문학회, 2013.

강원대학교 강원문화연구소, 『조선시대 강원여성시문집』, 강원도, 1998.

한국고전종합DB, https://db.itkc.or.kr

신화

김열규, 『한국신화와 무속연구』, 일조각, 1982.

서대석, 『한국신화의 연구』, 집문당, 2001.

송효섭, 『뮈토세미오시스: 매체, 신화, 스토리텔링』, 한국문화사, 2019.

송효섭, 『탈신화 시대의 신화들』, 기파랑, 2005.

신동흔, 『살아있는 우리 신화』, 한겨레신문사, 2004.

오세정, 「한국 신화를 통한 한국 문화의 이해: 신과 인간의 관계 맺기를 중심으로」, 『한국고전연구』 29, 한국고전연구학회, 2014.

오세정, 『신화, 제의, 문학: 한국문학의 제의적 기호작용』, 제이앤씨, 2007.

조현설, 『동아시아 건국신화의 역사와 논리』, 문학과지성사, 2003.

실기문학

이채연, 「실기의 문학적 특징」, 『한국문학논총』 15, 1994.

민족문학사연구소 편, 『한국고전문학작품론 5: 한문고전』, 휴머니스트, 2018.

신해진, 『17세기 실기 문학과 문헌 탐구』, 역락, 2019.

장경남, 「임란 실기문학의 유형과 그 특성」, 『숭실대학교논문집』 28, 1998.
조동일, 『한국문학동사 3』(4판), 지식산업사, 2005.

악장

김승우, 「악장(樂章) 연구의 현황과 전망」, 『한국시가연구』 57, 한국시가학회, 2022.
김홍규, 『한국문학의 이해』, 민음사, 2014.
신경숙, 『조선 궁중의 노래, 악장』, 민속원, 2016.
조규익, 『조선조 악장의 문예 미학』, 민속원, 2005.
조규익, 『조선조 악장 연구』, 새문사, 2014.

애정·전기·전기소설

강상순, 「전기소설의 해체와 17세기 소설사적 전환의 성격」, 『어문논집』 36, 안암어문학
　　회, 1997.
김종철, 「전기소설의 전개 양상과 그 특성」, 『민족문화연구』 28, 고려대 민족문화연구원,
　　1995.
박일용, 「전기계 소설의 양식적 특징과 그 소설사적 변모양상」, 『민족문화연구』 28, 고려
　　대 민족문화연구원, 1995.
박희병, 『한국전기소설의 미학』, 돌베개, 1997.
신재홍, 「초기 한문소설집의 전기성에 관한 반성적 고찰」, 『관악어문연구』 14, 서울대 국
　　어국문학과, 1989.
윤재민, 「조선후기 전기소설의 향방」, 『민족문학사연구』 15, 민족문학사연구소, 1999.
임형택, 「나말여초의 전기 문학」, 『한국한문학연구』 5, 한국한문학회, 1981.
장효현, 「傳奇小說의 장르개념과 장르史의 문제」, 『민족문화연구』 28, 고려대 민족문화연
　　구원, 1995.
정환국, 「17세기 애정류 한문소설 연구」, 성균관대 박사학위논문, 1999.
조혜란, 「19세기 애정소설의 새로운 양상 고찰: 〈절화기담〉과 〈포의교집〉을 중심으로」,
　　『국어국문학』 135, 국어국문학회, 2003.

야담

김준형, 「기문총화계 야담집의 문헌학적 연구」, 고려대 석사학위논문, 1998.
김준형, 「야담운동의 출현과 전개양상」, 『민족문학사연구』 20, 민족문학사학회, 2002.
신상필, 「야담의 근대적 전환과 대중문화로서의 기획」, 『동남어문논집』 45, 동남어문학
　　회, 2018.

임형택, 「『동패낙송』 연구」, 『한국한문학연구』 23, 한국한문학회, 1999.

정보라미, 「한글본 야담 연구」, 서울대 박사학위논문, 2021.

여성한문학

권정원, 「조선시대 여성글쓰기에 대한 사대부남성의 인식과 표기방식」, 『동양한문학연구』 41, 동양한문학회, 2015.

김경미, 『임윤지당 평전』, 한겨레출판, 2019.

박무영, 「고전 여성 한시작가의 문학세계」, 『한국 고전 여성작가 연구』, 태학사, 1999.

박무영, 「21세기 한국한문학사 서술의 여러 문제 : 여성문학사의 입장에서」, 『한국한문학연구』 64, 한국한문학회, 2016.

박혜숙·최경희·박희병, 「한국여성의 자기서사(1)」, 『여성문학연구』 7, 한국여성문학학회, 2002.

성민경, 「여훈서, 조선 여성 교육의 아이러니」, 〈월간문화재〉 410, 한국문화재단, 2023.

여항문학

『閭巷文學叢書續集』, 동아시아학술원, 성균관대학교출판부, 2022.

『(李朝後期)閭巷文學叢書』, 임형택, 다른 생각, 2007.

김영죽, 「18, 19세기 중인층의 지식 향유와 산출 : 해외체험을 통한 사대부 epigonen으로부터의 탈피(脫皮)를 중심으로」, 『한문고전연구』 28(1), 한국한문고전학회, 2014.

김영죽, 「19세기 중인층지식인(中人層知識人)의 해외체험일고(海外體驗一考) : 벽로재금진수(碧蘆齋金進洙)의 연행(燕行)과 「燕京雜詠」을 중심으로」, 『한국한문학연구』 48, 한국한문학회, 2011.

김영진, 「『여항문학총서속집』 수록 자료의 성격과 의의」, 『한국한문학연구』 85, 한국한문학회, 2022.

안대회, 「조선 후기 여항문학(閭巷文學)의 성격과 지향」, 『한문학보』 29, 우리한문학회, 2013.

진재교, 「조선조 후기 한문학의 연속과 단절 : 나라 안팎에서의 중간계층」, 『한문학보』 47, 우리한문학회, 2022.

진재교, 「17~19세기 동아시아 지식 정보의 유통과 네트워크 18~19세기 초 지식, 정보의 유통 메커니즘과 중간계층」, 『대동문화연구』 68, 대동문화연구원, 2009.

열녀와 현모양처

강명관, 『열녀의 탄생』, 돌베개, 2009.

권오헌, 「유신체제의 신사임당 기념과 현모양처 만들기」, 『Journal of Korean Culture』 35, 고려대학교 한국언어문화학술확산연구소, 2016.

민병희, 「송·원시기 성리학과 여성: 사대부의 구상과 '여성'의 부재」, 『역사와 현실』 109, 한국역사연구회, 2018.

성민경, 「女訓書의 편찬과 역사적 전개: 조선시대~근대전환기를 중심으로」, 고려대 박사학위논문, 2019.

이성례, 『담론과 이미지로 본 현모양처의 탄생』, 역락, 2018.

이숙인, 『정절의 역사』, 푸른역사, 2014.

이숙인, 『동아시아 고대의 여성사상』, 도서출판 여이연, 2005.

홍인숙, 『열녀烈女×열녀烈女』, 서해문집, 2019.

영웅소설

김일렬, 『고전소설신론』, 새문사, 2001.

서혜은, 『경판본 소설의 대중성』, 새문사, 2017.

한국고소설학회, 『한국 고소설 강의』, 돌베개, 2019.

오륜시가

고려대학교 고전문학한문학연구회 편, 『19세기 시가문학의 탐구』, 집문당, 1995.

박연호, 『교훈가사 연구』, 다운샘, 2003.

육민수, 『조선 후기 가사문학의 담론 양상』, 보고사, 2009.

조태흠, 「훈민시조 연구」, 부산대학교 박사학위논문, 1989.

하윤섭, 『조선조 오륜시가의 역사적 전개 양상』, 고려대학교 민족문화연구원, 2014.

우화소설

민찬, 『조선후기 우화소설연구』, 태학사, 1995.

조동일, 『한국문학통사』, 지식산업사, 1982.

이야기꾼

강은혜, 「이야기꾼과 이야기의 세계」, 『동서인문학』 43, 계명대학교 인문과학연구소, 2010.

강진옥 외, 「구전설화의 변이양상과 변이요인 연구」, 『구비문학연구』 14, 한국구비문학회, 2002.

김기옥 외, 『이야기꾼과 이야기의 세계』, 민속원, 2013.

박현숙, 「현대 이야기꾼의 유형과 특성」, 『실천민속학연구』 41, 실천민속학회, 2023.

신동흔, 「이야기꾼의 작가적 특성에 관한 연구」, 『국문학연구』 3, 국문학회, 1999.

신동흔, 「전통 이야기꾼의 유형과 성격 연구」, 『비교민속학』 46, 비교민속학회, 2011.

윤인선, 「이야기 구연을 통한 공동체의 재구성, 그리고 융합적 인간의 발견」, 『신동엽, 융합적 인간을 꿈꾸다』, 삶창, 2013.

임형택, 「18, 9세기 '이야기꾼'과 소설의 발달」, 『한국학논집』 2, 계명대학교 한국학연구소, 1975.

천혜숙, 「이야기꾼의 이야기 연행에 관한 고찰」, 『한국어문연구』 1, 한국어문연구학회, 1984.

황인덕 외, 『전통사회 이야기꾼 탐색』, 충남대학교 출판문화원, 2020.

자전문학

가와이 코오조오 지음, 『중국의 자전문학』, 심경호 옮김, 소명출판, 2002.

郭登峰, 『歷代自敍傳文鈔』, 臺灣商務印書館, 1965年版, 「編者的話」.

박혜숙·최경희·박희병, 「한국여성의 자기서사(1)」, 『여성문학연구』 7, 한국여성문학회, 2002.

심경호, 『한문산문의 내면풍경』, 소명출판, 2003.

진필상 지음, 『한문문체론』, 심경호 옮김, 이회, 2001.

필립르죈 지음, 『자서전의 규약』, 윤진 옮김, 문학과지성사, 1998.

잡가

김흥규, 『한국문학의 이해』, 민음사, 2014.

김학성, 「잡가의 생성기반과 사설 엮음의 원리」, 『신편 고전시가론』, 새문사, 2002.

박지애, 「잡가 연구의 현황과 전망」, 『한국시가연구』 61, 한국시가학회, 2024.

박지애, 「20세기 전반기 잡가의 향유방식과 변모 연구」, 경북대학교 박사학위논문, 2010.

박애경, 「잡가의 개념과 범주의 문제」, 『한국시가연구』 13, 한국시가학회, 2003.

전계영, 「잡가의 범주와 계열별 특성에 관한 연구」, 충북대 박사학위논문, 2012.

정재호 편, 『한국속가전집』, 다운샘, 2002.

저승사자

권태효, 「무속신화에 나타난 죽음 인도신, 저승차사의 인물 형상화 양상」, 『일본학연구』 46, 단국대학교 일본연구소, 2015.

권태효, 「제주도 〈맹감본풀이〉의 형성에 미친 당신본풀이의 영향과 의미」, 『한국민속학』 32, 민속학회, 2000.

김태훈, 「죽음관을 통해 본 시왕신앙: 불교와 도교를 중심으로」, 『한국종교』 33, 원광대학교 종교문제연구소, 2009.

서대석, 「서사무가 연구」, 『국문학연구』 8, 서울대국문학연구회, 1988.

서영숙, 「〈저승차사가 데리러 온 여자〉 노래의 특징과 의미」, 『한국고전여성문학연구』 25, 한국고전여성문학회, 2012.

서해숙, 「구전설화에 나타난 저승과 저승사자의 문학적 형상화와 인식 연구」, 『한국민속학』 69, 한국민속학회, 2019.

송미경, 「사령형(使令型) 인물의 형상화 양상 및 전형성」, 『구비문학연구』 32, 한국구비문학회, 2011.

정제호, 「서사무가에 나타난 차사형 인물의 콘텐츠 활용 양상과 스토리텔링 전략」, 『동양고전연구』 68, 동양고전학회, 2017.

전란소설

김기현 역주, 『한국고전문학전집』 15, 고려대학교 민족문화연구소, 1995.

소재영·장경남 역주, 『한국고전문학전집』 4, 고려대학교 민족문화연구소, 1993.

서혜은, 『경판본 소설의 대중성』, 새문사, 2017.

이순욱·한태문, 「딱지본 옛소설 〈사명당전〉의 판본과 유통 맥락」, 『한국문학논총』 65, 한국문학회, 2013.

한국고소설학회, 『한국 고소설 강의』, 돌베개, 2019.

전(傳)·사람의 일생

김승호, 「초기(初期) 승전(僧傳)의 서사구조(敍事構造) 양상(樣相): 『현수전(賢首傳)』과 『균여전(均如傳)』을 중심으로」, 『한국문학연구』 11, 동국대학교 한국문학연구소, 1988.

박희병, 『朝鮮後期 傳의 小說的 性向 硏究』, 성균관대학교 대동문화연구원, 1993.

신승훈, 「'傳', 歷史와 文學의 境界」, 『동방한문학』 67, 동방한문학회, 2016.

임형택, 「『삼국사기(三國史記), 열전(列傳)』의 문학성: 《김유신전(金庾信傳)》을 중심으로」, 『한국한문학연구』 12, 한국한문학회, 1989.

조동일, 『한국문학통사』 2, 지식산업사, 2005.

전설

강등학·강진옥·김기형·김헌선·박경신·신동흔·유영대·전경욱·천혜숙, 『한국 구비문학의 이해』(개정판), 월인, 2002.

Lubom r Doležel, "Possible Worlds of Fiction and History," New Literary History, Vol.29, NO.4, The Johns Hopkins University Press, 1998.

알라이다 아스만, 『기억의 공간』, 경변학수 외 옮김, 북대학교출판부, 2003.

오세정, 「전설의 정체성 재고와 연구방법 모색」, 『기호학연구』 52, 한국기호학회, 2017.

오세정, 「지표성으로 본 한국 전설의 유형론」, 『구비문학연구』 54, 한국구비문학회, 2019.

장덕순·조동일·서대석·조희웅, 『구비문학개설』(한글개정판), 일조각, 2006.

조동일, 『한국소설의 이론』, 지식산업사, 1977.

조동일, 『인물전설의 의미와 기능』, 영남대학교 민족문화연구소, 1979.

최남선, 「朝鮮의民譚童話 ㊀」, 『매일신보』, 1938.7.1.

최남선, 「조선역사통속강화 개제」, 『육당 최남선전집』 2, 현암사, 1973.

최인학, 「한국전설의 유형과 motif의 연구」, 『한국학연구』 1, 인하대학 한국학연구소, 1989.

폴 벤느 지음, 『그리스인들은 신화를 믿었는가』, 김운비 옮김, 커넥팅, 2020.

헤이든 화이트 지음, 『메타 역사: 19세기 유럽의 역사적 상상력』 1, 천형균 옮김, 지식을 만드는 지식, 2011.

탈춤·인형극·무당굿놀이

민족문학사연구 편, 『한국고전문학작품론06: 구비문학』, 휴머니스트, 2018.

사진실, 『공연문화의 전통 樂·戲·劇』, 태학사, 2002.

전경욱, 『한국의 전통연희』, 학고재, 2004.

전경욱 외, 『한국전통연희사전』, 민속원, 2014.

전경욱, 이보람, 『한국전통연희 총서07: 가면극·우희』, 학고재, 2020.

허용호, 윤동환, 『한국전통연희 총서06: 인형극·무당굿놀이』, 민속원, 2020.

황루시, 「무당굿놀이 硏究: 祭儀的 要素를 중심으로 한 民俗演戲와의 比較考察」, 이화여대 박사논문, 1987.

트릭스터·건달형 인물·민담형 인간

김헌선, 「건달형 인물이야기의 존재 양상과 의미」, 『경기어문학』 8, 경기대학교 인문대학 국어국문학회, 1990.

나수호, 「한국설화에 나타난 트릭스터 연구」, 서울대학교 대학원 박사학위논문, 2011.

신동흔, 『민담형 인간』, 한겨레출판, 2020.

조희웅, 「트릭스터담 연구」, 『어문학논총』 6, 국민대학교 어문학연구소, 1987.

홍연표, 「한국 트릭스터 설화에 나타난 트릭의 기술과 의미 연구」, 고려대학교 대학원 박사학위논문, 2023.

판소리와 판소리계 소설

강상순, 『한국 고전소설과 정신분석학』 고려대학교 민족문화연구원, 2016.

김대행, 「수궁가의 구조적 특성」, 『국어교육』 27, 한국어교육학회, 1976.

김대행, 「판소리란 무엇인가」, 『판소리의 세계』(판소리 학회 엮음), 문학과지성사, 2000.

김흥규, 「판소리의 서사적 구조」, 조동일·김흥규 편, 『판소리의 이해』, 창작과비평사, 1978.

조동일, 「「흥부전」의 양면성: 판소리계 소설 연구의 방법론 모색을 위한 일시고」, 『계명논총』 5, 계명대학교, 1968.

풍자·세태소설

김종철, 『판소리의 정서와 미학』, 역사비평사, 1996.

김준형, 「이춘풍전, 형성 시기 논란과 향유의 문제」, 『한국연구』 9, 한국연구원, 2021.

신해진 역주, 『역주 조선후기 세태소설선』, 월인, 1999.

엄태식, 「금기시된 욕망과 속임수: 애정소설과 한문풍자소설의 소설사적 관련 양상」, 『문학치료연구』 35, 한국문학치료학회, 2015.

여세주, 『남성훼절소설의 실상』, 국학자료원, 1995.

필기

곽미라, 「조선전기의 사대부문학과 筆記」, 『한문학보』 45, 우리한문학회, 2021.

곽미라, 「16세기 筆記를 통해 본 중인층 지식인의 내면과 타자인식」, 『고전문학연구』 57, 한국고전문학회, 2020.

신상필, 「15세기 필기에서의 서사 수용 양상」, 『한국한문학연구』 33, 한국한문학회, 2004.

안대회, 『한국시화사』, 성균관대 출판부, 2024.

진재교, 「조선조 후기 類書와 人物志의 學的 視野」, 『대동문화연구』 101, 성균관대 대동문화연구원, 2018.

한문산문

강명관, 『안쪽과 바깥쪽』, 소명출판, 2007.

강명관, 『공안파와 조선후기 한문학』, 소명출판, 2007.

김영진, 「조선후기의 명청소품 수용과 소품문의 전개 양상」, 고려대학교 박사학위논문, 2003.

안대회 편, 『조선후기 소품문의 실체』, 태학사, 2003.
심경호, 『한문산문미학』, 고려대학교출판부, 1998.

한문소설

민족문학사연구소 편, 『한국고전문학작품론1 한문소설』, 휴머니스트, 2017.
박희병, 『한국전기소설의 미학』, 돌베개, 1997.
임형택, 『한국문학사의 시각』, 창작과비평사, 1984.
장효현, 『한국고전소설사연구』, 고려대학교 출판부, 2002.
한국고소설학회 편저, 『한국고소설강의』, 돌베개, 2019.

한문학과 공간

김풍기 외, 『강원의 누정 문화』, 강원도, 2021.
민병수 외, 『사찰, 누정 그리고 한시』, 태학사, 2001.
박희병, 『유교와 한국문학의 장르』, 돌베개, 2008.
심경호, 『산문기행: 산에 오르며 내면을 채우는 조선 선비의 산행기 65편』, 민음사, 2022.
안대회, 「상상속의 정원」, 『문헌과 해석』 16(2001년 가을), 문헌과해석사, 2001.
안세현, 「15세기 후반~17세기 전반 성리학적 사유의 우언적 표현 양상과 그 의미」, 『민족
　　　문화연구』 51, 고려대민족문화연구원, 2009.
안세현, 「나를 돌아보는 서재: 조선 문인들의 공간에서 인생의 길을 찾다」, 미다스북스,
　　　2023.
우응순, 『누정, 선비문화의 산실』, 한국학중앙연구원출판부, 2016.
이종묵, 『조선의 문화공간: 조선시대 문인의 딸과 삶에 대한 문화사』(전4책), 휴머니스트,
　　　2006.

한문학과 하위주체

권기성, 「야담에 그려진 약국이라는 공간」, 『구비문학연구』 66, 한국구비문학회, 2022.
김준형, 「조선후기 야담집에 나타난 서울과 지방의 풍경」, 『민족문학사연구』 51, 민족문학
　　　사학회.
박영민, 「조선시대 신분제 사회와 하위주체의 고독」, 『한문학논집』 37, 근역한문학회,
　　　2013.
안대회, 「18세기의 노비 시인 정초부」, 『역사비평』 94, 역사문제연구소, 2011.
양승목, 「조선후기 하위적 지식 생태의 일단: 남양홍씨 정효공파 문중 소장 무제잡서 읽
　　　기」, 『漢文學報』 44, 우리한문학회, 2021.

유승환, 「한국현대문학연구의 하위주체론」, 『한국현대문학연구』 66, 한국현대문학회, 2022.
이은주, 「〈통해백팔사(統海百八詞)〉의 지방 형상화 연구: 19세기 새로운 지방의 발견」, 『韓國漢文學硏究』 46, 한국한문학회, 2010.
정환국, 「조작되는 하위/하위주체들 횡재 소재 표류서사의 변이양상과 하위주체의 성격」, 『민족문학사연구』 68, 민족문학사학회, 2018.

향가

김석회, 「서정시 형식의 완성과 향가」, 『민족문학사강좌(상)』, 창작과비평사, 2001.
김창원, 「고대가요의 전통과 향가」, 『새 민족문학사강좌(상)』, 창작과비평사, 2009.
김학성, 「향가 장르의 본질」, 『한국 고시가의 거시적 탐구』, 집문당, 1997.
박재민, 「〈모죽지랑가〉의 10구체 가능성에 대하여」, 『한국시가연구』 16, 한국시가학회, 2004.
성기옥·손종흠, 「향가」, 『고전시가론』, 한국방송통신대학교 출판부, 2006.
서철원, 「고대시가·향가」, 『한국문학개론』, 새문사, 2015.
염은열·류수열·최홍원, 『문학교육을 위한 고전시가작품론』, 사회평론아카데미, 2019.

현실비판가사

고순희, 『현실비판가사 연구』, 박문사, 2018.
이형대, 「조선후기 현실비판가사와 '벌거벗은 생명'의 형상들」, 『한국언어문화』 62, 한국언어문화학회, 2016.
장정수, 『조선 후기 사대부가사』, 문학동네, 2021.
조규익, 『〈거창가〉 제대로 읽기』, 학고방, 2017.
하윤섭, 「'새로운 민중사'의 시각과 19세기 현실비판가사」, 『민족문학사연구』 61, 민족문학사연구소, 2016.

활자본 고소설

권순긍, 『활자본 고소설의 편폭과 지향』, 보고사, 2000.
권순긍, 「근대의 충격과 고소설의 대응」, 『고소설연구』 18, 한국고소설학회, 2004.
김교봉, 「구활자본 고소설의 출판과 그 소설사적 의의」, 『고소설사의 제문제』, 집문당, 1993.
김성철, 「활자본 고소설의 존재양태와 창작방식 연구」, 고려대학교 박사학위논문, 2012.
김성철, 「『〈改過遷善〉南無阿彌陀佛』에 드러난 검열 흔적과 의미」, 『한국학연구』 59, 고려대학교 한국학연구소, 2016.

김성철, 「육당문고 소장 조선광문회본 고소설에서 드러나는 초창기 검열 양상과 검열 우회의 징후」, 『고전과 해석』 16, 고전문학한문학연구학회, 2014.

심재숙, 「근대계몽기 신작 고소설의 현실대응적 성격: 정씨복선록을 중심으로」, 『한성어문학』 19, 한성대학교 한성어문학회, 2000.

이은숙, 『신작 구소설 연구』, 국학자료원, 2000.

이정원, 「신작 구소설의 근대성: 채봉감별곡, 청년회심곡, 부용상사곡을 대상으로」, 『고소설연구』 27, 한국고소설학회, 2007.

이주영, 『구활자본 고전소설 연구』, 월인, 1998.

장효현, 「근대 전환기 고전소설 수용의 역사성」, 『한국고전소설사 연구』, 고려대학교 출판부, 2002.

효·효행·유교 윤리

고려대학교민족문화연구원 편집부, 『한국고전문학전집 32: 창선감의록』, 이래종 옮김, 고려대학교민족문화연구원, 2003.

설순 외, 『삼강행실도』, 지식을 만드는 지식, 2011.

성동호 역, 『孝經』, 홍신문화사, 1988.

일연, 『삼국유사』, 이가원 옮김, 한길사, 2006.

지연숙 옮김, 『소현성록』, 문학동네, 2015.

최길용, 『유효공선행록』, 학고방, 2018.

저자 약력

강경호   문학박사, 경상국립대학교 국어국문학과

강지영   문학박사, 목포대학교 교양학부

곽미라   문학박사, 동국대학교 다르마칼리지

권기성   문학박사, 창원대학교 국어국문학과

김선현   문학박사, 숙명여자대학교 한국어문학부

김성철   문학박사, 목포해양대학교 교양과정부

김영죽   문학박사, 성균관대학교 동아시아학술원

김인경   문학박사, 고려대학교 국어국문학과

김일환   문학박사, 동국대학교 국어국문문예창작학부

김정녀   문학박사, 단국대학교 자유교양대학

박진성   문학박사, 한국학중앙연구원 장서각

서보영   교육학박사, 선문대학교 교양학부

서유석   문학박사, 경상국립대학교 국어국문학과

서혜은   문학박사, 경북대학교 국어국문학과

성민경   문학박사, 부산대학교 여성연구소

송미경   문학박사, 한국항공대학교 인문자연학부

신성환   문학박사, 중앙대학교 국어국문학과

신호림   문학박사, 국립경국대학교 국어국문학과

안세현   문학박사, 강원대학교 한문교육과

양승목   문학박사, 경상국립대학교 한문학과

엄기영   문학박사, 대구대학교 문화예술학부

엄태식   문학박사, 조선대학교 국어국문학과

엄태웅   문학박사, 고려대학교 국어국문학과

오세정   문학박사, 충북대학교 국어국문학과

유춘동   문학박사, 강원대학교 국어국문학과

윤동환   문학박사, 가톨릭관동대학교 영동문화연구소

윤인선   문학박사, 한밭대학교 인문교양학부

윤정안   문학박사, 서울시립대학교 교양교육부

윤준섭   문학박사, 충남대학교 국어국문학과

이승은   문학박사, 고려대학교 국어국문학과

이승준   문학박사, 부경대학교 국어국문학과

이태화   문학박사, 고려대학교 한국학전공

임보연   문학박사, 대진대학교 교양학부

임영길   문학박사, 단국대학교 한문교육연구소

정용건   문학박사, 강원대학교 국어국문학과

정제호   문학박사, 한국교통대학교 한국어문학과

최수현   문학박사, 이화여자대학교 호크마교양대학

하윤섭   문학박사, 충북대학교 국어교육과

한정훈   문학박사, 전남대학교 국어국문학과

100개의 키워드로 읽는 우리문학사 – 고전문학

2024년 12월 30일 초판 1쇄 펴냄

펴낸이 우리문학회
발행인 김흥국
발행처 도서출판 보고사

책임편집 이순민
표지디자인 김규범
주소 경기도 파주시 회동길 337-15 보고사
전화 031-955-9797(대표), 02-922-5120~1(편집), 02-922-2246(영업)
팩스 02-922-6990
메일 bogosabooks@naver.com
http://www.bogosabooks.co.kr

ISBN 979-11-6587-774-3 94810
       979-11-6587-773-6 세트
ⓒ 우리문학회, 2024

정가 30,000원